DU MÊME AUTEUR

La fille de l'ombre (2003 - 1ère édition) — 1er **Prix ACAI 2015**
Association Comtoise des Auteurs, Indépendante.

Amnésie (2010 — 1ère édition) – Polar

L'autre (2013 – 1ère édition) – Polar

Sans illusion (2014) – Romance

Guérillera (2018 — 1ère édition) — **Prix Coup de cœur ACAI 2019**

(2023 — 2e édition) — **Prix spécial du Jury de la ville de Saint-Clair de la Tour 2023**

L'une ou l'autre (2021) — Polar – Suite de L'autre

Quatre temps (2022) — Recueil de nouvelles — **Finaliste Prix ACAI 2023**

Indiana Dog (2023) — Roman jeunesse

La fille du Quinou (2024) — **Prix Coup de cœur ACAI 2025**

Ozzy is born (2025) — Roman jeunesse

Le fruit de ses entrailles (2025) – Polar

Suivez l'actualité de l'auteur sur son site :

www.nathfaurelombardot.fr

ou sur sa page Facebook :

https://fr-ca.facebook.com/nathaliefaurelombardotauteur/

Tous les éléments composant ces livres sont le fruit de ma propre créativité et n'ont, en aucun cas, été générés par une intelligence artificielle.

Ce roman est une œuvre de pure fiction, toute ressemblance ou similitude avec des personnages existants ou ayant existé ne saurait être que coïncidence fortuite.

Le code de la propriété intellectuelle n'autorisant, aux termes de l'article L.122-5, 2ème et 3ème a., d'une part que les « copies » ou « reproductions strictement réservées à l'usage privé du copiste et non destinées à son utilisation collective » et, d'autre part, que les analyses et les courtes citations dans un but d'exemple et d'illustration, « toute représentation ou reproduction intégrale ou partielle faite sans le consentement de l'auteur ou des ayants droit ou ayant cause est illicite » (art.L.122-4). Cette représentation ou reproduction, par quelque procédé que ce soit, constituerait donc une contrefaçon sanctionnée par les articles L.335-2 et suivants du Code de la propriété intellectuelle.

En application de l'art. L.137-2.-I. du code de la propriété intellectuelle, toute reproduction et/ou divulgation de parties de l'oeuvre dépassant le volume prévu par la loi est expressément interdite.

© 2025, Faure Lombardot Nathalie
Edition : BoD · Books on Demand, 31 avenue Saint-Rémy, 57600 Forbach, bod@bod.fr
Impression : Libri Plureos GmbH, Friedensallee 273, 22763 Hambourg (Allemagne)
ISBN : 978-2-3225-6961-8
Dépôt légal : Avril 2025

Au nom d'Elisa...

Nathalie FAURE LOMBARDOT

Remerciements et avant-propos :

Ce roman est sorti de mon imagination, il y a de nombreuses années. Je l'ai écrit en 2004 et la première publication s'est faite en 2008. Aussi, ne soyez pas surpris par la technologie naissante et balbutiante des téléphones portables ou d'Internet (eh oui, dans la première décennie des années 2000, tout le monde n'avait pas forcément un portable).
Il en est de même pour les références de films, de voitures, etc.

Je remercie encore aujourd'hui, Elise Poinsenot pour son talent de peintre, de poète, de comédienne, en un mot d'artiste… mais surtout pour son amitié et son soutien inconditionnel.
Lorsque j'ai vu pour la première fois, son tableau « Miroir, miroir », j'étais en pleine écriture de ce roman. Il m'a stupéfié ! j'y ai vu une incarnation de mon histoire. Elle m'a fait l'honneur de me l'offrir après avoir lu le manuscrit intégral de mon roman. C'est pourquoi son tableau, devenu mien, est en couverture de ce livre.

Il en est de même pour son poème, en préface du roman. Elle l'a écrit à cette même époque, mais avant sa lecture du manuscrit. Notre rencontre a été un signe, nous avons été connectées, sans aucun doute. Il n'y a pas de hasard…

Merci à Jean-Marie Schreiner (Graph'x25) pour son talent d'infographiste, sa disponibilité, sa patience et son amitié. Depuis le début de mon aventure littéraire, il a toujours répondu présent. Je lui dois, entre autres, toutes les couvertures de mes livres !

Merci à ceux qui m'ont toujours soutenue :
Mon mari (et surtout mon mari !) Gilles, mes enfants Mélodie et Dylan, mes nièces Marie et Lucie, ma grand-mère Poupette, mon papa "Quinou", ma sœur Coco, mes amis, mes collègues, mes ami(e)s auteur(e)s, l'ACAI (Association Comtoise des Auteurs Indépendants) et tous les lecteurs que j'ai rencontré lors de salons, ceux qui me contactent et m'encouragent, ceux qui me liront…

*Pour mes enfants, Mélodie et Dylan,
Mes nièces Marie et Lucie,*

*En hommage à ma maman, mon papa,
mes grands-parents :
Jean, Paulette, Lucien, Marguerite,*

A ma petite sœur, ma Coco,

Aujourd'hui disparus…

Brûlures immortelles

Sa main velue flatte ma cuisse.
Je devine chacun de ses doigts
Parcourir les centimètres de mon épiderme.
Démoniaques, ils reluquent mon anatomie,
Telle une araignée,
Ils se faufilent sans pudeur
Dans l'antre de mon intimité.
Mes muscles rétractés ne peuvent lutter
Contre la férocité de ses ongles.
Un feu dominant s'immisce.
Soudain, je perçois son souffle violent
Effleurer ma nuque.
Captive de ses bras,
Mon corps apathique ne m'appartient plus.
Sa chair obscène a pris le droit
De pénétrer en moi.
Elle délivre son venin,
Dans un élan fougueux,
Frappant mon front face au mur.
L'humiliation laisse alors mes cendres
Seules sur les draps salis de ma souffrance.
Mon âme meurtrie absorbe ce linceul larmoyant.
L'ange de l'innocence s'est enfoui,
Me promettant l'immonde gouffre de mon dégoût.
Ma vie a cessé définitivement lors de cette sombre nuit.
Cette nuit où les étoiles se sont effacées à la vue de ma honte.
Cette nuit où ma silhouette s'est emplie de débauche.
Cette nuit qui m'a accueillie au sein des âmes déchues et scabreuses.
Cette nuit qui fût ma mort.
Cette nuit qui m'a violée.

Elise Poinsenot

- 1 -

— Laura, tu sors de cours à quelle heure ?
— Dix-sept heures trente, soupira Laura. Je serai à la maison vers dix-huit heures, *comme d'habitude* !
— Paco t'attendra !
— Je sais, *comme d'habitude*, ironisa la jeune fille.
— Tu sais combien ta sécurité importe à ton père ! Arrête de ronchonner...
— Oh, ça oui ! répondit Laura sèchement. Comment pourrais-je l'ignorer ? On me le répète trois fois par jour. J'ai l'impression d'avoir dix ans ! Pourquoi ne pas me mettre un émetteur autour du cou, histoire de me suivre à la trace ? Quand est-ce que vous allez me foutre la paix ?
— Quand tu auras quitté la maison !
— Je ne demande que ça ! Aide-moi à convaincre mon père, ironisa Laura, sachant qu'elle touchait là un point faible. Dis-lui que tu ne me supportes plus et qu'il faut que j'aille vivre ailleurs !
— Arrête tes caprices ! ragea Karen. Tu n'es encore qu'une gamine capricieuse !
— Tu sais Karen, tu devrais vraiment parler à mon père. Si tu veux que je m'en aille, mettez-moi en pension loin d'ici, rétorqua Laura qui savait qu'elle était la principale cause de conflit entre son père et sa belle-mère.
— Tu vas être en retard ! répliqua Karen, irritée.
Seul le bruit de la porte d'entrée qui claquait lui répondit. Laura perçut quelques instants encore, la voix de sa belle-mère derrière la porte, sans en comprendre les paroles. Paco, le chauffeur de son père, un léger sourire aux lèvres,

l'attendait dans la cour, appuyé sur une superbe Jaguar. Laura ne tenta pas de protester quand il lui en ouvrit la porte. Elle s'installa sur le siège passager et attendit qu'il démarre. Elle ne se détendit que lorsqu'ils passèrent la grille de l'imposante demeure familiale. Son cœur cognait fort dans sa poitrine tant elle était énervée et ses poings étaient si serrés que ses ongles entamaient la paume de ses mains.

— *Ouf ! Ça y est ! pensa-t-elle. C'est lundi, vive le lycée et le peu de liberté qu'il m'apporte !*

— Je fais comme d'habitude, mademoiselle ? lui lança Paco en souriant. Je te dépose à l'arrêt de bus ?

— Oui, merci beaucoup Paco. Je ne sais pas comment je ferais sans toi. Surtout, prends ton temps pour rentrer, ça paraîtra moins suspect !

— Ne t'inquiète pas, je ne serai pas de retour avant vingt bonnes minutes. Sois prudente quand même. S'il t'arrive quoi que ce soit, moi je suis mort !

Paco avait été embauché comme chauffeur et garde du corps par le père de Laura deux ans plus tôt, juste après le drame. Il lui avait été recommandé par un confrère qui connaissait bien le jeune homme et qui avait confiance en lui. Les deux jeunes gens avaient vite sympathisé et Paco était devenu son complice plus que son *gorille*. Il comprenait combien l'adolescente souffrait depuis la mort de sa sœur et à quel point ses parents l'étouffaient. Paco lui donnait l'illusion d'être à peine plus libre, mais Laura n'était pas dupe, il n'était jamais loin. Issu d'une famille modeste, il appréciait la simplicité de Laura et l'encourageait insidieusement à vivre comme elle l'entendait tout en jouant double jeu avec ses patrons dont il avait su gagner la confiance. Plus le temps passait, moins Laura supportait d'être ainsi étouffée. Elle n'en pouvait plus d'avoir toujours quelqu'un sur le dos. Elle en était arrivée à mentir continuellement et à tout propos, surtout sur son emploi du temps. Elle s'en était concocté un costaud. Ses cours démarraient tous les jours à huit heures, s'interrompaient à midi, reprenaient à treize heures trente et se terminaient à dix-sept heures trente. Pour éviter que ses parents s'en étonnent, elle avait prétexté la mise en place d'heures d'études lui permettant de réviser et travailler. Son père fut satisfait de voir à quel point elle avait pris sa scolarité à cœur et se montrait motivée pour obtenir son Baccalauréat. Heureusement pour elle, il n'avait guère le temps de s'intéresser à son planning scolaire, pas plus que de rencontrer ses professeurs. Et bien sûr, elle s'arrangeait pour que ses résultats et son attitude ne nécessitent aucun rendez-vous. Ce savant calcul lui permettait de se réserver au moins une à deux heures libres par jour, et même son vendredi après-midi. En outre, elle avait demandé à déjeuner à la cantine du lycée. Cela lui laissait plus de temps, prétendait-elle avec force conviction, pour revoir un cours en urgence ou terminer un devoir le cas échéant. Elle était consciente que par ce mensonge, elle leur rendait un fier service. Alice, l'employée de maison, n'avait pas à lui préparer de déjeuner. Elle se concentrait ainsi sur le ménage et ne cuisinait que le soir. Laura n'avait pas eu de difficulté à obtenir l'accord de sa famille malgré les remarques acerbes de Karen concernant les goûts un peu trop *populaires* de sa belle-fille ! Elle avait tenu à poursuivre ses études dans un lycée public, déjeunait à la cantine avec des élèves issus de la classe ouvrière... Seul Paco était au courant de la façon dont elle passait la journée. Chaque matin il la déposait à l'arrêt de bus où elle retrouvait son amie Marina. Elle se rendait ainsi incognito au lycée tandis qu'il prenait le temps de boire un café au bar à proximité de l'établissement scolaire et s'en retournait à la maison, sa mission dûment accomplie. De la même façon, il s'en allait la chercher le soir, et s'octroyant un petit tour en ville, la récupérait à l'arrêt de bus, ni vu ni connu.

Contrairement aux adolescentes de son âge, Laura ne s'intéressait pas à la gent masculine, surtout pas à celle qu'elle côtoyait à l'école. Elle trouvait les garçons de son entourage trop jeunes, trop puérils et sans intérêt. Elle ne sortait pas. Comment l'aurait-elle pu ? Elle adoptait du coup, une attitude hautaine et détachée, ce qui la faisait passer pour une pimbêche, fille à papa, trop sérieuse et trop guindée. Cela lui permettait de garder à distance les *gamins* du lycée et lui évitait des questions trop intimes. Marina, seule, connaissait la vraie Laura. Elle savait que cette dernière rêvait en secret d'une liaison amoureuse qui lui apporterait la liberté, la possibilité de quitter la prison — luxueuse certes, mais prison quand même — que représentait la maison familiale.

Paco venait de la déposer et de redémarrer quand une voiture qu'elle ne connaissait que trop bien s'arrêta près d'elle, vitre baissée.

— Tu vas au lycée ?

— Non, je vais faire un tennis ! ironisa-t-elle.

— Monte, je t'emmène !

L'intonation laissait à penser qu'il ne s'agissait pas d'une question, mais d'un ordre. Cela ne fit qu'agacer plus encore la jeune fille.

— Non, merci. Paco est juste allé faire une course, il revient, lança-t-elle en réprimant des paroles plus sèches.

— Prends-moi pour un idiot ! Pourquoi ne me dis-tu pas que tu vas prendre le bus avec Marina ? suggéra-t-il avec espièglerie.

— Ça dépend ! Tu vas tout répéter à papa ? se moqua-t-elle méchamment.

— Tiens ! C'est une bonne idée. Et dire que depuis des mois que tu joues avec le feu, je n'y avais jamais pensé ! En plus, c'est bête de prendre le bus alors que tu as l'occasion d'y aller plus vite avec plus de confort ! Quand vas-tu cesser de jouer à la gamine capricieuse ?

— Quand je serai majeure, vaccinée et que j'aurai mis au moins trois mille bornes entre vous tous et moi. Je te remercie de vouloir jouer les taxis, mais j'avais l'occasion d'y aller en Jaguar. Tu ne fais pas le poids avec ta caisse, je préfère prendre le bus. Merci quand même et merci d'avance pour le rapport en quatre exemplaires que tu feras ce soir à mon père ! ironisa-t-elle.

— Trois exemplaires, sourit-il. Dans la police, c'est trois exemplaires ! Et si j'avais dû faire un rapport à ton père chaque fois que tu as fait un pet de travers, il croulerait sous la paperasse. Fais gaffe à toi, minette ! Bye !

Luc Boisseau était le voisin et l'ami de son père. Les deux villas étaient presque aussi proches que leurs propriétaires, à tel point que parfois Laura avait l'impression d'avoir deux pères et deux teignes de belles-mères. La voiture de Luc redémarra sur les chapeaux de roue.

— Roule plus vite ! ironisa Laura pour elle-même. C'est bien pour un flic de montrer l'exemple !

— T'en fais une tête ! plaisanta Marina qui venait à sa rencontre.

— Il y a des jours avec et des jours sans. Aujourd'hui, c'est sans ! Je ne les supporte plus !

— Allons bon, ça recommence ! soupira Marina plus sérieusement. Il faut que tu prennes ton mal en patience. Ça passera avec le temps. Mets-toi à leur place...

— Ça fait deux ans que ça doit passer. Et eux ? Tu crois qu'ils se mettent à ma place ? Ils m'étouffent. Ça n'est pas de ma faute si...

Le bus arrivait, lui coupant la parole. Laura lui en fut reconnaissante. Marina et elle avaient eu des dizaines de fois la même conversation qui aboutissait toujours au même point. L'amie de Laura était plus âgée qu'elle de deux ans. Elles s'étaient connues au collège et ne s'étaient plus quittées depuis, malgré leur différence d'âge, de niveau scolaire et social. Aujourd'hui en faculté, Marina avait eu la chance d'obtenir un poste de surveillante dans le lycée de Laura. Elle préparait à présent une Licence d'histoire. Elle était la confidente de Laura, sa conseillère, son « *poteau* » quand celle-ci menaçait de s'écrouler. Après la mort de sa fille aînée, le père de Laura — poussé par son épouse — avait décidé de mettre cette dernière en école privée pour la protéger. La cadette avait dû se rebeller, faire des pieds et des mains pour rester en école publique. Elle était même allée jusqu'à menacer de s'enfuir. Elle avait gagné en jouant avec les sentiments de son père. Mais c'était là sa seule victoire.

Au moment du drame deux ans auparavant, le monde s'était écroulé autour d'elle, emportant ses maigres repères. En perdant sa sœur, elle s'était *quasiment* retrouvée orpheline sur le plan affectif. Élisa, sa sœur aînée, ainsi que leur jeune tante Emmanuelle représentaient sa *vraie* famille. Le destin les lui avait ravies l'une après l'autre. Du coup, elle était devenue *l'unique descendante* de la famille qu'il fallait protéger à tout prix, le dernier représentant d'une race en voie de disparition... Son père et sa belle-mère l'étouffaient par peur de la perdre, elle aussi, sans vraiment se rendre compte qu'ils la perdaient d'une tout autre façon.

Les yeux embués de larmes, Laura évoqua en pensée l'horreur qui avait fait chavirer sa vie. Élisa avait trois ans de plus qu'elle. Elle fréquentait un jeune motard aux allures de loubard, qui écoutait de la musique que la famille Brissac caractérisait de violente et d'un goût douteux. Il n'était qu'un simple vendeur dans un magasin d'instruments de musique. Bref, il n'était pas le genre de gendre que sont en droit d'attendre des gens tels que les Brissac. Le père, Hervé, était un avocat réputé, Karen, la belle-mère, assistante du procureur. La première femme d'Hervé, Delphine, la mère des deux filles était décédée peu après la naissance de Laura, dans un accident de voiture avec ses propres parents, richissimes propriétaires de plusieurs entreprises. Le jeune avocat se retrouva seul — mais millionnaire — avec à charge, non seulement ses deux filles, mais sa jeune belle-sœur, Emmanuelle, plus âgée d'un an qu'Elisa, devenue du même coup orpheline. Il s'était remarié très vite, terrorisé à l'idée d'élever trois petites filles tout seul. Karen, à l'époque, avait terminé ses études de droit et venait d'être embauchée dans le même cabinet qu'Hervé. Débordante d'ambition, attirée par la situation de ce dernier autant que par lui, elle avait accepté d'élever les filles. Elle ne voulait pas porter d'enfant, mais n'était pas contre le fait d'en élever. Trois filles toutes faites lui convenaient donc bien. Ils stigmatisaient le schéma traditionnel d'une famille idéale, socialement bien établie, vivaient dans une villa de maître au sein d'un quartier résidentiel. Ils n'appréciaient pas les fréquentations d'Élisa, mais se disaient qu'elles changeraient avec l'âge, qu'il ne s'agissait que de provocations d'adolescente. Élisa se rendrait vite compte que son jeune amoureux ne pourrait pas subvenir à son train de vie bien longtemps. Elle reviendrait rapidement à des fréquentations plus raisonnables. Tout ce qu'on lui demandait en attendant était de ne pas se montrer en public — principalement dans leur milieu — avec Tommy (il s'appelait en fait Thomas, mais ses copains l'avaient surnommé ainsi parce qu'il était fan des «Who»). Les choses s'étaient gâtées quand Élisa avait fait part de son projet de partir deux semaines en vacances avec Tommy en moto. Hervé Brissac s'était élevé contre la volonté de sa fille aînée. C'était la première fois qu'il lui refusait quelque chose, mais il fut intraitable. Celle-ci eut beau tout tenter, soutenue par sa jeune tante Emmanuelle, il ne céda pas. Puis, peu à peu, les relations entre Tommy et Élisa se dégradèrent, jusqu'au jour où Élisa mit fin à leur relation. Elle consentit une dernière fois à revoir Tommy un soir, sur la demande du jeune homme. Le cadavre de l'adolescente fut découvert dès le lendemain, dans l'appartement d'Emmanuelle qui elle, avait découché comme souvent. Élisa avait été violée, poignardée et étranglée. Tommy n'avait pas pris la peine de fuir. Il fut arrêté à son propre domicile, en état de choc. Il eut beau clamer son innocence, il fut condamné à vingt ans de prison ferme. Emmanuelle, qui avait été la plus proche du jeune couple, et surtout d'Élisa, déchaîna un scandale. Elle accusa publiquement Hervé Brissac du meurtre de sa fille, dénonçant le verdict prononcé contre Tommy.

Son acte de folie fut mis sur le compte de son état de choc, du traumatisme causé par la mort de celle qu'elle considérait à la fois comme sa sœur et sa meilleure amie. Emmanuelle fut d'abord hospitalisée pour dépression nerveuse. Mais son état s'aggrava et elle fut internée en hôpital psychiatrique.

Laura avait été soigneusement mise à l'écart de toute l'affaire. Profondément choquée par la disparition brutale d'Élisa, elle n'avait qu'un vague souvenir des semaines qui avaient suivi. Tout ce qu'elle avait retenu était que sa sœur adorée était morte, et que sa tante — sa deuxième sœur comme elle l'appelait — avait perdu les pédales. D'une autre manière, elle l'avait perdue, elle aussi.

Du jour au lendemain, les époux Brissac décidèrent de prendre l'avenir de leur dernière fille en main, beaucoup plus sévèrement, et de la protéger envers et contre tout. Là, le calvaire avait commencé pour Laura. Elle devait rendre des comptes sur ses allées et venues, ses fréquentations, sur ses amies. Bien entendu, toute sortie le soir était proscrite ou autorisée sous bonne garde, d'où l'obligation pour elle de se forger une double vie.

Elle comprenait à quel point le drame avait brisé la famille, à quel point ils vivaient dans la peur de la perdre à son tour. Mais d'un autre côté, ils l'empêchaient de vivre ! Comble de malheur, elle ressemblait suffisamment à Élisa pour que ses proches voient en elle la réminiscence de sa sœur. On lui reprochait d'être trop jolie pour passer inaperçue, pour éviter les regards lubriques des hommes. Sa beauté la mettait en danger, et elle n'était pas assez adulte pour imposer le respect ! À bout un jour, elle avait conseillé à sa belle-mère de la faire empailler et de la mettre sous verre afin de pouvoir un peu respirer. Elle avait récolté une paire de gifles. Dès lors, leurs rapports s'étaient sérieusement dégradés. Depuis son plus jeune âge, Laura avait été plus rebelle, moins docile qu'Élisa. Karen et elle avaient toujours été en conflit, aujourd'hui plus que jamais.

Élisa était d'une beauté exceptionnelle. Elle avait même fait quelques photos de mode chez un photographe professionnel. Ses longs cheveux blonds, légèrement bouclés cascadaient jusqu'au bas de ses omoplates. Certaines de ses mèches semblaient presque blanches tant elles étaient claires. Du haut de ses un mètre soixante-quinze, ses mensurations faisaient l'envie de toute la gent féminine. Ses grands yeux bleus, son teint clair, ses lèvres roses délicieusement ourlées, ses dents blanches et parfaitement alignées, son sourire de vamp, tout chez elle la faisait resplendir. Laura était plus petite, plus menue, ses cheveux étaient beaucoup plus longs, beaucoup plus cendrés, avec des reflets châtains. Élisa avait hérité du teint clair de sa mère alors que Laura avait la peau mate de son père. Du coup, ses yeux bleus semblaient plus clairs et plus profonds que ceux de sa sœur. Ils lui donnaient un petit air fragile et sauvage qui n'avait aucune chance de rivaliser avec celui à la fois affirmé et doux d'Élisa.

- 2 -

Un coup de coude de Marina la fit revenir sur terre.
— Eh ! Tu dors ? nous sommes arrivées !
Les deux filles eurent à peine le temps de sauter de la dernière marche du bus que les portes se refermaient déjà.

Elles allumèrent chacune une cigarette et prirent le chemin du lycée. Cinquante mètres plus loin, un carrefour séparait un café snack-bar, sur la gauche, d'une petite rue sur la droite, qui menait au lycée et à la grande place qui l'annonçait. Le café avec sa grande terrasse était le jour, le point de rencontre des lycéens et le soir un bar à motards et à musique rock. Le plus souvent les deux communautés se côtoyaient. Il n'était pas rare que les motards ou les musiciens passent au café dans la journée. Certains au chômage y passaient même pas mal de temps, d'autres venaient y déjeuner.

Laura s'arrêta au carrefour, lorgnant un point sur la gauche. Juste devant la terrasse du bar était garée *la GSXR,* la seule moto qu'elle eût reconnue sur un million : *la sienne* !

— Il est là, murmura-t-elle à l'adresse de Marina.
— Laura, tu vas être en retard, soupira son amie. Tu exagères. Arrête avec ce mec...
— Vas-y ! Je te rejoins, j'en ai pour une minute. Je vais juste acheter un paquet de clopes, et...
— Et le voir ! Tu vas l'apercevoir deux minutes, et après ? soupira Marina.
— Et après ? Je me sentirai bien toute la journée. J'ai besoin de le voir. Il me fait rêver et c'est tout ce que je peux espérer obtenir de lui... Ça ne mange pas de pain. Je ne fais

rien de mal, je rêve, c'est tout ! expliqua-t-elle en se lançant dans le carrefour.

Marina maugréa, mais la suivit quand même. Elles s'arrêtèrent sur la terrasse vide à cette heure-là. Il était appuyé au bar et Laura ne pouvait admirer que son profil par la large vitrine.

— Vas-y ! Prends-moi un paquet de Malbo, je ne peux pas y aller, supplia Laura le cœur battant trop vite.

— Tu te contentes toujours de le regarder de loin, la gronda Marina. Vas-y. Tu passes à côté de lui, tu prends tes clopes et tu te barres. Et au moins, lui, il pourrait avoir une chance de te remarquer !

— Non, je ne peux pas. Sa simple présence me fait perdre tous mes moyens. S'il te plaît ! supplia Laura en riant nerveusement. Et puis, je sais qu'il ne me verra même pas. Je n'ai aucune chance avec ce mec. Je préfère me contenter de le regarder. Il a au moins dix ans de plus que moi.

— Et tu feras quoi le jour où il débarquera avec une autre meuf ? Tu te contenteras de pleurer ?

À bout d'argument, Laura entra dans le bar, feignant l'indifférence, elle ne lui jeta pas un regard, demanda ses cigarettes et fit demi-tour. En repartant, elle heurta par inadvertance le pied du tabouret sur lequel il était assis. Elle se retourna vivement, le cœur battant bien trop fort, et s'excusa avec un léger sourire.

— Il n'y a pas de mal, lui répondit-il d'une voix grave et vibrante, un léger sourire ironique aux lèvres.

Il la suivit du regard jusqu'à sa sortie.

— Et voilà le travail ! lança victorieusement Marina. Tu as tes clopes et en prime, son sourire. Ça va faire ta journée ! À demain beau Dylan ! chantonna-t-elle moqueuse. En attendant, il ne t'a pas quittée du regard, reprit-elle. À mon avis, tu l'as accroché. La suite au prochain épisode…

— Il n'y aura pas de prochain épisode tant que je ne serai pas majeure, indépendante et peut-être bien cinquantenaire, tu le sais bien. Il a au moins dix ans de plus que moi. Il ne s'intéresse qu'à des nanas expérimentées qui ont au moins son âge, voire plus. Il a une cour d'environ vingt gonzesses collées à ses basques vingt-quatre heures sur vingt-quatre.

Comment veux-tu que je rivalise ? Franchement, mes rêves me suffisent. Ça, personne ne peut me les enlever !

— Mais tu n'arriveras à rien comme ça !

— Et à quoi veux-tu que j'arrive ? Imagine que je parvienne à attirer son attention et qu'il se passe quelque chose entre nous, imagine seulement ! Mes parents apprennent que je fréquente un motard, donc voyou selon eux, tu crois qu'ils vont réagir comment ? Ils vont m'étrangler ! conclut Laura en souriant à demi.

— Remarque, ça leur évitera de... Marina s'arrêta brusquement, consciente de son humour de très mauvais goût. Elle était de nature vive et enjouée et ne faisait pas toujours attention aux mots qui sortaient de sa bouche.

— De découvrir mon cadavre dans un appart ? termina Laura pour elle, sur un ton ironique.

— Je suis désolée, je ne voulais pas dire ça, murmura Marina mortifiée.

— Ce n'est pas grave. Remarque, je serais libérée en quelque sorte, lança-t-elle négligemment en riant.

— Ton humour est pire que le mien ! lui reprocha Marina.

— J'en ai assez pleuré, autant en rire maintenant.

Le ton de sa voix faussement enjoué ne put couvrir l'accent de désespoir de Laura et Marina en fut toute bouleversée. Elles se turent toutes les deux jusqu'à l'intérieur du lycée.

— Aujourd'hui nous allons aborder un nouveau chapitre. Après Leibniz, nous allons nous attaquer à Kant ! Ils ont un point commun en ce qui concerne...

La voix du prof devenait de plus en plus basse dans le cerveau de Laura jusqu'à devenir inaudible. Les murs disparurent à leur tour. Elle se retrouvait sur la terrasse du Totem's Bar, trois mois auparavant. Une superbe GSXR suivie de deux autres motos s'était garée à quelques pas. Sans savoir pourquoi, alors qu'il portait encore son casque et était couvert de cuir, le motard avait attiré son regard. Il avait une prestance sur son engin, une classe que n'avaient pas les deux autres. Il avait enlevé son casque et ses cheveux longs châtain clair, épais, bouclés, hirsutes, étaient tombés sur ses épaules. Il avait répondu à une boutade en souriant et s'était tourné vers la terrasse.

Ce fut à ce moment-là que Laura avait compris ce que voulait dire *coup de foudre*. Elle n'oublierait jamais son regard gris bleu, un regard perçant, profond, son sourire magnifique, son teint mat, ses traits carrés à la fois sensuels et virils. À travers chacun de ses gestes, de ses mouvements, perçait une impression de puissance, de souplesse, de félinité. Même sa voix profonde, grave et douce, son rire de gorge l'avaient émue et marquée au fer, à vie. Il était très grand, carré d'épaules, et quand il posa son blouson, son tee-shirt près du corps trahit un torse musclé et puissant, des hanches fines, moulées par un jean délavé et savamment usé. Tout chez lui la faisait rêver. Il incarnait pour elle la virilité, la sensualité et la beauté masculine. Il symbolisait l'homme idéal, *son idéal*. Il n'était plus une heure depuis ce jour où elle n'avait pensé à lui. Elle en était arrivée, à force de l'observer, d'écouter parler ses copains, à connaître son nom, son lieu de travail. Elle avait appris qu'il était infographiste dans une entreprise de typographie et d'informatique. Il était devenu son rêve, son échappatoire, sa raison de vivre, quasiment son Dieu, comme le lui faisait remarquer Marina. Mais, pour rien au monde, elle n'aurait osé croiser son regard. Ils ne faisaient pas partie du même monde.

— À Laura de nous dire, à présent, ce qu'elle en pense ! tonna la voix du prof de philo.

— Pardon ? sursauta-t-elle, faisant rire quelques-uns de ses camarades.

— « La critique de la raison pure » : qu'est-ce que ce titre évoque pour vous à part un voyage sur la lune ?

— Il paraît que je ne suis pas toujours raisonnable, alors la raison *pure*, vous savez... plaisanta-t-elle à son tour.

Son petit sourire d'elfe espiègle avait la particularité de séduire et d'adoucir les colères de la plupart de ses professeurs, surtout celui-ci. Incapable de lui en vouloir, il tourna en dérision sa fâcheuse tendance à avoir trop souvent la tête dans les nuages et s'acharna sur quelqu'un d'autre au grand soulagement de la principale intéressée.

Laura fut libérée à dix heures par l'absence d'un professeur. Trop heureuse de l'aubaine, elle se précipita au bureau des surveillants qui jouxtait le centre de documentation où se réfugiait Marina pour réviser quand elle n'était pas de garde. Toutes deux se précipitèrent au Totem's. Le bar était presque vide à cette heure. Elles choisirent donc une table en terrasse, mais pas visible de la rue. Laura ne s'estimait jamais assez prudente. Elles furent rapidement rejointes par un groupe de filles et de garçons de leur connaissance. Le sujet dériva rapidement sur le groupe de motards, habitués des lieux. Ils faisaient fantasmer les filles, enrager les garçons, à la fois admiratifs et jaloux.

— C'est connu, les loubards attirent les filles, conclut Éric, l'un des garçons. Ils vous font peur, ils vous fascinent, mais quand vous voudrez de la stabilité ou de la sécurité, mesdemoiselles, vous reviendrez vers nous !

Sa remarque souleva des protestations comme des rires. Seule Laura ne souffla mot, se contentant de sourire tout en se concentrant sur sa cigarette.

— Tu n'es pas d'accord, Laura ? reprit Éric à son attention.

— Laisse tomber, s'esclaffa Isabelle, l'une de ses camarades de classe. Laura n'a d'attrait que pour les études… ou peut-être aussi pour un demi-dieu qui fait partie de la bande des loubards. Il trancherait la gorge d'une douzaine de pèlerins sous ses yeux qu'elle lui trouverait des circonstances atténuantes !

— Et alors ? Ça dépend de ce que lui auraient fait ces pèlerins, rétorqua Laura en plaisantant. De toute façon, ne vous inquiétez pas, je finirai mariée de raison pour faire plaisir à mes parents, à un fils à papa avec lequel je m'ennuierai à mourir. Mais, comme dit Éric, je connaîtrai la stabilité et la sécurité, quelle chance ! ironisa-t-elle.

— S'il te botte tant que ça, branche-le au lieu d'en rêver, reprit Isabelle. Mais mademoiselle aspire à un haut niveau d'études, n'est-ce pas ? Et quand tu dis « *mariée de raison* », laisse-moi rire ! Un simple motard aurait du mal à rivaliser avec un étudiant brillantissime, du style médecin ou avocat, n'est-ce pas ?

— Si je pouvais tomber sur un simple motard étudiant en médecine, c'est vrai que je n'hésiterais pas et que mes parents pourraient peut-être oublier qu'il est motard ! sourit ironiquement Laura.

— Tu crois qu'ils t'empêcheraient de fréquenter un mec juste parce qu'il ne leur plaît pas ? se hasarda Julie.

— Tu ne connais pas ses parents, lâcha Marina.

Cette dernière était la seule à avoir eu connaissance du drame qui avait touché la famille Brissac. L'affaire avait fait beaucoup de bruit deux ans plus tôt, mais Laura avait alors changé de lycée. La plupart des élèves n'avaient pas fait le rapprochement entre elle et la *sale histoire*. Et la jeune femme se gardait bien d'en parler. Quand on lui avait demandé s'il y avait un lien quelconque entre son nom de famille et les richissimes *Brissac*, elle avait argué qu'il ne s'agissait « *malheureusement* » que d'un homonyme. Personne n'aurait d'ailleurs imaginé que la fille du riche avocat puisse fréquenter une école publique.

À midi cinq, Laura reconnut de loin le rugissement de la GSXR. Il n'en fallut pas plus à son cœur pour s'emballer. Mais elle se fit violence pour cacher son émotion. Seule Marina ne fut pas dupe. Deux motos se garèrent près de la terrasse. Dylan et son meilleur ami David en descendirent et s'installèrent à une table plus loin. Ils déjeunèrent « *sur les chapeaux de roue* » d'un steak - frites et d'un café tout en discutant avec animation. Sous l'écran de ses longs cils, Laura lui jetait de nombreux regards. Elle ne se lasserait jamais de le contempler. Plus elle l'observait, plus il lui plaisait, l'attirait.

— Ben, tu vois, chuchota Isabelle, moi c'est l'autre qui me botterait ! J'adore les mecs aux longs cheveux noirs et raides. J'ai toujours préféré les Indiens dans les westerns.

— C'est vrai qu'ils sont aussi craquants l'un que l'autre. Moi, je serais moins difficile. L'un ou l'autre, je ne dirais pas non, plaisanta à mi-voix Julie.

— Eh bien eux non plus ! Je suis sûr qu'ils ne diraient pas non, les taquina Jimmy, le patron. Vous voulez que je vous branche ? Vu la réputation qu'ils ont l'un et l'autre, ils ne cracheraient certainement pas sur de jolies petites minettes !

— Chut ! intima Laura en rougissant et en allumant nerveusement une cigarette. Ils vont entendre.

— Vous les connaissez bien vous, n'est-ce pas ? questionna Isabelle soudain intéressée. Quel genre de fille leur plaît ? Qu'est-ce qu'ils recherchent chez les nanas ?

— Tu sais ma petite, un motard, pour qu'il lâche sa bécane, il faut qu'il trouve mieux à grimper !

— Gros cochon, lui lança Marina en souriant à l'allusion.

— Ben vous demandez, je vous réponds, se mit à rire Jimmy.

Elles continuèrent à fantasmer sur les deux motards, mais ne purent entendre, même en tendant l'oreille, les propos que s'échangèrent Jimmy et les deux hommes. Seule Laura remarqua le regard discret que leur lança David, se détournant légèrement.

— Jim, tu les connais, ces filles ? questionna Dylan.

— Pas plus que ça, des lycéennes ! Pas mal, hein, les gamines ?

— Les deux blondinettes aussi sont lycéennes ? Elles paraissent plus âgées que les autres, reprit David.

— Celle de gauche me dit quelque chose, murmura Dylan.

— Elle s'appelle Laura, elle est plutôt discrète, et relativement coincée par rapport aux autres, jamais vue ici le soir ! Y'a du pèze apparemment. Elle traîne souvent ici la journée, en particulier avec la blonde de droite. Sacré canon en tout cas. Crois-moi, elle promet celle-là !

— Tu m'étonnes, murmura Dylan pensif. Une petite beauté qui ne demande qu'à être éveillée à la vie...

— C'est une plaisanterie ? tonna David, l'air courroucé. Tu te fous de ma gueule, là ?

— Ben quoi ? s'étonna Jimmy. T'es jaloux ? Toi aussi, t'as envie de l'éveiller à la vie ?

Dylan et David se mesurèrent du regard silencieusement et très longuement. Le regard de David exprimait de la colère alors que Dylan le fixait un demi-sourire moqueur aux lèvres.

— Vous déjantez, les deux, là ! À votre avis, elle a quel âge ? finit par lâcher David. C'est une gamine ! Si en plus elle vient d'un milieu friqué, elle est à éviter comme la peste ! T'as connu Tommy, toi ? lança-t-il à Jimmy.

— Non ! J'ai acheté le bar juste après qu'il ait trucidé sa gonzesse. Pourquoi ? interrogea Jimmy soudain curieux. J'en ai entendu parler, comme tout le monde. C'était ce genre-là, la fille ?

— Ouais, c'était ce genre-là, se contenta de répondre David, lançant un regard entendu à Dylan.

— Le patron a vendu en partie à cause de cette affaire, reprit Jimmy. C'était un bon pote à Morelli, j'crois. D'après ce que j'en sais, la fille c'était le genre canon et fille à papa pleine de pognon. Le fils Morelli se serait fait baiser parce qu'il ne serait pas plus coupable que moi. Mais une famille millionnaire juriste contre un gosse des rues… Que ça vous serve de leçon, les gars ! Laissez les petites filles riches se faire sauter par les gosses de riches. Après, les pères règlent le litige à coup de finances. On ne mélange pas les torchons et les serviettes ! Mais cette Laura, je ne pense pas qu'elle soit si riche que ça, sinon elle ne fréquenterait pas ce lycée. La fille brune près d'elle s'appelle Julie. C'est la nièce d'un copain. Les parents bossent tous les deux en usine et ne roulent pas sur l'or. Pas vraiment le genre Jet Set, tu vois ?

— Elle m'intrigue quand même fortement, continua Dylan, évitant le regard de David. Et puis de la chair fraîche, ça changerait un peu.

— J'croyais que t'aimais pas les gamines, qu'elles te faisaient fuir ? sourit Jimmy.

— En général ouais, mais là…

— Allez, arrête tes conneries, laisse tomber. On va être en retard, coupa David qui ne quitta plus son masque courroucé.

Moins d'une demi-heure après leur arrivée, les deux hommes remontaient sur leurs bécanes et disparaissaient dans un vrombissement du diable.

- 3 -

— Paco t'a bien emmenée au lycée ce matin, n'est-ce pas ? questionna Hervé Brissac à l'arrivée de sa fille avant même de lui dire bonjour.

Il parlait, un verre de whisky à la main, les yeux rivés à son journal financier. Il ne la regardait pas, mais le ton de sa voix trahissait son mécontentement. Elle s'approcha dans son dos, passa son bras autour de son cou et lui appliqua un baiser bruyant sur la joue.

— N'essaie pas de m'amadouer, clama-t-il l'air fâché alors qu'elle savait d'ores et déjà qu'elle avait gagné. Tu ne m'as pas répondu !

— Mais bien sûr. Paco m'a emmenée en voiture au Lycée, mon cher papa, et je n'ai même pas eu l'occasion de rencontrer le grand méchant loup, mentit-elle avec un aplomb déconcertant.

— Alors où as-tu rencontré Luc ? Et pourquoi n'as-tu pas fini le trajet en voiture avec lui ?

— Parce que j'ai demandé à Paco de me déposer au bout de la rue. C'est à ce moment-là que Luc s'est arrêté. Quand il m'a proposé de m'emmener jusqu'au lycée alors qu'il ne me restait que cinquante mètres à pied, j'ai pris cela pour une plaisanterie ! Tu remercieras ton chien de garde et tu lui donneras un bon *susucre* pour avoir bien fait son travail d'agent secret. D'autre part, il est hors de question que Paco me laisse devant la porte du lycée avec une Jaguar alors que les parents de mes copines en bavent pour se payer une bagnole d'occase tous les cinq ans.

— Si tu fréquentais un lycée adapté, le problème ne se

poserait pas. Ma fille a honte d'aller à l'école en Jaguar ! Si mes relations apprenaient ça, je ne m'en remettrais pas ! plaisanta-t-il à demi. Karen m'a dit que vous vous étiez encore accrochées ce matin ? reprit-il en levant la tête pour la regarder dans les yeux cette fois.

— Tu sais ce que c'est, murmura-t-elle. Je ne suis jamais de bonne humeur le matin.

— N'empêche qu'elle se fait du souci pour toi. Tu pourrais être un peu plus compréhensive.

— Et vous, vous l'êtes ? J'en ai marre d'avoir toujours quelqu'un sur le dos, de devoir me justifier sans arrêt...

— Quand tu seras indépendante... Je continue ou tu connais la suite ?

Laura lui fit un geste évasif de la main qui voulait dire «*je sais*» et se précipita vers sa chambre.

— On dîne dans une demi-heure. Tu as beaucoup de travail ? reprit-il sur le même ton.

— Non, j'ai pris un peu d'avance en étude, j'ai bientôt fini.

Une demi-heure plus tard, Karen Brissac faisait son entrée, toujours tirée à quatre épingles, l'air tellement affairé.

— Pffou ! J'ai cru que je ne pourrais jamais rentrer ce soir ! Ces réunions qui s'éternisent ! lança-t-elle en jetant négligemment ses talons aiguilles dans l'entrée. Tout va bien, chérie ? Tu as passé une bonne journée ? questionna-t-elle sur le même ton à l'attention de Laura.

— Comme d'hab...

— Papa t'a dit la bonne nouvelle ? la coupa-t-elle sans plus de cérémonie.

— J'attendais que nous soyons à table ! coupa Hervé toujours préoccupé par son journal.

Laura tressaillit. Qu'est-ce qu'ils appelaient une bonne nouvelle ?

— Alors ? La bonne nouvelle ? questionna Laura plus inquiète que curieuse.

— Depuis un an et demi, l'état de santé d'Emmanuelle n'a cessé de s'améliorer. Nous avons pu nous rendre compte ces derniers temps, à quel point elle a changé. Elle semble vraiment en pleine forme. Aujourd'hui les médecins l'estiment tout à fait guérie et du coup, elle sort demain. Nous irons la chercher pour la ramener ici.

— Et vous n'en avez jamais parlé avant ? Je ne savais même pas que vous aviez régulièrement de ses nouvelles.

— En fait, nous n'en parlions pas pour éviter de te décourager ou te gorger d'illusions. Ça ne te fait pas plaisir ?

— Si ! Je suis contente, répondit simplement Laura.

Hervé leva la tête pour la fixer. Il s'attendait à une autre réaction. Il savait que Laura avait beaucoup souffert du scandale que sa jeune tante avait fait éclater. Elle avait refusé d'aller la voir. Les deux filles ne s'étaient pas revues depuis l'incarcération de Manue. Laura lui en avait voulu pour les propos qu'elle avait tenus. Pourtant, elles avaient été si proches. Hervé était persuadé que Laura lui en voulait, autant pour l'avoir abandonnée, que pour ce qu'elle avait fait. Elle était bien placée pour comprendre à quel point Manue avait été affectée par le drame, elle aurait dû lui pardonner.

— Tu n'es pas heureuse qu'elle revienne ? s'enquit-il.

— Si, bien sûr ! répondit Laura d'une voix hésitante. Mais... il y a longtemps qu'on ne s'est pas vues. Je pense qu'il va nous falloir du temps pour réapprendre à vivre ensemble... Parce qu'elle va vivre ici, n'est-ce pas ?

— Dans un premier temps, oui, répondit Hervé, l'air préoccupé. Ensuite, si elle trouve du travail et si elle en exprime le besoin, nous pourrions envisager le fait qu'elle aille vivre ailleurs, comme bon lui semble. Tu viendras la chercher avec nous ?

— Oui, je viendrai.

— Laura, on a déjà discuté de tout cela, commença Hervé doucement, mais je voudrais te répéter qu'il ne faut pas en vouloir à Emmanuelle. Nous avons tous été très affectés. Personne ne réagit de la même façon. Tout cela n'a été qu'une façon pour elle d'extérioriser son chagrin. Elle adorait Élisa, aimait beaucoup Tommy. Elle voulait trouver un autre coupable. En m'accusant, elle a fait un transfert sur moi de toute sa haine parce que je représente la hiérarchie parentale et que j'aurais dû être là pour... éviter le pire. Je n'étais pas là où il le fallait au bon moment et inconsciemment, elle m'a rendu responsable de tout !

— Je ne savais pas qu'il fallait aussi être psy pour devenir avocat, le taquina-t-elle pour détendre l'atmosphère et tenter de dissiper le malaise qu'elle sentait grandir en elle. Je n'en veux pas à Manue. J'appréhende juste de la revoir, c'est tout !

— Elle va avoir besoin de toi, tu sais ?

— Je ferai ce que je peux pour elle, lâcha Laura sans conviction.

Le lendemain matin, la première chose que Laura annonça à Marina était l'évènement de la sortie de sa tante.

— J'ai cru qu'ils ne la libéreraient jamais ! avoua Laura.

— Tu dois être folle de joie de la retrouver, commenta Marina.

— Non ! Si !... J'en sais rien ! tenta d'expliquer Laura. C'est comme s'il y avait deux personnes en moi. L'une est folle de joie, impatiente. L'autre se demande qui elle va retrouver : une étrangère ou ma grande sœur d'avant. Alors que je sais pertinemment que plus rien ne sera jamais comme avant, tu comprends ? J'ai peur de ne pas retrouver *ma Manue* ! Et paradoxalement, j'ai peur de *trop* la retrouver et qu'elle recommence...

— Alors, ne gamberge pas. Laisse faire les choses. Tu verras bien au moment venu. Ne te fais pas d'illusion et n'essaie pas d'imaginer ce que seront vos retrouvailles. Ça se fera tout naturellement !

— J'espère, murmura Laura. D'un autre côté, j'attends peut-être trop de choses du retour de Manue : plus de liberté, moins de pression...

— Si tu attends trop d'elle, c'est là que tu risques d'être déçue, objecta Marina. Elle ne sera pas non plus forcément la clé de tous tes problèmes. Ce qui est arrivé est terrible, mais il faut que ça sorte de toi, que tu vives pour toi maintenant. Tu es trop... comment dire, empreinte de ce qui s'est passé. Tu ne prends tes décisions que par rapport à ce drame. C'est lui qui dirige ta vie et ce n'est pas bon !

— Je ne vois pas ce que tu veux dire...

— Regarde la vérité en face. Ce mec, Dylan, par exemple, est-ce que tu n'aurais pas essayé d'attirer son attention si tu l'avais rencontré ailleurs, qu'il ait une belle voiture, les cheveux courts et qu'il s'habille autrement ? Tu en es folle, mais tu le fuis comme la peste parce qu'il est motard et que son style te rappelle Tommy. Tu crains la réaction de tes parents s'ils savaient et maintenant tu crains aussi la réaction de Manue quand elle saura.

— C'est faux, s'énerva Laura. Il n'a rien à voir avec Tommy. De toute façon, je sais qu'il n'est pas pour moi, que je n'ai aucune chance avec lui parce que je suis bien trop jeune. J'en suis consciente, crois-moi. Alors, pourquoi me faire du mal en me gorgeant d'illusions ?

— D'accord, il est beaucoup plus beau, plus sexy que Tommy, mais moi, je te parle de son style de vie, de son style de fréquentations, de ses goûts musicaux, insista Marina. C'est normal que ce qui s'est passé t'ait traumatisée. Mais tous les motards ne sont pas pour autant des psychopathes en puissance ! La vérité c'est que tu as encore plus peur de la réaction de ta famille, et c'est compréhensible. Mais c'est *ta* vie Laura. Ne passe pas à côté sous prétexte que ta sœur n'est plus là ou que Manue a disjoncté !

— Le problème, c'est que ce n'est pas *ma* vie, c'est celle qu'*ils* m'ont choisie ! Je me sens comme dans une prison et je ne peux pas m'en échapper. En tout cas, pas maintenant, avoua Laura à mi-voix en détournant ses yeux humides. Et pourtant, des fois, j'ai envie de prendre le même chemin qu'Élisa, fréquenter le même milieu qu'elle, uniquement pour connaître les mêmes sensations. C'est un milieu qui m'attire, les motards, le rock... mais qui me terrorise aussi.

— C'est génial que Manue sorte, lança Marina. Au moins, elle va te faire un peu bouger.

— Si elle ne prend pas leur parti. Elle a peut-être beaucoup changé...

À midi, après les cours, quand Laura, accompagnée de Marina, arriva aux abords du Totem's, son cœur manqua un battement. La GSXR était garée devant la terrasse.

Immédiatement, les paroles de Marina vinrent heurter son cerveau. Les deux filles s'installèrent comme d'habitude à la terrasse. Dylan était assis au bar avec David. Jimmy vint prendre la commande. De retour derrière son bar, il s'écria :

— Deux quoi, vous m'avez dit ? Deux Schweps ?

— Non ! Un Gini et un Schweps, rectifia Marina.

Instinctivement, Laura qui tournait le dos au bar et Dylan qui tournait le dos à Laura se retournèrent en même temps. Pour la première fois, leurs regards se croisèrent et s'accrochèrent. Laura eut toutes les peines du monde à détourner les yeux. C'était comme s'ils agissaient indépendamment d'elle et ne lui obéissaient plus. Rougissante, elle finit par reprendre sa position initiale.

— Waouh ! remarqua Marina. Il t'a lancé un de ces regards...

— Il regarde encore là ? questionna Laura, tous les sens en émoi, la main tremblante alors qu'elle tentait d'allumer une cigarette.

— Là, non ! Mais il t'a fixée un sacré bout de temps et j'ai l'impression qu'il parle de toi avec Jimmy.

— Tu vois ? Rien que ça et je perds mon sang-froid. S'il m'adressait la parole à l'instant, je serais incapable de lui répondre, murmura Laura.

Elle avoua à Marina qu'elle mourait d'envie d'aller aux toilettes, mais qu'elle n'osait pas y aller parce qu'il lui faudrait passer tout près de lui.

— Il est parti dans l'arrière-salle avec Jimmy, tu peux y aller, la prévint Marina. Tiens ! ajouta-t-elle en lui tendant de la monnaie. Mets de la musique en passant.

En sortant des toilettes, Laura s'arrêta donc au juke-box. Elle s'apprêtait, le doigt sur la vitre, à programmer « *What it takes* » d'Aérosmith, quand une voix derrière elle la fit tressaillir, une voix qu'elle reconnut instantanément.

— Ce n'est pas leur meilleure ballade, lança sa voix profonde.

Lui jetant un rapide coup d'œil, elle se fit violence pour lui répondre.

— Et laquelle est la meilleure ?

— « *Hole in my soul* » par exemple, ou « *Angel* »...

Comme elle ne bougeait pas, il en déduisit qu'elle attendait qu'il programme à sa place, ce qu'il fit.

— Merci pour le conseil, murmura-t-elle en lui offrant un timide et rapide sourire.

— Tu travailles au lycée ? questionna-t-il soudain, alors qu'elle allait s'éloigner.

En fait, elle n'attendait que ça, qu'il la retienne. Ses jambes refusaient de la faire avancer. Sa remarque la fit sourire. Ce n'était pas la première fois qu'on la prenait pour plus âgée qu'elle n'était. Physiquement d'abord, son corps ne ressemblait plus à celui d'une enfant. Et puis, moralement, on la trouvait généralement beaucoup plus mûre que les filles de son âge. C'était d'ailleurs l'une des principales raisons pour lesquelles ses amies étaient toutes plus âgées qu'elle. La vie l'avait un peu fait vieillir avant l'heure. Et s'il est une partie de sa vie où l'on apprécie d'être « *vieillie* », c'est bien celle où l'on n'est plus une gamine, mais pas encore tout à fait une adulte.

— Non, sourit-elle. J'essaie de faire en sorte de pouvoir un jour travailler ailleurs justement !

— Tu vas bientôt passer le bac, alors ?

— Hum, je vais bientôt *essayer* de le passer... pour la deuxième fois !

Elle s'admonesta en silence. Quelle mouche l'avait piquée ? Pourquoi avoir dit ça ? C'était faux, elle était même légèrement en avance en matière de scolarité. Mais elle était tellement habituée à raconter des bobards qu'ils sortaient presque inconsciemment de sa bouche. Et puis, le fait de passer le baccalauréat pour une seconde fois la vieillissait un peu malgré tout !

— Il ne faut pas désespérer, se mit-il à rire. Moi, je ne l'ai jamais passé et je ne m'en porte pas plus mal. Et puis, je crois qu'au bout de la septième fois, ils le donnent.

— Merci, sourit-elle franchement, je ne crois pas que j'aurai autant de patience !

À nouveau, leurs regards se croisèrent et Laura sentit ses joues s'embraser. Baissant les yeux, elle s'éloigna rapidement, sentant sur elle son regard de braise jusqu'à ce qu'elle ait rejoint sa chaise sur la terrasse. Elle dut faire face au sourire moqueur de Marina.

— Alors ? Tu as pu répondre ou tu t'es mise à bégayer ?

— Oh, j'y crois pas ! s'excita Laura d'une voix aiguë. Là, j'en ai pour ma semaine !

— Vous avez parlé de quoi ?

— Il m'a demandé si je travaillais au lycée !

— C'est bon signe, ma vieille, il cherche à en savoir plus sur toi. Il ne t'a pas quittée du regard jusqu'à ce que tu te sois assise !... Et la ballade qu'il a choisie... « *Cos your love's like a thorn whithout a rose...* » : sur un morceau comme ça, en boîte, tu emballes forcément. C'est un des plus beaux slows que je connaisse.

Tout l'après-midi, elle ne fit que fredonner « *Hole in my soul* » en pensant à son regard à la fois amusé et intéressé. Elle avait l'impression que son cœur chantait dans sa poitrine. Elle avait envie de rire, de s'amuser, de danser. Aussi, tenta-t-elle de se calmer avant de rentrer chez elle. Elle ne voulait pas qu'ils la questionnent. Ils s'attendaient certainement à ce qu'elle soit plutôt nerveuse à l'idée de revoir Manue. À peine fut-elle rentrée qu'il lui fallut repartir pour l'hôpital psychiatrique, à plus de cent kilomètres.

Pendant le trajet, elle tenta de s'imaginer à quoi ressembleraient les retrouvailles. Plus le temps passait, plus sa nervosité augmentait. Manue lui en voudrait sûrement de n'être jamais venue la voir. Hervé et Karen restèrent eux aussi silencieux, l'air préoccupé.

Quand les deux filles se firent face, elles se fixèrent, d'abord hésitantes, chacune ne sachant comment réagirait l'autre. Puis une foule de sentiments passa dans leur regard. C'était comme si une communication télépathique s'était instaurée entre les deux. Elles se disaient combien elles s'étaient manquées l'une à l'autre, combien elles étaient heureuses de se revoir. Au bout d'un moment qui parut une éternité, elles tombèrent dans les bras l'une de l'autre se serrant à s'étouffer. Les deux pleuraient sans pouvoir se parler.

Hervé resta un peu à l'écart, le visage impassible. Au grand agacement de Laura, Karen fit son numéro.

— Ma chérie, s'élança-t-elle à son tour alors que les filles se reculaient un peu, comme tu nous as manqué ! Je suis si heureuse que tu puisses enfin rentrer à la maison. Comment te sens-tu ?

— Beaucoup mieux, s'écria Manue en répondant chaleureusement à l'accolade de sa belle-sœur et se blottissant dans ses bras au grand étonnement de Laura. Vous m'avez tellement manqué. Je suis si heureuse de vous revoir, murmura-t-elle les larmes aux yeux.

Se dégageant de l'étreinte de Karen, Emmanuelle se tourna vers Hervé.

— Je suis très heureuse que tu sois venu, lui dit-elle la voix un peu enrouée. Je voudrais effacer le passé, tous les malentendus entre nous... mais...

— C'est oublié. Ça ne tient qu'à toi, répondit Hervé avec un sourire qui ne réchauffa pourtant que très peu son attitude toujours froide.

— C'est vrai ? Tu penses que tu pourras me pardonner un jour ? Qu'on pourra revivre tous ensemble ?

— C'est mon vœu le plus cher. Je suis heureux que tu réagisses de la sorte, avoua Hervé un peu plus chaleureusement en la prenant dans ses bras.

Ils restèrent longtemps enlacés. Si le mur n'avait pas soutenu Laura, elle en serait tombée à la renverse tant elle se sentait abasourdie par la joie qu'elle ressentait.

— Tu as tellement changé en deux ans, murmura Manue à l'intention de Laura. La dernière fois, tu n'étais qu'une enfant...

— Toi, tu n'as pas changé du tout, mentit-elle en souriant. Tu as l'air en pleine forme.

Toutes deux échangèrent un sourire complice. Manue n'était pas dupe. Elle avait maigri, coupé ses cheveux noirs hirsutes aux mèches fluo d'influence punk pour une coupe plus *raisonnable* et plus sportive — sûrement plus pratique pour un long séjour en incarcération — pensa Laura. Disparus aussi ses piercings dans le nez et sur les sourcils. On aurait presque dit une jeune fille bien sous tous rapports !

Elles n'eurent pas vraiment l'occasion de discuter l'une et l'autre pendant le trajet du retour, ni même pendant le repas. Laura fut surprise de constater à quel point Manue semblait vouloir se rapprocher d'Hervé. Elle avait, par le passé, toujours été rebelle, se moquant des reproches de son beau-frère et de sa belle-sœur concernant son mode de vie et ses fréquentations. Elle avait quitté l'école très tôt, n'avait jamais fait le moindre effort pour trouver du travail, vivant sur ses rentes. En fait, la part d'héritage qu'elle avait touchée lui permettait de mener une vie de fêtarde. Plus on lui demandait de se ranger, plus sa vie devenait dissolue. Moins ses petits amis masculins plaisaient à la famille, plus elle les fréquentait. Karen, sa belle-sœur par alliance, n'arrivait pas à avoir une quelconque autorité sur elle et Hervé en bavait pour tenter de la garder sur le droit chemin, en vain. Dès sa majorité, Manue avait pris son indépendance, s'offrant un appartement grand luxe dans un quartier résidentiel qu'elle choqua par sa vie de débauche.

Or, aujourd'hui, elle paraissait s'être assagie. Elle confia à Hervé son envie de trouver rapidement un emploi stable, un petit studio (et non son immense loft d'antan !).

— Prends ton temps pour réfléchir, commença Hervé, mais j'ai une proposition à te faire. Tu n'es pas obligée d'accepter. Nous allons bientôt avoir besoin d'une secrétaire au cabinet. L'une de nos deux employées attend son deuxième enfant et va démissionner. Elle nous l'a fait savoir assez tôt pour que nous ne soyons pas pris de court. Si tu es d'accord pour te former et faire un essai, je te réserve le poste. Tu y réfléchiras et...

— C'est vrai ? s'écria Manue, tu ne plaisantes pas ?

— Ai-je l'habitude de plaisanter ?

— Je n'ai pas besoin de réfléchir, s'empressa-t-elle de reprendre. Je suis d'accord, je commence quand tu veux ! Et je te remercie de me faire confiance, ajouta-t-elle plus doucement. Je ne te décevrai pas, cette fois !

— Je n'en doute pas, reprit Hervé. En attendant, tu comptes t'installer ici ? Tu as toujours ta chambre, tu sais ?

— En fait, commença Manue hésitante, j'espérais que tu me le proposerais. Je craignais que tu ne veuilles plus de moi ici. Bien sûr, d'ici quelque temps, je trouverai un appart...

— Cela va de soi ! L'essentiel est que tu te sentes bien. Quant à notre porte, elle te sera toujours ouverte !

— Je sais, murmura Manue. Et je sais aussi ce que je vous dois... Je ne pourrai jamais vous remercier pour tout !

— Nous serons largement remerciés lorsque tu te seras créé une vie stable et heureuse, prophétisa Karen. Nous allons donner une fête en l'honneur de ton retour, et nous allons te présenter une foule de gens. Tu verras...

— Karen, je ne souhaite pas... Enfin, c'est gentil, mais j'ai besoin d'un peu de temps...

— Bien entendu Manue, coupa Hervé. Quand tu te sentiras prête, nous organiserons cette fête, et pas avant, n'est-ce pas Karen ?

Celle-ci fut contrainte d'acquiescer bien que cela la contrariât. Karen adorait paraître en société, recevoir en grand...

Laura plongea le nez dans son assiette pour éviter d'éclater de rire en croisant le regard de sa tante. Elle savait à quel point les amis du couple étaient snobs et combien les fêtes auxquelles participaient son père et sa belle-mère pouvaient être aussi fastueuses qu'ennuyeuses. Nul doute qu'ils inviteraient tout le gratin de la région. Toutes deux n'auraient que l'embarras du choix quant aux *jeunes hommes de bonne famille* qui y seraient invités ! Le message était clair. Il était hors de question que Manue retrouve ses anciennes fréquentations !

Après le repas, celle-ci qui auparavant, vivait plus la nuit que le jour, prétexta être fatiguée, et se retira dans sa chambre. Laura à son tour, prit congé, mais curieuse comme une puce, elle redescendit les escaliers sur la pointe des pieds et se colla au mur qui séparait le salon du corridor afin de surprendre la conversation de ses parents.

— Je n'arrive pas à croire qu'Emmanuelle ait tellement changé, commenta Karen.

— Deux ans en psychiatrie ont fini par la mater. Tu vois ? Je te l'avais dit ! Nous aurions dû le faire plus tôt !

— Nous allons peut-être finir par en faire quelqu'un...

— Ne te réjouis pas trop vite, murmura pensivement Hervé. On arrive parfois à dresser des animaux sauvages, mais leur instinct subsiste et se réveille quand on s'y attend le moins. Laisse-la faire ses preuves avant de crier victoire !

— En tout cas, c'est bien joué ta proposition de la placer dans ton cabinet, jubila Karen.

— Je n'ai pas trouvé mieux pour garder un œil sur elle...

Laura en avait assez entendu. Elle remonta à pas de loup dans sa chambre. Ainsi, son père restait sur ses gardes. Il lui demandait d'oublier, mais lui n'en avait rien fait.

Elle tournait en rond dans sa chambre en se demandant si elle devait aller rejoindre Manue, si celle-ci viendrait à elle ou si elle dormait vraiment.

Soudain deux petits coups frappés à sa porte firent bondir son cœur dans sa poitrine. La poignée tourna lentement. Manue pénétra doucement dans la chambre, referma précautionneusement la porte. Les deux filles se retrouvèrent dans les bras l'une de l'autre en réfrénant leurs cris de joie, laissant couler leurs larmes.

— Je n'arrive pas à croire que je suis libre, que je suis enfin dehors ! s'écria Manue. Je n'espérais plus sortir. J'ai bien cru que j'allais finir par devenir vraiment cinglée. Tu m'as tellement manquée, ma puce !

— Toi aussi, tu m'as manquée, avoua Laura. Je suis désolée de n'être jamais venue te voir... Ce n'est pas que je n'en avais pas envie, mais... Je ne savais plus où j'en étais et... Tu veux une cigarette ?

— Tu fumes ? Et ils ne le savent pas ? s'amusa Manue.

— J'ouvre la fenêtre, mais en général j'évite de fumer ici. Ils en feraient une maladie s'ils savaient !

— Alors, raconte-moi. Tu en es où à l'école ? Comment vis-tu ? Qui sont tes copines ? As-tu un petit ami ? Je veux tout savoir ! s'enthousiasma Manue.

— Je suis en terminale. Je fréquente toujours Marina. Tu vois, j'ai toujours la même amie. Sinon, je n'ai pas de petit ami. Je ne sais pas comment je pourrais en avoir un, d'ailleurs.

— Pourquoi ? Qu'est-ce qui se passe ? Sentirais-je un peu de rancœur dans tes propos ? sourit Manue.

— Depuis... enfin, depuis *ça*, je suis... Comment dire... sous haute surveillance. Je ne peux pas sortir, je peux à peine aller à l'école, je suis sous interrogatoire continuellement.

Par contre, ils me présentent aux enfants de leurs collègues, des fils d'avocats, de juges, de commandants de police, de députés, tout le gratin, quoi !

— Et... aucun ne t'a tapé dans l'œil ? sourit Manue.

— Non, ça ne risque pas ! Je déteste leur genre suffisant, prétentieux. C'est à celui qui possède la plus belle voiture, la fringue la plus chère, qui skie dans les plus grandes stations. Ils écoutent la musique qui passe à la radio, non par goût, mais parce que c'est à la mode, rétorqua Laura sur un ton méprisant.

— Et toi ? Quelle musique tu aimes ? questionna Manue, craignant d'entendre la réponse qu'inconsciemment elle connaissait déjà.

— J'ai récupéré vos CD, vos vidéos, sous-entendit Laura. J'ai été à bonne école avec vous deux, tu sais ?

— Malheureusement, souffla Manue. Tu as été influencée par nous, c'est normal, mais je pense que tu devrais trouver ta propre voie. On avait tort, tu sais ?

— Hum ! acquiesça Laura sans conviction. Vous aviez tort d'écouter du Rock, du heavy métal, du Punk, de fréquenter des motards et des métalleux, des musiciens... Plus je vieillis, plus je me rends compte que j'ai les mêmes goûts qu'elle dans beaucoup de domaines, les fringues, la musique... les mecs, soupira Laura.

— Qu'est-ce que tu veux dire par « *les mecs* » ? sourcilla Manue.

— Les garçons que mes parents aimeraient me voir fréquenter, les fils à papa, en *costard-cravate*, enfin ce style-là me tape sur les nerfs. Ceux qui m'attirent, tu vois, c'est plutôt le genre... cheveux longs, cuirs, motos...

— Tommy, murmura Manue.

— Je l'ai toujours trouvé craquant avant, murmura Laura à son tour, la gorge serrée. Ce sont des mecs comme ça qui attirent mon regard, pas les autres. C'est comme ça et je n'y peux rien. Mais s'ils savaient, ils m'enfermeraient !

— Ils ont peur, Laura. Ça se comprend. Ils n'ont peut-être pas tort. Quel avenir a-t-on avec un mec au chômage ou avec un boulot minable ? Il serait peut-être plus profitable d'épouser un bon parti, plein de fric...

Laura regarda Manue, stupéfiée par ses propos.

—... et prendre un loubard comme amant, termina Manue en riant.

— Le mariage serait-il symbole de liberté ? plaisanta Laura.

— Je plaisantais, je plaisantais ! s'écria Manue en éclatant de rire.

— Tu sais que je me suis inventé un emploi du temps de titan uniquement pour pouvoir passer un moment au Totem's, le bar près du lycée où...

— Je sais, la coupa Manue réprimant un frisson. Je le connaissais bien. J'y allais souvent, moi aussi. Ça m'étonnerait que sa clientèle ait beaucoup changé ! Te demander d'éviter l'endroit ne servirait à rien, n'est-ce pas ?... Mais quand tu parles de mecs, est-ce qu'il y en a un en particulier ? reprit-elle devant le silence buté de Laura.

— Je n'ai pas de petit ami attitré si c'est ce que tu veux dire, sourit Laura en éludant la question. Mais c'est vrai qu'il y en a plusieurs qui me plaisent physiquement.

Manue ouvrit la bouche pour parler puis parut se raviser. Une lueur étrange brillait dans ses yeux. Un instant, Laura eut la désagréable impression que sa tante avait changé de camp.

— Bon, je crois que je vais aller me coucher. On continuera à discuter demain, O.K. ? coupa court la jeune femme.

- 4 -

Le mercredi matin, dans l'emploi du temps fictif de Laura, était réservé au sport scolaire. Elle était censée déjeuner à la cantine, puis rejoindre un club de gym pour faire du step — seule activité en dehors de sa scolarité que ses parents lui permettaient —. Aussi, lui arrivait-il d'y aller vraiment lorsqu'elle n'avait rien d'autre à faire.

Elle retrouva Marina en ville ce jour-là et toutes deux descendirent la rue piétonne en flânant, une cigarette à la main, prirent leur petit déjeuner dans un salon de thé, en profitèrent pour se goinfrer de gâteaux et rejoignirent le Totem's vers onze heures trente. En général, il y avait toujours quelques motards pour l'apéro à cette heure-là. La terrasse était vide, mais la présence de quelques motos sur le parking dont la fameuse GSXR fit battre le cœur de Laura un peu plus vite. Quand elles rentrèrent dans le bar, quelle ne fut pas leur surprise de voir attablés ensemble, Isabelle et Julie, leurs amies du lycée, Dylan et un autre homme que Laura et Marina ne connaissaient que de vue. Elles allaient s'installer, l'air indifférent, à une autre table, lorsque Dylan les interpella indirectement.

— Tiens ! Voilà vos copines, lança-t-il en souriant. Des fans d'Aérosmith !

L'air contrarié, Isabelle fut contrainte de se retourner et de feindre la surprise.

— Tiens, vous ici ? Quel bon vent vous amène ?

— Celui de l'apéro, pardi ! rétorqua Marina en souriant.

Sans un mot, d'un geste, Dylan tira une chaise par le dossier et l'autre gars en fit de même. Si Laura hésita,

Marina, elle, saisit la perche au vol.

— Vous nous présentez ? lança l'inconnu à l'adresse d'une des deux filles.

— Marina et Laura, lâcha Julie comme Isabelle restait muette. Et Dylan et Nanou.

— Enchantée, s'enthousiasma Marina. Nanou, c'est un surnom ?

— Ben oui, je m'appelle aussi Dylan, mais je suis le plus jeune alors... je m'incline !

Laura ne put éviter de remarquer le regard noir que lui décocha Isabelle. Apparemment, elles n'étaient pas les bienvenues. Cela dit, son attitude devint rapidement fondée. Malgré tout le mal que se donnèrent Isabelle et Julie pour attirer l'attention des deux hommes, elles n'y parvinrent plus. Les deux arrivantes leur volaient la vedette. Bien que Laura restât le plus souvent silencieuse, elle n'en était pas moins le point de mire de l'assemblée. À plusieurs reprises, son regard croisa celui, à la fois amusé et curieux de Dylan. Chaque fois, elle baissa les yeux, se sentant brûler de l'intérieur, sentant ses veines battre à coups redoublés à ses tempes.

— Au fait, j'ai entendu dire que vous donniez un concert ce week-end, tenta une dernière fois Isabelle.

Il devait s'agir de quelque chose d'important, car elle capta d'un coup l'attention des deux hommes.

— Vous jouez où ? insista-t-elle.

— Comment tu le sais ? C'est un concert privé pour un anniversaire, répondit Nanou.

— J'ai mes sources, avoua Isabelle à mi-voix d'un air mystérieux. Il n'y a aucun moyen d'avoir des places ?

— Non ! C'est une soirée exclusivement sur invitation, précisa Nanou.

— Et... vous, en tant que musiciens, vous ne pouvez pas y aller accompagnés ? sous-entendit-elle.

— Si, sourit Dylan légèrement ironique, mais là aussi les places sont prises !... Enfin j'espère, murmura-t-il en fixant Laura et en lui tendant son paquet de cigarettes ouvert.

Laura en prit une, plongeant son regard dans le sien presque involontairement. Ses yeux toujours un peu moqueurs exprimaient largement son invitation. Mais comme elle n'avait pas été faite verbalement, Laura n'osait y croire. Les sangs en révolution, elle le questionna du regard, les joues roses d'émotion. Leur échange pourtant muet n'échappa pas à Isabelle qui sous le coup de la colère se leva brusquement.

— Bon ! Je vois que je gêne. Vous auriez dû me dire que vous aviez déjà fait connaissance et que vous avez déjà des projets en commun ! J'ai autre chose à faire qu'à jouer les entremetteuses. Bon après-midi. Tu viens, Julie ?

Cette dernière se leva docilement. Laura les regarda prendre congé, hébétée.

— Mais, Isa...

La main de Dylan se posa sur son bras, l'interrompant. C'est seulement alors qu'elle comprit qu'il avait obtenu ce qu'il voulait.

— Mais elle croit que... commença Laura.

— Et alors ? sourit Dylan. Au moins, les choses sont claires. Elle ne se fera pas d'illusions. Et elle trouvera bien un autre larbin pour se faire inviter.

— Elle a déjà posé ses jalons, reprit Nanou en souriant. Voilà deux ou trois soirs qu'elle nous rejoint. C'est bien le diable si elle n'arrive pas à s'emballer l'un de nous pour venir vendredi soir !

— Il s'agit de quel concert ? questionna Marina.

— « *Hysteria* », vous connaissez ? reprit Nanou.

— J'ai déjà écouté un CD d'eux, mais je ne les connais pas, répondit Marina. J'adore ce qu'ils font d'ailleurs, ajouta-t-elle à l'adresse de Laura. Ils reprennent des morceaux d'Alice Cooper, d'Aérosmith, d'UFO, de Thin Lizzy... Il paraît que c'est un groupe local ?

Nanou et Dylan échangèrent un regard amusé et complice.

— Ouais, ils sont d'ici. Ce sont des mecs vraiment géniaux, des musiciens hors pair ! C'est vraiment un concert à ne manquer sous aucun prétexte ! ironisa Nanou en riant.

À son tour Marina pouffa. Elle venait de se remémorer l'une des dernières phrases d'Isabelle à laquelle elle n'avait pas prêté attention : « *... vous, en tant que musiciens...* »

— C'est vous *Hysteria* ? s'écria-t-elle.
— Pour vous servir, se moqua Nanou en mimant une petite révérence.
— Nous sommes impardonnables, se mit à rire Marina. Excusez-nous de ne pas vous avoir demandé d'autographes !
— Effectivement, c'est vexant. D'ailleurs, pour vous rattraper, vous allez être obligées d'accepter notre invitation. Sinon, vous allez encourir des peines plus graves...
— Comme ? provoqua Marina.
— Comme subir notre glaciale indifférence à votre égard si vous ne venez pas.
— On est obligé d'accepter, Laura ! répondit Marina feignant le désespoir. Nous n'avons plus le choix.
— Vendredi soir ? Je ne sais pas si... commença Laura fixant lourdement le regard suppliant de Marina.
— Ce serait vraiment dommage de louper ça, murmura Dylan uniquement à l'adresse de Laura, ne la lâchant pas des yeux. Sur ce, je suis en retard, je dois y aller ! On dit vendredi ici vers dix-neuf heures, ça va ?
— Je vais essayer..., répondit timidement Laura.
— Vous faites quoi dans le groupe ? Qu'on n'ait pas l'air plus bête en arrivant là-bas ! supplia Marina en riant.
— Je suis batteur, Dylan guitariste chanteur, expliqua Nanou. L'autre guitariste s'appelle David. Il vient souvent ici avec Dylan, un grand aux longs cheveux noirs...
— Je vois ! Il plait beaucoup à Isabelle, d'ailleurs, se vengea subtilement Marina.
Sa remarque fit sourire les deux hommes.
— À vendredi alors ? insista Nanou en se levant.
— Je pense, oui, sourit Marina.
Tous les deux prirent congé alors qu'il était midi passé. A peine furent-ils sortis que Marina s'agita sur sa chaise.
— C'est génial ! Waouh ! Non seulement ce sont eux *Hysteria,* mais, en plus, ils nous invitent pour la soirée ! C'est le pied ! s'écria-t-elle d'une voix aiguë et surexcitée.
— Tu parles d'un pied, murmura Laura qui, le cœur battant la chamade, hésitait entre hurler de joie et pleurer de déception. Je ne pourrai jamais sortir vendredi soir. Tu me vois dire à mon père que je vais voir un concert de rock

accompagnée d'un motard d'une trentaine d'années ? Il va me tuer avant que j'aie fini ma phrase !

— Eh ! Tu ne déconnes pas ma vieille, tu viens ! C'est la chance de ta vie ! s'excita Marina. En plus, il n'a pas la trentaine, il a... tout au plus, vingt-sept, vingt-huit ans ! On va trouver une solution. Fais le mur !

— Pour sortir, je pourrais peut-être me démerder, mais, pour remonter, je fais comment ? Je grimpe après les chéneaux ? Et le signal d'alarme, je le déconnecte comment en passant par la fenêtre ? Et puis s'ils s'en rendent compte, il ne me reste plus qu'à me suicider.

— Tu trouves un gentil fils à papa qui t'invite à l'opéra. Je te suis dans la loge, je l'assomme. On l'attache, on fonce au concert et on te ramène à l'opéra après. Tu le réveilles en lui jurant que c'était le plus bel opéra que tu aies jamais vu. Il aura tellement l'air con qu'il n'osera même pas poser de questions, s'amusa Marina.

— Le pire, c'est que je connais un fils de député qui serait assez con pour être parfait, pouffa Laura.

— Ils te laisseraient venir dormir chez moi ? T'as un bac à réviser, après tout, proposa Marina.

— On peut toujours essayer, répondit Laura sans grande conviction.

— Et Manue ? Elle ne peut pas te servir d'alibi ?

— Pas encore ! Tu penses bien qu'au début, ils vont l'avoir à l'œil. Et... Elle a vraiment changé. Je ne crois pas qu'elle ait envie de reprendre sa vie d'avant. Ça m'étonnerait qu'elle aille à un concert rock ! Je n'ai pas très envie de la mettre au courant pour l'instant.

Laura décida qu'elle ne dirait rien à Manue. Il était trop tôt pour lui parler de Dylan. Et qui sait comment elle réagirait ? Elle lui déconseillerait sûrement une telle liaison. Et puis pour l'instant, il ne s'agissait que d'une invitation, sans plus. Elle ne devait pas se bercer d'illusions. Il n'y aurait certainement rien de plus entre eux. De toute façon, que pouvait-il y avoir ? se demanda-t-elle la gorge serrée. Il était libre, lui, indépendant. Et puis, que ferait-il d'une gamine comme elle ? Si elle entamait une aventure avec lui, il ne supporterait pas longtemps la contrainte de ses horaires, il se lasserait vite de son manège. D'autre part, on n'avait pas manqué de la mettre en garde. Dylan avait une solide réputation de tombeur.

— *Tout ce qui l'intéresse, c'est le sexe... Il te saute, reste un moment avec toi si tu as été performante, sinon il passe à quelqu'un d'autre. Je ne l'ai jamais vu rester plus de quinze jours avec une nana. Il vaut mieux fantasmer sur lui que de te le faire, ça durera plus longtemps. Il a l'habitude de se taper des nanas un peu plus vieilles que toi. Il aime les femmes d'expérience. Il n'est pas réputé pour sa patience. S'il te met le grappin dessus, tu passes à la casserole tout de suite ou tu te casses...*

Elle en avait vraiment entendu des vertes et des pas mûres sur lui. Elle n'y avait pas prêté attention parce qu'elle n'osait même pas imaginer lui parler un jour. Mais à présent, que se passerait-il vendredi si elle le rejoignait ? Ne prendrait-il pas sa venue comme une provocation ? Une reddition ? Faudrait-il qu'elle lui cède ? Aurait-elle le courage de lui résister ? Dès qu'elle pensait à lui, elle se sentait envahie par une vague de chaleur qui la faisait rougir. Une petite flamme naissait au creux de son ventre qui en devenait presque douloureux. Elle se rendait compte qu'elle avait envie de lui, mais elle n'avait pas la moindre expérience à ce niveau-là. Elle n'avait jamais connu quelqu'un qui lui ait donné envie d'aller plus loin que le flirt. Et s'il devenait violent ? Après tout, elle ne le connaissait pas ! S'il la forçait ? Des images de sang et de violence frappèrent un instant son esprit, mais elle les chassa brusquement. Elle s'était souvent torturé l'esprit en essayant d'imaginer ce qu'avait pu subir sa sœur. Chaque fois, l'horreur la submergeait, la laissant à la fois terrorisée et en larmes. Il ne pouvait pas être comme ça, *il n'était pas Tommy, elle n'était pas Élisa* ! Elle eut beau tenter de chasser cette appréhension de son esprit, un léger malaise pourtant, ne la quitta plus. Elle se rendait compte qu'elle avait peur. Peur à la fois de ne pouvoir le rejoindre, et peur de se trouver face à lui ! Peur qu'elle n'ait aucune importance réelle pour lui, et peur d'en avoir trop, physiquement. Peur des autres motards, peur de vivre aussi, un peu...

— Tu ne m'écoutes pas ! Qu'est-ce que tu as ? Tu es toute pâle. Tu devrais être folle de joie ! s'exclama Marina, la tirant de sa rêverie.

Laura hésita à lui parler de ses appréhensions. Puis, certaine que son amie ne comprendrait pas, se moquerait d'elle, elle se résolut à se taire.

En fin d'après-midi, Marina raccompagna Laura chez elle. Elle tenait à saluer Manue qu'elle avait toujours beaucoup appréciée. Quand Hervé Brissac rentra, ce fut elle qui lui demanda de laisser découcher Laura.

— Pourquoi ne pas réviser ici ? demanda-t-il avec son éternel air de se désintéresser de ce qu'on lui demandait.

— Parce que je suis déjà venue plusieurs fois ici et que Laura ne vient jamais à la maison. Mes parents se posent des questions. Ils se demandent pourquoi vous leur faites si peu confiance, lança habilement Marina.

— Ce n'est pas une question de confiance, se défendit Hervé Brissac, pris de court. C'est vrai que j'aime savoir Laura à la maison...

— Mais elle, ça lui ferait du bien de changer d'atmosphère pour réviser. Sans compter que je peux l'aider, avec toute la documentation que j'ai à la maison. C'est vrai que je pourrais tout ramener ici, mais je ne veux pas m'amuser à déplacer quinze pavés d'encyclopédie...

— Ça va, ça va ! céda Hervé, légèrement agacé par le flot de paroles non-stop de Marina. C'est d'accord ! Mais une seule nuit, n'est-ce pas ? Tu rentres samedi avant midi ! gronda-t-il, l'air menaçant à l'adresse de sa fille.

— Bien entendu, répondit Laura d'un ton enjoué, en sautant au cou de son père. Merci mon petit papa !

Le cœur battant des records de vitesse dans sa poitrine, elle raccompagna Marina jusqu'à la porte d'entrée.

— Laura ! Tu ne pouvais pas me demander toi-même la permission de dormir chez Marina plutôt que de l'envoyer à ta place ? la rappela son père sur un ton fâché alors qu'elle s'apprêtait à s'éclipser dans sa chambre.

— Je ne l'ai pas envoyée à ma place, c'est elle qui tenait à te poser la question !

— Pourquoi ?

— Parce que quand c'est moi qui demande, tu dis toujours non !

Inconsciemment, elle avait parlé sur un ton boudeur, telle une petite fille capricieuse. Hervé leva soudain les yeux et fixa sa fille. La chipie savait qu'il ne pouvait lui résister quand elle le prenait par les sentiments.

— Essayes-tu de me faire passer pour un tyran ?

— Je n'essaie pas, papa ! Tout le monde sait ici que c'est toi qui commandes et que j'ai rarement gain de cause, le charria-t-elle, affichant un air de chien battu. Si c'est comme ça que tu définis le terme tyran...

— Je te ferais remarquer que tu es ma fille et qu'il est normal que ce soit moi qui commande. Je te préviens aussi, Laura, qu'à la moindre bêtise, je resserre la vis !

— Pourquoi ? C'est possible de la resserrer plus ? plaisanta-t-elle... Je sais ! reprit-elle plus sérieusement face au regard courroucé d'Hervé en baissant les yeux.

Du coin de l'œil, elle aperçut une lueur d'hésitation dans son regard. Elle savait qu'il n'aimait pas lui dire « non ». Mais elle savait aussi que quand il le disait, c'était sans appel, dût-il en souffrir plus qu'elle. De plus, Karen était là pour éviter toute faiblesse de sa part. Elle était intraitable.

La fin de la semaine traîna en longueur. Elle appréhendait autant qu'elle attendait cette fameuse soirée. Elle se sentait excitée comme une puce. Pour la première fois, elle allait prendre de gros risques en contrant l'autorité parentale, en rencontrant des hommes qu'elle ne connaissait pas. Rien qu'à l'idée de passer une soirée entière avec celui dont elle rêvait depuis des mois, son cœur s'affolait et elle se demandait si au dernier moment, elle aurait le courage d'aller le rejoindre.

Devant ses parents, elle continuait à jouer la comédie, réfrénait son impatience, se montrait studieuse, sage, réservée, discrète. Tous les soirs, elle montait se coucher avec sa petite infusion — il était protocolaire, chez monsieur

Brissac, de prendre le soir, une infusion d'un mélange de camomille et de verveine ou quelque chose de ce genre pour bien dormir et être en forme le lendemain. Laura se pliait à ce rite, davantage pour qu'on lui fiche la paix que pour son propre bien — Manue la rejoignait dans sa chambre avec sa propre tasse de décoction « Brissac » et elles discutaient jusque tard dans la nuit, se remémoraient des épisodes comiques ou parfois dramatiques du passé, envisageaient l'avenir… Mais elles n'avaient encore jamais abordé ni le sujet du drame ni leurs deux années de séparation.

— Et tu n'as pas envie de… hésita un soir Laura… de revoir tes anciens amis ?

— Non ! À partir du moment où j'ai été incarcérée…

— Le terme est un peu dur, la coupa Laura.

— Non, Laura, rétorqua Manue sans le moindre soupçon de sourire. J'ai été incarcérée ! J'ai passé deux ans de ma vie dans une sorte de taule, que ça te plaise ou non. Je ne dis pas que je ne l'ai pas mérité ou cherché, continua-t-elle sans laisser Laura protester, mais c'est comme ça ! Les liens avec mes anciens amis ont été rompus définitivement. Premièrement, je ne me vois pas débarquer en disant : « *Coucou, j'suis de retour !* » alors qu'ils n'ont eu aucune nouvelle de moi depuis deux ans, et deuxièmement, je ne veux pas retomber dans… dans la merde dans laquelle je vivais ! Ça fait rêver à quinze ans, c'est génial à dix-huit, vingt ans, mais il faut grandir un jour. Je suis allée trop loin dans l'alcool, dans la drogue. Je ne vois plus les choses de la même façon aujourd'hui. Ce qui est arrivé à Élisa, c'est de ma faute, de notre faute. C'est le revers de la médaille.

— Tu n'as pas le droit de dire ça ! Personne ne mérite ce qui lui est arrivé, même en vivant de la pire des façons, se rebella Laura, la gorge serrée. Et Élisa n'était pas comme toi, c'était quelqu'un de bien… Enfin, ce n'est pas ce que je veux dire, se reprit-elle soudain, mal à l'aise.

— J'ai compris ce que tu voulais dire, sourit Manue. C'est vrai qu'Élisa était loin de mener ma vie de patachon délurée. Mon plus grand regret, c'est que ça ne me soit pas arrivé à moi. Ça aurait été plus juste.

— Non ! Ça ne peut pas être juste de mourir comme ça.

Pour personne !

— Si je n'avais pas été tout le temps stone ou ivre... J'aurais dû être avec elle chez moi, ce soir-là, mais je cuvais ailleurs. Laura, je voudrais... enfin... j'aimerais que tu ne suives pas nos traces. Ne rentre pas dans ce milieu. Le mieux, ce serait que tu aies ton bac et que tu partes dans une grande école, que...

— Que je fréquente un milieu social plus élevé, des fils d'avocats, de juges, de notaires, de médecins et que j'en épouse un, par exemple. Et que je me retrouve dans la peau d'une Karen à quarante ans, avec mon beau petit chignon, mon tailleur Chanel, mes petits talons aiguilles et mes ongles bien vernis, et quand je me retournerai sur ce que j'ai vécu, je me dirai « *Qu'est-ce que je me fais chier !* » ironisa Laura.

— Que tu te fasses chier, ça ne tiendra pas au milieu dans lequel tu vivras, ça viendra de toi. Tu crois que tu ne te feras pas chier dans un jean à dix balles, dans ton p'tit appart HLM, à élever trois gosses qui braillent et à supporter les plaintes incessantes de ton mec qui sort de l'usine et qui fait les trois-huit ? Et à la place de ton beau chignon, tu auras une vieille pince ou des bigoudis et au lieu de monter dans une Jaguar, tu prendras le bus ?

— C'est lamentable comme tu es réductrice avec les gens qui n'ont pas notre pognon ! s'offusqua Laura. La plupart de mes amis vivent dans un milieu ouvrier et ils vivent bien mieux que moi, figure-toi !

— O.K. ! soupira Manue. On reprendra cette conversation une autre fois.

Elle atteignit le pas de la porte et se retourna soudain.

— Tu sais ce qui me fait le plus peur ? C'est que tu parles comme moi *avant*, pas comme ta sœur, c'est dommage. Je ne suis pas un bon exemple à suivre. J'aurais préféré que tu ressembles davantage à Élisa...

— Je ne suis pas Élisa, je ne le serai jamais. J'en ai marre d'être toujours comparée à elle. *Je-ne-suis-pas-Elisa !*

— Je sais, je sais... Bonne nuit ma puce.

Laura pensait qu'elle ne pourrait pas dormir cette nuit-là, tourmentée par les propos de Manue. Mais à peine allongée, elle sombra dans un profond sommeil.

Peut-être était-ce parce qu'elle savait, elle, qu'elle avait menti et qu'elle allait le tromper, qu'elle avait le désagréable sentiment d'être longuement dévisagée par son père. Son regard insistant semblait vouloir la percer à jour. Aussi, pour elle, cacher ses sentiments et se comporter normalement, relevait d'un tour de force. Quant à sa belle-mère, elle ne parlait que de son métier. Une place de Procureur allait bientôt être vacante et Karen Brissac ne vivait plus que pour cette promotion. Laura la croyait capable de vendre père et mère pour y parvenir. Comme cette perspective était devenue sa seule préoccupation, elle feignait de s'intéresser au reste en posant des questions dont elle n'écoutait pas la réponse comme à son habitude, et cette maudite façon de l'appeler « *ma chérie* » tapait sur les nerfs de Laura.

— Tu vas bien, *ma chérie* ? Où en es-tu de tes révisions ? Tu sais que nous accordons beaucoup d'importance à tes études ? Tu connais déjà les dates de tes premières épreuves ? Dis donc Hervé, je ne savais pas que Reinich avait révoqué son avocat, tu étais au courant, toi ? Du coup, il y a encore eu un report de séance. Son procès ne se terminera donc jamais ? Et pour l'affaire Vuillemenot, tu en es où ? …

Et c'était toujours comme ça ! Laura en était même arrivée à croire que, si elle avait disparu en plein repas, Karen ne s'en serait même pas aperçu ! elle était persuadée qu'elle aurait pu lui annoncer n'importe quoi sans que cela la perturbe outre mesure, du genre, *« je suis enceinte »*. Elle imaginait très bien sa belle-mère répondre l'air ailleurs : « *Ce n'est pas grave, chérie, nous allons te faire avorter, je connais une très bonne clinique.* »

— Et toi, Manue ? Comment s'est passée ta journée ? questionna Hervé, tirant brusquement Laura de ses pensées.

— Je refais connaissance avec la ville, répondit celle-ci jovialement. Beaucoup de choses ont changé en deux ans. J'ai fait les magasins et j'ai renouvelé ma garde-robe. J'en avais grand besoin !

— Ne me dis pas que tu as réussi à mettre la main sur des

Jeans déchirés et troués ? ironisa Hervé.

— Non ! Bien sûr que non ! Cette époque est révolue ! se rebella Manue. Je me suis offert des tailleurs, des robes très sélectes. Quand puis-je commencer ma formation en secrétariat ?

— Tu es sérieuse ? murmura Hervé, un sourcil relevé.

— Bien entendu ! Je t'ai dit qu'en deux ans j'avais eu le temps de réfléchir et de mûrir ! Plus vite je travaillerai, mieux ce sera. Il est temps que je prenne ma vie en main.

— Tu peux commencer lundi alors !

— C'est entendu ! trancha Manue.

Bien plus tard, dans la soirée, alors que la maison était censée dormir, Laura entendit un petit grattement à sa porte. Elle invita Manue à entrer avant même d'être certaine de l'identité du visiteur nocturne.

— Tu ne fermes pas ta porte à clé ? Ils ne vérifient jamais si tu es dans ta chambre ? questionna Manue surprise.

— Mon père si, ça lui arrive, mais je suis une bonne comédienne.

— Ta porte ne ferme pas à clé ? répéta Manue.

— Non, nos chambres n'ont jamais eu de clé, répondit Laura, étonnée à son tour. Pourquoi y en aurait-il ?

— Je trouve qu'à partir d'un certain âge, c'est bien de protéger son intimité, avoir un petit coin bien à soi.

— Ça ne m'a jamais gênée !

— Et quand tu fumes ici ?

— Je ne fume dans ma chambre que depuis ton retour.

— Alors, recommence. Interdiction de fumer ici, d'accord ? Ton père est surpris que je ne fume pas dans la maison. Il a l'air d'apprécier mes efforts. Laura... J'ai une question à te poser. J'espère que tu ne m'en voudras pas. Qui a trié et récupéré les affaires d'Élisa après...

— Papa et Karen, murmura Laura, surprise. Ils m'ont permis de récupérer ce que je voulais, presque toutes ses affaires, ses livres, ses CD...

— Elle m'avait parlé d'un journal intime dans lequel elle écrivait régulièrement. Tu es au courant ?

— Non, je n'ai jamais rien trouvé de tel. À mon avis, il n'a jamais existé, sinon je l'aurais trouvé, tu ne crois pas ?

C'est important ? s'enquit Laura.
— Non, oublie ça. C'est une idée qui m'est passée par la tête. Dis, tu ne m'as pas dit grand-chose à propos de ta vie sentimentale, reprit Manue sur un ton plus gai. Alors ces *fameux motards* qui te plaisent ?

Manue tente une autre stratégie, pensa Laura réprimant un sourire et se remémorant leur dernière conversation. Mais elle n'était pas Élisa, comme elle l'avait précisé. Elle ne tomberait pas si facilement dans son piège.

— Tu parles, je ne les connais même pas. Je les ai vus une fois ou deux. Non, pour l'instant, c'est mon bac le plus important, mentit Laura. Tu sais, je ne sors pas beaucoup, pour ne pas dire pas du tout. Alors, les garçons que je connais, ce sont ceux de ma classe et ils sont beaucoup trop jeunes et trop gamins pour m'attirer !

— Et les profs, les pions ? sourit Manue. Ne me dis pas qu'aucun homme n'a jamais attiré ton regard ?

— Ben non ! Mes profs masculins sont soit trop vieux, soit trop laids, ou sans charme. Aucun ne m'attire.

— Eh bien, il était temps que j'arrive, se mit à rire Manue. Nous sommes début avril, réfléchit-elle à voix haute. Tu passes le bac début juin. Je te laisse trois mois, et je m'occupe de toi sérieusement.

Laura émit un petit rire. Elle avait eu envie de lui parler de Dylan, mais, à présent, elle savait qu'elle devait se taire.

— Tu as une contraception, au fait ? s'enquit Manue.
— Ben non ! Pour quoi faire ? pouffa Laura. Je n'en ai pas besoin pour l'instant !

— Mais on ne peut pas prévoir quand on en aura besoin, se mit à rire Manue. Tu es déjà allée chez un gynéco ou je t'en choisis un ?

— Je suis allée chez le docteur Servan, il n'y a pas très longtemps, expliqua Laura en souriant.

Décidément, Manue était impayable !

— Karen t'y a emmenée ? J'y crois pas ! Elle se souvient qu'elle a un rôle de mère ? ironisa Manue.

— Non, c'est papa qui a insisté pour que j'y aille !
— Quoi ? s'étrangla soudain Manue. Pourquoi ?
— Pour une simple visite, répondit Laura étonnée. À

partir d'un certain âge, il est recommandé d'aller consulter. Je ne vois pas ce qui te choque !

— Ce qui me choque, c'est que ce soit ton père qui s'occupe de ça et pas Karen ! Il est venu avec toi ?

— Oui, je n'ai pas le permis, je te ferais remarquer ! Il m'y a emmenée et m'a attendu dans la salle d'attente. Il en a profité pour demander des informations au docteur Servan à propos d'une affaire qu'il instruisait. Le toubib est consultant au tribunal ou un truc comme ça. Après ma visite, ils ont discuté ensemble un moment et c'est tout !

— Tu as entendu ce qu'ils se disaient ? questionna encore Manue sur un ton soupçonneux.

— Tu sais, moi, leurs histoires de Tribunal, j'en soupe assez à la maison ! Où veux-tu en venir, Manue ?

— Nulle part, se reprit cette dernière. Ça me gonfle de voir que ma belle-sœur n'a pas changé, elle est toujours aussi maternelle !

— Elle n'est pas ma mère, ne l'oublie pas !

— Mais elle t'a élevée quand même, se rebella Manue. Ce n'est pas à un père de s'occuper de ces choses-là. Il n'y a qu'Hervé pour…

— Stop, Manue ! Ne recommence pas avec tes accusations à la con. Qu'il soit un bon ou un mauvais père, c'est *mon* père, tu comprends ça ?

- 5 -

Ça y est ! C'était vendredi ! Dès cinq heures du matin, elle était réveillée. Elle s'agitait d'un côté, puis de l'autre. Elle finit par se lever et prépara ses affaires pour le soir. Elle s'habilla en hâte, dans le style qui lui était habituel : Jeans droits, sweat-shirts amples, des tenues passe-partout qui, si elles n'arrivaient pas à faire oublier son jeune corps superbe, ne le mettaient guère en valeur. Or, ce soir-là, il fallait qu'il la remarquât ! Jusqu'alors, elle ne s'était jamais préoccupée de sa beauté naturelle, négligeant son apparence. Ce soir, elle s'en servirait afin de mettre toutes les chances de son côté. Elle craignait les tenues aguicheuses et provocantes qui représentaient un danger dont sa sœur avait été victime. On lui avait mis en tête qu'une femme n'avait pas besoin de porter une minijupe ou des vêtements moulants pour attirer le regard lubrique d'hommes mal intentionnés. Si en plus, on s'amusait à aguicher, alors là... C'était presque un appel au viol... Mais il y avait un juste milieu. Il lui fallait une tenue qui la mette en valeur sans pour autant la faire passer pour une allumeuse. Que porterait-elle ? Marina lui avait conseillé de ne pas oublier qu'il s'agissait d'un concert de rock, même s'il avait lieu dans une soirée privée. Elle opta donc pour une tenue assez pratique quand même : un jeans serré, des bottines style Santiags coupées, un tee-shirt joliment décolleté, relativement moulant, aux manches trois quarts, de couleur turquoise, assortie à ses yeux. Elle enfouit tout dans son baluchon, sans oublier deux paquets de cigarettes.

Elle eut toutes les peines du monde à feindre d'avoir peiné à se lever, à ne montrer aucun enthousiasme à se rendre en cours… Elle figea son visage dans cette expression morne et ennuyée sous laquelle elle partait tous les matins jusqu'à ce qu'elle soit dans la voiture. Seulement alors, un sourire se dessina sur ses lèvres.

— Mais aurais-tu l'air joyeux aujourd'hui ? sourit Paco.
— Pas spécialement, se reprit Laura de justesse.

Dès la fin des cours de la matinée, elles se précipitèrent au Totem's, mais aucun musicien ni motard n'y apparut.

— Ils doivent déjà être sur place pour installer le matériel et faire la balance, précisa Jimmy avant que les filles n'aient prononcé un début de phrase. Ils en ont pour l'après-midi !
— Qui ? feignit d'interroger Laura.
— Pardi, qui ? se mit à rire Jimmy. Je ne suis pas tombé de la dernière pluie ! Ceux qui vous ont invitées !

Laura et Marina eurent un sourire entendu.

— Comment vous savez qu'ils nous ont invitées ? Vous écoutez les conversations des clients ? questionna Marina, l'air coquin.
— Je n'écoute pas, j'entends ! Je n'écoute que lorsqu'on s'adresse à moi. Et je peux vous dire que *j'entends* beaucoup parler de vous depuis deux jours, les filles !
— Et qu'est-ce qui se dit ? s'enquit Laura, curieuse.
— Ce que des mecs se disent entre eux, éluda Jimmy en s'éloignant après les avoir servies, un sourire aux lèvres.

Elles se rendirent chez Marina pour y passer l'après-midi. Laura adorait y aller. Elle s'y sentait à l'aise. La famille, issue d'un milieu qualifié de moyen, vivait simplement. Ils habitaient dans un petit pavillon mitoyen en banlieue. Les parents travaillaient tous les deux : la maman était caissière et le papa, vendeur dans un magasin d'électroménager. Il ne s'agissait pas du tout du même standing que le sien. Peut-être était-ce pour ça que Laura s'y sentait si bien ? L'ambiance y était si chaleureuse ! Marina discutait avec sa mère comme avec son père et tous les deux étaient attentifs à ce qu'elle disait. Peut-être, le fait que Marina soit fille unique accentuait-il la complicité entre elle et ses parents ? Mais se confier à l'un ou à l'autre, comme le faisait Marina, Laura ne l'aurait jamais pu. Marina racontait tout à sa mère, jusqu'à ses flirts, ses envies, ses sentiments…

— Vous allez où alors, ce soir ?
— Assister à un concert rock privé à Verdon.
— Je n'aime pas trop ça, ronchonna sa mère. Et ces deux gars, vous les connaissez ?
— Tu parles ! Ce sont les fameux mecs dont je te parle depuis six mois au moins. Ne crains rien, ce sont des gars bien. En plus, ils font partie du groupe qui joue ! argumenta Marina. Tu me prêtes ta voiture ? C'est toujours d'accord ?
— Avec toi, je n'ai pas le choix. Si je te dis non, tu vas y aller en stop, fit mine de gronder sa mère. Surtout, n'oublie pas ton portable. S'il y a quoi que ce soit, tu nous appelles, d'accord ? À n'importe quelle heure de la nuit.
— Oui, chef ! Ne t'inquiète pas, sourit Marina. Et si les parents de Laura appellent, soit on est couchées, soit tu appelles dare-dare sur le portable, recommanda-t-elle.
— Ne vous inquiétez pas, je trouverai bien quelque chose. Mais ne faites pas de bêtises, je vous en supplie ! Je n'aime déjà pas vous couvrir. S'il arrivait quelque chose...
— Nous serons prudentes, c'est promis ! sourit Laura.
— Et surtout, ne leur cédez pas ! Un mec, quand on veut l'accrocher, il faut lui résister. Ne soyez ni empressées ni *béni-oui-oui* devant eux. Jouez les indifférentes. Ne leur montrez pas qu'ils ont tant d'importance à vos yeux. Montrez-leur qu'ils ne sont pas les seuls, conseillait sa maman à Marina.
— Pas les seuls, soupira Marina. On voit bien que tu ne les connais pas !

Elles se forcèrent à ne partir qu'à la dernière minute pour être volontairement en retard. Elles bouillaient d'impatience, mais elles voulaient se faire désirer...
— Ne soyons pas trop en retard quand même, plaisanta Laura pour cacher sa nervosité. Tu vois qu'ils partent sans nous ? ... Tu sais quoi ? J'ai une boule à l'estomac, c'est horrible. Je ne suis pas sûre de vouloir y aller... Je meurs d'envie d'y aller et en même temps...
— Tais-toi ! s'écria Marina en riant. Moi aussi, j'ai le trac et c'est génial !

Malgré leur impatience, elles arrivèrent à tenir jusqu'à dix-neuf heures dix. Le cœur battant, elles finirent par faire leur entrée sur la terrasse et s'y installèrent. Elles se contentèrent de jeter un coup d'œil à l'intérieur sans oser s'y aventurer. C'était étrange comme le même café pouvait sembler différent la journée et le soir. Il n'y avait plus trace d'étudiants. La clientèle semblait plus âgée. La plupart, hommes ou femmes, étaient en jeans ou en pantalon de cuir, et perfecto. Ils avaient tous plus ou moins les cheveux longs, des tatouages, des boucles d'oreilles. Le fond sonore n'était plus le même non plus. Les voix étaient plus fortes, la clientèle plus turbulente et la bière coulait à flots. Certaines personnes, un groupe en particulier, lancèrent des regards étonnés, voire curieux à l'adresse des deux jeunes filles. Aussi, Laura détourna-t-elle les yeux, gênée.

Jimmy arrivait pour les servir quand il les reconnut.

— Eh ben! Vous vous appelez désirées, vous deux, non? lança-t-il. Vous prenez quoi?

À peine fut-il à l'intérieur qu'il prévint les intéressés et Dylan et Nanou firent leur apparition.

— On allait partir sans vous, plaisanta Dylan avec un sourire qui aurait fait fondre un glaçon.

— Vous ne savez pas ce que vous auriez perdu, plaisanta Marina à son tour.

— On s'en doute, et c'est pour ça qu'on a attendu un peu, la courtisa Nanou. Mesdemoiselles, vous êtes de toute beauté ce soir!

David, le guitariste, sortit à son tour du café. Il s'apprêtait à parler, mais resta muet en apercevant les filles, se contentant de lancer un regard à la fois incrédule et courroucé, voire furieux, à son ami. Ses longs cheveux noirs, ses yeux foncés, lui donnaient un air sauvage. Laura le trouvait presque aussi beau que Dylan, dans son genre, mais il était loin d'exercer sur elle le même magnétisme, la même attirance sauvage que son ami. Il la rendait nerveuse. Son attitude froide et distante la mettait mal à l'aise.

— Enfoiré! murmura David l'air énigmatique à voix basse, à la seule attention de Dylan. Tu joues à quoi?

Dylan ne répondit pas, mais les deux hommes se lancèrent un regard chargé de sous-entendus. Laura eut le sentiment que ces deux-là se connaissaient si bien qu'ils se comprenaient sans se parler. Ce dialogue muet accentua son malaise.

— Bon ! C'est pas le tout, mais... Il faut y aller si on ne veut pas manger froid. Vous avez une place pour moi dans votre voiture ? Je suis à pied, lança Nanou à l'adresse de Marina.

— Mais, je t'emmène, moi ! Ce n'était pas prévu comme ça ? le charria David.

— Ben, elles ne savent pas où c'est ! Il vaut mieux que je les accompagne, exposa Nanou sérieusement.

— Ben voyons ! se mit à rire Dylan.

— Ne vous battez pas, plaisanta Marina, je n'ai qu'une quatre places !

— Et qui est de la baise d'après vous ? questionna David en lançant un regard éloquent à Dylan.

— Je vais déposer la moto chez moi et je prends ma voiture, précisa Dylan. C'est à la fois plus prudent et plus pratique. Moi, les femmes au volant... plaisanta-t-il. Si vous voulez me suivre...

— Je ne pourrai jamais te suivre, le contra Marina provocatrice. Je *suis* une femme au volant !

Il lui décocha un sourire ravageur, enfourcha son engin et démarra sans avoir répondu. Comme Nanou était avec elles, ils se rendirent directement à la salle des fêtes. Dylan dut bomber, car il arriva en même temps qu'eux sur le parking.

Laura n'avait toujours pas dit un mot. Le cœur battant, l'estomac noué, elle ne savait pas vraiment sur quel pied danser, quelle attitude adopter. Dylan se fit connaître à l'entrée. Une jeune fille leur ouvrit la porte, les conduisit à une table un peu à part : celle des musiciens. La salle semblait immense. À droite de l'entrée se trouvait l'estrade, avec tous les instruments déjà installés. Sur la gauche et en face, des tables de dix à quinze personnes étaient installées les unes derrière les autres. Laura et Marina parcoururent discrètement l'assemblée des yeux, elles ne connaissaient personne, si ce n'était quelques-uns d'entre eux et de vue seulement. À leur table, elle reconnut, déjà installés, David, deux autres hommes qui étaient au café auparavant, accompagnés de deux filles. L'un des deux devait être

Laurent, le bassiste du groupe, il correspondait à la description qu'en avait faite Nanou. Quant à l'autre, Yohan, il fut présenté comme le sonorisateur. Après de sommaires présentations, tout le monde prit place à table dans une ambiance bon enfant. Dylan se montra un compagnon charmant. Il ne manqua pas une occasion de faire des sous-entendus, de la draguer gentiment, mais à aucun moment, il ne devint trop insistant. Il se contentait parfois de la regarder d'un air amusé surtout quand, par la faute d'une autre personne, il la sentait gênée. Il attendait alors de voir sa réaction, comme si elle passait une sorte de mise à l'épreuve. Et, quand vraiment il la sentait mal à l'aise alors il volait à son secours avec une boutade ou tournait la remarque en dérision. Laura alors, avait le plus grand mal à soutenir son petit sourire ironique. Face à lui, elle se faisait l'effet d'une petite fille et perdait toute confiance en elle. Il l'intimidait et l'attirait terriblement à la fois. Tout au long du repas, elle fit son possible pour éviter son regard. Quand elle le croisait malgré tout, elle détournait vivement la tête. Laura et Marina furent soulagées de se sentir acceptées d'emblée dans le groupe de musiciens, elles se sentirent moins seules. Laurent, le bassiste, avait une petite amie, Johanna, avec laquelle les filles sympathisèrent immédiatement et cela contribua à les mettre à l'aise. Seul David fit d'intenses efforts pour se tenir à l'écart. Pas une fois il ne leur adressa la parole ni ne fit seulement mine de s'intéresser à elles. Laura décida qu'il ne l'aimait pas et désapprouvait l'intérêt que semblait lui porter son ami.

Dès le début du concert, tout le monde se leva et se pressa autour de l'estrade. Laura se rendit alors compte de la popularité dont le groupe jouissait. Les musiciens ne connaissaient pratiquement personne dans l'assemblée et pourtant le public connaissait leur répertoire par cœur. Ils alternaient entre des reprises de morceaux connus et des compositions à eux, mais toujours dans le même style très rock. Elle fut surprise également par la qualité de leur musique. David était l'un des meilleurs guitaristes qu'elle ait jamais entendus. Nanou et Laurent étaient impressionnants à la basse - batterie, non seulement par leur jeu, mais aussi par leur complémentarité. Ils semblaient n'avoir jamais joué qu'ensemble. C'était aussi l'impression que donnait le groupe. Il ne s'agissait pas de musiciens individuels qui jouaient sur une même scène, il s'agissait d'*un groupe*, homogène et soudé. Leur complicité et leur amitié se traduisaient par une harmonie musicale sans faille. C'était tout simplement magique ! Et, bien entendu, la prestation de Dylan, sa classe, son assurance sur scène la laissèrent stupéfiée. Sa voix chaude et profonde pouvait passer du très aigu au très grave. Il avait le don de la casser ou de l'érailler à volonté et jouait de cela pour rendre les ballades plus sensuelles encore ou les rocks plus agressifs. Aucun doute, il avait l'expérience de la scène, mais également de la drague. Conscient de son pouvoir sur le sexe faible, il en jouait souvent plus que nécessaire. Laura était subjuguée et le fait d'en être consciente la rendait plus vulnérable encore face à un « *vieux routard* ». Comment lui échapper s'il avait décidé qu'elle serait sa prochaine proie ? Les premières notes de « *Hole in my soul* » d'*Aérosmith*, se firent entendre. Elle sursauta. Ils reprenaient *cette chanson-là !* c'était comme un clin d'œil à sa seule attention... Elle croisa son regard alors qu'il lançait le refrain :

" Yeah there's a hole in my soul[1]
But one thing I've learn
For every love letter written
There's another one burned
So you tell me how it's gonna
be this time... »

Il ne la quitta pas des yeux pendant de longs instants, elle ne baissa pas non plus les siens et eut la chaude impression que quelque chose, comme un courant, passait entre eux. C'était un peu comme s'ils étaient tous les deux seuls au monde, loin de la foule, comme si les paroles ne s'adressaient qu'à elle. La musique la percutait, la

---

[1] J'ai du vague à l'âme mais j'ai appris quelque chose. C'est que pour chaque lettre d'amour écrite, une autre est brûlée. Alors dis-moi ce qui va se passer cette fois ?

transperçait, prenait possession d'elle... Il y en eut plus d'un (et plus d'une) dans la salle pour suivre le regard de Dylan et se rendre compte de leur dialogue muet, comme Marina entre autres.

— Si ça, c'est pas un coup de foudre, je ne m'y connais pas, lui chuchota à l'oreille Marina.

— Tu es bête...

— Laura, si tu ne te démerdes pas comme un manche, tu l'as dans ta poche, ce mec ! C'est plus un ticket que t'as avec, c'est carrément l'entrée gratuite !

— *C'est bien ce qui m'inquiète*, murmura-t-elle pour elle seule. *Ne te fais pas trop d'illusions !*

Le concert dura plus longtemps que prévu. L'ambiance allant crescendo, les premiers rangs s'étaient mis à danser plus ou moins violemment. Les premiers effets de l'alcool, entre autres, semblaient se faire sentir. Dans son dos, Laura sentit une présence, mais comme il y avait foule, il était normal que les gens se serrent un peu. Or, la personne derrière elle la collait de plus en plus. Elle s'avança légèrement, mine de rien. La présence derrière elle en fit de même. Elle sentit un corps se frotter lentement contre elle. Se retournant brutalement, elle fit face à un homme qui lui sourit ironiquement. Laura le foudroya du regard, mais passa l'éponge, pensant que cela suffirait. Or, à peine lui eut-elle tourné le dos qu'il recommença.

— Eh ! Tu te calmes ? lui cria-t-elle agressivement.

— Cool ! lui sourit-il. C'est quoi ton prénom ?

— Fous-moi la paix, O.K. ?

— Sinon tu vas te fâcher ? la railla-t-il. On t'a déjà dit que tu avais un petit cul d'enfer ?

— Gros connard ! lui rétorqua-t-elle en s'éloignant.

— Eh ! T'es pas d'la famille d'la fille qui s'est fait trucider y'a quelque temps ? Putain, j't'ai pris pour elle ! T'y r'ssembles, c'est pas possible !

Laura reçut un formidable coup au cœur et eut l'impression durant quelques secondes qu'il s'était arrêté de battre. Un long frisson de sueur froide lui coula dans le dos alors qu'elle se retournait brusquement. Le type la fixait, un demi-sourire aux lèvres, fier de sa boutade et conscient de l'avoir touchée puisqu'elle était devenue blême. Elle ne répondit pas, mais tourna les talons et s'éloigna rapidement, se fondant dans la foule.

Le groupe n'en finissait pas de jouer. Laura adorait ce qu'ils faisaient et pourtant elle commençait à craindre pour sa sécurité. Elle frimait alors que la peur lui tordait les entrailles même si elle n'en montrait rien. Elle aurait voulu que Dylan la rejoigne. Elle n'attendait pas de sa part qu'il réagisse ou qu'il se rende compte de la situation. Sa présence à elle seule suffirait à la rassurer. Hysteria dut assurer trois rappels d'affilée. Enfin, le quatrième rappel resta sans réponse. Les musiciens descendirent de scène. D'un seul coup, Laura se rendit compte que Marina qu'elle avait fini par retrouver avait de nouveau disparu. C'est alors qu'elle vit l'inopportun qui revenait dans sa direction, un sourire lubrique aux lèvres, les yeux brillants. Elle chercha Dylan du regard, en vain. L'autre arrivait, il lui fallait prendre une décision rapide. Elle se dirigea vers les toilettes. La porte de la salle qui en portait la mention ouvrait sur un petit couloir qui menait à l'extérieur. Sur la droite se trouvaient deux portes, l'une réservée aux hommes, l'autre aux femmes. C'est derrière celle-ci que Laura trouva refuge. Elle aurait aimé qu'il y eût quelqu'un, mais se retrouva seule dans ce lieu sinistre. Elle eut beau attendre, personne n'entra. Au bout d'un moment, n'entendant rien d'alarmant, elle se décida à en sortir pour rejoindre la salle et sa table au plus vite. Or à peine sortie, elle se retrouva face à l'inconnu qui l'attendait dans la pénombre. Laura se sentit blêmir. Elle tenta de passer à côté de lui en l'ignorant quand il l'attrapa par le bras.

— On va faire un tour dehors, mon ange ? lança-t-il d'une voix rocailleuse.

Elle se dégagea si vivement qu'il en fut surpris et que son bras lui échappa.

— Ne me touche pas !

— Sinon ? ironisa une voix derrière elle.

Laura sursauta en se retournant. Un autre homme était entré par la porte qui menait à l'extérieur. Apparemment, les deux se connaissaient. Elle se sentit piégée.

— Putain, t'avais raison, lança-t-il au premier, ça peut qu'être la sœur d'Élisa ! La ressemblance est assez frappante... sauf qu'elle était moins farouche, la frangine !

À l'énoncée du prénom de sa sœur, Laura fut prise de panique, elle ne parvenait plus à réfléchir clairement.

— Moi, j'aurais une gamine qui a fini comme ta sœur, j'mettrais l'autre à l'abri, reprit le premier homme. Pourquoi t'es là ? Qu'est-ce que tu cherches ? Des sensations fortes ? Ton papa veut mettre quelqu'un d'autre en taule ? Y va faire comment quand il aura plus d'filles ? se mit-il à ricaner.

La poigne de la terreur lui tordit les tripes. Une seule idée frappait son esprit, s'échapper par n'importe quel moyen. Un instant, elle eut envie de crier, mais le premier devina son intention.

— Vas-y ! Avec le bordel à côté, personne ne t'entendra.

— Eh ! On ne veut pas te faire de mal, on ne te fera que du bien. Au moins, si on va en taule, nous, on saura pourquoi !

Tous deux éclatèrent de rire.

— Le mieux serait que tu te laisses faire. Autant qu'on en profite tous les trois. Allez ! avec le physique que t'as, tu vas pas jouer les saintes-nitouches ?

Ils rirent de nouveau. Le premier avançait lentement dans sa direction, elle reculait à la même vitesse, tout en étant consciente qu'ainsi, elle se rapprochait du deuxième. Elle espérait avoir le temps d'entrer de nouveau dans les toilettes et s'y enfermer jusqu'à ce que quelqu'un vienne à son secours.

— A votre place, je ne ferais pas ça. Je ne suis pas venue seule, tenta-t-elle. Mon ami est...

— Ah ouais ? Il est où, ton copain ? sourit le premier.

— T'es sûre que tu s'rais plus en sécurité avec lui ? Ta sœur s'rait pas du même avis aujourd'hui, j'pense ! se mit à rire le deuxième. Remarque, y nous en voudra p't-être pas de t'avoir chauffée, ton copain...

- 6 -

— Ben, vas-y, ne te gêne pas ! claqua une voix grave tel un coup de fouet.

Dylan venait d'entrer discrètement dans le dos du premier qui se retourna brutalement. Ses yeux clairs brillaient comme de la glace. Il claqua la porte derrière lui d'un coup sec. Les mains sur les hanches, bien campé sur ses jambes écartées, il les défiait du regard.

Laura était blême d'appréhension, son cœur battait si fort qu'elle en avait du mal à respirer. Le deuxième homme fixait Dylan, hésitant, alors que le premier lui fit face. Laura ne comprit pas tout de suite d'où venait le « clac » qui résonna. Ce ne fut que lorsque la lumière du plafonnier se refléta sur la lame du cran d'arrêt qu'elle comprit. Derrière elle, le même bruit se fit entendre. Livide, elle échappa un frémissement de terreur à la vue des couteaux. Elle eut l'impression soudaine que ses jambes ne la porteraient plus longtemps. Autant que pour elle, elle tremblait aussi pour Dylan. Il était mains nues…

— Tu sors de là, t'as rien vu et on oublie de te planter, O.K. ? le menaça le premier.

Laura eut peur un instant qu'il n'obéisse et l'abandonne, mais Dylan avança lentement, résolument sur lui.

— Eh ! Deux contre un, t'as aucune chance, mec ! lança le deuxième en s'approchant de Laura.

— Sans blague ? sourit Dylan. Ben, venez ! Allez ! Ne vous dégonflez pas ! Qu'est-ce que vous attendez ? Je ne suis pas armé, moi !

Il contourna un peu le premier homme, le forçant à

tourner le dos à Laura et obligeant le second à s'en détourner aussi.

— Laura, retourne dans la salle !

Comme tétanisée, elle était incapable du moindre mouvement.

— Barre-toi ! rugit-il.

Mais le deuxième homme qui ne paraissait pas le plus téméraire avait déjà réagi et plongé sur Laura pour s'en servir comme d'un bouclier. Dans un ultime réflexe, elle parvint à s'esquiver et se précipita vers la porte qui menait à la salle. Elle s'immobilisa, la main sur la poignée, dos au mur, prête à bondir le cas échéant. Dylan, par peur pour elle, désarma le premier homme d'un coup de pied au poignet, accompagné d'un magistral coup de boule qui lui éclata le nez. D'un bond, il s'était interposé entre Laura et le deuxième. Ce dernier se mit alors à reculer, jetant des coups d'œil apeurés à son compère, agenouillé au sol, qui gémissait, les mains plaquées sur son nez, les doigts dégoulinants de sang. Dylan avançait droit sur lui.

— Tu jettes ton surin par terre, tu récupères ton pote et vous disparaissez ou je t'éclate la gueule ! gronda Dylan

— O.K. ! T'énerve pas ! On voulait juste déconner, gémit l'autre en jetant son couteau par terre. Regarde, j'ai plus rien ! ajouta-t-il en levant ses mains.

Dylan shoota dans le couteau, l'envoyant plus loin et se poussa légèrement pour le laisser passer. Le deuxième aida le premier à se relever et l'entraîna vers la porte extérieure. Malgré tout, le premier se retourna, crachant de rage.

— Toi, t'es mort ! On va revenir, fumier ! T'es mort, t'entends ? Je te ferai la peau personnellement…

L'autre l'entraîna presque de force vers la porte. Même lorsque celle-ci se fut refermée, les vociférations du blessé se faisaient encore entendre. Dylan se tourna alors vers Laura. Le visage toujours aussi pâle, la poitrine se soulevant trop rapidement, elle tremblait de tous ses membres.

— Laura, ça va ? murmura-t-il en s'approchant d'elle et en posant ses mains sur ses épaules.

Elle secoua la tête négativement, incapable du moindre son, luttant pour retenir les larmes de peur tardive qui montaient en elle.

— Je crois que j'ai besoin de prendre l'air, parvint-elle à souffler.

La prenant par la taille, il l'accompagna jusqu'à la porte. Ils se retrouvèrent à l'extérieur, dans une sorte de cour, ceinte d'un muret d'un mètre de haut, fermée par une petite grille qui donnait sur une ruelle de laquelle ils pouvaient encore entendre les vociférations du blessé. Elle fit quelques pas, seule, emplissant ses poumons d'air frais. Elle sentit sa présence juste derrière elle. Les effluves de son parfum, discrètes mais subtiles, l'enivrèrent d'un coup. Il la prit par les épaules, la força à lui faire face.

— Eh ! Du calme ! C'est fini, murmura-t-il en prenant son menton pour la forcer à lever les yeux vers lui. Tu ne pensais quand même pas que j'allais les laisser te faire du mal ?

— Je pensais que tu ne t'étais aperçu de rien, souffla-t-elle, le cœur battant toujours aussi vite, mais plus pour les mêmes raisons.

— Il a commencé dans la salle, je l'ai vu ! Mais sur scène, je ne pouvais rien faire... Dès que j'en suis descendu, je t'ai cherchée des yeux, je t'ai vue entrer ici et l'autre derrière toi. Le temps que je traverse la salle et que j'arrive... sous-entendit-il. Il fallait venir vers moi, Laura, la sermonna-t-il doucement.

— Je ne savais pas où tu étais...

Sa voix se brisa.

— Tu trembles... chuchota-t-il en l'attirant contre lui. Je suis désolé, Laura !

Instinctivement, elle se blottit contre lui, au creux de ses bras aux muscles tendus. Les allusions des deux salopards quant à sa sœur l'avaient bouleversée. Comment justifier une telle peur devant Dylan sans lui parler d'Élisa ? Elle voulait à tout prix qu'il ignore qui elle était. Il ne pouvait pas ne pas avoir entendu parler de ce drame. Il prendrait ses jambes à son cou s'il savait que la victime était sa sœur.

Un sentiment de sécurité l'envahit instantanément. Elle se sentait toute menue contre son torse. Elle eut la certitude que rien ne pouvait lui arriver tant qu'elle se trouvait dans ses bras.

— Je n'ai rien fait pour les encourager, tint-elle à se justifier.

— Je sais, la coupa-t-il. Mais tu n'as pas besoin de ça !

Elle leva vers lui ses grands yeux clairs, purs comme de l'eau de roche, l'interrogeant du regard. Elle ressemblait, à cet instant, à une jeune biche craintive, blessée. Si elle avait deviné quelle sorte de fascination elle exerçait sur lui, elle en aurait indubitablement profité.

— Tu es tellement belle que tu n'as pas besoin de faire quoi que ce soit pour rendre un mec fou, chuchota-t-il à son oreille en la mordillant.

Son cœur bondit dans sa poitrine à lui en faire mal. Elle retint son souffle et ferma les yeux en sentant ses lèvres chaudes et douces descendre dans son cou. Elle osait à peine respirer de peur qu'il ne s'éloigne. Elle avait tant rêvé de cet instant qu'elle ne parvenait plus à y croire.

Lentement, ses lèvres caressèrent la peau de sa gorge, remontèrent sur ses joues, cueillirent en douceur une larme qui avait échappé à la barrière de ses cils. Tendrement, il embrassa ses paupières fermées, redescendit lentement jusqu'à ses lèvres, qu'il effleura à peine, comme s'il craignait de l'effrayer. Le souffle court, il prit son visage à deux mains, plongea son regard brûlant dans le sien. Il prit le temps de la regarder encore et encore. Les lèvres rouges, entrouvertes, le cœur battant si vite qu'elle en avait mal, elle l'attendait. Alors, avec une lenteur voulue, ses lèvres prirent possession de sa bouche. Sa langue joua d'abord langoureusement sur ses lèvres puis passa le barrage de ses dents, avant de l'investir totalement. Dans un gémissement, elle se serra contre lui, se pendant à son cou, répondant à son baiser par une fougue dont elle se serait crue incapable. Un brasier jaillit en elle, la consumant entièrement. Elle sentait ses joues, son ventre, ses cuisses brûler à son contact. Inconsciemment, elle se cambra contre lui. Il lui sembla que son cœur était descendu entre ses jambes. Dylan enfouit une main sous sa nuque, dans l'épaisseur de son abondante chevelure alors que l'autre descendit sur sa taille, remonta dans son dos, la caressant, la pressant plus fort contre lui.

Son baiser se fit plus passionné, plus profond. Enivrée, perdant le sens de l'équilibre, elle se cramponna à ses épaules pour ne pas tomber, se cambrant plus fort contre lui. La main de Dylan descendit sous ses fesses, les effleurant, les contournant, remonta lentement entre ses cuisses. Quand ses doigts effleurèrent à peine, à travers le jean, son intimité, elle reçut comme une décharge électrique dans le bas du ventre, l'enflammant entièrement. Comme si ses doigts la brûlaient, Laura retint vivement sa main, dans un gémissement de plaisir. La violence de son désir lui fit peur. Haletante, elle s'arracha à son baiser, cherchant son souffle.

— Laura ?
— Non, je t'en prie... souffla-t-elle dans son cou.

La gardant serrée contre lui, les deux mains sur sa taille, il n'insista pas. Elle lui en fut reconnaissante, car elle réalisa que s'il avait vraiment voulu aller plus loin, ignorant son objection, elle aurait certainement été incapable de lutter. Jamais elle n'avait ressenti tant de désir, tant de plaisir à être embrassée. Elle ignorait même qu'on pouvait ressentir cela dans les bras d'un homme.

Soudain, l'absurdité de la situation frappa son esprit de plein fouet. Elle se retrouvait dans les bras d'un homme qu'elle adulait depuis des mois. Son rêve le plus fou se réalisait, mais elle savait que tout était foutu d'avance. Elle n'était pas libre de ses mouvements. S'il souhaitait la revoir, comment ferait-elle pour se libérer ? Si elle lui expliquait la situation, il en rirait, ne perdrait pas son temps à fréquenter une adolescente et mettrait les voiles. Ne lui avait-on pas dit qu'il préférait les femmes mûres aux gamines ? Dans tous les cas, c'était foutu d'avance. Elle l'avait perdu avant de l'avoir vraiment eu.

— Je ne pense pas que ce soit une bonne idée, nous deux, murmura-t-elle le souffle court en se dégageant.
— Pourquoi ça ? interrogea-t-il l'air surpris en la retenant par la main.
— Parce que je ne suis pas le genre de filles que tu cherches !
— Et comment tu sais quel genre de filles je cherche ? sourit-il amusé.

Elle resta quelques secondes hésitante, semblant réfléchir.

— Je ne coucherai pas avec toi comme ça, tout de suite ! Je n'ai pas l'intention de me faire sauter pendant quelques jours et de rester sur la touche ensuite ! Ce n'est pas ce que je cherche, moi ! lança-t-elle soudain une lueur de défi dans le regard.

— Et tu penses que moi, je ne cherche que ça ? répondit-il l'air un peu plus sérieux.

— En tout cas, c'est la réputation que tu as...

— Et encore ? Qu'est-ce qu'elle dit d'autre, ma réputation ? reprit-il, visiblement amusé.

Il sortit un paquet de cigarettes de la poche de son jean, en offrit une à Laura avant d'allumer la sienne. Quand elle s'approcha pour avoir du feu, il prit ses mains dans les siennes. Son seul contact remit le feu en elle.

— Ta réputation dit aussi que tu aimes les femmes... bien plus âgées que moi... continua Laura, pas très sûre d'elle.

Il la fixa un moment, de son regard moqueur, un petit sourire au coin des lèvres.

— Décidément, tu me plais de plus en plus, sourit-il. Alors qu'est-ce que tu décides ? Tu t'enfuis tout de suite ou tu passes quelques heures fantastiques avec moi...

— Je rentre, je ne fuis pas ! coupa-t-elle un peu vexée. Et qu'est-ce qui me dit que ce sera fantastique ?

Elle eut la désagréable impression qu'il se moquait d'elle et ressentit le besoin de le provoquer.

— Les quelques secondes qui viennent de s'écouler, murmura-t-il toujours moqueur. Si tu veux vraiment rentrer, je vais te ramener, mais avant...

— Non, le coupa-t-elle. J'ai prévu de dormir chez Marina cette nuit, donc je rentre avec elle.

— Ça m'étonnerait qu'elle soit disponible tout de suite, ironisa-t-il. Et ça m'étonnerait aussi qu'elle soit disposée à rentrer maintenant. Je crois qu'elle est occupée... avec Nanou !

— Les deux copains qui se tapent les deux copines, c'est pratique, n'est-ce pas ? Et puis, ça va alimenter les conversations pendant quelque temps, permettre des comparaisons, railla Laura sur une note amère, en tournant les talons.

— Tu me prends pour qui ? lança-t-il soudain, vexé à son tour. C'est peut-être une coutume chez les mecs de ton milieu, mais c'est loin d'être une généralité dans le mien !

Elle lui fit de nouveau face pour lui répondre, mais s'arrêta net, surprise par sa remarque. Il ne souriait plus, cette fois. Et la petite lueur moqueuse, en permanence dans son regard, avait disparu.

— Les mecs de mon milieu ? répéta-t-elle, ne sachant pas vraiment comment prendre la boutade. C'est quoi *mon milieu* ?

— Je ne pense pas que tu sois une fille d'ouvrier ou tu caches bien ton jeu, se moqua-t-il gentiment. Allez, cesse de faire des caprices !

— C'est comme ça que tu me vois ? Comme une gosse de riche capricieuse ?

Elle poussa un petit soupir mi-amusé, mi-dégoûté et tourna de nouveau les talons.

— En général, ça va ensemble ! s'amusa-t-il encore... Laura, je ne me base jamais sur les conquêtes de mes potes pour choisir les miennes, d'accord ? reprit-il plus sérieusement alors qu'elle tentait de s'éloigner. Et je ne suis absolument pas responsable de ce qui se passe entre Marina et Nanou. Ce n'est pas un coup monté, c'est une coïncidence et je n'y suis pour rien. Ensuite, tu me parlais de ma réputation tout à l'heure, et bien toi, tu en as une aussi. On m'a déjà conseillé de me méfier, de ne pas trop approcher la « *Jet Set* » quand j'ai tenté de me renseigner sur toi...

Laura, qui avait presque atteint la porte, s'arrêta net. Avait-elle bien entendu ? Il s'était renseigné sur elle ? Quand ? Et que lui avait-on dit sur elle ou sur sa famille ? Était-il au courant du *drame* ? Un vent de panique souffla en elle, son cœur s'était de nouveau emballé dans sa poitrine. Connaissait-il Tommy ou en avait-il, ne serait-ce qu'entendu parler ? C'était plus que probable, ils fréquentaient le même bar...

— Tu t'es renseigné sur moi ? questionna-t-elle sur un ton de reproche et de colère.

— Hum ! approuva-t-il, un sourire moqueur de nouveau aux lèvres.

D'un bond, il s'assit sur le muret, nonchalant, l'observant, la tête légèrement inclinée.

— Tu vois, reprit-il plus doucement, si je n'avais derrière la tête que l'envie de te sauter, j'aurais essayé depuis longtemps... Tu me plais énormément.

— Si je te plais tellement, pourquoi ne pas avoir agi plus tôt ? le provoqua-t-elle incrédule.

— Parce que tu es différente des filles que j'ai l'habitude de fréquenter. Tu es plus jeune, d'accord ! Mais tu n'as pas la même classe, pas le même comportement que les... *gamines* de ton lycée ! Alors je voulais prendre le temps de te juger, de te séduire. Je ne voulais pas te draguer vulgairement, comme je l'aurais fait avec n'importe quelle *fille ordinaire*... J'aurais voulu que tu apprennes à me connaître avant qu'il ne se passe quoi que ce soit, justement pour éviter que tu ne me juges que sur des on-dit, ou sur une réputation quelconque. Je voulais mettre toutes les billes de mon côté avant de t'aborder... Si je t'avais draguée d'entrée, tu m'aurais jeté, toi ou tes gardes du corps, je me trompe ?

— Pour les gardes du corps, oui ! Pour le reste, je ne pense pas, rétorqua-t-elle vexée par sa soudaine moquerie. Alors qu'est-ce que tu sais de moi, au juste ?

— Je sais que nous ne sommes pas censés nous rencontrer, nous n'avons manifestement pas joué dans les mêmes bacs à sable...

— Tu jouais dans les bacs à sable, toi ? C'est dégueulasse ! Moi c'était sur du marbre blanc, ironisa-t-elle.

Il ne put retenir un petit éclat de rire.

— Et en plus, elle a de l'humour !

— Normal, tout s'achète ! Et je suis bien placée pour le savoir !

— Bien joué ! reconnut-il. J'aime les filles qui ont du caractère et apparemment, je suis bien tombé !

— Qu'est-ce que tu sais de moi alors ? A part le fait que je sois une fille de Nabab, enfin soi-disant ?

— Tu déjeunes au Totem's depuis des mois. Tu es une fille plutôt sérieuse, mais froide et hautaine. Tu n'apprécies pas de te faire draguer ouvertement et tu n'apparais pas beaucoup en ville. Donc deux théories s'affrontent. La première : tu n'aimes pas te mêler à la classe ouvrière, voire moyenne, c'est pourquoi on ne te voit pas beaucoup. La seconde : Tes parents te poussent à des fréquentations plus… respectables !

— Et c'est pour ça que je fréquente un lycée tout à fait ordinaire, pour apprendre à me fondre dans la fange et espionner la façon de vivre des pauvres, frima-t-elle, moqueuse, le cœur battant néanmoins à coups redoublés, surtout depuis qu'il avait abordé le sujet de ses parents. Et quand je serai grande, je pourrai peut-être même être ministre !

Dylan éclata de rire, d'un beau rire de gorge.

— Je n'avais pas envisagé cette possibilité ni vu les choses sous cet angle, s'amusa-t-il.

— Et quelle théorie tu as choisi de croire alors ? le provoqua-t-elle encore, avec un début de sourire.

— Moi ? J'ai un avis partagé, je mélangerais bien les deux théories. Mais je ne juge jamais les gens sur une première impression, j'attends de les connaître plus… profondément, sous-entendit-il.

— C'est quoi le but ? ironisa-t-elle, se taper une gonzesse de la haute ? Tenter le gros lot ?

— C'est vrai que tu peux représenter un bon placement financier, se moqua-t-il ouvertement. Quant à me taper une fille de la haute, je n'en vois pas l'intérêt. Au pieu, il n'y a plus de différence sociale, soit elle est un bon coup, soit elle ne l'est pas ! C'est pareil pour toutes les classes sociales confondues… Mais c'est vrai que ça peut être valorisant pour moi, de me taper une gamine de riche…

— Vous avez parié lequel se tapera le premier la gosse de riche ? persifla-t-elle, vexée. C'est pour ça que je suis là ? Vous n'avez pas de passe-temps plus….

Avec une rapidité qui la laissa pantoise, il avait sauté du mur et l'avait rejointe. Sa main s'était emparée de sa nuque. La tenant solidement, il l'embrassa soudain passionnément, lui coupant le souffle. Son baiser devenait plus tendre au fur et à mesure qu'il la sentait se détendre contre lui.

— Arrête de parler, tu ne dis que des bêtises, murmura-t-il à son oreille avant de reprendre ses lèvres avec avidité. Tu me plais, tu me fais complètement craquer, c'est tout ce qui compte. Je me fous d'où tu viens et de tout le reste.

Quand, enfin il consentit à lâcher ses lèvres, elle le fixa, l'air à la fois émerveillé et déstabilisé. Elle perdait la maîtrise d'elle-même, de la situation... En fait, elle devait faire face à une véritable tempête en elle. Elle se sentait la proie d'un tourbillon de sentiments divers et contradictoires. Une partie d'elle brûlait d'envie de se pendre à nouveau à ses lèvres, l'embrasser jusqu'à en perdre le souffle... L'autre ne voyait que le mauvais côté des choses : comment pourrait-elle échapper à la vigilance de ses parents, le voir régulièrement sans éveiller les soupçons de sa famille ? Tout s'était précipité. Si cette soirée avait eu lieu trois mois plus tard, tout aurait été différent. Elle aurait eu son bac, elle aurait eu la possibilité d'aller à l'encontre de ses parents, de faire ses valises si cela s'était avéré nécessaire. Aujourd'hui, elle ne le pouvait pas. Comment lui expliquer qu'il lui fallait attendre trois mois ?

— Je ne voulais pas qu'il se passe quelque chose tout de suite, murmura-t-il comme s'il avait deviné ses pensées. Je voulais qu'on passe une soirée entre copains, qu'on passe même un bout de temps comme ça, pour que tu apprennes à me connaître... Je sais que je n'aurais pas dû t'embrasser. J'aurais dû te laisser du temps... Mais tu me fais craquer. Je suis désolé... Si tu veux qu'on en reste là, je n'irai pas plus loin, je ne te forcerai à rien, lui expliqua-t-il d'une voix douce, en l'attirant contre lui.

— Je ne sais pas ce que je veux, avoua-t-elle d'une voix à peine audible, le front contre son torse. C'est vrai que c'est un peu tôt, c'est soudain... Je ne me sens pas capable d'entamer une relation maintenant... Il y a les examens...

— O.K. ! répondit-il tout simplement.

— *Mais je ne veux pas perdre une telle occasion non plus* ! eut-elle envie de crier.

— Laura, reprit-il plus doucement. Je ne laisserai pas tomber pour autant. Je ferai ce que j'aurais dû faire. Je te croiserai à l'improviste, on se fréquentera en copains... Et le

jour où tu changeras d'avis, je serai là !
— Et si je ne change pas d'avis ? sourit-elle.
— Tu changeras d'avis ! répondit-il en lui décochant un sourire des plus séducteurs. Je ferai ce qu'il faut pour... À moins que tu me jures que je ne t'attire pas le moins du monde... Mais après la façon dont tu m'as embrassé, je ne te croirai pas !

Laura baissa les yeux en rougissant. Elle ressentait encore en elle la chaleur de son corps contre le sien, les sensations sublimes qu'il avait éveillées en elle.

— Et mon jeune âge et mon manque d'expérience ? le provoqua-t-elle de nouveau.

— C'est vrai que j'aime les femmes un peu plus âgées et bourrées d'expérience, sourit-il de façon espiègle... Mais y'a qu'les imbéciles qui n'changent pas d'avis ! Et puis, il y a les femmes qui ont de l'expérience, et celles à qui tu l'apportes, c'est bien aussi !

— À condition d'avoir de la patience, tenta-t-elle de le prévenir.

— Ben !... J'en ai pas beaucoup !
— Je ne suis pas sûre...

Son air de petit garçon fautif avec tout de même un petit sourire en coin, son regard malin, la firent craquer. Elle ne put retenir un sourire. Il lui prit la main et l'entraîna vers la porte d'entrée. Elle se sentait bizarre, à la fois heureuse de la tournure de leur relation, frustrée et déjà impatiente... Elle se rendit compte qu'elle non plus n'avait pas envie d'attendre. Quand le reverrait-elle la prochaine fois ? Et si elle ne le revoyait jamais ? À quelques pas de la porte, elle eut un mouvement de recul. Il se retourna, surpris, se retrouvant à quelques centimètres d'elle. Leurs regards se croisèrent et s'accrochèrent. Les yeux de Dylan s'obscurcirent sous l'assaut du regard brûlant de désir de Laura. Instinctivement ce fut elle qui s'approcha de lui et qui, hissée sur la pointe des pieds, l'embrassa. Elle n'en revenait pas de son culot, de son assurance. Mais elle se sentait quelqu'un d'autre, c'était comme si une autre personne en elle prenait le dessus, elle devenait spectatrice...

Il répondit à son baiser, doucement, tendrement,

caressant sa nuque, sa chevelure. Puis soudain, elle perçut un changement dans son attitude. Il l'adossa au mur. La pression sur ses lèvres se fit plus forte, plus intense. Son souffle s'accéléra, devint plus rauque. Il se pressait contre elle de tout son corps.

À leur tour, les mains de Laura descendirent sur son torse, musclé, se cramponnèrent sur sa taille. Inconsciemment, ses hanches se balançaient doucement contre lui, excitant son désir. Il glissa sa cuisse entre ses jambes, la soulevant légèrement pour qu'elle soit en appui. À son contact, elle eut l'impression de prendre feu. Une sourde douleur était née dans son sexe ; elle perdait peu à peu pied dans le désir. Jamais elle n'avait ressenti pareille sensation. Dans un frémissement de plaisir, elle se cambra contre lui, frottant son sexe sur sa jambe. Leurs lèvres se prenaient, se repoussaient, se cherchaient. Tous deux frémissant, la respiration haletante, ne semblaient plus faire qu'un. Elle se cramponna à ses hanches et se frotta sur sa cuisse tendue, aux muscles bandés, d'abord lentement, puis plus vite, plus fort. Les battements de son cœur et sa respiration devenaient de plus en plus rapides. Il sentait son jeune corps se tendre contre lui. Alors il l'encouragea doucement, au creux de son oreille.

— Encore, Laura... ne t'arrête pas... pas maintenant, laisse-toi aller... va jusqu'au bout... encore... chuchota-t-il à son oreille, glissant sa main dans son jean, laissant ses doigts se perdre en elle.

Le plaisir montait en elle de plus en plus fort. Plus elle se frottait sur lui, plus c'était douloureusement bon. Ses doigts semblaient diffuser du feu en elle. Tendue à l'extrême, échappant un gémissement, elle l'appela, quémandant sa protection. Puis soudain, ce fut une explosion de sensations, de couleurs... Elle laissa échapper un léger cri. Son corps fut secoué par les spasmes du plaisir...

Elle resta longuement serrée contre lui, reprenant son souffle petit à petit, se demandant comment elle avait pu se laisser aller aussi loin. Il caressait doucement sa nuque, son dos, pailletant son cou de petits baisers...

— Quelque chose me dit que toi non plus, tu n'as pas

beaucoup de patience, murmura-t-il à son oreille. Je ne vais pas pouvoir résister longtemps à la tentation si tu ne m'aides pas plus !

— Je suis désolée, je ne voulais pas…

Elle enfouit son visage aux joues rougissantes, dans le creux de son cou, comme si elle cherchait à se cacher, comme si elle avait honte ;

Sa réaction le fit sourire tendrement.

— Tu n'as pas à l'être… Moi, je ne le suis pas de m'être rendu compte à quel point tu es réceptive… J'avais déjà envie de toi avant, alors maintenant… se moqua-t-il gentiment.

— Je te l'ai dit, je ne sais pas ce que je veux. Je veux tout et j'ai peur de tout, même de mes propres réactions… chuchota-t-elle.

— Je n'arrive pas à comprendre comment une fille telle que toi peut être aussi peu sûre d'elle, réfléchit-il à haute voix. Tu as toujours l'air mal à l'aise, sur tes gardes, prête à t'enfuir. Tu me fais penser à un petit animal sauvage, murmura-t-il tendrement… Est-ce que tu vas me laisser une chance de t'apprivoiser ?

Elle lui sourit, mais ne répondit pas. Ils s'étaient isolés déjà depuis un bon moment, lorsqu'ils rejoignirent les autres dans la salle. Ils furent, bien entendu, accueillis par divers calembours et boutades moqueuses pleines de sous-entendus. Laura se contentait de sourire en baissant les yeux. Quant à Dylan, il souriait plutôt moqueusement, mais ne souffla pas un mot non plus, éveillant de plus belle, la curiosité des autres. Seul David se tint à l'écart, comme s'il n'appréciait pas la tournure des évènements. Son air réprobateur remit Laura mal à l'aise. Il s'éloigna d'ailleurs rapidement, non sans avoir lancé un regard furieux à Dylan. Laura allait interroger ce dernier à son sujet quand ils furent interpellés par d'autres…

Vers cinq heures du matin, Marina proposa de lever l'ancre. Les deux garçons leur proposèrent bien de les raccompagner, mais elles refusèrent gentiment. Alors que Laura s'apprêtait à s'installer dans la voiture, Dylan la rattrapa par le poignet.

— Je te vois demain ?

— Non, ça tombe mal, mais c'est l'anniversaire de ma tante et toute la famille a reçu l'ordre d'être présente ! tenta-t-elle de plaisanter.

— Tu veux que je te fasse un mot d'absence ? plaisanta-t-il à son tour... Sérieusement, tu ne peux pas te libérer ? Même très tard ?

— Ça m'étonnerait ! Je suis désolée, murmura-t-elle.

— Bon ! Je t'appellerai. Laisse-moi un numéro de téléphone ou au moins une adresse...

Il perçut sa légère hésitation.

— C'est moi qui t'appellerai, finit-elle par répondre.

Il sembla hésiter quelques instants comme s'il voulait ajouter quelque chose, mais il y renonça, griffonna son numéro sur le paquet de cigarettes de Laura.

— Ne le jette pas quand il sera vide, lui recommanda-t-il en souriant.

A peine eurent-elles démarré que Marina s'écria surexcitée :

— C'était une super soirée ! La meilleure depuis ma naissance ! Waouh ! Je n'en espérais pas autant ! C'est génial !

— J'en conclus que ça a marché pour toi avec Nanou ? se mit à rire Laura.

— Bien sûr ! Je le revois demain soir ! C'est géant ! Je ne vais jamais tenir vingt-quatre heures...

— Vu l'heure qu'il est, tu as moins de vingt-quatre heures à attendre, se moqua Laura. T'en as de la chance !

— Et toi ? Apparemment, tu t'es fait Dylan ? Je ne te dis pas comme ça jase déjà, ajouta Marina, riant de plus belle.

— Comment ça ? Qui ?

— Tout le monde ! Vous avez disparu pendant un sacré bout de temps. La plupart des gens en ont tiré des conclusions... disons hâtives !

— Et ça te fait rire ? rétorqua Laura en essayant de garder son sérieux.

— Alors, toi qui en rêves depuis des mois, ça fait quoi d'arriver à ses fins ? la charria son amie.

— Je n'arrive pas à y croire, murmura Laura... D'abord,

je ne suis pas arrivée à mes fins. Ce n'est pas parce qu'on a à peine flirté que... Je suis super heureuse, reprit-elle. Il y a une partie de moi qui a envie de hurler de joie, de sauter partout... Et l'autre me dit que je me suis foutu dans un sacré pétrin, termina-t-elle, l'air préoccupé.

— Tu n'as pas couché avec lui alors ?

— Marina ! s'écria Laura feignant d'être choquée pour cacher son trouble. Comme si c'était normal de se taper un mec qu'on connaît depuis une heure, comme ça !

— Franchement, tu m'aurais vachement étonnée, plaisanta Marina. Laura qui se laisse aller, c'est un paradoxe ! Ce serait tellement simple de faire ce que tu as envie de faire au moment où tu as envie de le faire !

— Je ne veux pas qu'il pense que je suis une fille facile, se justifia Laura en détournant la tête pour cacher à son amie sa rougeur naissante.

— Ça, ça ne risque rien ! plaisanta Marina.

— Plus je le ferai attendre, plus il me respectera.

— Ou il se barrera !

— Et puis moi, j'ai besoin de bien connaître mon partenaire, d'avoir passé du temps avec lui...

— C'est un aspect assez vieux jeu des relations intimes, mais sur un malentendu ça peut marcher, se moqua Marina. Et personne à part moi, ne peut deviner qu'en fait, tu as peur de sauter le pas. Remarque, tu as raison sur un point. S'il te veut vraiment, il sera obligé de te mettre en confiance. Et ça, c'est une bonne chose... Au fait, pourquoi tu dis que tu t'es mise dans le pétrin ?

— Comment vais-je pouvoir le revoir en sachant que je suis cloîtrée à la maison et que si mon père ne fait que soupçonner ma liaison avec un type tel que lui, je me fais décapiter ?

— Tu vas vite te rendre compte que quand on est vraiment motivée, on peut imaginer des milliers de façons de fausser compagnie à ses parents. Les ressources insoupçonnables de ton imagination n'ont pas fini de t'étonner, plaisanta Marina.

— Tu parles ! Je suis déjà obligée d'inventer des conneries comme l'anniversaire de ma tante !

— Si tu arrives à le voir ne serait-ce qu'un soir par week-end, ce serait déjà pas mal, non ?

— Ça ne m'est jamais arrivé de sortir un soir par semaine. Je vais inventer quoi ? Et Dylan, tu crois qu'il va attendre longtemps une gonzesse qu'il ne voit jamais ? Avec toutes celles qui lui tournent autour ?

— Déjà jalouse ? Ne dis rien à ton père, fais le mur, proposa Marina.

— Je ne déconne pas ! Non seulement je n'ai pas le droit de sortir, mais si en plus, je me fais piquer... Et puis avec les systèmes d'alarme et le personnel de maison...

— Ah, c'est vrai ! J'oubliais le système de sécurité du Manoir, l'antre de Son Altesse ! sourit Marina. Il doit bien y avoir un moyen, réfléchis ! Tu as Manue, Paco...

— Manue va me tuer aussi si elle sait... Et j'imagine la tête de Dylan si j'arrive chaque fois avec un autre mec. Il va être enchanté que *mon chauffeur* tienne la chandelle !

— C'est vrai que c'est pas cool, se mit à rire Marina. Mais même si tu arrives à truander et que tes parents l'apprennent, tu n'auras qu'un mauvais petit moment à passer et après tout, ça leur ouvrira peut-être les yeux ! Ils ne vont quand même pas te séquestrer ou te tabasser, non ?

Marina, devant le silence prolongé et éloquent de son amie, se retourna brusquement.

— Eh ! Tu ne m'as pas entendue ou tu ne veux pas répondre ?... Ils n'iraient pas jusque-là, quand même ?

— Me tabasser, non ! Mais me séquestrer... ils n'en sont pas bien loin !

- 7 -

Marina avait mis le réveil sur onze heures puisque Laura devait être rentrée chez elle avant midi. Si elle dormit du sommeil du juste, Laura quant à elle, ne ferma pas l'œil de ce qui lui restait de nuit. Elle était trop excitée, trop heureuse, mais aussi trop anxieuse pour dormir. Elle revivait en rêvant les yeux ouverts, les moments qu'elle venait de passer avec lui, se répétant ses paroles, se remémorant ses moindres gestes. Dès que son esprit vagabond s'en revenait aux caresses qu'il lui avait prodiguées, elle se sentait rougir, le corps envahi par une nouvelle vague de chaleur. Une seule certitude revenait sans cesse, il fallait qu'elle le revoie, il fallait qu'il ignore ses secrets... encore quelque temps, juste quelques semaines. Jamais le temps ne lui avait paru si long !

Elle pensait aussi à Manue. Elle avait tellement envie, tellement besoin de partager ce qu'elle vivait avec elle ! Et pourtant, c'était impossible. Manue avait changé, elle n'était pas la grande sœur chaperon qu'elle avait espérée, mais une sorte de seconde maman. La peur de sa réaction restait la plus forte. La raison voulait que Laura n'ait pas les mêmes fréquentations que sa sœur. Manue désapprouverait Laura, elle ne serait pas son alliée sur ce coup-là. Cette relation était vouée à l'échec dès le départ.

Elle arrêta la sonnerie du réveil avant que celui-ci ne sonne et se leva sans un bruit. La maman de Marina l'accueillit.

— Bonjour, ma puce ! Alors cette soirée ? C'était bien ?

— Oui, pas mal ! Le concert était bien, répondit vaguement Laura.

— Et vos deux play-boys alors ?

— On a fait un peu plus ample connaissance, sourit Laura. Ils sont vraiment géniaux.

— Sans plus ? sourit l'autre de façon espiègle.

— Sans plus ! affirma Laura en souriant.

— Tiens, ton déjeuner est prêt ! Marina dort encore ?

— Oui, j'ai fait en sorte de ne pas la réveiller. Ça vous embêterait de me ramener ? Ça lui permettrait de dormir plus longtemps.

— Si tu veux ! C'est gentil pour elle, ma puce.

Laura aurait tellement aimé avoir une mère comme elle...

Cette dernière la déposa dans la rue, devant le grand portail en fer forgé de la vaste propriété. Tout le long du chemin en graviers blancs jusque devant la lourde porte d'entrée, Laura respira profondément, se conditionnant. Elle se répétait qu'elle était censée avoir révisé toute la soirée. La porte ne s'était pas encore refermée derrière elle que son père apparaissait dans le couloir d'entrée, jetant un coup d'œil à sa montre.

— Juste midi ! Une minute de plus et tu étais en retard.

— Bonjour, papa, répondit-elle laconique. L'heure c'est l'heure ; avant l'heure, c'est pas l'heure ; après l'heure, c'est plus l'heure ! le railla-t-elle.

— C'est exact ! sourit-il. La ponctualité est la clé de la réussite !

— Il suffit de trouver la bonne serrure, plaisanta-t-elle.

— Oh ! Ma fille préférée fait de l'esprit ? Ce sont les révisions qui te donnent tant d'à-propos ?

— Il faut bien que ça serve à quelque chose, même si je loupe mon bac, sourit Laura.

— Je te le déconseille fortement, jeune fille. On ne loupe pas son bac chez les Brissac ! prophétisa-t-il en la prenant affectueusement par les épaules. Tu as quand même passé une bonne soirée ? Tu m'as l'air fatiguée, tu as une petite mine.

— Ben... On a révisé et on a aussi bien rigolé, grimaça-t-elle le cœur battant. En plus on a regardé des vidéos jusque tard dans la nuit. Et comme je n'ai pas pu faire de grasse matinée...

— Pas de grasse matinée ? À midi ? C'est une plaisanterie, n'est-ce pas ? L'avenir appartient à celui qui se lève tôt, ironisa Hervé. Tu as déjeuné ?

— Alors, je n'ai aucun avenir, plaisanta-t-elle. Eh oui, j'ai déjeuné.

Laura prit la direction de l'escalier sans attendre la suite de la conversation. Poussant un soupir de soulagement, elle s'enferma dans sa chambre et se laissa tomber sur le lit, ses jambes ne la portant plus. Elle sentait son cœur s'affoler dans sa poitrine. Elle se sentait épuisée, délicieusement fatiguée, et si heureuse qu'elle avait l'impression que son cœur ne pourrait contenir tant de bonheur ! Comme cela lui arrivait souvent, elle s'adressa à sa sœur.

— Ne m'en veux pas d'être si heureuse... Je ne t'oublie pas pour autant, tu sais ?... J'aurais tant aimé que tu le connaisses, que tu me donnes ton avis... Il n'est pas comme Tommy et pourtant, il y a beaucoup de points communs... Si seulement tu pouvais m'aider, me conseiller... J'ai tellement besoin de toi, ma grande...

Deux petits coups frappés à sa porte lui annoncèrent l'entrée de Manue sans qu'elle ait eu le temps de s'y préparer.

— Alors, mon chou, s'enthousiasma Manue. Quoi de neuf ?

Elle se figea face au visage blême et aux yeux légèrement larmoyants de Laura.

— Qu'est-ce qui se passe, Laura ?

— Rien ! Je me suis couchée tard et je suis un peu fatiguée. Et dans ces moments-là, Élisa me manque beaucoup.

— Oui, je sais. À moi aussi, elle manque terriblement... Tu as passé une bonne soirée chez Marina ?

— Oui, c'était pas mal, ça change un peu, quoi ! Et toi ? Tu as fait quoi ?

— Je suis sortie, j'ai commencé à recontacter certaines anciennes connaissances... les meilleures, répondit Manue, volontairement évasive.

— Karen est là ? Je ne l'ai pas encore vue, lança Laura pour faire dévier la conversation.

— Elle est dehors avec ton père. Pour une fois qu'il fait beau, on va faire un barbecue avec les voisins.
— Les Boisseau ?
— Ben oui ! Tu vois d'autres *voisins* que tes parents fréquentent, toi ?

Pendant que Manue parlait, le cerveau de Laura fonctionnait à cent à l'heure, envisageant le pire. Luc Boisseau était commandant de police aux Stups. Elle savait que son équipe et lui, surveillaient beaucoup les concerts, les cafés, bref ! Tous les lieux susceptibles d'intéresser ces messieurs. Elle espéra silencieusement que Luc ne travaillait pas la veille, ou que son équipe travaillait ailleurs qu'à Verdon. Si jamais l'un d'eux l'avait aperçue... Elle n'osait pas en imaginer les conséquences.

— Eh, oh ! Ici la terre ! Tu me reçois ? Tu ne veux rien me dire ? On dirait que tu viens de voir un fantôme, s'inquiéta Manue.
— Je n'étais pas chez Marina hier soir, lâcha-t-elle, presque involontairement... Enfin je... j'y étais, mais on est sorties... balbutia Laura.
— Vous êtes allées où ?

Laura hésita longuement, tiraillée entre l'envie de parler à Manue et la peur de trop en dire.

— À un concert rock, finit-elle par balbutier.
— Oh Laura ! C'est pas vrai ! soupira Manue. Tu ne vas pas *vraiment* te mettre à fréquenter ce milieu-là ? Vous n'avez fait que voir un concert ? Vous n'étiez avec personne en particulier, hein ? reprit Manue comme Laura ne répondait pas.

Elle détournait la tête comme une petite fille prise en faute. Elle jouait machinalement avec la seule bague qu'elle avait au doigt et qui avait appartenu à Élisa. Elle détestait se sentir fautive alors qu'elle n'avait rien fait de mal, ou presque...

— Il y a un mec, hein ?... On n'est pas dans la merde ! souffla Manue en s'asseyant sur le lit, à côté de sa nièce. Tu ne veux pas me dire qui c'est ? reprit-elle.

Laura secoua négativement la tête.

— Bien ! Alors maintenant, explique-moi où est le

problème ! Tout devrait être rose ?

— Ça se résume en quelques mots : comment vais-je faire pour le voir ? Et puis, il y a autre chose... J'espère que Luc n'était pas dans les alentours du concert, hier soir. Parce que, s'il m'avait seulement aperçue...

— À mon avis, il n'y était pas, sinon tu en aurais déjà entendu parler !

— Tu sais que beaucoup fument dans ce milieu, alors... si les flics les surveillaient ?

— Ils les surveillent depuis des années, Laura. Les flics savent qu'ils ont du shit, et alors ? Ils ne se sont encore jamais fait piquer. Et si ça arrive, ils en ont si peu sur eux, voire pas du tout, que les flics ne peuvent rien faire... Ne crois pas que, parce que toi, tu découvres ça, les autres le découvrent en même temps que toi ! Ça a existé, ça existe, ça existera encore... Tu as essayé ?

— Quoi ?

— De tirer sur un pétard ?

— Non !

— Tu ne peux pas goûter à tout en même temps : le plaisir, les mecs... et le shit !

— Manue ! s'offusqua Laura, le rouge aux joues.

— Tu sais ce qui me fait peur, à moi ? C'est que ton père a dû voir la même chose que moi dans ton regard. C'est con, mais une fille peut difficilement cacher ça !

— De quoi tu parles ? Et d'abord, je voudrais qu'on cesse de me considérer comme une petite fille, s'énerva Laura.

— Tu as couché avec lui, n'est-ce pas ?

— Non ! Ça te va ?

— Mais ce n'était pas un simple flirt ! insista Manue sceptique. Ose dire que ce n'est pas vrai ? Ça se voit dans tes yeux, pas la peine de mentir, pas à moi !

— Tu m'énerves, je préfère couper court à cette conversation...

— Ton regard de petite fille... pardon ! De jeune femme a changé, ton attitude a changé... Tu sais, ton père est très doué pour ce genre d'observation. C'en est même étonnant, continua Manue comme pour elle-même.

— Tu parles ! Mon père croit que j'ai encore dix ans,

c'est tout juste s'il ne m'achète plus de couches, soupira Laura.

— À ta place, je n'en serais pas si sûre ! S'il te considérait encore comme une petite fille, il te laisserait un peu plus de liberté. Élisa pensait comme toi, tu sais ? Et pourtant... murmura Manue, un peu hésitante.

— Pourtant quoi ? souffla Laura.

— La première fois qu'Élisa a couché avec un garçon, elle est rentrée assez tard. Au petit déjeuner, avant de lui dire bonjour, ton père lui a demandé de qui il s'agissait. Au départ, elle l'a fait répéter, ne sachant pas de quoi il parlait. Alors il lui a demandé qui était le petit con qui l'avait déflorée ! Même Élisa en est restée muette de surprise.

— Elle avait quel âge ?

— Seize ans !

— Et qu'est-ce qui s'est passé ensuite ? questionna Laura d'une voix blanche.

— Elle a fini par lui avouer qu'elle avait eu une aventure. Ton père l'a giflée d'une force...

— Mon père ? Gifler Élisa ? J'y crois pas ! s'écria Laura. Il n'a jamais levé la main sur l'une de nous !

— Ben là, il était fou de rage et je peux te dire qu'il n'y est pas allé avec le dos de la cuillère ! Pour une fois, heureusement que Karen était là ! C'est elle qui s'est interposée et qui l'a calmé !

— Je n'arrive pas à y croire ! Je n'imagine pas mon père frapper l'une de nous, qu'il s'énerve, O.K. ! Mais... tu dois un peu exagérer.

— Tu n'es pas obligée de me croire. Pourtant, c'est la vérité. À partir de ce jour, ton père a changé de comportement envers elle. Il se méfiait, la surveillait ou la faisait suivre. Quand, plus tard, elle est sortie avec Tommy, il a tout fait pour les séparer.

— Il s'en est mêlé ? s'étonna Laura. Je n'en ai jamais entendu parler !

— Ton père ne voulait pas que tu saches par peur que l'exemple de ta sœur t'influence plus tard !

— Tu crois que papa a joué un rôle dans la dégradation des rapports entre Élisa et Tommy ? questionna encore

Laura, de plus en plus curieuse.

— Oh que oui ! C'est de sa faute si…

— Stop ! s'écria Laura en se bouchant les oreilles. Je t'en supplie, ne recommence pas avec ça ! Je ne sais pas pourquoi tu en veux tellement à mon père, mais ne recommence pas, s'il te plaît !

— Excuse-moi, Laura ! se reprit vivement Manue. Ce n'est pas ce que je voulais dire… Disons que c'est suite à l'intervention de ton père qu'Élisa s'est rendu compte que Tommy et elle n'étaient pas faits pour être ensemble.

— Manue, commença Laura, tu m'as beaucoup manqué pendant ces deux ans. J'ai besoin que tu sois là, avec moi. Alors, même si tu as peut-être raison, fais attention à ce que tu dis ou fais ! Je ne veux pas que tu repartes, tu comprends ?

— Laura… est-ce que pendant tout ce temps, tu m'as crue folle ? Est-ce que tout ce que j'ai dit t'a paru vraiment débile et sans fondement ? murmura Manue, plus pâle.

— Je sais que tu n'es pas folle… Simplement, tu as été profondément choquée et traumatisée. Ça t'a poussé à dire des choses… que tu n'aurais pas dites en temps normal ! Maintenant, c'est fini, c'est du passé. J'ai confiance en toi !

— Merci Laura, chuchota Manue, les larmes aux yeux, en serrant la main de sa nièce très fort dans la sienne. Moi aussi j'ai besoin de toi !… Au fait, reprit-elle sur un ton plus gai, tu as vraiment besoin d'une contraception maintenant. On trouvera une excuse, je viendrai avec toi, d'accord ? Mais que cela n'empêche pas ton copain d'utiliser des préservatifs. Tu le trouves peut-être craquant, mais dis-toi que ses ex-copines aussi ! reprit-elle en plagiant une publicité du moment, ce qui fit sourire Laura.

— Il est plus que craquant, lâcha cette dernière.

— Alors, prenez plus qu'une précaution, O.K. ? Après, c'est trop tard pour pleurer.

— Oui, maman, sourit Laura.

— Salut Miss, lança Luc dès qu'elle apparut, en la détaillant de la tête aux pieds, comme à son habitude. Tu es de plus en plus belle. À la place de ton père, je t'enfermerais, plaisanta-t-il.

— C'est ce qu'il fait, répondit-elle pince-sans-rire.

Elle ne put s'empêcher de lui faire un sourire ironique qui ressemblait plus à une grimace qu'autre chose.

Francine Boisseau, la femme de Luc, sirotait tranquillement un whisky - coca, tout en détaillant ses ongles fraîchement vernis.

— C'est ça le problème avec les filles, émit-elle sans daigner lever les yeux. Elles grandissent et les problèmes commencent. C'est pour ça que je suis heureuse de ne pas avoir ce genre de souci !

— Je crois que tu n'as pas eu le choix, non ? lança Laura, consciente de la méchanceté de ses paroles.

Elle savait que Francine n'avait jamais pu avoir d'enfant.

— En effet ! Au début, j'en ai été malheureuse, surtout quand vous êtes nées. Mais maintenant, quand je discute avec Karen, je me dis que le Bon Dieu fait parfois bien les choses, rétorqua Francine vertement.

— Je ne vois pas ce que le Bon Dieu vient faire là-dedans, commençait à s'amuser la jeune fille.

— Laura ?

D'une voix calme et posée, mais d'un ton impérieux, son père lui imposa le silence. Celle-ci, en jeune fille bien élevée, ravala sa verve. Elle n'avait jamais aimé Francine et chacune de leurs rencontres tournait en joute. En attendant que tout le monde passe à table, Laura laissa tomber sur la pelouse, la chemise qu'elle portait ouverte sur un maillot de bain, et plongea dans la piscine, à quelques mètres d'eux.

— Ta fille a un sacré caractère, reprit Francine. Plus elle grandit, plus elle devient agressive, désagréable.

— N'oublie pas que ce n'est pas vraiment ma fille, répondit Karen Brissac, sans se soucier de la présence de Manue. On a toujours eu plus de mal avec elle qu'avec sa sœur. Et depuis, la disparition d'Élisa, je ne t'en parle même pas. La situation devient dramatique.

— Laura a été profondément marquée par ce drame, tu le sais ? osa murmurer Manue.

— Mais même avant ça, Laura n'a jamais été une enfant facile. Elle s'est toujours rebellée, elle a toujours été capricieuse et entêtée.

— Une chose est sûre, c'est que vous n'êtes pas sortis de l'auberge. Cette gamine est belle à faire damner un saint, sourit Luc. Il va vous falloir, soit la marier très vite, soit la faire enfermer.

— Laura va bientôt partir aux États-Unis. Elle va terminer ses études dans un grand collège réputé. Elle en sortira avec ses diplômes et nous parlerons alors de son avenir, trancha soudain Hervé. Nous avons assez de connaissances pour que Laura épouse quelqu'un en vue !

Manue avait sursauté et fixait à présent son beau-frère, l'air incrédule.

— On se croirait au Moyen-âge ! s'écria-t-elle tout en s'astreignant à garder un ton calme et détaché. Laura est au courant de tes projets ?

— J'attends qu'elle ait obtenu son bac pour lui en faire la surprise. Ce sera son cadeau. Aussi, je te prie de rester discrète à ce sujet, répondit Hervé à l'attention de Manue. Je suis persuadé qu'elle en sera folle de joie.

— Vous ne pensez pas qu'elle a son mot à dire là-dessus ? Qu'elle peut avoir d'autres projets ? insista Manue. Je doute qu'elle approuve les vôtres, surtout le mariage !

— Laura a la chance d'avoir une famille qui a les moyens de lui offrir les meilleures écoles et les meilleures études possible. Il faudrait être stupide pour ne pas en profiter, la gronda Karen.

— Tu sais, elle n'a peut-être pas envie de faire de grandes études ni de partir à l'étranger. Si vous lui lâchiez un peu la bride…

— Nous avons fait l'erreur de laisser à Élisa une grande autonomie et une grande liberté dans ses choix de vie, nous l'avons payé assez cher ! D'autant plus qu'Élisa était bien plus raisonnable et malléable que Laura, expliqua Hervé à l'attention quasi unique de Manue. Nous ne ferons pas les mêmes erreurs avec Laura.

— Les États-Unis, c'est peut-être une solution extrême, non ? risqua Luc, au grand étonnement de Manue. Si tu penses qu'elle sera plus en sécurité là-bas…

— Elle le sera puisqu'elle sera pensionnaire dans un établissement sérieux, trancha de nouveau Hervé, lançant un regard venimeux à son ami.

La conversation était close, Manue l'avait bien compris comme ça. Elle se retint donc de dire tout haut sa pensée. Le fait, justement, que Laura n'ait pas le caractère de sa sœur la rassurait. Elle ne se laisserait pas faire. Et Manue était prête à tout pour porter main forte à sa nièce. Quelque chose lui disait que Laura ne partirait jamais aux États-Unis de son plein gré.

Ils en arrivaient au dessert, à converser sur les méfaits du manque d'éducation chez les jeunes, quand Luc lança son pavé dans la mare.

— C'est comme hier soir, tiens ! Il y avait un concert privé, à Verdon, un concert de rock, tu vois le genre ? expliqua Luc.

Laura eut l'impression que son cœur cessait de battre. Néanmoins, elle continua à grignoter comme si elle ne se sentait pas concernée. Elle savait que, mine de rien, Luc ne la lâchait pas du regard.

— Tu en avais entendu parler ?

Luc s'était brutalement tourné vers Laura comme s'il venait de se rendre compte de sa présence.

— Non, pourquoi ? répondit-elle en le regardant.

— Parce que les musiciens du groupe qui se produisait fréquentent le Totem's, tu sais ? Le bar de motards près du lycée.

— Tu connais ce bar, Laura ? gronda son père en la fixant dans les yeux.

— En fait, c'est un snack-bar et il m'arrive d'y déjeuner quand il y a trop de monde à la cantine. J'ai horreur de perdre du temps alors que je peux réviser au lieu d'attendre bêtement, avoua-t-elle le plus naturellement du monde.

— Mais tu sais que c'est un lieu fréquenté par des motards ?

— Je ne m'en suis jamais rendu compte, contra-t-elle avec un petit air innocent qui aurait trompé le Pape lui-même ! La journée, il n'y a que des lycéens, mais peut-être que le soir, ça devient un repaire de motards, j'en sais rien.

— Et voilà ! Vive le lycée public entouré de bars ! Tu

vois au moins, une école privée... commença Karen d'une voix aiguë.

— Pourquoi pas un couvent ou un cloître pendant que tu y es ! ragea soudain Laura. Tu ne vas pas remettre ça sur le tapis ?

— Bref ! reprit Luc. On sait que du cannabis circule dans ce genre de soirée. On suit plusieurs mecs depuis des mois. On était sûr qu'on en trouverait à cette soirée. Eh bien pas moyen d'avoir un mandat ! s'offusqua Luc. L'adjoint à la culture s'y est opposé, appuyé par le Préfet. Tu vois ? Ils sont protégés.

— Vous avez laissé tomber, alors ? questionna Hervé.

— On a planqués une bonne partie de la nuit, mais ça n'a servi à rien. Une fois dehors, tu ne peux rien faire, répondit Luc en faisant peser sur Laura un regard insistant, comme s'il voulait lui dire : *je t'ai vue* !

Pas un instant elle ne baissa les yeux, soutenant son regard, un léger sourire ironique aux lèvres. Elle lui signifiait qu'il ne l'aurait pas comme ça. Manue suivait leur dialogue muet sans en perdre une miette, le souffle court. Elle fut stupéfiée par le sang-froid de Laura ! La comédie de cette dernière lui fit prendre conscience que sa nièce n'était, somme toute, pas si fragile que ça. Peut-être même jouait-elle le même jeu avec elle ?

Alors qu'elle débarrassait la table, Laura se retrouva seule à la cuisine.

— C'est drôle, je suis persuadé de t'avoir vue à ce concert, lança doucement Luc dans son dos.

Laura sentit son cœur s'affoler. Refusant de se laisser impressionner, elle reprit vite le dessus.

— Eh bien, je suppose qu'une fille de la région me ressemble beaucoup parce que j'étais chez Marina, répondit-elle sur un ton nonchalant.

— J'y ai vu Marina aussi ! contre-attaqua Luc.

— Et tu dis que le cannabis était à l'intérieur ? se mit à rire Laura. Tu es sûr que ce n'est pas vous qui fumez ? Qu'est-ce que vous en faites quand vous en confisquez ? plaisanta-t-elle.

— Ne joue pas avec le feu, Laura ! la menaça-t-il. Je sais

que tu étais là-bas. La prochaine fois, je pourrais bien te tomber dessus et…

— Et faire quoi ? Le dire à mon papa ? ironisa-t-elle en prenant la voix d'une enfant ? Tu n'as vraiment que ça à faire ? Eh bien, on verra la prochaine fois ! le provoqua-t-elle en passant à côté de lui, le bousculant de l'épaule.

Il la retint par le bras au passage et la força à lui faire face.

— Laura, je voudrais que tu saches que je ne suis pas ton ennemi ! Je ne veux que te protéger. Je n'ai rien dit à ton père pour cette fois, mais j'ai peur pour toi, sincèrement ! Fais attention où tu mets les pieds. Tu ne connais pas vraiment les gens que tu commences à fréquenter…

— Mon père te payait aussi pour surveiller Élisa ? Si oui, il ferait mieux de me trouver un gorille plus efficace, siffla Laura, blême de colère.

D'un geste brusque, elle lui échappa et sortit de la cuisine avant qu'il n'ait eu la possibilité de réagir. Elle avait malgré tout, eu le temps de le voir pâlir, de voir ses mâchoires se contracter, preuve que le coup l'avait atteint de plein fouet. Son cœur battait si fort en elle qu'elle prit quelques secondes pour tenter de se calmer, avant de faire de nouveau face à sa famille. Elle se sentait trembler, sentait son cœur s'affoler, sentait ses joues brûler. Et pourtant, elle sentit Luc déstabilisé par son attitude lorsqu'il les rejoignit à l'extérieur et cela fut sa plus grande victoire. Elle en fut totalement convaincue lorsqu'elle croisa, un peu plus tard, le regard entendu de Manue.

— Nickel, sourit Manue. Je suis fière de toi. Personne ne se doute de ce que tu as fait !

— Si ! Luc est au courant, il m'a vue hier soir !

— Tu plaisantes ? faillit s'étrangler Manue.

— Non ! On vient d'avoir une petite conversation privée à la cuisine. Il m'a vue là-bas, il y a vu aussi Marina.

Laura relata sa courte conversation à Manue.

— Ben t'as eu chaud, ma vieille, et t'as un sacré culot. À ce stade, ce n'est plus du talent, mais du génie. Tu m'épates !

— C'est vrai ? Tu crois que ma petite scène a fait passer la pilule ?

— Plutôt, oui ! Je suis surprise de découvrir que tu es si bonne comédienne ! Tu n'as jamais pensé à faire du théâtre ?

Les deux complices se sourirent de façon entendue. Hervé attendit le dessert pour annoncer qu'ils donneraient une grande fête à la fin juillet, date anniversaire de la naissance de Manue, en l'honneur du retour de cette dernière. Ils omirent de spécifier que la fête serait également l'occasion pour Laura, de dire au revoir à la France et à sa vie ici. Laura et Manue se forcèrent à paraître enchantées même si plus tard, en catimini, elles en rirent.

— On va avoir droit à la parade des célibataires de la Jet Set ! Quelle chance ! ironisa Manue.

- 8 -

Tout au long du week-end, Dylan ne quitta pas les pensées de Laura. Elle aurait eu plusieurs fois l'occasion de l'appeler sans que ses parents le sachent. Mais, chaque fois qu'elle y pensait, son cœur s'emballait, et elle n'osait pas... Que pourrait-elle lui dire ? Rien qu'entendre sa voix la mettrait dans tous ses états. Elle se rendrait ridicule. Il valait mieux qu'elle attende de le revoir. Et pourtant la patience n'était pas son fort !

Aussi, le lundi matin, s'empressa-t-elle de questionner Marina.

— Je l'ai vu samedi soir. On s'est retrouvé avec toute une bande de motards, leurs copains, quoi. On est resté au Totem's puis on a fini en boîte, lui raconta Marina.

— Et Dylan était là ? s'enquit Laura inquiète.

— Oui ! Il a passé toute la soirée avec nous. Il m'a juste demandé une fois s'il y avait une chance que tu viennes. Je lui ai dit que j'en doutais fortement.

— Et c'est tout ? Il n'a rien dit sur le fait que je devais l'appeler ?

— Non, mais tu sais, on se connaît à peine... Et puis, j'étais tout le temps avec Nanou. Il craignait peut-être de nous ennuyer avec ses questions. En tout cas, il est resté bien sage, il n'a même pas dragué ! se mit à rire Marina. Même ses potes ont été surpris parce qu'en boîte, il s'est fait allumer par une gonzesse, genre sirène de Malibu et il ne l'a même pas regardée !

— Et qu'est-ce que ses copains ont dit ?

— Qu'il était certainement amoureux et que sa gonzesse devait vraiment être un super coup pour qu'il ne daigne même pas regarder celle qui venait de passer. Ils ont même dit que c'était bien la première fois qu'ils le voyaient comme ça. D'ailleurs, personne ne l'a vu hier, Dylan !

— Comment tu le sais ?

— J'ai passé l'après-midi avec Nanou et le soir, on a rejoint les autres. Ben personne n'avait vu Dylan. Même David n'a pas pu le joindre. Par contre, il sera au Totem's vers onze heures trente. Il ne travaille pas ce matin. Il a laissé le message à Jimmy, sourit malicieusement Marina.

Le temps ne passait pas. Les minutes prenaient plaisir à s'égrainer lentement, les profs étaient, comme par hasard, irascibles et ennuyeux. À bout de nerfs, Laura s'éclipsa à onze heures, sautant un cours d'économie qui ne l'intéressait pas, laissant le soin à une Marina dépitée de truander le cahier de présence.

Quand elle arriva sur la terrasse du bar, elle se trouva nez à nez avec Dylan, attablé avec deux motards qu'elle ne connaissait pas. Laura sentit son cœur bondir dans sa poitrine si fort qu'elle eut peur de tomber en syncope. Il l'accueillit avec un sourire plutôt ironique.

— Je pensais que tu avais quitté le pays, commença-t-il.

— J'ai perdu le paquet de clopes, sourit-elle d'un air contrit.

— Bien sûr ! répondit-il incrédule.

— Tu ne vas pas nous présenter, là ? le coupa l'un de ses amis.

— Non, pas là, non ! plaisanta Dylan avant de reprendre. Laura, Vincent et Sam.

— Enchanté ! s'exclama Sam. Je m'en serais voulu de n'avoir pas fait la connaissance d'une telle créature ! Tu l'avais cachée Dylan ? Elle n'est pas de la région ? Sinon, on l'aurait déjà vue, sûr !

Autant Laura fut flattée et amusée par la remarque du fameux Sam, autant elle fut mal à l'aise face au silence et au regard insistant et quelque peu ténébreux du dénommé Vincent. Elle fut d'ailleurs reconnaissante à Dylan de détourner son attention :

— On déjeune ensemble ou tu as décidé de m'éliminer complètement de ta vie ? lui lança-t-il, choisissant d'ignorer le coup de drague de son copain.

— *Ça ! Je ne pourrai jamais !* eut-elle envie de lui crier. On pourrait déjeuner d'abord, sourit-elle à la place. Ensuite, je déciderai si je t'élimine ou non de ma vie... quand tu m'auras ramenée !

— D'accord, on va déjeuner et ensuite je décide si je te ramène ou pas, rétorqua-t-il sur le même ton. On va en ville ? Tout le lycée va débarquer ici tout à l'heure !

Elle acquiesça, le remerciant silencieusement de son choix judicieux. Il lui tendit un casque qu'elle enfila, monta derrière lui un peu maladroitement, mais folle de joie. Elle n'était plus montée sur une moto depuis la disparition d'Élisa. Tommy l'emmenait quelquefois faire un tour quand elle l'en suppliait. Elle posa ses mains sur la taille de Dylan, légèrement, un peu gênée. Or, à peine eut-il démarré sur les chapeaux de roue, qu'elle s'accrocha à lui plus solidement. Elle retrouva enfin les sensations qu'elle avait enfouies au fond d'elle-même, cette ivresse au goût de liberté, cette sensation de vitesse qui lui faisait aussi peur qu'elle l'excitait, cette impression que sa vie ne tenait plus qu'à un fil... Elle se souvenait qu'Élisa un jour, lui avait dit : *« Je n'ai jamais autant l'impression de partager quelque chose d'intense avec Tommy que quand on est tous les deux sur la moto. Là, on entre en communion ! »* Aujourd'hui, elle comprenait vraiment le sens de ses paroles. Dylan et son engin semblaient ne faire qu'un. Il roulait vite, mais restait prudent. Appuyée contre lui, elle sentait ses muscles se contracter, se détendre, elle sentait à quel point il maîtrisait sa machine. Elle en arrivait à espérer qu'un jour la même symbiose les réunirait, elle et lui.

À peine garés, elle descendit de moto, enleva son casque, baissa la tête pour secouer sa longue chevelure, instinctivement. Quand elle se redressa, son visage n'était qu'à quelques centimètres de celui de Dylan. Il la fixait intensément et la chaleur de son regard lui coupa le souffle.

— Tu m'as manqué, murmura-t-il avant d'effleurer ses lèvres.

Fermant les yeux, elle attendait la suite qui ne vint pas. Alors, de nouveau, le cœur battant la chamade, les jambes flageolantes, elle leva des yeux interrogateurs vers lui.

— Pourquoi tu ne m'as pas appelé ? questionna-t-il, la voix enrouée.

— J'avais peur... finit-elle par avouer. Peur que tu ne répondes pas ou que ce ne soit pas toi qui répondes... Peur que tu m'envoies balader... Je craignais que tu n'aies pas envie de me revoir...

Il glissa une main sur son cou, sous ses cheveux, attirant sa nuque contre lui dans un geste infiniment sensuel. De nouveau, ses lèvres brûlantes effleurèrent les siennes.

— Si je n'avais pas voulu que tu m'appelles, je ne t'aurais pas demandé de le faire... Si tu savais que tu ne le ferais pas, pourquoi ne pas m'avoir donné ton numéro ?

— Je ne veux pas que tu appelles chez mes parents !

— Alors, la prochaine fois, appelle, sinon je le fais, moi !

Il prit ses lèvres passionnément, forçant le passage, l'embrassant profondément, la serrant contre lui. Instinctivement, elle se pendit à son cou, répondant à sa passion sans réserve, se pliant à son désir, se cambrant contre lui. Le souffle court, il lâcha enfin ses lèvres.

— On va déjeuner ou je ne réponds plus de rien ! souffla-t-il.

Encore haletante, tremblant de bonheur, elle le suivit sans un mot. Elle lui laissa le choix de la commande. Peu lui importait ce qu'ils mangeraient. Pour elle, la seule chose qui comptait était de passer du temps avec lui, l'écouter, le regarder. Mais de nouveau, elle fut sur ses gardes dès que ses questions devinrent plus personnelles.

— Tu es fille unique ?

— Hum ! se contenta-t-elle de répondre.

— Et tes parents ? Ils font quoi dans la vie ?

— Du fric, répondit-elle en feignant la nonchalance. Et les tiens ?

— Ma mère est à la retraite depuis quelques mois, elle travaillait en usine et ne se faisait pas énormément de fric, sourit-il pour reprendre ses termes.

— Et ton père ?

— Mes parents sont divorcés. Il doit vivre quelque part dans le nord, je crois.

— Je suis désolée...

— Il n'y a pas de quoi. La dernière fois que je l'ai vu, je devais avoir trois ou quatre ans.

— Tu es fils unique ?

— Non ! J'ai un frère qui a douze ans de plus que moi, qui est marié et père de deux enfants. L'aîné de mes neveux a vingt ans, sourit-il devant la mine étonnée de Laura. Et j'ai aussi une sœur, de cinq ans mon aînée, elle est mariée et vit dans le midi. En fait, je suis un accident !

— Mais quel accident ! se mit-elle à rire.

— Tu vois, ta famille ne doit pas avoir grand-chose à voir avec la mienne. Nous n'avons pas les mêmes valeurs ! plaisanta-t-il. Je n'ai qu'un petit appartement en ville, ma moto, ma voiture... Toujours intéressée ?

— Le fric n'est pas ma première motivation, *moi*, si c'est ce que tu veux dire ! riposta-t-elle soudain vexée par ses sous-entendus.

— Il n'y a que les gens qui en ont qui peuvent se permettre de dire ça.

— D'abord, ce n'est pas forcément vrai et ensuite, où veux-tu en venir ? C'est mon procès ? se mit-elle immédiatement sur la défensive.

— Non, je suis simplement surpris qu'une fille de ton milieu se complaise avec des gens comme moi. Je suis en droit de me demander ce que tu recherches : des émotions fortes ? Des confrontations avec des voyous ? Tu cherches à vivre dangereusement ?

Laura le fixa tout en restant silencieuse.

— Ce n'est pas un milieu qui m'attire, c'est toi, murmura-t-elle enfin. Quant à vivre dangereusement, je ne vois pas quel rapport cela a avec nos milieux sociaux respectifs. Vous croyez que vous avez le monopole du danger, de la violence et de tout ce qui est mauvais ?

Ce fut à son tour d'être surpris par sa réponse ; cette fille lui faisait un effet bizarre. Elle lui donnait l'impression d'avoir un esprit très mûr dans un corps de femme enfant. Il ne parvenait pas à lui donner d'âge ni à la cerner. Par moment, elle semblait dotée d'une maturité déconcertante et l'instant d'après, elle réagissait en gamine fragile, presque désespérée. Ses yeux pouvaient passer de la plus intense gaieté à une détresse sans fond puis brûler d'une passion dévorante l'instant d'après. Peut-être était-ce tout le mystère qui l'entourait qui l'attirait tellement ?

— Je ne voulais pas te blesser, reprit-il en faisant tourner un fond de vin dans son verre. Je... je ne suis pas sûr de pouvoir t'offrir tout ce que tu pourrais attendre de moi. Je veux que tu en sois consciente.

— Ce que je veux n'a pas de prix, répliqua-t-elle du tac au tac.

De nouveau, la rapidité de sa réponse le laissa sans voix pendant quelques secondes.

— Qu'est-ce que tu veux au juste ? Qu'est-ce que tu attends de moi ?

— Tout ! murmura-t-elle d'une petite voix fluette. Je veux vivre un conte de fées ! Tu sais ? La fameuse princesse qui est enfermée dans sa tour d'ivoire et qui attend que son prince charmant arrive sur son cheval blanc et la délivre, railla-t-elle d'une voix aux accents soudain amères.

— Le prince est fauché ! Faute de cheval blanc, il n'a qu'une moto verte, et en plus, il ne sait pas vraiment de quoi il doit délivrer sa princesse : d'une vie dorée ou d'un milieu un peu trop « *Jet Set* » à son goût ? plaisanta-t-il. De qui ou de quoi faut-il que je te délivre ?

À l'inflexion de sa voix, elle comprit qu'il s'agissait d'une vraie question, il ne plaisantait plus.

— Pourquoi tu ne veux pas parler de toi ? De ta famille ? reprit-il plus doucement.

— Parce qu'il n'y a rien à en dire, rien d'intéressant. Je suis une *pauvre petite fille riche* ! ironisa-t-elle. C'est tout.

Il allait continuer à la questionner quand il se ravisa. Il n'obtiendrait rien d'elle comme ça.

— Je suppose que tu as cours cet après-midi ?

— Bien sûr ! Et toi ? Tu travailles ?

— Non ! J'ai pris ma journée. Importants, tes cours ? sourit-il.

— Les plus importants de l'année ! Il ne me reste qu'un mois de cours, une semaine de révision et c'est le bac !

— Et les programmes ont beaucoup changé depuis

l'année dernière ? la piégea-t-il.

Elle sourit sans répondre. Son cerveau avait réagi au quart de tour. Elle était censée passer ses examens pour la seconde fois.

— Qu'est-ce que tu proposes ?
— Un tour en moto ? On peut aller où tu veux.

Elle luttait intérieurement contre elle-même. Elle s'était jurée de lui résister pour se l'attacher. D'un autre côté, elle mourait d'envie de lui appartenir totalement, de retrouver les sensations brûlantes dont il lui avait déjà donné un avant-goût. Elle avait envie de vivre, de croquer la vie à pleines dents, tout de suite, avant qu'on ne l'arrête. Il ne fallait pas rêver : Dylan se lasserait d'elle. Un jour proche, il trouverait une excuse pour la quitter. Elle voulait n'avoir rien à regretter ce jour-là. Et puis elle souhaitait qu'il soit le premier, alors maintenant ou plus tard... Elle savait qu'elle se donnerait à lui de toute façon.

— Alors ? questionna-t-il de nouveau.
— On pourrait aller... chez toi ? proposa-t-elle, un léger sourire aux lèvres.

La surprise qui se peignit sur son visage la fit rire. Décidément, chaque fois qu'il pensait l'avoir cernée, avoir deviné ses réactions, elle l'étonnait.

— Chez moi ? murmura-t-il. Je croyais que... enfin, tu m'as dit...
— J'ai changé d'avis. Je veux juste être au lycée pour dix-sept heures trente !

Il n'en demanda pas plus, fit signe au serveur de leur apporter l'addition, comme s'il avait peur qu'elle ne change d'avis s'ils prenaient trop leur temps. Il l'entraîna à l'extérieur. Sans un mot, ils enfilèrent leur casque et s'éloignèrent dans un vrombissement.

Dylan se gara dans la cour intérieure d'un petit immeuble de trois étages, dans une rue calme, toute proche du centre-ville. À vrai dire Laura en fût enchantée. Elle s'attendait à pire ! Elle le suivit dans l'entrée claire et spacieuse de l'immeuble qu'une vieille dame balayait.

— Bonjour Dylan ! Vous allez bien ?
— Très bien mamie ! Vos enfants sont passés ? lui

répondit ce dernier.

— Oui, Hélène m'a apporté une tarte aux pommes. Je vous en ai gardé une moitié ! sourit la grand-mère.

— Vous êtes trop gentille. Je passerai la prendre ce soir, mamie, lança-t-il en s'éloignant.

— À t'entendre, je croyais que tu vivais dans un endroit craignos de la banlieue, sourit Laura.

— J'y ai vécu, mais j'en ai eu marre de réparer ma moto tous les deux jours alors je me suis saigné pour prendre un appart ici, plaisanta-t-il. En revanche, il est minuscule. Et tu t'attendais à ce que je pique les sacs à main des grand-mères plutôt que leur faire la conversation, n'est-ce pas ?

Laura répondit par un petit éclat de rire cristallin. C'est vrai, son côté *bon fils de famille* l'avait étonnée.

La porte d'entrée ouvrait directement sur un joli salon pas très grand, dont la baie vitrée donnait sur un balcon suffisamment large pour y accueillir une table et quatre chaises. Des chauffeuses à l'aspect moelleux côtoyaient un sofa dont la couleur Bordeaux était mise en valeur par un plancher flottant dans les tons ocre. Face au sofa un grand téléviseur assorti d'un lecteur DVD et d'une mini-chaîne hi-fi dernier cri côtoyaient deux guitares électriques appuyées contre le mur. Sur la gauche, se trouvait une petite kitchenette tout confort. Au fond du salon, une porte donnait sur la chambre à coucher. Celle-ci était presque de la taille du salon et ouvrait, elle aussi sur un petit balcon. Sur la droite, une porte plus étroite menait aux toilettes et à la salle de bain. Le tout était meublé simplement, mais avec goût.

— C'est pas le Carlton, mais on s'débrouille, lança Dylan en souriant. Ça te plaît ?

— Ben oui. Je ne m'attendais pas à ça ! avoua-t-elle.

— Tu t'attendais à une cave dans un bloc miteux, avec des graffitis sur les murs, des chaises cassées et un matelas crevé par des ressorts ?

— Là, tu exagères ! se mit-elle à rire.

— Tu veux boire quelque chose ? questionna-t-il nonchalamment, en jetant sans soin son cuir sur un fauteuil.

— Je suppose que tu n'as pas de Champagne ? railla-t-elle.

Elle lui tournait le dos, étudiant avec attention les cadres au mur. Il s'agissait pour la plupart, d'agrandissements de photos de concerts. Il lui fut aisé d'y reconnaître les musiciens qu'il lui avait déjà présentés. Il aurait pu tout autant s'agir de groupes célèbres tant les photos paraissaient l'œuvre d'un professionnel. En entendant le bruit d'un bouchon qui sautait, elle pivota sur elle-même pour lui faire face. La surprise dut se peindre sur son visage, car Dylan sourit moqueusement en lui montrant la bouteille en question.

— Tu vois ? J'avais tout prévu pour tenter de te séduire !
— Tu étais certain que tu réussirais à m'amener ici ?
— Non, mais j'aurais tout fait pour... Il est vrai que je ne m'attendais pas à ce que tu viennes aussi vite !

Elle détourna vivement la tête, sentit son estomac se tordre et son cœur bondir dans sa poitrine. Elle s'efforça de se replonger dans la contemplation des posters alors qu'elle ne les voyait même plus. Sa remarque l'avait blessée plus qu'elle ne l'aurait voulu. Sous-entendait-il qu'elle se conduisait en fille facile alors qu'il s'attendait à quelqu'un de plus sérieux ? L'avait-elle déçue en faisant le premier pas si vite ? Soudain, elle ne fut plus sûre d'avoir bien fait. Un frisson d'appréhension la parcourut ; elle avait souhaité plus que tout lui appartenir, mais elle aurait voulu que cela se fasse naturellement dans un moment de passion, n'importe où, sans qu'elle ait à réfléchir. Ici, le charme serait rompu. Il lui proposerait d'aller s'allonger et tout le romantisme de la situation s'envolerait. À l'idée de ce qui n'allait pas manquer de se passer, une vague de crainte l'envahit. Et si elle n'était pas à la hauteur ? S'il lui faisait mal ? Elle avait lu quelque part que le premier rapport sexuel était le plus souvent douloureux...

Étonné par son silence persistant, Dylan avait levé les yeux. Au premier coup d'œil, il avait perçu le changement de son attitude. Elle ressemblait plus à présent à un petit animal sauvage traqué qu'à une croqueuse d'hommes. Sa beauté enfantine le bouleversa. Il avait rarement vu jeune fille aussi belle. Les jambes et les hanches moulées dans un jean qui ne pouvait que la mettre en valeur, elle portait un tee-shirt court qui laissait apparaître le bas d'un ventre plat à la peau mate et lisse, agrémentée d'un petit nombril parfait. Un tee-shirt qui, par sa forme, laissait deviner de petits seins fermes et tendus. Sa silhouette quasi parfaite était adoucie par sa longue chevelure dorée dont les mèches venaient mourir sur ses reins. Ses lèvres roses à peine entr'ouvertes, son teint soudain plus pâle et ses grands yeux bleu clair au regard troublé trahissaient sa soudaine angoisse. Tout chez elle le ravissait, le troublait. Il lui suffisait de la regarder pour sentir ses sens s'enflammer, son cœur s'affoler. Il n'en était pas à sa première conquête, tant s'en faut, et pourtant, avec elle, l'expérience ne lui était d'aucun secours. Elle était si différente de ce qu'il s'était imaginé. Ce qu'il ressentait pour elle ne ressemblait en rien à ce qu'il avait déjà connu. Elle ne lui inspirait pas seulement un désir fou, mais aussi une envie de la protéger, la serrer contre lui, la défendre contre vents et marées. Il n'avait pas prévu ça... Rien ne se passait comme il l'avait imaginé. Sa raison lui soufflait de la fuir avant qu'il ne soit trop tard, mais il savait, en son for intérieur, qu'il était déjà trop tard. Dès l'instant où il avait posé les yeux sur elle, qu'elle lui avait souri, il avait su qu'il était trop tard...

À quelques pas derrière son dos, il déposa les coupes pleines sur la table du salon et s'approcha. Elle sursauta légèrement quand elle sentit ses mains sur sa taille. Avec douceur il l'attira, le dos contre son torse. Ses mains glissèrent sur son ventre, brûlant sa peau. Avec une tendresse infinie, il écarta les mèches de son cou et y déposa de légers baisers. Il pouvait sentir son cœur battre trop vite et trop fort, sa respiration hachée, hésitante. Elle semblait si menue, si vulnérable entre ses bras ! Il la sentit réticente, légèrement tendue.

— Laura, je ne te forcerai à rien, tu sais ? chuchota-t-il à son oreille. Ce n'est pas parce qu'on est chez moi qu'il faut qu'il se passe quelque chose. Fais-moi confiance, détends-toi !

Elle posa ses mains légèrement tremblantes sur les siennes, les serra très fort comme si elle craignait qu'il ne s'éloigne. Elle renversa la tête contre son torse, les yeux fermés, lui offrant une vue plongeante sur sa gorge qui se soulevait rapidement.

— Je t'ai déjà dit que je ne savais pas vraiment ce que je voulais, murmura-t-elle à son tour. Je ne suis plus sûre que c'était une bonne idée de venir…

— Tu peux tout arrêter… mais, si tu le veux, fais-le tout de suite. Aide-moi à ne pas aller trop loin… Je ne suis pas de bois, chuchota-t-il de nouveau en lui mordillant le lobe de l'oreille.

Ses mains se crispèrent sur son ventre, la pressant plus fortement contre lui, lui faisant sentir à quel point elle le rendait fou de désir. Elle ferma un instant les yeux, respira profondément. La chaleur de sa peau brûlait son dos, elle pouvait sentir les muscles de son torse, de ses bras tendus à l'extrême, son souffle court et brûlant dans son cou. Elle savait qu'il était déjà trop tard, qu'elle ne ferait rien pour le retenir. Haletante, elle attendait ses caresses. Lentement, l'une de ses mains remonta sous son tee-shirt, passa le barrage de son soutien-gorge et s'empara de son sein qu'il massa doucement, insistant sur le mamelon durci sous l'assaut du plaisir, le faisant rouler sous ses doigts. Son autre main descendit tout aussi lentement entre ses cuisses. Laura sentit son corps s'embraser d'un coup. Une sourde douleur naquit au creux de son ventre. Le souffle court, elle se mordit la lèvre en signe d'impatience. Dylan la sentit se tendre contre lui, frémissante. Il ne cessait de moucheter ses épaules de petits baisers, faisant rouler sa langue sur sa peau sucrée, s'enivrant de son parfum léger et envoûtant à la fois. Lâchant son sein, lentement, sa main redescendit sur sa taille puis chercha à tâtons l'une des coupes de champagne. Il la porta aux lèvres de Laura, toujours inclinée contre lui, et fit couler un peu du breuvage dans sa bouche. Surprise, elle ne put réprimer un sourire qui se termina en un léger rire de gorge. Quelques gouttes tombèrent sur son cou, roulèrent en direction de son épaule pour être finalement happées par la langue de Dylan. L'instant était tellement magique qu'elle n'osait plus bouger, de peur de rompre le charme. À son tour, il but quelques gouttes dans son verre, la fit pivoter pour qu'elle lui fît face. Leurs regards brûlants de passion se noyèrent l'un dans l'autre. Chacun des gestes de Dylan était empli de tendresse, de douceur. Elle prit la seconde coupe pleine, la porta aux lèvres de Dylan alors que lui la faisait boire. Ils en renversèrent autant qu'ils en burent et en rirent comme des enfants.

— Si tu veux qu'on en reste là... commença-t-il en l'attirant contre lui.

— Non !

Sa voix n'était plus qu'un souffle. Sur la pointe des pieds, elle posa ses lèvres sur les siennes pour l'empêcher de parler. Leur baiser, d'abord tendre et incertain, devint de plus en plus langoureux, profond. Il enflamma leurs deux corps, brûlants de passion. Dylan, galvanisé par sa reddition, la souleva de terre et l'emporta jusqu'à son lit où il l'allongea, se laissant tomber à côté d'elle. Enlacés, accrochés l'un à l'autre comme si leur vie en dépendait, plus rien n'existait que leurs corps enfiévrés qui se serraient, se frottaient. Les mots n'avaient plus leur place. Seul leur souffle rauque, haletant, leurs lèvres qui se cherchaient, se séparaient, se prenaient à nouveau, trahissaient la passion qui les animait. Laura se délectait de ses caresses, les attendait, les provoquait, attentive à ses moindres gestes. Elle avait la sensation d'être emportée par un ouragan de plaisir. Celui-ci semblait venir de partout à la fois, la faisant vibrer, frémir. Elle eut à peine conscience qu'il la déshabillait sans jamais cesser de la caresser ; à son tour, presque inconsciemment, elle s'attaqua à la ceinture de son jean, l'arracha plus qu'elle ne l'ouvrit. Il s'arcbouta légèrement pour l'aider à l'enlever complètement. S'emparant de son sexe, elle se mit à le caresser, quelque peu hésitante, maladroite. Dylan la guida savamment. Puis ses lèvres descendirent sur ses seins, s'en emparant goulûment, faisant rouler ses mamelons à tour de rôle sous sa langue, jusqu'à provoquer chez elle de longs frissons de plaisir. Puis sa langue explora son ventre, se délecta de son nombril puis descendit très lentement encore et encore, jusqu'entre ses cuisses. Le plaisir lui coupa le souffle quelques instants. Instinctivement elle s'ouvrit, se cambra vers lui, gémissante, enfouissant ses doigts dans sa chevelure, tous les muscles tendus vers la source de son plaisir. Haletante, elle se laissait emporter par un brasier à la limite de la douleur. Se guidant à ses gémissements, il accentuait ou diminuait ses caresses, de plus en plus profondes, de plus en plus rapides. Incapable du moindre contrôle sur elle-même, elle laissa exploser son plaisir dans un gémissement qui ressemblait à une plainte.

Il lui laissa à peine le temps de reprendre son souffle, juste le temps de se protéger, puis il pesa soudain de tout son poids sur elle, guidant son sexe entre ses cuisses. Prenant soudain conscience de ce qui allait se passer, elle se cramponna brusquement à ses épaules, cédant à une peur subite.

— Dylan, j'ai jamais... souffla-t-elle.

Il s'arrêta net, plongeant son regard dans le sien.

— Jamais ? murmura-t-il incrédule, le souffle court. Il n'y a jamais eu personne ?

Elle secoua simplement la tête. Dans ses yeux, la surprise fit place à une lueur de tendresse malicieuse. Il reprit ses lèvres, mais, cette fois, l'embrassa longuement, lentement, savamment. Ses mains reprirent leur exploration, mais avec infiniment plus de tendresse. Il ranima peu à peu le feu de la passion en elle, la sentant de moins en moins tendue. La vague de passion presque violente avait à présent fait place à la douceur, la sensualité, la tendresse. Quand enfin, languissante, éperdue de désir, il la sentit prête, il glissa une main sous ses fesses et la soulevant légèrement tout en maintenant fermement ses hanches, il prit possession de son corps, crevant la faible résistance de sa jeunesse. La douleur vive qui semblait lui avoir déchiré le ventre lui avait arraché un léger cri. Instinctivement, elle s'était agrippée à ses épaules, enfouissant son visage dans son cou, le corps tendu comme la corde d'un arc. Il s'était immédiatement immobilisé en elle, la maintenant fermement pour l'empêcher de se dérober et pour laisser le temps au feu de la douleur de s'éteindre. Il la serra contre lui et entreprit de la rassurer tendrement, par des paroles, des baisers, des caresses. De nouveau, elle se détendit, répondant d'abord timidement, puis plus passionnément, à ses caresses. Un nouveau feu s'alluma au plus profond de son être alors qu'il se mit à bouger en elle. Elle perçut un léger gémissement sans se rendre compte qu'il émanait d'elle. Elle ne savait si c'était la douleur ou le plaisir qui prenait le dessus, mais la combinaison des deux la rendait folle. Pour rien au monde, elle n'aurait voulu que cette torture cesse. Instinctivement, elle s'accorda aux mouvements de son corps, s'enivrant de l'odeur âpre de sa peau, buvant à ses lèvres des mots d'amour. Haletante, le corps brûlant, tendu, cambré contre lui, elle cherchait son souffle, plantait ses ongles dans son dos, perdant peu à peu pied dans le plaisir. Elle prit conscience du souffle rauque de Dylan dans son cou, de ses muscles durs comme de l'acier contre elle. Il se retenait pour l'attendre. Prenant son visage à deux mains, elle plongea son regard dans ses yeux obscurcis par le plaisir. Il s'empara avidement de ses lèvres dans un gémissement rauque, l'embrassa profondément comme s'il voulait voler son âme. Les mains sur ses hanches, il s'enfonça plus profondément en elle, plus vite. Il perdait le contrôle et le fait de s'en rendre compte fit naître en elle, un sentiment de fierté, de bonheur intense, décuplant son plaisir. Leurs lèvres murmuraient des mots sans suite, s'appelaient, se suppliaient. Soudain, dans un cri, elle se libéra, le corps secoué par les spasmes du plaisir. Alors seulement, Dylan explosa au plus profond d'elle, dans un gémissement rauque.

- 9 -

Ils n'auraient pu dire combien de temps ils restèrent enlacés, échoués dans les bras l'un de l'autre. Laura eut l'impression d'avoir sombré dans une sorte d'inconscience. Quand elle ouvrit les yeux, ce fut pour plonger dans le regard brûlant de tendresse de Dylan, penché sur elle, occupé à effleurer son visage, ses lèvres du bout des doigts. Frissonnante, elle se blottit tout contre lui, au creux de ses bras. Instinctivement, il referma ses bras protecteurs sur elle. Puis, la repoussant légèrement, il effleura son ventre, son sexe endolori.

— Comment tu te sens ? Je ne t'ai pas fait trop mal ? murmura-t-il à son oreille.

— Si ! sourit-elle malicieusement... C'était génial !

— J'adore les femmes, mais je ne vous envie pas, avoua-t-il à la fois taquin et compatissant. Enfin, pas la première fois... Explique-moi pourquoi une fille comme toi n'a jamais laissé personne la toucher avant moi ?

— Qu'est-ce que tu entends par une fille comme moi ?

— Tu es trop belle, trop attirante, trop sexy pour que personne n'ait jamais essayé...

— Je n'ai jamais eu envie de personne... comme j'avais envie de toi, chuchota-t-elle.

— *J'avais* ? sourit-il. Plus maintenant ?

— Plus aujourd'hui en tout cas, se mit-elle à rire timidement. J'ai mal partout...

— Je vais te faire couler un bain chaud. C'est bon pour ce genre de chose, sourit-il en déposant un baiser au creux de son cou.

Il sortit du lit, traversa la chambre, complètement nu. Laura put tout à loisir contempler son corps d'athlète, à la peau mate et ferme. Ses hanches fines, ses jambes musclées accentuaient son côté félin déjà mis en valeur par sa démarche assurée. Il revint avec la bouteille de champagne et les coupes. Il les posa à terre, le temps d'ouvrir les robinets de la baignoire à la salle de bain et de mettre en marche sa chaîne hi-fi. Dès les premières notes, Laura sourit en reconnaissant celle qu'elle considérait déjà comme *leur chanson* : *Hole in my soul*. Puis il remplit les coupes, en tendit une à Laura et trinqua avec elle.

— À ton dépucelage, lança-t-il en riant. Ça se fête !

Elle le dévisagea de façon hautaine puis, soudain, s'emparant d'un oreiller, elle le lui lança en pleine figure. Surprise par son geste, il n'eut pas le temps d'esquiver.

— Tu es content ? l'accusa-t-elle. Maintenant que tu as eu ce que tu voulais, que tu m'as sautée, tu vas me laisser tomber, n'est-ce pas ?

— Bien entendu, se mit-il à rire... C'est ce que tu penses de moi ? reprit-il sur un ton léger alors que son regard sérieux, un rien blessé le trahissait.

— C'est ce qui se dit en tout cas ! Je suis jeune et n'ai pas d'expérience...

— Mais tu es plutôt douée, tu apprends vite. Et puis tu ne crois pas que j'ai fait le plus dur pour t'abandonner à un autre ? murmura-t-il plus tendrement. Tu as gagné le droit de revenir en deuxième semaine !

— En deuxième semaine ? Pas en deuxième journée ? se moqua-t-elle.

— Je ne sais même pas quand je te reverrai, lui reprocha-t-il. Aujourd'hui, je devais travailler. Je ne peux pas faire ça tous les jours !

— Tu ne travailles pas de midi à quatorze heures, n'est-ce pas ? On pourrait se voir là...

— Et pas le soir ni le week-end, termina-t-il une note amère dans la voix.

— Si, une fois de temps en temps... Mais ce n'est pas la période... Après le bac, ça ira mieux !

— Tes parents auront changé d'optique, tu crois ?

— Ils n'auront pas le choix !... Qu'est-ce qui te fait penser que mes parents sont un obstacle ? se reprit-elle soudain, consciente qu'il l'avait piégée.

— Cet après-midi, tu as loupé tous tes cours. Si ça ne tenait qu'à toi, tu ne passerais pas toutes tes soirées et tes week-ends à réviser. Il y a autre chose, n'est-ce pas ? Pourquoi ne pas leur parler ? Les mettre devant le fait accompli ? Tu as un petit ami qui travaille et tu veux le voir le week-end !

— C'est moins simple qu'il n'y paraît. Je n'ai pas envie d'en parler maintenant, murmura-t-elle soudain taciturne. Elle se leva en grimaçant de douleur, gagna la salle de bain, arrêta les robinets et, laissant glisser dans l'eau chaude son corps encore endolori, elle ferma les yeux.

— J'ai besoin de te voir, Laura, lança-t-il en la rejoignant. Si tu veux me garder, il va falloir faire un peu d'efforts !

— Si c'est un ultimatum, je peux partir tout de suite, trancha-t-elle... Laisse-moi un peu de temps, s'il te plaît, reprit-elle plus bas.

— Pourquoi ?

Elle ferma de nouveau les yeux, ignorant sa question. En elle, son cœur battait la chamade, sa gorge lui faisait mal tant elle était serrée ; elle ne voulait pas le perdre, à aucun prix.

Un long moment plus tard, sortant du bain, elle enfila un peignoir en éponge bleu marine qui lui tombait sur les pieds et dont les emmanchures lui allaient jusqu'aux coudes, et rejoignit Dylan sur la terrasse. La voyant ainsi accoutrée, il ne put retenir un léger rire.

— Si les voisins te voient comme ça, ma réputation est foutue, s'amusa-t-il.

— Tu veux que je l'enlève ? le provoqua-t-elle.

— Oui ! Enfin non ! Pas ici ! bégaya-t-il, troublé... Si tu l'enlèves, tu ne seras pas à dix-sept heures trente au lycée, la prévint-il.

— Je ferai un effort, promit-elle plus sérieusement, mais pour l'instant, je ne veux pas que mes parents sachent, d'accord ?

Pour toute réponse, il la repoussa contre le mur, prit son

visage à deux mains et l'embrassa langoureusement. Son baiser la laissa pantelante, sans voix.

— Tu me rends fou, Laura, avoua-t-il. Tu me manques déjà ! Et je n'ai pas l'habitude de ça, alors pardonne-moi si je suis un peu... exigeant.

Il la déposa devant le lycée à dix-sept heures vingt-cinq malgré ses mauvaises résolutions et repartit après lui avoir donné un long baiser. Elle se sentait bizarre, merveilleusement bien, et en même temps pas très à l'aise. Les paroles de Manue lui revenaient en mémoire. Son père avait deviné qu'Élisa avait perdu sa virginité juste en la regardant. Avait-elle une chance de passer au travers ? Le premier rapport sexuel se voyait-il comme le nez au milieu du visage ? Son sexe, ses cuisses la faisaient encore souffrir, cela affectait-il sa démarche ? Ce fut Marina qui la fit sortir de sa torpeur.

— Eh ben, dis donc ! T'étais passée où ? T'es allée déjeuner au Pôle Nord ou quoi ? On devait se retrouver au Totem's !

— Dylan est venu me chercher et on est allé déjeuner ensemble ailleurs, se justifia Laura, un peu mal à l'aise.

— Et tu reviens seulement ?... Tu as couché avec lui ? Non ! Laura !... Je me trompe ?

Laura, embarrassée, préféra ne pas répondre, se contentant d'un geste évasif destiné à écarter toute conversation.

— T'as récupéré ma lettre d'absence ? Tenta-t-elle de détourner la conversation. Si elle part, je suis foutue !

— Tiens, ta lettre ! sourit Marina en lui tendant une enveloppe bleue. Tu doutais que j'y aie pensé ? C'est fait pour ça les copines, non ?... Alors, c'était comment ? J'en reviens pas ! Je ne t'aurais jamais crue capable de ça !... Enfin, je veux dire si vite... T'es vraiment amoureuse, alors ! Parce que, excuse-moi, mais à ce niveau-là, t'étais plutôt coincée... jacassait Marina, telle une pie. Dis ! Vous aviez des préservatifs au moins ?

— Mary ! Lâche-moi avec ça, O.K. ? s'énerva Laura en rougissant.

— Tu ne dis pas non ! Vous aviez des préservatifs ?
— Oui ! s'écria Laura excédée.
— Oh génial ! répondit Marina surexcitée. Et c'était bien ? Raconte !
— Oui, c'était génial, j'en suis folle, c'est une bombe sexuelle et on n'en parle plus, ça te va ? se mit à rire Laura.
— Tu le revois demain à la même heure ? Non, parce qu'il va falloir s'organiser, s'amusa Marina.
— Hum ! Je le verrai de midi à deux heures. Pour l'instant, j'espère que ça ne posera pas trop de problèmes, acquiesça Laura.

Elle terminait sa phrase quand Paco freina près d'elles.
— On te ramène ? lança Laura alors que Paco avait déjà fait le tour de la voiture et lui ouvrait la portière ?
— Ah non, merci ! sourit Marina. Ça va jaser dans le quartier si j'arrive dans une Jaguar avec chauffeur. Je préfère le bus ! Merci quand même. À demain, Laura.
— Bonne journée ? lança Paco en démarrant.
— Oui, comme d'hab ! répondit-elle évasivement.
— Sans plus ? Pourtant, j'ai l'impression que c'était une journée un peu particulière, non ? Les cours ne t'ont pas trop ennuyée ? sourit-il ironiquement.

Elle le dévisagea silencieusement, légèrement soucieuse.
— Où veux-tu en venir ? murmura-t-elle.
— Je suis censé jeter un coup d'œil sur toi de temps en temps, tu t'en souviens ? ironisa-t-il… Méfie-toi de ce mec, Laura, il n'est pas une fréquentation pour toi.

Elle sentit le rouge lui monter aux joues sous une vague de colère.
— Qu'est-ce que je suis censée répondre ? Oui papa ? argua-t-elle agressivement. D'abord de quoi tu parles ?
— Tout se sait, Laura. Je connais Dylan. J'aime leur musique, je les suis souvent en concert et j'ai déjà fait pas mal de bringues avec lui entre autres. Tu t'engages sur un terrain dangereux. Qu'est-ce qui va se passer quand ils sauront chez toi ? Tu y as pensé ? Parce qu'ils vont le savoir un jour ou l'autre, Laura ! Pour toi, ce sera peut-être une bonne baffe, mais moi, je risque ma place. Tu y as pensé à ça ?

À présent, Laura fixait Paco avec un regard nouveau. Il était le chauffeur de la maison, l'employé de son père. Elle n'avait jamais eu de conversation sérieuse avec lui sur sa vie privée, en dehors du boulot. Jamais elle n'aurait imaginé qu'il connaisse les habitués du Totem's. Jamais il n'avait évoqué sa propre vie privée et la précarité de son emploi.

— Qui t'a mis au courant ? Tu m'as suivie ?

— J'ai pas eu besoin de ça. Dylan fait office de petite star dans son milieu. Tout le monde le connaît, lui et sa réputation. Chaque fois qu'il met le grappin sur une nouvelle conquête, tout le monde est très vite au courant et les paris s'ouvrent : qui elle est, combien de temps elle va tenir ! Ce week-end, ça jasait déjà et j'avais deviné à leurs propos qu'il s'agissait de toi. En début d'après-midi, j'en ai eu confirmation. Un des mecs qui étaient au Totem's à midi était l'un des meilleurs copains de Thomas Morelli. Il t'a reconnue au premier coup d'œil. Il a même été estomaqué de ta ressemblance avec ta sœur... Dylan n'a pas la réputation de s'emmerder avec une nana. Dès qu'elle lui pose le moindre problème, s'accroche un peu, il largue. Ne t'attache pas à lui, Laura ! Votre histoire va avorter avant d'avoir démarré. Quand il saura qui tu es, il va mettre les voiles très vite. L'affaire Morelli a écœuré toute la clique. Tous ceux qui le connaissent ne croient pas en sa culpabilité. Dylan ne prendra pas le risque de subir le même sort. D'ailleurs, je serais très étonné qu'il ne le sache pas déjà...

— Ils ne croient pas en sa culpabilité ? s'énerva Laura. Ma sœur est au cimetière et ils soutiennent ce fils de pute ?

— Ne parle pas comme ça, Laura, la sermonna Paco. Vous ne pouvez pas avoir le même avis. Ils n'ont pas vécu ce drame de la même façon que toi...

— Ça, c'est le moins qu'on puisse dire ! ragea-t-elle. Je n'arrive pas à croire qu'on puisse encore défendre une pourriture pareille ! Et je ne savais pas que toi, tu avais ce genre de fréquentations. Quant à Dylan, il ignore totalement qui je suis. Il ne m'aurait pas posé certaines questions s'il était au courant. Maintenant, pour ta place, tu ne peux pas être tenu responsable de mes conneries quand je ne suis pas sous *ta* responsabilité !

— Tu es *toujours* sous ma responsabilité ! Et de toute façon, il faudra qu'il y ait un coupable et ce sera moi. Tu m'as sidéré, Laura ! L'image que j'avais de toi, c'était celle d'une ado raisonnable qui ne suivrait certainement pas la même voie que sa sœur et sa tante. J'avoue que je suis tombé sur le cul quand j'ai entendu parler de toi. Tu caches admirablement ton jeu... Toi, tu as la version officielle, celle de ta famille au sujet du meurtre. Nous, enfin l'entourage de Thomas, ne voyons pas les choses de la même façon. Je pense qu'on ne t'a peut-être pas tout dit et que tu étais trop jeune pour te rendre compte de certaines choses...

— *Nous* ? Tu te mets d'office dans leur camp ? Tu mets en doute l'intégrité de mon père, de ton patron ?

— Laura, descends de ton petit nuage de gosse de riche ! Bien sûr que je suis dans leur camp ! Tu crois que je travaille chez toi pour le plaisir ?... Laisse tomber Laura. Je ne veux pas me disputer avec toi. Je ne voulais pas t'amener sur ce terrain-là. Je te respecte et t'apprécie trop pour ça. Sincèrement, je voudrais que tu fasses attention où tu mets les pieds : fais gaffe à tes fesses. Ce n'est pas un facile, ton père. Quant à Dylan, c'est loin d'être un enfant de chœur. Il a un physique et un charisme terribles, et tu es encore à mille lieues de savoir à quel point il sait s'en servir. Mais tu vois, je tiens à mon emploi, alors pas un mot de tout ça chez toi, O.K. ? coupa-t-il en tournant dans la cour.

— N'oublie pas que c'est réciproque, lâcha-t-elle sur un ton sec.

— Eh ! Sans rancune, Laura ? Je veux que tu saches que tu peux compter sur moi si tu as besoin de quoi que ce soit !

— Ça, je le sais ! s'adoucit-elle un peu, et merci ! Je vais tâcher de méditer sur tes conseils...

- 10 -

Devant la porte, elle prit une longue inspiration. Les propos de Paco l'avaient choquée, énervée, troublée même. Elle avait un mauvais pressentiment... ou peut-être était-ce parce qu'elle était trop heureuse ? Cela ne pouvait pas durer. C'était trop beau. Par chance, la porte était fermée, elle était seule. Soulagée, elle désamorça l'alarme en tapant son code et ouvrit la porte. Comme on le lui avait si souvent répété, elle referma la porte à clé avant de rebrancher l'alarme. Elle n'était pas particulièrement trouillarde, mais cela faisait partie des recommandations de ses parents. Puisque ça les rassurait... Elle monta rapidement dans sa chambre, ouvrit des livres qu'elle dispersa un peu partout et tenta de se mettre au travail sans le moindre enthousiasme. Quand le téléphone sonna, les battements de son cœur accélérèrent. Pourtant, ce ne pouvait être Dylan, il n'avait pas le numéro et avait promis de ne pas l'appeler ici. En fait, il s'agissait de Manue qui prévenait qu'elle dînerait en ville avec une ancienne amie qu'elle venait de retrouver.

Une demi-heure plus tard, Hervé Brissac faisait son apparition, la mine sombre des mauvais jours, d'une humeur massacrante. Il la dévisagea longuement, sans un mot. Elle en fut si mal à l'aise qu'elle prétexta un petit creux pour s'éloigner dans la cuisine. Il la suivit et s'arrêta sur le pas de la porte :

— Laura, peux-tu, s'il te plaît, servir le dîner ? J'ai eu une mauvaise journée. Alice est en congé et Karen ne rentrera pas avant une heure avancée de la nuit. Manue n'est pas là ?

— Elle vient d'appeler, elle dîne en ville avec une

ancienne amie.

— Très bien, cela nous donnera l'occasion de discuter.

L'idée de dîner en tête à tête avec son père ne l'enchantait guère, mais elle n'avait pas le choix. Hervé Brissac se servit coup sur coup trois verres de whisky et ce n'était pas dans ses habitudes, donc pas bon signe. Il semblait d'ailleurs à Laura sentir de nouveau son regard pesant sur elle de façon un peu trop insistante.

À peine se furent-ils mis à table qu'Hervé attaqua.

— Tu es allée en cours aujourd'hui ?

— Non, j'étais à la fête foraine, tenta-t-elle de plasanter.

— Tu as un petit ami ?

La question fut si directe que Laura en resta sans voix. Un frisson de sueur froide lui descendit le long de l'échine.

— Quand je ne suis pas à l'école, je suis ici. Comment veux-tu que j'aie un petit ami ? frima-t-elle.

— C'est ce que je me dis. Et pourtant j'ai la sensation que tu me mens ! C'est étrange, non ? rétorqua-t-il les mâchoires serrées.

— Je ne comprends pas pourquoi, fit mine de s'offusquer Laura qui commençait à paniquer.

— Tu serais d'accord pour retourner voir ton gynéco ?

Le geste de Laura resta en suspens. Elle regarda son père droit dans les yeux pour tenter de déceler s'il plaisantait ou s'il était vraiment sérieux.

— D'abord, ce n'est pas *mon* gynéco et ensuite je n'en vois pas l'utilité ! trancha-t-elle.

— Moi si !

— Pour quoi faire ?

— Je pense qu'à ton âge, il est utile que tu prennes une contraception. J'espérais que Karen t'en parlerait, mais, comme elle ne le fait pas, il est de mon devoir de te mettre en garde et tenter de te protéger...

— Tu veux que je prenne la pilule ou tu veux juste savoir si je me suis déjà fait sauter ? le provoqua-t-elle.

Il fut si rapide qu'elle ne comprit pas tout de suite ce qui se passa. Il la gifla à toute volée. Sous la violence du coup, sa chaise et elle furent projetées à quelques pas de la table, renversant au passage plusieurs assiettes. Elle tomba de tout son poids sur ses côtes, brisant sous elle un guéridon en bois précieux. Sa tête heurta le plancher au niveau de sa tempe.

Dans un gémissement de douleur, elle perdit connaissance.

L'évanouissement de Laura agit sur son père comme une douche froide. Sa fureur disparut aussi vite qu'elle était venue. Comme s'il sortait d'un cauchemar, l'angoisse lui tordit les entrailles.

— Oh mon Dieu ! Qu'est-ce que j'ai fait ? gémit-il en se laissant tomber à genoux près d'elle.

Il la prit par les épaules, la souleva avec précaution, la secouant doucement.

— Laura, Laura ! Réponds-moi, je t'en prie !... Pardon, ma petite fille !... Mais qu'est-ce qui m'a pris ? Je perds la tête ! C'est pas possible !

La reposant par terre, il se précipita à la cuisine, mouilla un linge avec de l'eau froide et vint lui tamponner la nuque et le front. Grâce à ses efforts redoublés pour la réanimer, Laura ouvrit péniblement les yeux. Elle respirait avec difficulté tant ses côtes la faisaient souffrir. Un peu groggy, elle prit conscience d'un goût de sang dans sa bouche. Se passant le dos de la main sur les lèvres, elle la retira ensanglantée.

— Laura, je suis désolé, tellement désolé ! Je te demande pardon, mon bébé... Je ne voulais pas... je ne voulais pas faire ça...

Encore engourdie par la douleur, l'esprit un peu embrumé, elle croisa son regard angoissé. Elle tombait des nues. Jamais elle ne l'aurait cru capable de lever la main sur elle.

— Mais qu'est-ce qui t'a pris ? T'es cinglé ? murmura-t-elle, la voix éraillée, en cherchant son souffle.

— Laura, tu m'as menti... Je sais qu'il y a quelqu'un dans ta vie et... j'ai passé une mauvaise journée... Ça m'a rendu fou de comprendre que tu n'es plus... une petite fille... Je ne voulais pas taper si fort... Je te demande pardon !... Est-ce que tu peux te relever ? Où as-tu mal ?

Elle tenta de bouger, mais ses côtes la faisaient tant souffrir que le moindre mouvement lui coupait le souffle, lui tirant des larmes. Sa tête aussi était douloureuse.

— J'ai mal aux côtes et à la tête.

— Ne bouge pas, j'appelle un médecin, murmura-t-il en l'installant le mieux possible par terre.

Il lui souleva la tête pour y glisser un coussin et se précipita vers le téléphone.

— Bon sang Laura ! Qu'est-ce qui s'est passé ? s'écria Manue qui venait d'entrer, en se précipitant vers le corps inerte de la jeune fille.

Laura ouvrit les yeux en reconnaissant la voix de Manue. Malgré la douleur, elle avait repris tous ses esprits et se rendit compte de la gravité de la situation. Si Manue apprenait la vérité, elle accuserait de nouveau Hervé. Ce qui venait d'arriver pouvait accréditer les propos qu'elle avait tenus deux ans plus tôt. Son père aurait de gros problèmes. La famille n'avait pas besoin de ça. C'était un malheureux accident. Elle était consciente du fait qu'il n'avait voulu que la gifler, mais la situation avait dérapé accidentellement. On pouvait comprendre qu'un père gifle sa fille dans un certain contexte, mais personne ne comprendrait qu'elle termine à l'hôpital. Elle eut conscience de sa présence derrière Manue ; il était blême et ses mains tremblaient. Alors qu'il allait ouvrir la bouche pour expliquer la situation, Laura le devança d'une voix faible et rauque.

— J'ai été agressée. Je venais de rentrer... Papa a dû le faire fuir en arrivant...

Hervé resta muet d'étonnement. À son tour, il comprit pourquoi Laura mentait et lui en fut mille fois reconnaissant.

— Dany arrive, je vais t'allonger sur le canapé, murmura-t-il à Laura.

Lorsqu'il la souleva, elle ne put réprimer un gémissement de douleur. Les larmes jaillissaient de ses yeux sans qu'elle pût les retenir.

— Fais doucement, préconisa Manue. Je vais chercher un gant de toilette et des glaçons.

— Laura, murmura Hervé au comble de l'angoisse en s'asseyant près d'elle et en passant une main sur son front, le dégageant des mèches de cheveux rebelles. Je sais pourquoi tu as menti, mais c'est à moi d'assumer.

— Il vaut mieux… que tu dises la même chose que moi… Elles ne comprendront pas… souffla Laura. Quelqu'un est entré, m'a agressée… Je suis tombée et j'ai perdu connaissance.

— Je ne mérite pas que tu fasses ça pour moi, ma chérie, hoqueta Hervé les yeux pleins de larmes. Je m'en veux tellement ! J'ai tellement peur de te perdre… Savoir qu'il y a un homme…

— Qui te dit que…

— Je le sais, c'est tout ! Je ne me suis pas trompé, n'est-ce pas ?

Laura ne répondit pas. Elle ferma les yeux et se concentra sur sa respiration. Elle avait tant de mal à inspirer qu'elle ne parvenait pas à reprendre vraiment son souffle. Si seulement la douleur qui lui vrillait les tempes pouvait cesser…

Manue revint rapidement et posa le gant de toilette empli de glace sur sa tempe bleuie. Dans un frémissement, Laura tenta de déplacer sa tête puis se ravisa. La glace apaisait momentanément la douleur sourde qui lui martelait le crâne.

— Comment quelqu'un a-t-il pu entrer malgré l'alarme ? murmura Manue comme pour elle-même.

— Je ne l'ai peut-être pas réenclenchée quand je suis rentrée, se justifia Laura les yeux toujours fermés.

— Il faut prévenir la police, décida Manue en se tournant vers son beau-frère.

Celui-ci hésita. Deux coups frappés à la porte d'entrée le tirèrent d'embarras. Daniel Frossard, médecin de famille depuis des années et ami de la famille, arrivait, essoufflé.

— Salut Hervé, où est-elle ? Qu'est-ce qui s'est passé ?

Hervé lui résuma rapidement la situation en l'emmenant vers le salon. Manue se recula, lui laissant la place.

— Eh bien, qu'est-ce qui t'arrive, ma petite ? murmura-t-il de sa voix chaude et rassurante.

Il étudia attentivement sa tempe droite, déjà bleutée, sa lèvre éclatée, lui fit bouger la tête lentement et s'arrêta net lorsqu'elle gémit doucement. Il tenta de tâter ses côtes, mais Laura avait croisé les deux bras dessus et se crispa instantanément.

— Il faut que je regarde, Laura. Je vais faire doucement,

je te promets, tenta-t-il de la rassurer.

Avec autant de douceur que de fermeté, il dénoua ses bras et la força à détendre son corps. À peine ses doigts effleurèrent-ils son flanc qu'elle se replia sur elle-même dans une plainte rauque. Manue posa une main sur sa bouche en constatant l'étendue des dégâts. Une tâche qui virait au brun s'étendait sur ses côtes, du côté gauche.

— J'me sens pas bien, murmura Laura soudain. Je crois que je vais vomir...

Son visage était d'une pâleur cadavérique et même ses lèvres avaient perdu leur couleur. Réagissant au quart de tour, Manue eut juste le temps de se précipiter à la cuisine, y prendre une bassine et la tenir sous la tête de Laura. Le corps secoué par un spasme violent, la jeune fille vomit tripes et boyaux. À demi inconsciente, elle n'eut même plus la force de se redresser.

— Manue, tiens-la ! s'écria le médecin.

S'emparant de son portable sur lequel il pianota fébrilement, il attendit quelques secondes puis :

— Docteur Frossard, je suis au 24 rue de Crimée. Envoyez-moi une ambulance d'urgence... Traumatisme crânien et abdominal... Hum ! Elle est en train de perdre connaissance.

Hervé avait blêmi lui aussi. Devant son regard interrogateur, le médecin s'expliqua.

— Pour qu'elle vomisse comme ça, c'est qu'il y a traumatisme crânien. Elle a pris un coup sur la tête. Ce n'est peut-être pas grave, mais il ne faut pas prendre de risque ! En plus, je pense qu'elle a une ou plusieurs côtes cassées... Ça va aller, tenta-t-il de rassurer son ami presque aussi pâle que sa fille. Une fois à l'hôpital, tout ira bien, tu verras !

Dès son arrivée au Centre Hospitalier, Laura fut emportée sans que ni son père ni Manue puissent l'accompagner. S'en suivit une longue attente pour tous les deux.

— Tu devrais appeler Karen, conseilla Manue à Hervé. Elle risque de s'inquiéter si personne n'est à la maison quand elle rentre... Et aussi prévenir Luc, il faut porter plainte !

Hervé allait demander à Manue pourquoi elle était rentrée si tôt alors qu'elle devait dîner en ville, mais se ravisa à temps. Il n'était pas censé savoir qu'elle ne rentrerait pas puisqu'il était soi-disant arrivé juste avant elle à la maison. Il se contenta de suivre ses conseils.

— Je n'ai pas eu Karen, elle est en réunion avec le Procureur, une affaire difficile… expliqua Hervé un peu plus tard. J'ai laissé un message. Quant à Luc, il va arriver.

Ce dernier les rejoignit à peine dix minutes plus tard. Manue fut étonnée par l'angoisse qu'elle lut sur son visage. D'accord, il était un ami de la famille, mais il se serait agi de sa propre femme qu'il aurait été moins bouleversé… Ce n'était pas la première fois que son attitude étonnait Manue.

— Est-ce qu'on a volé quelque chose ? Vous avez vérifié ? questionna encore Luc.

— Non, on avait autre chose à penser, s'énerva Hervé.

— Il faudra que tu passes au Commissariat pour signer ta plainte. Je vais passer chez toi pour le relevé d'empreintes…

— À quoi ça va servir ?…

— Si tu ne me laisses pas faire mon boulot, ça ne servira à rien, en effet ! s'énerva Luc à son tour.

Dany Frossard s'avança vers eux.

— Elle est prise en charge, maintenant. Vous pouvez rentrer chez vous. Vous ne pourrez pas la voir ce soir ni demain matin. Elle va passer pas mal d'examens et ça ne sert à rien que vous restiez là cette nuit !

— Est-ce que… hésita Luc. Est-ce qu'elle va également subir des examens gynécologiques ?

Manue et Hervé se tournèrent d'un coup vers lui, tous les deux surpris.

— Je sais que vous allez dire que je suis obsédé par ce qui est arrivé à Élisa, mais je serais rassuré de savoir qu'elle n'a subi aucune agression sexuelle, se justifia Luc.

— Je comprends, murmura Dany en posant la main sur l'épaule de son ami. Si tu es d'accord, le nécessaire sera fait.

Comme le leur avait conseillé le médecin, ils rentrèrent tous les trois. Luc fit venir un technicien de labo pour le relevé d'empreintes, qui se révèlerait vain, puisqu'ils ne trouveraient que celles de Laura et d'Hervé. Ce dernier, l'air exténué, se retira dans sa chambre. Manue, de son côté, resta prostrée devant la télévision à laquelle elle n'apportait pas la moindre attention, trop préoccupée. Des tas de questions se bousculaient dans sa tête, trop de choses ne collaient pas. Pourquoi Laura aurait-elle oublié d'enclencher l'alarme ? Elle y pensait toujours ! Et puis, que tout cela arrive comme par hasard alors qu'Alice était en congé, elle en ville, Karen et Hervé pas encore rentrés, c'était un peu « *gros* ». Soit le rôdeur n'en était pas un, soit il avait une sacrée chance ! À moins que Laura n'ait laissé volontairement entrer quelqu'un qu'elle connaissait… S'en serait suivi une dispute ?

Karen rentra vers une heure du matin. Elle fut à peine surprise de trouver Manue encore debout. Elle pâlit dès que celle-ci l'eut mise au courant des évènements de la soirée.

— Mon Dieu ! J'espère que la presse n'a pas été informée ? Tu te rends compte du scandale après ce qui s'est passé pour Élisa ? Et dire qu'on a une alarme des plus sophistiquées ! Et son bac ? Tu crois qu'elle va pouvoir le passer ?

— Karen ! s'écria Manue excédée. Laura est à l'hôpital parce qu'elle s'est fait agresser et toi tu ne penses qu'au qu'en-dira-t-on et à son bac !

— Je pense à elle aussi. Tu imagines ce qu'une telle publicité peut faire comme mal ? Elle en a déjà assez souffert avec la mort de sa sœur !

— Elle a mal autrement ! Avant de penser au mal psychologique qu'on peut lui faire, tu pourrais au moins te préoccuper de ses souffrances physiques !

— Elle n'a pas été violée au moins ? reprit Karen à demi hystérique. Pourvu qu'elle n'ait pas attrapé le sida…

— Pourquoi ? Tu as peur qu'elle te le transmette ? persifla Manue au comble de la colère.

— Ça suffit, toutes les deux ! coupa Hervé qui, alarmé par le ton de la conversation, avait préféré s'interposer.

Réfrénant la colère et la haine qui lui tordaient l'estomac, Manue tourna les talons.

- 11 -

Manue ne ferma pas l'œil de la nuit. Elle se faisait un sang d'encre, sentant la situation dériver, ayant de plus en plus cette fâcheuse impression que le passé se répétait. Même si les choses ne s'étaient pas tout à fait passées comme ça avec Élisa, il y avait tout de même de troublantes similitudes au niveau des faits. Elle dut insister le lendemain, en fin de matinée, pour qu'Hervé et Karen l'emmènent avec eux à l'hôpital. Le médecin, chef du service de traumatologie, les fit entrer dans son bureau.

— D'abord, vous pouvez être rassurés : ses jours ne sont pas en danger. Nous lui avons fait passer différents examens, dont un scanner de la boîte crânienne, de l'abdomen, un électroencéphalogramme. Elle souffre d'un traumatisme crânien léger. Il n'y aura vraisemblablement pas de séquelles. Quant aux blessures abdominales, elle souffre d'une côte cassée et de deux côtes fêlées. Les autres hématomes sont externes et ne présentent pas de complication bien qu'ils soient plutôt douloureux.

— Est-ce qu'on peut la voir, Docteur ? coupa Karen sur un ton implorant.

— Je préférerais que vous ne la voyiez qu'en fin d'après-midi quand elle sera tout à fait réveillée. Nous avons préféré l'anesthésier pendant les examens. Elle sera ensuite sous traitement antidouleur. Elle est encore en salle de réveil...

— Et au niveau gynécologique ? Est-ce que...

— Le docteur Frossard nous a demandé de contacter le docteur Servan. C'est lui qui suit votre fille, n'est-ce pas ? C'est donc lui, puisqu'il fait partie de notre Centre

Hospitalier, qui a procédé à l'examen. Je l'ai fait appeler, il devrait être là d'une minute à l'autre...

Comme si tout était habilement orchestré, le docteur Servan fit son apparition au même moment.

— Bien, je vous laisse aux soins de mon confrère, salua le médecin-chef.

Devant le regard inquisiteur des époux Brissac, Servan les salua brièvement et entra immédiatement dans le vif du sujet.

— Voilà ! La dernière fois que j'ai eu Laura en consultation, c'était il y a... quatre mois. À ce moment-là, elle n'avait pas encore eu de rapport sexuel...

— Que signifie « *à ce moment-là* » ? sursauta Karen.

— Je veux dire que la situation a changé. Selon l'examen auquel j'ai procédé hier, Laura n'est plus... vierge si je puis m'exprimer ainsi, expliqua le docteur Servan en se raclant la gorge.

— Est-ce que vous voulez dire qu'elle a été violée ? reprit Karen, la gorge serrée.

— Je ne peux ni l'affirmer ni l'infirmer... Il y a en effet des signes, des marques particulières qui prouvent que votre fille a eu un rapport sexuel très récent — peut-être hier — mais je ne peux affirmer qu'elle l'ait subi contre sa volonté.

— Expliquez-vous, gronda la voix d'Hervé si sourde qu'elle en devenait presque inaudible.

— Les marques tangibles peuvent être le résultat d'un premier rapport sexuel volontaire. Si elle l'a subi pendant son agression, elle devait être inconsciente, car rien n'indique qu'il y ait eu lutte ou refus. Si cela avait été le cas, elle porterait des hématomes plus marqués, des traces de violence, en particulier sur les cuisses, mais il n'en est rien. D'autre part, les traces de sperme sont infimes. Ce qui veut dire que l'homme portait un préservatif. Je ne puis vous en dire plus, mais je doute de la possibilité d'un viol.

— Donc soit elle n'a pas été violée, mais a eu un... premier rapport hier, soit elle a été violée pendant sa perte de connaissance ! résuma Karen, la voix tremblante.

— C'est ce qui ressort des examens auxquels j'ai procédé. Maintenant, elle seule peut être en mesure de confirmer ou d'infirmer les faits, expliqua le médecin. Par ailleurs, je ne saurais trop vous conseiller d'être le plus diplomate possible à ce sujet. Elle a déjà subi un choc, il serait inopportun d'en rajouter…

— Bien entendu, Docteur et merci pour votre franchise, répondit chaleureusement Hervé.

Alors que les deux femmes étaient déjà sorties du bureau, Hervé fit demi-tour comme s'il avait oublié quelque chose.

— Docteur, une dernière question, s'excusa-t-il.

— Mais je vous en prie !

— Serait-il possible de faire analyser le sperme en question ? Je pense qu'au cas où… on ait abusé de ma fille, cela pourrait permettre à la police d'identifier le coupable…

— En effet, on a procédé à des prélèvements infimes, mais existants quand même. Les résultats des analyses m'ont déjà été demandés par le commandant Boisseau. Il est bien entendu que si votre fille confirme qu'elle a eu un rapport sexuel volontaire cet après-midi-là, les analyses seront jetées aux oubliettes. Dans le cas contraire, elles seront à la disposition de la police.

— Je vous en remercie infiniment, Docteur, mais dans le deuxième cas… ne jetez pas les analyses aux oubliettes…

— Vous savez que je suis tenu au secret professionnel et que…

— Je vous demande ça comme un service, vous me devez bien ça, n'est-ce pas ? sous-entendit Hervé, un brin menaçant.

Le médecin prit quelques secondes de réflexion puis acquiesça silencieusement. Son regard soumis croisa celui, reconnaissant de l'avocat — et non plus du père inquiet — avec lequel il était souvent en affaires…

Hervé rejoignit les deux femmes dans la salle d'attente.

— Mon Dieu ! Elle a peut-être été violée, murmura Karen à l'adresse d'Hervé.

— Karen, s'écria Manue. Il se peut que Laura ait souhaité ce rapport, O.K. ?

— Ne sois pas stupide, vociféra Karen à son tour. Laura est obnubilée par son bac, elle ne sort pas et n'a pas de petit ami. Hier après-midi, elle était en cours…

— Laura n'est plus un bébé, reprit Manue agressive. T'en es-tu seulement rendu compte entre deux réunions ? Elle est en âge de se taper un mec quand elle en a envie ! Réagis un peu ! Comment peux-tu savoir si elle a un petit ami ou non ? Tu ne fais que la croiser quelques minutes par jour ! Quand est-ce que tu as eu une réelle conversation avec elle pour la dernière fois ?

Karen en resta interdite, le souffle coupé.

— Elle t'a fait des confidences ? soupçonna Hervé.

— Non ! On ne s'est pas retrouvées depuis assez longtemps pour qu'elle se confie à moi. Mais vous êtes tellement préoccupés par son bac ou par ce qui pourrait lui arriver que vous ne réalisez pas qu'elle a grandi, qu'elle a une vie en dehors de la maison ! Vous ne savez rien d'elle ! La seule différence entre vous et moi c'est que moi, j'essaie de savoir. Vous l'étouffez et vous ne voyez pas qu'elle va respirer ailleurs. Vous ne l'aidez pas à surmonter la perte d'Élisa, bien au contraire, vous continuez à la traumatiser. Vous ne parlez que de viol ! les accusa Manue à bout de souffle... Ça ne vous viendrait pas à l'idée qu'elle se soit tapé un mec parce qu'elle en avait envie ? Eh bien moi, j'espère de tout mon cœur que c'est le cas !

Elle sortit de la salle d'attente précipitamment, traversa le hall d'entrée, et alluma nerveusement une cigarette dès qu'elle fut arrivée dans la cour. Elle se sentait ivre de rage. Depuis son retour dans la famille, elle s'exhortait au calme, à l'indifférence, elle faisait des efforts titanesques pour regagner leur confiance, mais là, c'en était trop. Elle ne pouvait supporter leurs réactions.

Quelques instants plus tard, ils la rejoignirent dehors. Hervé, d'abord silencieux, s'adressa à elle d'une voix douloureuse et ses propos la surprirent.

— C'est toi qui as raison, Manue... Quand Élisa est morte, on a perdu une partie de nous-mêmes. On ne s'est pas rendu compte que Laura en faisait les frais. Je ne sais plus comment faire pour la laisser vivre sa vie tout en essayant de la protéger. D'un côté, je préférerais qu'elle ait un petit ami. De l'autre, je suis terrorisé à l'idée qu'elle fréquente quelqu'un qui ne la mérite pas. Je ne veux pas revivre ce qu'on a vécu avec Élisa.

Manue dut se faire violence pour ne pas lui faire remarquer qu'ils avaient eu tort, à l'époque, de s'opposer aux fréquentations de leur fille aînée.

— Je comprends, murmura-t-elle simplement.

— Peut-être qu'elle heu... qu'elle te parlerait plus facilement à toi, sous-entendit-il.

— Je vais essayer d'en savoir plus, répondit-elle doucement, plus pour mettre fin à cette conversation qui la mettait mal à l'aise, que par réel souci de lui faire plaisir. Si je pouvais la voir seule à seule ce soir, reprit-elle l'air candide, je pourrais peut-être essayer de savoir si oui ou non elle a subi...

Hervé hocha simplement la tête en signe d'assentiment.

Marina fut étonnée de l'absence de Laura, mais en amie fidèle et sincère, elle n'osa pas téléphoner chez ses parents. Après tout, Laura était peut-être avec Dylan et son coup de fil la mettrait certainement dans l'embarras. Elle attendit donc la fin de ses cours à midi pour se précipiter au Totem's. Dylan et Nanou s'y trouvaient déjà, mais pas de trace de Laura.

— Elle n'est pas avec toi ? s'étonna Dylan.

— Quand j'ai vu qu'elle n'était pas là ce matin, j'ai cru qu'elle avait séché les cours pour te rejoindre, répondit Marina surprise.

— Je travaillais ce matin. Ça lui arrive souvent de sécher ou de poser des lapins ? questionna-t-il.

— Non, jamais et c'est ce qui m'inquiète !

— Ta copine, elle devrait apprendre à se servir d'un truc qui est vachement utile pour la communication, tu sais ? Ça s'appelle un téléphone ! pesta Dylan, plus déçu de son absence qu'il ne voulait se l'avouer.

Marina réprima un sourire, malgré son inquiétude.

— Moi, elle m'appelle quand elle veut me parler ! Elle allait bien hier soir, elle n'était pas malade... C'est bizarre !

— Tu ne veux pas essayer d'appeler chez elle ? lui demanda-t-il.

— Non, répondit Marina, après avoir quelque peu hésité.

Ses parents sont très... spéciaux. S'ils ne sont pas au courant, je ne veux pas leur mettre la puce à l'oreille. Je vais attendre ce soir et appeler comme si moi, j'avais été absente !

Dylan n'insista pas et tourna les talons. Marina, sceptique, déjeuna sur place avec Nanou à qui elle fit part de ses inquiétudes. Laura était trop amoureuse de lui pour louper un rendez-vous. Il lui fallait vraiment une excuse en béton.

Il était près de treize heures quand son portable sonna. Surprise, elle reconnut la voix de Manue. À son ton mal assuré, Marina devina qu'il était arrivé quelque chose et sentit sa gorge se serrer.

— C'est la tante de Laura. Pour qu'elle m'appelle, c'est que c'est grave, murmura-t-elle à l'adresse de Nanou. Qu'est-ce qui s'est passé ? demanda-t-elle à cette dernière sans même lui dire bonjour.

— Un pépin ! répondit nerveusement Manue. Tu peux prévenir le lycée qu'elle a eu un accident ?

— Oui, bien sûr ! Comment ça, un accident ? s'enquit Marina le cœur battant.

— Elle... elle a été agressée hier soir à la maison, reprit-elle sous l'insistance de Marina. Elle était seule. Quelqu'un est entré... On pense qu'elle l'a surpris et qu'il l'a tabassée. Quand son père est rentré, il l'a trouvée par terre, inconsciente... Elle est à l'hôpital.

Marina resta muette quelques instants avant de demander d'une voix blanche :

— Elle a pu vous parler ? Elle a repris connaissance ?

La gorge serrée, Manue lui résuma ce qui s'était passé plus précisément, réprimant les larmes qui lui venaient aux yeux.

— Vous avez pu la voir depuis ? C'est grave ? Qu'est-ce qu'elle a ?

— Elle souffre d'un traumatisme crânien, de côtes cassées, d'ecchymoses... On n'a pas encore pu la voir. Cette nuit, elle était inconsciente et ce matin, ils l'ont anesthésiée pour pouvoir lui faire tous les examens nécessaires. Elle est encore dans le gaz. Je devrais la voir en fin d'après-midi.

— Et moi ? Je peux la voir, tu crois ?

— Je ne pense pas que ce sera possible avant demain, mais appelle-moi ce soir. Je te donnerai des nouvelles fraîches. Marina, reprit Manue, tu sais qu'elle a un petit ami ?

Marina hésita avant de répondre.

— Je sais qu'elle fréquente quelqu'un, elle m'en a un peu parlé, la rassura Manue. Est-ce que tu le connais ?

— Pourquoi ?

Manue sembla hésiter à son tour, puis reprit.

— Je crois qu'elle tient beaucoup à lui. Si tu as l'occasion de le prévenir…

— Je m'en charge, promit Marina.

— Mais je préférerais qu'il ne vienne pas à l'hôpital. Elle a assez de problèmes comme ça.

— Je sais, ne t'inquiète pas ! Merci de m'avoir prévenue.

Marina, pâle comme un linge, se laissa tomber contre le dossier de sa chaise et mit rapidement son ami au courant. Nanou lui prit la main.

— Mary, je vais aller prévenir Dylan…

Il n'eut pas le temps de finir sa phrase. La GSXR se garait devant la vitrine.

— T'as toujours pas de nouvelles de Laura ? lança-t-il à Marina. J'ai essayé d'appeler chez elle, personne ne répond.

Quand elle tourna son visage vers lui, il sentit l'angoisse le gagner. À son tour Marina, en quelques mots, le mit au courant de ce qu'elle savait. Dylan resta silencieux, mais sa mâchoire serrée et un petit nerf qui tressautait sur sa joue trahissaient son angoisse et une colère soudaine.

— Ils n'ont aucune idée de qui ça peut être, n'est-ce pas ? gronda-t-il.

— Apparemment non ! En tout cas, elle ne m'en a pas parlé.

Il se leva brusquement et prit la porte. Marina le rattrapa sur la terrasse.

— Où tu vas ? Qu'est-ce que tu vas faire ? s'inquiéta-t-elle.

— Je vais à l'hôpital !

— Ne fais pas ça ! Tu ne pourras pas la voir. Même sa

famille n'a pas encore eu droit aux visites. Ils ne te laisseront pas entrer. En plus, tu risques de tomber sur ses parents... Attends ce soir. Manue me donnera des nouvelles. Tu iras la voir demain !

Elle fut surprise qu'il ne demande pas plus d'explications.

— Si tu veux, je viendrai avec toi, reprit-elle. On trouvera un moyen pour que tu la voies sans que ça se sache !

— Sans que ça se sache ! ricana-t-il.

— Essaie de comprendre... Après ce qui est arrivé à sa sœur, mets-toi à leur place...

Marina se tut instantanément, consciente d'avoir lourdement gaffé.

— Je sais, la coupa-t-il sèchement.

Marina resta sans voix. Laura et elle étaient persuadées qu'il ne savait pas...

— J'ai cru que j'avais fait une grosse gaffe, murmura-t-elle, mais tu es au courant ?

— Ici, c'était le café de Thomas Morelli, O.K. ? Tu penses bien que parmi mes connaissances, certains connaissaient Élisa et Thomas. Le jour où je me suis pointé avec le sosie d'Élisa, ils sont tombés des nues et se sont dépêché de venir me le dire !

— Oh, oh, oh ! Attendez tous les deux, là ! se récria Nanou. Quel rapport elle a avec eux, Laura ?

— C'est la petite sœur d'Élisa, la fille qui a été assassinée soi-disant par son petit ami, il y a deux ans, expliqua Dylan. Mais fermez-la ! Laura ne sait pas que je sais et elle fait tout pour que le moins de monde possible ne soit au courant. Alors motus, d'acc ?

Marina se contenta d'acquiescer.

— Attends ! T'es en train de me dire que tu sors avec la frangine de la victime ? Son mec est en taule alors que tout le monde le croit innocent et toi, ça ne te fout pas les boules, ça ? En plus, elle se fait agresser chez elle, alors qu'elle sort de tes bras et t'as pas la trouille que ça te retombe dessus ? T'as pas envie de te tirer très vite et très loin ?

— On verra par la suite, éluda Dylan. Je ne peux pas la laisser comme ça maintenant !

— Ah ! Parce qu'aujourd'hui tu prends des gants avec les nanas ? Je me souviens de quelques fois où tu ne t'es pas posé ce genre de cas de conscience pour…

— Eh ! C'est bon, là ! Stop ! le coupa Dylan agressivement.

Au même instant, une voiture se garait près de la terrasse. Marina en reconnut le conducteur. Il s'appelait Vincent et faisait partie des fréquentations de Dylan. Il s'approcha vivement de ce dernier.

— Il fallait absolument que je te parle, lança-t-il en guise de préambule. Putain, j'avais pas revu la sœur d'Élisa depuis l'enterrement. Elle a vachement changé et surtout, elle lui ressemble à un point… J'ai pas compris que tu te mettes avec elle… Sincèrement, qu'est-ce que tu fais, là ? Qu'est-ce que tu cherches ? T'as pété un câble ou quoi ? J'ai pas vraiment de conseils à te donner, mais putain… C'est des emmerdes à répétition que tu t'apprêtes à prendre sur la gueule. Rien qu'en approchant cette fille, tu es foutu d'avance : cette famille, c'est une vraie mafia !

— Attends, intervint Marina. Faut quand même pas exagérer ! Vous dîtes que Tommy est innocent, mais il y a quand même eu un procès. En plus, d'après ce que je sais, Élisa a largué Tommy, il a pété les plombs et l'a tuée. Il a peut-être juste voulu lui faire peur et ça a mal tourné, mais franchement, il était le seul à avoir un mobile. Il y avait ses empreintes sur le couteau avec lequel elle a été poignardée. Que les parents de Laura la surprotègent, c'est exagéré, d'accord, mais c'est compréhensible.

— Ça, c'est la version officielle, celle que ta copine t'a donnée, celle qui est passée à la télé, s'énerva Vincent. Moi, j'étais un proche du couple, O.K. ? Elle ne l'a jamais larguée. Elle l'a fait officiellement pour calmer sa famille justement et préparer sa fuite avec lui sans les avoir sur le dos. Mais ils se voyaient toujours en cachette. Elle a été tuée le soir où ils devaient se barrer ensemble ! Tu crois que Thomas, s'il l'avait tuée, aurait attendu les flics chez lui calmement ? C'est vraiment mal le connaître ! Manue aussi était proche d'eux, elle savait…

— Manue était junkie, shootée à mort, elle ne

reconnaissait même pas toujours sa nièce, à l'époque ! Alors, arrête un peu ! Quant à Laura, elle ne m'a jamais parlé de ça, protesta Marina. En attendant, Élisa a été violée, étranglée et massacrée. En fait, il était fou d'elle et il a dû perdre la tête quand ça a cassé entre eux.

— Alors, explique-moi pourquoi, pendant l'autopsie, l'analyse du sperme a été perdue ? Tu crois qu'elle aurait été inopinément égarée s'ils avaient défini qu'il s'agissait de celui de Thomas ? Tu crois que tous les procès sont aussi expéditifs ? Tom n'a même pas pu se défendre. Ces bourges de merde ont mis Laura de côté, ont casqué un tas de pognon. L'affaire a été classée, point à la ligne. Même l'enquête de police n'a pas été menée correctement. Mais quand il s'agit d'une gosse de riche dont les parents sont en pleine ascension sociale...

— Vincent ! coupa Dylan d'un ton sec, le fusillant du regard pour le faire taire, lui signifiant ainsi que tout le monde n'était pas au courant de tout. C'est pas la peine de vous battre pour refaire le procès, reprit-il. Ce que je voudrais savoir, moi, c'est comment elle va, ce qui s'est passé hier soir et quand je vais pouvoir la revoir.

— Le problème c'est que, pour les parents, la mort d'Élisa a été terrible, se calma Marina. Tu imagines le choc ? Du coup, après ça, ils se sont mis à protéger Laura envers et contre tout... C'est tout juste s'ils ne la séquestrent pas... Elle est déjà sous haute surveillance avec les gens de la Haute alors, s'ils savaient qu'elle fréquente un mec du style de Thomas... Donc, il vaudrait mieux que tu n'ailles pas à l'hôpital. Indirectement, tu vas lui faire plus de mal que de bien...

— Parce qu'en plus, elle est à l'hosto ? s'essouffla Vincent... T'es complètement taré, toi, suicidaire ! s'écria-t-il avant de s'éloigner en secouant la tête d'incrédulité.

Il monta furieusement dans sa voiture et démarra en faisant crisser les pneus.

— Marina, comment a-t-elle fait alors, pour venir vendredi soir avec toi ? reprit Dylan, ignorant le départ de son copain.

— Officiellement, on passait la soirée chez moi pour

réviser. Mes parents l'ont couverte, mais elle a dû rentrer avant midi chez elle, le samedi.

— Eh ! Vincent a raison ! intervint Nanou. Non seulement, tu risques de te mettre ses parents à dos, mais en plus, elle doit avoir un sacré train de vie ! Y'a intérêt à suivre derrière… Tu ferais mieux de laisser tomber, vieux ! C'est pas une gonzesse pour toi, lui conseilla Nanou. Si tu veux mon avis…

— Je ne veux pas de ton avis, intervint Dylan, le front soucieux.

— Tu voulais te la taper ? Tu l'as eue, n'est-ce pas ? Alors, laisse tomber, maintenant… commença Nanou.

— J'y crois pas, murmura Marina interloquée à Nanou. J'arrive pas à croire que tu réagisses comme ça ! Moi aussi, je vais subir le même sort ? Tu m'as sautée, alors je fais quoi ? Je dégage tout de suite ?

— Oh, oh ! Du calme ! intervint à nouveau Dylan, un demi-sourire aux lèvres. Laura n'est pas toi et Nanou n'est pas moi, O.K. ?

— Merci Dylan, rétorqua Nanou. Ce qui se passe entre nous n'a rien à voir avec eux. Seulement lui, il largue les nanas pour le moindre pet de travers dès qu'il les a eues, même quand elles valent le coup. Et pour une fois qu'il tombe sur une fille qui va le mettre dans une merde noire, il s'accroche ! Moi, c'est à ça que je ne crois pas !

— Merci pour cette brillante analyse de ma vie privée et sexuelle, voire sentimentale, railla Dylan. Maintenant, je vous remercie de vous faire du souci pour moi, mais je suis un grand garçon, à présent ! C'est à moi et à moi seul de juger de la suite, OK ? Est-ce que je peux t'appeler ce soir pour avoir des nouvelles ? reprit-il à l'attention de Marina, ignorant volontairement l'air réprobateur de Nanou.

— On peut faire mieux. Tu finis à dix-huit heures ? Viens me rejoindre ici, on appellera ensemble, proposa cette dernière.

— Donc, tu vas la revoir, en conclut Nanou, l'air désemparé.

— Disons que peut-être que notre aventure sera très courte, j'en sais encore rien. Je suis sûrement le plus beau fumier avec les nanas qu'il vous ait été donné de rencontrer, si j'en juge par vos remarques, mais, en attendant, je ne trouve pas très cool de disparaître comme ça alors qu'elle est à l'hosto. Donc, que ça vous plaise ou non, je vais la revoir ! Vous avez d'autres questions ? ironisa-t-il en se levant.

Comme personne ne vit l'intérêt d'ajouter quoi que ce soit, il quitta le bar. Marina et Nanou restèrent tous les deux silencieux un moment. Ce fut Nanou qui rompit le silence.

— Tu fais la gueule ? Je t'ai choquée ?

— Ce qui est intéressant pour une gonzesse, c'est de se rendre compte de la façon dont elle est considérée par les mecs en général et par *son* mec en particulier : un bout de viande. Je me la tape, je passe à un autre morceau... Et Laura, tu as pensé une seconde à son avis à elle ?

— Écoute, Laura est jeune, très jeune même ! Elle s'en remettra. Je sais que ce que je dis a l'air dégueulasse, mais ils ne peuvent en aucun cas projeter d'avenir ensemble. Pour l'instant, elle a toutes les peines du monde à se libérer pour le voir et à cacher sa liaison avec lui. Mais à un moment ou à un autre, sa famille finira par tout savoir. Tu imagines la suite ? Tu crois vraiment que ça vaut le coup pour lui de se retrouver en taule juste parce que Laura fait un caprice ? De toute façon, Dylan est quelqu'un de très volage. Il ne va pas rester longtemps avec elle. Après tout, autant qu'il la vire avant d'avoir des ennuis et avant qu'elle ne s'attache trop.

— Maintenant, je vais te donner mon avis personnel. Je connais Laura mieux que quiconque, je crois, et bien mieux que ses parents eux-mêmes. C'est une gosse de riche, O.K. ! Mais elle n'a pas choisi de naître dans ce milieu. C'est quelqu'un de très simple, qui a des valeurs tout aussi simples et qui ne fait pas de caprice. C'est mon amie et ce n'est pas pour rien. Je suis issue d'un milieu plutôt modeste et jamais, au grand jamais, elle ne m'a fait sentir la moindre différence. Au contraire, elle se sent même très bien chez mes parents, mieux que chez elle en tout cas. Et je suis prête à parier que, si elle prenait conscience de causer le moindre ennui à Dylan, elle couperait les ponts d'elle-même, à son propre détriment. Alors, excuse-moi si je n'arrive pas à plaindre ton copain et que je préfère me faire du souci pour ma copine.

— O.K. ! Ils sont assez grands pour se démerder et prendre les décisions qui s'imposent, d'accord ? On laisse tomber le sujet et on pense un peu à nous, tu veux bien ?

Manue était déjà sur place quand Hervé et Karen arrivèrent. Elle n'avait pas pu entrer dans la chambre de Laura, car le médecin y était. Quand il en sortit, il les rassura quant à l'état de santé de la jeune fille.

— Puis-je la voir le premier et seul ? quémanda Hervé.

— Je sais à quel point tu es inquiet, vas-y ! le rassura Karen.

— À condition que je puisse la voir seule à seule ensuite, lui rappela Manue. Si tu veux qu'elle me parle…

— Je ne resterai pas longtemps près d'elle et je ne lui parlerai de rien, c'est toi qui le feras. Je veux juste être rassuré !

Tout d'abord, Hervé crut qu'elle dormait. Elle avait l'air paisible, mais sa tempe gauche bleuie, une légère coupure sur la lèvre inférieure, sa pâleur et les cernes bleutés sous ses yeux, trahissaient son état. Sentant sa présence, elle ouvrit les yeux. D'abord hésitante, elle lui fit un léger sourire. Il semblait avoir pris dix ans d'un coup, ses traits tirés et ses cernes trahissaient un manque de sommeil évident.

— Comment te sens-tu, ma chérie ? questionna-t-il l'air inquiet.

— Ça va mieux, j'ai un peu moins mal, répondit-elle faiblement.

— Je suis désolé, je te le répète… Je m'en veux terriblement. J'avais un peu bu et…

— Je sais ! C'est un accident, d'accord ? le rassura-t-elle d'une voix douce.

— Laura… Tu as vraiment un petit ami ?

— Si je réponds, je risque quoi ? chuchota-t-elle.

Il allait rétorquer quand il se ravisa.

— Non, je n'ai personne, reprit-elle faiblement. Je n'en ai pas le temps pour l'instant.

— Tu vois ? Ce qui me rend le plus malade, c'est que tu n'as pas confiance en moi ! Qu'est-ce que j'ai fait pour en arriver là, moi ? murmura-t-il comme pour lui-même.

— C'est réciproque, chuchota Laura. Tu n'as pas confiance en moi !

— Ce n'est pas vrai... On en parlera plus tard ! Karen et Manue sont là aussi et elles aimeraient te voir... Est-ce qu'on dit la vérité ou l'on s'en tient à ta version ?

— Il vaut mieux s'en tenir à ce que j'ai dit. Karen ne comprendrait pas et Manue ne croira pas à un accident. Après tout ce qui s'est passé, elle n'a pas besoin de douter de nouveau. J'ai entendu du bruit dans la salle à manger, j'ai surpris une silhouette, mais la personne en question m'a frappée. Je suis tombée et j'ai perdu connaissance. L'autre s'est enfui et tu es arrivé. Point à la ligne.

— Comme tu veux... Je fais entrer Karen et Manue ?

Au bout d'un moment, Karen et Hervé, partiellement rassurés, s'en allèrent, laissant Manue et Laura seules.

— Oh, Laura, tu m'as fait tellement peur, murmura Manue en s'asseyant tout près d'elle. Tu souffres beaucoup ?

— Un peu... souffla-t-elle, surtout quand j'essaie de bouger, quand je respire... Je suis contente que tu sois venue...

— Tu es certaine que tu ne peux pas identifier celui qui t'a fait ça ?

— Non, j'en suis incapable !

— Laura... J'ai une question très indiscrète à te poser, mais... ça me travaille trop, il faut que je sache... Quand tu es arrivée ici, les médecins t'ont fait passer toutes sortes d'examens et comme cela se pratique en cas d'agression, ils ont procédé légalement à un examen gynécologique...

Laura fit une petite grimace ironique. Une larme coula sur sa joue. *Il* avait réussi, *il* l'avait eu son examen gynécologique. Elle en aurait pleuré de frustration et de colère ! De plus, elle venait de réaliser qu'il savait qu'elle mentait. Mais Manue se méprit sur sa réaction.

— Ils ne peuvent rien affirmer, tu sais ? tenta-t-elle de la rassurer... Mais moi, j'ai besoin de savoir si... tu avais déjà eu des rapports avec ton... ami.

Laura hésita un peu.

— Je préférerais que tu me dises oui plutôt qu'il y ait un doute sur un éventuel...

— Il n'y a pas eu de viol, lui certifia Laura, un petit sourire triste aux lèvres. J'ai couché avec… lui hier après-midi, mais je ne veux pas…

— Ça restera entre nous, je te le jure ! Tu ne peux pas savoir comme tu me soulages, soupira Manue en souriant à son tour. C'était comment ?... Tu n'es pas obligée de me répondre, se reprit-elle rapidement en rougissant.

— C'était vraiment… génial, sourit Laura. Je suis dingue de lui… Et maintenant je ne vais pas pouvoir le voir pendant je ne sais combien de temps… murmura-t-elle d'une voix empreinte de larmes. Si ça se trouve, il n'aura pas la patience d'attendre…

— S'il ne l'a pas, c'est que c'est le roi des connards et qu'il ne te mérite pas, trancha Manue.

— Mais il ne sait même pas…

— Si ! J'ai téléphoné à Marina, je lui ai expliqué la situation et lui ai demandé de le prévenir.

Laura lui sourit en lui prenant la main et en la serrant dans la sienne, les larmes aux yeux.

— Tu es une mère pour moi !

— Arrête de me vieillir. Le rôle de tante, c'est déjà suffisant, sourit Manue. Tu peux compter sur moi, tu le sais très bien. Je reviendrai demain ; maintenant, il faut que tu te reposes, lui ordonna-t-elle en déposant un baiser sur son front.

Laura se sentit mieux. Dylan savait, il attendrait, elle en était certaine. Il ne pouvait pas en être autrement…

Quand Manue sortit, elle tomba sur Marina qui prétexta n'avoir pas eu la patience d'attendre un coup de fil. Manue la renseigna et la rassura sur l'état de santé de sa nièce et l'autorisa à aller la voir à condition qu'elle ne reste pas trop longtemps. Marina la remercia chaleureusement et prit lentement la direction de la chambre. Ce ne fut que lorsque Manue eut disparu que Dylan s'approcha.

- 12 -

— Bon, ils sont partis, lança Marina à Dylan. Tu devrais pouvoir la voir un moment, mais je reste dans le couloir au cas où.

— Je te revaudrai ça, promis, la remercia-t-il.

Il s'approcha du lit doucement, la gorge douloureuse, la poitrine serrée par l'émotion. Du premier coup d'œil, il repéra les hématomes sur sa tempe, ses lèvres. Quelque part, il se sentit soulagé. Il s'attendait à pire, au moins au niveau du visage. Ses traits tirés, sa pâleur, son air épuisé accentuaient sa fragilité. Mais rien n'aurait pu gâcher la beauté de la courbe de ses cils noirs si longs, de ses lèvres ourlées de rose, de son visage fin et de son cou délicat. Se sentant observée, elle ouvrit les yeux. Ceux-ci d'abord sans expression, s'arrondirent de surprise alors que ses lèvres murmuraient son prénom. Instinctivement, elle voulut se redresser, mais une douleur vive dans les côtes la rappela à l'ordre. D'un geste vif, il la retint au lit.

— Ne bouge pas : reste allongée, la supplia-t-il en voyant ses mâchoires se crisper sous le coup de la douleur.

— Je ne rêve pas, n'est-ce pas ? Je n'arrive pas à croire que tu sois là, murmura-t-elle, le cœur s'emballant dans sa poitrine.

— Pourquoi est-ce que je ne serais pas là, justement ? Tu souffres beaucoup ?

— Ça pourrait être pire, tenta-t-elle de sourire... J'aurais préféré que tu ne me voies pas dans cet état, avoua-t-elle.

— Si ça peut te rassurer, tu es toujours aussi belle, lui sourit-il, en effleurant sa joue d'une douce caresse. Je t'avoue que je m'attendais à pire... Je n'aurais pas dû t'écouter, j'aurais dû te garder près de moi...

Instinctivement, les doigts de la jeune fille cherchèrent sa main qu'ils serrèrent très fort, comme pour se donner du courage.

— Ce n'est pas très prudent d'être venu, tu sais ?

— Marina est avec moi, elle surveille l'entrée. Et puis ta famille est partie, ils ne vont pas revenir ce soir...

— J'espère bien, souffla-t-elle en fermant les yeux, tentant de retenir les larmes de découragement qui perlaient sous ses cils... Ça gâche tout entre nous, lâcha-t-elle, la voix éraillée par le chagrin.

— Non, Laura, coupa-t-il en serrant plus fort sa main dans la sienne, ça ne gâche rien du tout : il faut que tu sois un peu patiente et bientôt tout rentrera dans l'ordre...

— Tu ne comprends pas... reprit-elle, les larmes coulant sur son visage cette fois sans qu'elle puisse les retenir... Ils m'empêchent de vivre... Je n'ai pas le droit de t'imposer ça... Tu devrais partir avant que...

— Laura, trancha-t-il, personne ne m'impose quoi que ce soit, surtout pas toi ! Je fais ce que je veux quand je veux. Tout va s'arranger, c'est juste une question de temps : tu dois me faire confiance...

— Je suis consciente que je ne peux pas te demander d'attendre, reprit-elle la gorge serrée, luttant pour retenir ses larmes. Ça ne pourra pas marcher : je t'ai dit que ce n'était pas une bonne idée nous deux, tu te souviens ?

— Ça, ce n'est pas seulement à toi d'en juger. Pour l'instant, j'ai envie de passer du temps avec toi. Je n'aime pas les projets. On verra par la suite, d'accord ? En attendant, je voudrais que tu me fasses un peu plus confiance, murmura-t-il en plongeant son regard brûlant dans le sien...

— Je te fais confiance !

— Non ! Tu ne m'as pas dit la vérité sur toi...

Elle ferma les yeux un long instant. Elle aurait dû se douter qu'il l'apprendrait très vite : il connaissait sa véritable identité cette fois, elle en était certaine.

— Pourquoi tu ne m'as pas dit que tu étais la sœur d'Élisa Brissac ? questionna-t-il doucement.

— Parce que tout mec normalement constitué aurait pris la poudre d'escampette juste en entendant ce nom.

— Alors je ne dois pas être normalement constitué, c'est ça ? sourit-il.

— Si tu connaissais Élisa et Tommy, si tu es au courant de ce qui s'est passé et que malgré tout tu veux rester avec moi, c'est que tu dois être soit cinglé, soit maso...

— J'avais entendu parler de ce drame. Tommy et moi, on a pas mal de copains communs. L'un d'eux t'a reconnue et a été sidéré par ta ressemblance avec ta sœur... On m'a déjà conseillé de prendre mes jambes à mon cou rapidement, ironisa-t-il.

— Pourquoi tu ne le fais pas ? chuchota-t-elle le cœur s'affolant dans sa poitrine, la gorge serrée.

— Franchement ? J'en sais rien. J'ai beau me dire que tu n'es qu'une gamine, une gosse de riche qui va me rapporter un tas d'emmerdes inimaginables, je n'arrive pas à faire une croix sur toi. Je ne me l'explique pas, c'est comme ça !

— Si je devais te causer le moindre début d'emmerde, je te jure que je disparaîtrais aussitôt, commença-t-elle.

— Alors là, t'as pas intérêt. J'ai toujours su me défendre seul et j'ai toujours détesté qu'on m'impose quoi que ce soit !

Il se pencha sur elle, déposant un baiser dans son cou. Elle s'accrocha à lui, de son seul bras libre (l'autre était immobilisé par une perfusion) laissant couler ses larmes.

— J'ai besoin de toi, j'ai tellement besoin de toi ! souffla-t-elle dans son cou.

— Moi aussi, j'ai besoin de toi, avoua-t-il, la voix enrouée par l'émotion. Tu es épuisée et encore sous le choc. Il faut que tu dormes et que tu reprennes des forces. J'essaierai de venir demain dans la journée. Marina aussi voulait te voir, on s'arrangera... Et encore une fois, fais-moi confiance, je t'en prie !

Le visage inondé de larmes, elle se força à sourire. Il avait raison, elle ne devait pas se laisser aller.

Deux petits coups secs frappés à la porte firent comprendre à Dylan qu'il lui fallait décamper. Il serra fortement sa main, déposa un léger baiser sur ses lèvres, et s'éclipsa aussi silencieusement qu'il était entré. À peine eut-il fait quelques pas dans le couloir qu'une infirmière entrait dans la chambre de Laura.

Marina piétinait d'impatience, mais Dylan avait l'air soucieux quand il était sorti et il semblait avoir du mal à déglutir tant sa gorge devait être serrée. Arrivée dans le hall d'entrée, elle ne put tenir davantage.

— T'as les boules hein ? Elle va si mal que ça ? murmura-t-elle.

— Physiquement, elle est moins marquée que je ne le craignais... enfin au niveau du visage... mais elle a du mal à bouger, elle est épuisée... et surtout, elle craque nerveusement.

— C'est ce que Manue disait aussi...

— Et ça me tue de ne pas pouvoir rester près d'elle tant que je veux, à cause de sa famille, ragea-t-il soudain en ouvrant la grande porte vitrée d'un coup de poing.

Il avait soudain l'air si agressif et tendu que Marina n'osa plus piper mot. Ils rejoignirent Nanou sur le parking. Dylan les salua brièvement, enfourcha sa moto et disparut.

Laura se sentait mieux depuis la brève visite de Dylan. Elle lui avait mis du baume au cœur et lui avait redonné un peu de courage. Elle n'arrivait pas à croire à ce qui était arrivé. Depuis sa plus tendre enfance, son père n'avait jamais eu un geste déplacé, il n'avait jamais levé la main sur l'une d'elles. Quand Manue lui avait parlé de sa réaction face à la liaison amoureuse d'Élisa, Laura ne l'avait pas vraiment crue. Elle avait pensé que sa jeune tante avait exagéré : elle s'était trompée, il avait réagi avec elle comme avec Élisa. Il s'était montré sous un jour nouveau, comme dans un état second. Elle n'arrivait toujours pas à comprendre comment il avait pu faire ça. À présent, son avenir lui semblait totalement obscurci. Heureusement que Dylan était venu. Il avait su lui redonner de l'espoir ; il lui avait promis qu'il ne la laisserait pas tomber, qu'ils étaient deux, qu'elle pouvait compter sur lui...

Dès le lendemain, elle se sentit mieux. Elle était cette fois, complètement réveillée et pouvait commencer à bouger, tout en serrant les dents. Lorsque le médecin et les internes qui l'accompagnaient toujours passèrent pour la visite quotidienne, ils se montrèrent optimistes face à son état de santé. Lorsqu'elle demanda quand elle pourrait sortir, le médecin sourit.

— Vous allez mieux, c'est un fait, mais il ne faut pas exagérer ! Je ne suis pas sûr que vous teniez assise plus d'une heure, et debout plus de quelques minutes, si toutefois vous parvenez à vous lever ! Vous n'êtes pas bien ici ? Vous vous reposez, on vous cajole, on vous fait plein de cadeaux... plaisanta-t-il en jetant un regard sur les bouquets de fleurs qu'on lui avait livrés le matin même.

— Je pourrais aussi bien me reposer chez moi...

— Bien sûr ! Et vous ne seriez absolument pas tentée de bouger ?... On verra pour demain, d'accord ?

Laura fut tentée d'insister puis elle se ravisa. Après tout, ici, elle échappait à la surveillance constante de ses parents et pouvait peut-être revoir Dylan plus facilement.

En tout début d'après-midi, elle fut surprise par la visite de Luc Boisseau. Ce n'était pas tant sa venue qui l'avait surprise que son air sincèrement inquiet. Ils n'avaient jamais été vraiment proches...

— Salut, je ne te dérange pas ? lança-t-il en s'approchant, un peu gauche.

— Non, entre, lui sourit-elle.

— Tiens, c'est pas grand-chose, mais... commença-t-il un peu gêné, en lui tendant un bouquet d'œillets multicolores.

— Merci, mais il ne fallait pas te donner tant de mal !

— Je suis content de voir que tu vas mieux... Tu as fait très peur à tout le monde, tu sais ?... Je suppose que tu es incapable d'identifier ton agresseur, n'est-ce pas ?

— Hum ! C'est mon père qui t'envoie ?

Luc sursauta en remarquant le changement de ton et d'attitude de la jeune fille.

— Non, bien sûr que non. Il a porté plainte, mais je ne suis pas là en tant que flic, d'accord ?

— Il a porté plainte ? lâcha Laura, les yeux agrandis par la surprise.

— Ben... Que voulais-tu qu'il fasse d'autre ? Bien sûr !

s'étonna Luc à son tour. Laura, tu as été agressée par un inconnu chez toi : il serait tout à fait illogique de ne pas porter plainte !... À moins qu'il ne soit pas tout à fait un inconnu... sous-entendit-il, soupçonneux.

— Qu'est-ce que tu veux insinuer ? souffla-t-elle en retenant sa respiration.

— Rien... je... j'ai besoin de ta déposition : il faut que je connaisse tous les détails. Tu as pu voir s'il était grand, de taille moyenne, petit, costaud, brun, chauve... Je ne sais pas, moi... Il sentait la vinasse ? Dis-moi tout ce que tu as pu remarquer...

— Tout s'est passé trop vite, je n'ai rien vu...

— Laura, reprit patiemment Luc, à dix-neuf heures, il fait encore jour. Il y avait même du soleil et tous les volets chez vous étaient ouverts, mais tu n'as rien vu...

— D'abord, le soleil est bas à cette heure-là et justement, quand les volets ne sont pas tirés, on est ébloui par la clarté quand on arrive à la porte du salon. Tu peux vérifier ! se défendit Laura.

— Mais tu n'entrais pas, tu en sortais apparemment d'après ta position au sol !

— Si tu sais mieux que moi ce qui s'est passé, pourquoi me poses-tu des questions ? rétorqua-t-elle sèchement.

— Je sais ce qui s'est passé à partir du moment où ton père est entré, mais il y a des choses qui m'étonnent... J'ai l'impression que tu veux protéger quelqu'un en ne disant rien : ce n'est pas une solution... Dis-toi qu'en protégeant celui qui t'a mise dans cet état, tu te mets en danger : il recommencera !... La table était mise, de la vaisselle a volé partout... Tu étais déjà dans la pièce quand ton agresseur est entré... Il y a du sang par terre, de l'autre côté de la table. Tu n'as pas pu ne pas voir qui entrait, expliqua-t-il lentement... Enfin ! s'agaça-t-il devant son silence et ses yeux baissés, chez toi, tout est à voler, le moindre bibelot vaut une fortune. Comment tu expliques qu'un cambrioleur entre dans la maison, te tabasse et reparte les mains vides ?... C'est vraiment le roi des cons, ce cambrioleur... Je ne crois pas en ta version !

— Apparemment, il n'a pas eu le temps ! Je suis arrivée,

il a tapé, je suis tombée, il a paniqué et s'est sauvé, conclut Laura.

— Je vais te donner ma version, d'accord ? Tu n'es pas allée en cours l'après-midi. Tu es allée chez ton petit ami, Dylan Duperrat, il habite au 7 rue du 11 novembre : je le sais, je vous y ai vus. Il t'a ramenée au lycée en fin d'après-midi. Tu es rentrée chez toi et il t'y a rejoint malgré que tu le lui aies défendu. Vous vous êtes disputés, il s'est énervé et t'a frappée... Hier soir, il est venu te demander de te taire... ou de lui pardonner. Je l'ai vu entrer dans ta chambre...

Laura avait lentement relevé la tête au fur et à mesure qu'il parlait, ses yeux s'agrandissaient de surprise et son visage était devenu si pâle que Luc s'était soudain tu, de peur qu'elle ne défaille.

— Tu m'as suivie ? Tu m'espionnes ? murmura-t-elle en proie à une terreur grandissante.

— Je suis passé devant le Totem's alors que vous démarriez en moto. Par acquit de conscience, je vous ai suivi... répondit-il, un peu gêné.

— Et tu t'es dépêché d'aller tout rapporter à mon père, n'est-ce pas ? l'accusa-t-elle d'une voix de plus en plus aiguë. Foutre la vie d'Élisa en l'air ne t'a pas suffi, il faut que tu fasses pareil avec moi ! Tu me dégoûtes !

— Je n'ai rien dit à ton père, je veux juste savoir... Bon sang ! Il aurait pu te tuer ! s'énerva-t-il.

— Je te hais, dégage ! s'écria-t-elle, les joues rouges de colère.

— Laura, il faut que tu m'écoutes, je veux juste... Tu comptes beaucoup pour moi et je ne veux pas te perdre comme... commença-t-il les yeux brillants, en tendant la main vers son visage.

— Ne me touche pas ! hurla-t-elle. Dylan n'a rien à voir avec ce qui m'est arrivé et si tu essaies seulement de lui faire du tort, je te jure que tu le regretteras ! cracha-t-elle d'une voix haineuse. Tu es responsable indirectement de la mort de ma sœur en racontant des conneries à mon père à propos de Tommy ! Mais je ne suis pas Élisa : tu ne sais pas de quoi je suis capable ! Je ne te laisserai pas tout foutre en l'air !

Elle s'était tellement énervée qu'en s'agitant, elle avait

réveillé une douleur lancinante dans ses côtes. Le souffle court, elle se laissa tomber sur l'oreiller, les yeux fermés. Elle s'efforçait de se calmer, de respirer plus lentement et plus profondément. Des larmes coulaient sur son visage, mais ses yeux, quand elle les ouvrit à nouveau, brûlaient de colère et de rage. Luc lui fit presque pitié. Il la fixait avec le regard désespéré d'un chien battu qui ne peut s'empêcher d'aimer la main qui le frappe.

— Tu ne réalises pas à quel point tu es cruelle... murmura-t-il.

— Et ce n'est qu'un début, gronda-t-elle. Fous le camp ! Ne remets pas les pieds ici, je ne veux plus te revoir ! vociféra-t-elle. Et reprends tes fleurs !

Comme il semblait hésiter, elle prit dans ses mains la sonnette pour appeler une infirmière et le menaça silencieusement d'appeler !

— Je reviendrai quand tu seras calmée et on aura une discussion sérieuse. En attendant, je vais quand même vérifier où était Dylan ce soir-là, répondit-il d'un calme olympien en se dirigeant vers la porte.

— Je t'interdis de faire ça, murmura Laura qui souffrait si fort à présent qu'elle n'avait plus de souffle pour crier. Si tu le fais, je dirai tout à Francine.

Il s'arrêta net, fit demi-tour et la fixa surpris :

— Lui dire quoi ?

— Ce que tu viens de me dire, un peu amélioré : je peux détruire ton couple, tu le sais ? menaça-t-elle. Je peux dire que tu me dragues depuis des semaines... Et si c'était toi qui étais venu à la maison ? Je te connais, je t'ai ouvert sans me méfier...

Luc la fixait à présent avec un air différent, teinté à la fois de colère et d'admiration : s'il l'avait toujours considérée comme une enfant, il allait devoir réviser son jugement. Elle avait raison sur une chose : elle n'était pas Élisa ! Il sortit sans répondre, un léger sourire mystérieux aux lèvres.

Laura luttait pour se calmer, pour réprimer ses sanglots : elle craignait qu'il ne s'attaque à Dylan. Elle ne voulait pas lui causer le moindre ennui. Elle aurait voulu pouvoir se lever, s'enfuir, le prévenir... Elle n'avait même pas son numéro de téléphone ici. Des larmes de découragement se mirent à couler sur ses joues sans qu'elle tentât seulement de les retenir.

À peine eut-il refermé la porte de la chambre de Laura que Luc se retrouva face à face avec Hervé, manquant de bousculer Karen.

— Laura est réveillée ? questionna Hervé. Tu as pu en tirer quelque chose ?

— Oui, elle est revenue à elle, mais toujours aussi butée. Elle continue à dire qu'elle ne se souvient de rien et qu'elle n'a rien vu !

— C'est peut-être vrai dans le fond, lança Karen.

— Moi, je sais qu'elle ment, rétorqua Luc. Je suis persuadé qu'elle ne *veut* pas dire qui c'est !

— Je ne sais plus quoi penser, murmura Hervé. Je crois quand même qu'elle fréquente quelqu'un, mais je n'en ai aucune preuve et elle refuse d'en parler.

Luc sembla hésiter un instant puis il haussa les épaules.

— Je vais continuer à fouiner. Si je trouve quoi que ce soit, je t'appelle !

— Merci Luc, je compte sur toi !

Pendant tout le temps que ses parents passèrent auprès d'elle, Laura ne parla pratiquement pas, s'enfermant dans son mutisme.

— Ma pauvre chérie, finit par lancer Karen agacée, tu as souffert, tu souffres encore, je suis d'accord, mais maintenant, il faut que tu reprennes le dessus, que tu oublies. Tu ne vas quand même pas te laisser dépérir parce que tu as été agressée ! Dans le fond, ça aurait pu être plus grave : il aurait pu te tuer ou…

Elle s'arrêta net, se rendant compte qu'elle allait faire une gaffe.

— Hum ! murmura Laura ironique, j'aurais pu être violée. C'est ce que tu voulais dire, n'est-ce pas ?

Laura vit du coin de l'œil, son père se raidir.

— Qu'est-ce que tu veux dire ? questionna Karen.

— Vous n'avez pas vu le docteur Servan ? s'enquit innocemment Laura.

Les parents Brissac se lancèrent un coup d'œil anxieux

qui n'échappa pas à la jeune fille.

— Si, justement, murmura Karen. À ce propos, dis-nous la vérité ! As-tu un petit ami et avez-vous eu des rapports sexuels ensemble ? Il faut que tu nous le dises, nous ne t'en voudrons pas pour autant, tu sais ?

— J'ai en effet eu une aventure avec quelqu'un, finit-elle par avouer d'une petite voix triste, mais cela n'a pas duré. C'est fini ! J'ai fait une erreur, je le reconnais... Je regrette sincèrement. Je suis désolée de vous décevoir. Ça n'arrivera plus, murmura-t-elle en écrasant une larme sur sa joue.

— Je suppose que tu ne veux pas nous dire de qui il s'agissait ? se raidit Hervé.

— Non, parce que cela n'a plus aucune importance maintenant : je ne le reverrai plus jamais.

— Laura, serait-il possible que ce soit cette personne qui t'ait agressée ? supposa Karen.

— Non, le mec en question a quitté la région : c'était un touriste... Il n'existe plus, d'accord ? insista Laura.

Elle n'avait pas trouvé d'autre solution que de mentir aussi effrontément pour protéger Dylan. Elle savait pourtant que, dans le même temps, elle aurait à supporter les conséquences de son mensonge. Elle fuyait le regard de son père tout en le sentant ivre de rage.

— Bon sang ! Pourquoi ne nous en as-tu pas parlé ? ragea Hervé.

— Parce que vous ne me laissez aucune liberté. Sous le prétexte de me protéger, vous me séquestrez. Si je vous avoue le moindre petit ami ou le moindre flirt avec qui que ce soit, vous êtes foutus de me faire changer de lycée et de m'attacher à un garde du corps, s'énerva soudain Laura. J'ai besoin de vivre et tant pis si ça me pousse à faire des bêtises. Si vous aviez un peu plus confiance en moi, je vous en aurais peut-être parlé et je ne serais pas allée aussi loin ! J'ai besoin de sortir, de rencontrer des gens de mon âge, mais pas seulement dans votre giron. J'ai envie d'aller en boîte comme les filles de mon âge, de fréquenter les cafés, voire du monde... Vous ne pouvez pas le comprendre, ça ?

— Autrement dit, tout est de notre faute, c'est ça ? s'offusqua Karen.

— En partie, oui !... Je viens juste de vous prouver que vous ne pouvez pas me protéger tout le temps ni de tout ni de tout le monde !

Les traits d'Hervé se durcirent. Il dut faire appel à tout son sang-froid pour se calmer. Un instant d'ailleurs, elle eut peur d'être allée trop loin.

— Laura, nous reprendrons cette conversation un peu plus tard, d'accord ? J'ai besoin de réfléchir à tout ça !... Je peux quand même te demander si tu avais pris tes précautions, si ce n'est pas trop indiscret ?

— Nous avions pris toutes les précautions qu'il fallait : de ce côté-là, il n'y a rien à craindre, lui répondit doucement et presque timidement Laura.

— Et dire que je te prenais encore pour un bébé ! Mais tu es devenue une vraie femme, à part entière... murmura-t-il d'un air sombre.

— Je suis contente que tu t'en rendes compte, répliqua-t-elle.

Deux petits coups résonnèrent sur la porte et Manue fit son entrée.

— Bien, coupa court Hervé d'un ton qu'il tenta d'alléger. Je te laisse te reposer, ma chérie. On reprendra cette conversation plus tard. Apparemment, tu sors demain !

— Alors à demain, papa, sourit-elle.

— Qu'est-ce qui se passe ? questionna Manue quand la porte se fut refermée. Tu as les yeux rouges, tu as pleuré ? Tu ne veux pas m'en parler ?

Laura hésita un peu avant de lui relater la visite de Luc Boisseau.

— Il avait un tel regard que... ce n'était pas un regard d'ami, tu comprends ? tenta de lui expliquer Laura... Il semble avoir des sentiments envers moi qui me font peur. Il me suit, il me surveille... Et ce n'est pas la première fois que je croise son regard, même devant mes parents il me regarde avec...

— Une sorte de dévotion, je sais ! coupa Manue, j'ai déjà remarqué, et c'était déjà le cas avec Élisa. À l'époque, j'ai même assisté à une scène entre Francine et lui à propos de *cette gamine qui l'attirait un peu trop* !

— Élisa ? souffla Laura. C'est pour ça qu'il m'a dit qu'il « *ne voulait pas me perdre comme...* »

— Tu as bien fait de l'envoyer paître. Méfie-toi de lui, approuva Manue... Et parles-en à ton ami, raconte-lui !

— Tu plaisantes ? souffla Laura. S'il se sait surveillé par la police à cause de moi, je vais le perdre !

— Tu préfères le perdre ou lui gâcher sa vie ?... Laura, dans le milieu où il vit, ils fument tous plus ou moins. Ils ont tous un peu de shit sur eux. Imagine que Luc vérifie vraiment où il était au moment de ton agression et que ton mec n'ait pas d'alibi... Luc obtiendra sans problème un mandat de perquisition, et il trouvera ce qu'il veut chez lui s'il veut le faire tomber. Je connais les méthodes de la police quand ils veulent mettre quelqu'un sur la touche. Et ça ne va pas beaucoup gêner un commandant des *stups,* tu sais ? exposa Manue, crois-moi ! Quand ils veulent une preuve, ils la trouvent... ou ils la fabriquent !

Laura était blême. Elle réfléchit un moment puis murmura :

— Il ne fera pas ça ! Je lui ai dit que, s'il touchait à mon ami, je foutrais la merde dans son couple, que je raconterais des choses à Francine... Je peux même essayer de monter papa contre lui. S'il savait que son meilleur ami me fait des propositions...

— Je t'arrête tout de suite, la coupa Manue. Tu veux foutre la merde chez Luc ? C'est sans importance : leur couple n'est plus qu'une façade depuis des années. Si Francine partait, Luc serait soulagé, crois-moi ! Tu lui rendrais service. Quant à monter Hervé contre Luc, j'ai déjà essayé avec Élisa. Hervé s'est foutu de ma gueule... Et c'est à ce moment-là que je me suis rendu compte que... Luc et Élisa....

— Tu déjantes Manue, se révolta Laura. Ce n'est pas possible...

— Ils étaient ensemble quelque temps avant la mort d'Élisa. Tommy et Hervé le savaient. Et si Luc s'est acharné sur Tommy, après le décès d'Élisa, ce n'est pas pour rien : ils étaient rivaux depuis un sacré bout de temps !

— Mais... Ce n'est pas possible, balbutiait Laura : il

aurait pu être son père !... Tu es sûre ?

— Élisa passait même certaines nuits chez Luc quand Francine prenait des vacances. Tu sais qu'elle est dépressive depuis des années et qu'elle a souvent besoin de changer d'air ?

— Je n'arrive pas à y croire...

— Plus tu vieillis, plus tu ressembles à ta sœur, tu le sais ? sous-entendit Manue.

— Karen aussi était au courant ?

— Oh, ta belle-mère ! Tant que ça ne l'empêchait pas de vivre sa vie ! Et puis, pendant qu'Élisa était avec Luc, elle n'était pas ailleurs !... Parle à ton chéri ! S'il tient à toi, tu ne le perdras pas, mais il aura le temps de se retourner. S'il se barre, tu n'auras qu'à te dire que tu lui as sauvé la mise et qu'il ne valait pas plus que ça !

Laura tourna et retourna le problème dans sa tête, toute la fin d'après-midi. L'arrivée de Marina et de Dylan justement, lui changea les idées. Les deux filles s'embrassèrent, discutèrent un moment, puis Marina, consciente que les deux tourtereaux avaient besoin de se retrouver seuls, prit congé en promettant de téléphoner.

Dès qu'elle fut partie, Dylan vint s'asseoir près de Laura. Elle se redressa et se blottit dans ses bras, la gorge serrée par l'angoisse et l'appréhension. Elle repoussait sans cesse le moment où elle devrait lui parler. Et pourtant, il fallait qu'elle le fasse. Il la serrait doucement contre lui, embrassant ses cheveux, son cou. Puis soudain, il la repoussa doucement.

— Qu'est-ce qui se passe ? murmura-t-il. Tu es tellement tendue...

— Il faut que je te dise quelque chose, commença-t-elle d'une voix blanche.

Il la fixa, attendant la sentence, un peu tendu, lui aussi.

— Le meilleur ami de mon père est un flic, un commandant de police... Il... il ne me croit pas quand je dis que je ne sais pas qui m'a agressée. En plus, il m'a avoué qu'il... qu'il me surveillait depuis quelque temps... Il sait pour nous deux !

— Et alors ? s'enquit Dylan. Ce n'est pas un secret,

n'importe qui peut savoir ! Il suffit de passer au Totem's quand on y est ensemble ou… je ne vois pas où est le problème !

— Le problème, c'est qu'il… il te surveille aussi. J'ai peur qu'il te cause des ennuis par ma faute…

— Laura, sourit-il. Nous sommes plusieurs à être surveillés par la police depuis des mois, voire des années : tu n'y es pour rien ! Les flics savent qu'on fume et ils rêvent de nous tomber dessus avec une quantité de n'importe quoi. C'est le lot des musiciens de rock d'avoir la réputation de se droguer. En plus, j'ai un copain qui est complètement junky. Les flics ne le lâchent pas. Ils espèrent mettre un jour la main sur son dealer, du coup, toutes ses fréquentations sont fichées. Quand il vient chez moi, je ne peux pas le mettre dehors — c'est un copain — même quand il est complètement stone. Mais je sais que les flics sont sous ma fenêtre… Ton commandant, c'est Boisseau ?

— Tu le connais ?

— Il a fait plusieurs descentes au Totem's et ailleurs… Je peux même te dire qu'il était à Verdon le soir du concert. Quand on est sortis, il surveillait la rue dans une voiture banalisée !

Laura sursauta. Dylan le savait depuis le début et il ne le lui avait jamais dit.

— Dylan, il va t'interroger sur ton emploi du temps de lundi soir…

— Je sais, s'amusa ce dernier. C'est déjà fait ! Il est venu au boulot cet après-midi, mais j'ai un alibi en béton : le groupe répète dans des salles de musique que la municipalité met à notre service. C'est géré par une association dont je fais partie. J'avais une réunion avec le maire et le bureau de l'association : j'y étais de dix-huit heures trente à vingt heures trente. Tu vois, ce n'est pas moi qui t'ai tabassée, plaisanta-t-il.

— Tu me rassures, sourit-elle à son tour, dire que j'avais un doute… Je le hais d'avoir fait ça. Quand il m'a dit qu'il avait l'intention de venir te voir, je l'ai menacé…

— Laura, il ne fait que son boulot. À sa place, j'aurais fait pareil. Ne t'inquiète pas pour ça. Si c'est un ami proche de la famille, il est normal qu'il soit inquiet pour ta sécurité après ce qui est déjà arrivé…

— Justement, j'ai peur qu'il n'essaie de te mettre sur la touche avant qu'il ne m'arrive quoi que ce soit…

— Ben c'est trop tard, il t'est déjà arrivé quelque chose et pour l'instant, il ne peut rien contre moi. Alors pas de panique, et fais-moi confiance, O.K. ?

Le visage enfoui au creux de son épaule, elle tentait de mettre de l'ordre dans sa tête et dans son cœur. Mais sa main qui caressait sa nuque s'enroulait dans ses cheveux, son parfum envoûtant et son souffle dans son cou l'empêchaient de penser clairement.

— Laura, murmura-t-il à son oreille, je rêve de toi depuis des semaines et je n'ai pas l'intention de renoncer à toi uniquement à cause de ta famille ou de ton passé, d'accord ?

— D'accord, répondit-elle, comme sur un nuage, mais il faut que tu te méfies de Luc Boisseau, pas seulement comme d'un flic…

— Comme quoi d'autre par exemple ? sursauta-t-il en se reculant : qu'est-ce qu'il est pour toi ?

— Pour moi, rien, mais depuis quelque temps, il… il a un comportement bizarre… il essaie de se rapprocher de moi et… chuchota-t-elle sans vraiment savoir comment s'y prendre pour lui faire comprendre.

— Il t'a fait comprendre que tu lui plaisais et qu'il ne te considérait plus seulement comme la fille de son pote, c'est ça ? questionna Dylan dont la jalousie rendait la voix plus sèche.

— Je ne suis pas sûre, c'est l'impression que j'ai…

— Tu en as parlé à tes parents ?

— Pffou ! Ma belle-mère ne m'écouterait même pas et mon père rirait de mes fantasmes de gamine. Il est vraiment proche de Luc !

— Qu'est-ce que tu essaies de me dire ? Qu'il va essayer de me mettre sur la touche pour avoir le champ libre avec toi ? supposa Dylan, tout en semblant déjà réfléchir.

— Je ne sais pas, mais ce que je sais par contre, c'est qu'il a le pouvoir de le faire. En plus, j'ai appris qu'il… qu'il avait eu une liaison avec ma sœur et… il paraît que je lui ressemble de plus en plus !

Dylan resta un moment silencieux, les yeux perdus dans le vide. Quand il les posa de nouveau sur Laura, il rencontra un regard éperdu. Instinctivement, il voulut faire disparaître cette souffrance de ses yeux : elle avait l'air tellement fragile. Il l'attira de nouveau dans ses bras.

—Il ne t'aura pas, je te le jure, souffla-t-il dans ses cheveux... et il ne m'aura pas non plus. Ne t'inquiète pas pour moi et occupe-toi uniquement de toi, tu me le promets ?

- 13 -

Laura sortit de l'hôpital le lendemain matin comme elle l'avait souhaité. Elle se sentait beaucoup mieux. Seuls certains mouvements trop rapides ou trop brusques lui rappelaient ses côtes fêlées. Ses parents tenaient à ce qu'elle se repose. Aussi passa-t-elle son après-midi ainsi que la journée du lendemain, allongée dans le salon devant la télévision en compagnie de Manue. Celle-ci qui avait commencé sa formation dans le cabinet d'Hervé avait obtenu son après-midi de congés. Lui-même n'avait pu se libérer, pas plus que Karen, d'ailleurs. Et tous deux rechignaient à laisser la jeune fille seule à la maison, malgré le système d'alarme.

— Au fait, as-tu eu des nouvelles de Luc ? questionna soudain Manue.

— Non, et je ne le regrette pas, crois-moi !

— Comment tu le trouves, physiquement ?

— Quelle importance ? Où veux-tu en venir ?

— Tu vas me trouver cinglée, mais... moi, je le trouve très séduisant. C'est le type d'homme qui me plairait et m'attirerait si je ne le connaissais pas !... Je veux dire que je comprends qu'une fille puisse craquer pour un mec plus vieux qu'elle, reprit vivement Manue sous le regard courroucé de Laura. Surtout s'il a le physique de Luc ! Et tu sais quoi ? Par moments, je trouvais même qu'il y avait une certaine ressemblance entre Élisa et lui... Tu n'as jamais eu cette impression dans un couple bien assorti ? L'impression que l'homme et la femme pourraient être frère et sœur, qu'ils se ressemblent ?

— En effet, je te trouve cinglée, se contenta de soupirer Laura.

En son for intérieur, elle dut s'avouer qu'elle approuvait Manue, et le fait d'en prendre conscience ne fit que l'irriter davantage. Luc portait la quarantaine passée avec panache : svelte et musclé, le teint mat, les yeux gris-bleu, les cheveux châtains en brosse, parsemés d'une multitude de cheveux blancs qui ne le rendaient que plus attirant, un sourire superbe, agrémenté de petites rides sur les côtés de la bouche, qui accentuaient son air viril. Force lui fut de s'avouer qu'il lui aurait sincèrement plu s'il n'avait été l'ami de son père et si elle ne s'en méfiait pas tant. En effet, elle aussi comprenait qu'une femme, quelle qu'elle soit, puisse être attirée par lui, mais pour rien au monde, elle ne l'aurait avoué à voix haute.

— Et ton ami, tu as eu des nouvelles ? tenta innocemment Manue.

— Il m'a téléphoné, oui, répondit évasivement Laura.

— Tu lui as parlé de Luc ?

— Hum... Il le connaissait déjà. Il se sait surveillé, mais apparemment, ça date d'avant qu'il me connaisse. Tout ce que j'ai pu lui dire ne l'a pas inquiété outre mesure.

— Parfait ! Tu ne l'as pas perdu et il est au courant... Tu vas le revoir ?

— Non, j'en suis dingue, mais je ne vois pas pourquoi je le reverrais, ironisa-t-elle.

Manue se mit à rire, consciente que sa question était stupide.

— Si tu voulais de mon aide, je pourrais te servir d'alibi pour sortir... Encore faudrait-il que tu me le présentes... Et tu sais que je meurs d'impatience de le connaître... Il s'appelle comment ?

— Dylan...

— Dylan comment ? insista Manue.

— Dylan tout court, pour l'instant. Je sais que tu voudrais le connaître, mais... je préfère le garder à l'écart pendant un certain temps, murmura Laura, feignant de suivre le programme télé.

— Tu ne me fais pas confiance, n'est-ce pas ?... Élisa me

disait tout, elle !
— Mais je ne suis pas Élisa, d'accord ? J'en ai marre d'entendre ça à longueur de journée !
Elle se tut à temps, manquant d'ajouter qu'Élisa avait fait beaucoup d'erreurs et que le fait justement, d'être un peu trop confiante, ne lui avait pas porté chance. Elle n'allait pas jusqu'à penser que Manue fût pour quoi que ce soit dans ce qui était arrivé, mais, peut-être y avait-elle joué un rôle quelconque... indirectement et inconsciemment. Et puis, Manue avait quand même passé deux ans en hôpital psychiatrique... pour une dépression nerveuse aggravée et un traumatisme psychologique et non pour folie, d'accord !... Pourtant, une légère réticence était née en elle malgré sa propre volonté. Elle avait compris les raisons qui avaient poussé Manue à agir de la sorte, mais elle ne parvenait pas à lui pardonner complètement le mal qu'elle avait fait à son père. Elle se leva pour se rendre dans sa chambre.
— Laura, je suis désolée, excuse-moi et reste ici, se reprit très vite Manue. S'il y a bien quelqu'un qui ne vous confond pas, c'est bien moi ! Je connaissais à fond Élisa, alors que toi, pas du tout : tu ne me laisses aucune chance... Tu es tellement lointaine...
— J'ai besoin de prendre mes distances par rapport à ma famille, s'excusa Laura. Je suis désolée si je te fais du mal, mais, moins Dylan connaîtra mes proches, mieux ce sera.
Elle s'éloigna sans un mot de plus. Manue resta songeuse : si Laura ressemblait physiquement à Élisa, la ressemblance s'arrêtait là ; elle possédait une force de caractère et une maturité que sa sœur n'avait jamais eues. Et cela lui fit peur... Avec Élisa, tout était simple : si elle avait peur, si elle avait mal, si elle était heureuse, elle le disait simplement. Laura ressemblait à une contrée lointaine, magnifique, mais dangereusement inconnue, mystérieuse, insondable et fascinante, elle ne laissait rien transparaître. Et quand, enfin, on pensait déceler une part du mystère, rien n'affirmait qu'il ne s'agissait pas d'un mirage. Comment l'aider et comment l'approcher vraiment ?
En fin d'après-midi, Marina vint rendre visite à Laura, un

gros dossier sous le bras. Manue l'envoya directement dans sa chambre.

— Tiens, grimaça-t-elle à l'adresse de Laura. Ça, c'est ce que tu as manqué !

— Tu es trop aimable, mais ce satané bac n'est plus ma priorité. Tu as vu Dylan ?

— À midi vite fait, il est passé voir si j'avais de tes nouvelles. Dites donc tous les deux, c'est le grand amour, non ? Vous êtes le sujet de conversation à la mode en ce moment !

— Comment ça ?

— Ben, tous les copains de Dylan sont étonnés, les filles dégoûtées. Monsieur est amoureux, il ne sort plus beaucoup et, quand il sort, il est préoccupé, l'esprit ailleurs : bref, il est là et pas là en même temps. Alors, c'est le sujet du moment : combien de temps va-t-elle tenir avec lui ? Tu crois qu'il est vraiment amoureux ? Pour la cacher comme ça, il faut vraiment qu'il y tienne…

— La cacher ? se mit à rire Laura.

— Ben oui ! À part lors du concert à Verdon, on ne t'a pas beaucoup vu avec lui. Ceux qui n'étaient pas à cette soirée sont d'autant plus curieux de te connaître. En plus, certaines mauvaises langues disaient que tu étais inaccessible et trop préoccupée par tes études alors ils ne comprennent pas que Dylan se soit fait accrocher par une fille comme ça ! Je ne te parle pas des médisances sur vos milieux sociaux si différents, du genre : « *Une gosse de riche avec un mec de la rue, ça ne risque pas de tenir longtemps !* » ou encore, « *S'il ne s'est pas encore lassé de ses caprices de petite fille riche, c'est qu'elle a vraiment quelque chose* ».

— C'est encourageant, ronchonna Laura. Et ils disent tout ça devant lui ?

— Ça arrive. Mais ce qui est rageant pour tout le monde, c'est que Dylan n'y répond pas et se contente de sourire ironiquement et mystérieusement. Du coup, ça cause encore plus !… C'est pour ça que je te dis que vous êtes le couple de l'année et que vous êtes le principal sujet de conversation à des kilomètres à la ronde.

— Il faut que je le voie très vite, Mary, sourit Laura.

— Ça, ça veut dire : j'ai besoin d'aide ! Mais qu'est-ce que je peux faire ? T'inviter chez moi un samedi soir de temps en temps, et encore ! Quand ton père dit oui...

— Tu m'invites tout le week-end ? Enfin, je veux dire... officiellement ! s'écria Laura.

— Et officieusement ? murmura Marina, les sourcils froncés.

— Je veux passer tout le week-end avec lui, jubila Laura, du samedi au dimanche soir !

— Aïe ! Et tu crois que ton père va t'autoriser à partir tout un week-end ? En plus, c'est dangereux : imagine qu'il vérifie...

— Il va dire oui, affirma Laura, un petit sourire aux lèvres. Quant à vérifier... Si j'avais un portable, il pourrait me joindre n'importe où plutôt que d'appeler chez toi. Donc je vais acheter un portable !

— Pourquoi dirait-il oui, ton père ? questionna Marina, soudain soupçonneuse.

— J'ai subi un traumatisme : j'ai besoin de changer d'air, esquiva Laura. C'est le moment de me faire gâter : si je n'en profite pas maintenant, je n'en profiterai jamais. Ça m'étonnerait qu'il me refuse ça. En plus, j'ai du retard dans mes cours. Le papier c'est bien, mais tu as plein de choses à m'expliquer...

Elle poussa un léger soupir de soulagement en voyant le sourire qui s'affichait sur le visage de son amie. Marina était d'accord. Sans perdre une seconde, elle s'empara du téléphone sans fil posé sur son lit et pianota rapidement le numéro de téléphone de Dylan. Malheureusement, elle tomba sur son répondeur au message on ne peut plus simple et concis :

« Je ne suis pas disponible pour le moment, mais laissez-moi un message et je vous rappellerai plus tard ! Merci ! »

— Dylan, c'est Laura... J'aurais bien aimé te parler tout de suite... Je te rap...

— Je suis là ! tonna soudain sa voix au téléphone.

Laura sentit son cœur s'emballer et ses joues rosirent de plaisir. Rien que le son de sa voix la mettait dans tous ses états.

— J'allais laisser un message, se mit-elle à rire.

— Pour une fois que tu téléphones, je ne vais certainement pas prendre le risque de ne pas répondre, rit-il à son tour... Et je suis heureux de t'entendre rire, murmura-t-il plus sérieusement, tu me manques...

— M'inviterais-tu à passer une soirée chez toi ?... Ou avec toi n'importe où ? reprit-elle, le sang battant à ses tempes, le souffle court.

— Attends ! Une soirée complète, ça veut dire quoi ? s'écria-t-il incrédule, une nuit complète aussi ?

— Du samedi en fin d'après-midi jusqu'au dimanche soir, ça t'embête ? Tu avais prévu autre chose ?

— Je rêve ou j'ai mal entendu ? plaisanta-t-il à demi. Tu crois vraiment que c'est possible ou tu prépares une fugue ?

— Je passe officiellement tout ce temps chez Marina pour rattraper mon retard scolaire !

— Waouh ! Vive le retard scolaire, lança-t-il en riant. Et comment tu te sens ? Ça va mieux ?

— Le moral oui, depuis que je sais qu'on va passer un moment ensemble. Pour le reste, ça s'arrange petit à petit... Toi aussi, tu me manques...

— Je viens te chercher, demain ?

— Non, je te rappellerai en début d'après-midi pour te dire comment faire, d'accord ?

— Je suis déjà impatient... Et je crois que je vais faire une bonne répète ce soir !

— Je t'embrasse.

— Moi aussi... à demain !

Laura s'arrangea pour coincer son père dans le corridor de l'entrée, seule à seul.

— Alors, chérie, comment te sens-tu ? Tu t'es reposée ? questionna-t-il, toujours un peu mal à l'aise.

— Ça va, Marina est passée tout à l'heure, me rapporter les cours que j'ai manqués.

— Tu vas pouvoir rattraper le retard ?

— Je vais avoir du mal : elle a des tas de choses à m'expliquer. Je voudrais bien passer le week-end chez elle.

— Le week-end ? Tu plaisantes ? Tu n'as qu'à y aller

samedi et dimanche après-midi ! De toute façon, il ne faut pas que tu te fatigues trop...

— Je n'ai pas demandé à manquer une semaine de cours, trancha-t-elle sur un ton lapidaire. La moindre des choses serait que tu me facilites le rattrapage... Je souffrirai plus à faire je ne sais combien de voyages en voiture que de rester chez elle deux jours. Le visage d'Hervé s'était fermé et ses traits soudain tendus dénotaient sa contrariété, mais Laura le fixait, le suppliait du regard sans baisser les yeux.

— C'est d'accord, mais je veux pouvoir te joindre à tout moment, céda-t-il courroucé.

— Justement, à ce propos, j'aurais besoin d'un téléphone portable, lança-t-elle.

— Ce sera tout ? Ou mademoiselle souhaite autre chose ? ironisa-t-il.

Karen qui arrivait, l'air toujours aussi bousculé, mit fin à leur conversation. Quand au cours du repas, Laura annonça qu'elle passerait le week-end chez sa copine, Karen et Manue, d'un même mouvement, se tournèrent vers Hervé.

— Tu es d'accord ? s'étonna Karen.

— Je pense que c'est une bonne idée. D'abord, elles ont du boulot, ensuite, un changement d'air ne fera aucun mal à Laura. Et si je dis non, elle va continuer à dire que je l'empêche de vivre, railla-t-il.

Manue réserva son jugement, mais jeta un coup d'œil curieux à Laura.

— D'ailleurs, dès demain matin, j'irai lui acheter un portable. Je crois que ce sera plus sécurisant qu'elle l'ait sur elle, aussi bien pour elle que pour nous.

— Ça, c'est une excellente idée, approuva Karen.

— Comment as-tu fait pour réussir ton coup ? s'étonna Manue quand elles se retrouvèrent seules à la cuisine.

— Disons que j'ai trouvé une faille, sourit Laura. On ne refuse rien à une pauvre petite blessée.

— Tu es une sacrée chipie, Laura, se mit à rire Manue. Ça s'appelle profiter de la situation ! Tu vas vraiment chez Marina ?

— Évidemment ! lui fit un clin d'œil Laura en sortant de

la cuisine.

Manue poussa un soupir d'exaspération. Elle ne savait pas comment se terminerait cette histoire, mais tout ça n'augurait rien de bon. Elle fut secouée par un frisson d'appréhension.

Ils en étaient au dessert lorsque Luc fit son apparition. Laura ne put s'empêcher de détailler son physique athlétique et souriant, se souvenant de leur conversation de l'après-midi. C'était vraiment un bel homme !

— Je suis venu prendre des nouvelles de notre petite blessée, lança-t-il en souriant.

— Entre, assieds-toi, l'accueillit Karen, soudain tout sourire.

— C'est gentil ! C'est vrai que si tu attends sur ta femme pour en avoir, tu peux toujours courir : je ne l'ai pas vue de la semaine, elle n'est pas souffrante, au moins ? attaqua Laura d'entrée de jeu.

Manue se mordit la lèvre pour ne pas sourire. Le regard d'acier de Laura confirmait sa mise en garde. Elle avait du chien, cette gamine ! Quant à Karen et Hervé, ils restèrent muets de surprise durant quelques secondes.

— Laura ! s'écria enfin Karen. Qu'est-ce qui te prend ?

— Laisse ! la défendit immédiatement Luc. Elle a raison : Francine est allée passer quelques jours chez une cousine, dans le Sud. Je n'ai pas voulu l'inquiéter et je ne lui ai rien dit de ce qui était arrivé. En tout cas, je suis heureux de voir que tu vas mieux !

— Je trouve que tu te permets un ton un peu trop insolent, Laura, la prévint Hervé, les sourcils froncés.

— Ça doit être les médicaments, sourit Laura moqueusement. D'ailleurs, vous voudrez bien m'excuser, mais j'ai un début de migraine, je vais aller me coucher !

— Il ne faut pas lui en vouloir, lança rapidement Luc en constatant les traits tendus de contrariété sur le visage d'Hervé : elle a subi un choc et…

— Choc ou pas choc, il va falloir qu'elle se calme, rétorqua Karen. Je n'aime pas du tout ses réflexions !

Manue fut la seule à capter le léger coup d'œil déçu que Luc lança à l'endroit où Laura avait disparu.

Dès le lendemain midi, Laura eut son portable. Elle aurait bien sauté au cou de son père, mais ses côtes la faisaient encore trop souffrir. Elle l'embrassa quand même chaleureusement. Il insista pour l'emmener en début d'après-midi chez Marina en voiture, ce que, de bien entendu, elle ne refusa pas.

Elle accepta avec joie un café et des petits gâteaux à grignoter chez son amie avant d'appeler Dylan.

— Tu m'appelles d'où ? questionna-t-il.

— Je suis chez Marina. Tu viens me chercher ?

— D'accord, mais sors par-derrière. Après la barrière, il y a un chemin qui mène à un square. Je passe te prendre de l'autre côté. A mon avis, Boisseau sera dans le coin, lui ou un de ses hommes. Demande à Marina de te montrer le chemin.

— D'accord, à tout de suite, coupa Laura. Tu vas faire quoi, toi ? se tourna-t-elle ensuite vers Marina.

— Je vais rejoindre Nanou chez lui, ensuite on avisera. Peut-être qu'on se verra ce soir ? lança Marina, mais fais gaffe quand même, d'acc ?

Laura ne mit que quelques minutes pour se trouver au lieu fixé pour le rendez-vous. Quant à Dylan, il ne se fit pas attendre non plus. Il descendit de sa moto et fut près d'elle en deux enjambées. Ils se retrouvèrent tendrement enlacés comme s'ils ne s'étaient pas vus depuis des semaines. Dylan la tenait contre lui sans oser trop la serrer, caressant doucement ses côtes blessées ; elle ferma les yeux, se laissant envahir par un intense sentiment de bonheur, mêlé d'excitation et d'appréhension. Elle savait qu'elle prenait de gros risques et cela ne faisait qu'ajouter du piquant à la situation. Elle retrouvait avec délice son parfum sensuel et musqué, la dureté de ses bras, la chaleur de son torse, la douceur de ses lèvres sur son cou. Elle osait à peine respirer tant elle avait peur de rompre le charme de cet instant magique.

— C'est bon de te sentir de nouveau sur pied, murmura-t-il tendrement, le visage enfoui dans sa chevelure. Tu m'as tellement manqué, plus que je ne l'aurais imaginé.

— Toi aussi, tu m'as manqué ! J'avais tellement besoin

de toi, de te sentir près de moi !
— Je ne te lâche plus...
— Pendant au moins vingt-huit, vingt-neuf heures, sourit-elle.
— Même après : je te séquestre, je te garde près de moi !
— *Si seulement c'était possible* ! pensa-t-elle.
— Où veux-tu qu'on aille, qu'est-ce que tu veux qu'on fasse ? la repoussa-t-il avec douceur. Tu veux qu'on rejoigne tout le monde au Totem's ? Ils ont l'intention d'aller rouler cet après-midi.
— C'est comme tu veux, si tu as envie d'y aller... commença-t-elle sans grand enthousiasme.
— Je plaisantais ! sourit-il. Mais si je te propose de t'emmener chez moi, tu vas me prendre pour un mufle...
— J'aime bien ton côté mufle, plaisanta-t-elle. Et puis, tu as une bonne excuse : je sors de l'hôpital, je suis encore en convalescence...
— C'est vrai, tu devrais t'allonger, sous-entendit-il en riant.

Confortablement lovée sur le sofa, un verre de soda à la main, l'air indolent, elle le questionna.
— C'est un gros sacrifice pour toi de ne pas être allé rouler avec eux cet après-midi ?
— Le plus gros que je puisse faire, la charria-t-il en venant s'appuyer contre le montant de la porte, l'air nonchalant.

Elle tourna brusquement un visage surpris et désemparé vers lui, avant de se rendre compte qu'il plaisantait. Leurs regards se fondirent l'un dans l'autre. Dylan ressentit un violent frisson le long de l'échine. Elle avait soudain l'air si désemparée et si sensuelle à la fois, avec ses lèvres entrouvertes, roses et charnues... Elle lui mit les sens en ébullition. Soudain, son regard changea, se mit à brûler de passion, lui transmettant son désir, allumant un brasier en elle. Les battements de son cœur s'étaient soudain accélérés, sa respiration devint plus rapide. Une sourde douleur renaissait au creux de son ventre, de ses cuisses. Elle se sentait envahie par une violente vague de chaleur. Jamais elle n'aurait cru pouvoir désirer un homme aussi fort, alors qu'il était à plus d'un mètre d'elle... pas pour longtemps d'ailleurs. Posant son verre, il la rejoignit en quelques pas. Elle se redressa et l'accueillit à bras ouverts. Leurs bouches affamées se joignirent avec une passion à peine contenue, meurtrissant leurs lèvres, maltraitant leurs langues. Il se laissa glisser sur le sol, l'entraînant doucement dans sa chute, la réceptionnant sur son torse. Il la fit basculer sous lui et entreprit de libérer son corps de ses vêtements devenus un obstacle à leur passion. Les joues brûlantes, Laura se laissait aller à un désir fou, arrachant presque le tee-shirt de Dylan, se pendant à son cou, mordillant ses épaules jusqu'à lui arracher des frémissements. Soudain, il se releva de moitié et poussa un juron en découvrant l'hématome encore foncé qui naissait à la taille de Laura et s'étendait sur ses côtes.

— Putain ! lâcha-t-il essoufflé. Je ne pensais pas que c'était si important... Tu as encore mal, n'est-ce pas ?

— Ça va beaucoup mieux, murmura-t-elle, le souffle court. Dylan, le supplia-t-elle en tentant de l'attirer vers elle.

— Si je te fais mal... chuchota-t-il.

Elle lui coupa la parole et le souffle en posant brutalement ses lèvres sur les siennes pour le faire taire.

— J'aurai encore plus mal si tu me repousses. J'ai envie de toi, maintenant, susurra-t-elle à son oreille en en mordillant le lobe.

Avec d'infinies précautions, il reprit la lente exploration de son corps par des caresses subtiles, lui faisant perdre peu à peu pied dans le plaisir. La passion dévorante et presque brutale du départ fit place à une infinie tendresse, à une douceur presque intolérable. Quand, après s'être protégé, il prit enfin possession de son corps, il l'emmena plusieurs fois jusqu'au bord du paroxysme, puis réfréna ses ardeurs. La tension en elle devenait alors insupportable. Comme elle le suppliait en protestant, il murmura à son oreille :

— Tu voulais que je t'apprenne... Apprends la patience, l'attente... C'est tellement meilleur après !

Mais elle le surprit : laissant parler son instinct, elle se mit, elle aussi, à lui prodiguer des caresses savantes, se guidant à ses soupirs, sa respiration saccadée. Du bout des ongles, elle griffait légèrement la peau de son dos, des omoplates à la courbe de ses reins, descendant sur ses fesses, s'agrippant à ses hanches, le tirant plus profondément en elle. À bout de résistance, il la fit chavirer dans le plaisir, lui donnant ce qu'elle demandait, explosant en elle.

— Où as-tu appris ça ? questionna-t-il, feignant la jalousie, avec qui ?

— Avec toi : c'est toi qui m'inspires, qui me pousses à improviser... souffla-t-elle dans son cou.

— Alors tu es exceptionnellement douée, sourit-il.

— Je peux toujours revenir en deuxième semaine, alors ? plaisanta-t-elle, en dessinant du bout des doigts le contour de ses lèvres.

— Le mieux serait que tu restes plutôt que partir et revenir, murmura-t-il, laissant sa bouche musarder dans son cou.

— Peut-être que lorsque je voudrai rester, tu ne voudras plus de moi... souffla-t-elle sur le ton de la plaisanterie.

— Peut-être, mais il n'y a qu'en essayant, qu'on saura... murmura-t-il, plantant son regard empli de tendresse dans le sien. Je voudrais que tu restes... Tu me manques dès que tu passes la porte... JE N'ai jamais... ressenti ça... pour personne !

Laura, le cœur s'affolant dans sa poitrine, les sangs bouillonnants, se sentait prisonnière de son regard, de ses paroles. Elle en avait tellement rêvé qu'elle n'arrivait pas à croire que cela fût vrai.

— Tu me proposes ça en sachant que je ne peux pas ! Si tu étais sûr que je dise oui, tu ne me l'aurais pas proposé, plaisanta-t-elle pour alléger l'atmosphère.

— Je ne plaisante pas, Laura... Je veux dire... continua-t-il, un peu hésitant. Je n'ai jamais eu besoin de quelqu'un comme j'ai besoin de toi... Il n'y a pas une minute dans la journée où je ne pense pas à toi... et quand je rentre ici, le soir, c'est vide... Laura, pourquoi...

Elle mit une main devant sa bouche pour qu'il se taise. Elle se sentait à la fois en proie à un bonheur infini et à un désespoir sans fond. Elle mourait d'envie de rester, de tout laisser tomber, mais c'était impossible, elle le savait. Elle ne ferait que le mettre dans une situation délicate. Elle connaissait son père : il était capable de venir la chercher chez lui avec un bus de CRS. Elle l'aimait tant qu'elle ne supportait pas même l'idée qu'il puisse lui arriver le moindre ennui : c'était trop tôt.

— Laisse-moi un peu de temps, le supplia-t-elle. Est-ce que tu te rends compte qu'on ne se connaît pas depuis si longtemps ? Si je pars de chez mes parents, ce sera définitif : je n'ai pas le droit à l'erreur. Si je me plante, si tu changes d'avis, je finis sous un pont...

— La gosse de riche qui finirait en clocharde, voire en prostituée déchue ? sourit-il. Tu veux quoi ? Que je te garantisse un minimum de dédommagement ou de revenus au cas où je te quitterais par la suite ? Est-ce que tu te rends compte que je n'ai jamais proposé à aucune fille de venir vivre ici ?

— C'est trop d'honneur, monseigneur ! rétorqua-t-elle avec emphase. Je vais étudier votre proposition et vous donnerai ma réponse dans trois mois.

— Trois mois ? s'écria-t-il en riant. Je serai mort de chagrin avant !

— Ou tu auras déjà changé de crémerie !

— Pourquoi est-ce que tu n'es pas aussi naïve que les autres filles de ton âge ? reprit-il plus sérieusement. Pourquoi est-ce que tu es si méfiante envers l'avenir en étant aussi riche que tu l'es ?

— L'argent n'achète pas tout, Dylan ! Regarde-toi dans une glace : il y a des milliers de filles qui rêvent de toi. Pourquoi est-ce que tu resterais avec une seule ? Il faudrait être fou... ou terriblement avide d'argent... !?

— Tu ne réalises pas ce que l'appât de quelques millions d'euros peut faire faire à quelqu'un comme moi, c'est-à-dire comme les quatre-vingt-dix pour cent de la population ! Tu sais, y'a même des gens qui travaillent pour vivre, tu t'en rends compte ? se moqua-t-il.

— Donc ce n'est pas moi qui t'attire, mais mon argent. En fait, au lieu de venir ici, je te fais un chèque et ça te fera le même effet, c'est ça ? Et en prime, tu te taperas une autre gonzesse ?

Laura se mit à rire de bon cœur en observant sa mine consternée. Son rire cristallin, un brin enfantin, le fit craquer.

— Je suis peut-être fou ! Peut-être que c'est seulement toi qui m'intéresses... Si tu penses vraiment tant de mal de moi, qu'est-ce que tu fais là ?

— Tu fais merveilleusement l'amour... Je te l'ai déjà dit, j'attends un conte de fées ! J'espère que tu tomberas amoureux de moi... Et si cela n'arrive pas, j'aurais au moins passé des moments inoubliables avec toi. Je pense qu'un mois de vie intense vaut mieux que dix ans de vie morne et monotone !

— Même si tu mets cinq ans à t'en remettre ? s'étonna-t-il.

— Il n'y a pas de fumée sans feu, disait ma grand-mère ! se mit à rire Laura : c'est un risque à prendre.

— Et si c'est moi qui tombe amoureux et pas toi ? questionna-t-il.

— C'est un peu normal qu'il y ait aussi un risque pour toi, non ? C'est toi qui es venu me chercher...

— Parce que tu m'as tendu la perche : si je n'avais pas remarqué certains regards, je n'aurais jamais osé t'aborder !

— Menteur ! s'écria-t-elle en riant. Tu es tout sauf timide. Moi, je n'ai jamais osé te regarder ouvertement, je ne le faisais qu'en cachette...

— Ah ! Alors tu m'avais remarqué aussi, hein ? jubila-t-il, content de le lui avoir fait dire.

— Tu le sais, murmura-t-elle. Tu sais que tu as tout pouvoir sur moi, avoua-t-elle, ou presque...

— C'est le "*presque*" qui me manque, sourit-il. Si tu étais restée près de moi, il ne te serait rien arrivé ce jour-là !

— C'était une agression qui aurait pu se passer n'importe où, n'importe quand et sur n'importe qui !

— Non ! C'est arrivé à *toi* ! À l'intérieur de *ta* maison : ce n'est pas n'importe où ni n'importe comment ! Il y a quelque chose de pas clair, quelque chose que tu caches... mais je finirai bien par savoir, prophétisa-t-il.

— On dirait la réflexion d'un mafieux, feignit-elle de se moquer afin de cacher le trouble qu'avaient provoqué en elle ses paroles.

— Ne cherche pas à te défiler. Pourquoi ne me dis-tu pas la vérité ? feignit-il de se fâcher : ça ne tient pas debout cette histoire d'agresseur. Ça ne m'étonne pas que Boisseau ne te croie pas !

— C'est ma version. Que vous me croyiez ou non, ça ne change rien ! Pourquoi est-ce si incroyable que je sois incapable d'identifier la personne qui m'a frappée ? se rebella-t-elle.

Dylan resta silencieux, s'empara d'une télécommande et mit en marche sa chaîne Hi-Fi. Laura reconnut son groupe fétiche. Le choix de Dylan n'était pas innocent, elle en était consciente. Il n'arrivait pas à la faire céder par la parole, il cherchait un autre moyen de la faire parler, sourit-elle intérieurement.

- 14 -

En début de soirée et en désespoir de cause — Dylan n'ayant pu la faire parler —, il l'emmena dans un restaurant plutôt bien coté. Après quoi ils rejoignirent Nanou et Marina, ainsi que de nombreux motards et musiciens au Totem's.

Cette fois, il n'y eut aucune équivoque quant à la relation qu'entretenait le couple. Dylan ne chercha pas le moins du monde à cacher ses sentiments et son attachement à Laura, au grand dam de ses nombreuses admiratrices et à la grande surprise de ses amis les plus proches. Leurs regards, leurs gestes, les attentions qu'ils se prodiguaient ne laissaient aucun doute sur la nature de leur relation. L'étonnement de chacun ne concernait pas seulement l'attitude de Dylan envers une nouvelle conquête, mais portait bien sur *la conquête* elle-même : plusieurs d'entre eux avaient connu Élisa — et ceux qui ne l'avaient pas connue en avaient entendu parler — et ne revenaient pas de voir débarquer dans leur milieu sa petite sœur : la perte de l'une n'avait pas servi de leçon à l'autre ? La gosse de riche n'était-elle là que pour connaître des sensations fortes, suivre les pas de sa sœur, ou cherchait-elle autre chose ? Dylan s'amusait-il avec elle ? Se rendait-il compte qu'elle devait certainement se servir de lui pour atteindre d'autres buts ?

Laura ressentit dès le départ une certaine tension dans l'atmosphère, surtout concernant le sexe féminin... Elle ne se sentait pas à l'aise et les quelques filles présentes ne firent rien pour y remédier. Les hommes, quant à eux, adoptaient deux attitudes différentes. Les uns restaient à part, de glace, l'ignorant royalement. D'autres tentèrent de la mettre à l'aise, d'alléger l'atmosphère, la draguant gentiment : c'était surtout le cas des musiciens.

Il ne fallut pas longtemps pour que l'abcès éclate. L'une des femmes présentes parmi les plus âgées, semblait-il, lança son pavé dans la mare. Le moment avait été soigneusement choisi : Dylan discutait au bar avec David et Nanou, Laura et Marina étaient assises plus loin, à une table avec plusieurs amis, dont la dénommée Dominique.

—... En tout cas, Dylan nous étonne en ce moment, n'est-ce pas ? lança cette dernière. Je ne pensais pas qu'il se rabattrait sur une gamine... pardon, je voulais dire sur une fille aussi jeune !

Laura sentit son sang se glacer dans ses veines. Depuis son entrée dans le bar, elle savait qu'elle devrait faire face, à un moment où à un autre, à l'hostilité des filles. Elle ne pensait pas que cela viendrait aussi vite. Si elle avait auparavant, hésité sur l'attitude à adopter lorsque cela arriverait, elle ne se posa même plus la question et réagit au quart de tour, étonnant par là même son amie Marina, aussi mal à l'aise qu'elle, semblait-il.

— Peut-être qu'il commençait à s'emmerder avec les vieilles, lança-t-elle volontairement blessante, le regard glacial. De temps en temps, un peu de chair fraîche ne peut pas faire de mal.

Dominique fut surprise du ton vindicatif. En général, les petites jeunes qui entraient dans la bande mettaient du temps à trouver de la répartie. Les premières fois où cette situation se produisait, elles rougissaient, bafouillaient, s'enfuyaient même parfois. Or, Laura ne baissa pas les yeux et la fixa, comme pour la pousser à aller plus loin. Elle qui avait l'air si timide et si peu sûre d'elle, surprit tout le monde.

— Tu es bien la petite sœur d'Élisa, n'est-ce pas ? Alors, explique-moi ce que tu fais là ? Qu'est-ce qu'une gosse de riche dont la frangine a été tuée par de vilains motards délinquants vient faire dans ce milieu ? Tu cherches des sensations fortes ? Tu veux en savoir plus ou bien tu es venue pour te venger ? attaqua directement Domi, plus agressive cette fois.

— Hum, c'est ça ! Je rêve de savoir ce que ça fait de se faire violer, étrangler et poignarder, ce genre de sensations fortes, quoi ! ironisa Laura, un sourire moqueur aux lèvres.

Cette fois, ce fut toute l'assistance qui se tut, stupéfiée par l'audace de Domi, époustouflée par la réponse et l'attitude de Laura. Sa réaction força l'admiration de tous et Dominique elle-même, en fut ébranlée...

— Ne le prends pas mal, mais tu n'es pas la bienvenue ici ! Un de mes meilleurs amis est en taule depuis deux ans parce qu'une gosse de riche a fait un caprice !

— Non, mais oh ! Tu te prends pour qui ? s'énerva Marina, que Laura fit taire d'un signe de la main.

Dylan avait sursauté dès le début de la conversation et s'apprêtait à intervenir quand Nanou l'en avait empêché.

— Laisse faire ! Voyons comment elle s'en sort. Si tu ne lui laisses pas une chance de se débrouiller seule, les autres ne la respecteront jamais, avait-il chuchoté.

— Tu connais Domi, elle va n'en faire qu'une bouchée, avait répondu Dylan, suivant malgré tout le conseil de son copain.

— Ton pote est peut-être en taule depuis deux ans, commença Laura d'une voix basse, mais ferme et menaçante, mais lui, dans une dizaine d'années, il sera libre et vivant alors que ma sœur pourrit dans une tombe depuis deux ans, elle ! Et même dans dix ans, même dans vingt ans, elle ne sera plus jamais vivante ! Tout ça parce qu'une pourriture a elle aussi fait un caprice ! Alors, tes états d'âme, ton pote en taule et tout ce que tu peux penser, moi je m'en contrefous royalement. Tu te sens peut-être supérieure avec ton cuir, ta caisse et ta grande gueule, mais t'as pas le monopole de la souffrance, chérie ! Si tu m'agresses comme ça, c'est plus par jalousie que pour ton pote ! Il est où ton problème ? T'as pas pu te faire sauter par Dylan ? Ça t'emmerde que moi j'y sois arrivée ? Ben dis-le carrément au lieu de jouer à la redresseuse de tort !

Un silence religieux régnait à présent dans le bar. Marina, elle, fixait son amie, hébétée. Jamais elle ne l'aurait crue capable de ça. Dominique blêmit d'un coup sous l'humiliation cuisante et publique. D'un bond, elle se leva et plongea sur Laura, tentant de la gifler à toute volée, mais Dylan fut plus rapide. En un centième de seconde, il avait bondi de son tabouret, s'était emparé de la chaise de Laura qu'il avait brutalement reculée pour la mettre à l'abri et s'interposer. Il reçut Domi pratiquement dans ses bras et utilisa la force pour la maîtriser. Afin d'éviter plus de scandale, il sortit, l'entraînant avec lui. Une fois dehors, il la secoua sans ménagement.

— Tu vas te calmer, ouais ! Qu'est-ce qui te prend là ? Tu te crois où pour vouloir faire la loi ? Je me tape qui je veux, quand je veux et ici, t'es pas chez toi ! T'as remarqué ? Elle ne te plaît pas ? Ben casse-toi ! Tu trouves intelligent de lui balancer le meurtre de sa sœur en pleine poire ? Tu t'es suffisamment ridiculisée pour ce soir ou t'en veux une autre couche ?

— Je suis désolée, murmura Dominique qui semblait avoir repris ses esprits.

— Ah oui, vraiment ? Ben va le lui dire, à elle ! ragea Dylan en rentrant.

Laura, après la sortie fracassante de Dylan et Domi, se leva calmement, réinstalla sa chaise à table, imperturbable. Autour d'elle, elle sentit le changement ; ce fut d'abord Marina qui rompit le silence.

— Alors là, ma p'tite, tu m'en bouches un coin, se mit-elle à rire.

Vincent, l'ami de Dylan et de... Tommy, qui jusque là était resté à part, se refusant à approcher la jeune fille, se fit servir deux verres, se dirigea vers elle, en posa un devant elle puis, la fixant intensément, traduisit la pensée collective.

— Je suis aussi l'un des meilleurs potes de Tommy, mais de Dylan aussi. C'est vrai que j'étais un peu réticent à fréquenter une seconde gosse de riche. Mais si elle est capable de faire fermer sa gueule à une gonzesse comme Domi, c'est qu'elle mérite le respect ! On est tous désolé pour Élisa et c'était pas cool de sa part de sortir une connerie comme ça ! On s'excuse pour elle, ça te va ? On trinque ?

Laura prit le verre, le leva à son intention en lui souriant et trempa ses lèvres dedans. Comme si chacun n'attendait que ça, tout le monde trinqua, le bruit reprit, les conversations aussi. L'incident était clos. Personne n'aurait pu se douter, à cet instant, quelle torture vivait Laura : bien qu'elle luttât pour ne rien montrer, son cœur battait deux fois trop vite, sa gorge la brûlait. Elle luttait contre l'envie de pleurer de rage, se sentait sur les nerfs. Elle avait besoin d'air, de se défouler. Elle avait mal aux tripes comme jamais, mais elle savait qu'elle devait donner le change, ne pas craquer en public. Ils en seraient trop contents, Domi la première ! Seul, son amour propre l'empêchait de se lâcher. En rentrant, Dylan se dirigea directement vers elle.

— Je suis vraiment désolé, tu veux qu'on s'en aille ?

— Non, répondit-elle fermement. J'estime que ce n'est pas à moi de m'en aller. C'est au plus gêné de partir. Il est hors de question que je fuie ! À moins que toi, tu ne préfères m'éloigner ?

Dylan tira une chaise pour s'asseoir tout près d'elle. Il ne parla qu'à elle d'une voix si basse qu'elle seule pouvait entendre.

— Il est hors de question que tu t'éloignes de moi pour l'instant. Et je dois t'avouer que tu m'as vraiment très fortement impressionné. Je m'attendais à ce qu'elle te détruise...

— Et c'est pour ça que tu t'es gardé d'intervenir ? lui reprocha-t-elle amèrement.

— J'attendais le moment propice, la preuve ! Et puis je voulais voir ta réaction, avoua-t-il.

— Je suppose que tout le monde attendait que je me mette à pleurer, c'est ça ? Ça vous aurait fait plaisir, n'est-ce pas ?

Au tremblement de sa voix, de ses lèvres, de ses mains, il comprit qu'elle avait été plus ébranlée qu'il n'y paraissait. Il l'admira plus fort encore pour ça.

— Viens, on va faire un flipper, l'entraîna-t-il en lui prenant la main.

Ce n'était pas une question, elle le comprit. Pourtant, elle était loin d'avoir envie de jouer. Ils se rendirent à la salle de jeu au fond du bar, mais la traversèrent sans s'arrêter. Ils passèrent une seconde porte sur laquelle un petit panneau indiquait « Privé ». Alors qu'ils pénétraient dans une cuisine,

Laura se rendit compte que Dylan avait compris à quel point elle avait besoin de changer d'ambiance. Elle avait quitté la table sans perdre la face : elle lui en fut infiniment reconnaissante et sentit sa gorge se serrer plus encore. Dylan l'adossa au mur et la prit par la taille, se serrant contre elle. Il pouvait la sentir trembler nerveusement. Elle appuya son front contre sa poitrine, tentant de toutes ses forces d'endiguer le flot de larmes qu'elle sentait monter en elle.

— Eh, poupée, murmura-t-il à son oreille, craquer n'est pas forcément un signe de faiblesse, tu sais ? T'as réussi le tour de force de mettre tout le monde sur le cul en une phrase et ça, c'était vraiment très fort ! Maintenant, tu devrais te laisser aller... Épater tout le monde c'est bien, mais s'en faire un ulcère en gardant tout pour soi, c'est nettement moins cool.

Elle commença par sourire, mais son rire se transforma vite en sanglots. Dylan la serra plus fort contre lui, mais ne tenta pas de la calmer.

— J'arrive pas... à croire... qu'on puisse plaindre... un meurtrier plutôt que la victime, sanglota-t-elle. J'arrive pas... à imaginer... ce qu'elle a enduré... J'espère qu'elle est... morte rapidement... mais si ce n'est pas le cas...

— Laura, c'est fini... Tu n'y peux plus rien... et j'espère bien que tu n'arriveras jamais à seulement imaginer ce qui s'est passé. Il faut que tu occultes ça, que tu vives pour toi, maintenant... murmura-t-il à son oreille, caressant ses cheveux, sa nuque.

— J'aimais beaucoup Tommy... mais je n'arrive... pas à le plaindre, aujourd'hui... qu'il soit coupable ou non !

— Je comprends. Tu n'as pas à te justifier. Je réagirais comme toi si j'étais à ta place.

— Pourquoi est-ce moi que tu défends alors qu'elle, tu la connais depuis des années ? questionna-t-elle alors qu'elle se calmait déjà.

— Ben, comme tu l'as dit toi-même, c'est toi que je saute et pas elle, ironisa-t-il en souriant. Et puis, tu as été si brillante que je ne voulais pas que ton coup d'éclat soit atténué par des larmes.

Comme pour donner plus de force à ses mots, il

l'embrassa avec passion, la faisant tressaillir de désir. Légèrement essoufflé, le ton rauque, il murmura à son oreille.

— Je ne réponds plus de rien si on reste ici. Il y a un cabinet de toilette tout près. Tu veux te refaire une beauté et rejoindre les autres ?... Ou on reste ici ?

— Ce serait plus raisonnable de rejoindre les autres, n'est-ce pas ? Sinon, ça va jaser...

— Oh ! Ça jase déjà, ne t'en fais pas pour ça. Fais-leur confiance...

En effet, lorsqu'ils revinrent dans le bar, les regards à leur encontre en dirent long. Toute trace de larmes avait disparu du visage de Laura. Et comme elle avait si bien commencé la soirée, elle continua sur la même voie, à frimer pour cacher son embarras. À nouveau, Marina lui fit part de son étonnement.

— C'est lui qui t'a changée à ce point ? Il y a deux jours, tu rougissais quand on t'adressait la parole et aujourd'hui, tu te paies le luxe de bâcher une habituée des lieux ? Franchement, tu me sidères !

— Je n'ai pas fait exprès, sourit Laura. C'est parti tout seul ! Eh oui, je crois que c'est lui qui me donne... cette force...

— Et ta tante ? lança Vincent qui revenait à la charge. Comment va-t-elle ? Que devient-elle ?... C'était elle aussi, une de mes meilleures amies, se justifia-t-il alors que Laura étonnée restait silencieuse.

— Oh, Manue va bien. Elle est sortie de l'hôpital, il y a quelque temps... mais elle a beaucoup changé, hésita Laura.

— Tu veux dire qu'on l'a relâchée ? rétorqua amèrement Vincent. Pourquoi ne vient-elle pas ici avec toi, histoire de revoir ses copains ?

— Je te l'ai déjà dit, elle a beaucoup changé. Je crois qu'elle ne tient pas à renouer avec ses anciennes fréquentations (le sourire ironique de Vincent ne lui échappa pas). Maintenant, elle travaille, elle porte des tailleurs, des talons aiguilles... Elle n'a plus rien à voir avec la Manue que vous connaissiez.

— Elle sait qui et quels lieux tu fréquentes ? sourit-il

mystérieusement.

— Disons que... j'y ai fait quelques allusions... mais je ne lui ai rien dit de précis... Je ne préfère pas... enfin, pas maintenant... Plus tard, peut-être... Tu la connaissais vraiment bien ?

— Humm ! Je la connaissais... vraiment bien... Tu sais, on ne change jamais profondément les gens... À part si on les lobotomise et ça ne doit pas être son cas... Tu devrais peut-être lui faire un peu plus confiance...

Il se leva et quitta la table, un petit sourire mystérieux toujours aux lèvres. Elle eut beau le rappeler, le questionner, il ne dit pas un mot de plus.

En milieu de soirée, ils quittèrent tous le bar pour l'une des boîtes de nuit les plus réputées de la région. Laura en rêvait depuis des mois. Elle n'avait jamais pu y mettre les pieds, mais en avait tant entendu parler ! Seul David ne les suivit pas.

— Vous m'excuserez, mais je suis attendu ailleurs, se contenta-t-il de lancer.

— Je la connais ? plaisanta Dylan.

— Non ! Et je n'ai pas l'intention de te la présenter, enfin pas tout de suite, sourit David.

— Ben dites donc, elle doit valoir le coup pour que monsieur *Bringue* lâche ses copains un samedi soir, lança à la cantonade une de leurs amies. Dites donc, ça devient contagieux la maladie d'amour : y'a intérêt à s'méfier !

— Exact ! rétorqua David. Elle vaut bien ça ! Ciao !

Laura passa l'une des soirées les plus merveilleuses de sa courte vie. Elle ne s'était jamais sentie si libre, si bien dans sa peau... si amoureuse aussi ! Dylan était plus que jamais le plus beau, le plus marrant, le plus tendre, le plus attentionné... Le plus tout ! Elle s'éclata une bonne partie de la nuit sur la piste de danse — tout en évitant de se désarticuler — sans vraiment se rendre compte qu'elle était le point de mire de la soirée.

— Tu sais quoi ? murmura Vincent à Dylan, alors qu'ils étaient tous deux au bar. J'ai toujours pensé qu'Élisa était la plus belle gonzesse que la terre ait jamais portée, mais sa petite sœur la coiffe au poteau... Peut-être pas en beauté, mais… elle a quelque chose de sauvage et de sexy, cette petite… Un truc que n'avait pas Élisa… Elle est époustouflante… Si Élisa avait eu seulement la moitié de son caractère, elle serait peut-être encore là…

— Arrête de mater ma gonzesse et explique-toi, sourit Dylan.

— Non ! J'ai trop bu et je raconterais des conneries… mais quand même, tu devrais te méfier ! Elles sont trop belles, elles ne sont pas pour nous, elles sont maudites… ânonna Vincent en titubant.

— Maudites ? s'amusa Dylan.

— Malheur à ceux qui parlent… Y'en a qui sont morts pour moins qu'ça… Pour une fois dans ta vie, écoute-moi et lâche-la avant qu'il ne soit trop tard…

Vincent, quasiment ivre mort, s'endormit sur une banquette. Dylan savoura ses paroles quelques instants : maudite ! C'était peut-être vrai. Laura avait quelque chose de magique, d'envoûtant, elle l'avait ensorcelé… Bien sûr, ça ne durerait pas avec elle, il le savait, le souhaitait même. Tomber amoureux ne faisait pas partie de son plan… mais quand ses yeux se posèrent sur elle, sur la piste de danse, un frisson de désir lui secoua l'échine. Jamais aucune fille ne lui avait produit un tel effet ! Jamais il n'avait tant désiré une femme ! Ce qui l'inquiétait le plus, c'était qu'il n'y avait pas que le sexe qui l'intéressait avec elle. Il aimait sa présence, sa façon de rire, de parler, de le regarder. Son univers devenait vide quand elle n'était pas là et, de cette sensation, il n'avait pas l'habitude… Peut-être Vincent avait-il raison ? Il devrait la fuir avant qu'elle ne prenne trop d'importance pour lui…

Alors qu'une série de slows démarrait, elle fondit sur lui, l'entraînant sur la piste, se lovant contre lui. Il la serra dans ses bras, laissant ses lèvres glisser dans son cou, s'enivrant de son parfum, de l'odeur de sa peau, s'en délectant… Oui, il fallait qu'il la fuie… plus tard !

Se collant contre lui, elle se rendit compte à quel point il avait envie d'elle, mais surtout à quel point elle avait envie de lui. Jamais elle n'avait ressenti de désir aussi fort… Le souffle court, elle subissait ses caresses, ses baisers tout en tentant de garder la tête froide. Elle pouvait sentir son souffle rauque dans son cou, son cœur battre à coups redoublés contre elle, ses doigts se crisper dans son dos.

— Dylan, si on s'éclipsait ? Si on allait chez toi ? Maintenant... souffla-t-elle.

Il ne se fit pas prier. La prenant par la main, ils disparurent tous les deux. Laura était à peine éméchée, juste assez pour avoir toutes les audaces et oublier tout ce qui n'était pas eux deux. À peine eurent-ils fermé la porte qu'ils tombèrent dans les bras l'un de l'autre, s'embrassèrent avec passion, mêlant leurs souffles, leurs langues, leurs frémissements. Avec des gestes fébriles, les joues brûlantes, elle s'attaqua à la ceinture de son jean. Impatient, brûlant de désir depuis trop longtemps, il la colla contre le mur, tiraillant ses vêtements au juste nécessaire, il la prit sauvagement, répondant à son appel, à ses frémissements, ses murmures de plaisir, clouant ses hanches fines, se délectant de ses jeunes seins fermes et doux, s'agrippant à sa longue chevelure, y emmêlant ses doigts, la forçant à relever la tête, lui offrir sa gorge, la cambrure de ses reins. Le plaisir les terrassa en même temps, dans un gémissement rauque. Ils firent l'amour, encore et encore, plus calmement, plus tendrement, buvant du champagne dans le salon puis dans la chambre à coucher, sans parvenir à apaiser leur faim l'un de l'autre. Ils s'endormirent enlacés, l'esprit d'autant plus tranquille qu'ils savaient qu'ils se réveilleraient ensemble.

Il était plus de midi quand ils finirent par se lever. Le temps de prendre une douche, de déjeuner et il fallut à Laura, penser au retour.

— Pourquoi est-ce que je n'arrive pas à me rassasier de toi ? Plus je te fais l'amour, plus j'ai envie de toi... J'ai pas envie que tu partes, Laura, murmura Dylan.

— Ne fais pas ça, s'il te plait ! le pria-t-elle en se glissant au creux de ses bras. Je n'ai déjà pas beaucoup de courage, alors ne m'enlève pas le peu qui me reste.

— On se revoit au moins demain à midi ? céda-t-il.

— Oui, je t'appelle s'il y a le moindre problème, d'accord ?

Il la serra contre lui et l'embrassa avec une passion

contenue et une tendresse infinie.
— Tu me manques déjà, souffla-t-il dans son cou.
Dylan la raccompagna en voiture cette fois, mais elle le fit stopper deux rues avant. Quand la voiture eut disparu au premier carrefour, elle en ressentit un certain malaise. Quand il partait comme ça, elle avait toujours peur de ne plus jamais le revoir. C'était comme un pressentiment, elle se sentait alors seule et abandonnée, triste à en pleurer. Elle n'avait envie de parler à personne, pas même à Manue. Par chance, son père était sorti et sa belle-mère plongée dans un épais dossier dont les feuilles jonchaient toute la table.
— Tu as passé un bon week-end ? lança-t-elle sans sembler vraiment s'intéresser à la réponse.
— Oui, ça peut aller !
— Tu as récupéré tout le retard de tes cours ?
— À peu près ! Manue n'est pas là ? Il n'y a pas sa voiture dans la cour.
— Non ! Elle n'est pas rentrée du week-end non plus ! Pourquoi ?
— Comme ça, se contenta de répondre Laura, consciente que Karen ne l'écoutait qu'à moitié.

Quinze jours passèrent, plus idylliques que jamais. Laura voyait Dylan tous les jours à midi. Elle n'avait pas passé la porte de son appartement qu'ils s'étreignaient avec force. Il se surprenait à l'attendre, à s'inquiéter dès qu'elle dépassait les cinq minutes de retard... Il avait l'impression que leur passion avait aboli les années qui les séparaient. Il avait de nouveau dix-huit ans, réagissait comme un adolescent qui vit les émois d'un premier amour ravageur. Il se moquait de ses propres réactions, avec philosophie. Tout a une fin, ça lui passerait. Un jour, il se lasserait... Un jour seulement, mais il n'était plus si pressé. Il devait en profiter à fond et tout de suite, car ça ne durerait pas, il le savait. Mais, dès que cette idée lui venait à l'esprit, il la chassait avec force. Seul comptait le moment présent. Il se refusait envers et contre tout, à analyser ses sentiments.
Laura réussit le tour de force de sortir les deux samedis soirs qui suivirent, ce qui renforça en Dylan l'espoir que les

choses s'arrangeraient, qu'il suffisait d'avoir un peu de patience. Pour le premier week-end, elle avait prétexté être invitée à l'anniversaire d'une de ses camarades de classe. Pour le suivant, elle avait fait appel à la complicité de Paco. Elle avait argué qu'elle avait un chauffeur, garde du corps, pourquoi ne pas en profiter ? Elle était censée passer sa soirée d'abord au Théâtre, où se jouait Othello — pour sa culture littéraire, elle ne pouvait se permettre de louper une telle pièce ! — Et finir la soirée chez l'un de ses amis, toujours accompagnée de Paco et de Marina. Si son père n'était pas dupe, il n'en avait rien montré. À vrai dire, Hervé, devant se sentir fautif, ne s'était pas vraiment fait prier...

Ce soir-là, cependant, elle frôla la catastrophe. Au Totem's, comme d'habitude, elle avait retrouvé Dylan, Marina, Nanou et les autres. À une demi-heure de la fermeture, plusieurs policiers en civils firent irruption dans le bar, Luc Boisseau à leur tête. Laura, qui s'apprêtait à partir avec Dylan, portait déjà, par chance, son blouson et se trouvait près du bar, avec Paco. Dylan, lui, sortait de la salle de jeu, au fond de la pièce. Vincent, bien placé pour savoir à quel point la situation était dangereuse, eut d'abord l'idée de mettre Laura à l'abri, mais comme il n'en eut pas le temps, il se contenta de retenir Dylan dans le fond de la salle.

— Contrôle d'identité, personne ne sort, merci ! commença Luc.

Il s'arrêta net en reconnaissant Laura. Sa stupeur fit place à de la colère.

— Qu'est-ce que tu fous là, toi ?

Laura, prise de court, ne sut que répondre. Paco la devança :

— Je vais vous expliquer, Commandant...

— Eh Laura ! C'est pour aujourd'hui ou pour demain, ces clopes ? Tiens Luc, bonsoir ! En plein boulot ?

La voix de Manue avait claqué dans le bar devenu silencieux. Laura la regardait comme si elle voyait un fantôme. Elle apparaissait comme par magie, en tailleur bien coupé, chaussée de talons aiguilles, délicieusement maquillée. Elle avait tout de la femme d'affaires très classe.

— Puis-je savoir ce que vous faites-là toutes les deux ? ironisa Luc en déshabillant Manue du regard, de la tête aux pieds.

— J'avais besoin de cigarettes, mais comme à cette heure-là les bureaux de tabac sont fermés, j'ai pensé à m'arrêter ici. Tu penses qu'avec ma tenue, j'ai préféré envoyer Laura à ma place, accompagnée de Paco, par sécurité bien sûr ! Seulement, ils ont mis un peu plus de temps que je ne pensais. Évidemment, je n'avais pas prévu que Laura rencontrerait Marina, expliqua Manue avec une emphase exagérée. Êtes-vous satisfait, monsieur le commandant, ou avez-vous d'autres questions ?

Manue et Luc Boisseau se faisaient maintenant face, et leurs regards trahissaient la provocation et le défi. Laura en profita pour jeter un coup d'œil à Dylan, lui faisant comprendre de ne surtout pas bouger.

— Bon ! Les filles, vous discuterez lundi, reprit Manue d'un ton sec. Laura, je suis attendue, tu le sais, chérie. Tu viens ?

— Je croyais que tu ne fumais plus ? tonitrua la voix de Luc.

— Eh bien, j'ai repris ! C'est interdit, Commandant ? Vous allez m'arrêter pour ça ? le provoqua-t-elle encore.

Laura, sans la moindre protestation, suivit Manue. Paco lui emboîta le pas. Quand elle passa devant Luc, il l'intercepta par le bras. Immédiatement, Dylan s'avança, mais fut retenu par Vincent.

— Ne bouge pas, putain ! C'est pas l'moment !

— Laura, murmura Luc, les dents serrées, à sa seule attention, c'est la deuxième fois que je te surprends avec eux. Arrête de jouer avec le feu !

— Sinon tu vas l'dire à mon papa ? se moqua méchamment Laura en se libérant de sa poigne.

Manue et elle sortirent sans un regard pour personne. La Jaguar ne tarda guère à démarrer sur les chapeaux de roues.

À l'intérieur, le contrôle d'identité se déroula comme prévu. Mais Luc se dirigea directement vers Vincent et Dylan.

— C'est drôle, commença Luc de façon ironique. J'étais

persuadé que vous étiez très proches de Manue, il y a quelques années... Vous ne vous saluez même plus ?

— J'étais ami avec l'ancienne Manue, la vraie ! Pas avec celle que vous avez lobotomisée, rétorqua Vincent.

— Ce n'est pas une bonne idée de fréquenter Laura, lança cette fois Luc à Dylan, en le fixant intensément. Si j'avais un conseil à te donner, je te dirais de laisser tomber avant que ça ne soit trop tard !

— Je n'ai pas besoin de vos conseils, Commandant ! grogna Dylan, les dents serrées, sans baisser les yeux.

— C'était juste un conseil d'ami... Il y a déjà eu tellement de dégâts dans le coin...

— Je vous promets, Commandant, que, quand je l'aurai tuée, je ferai disparaître le cadavre, histoire d'avoir le temps de fuir, ironisa Dylan.

— Duperrat ! J'irai jusqu'au bout pour protéger Laura. Ne me sous-estime pas ! Je peux vous mettre sur la touche quand je veux, tous autant que vous êtes !

— On vous a vu à l'œuvre avec Tommy ! Dommage que ça ait mal tourné, n'est-ce pas ? persifla Dylan.

Les deux hommes se défièrent du regard de longues secondes, puis Boisseau, un léger sourire aux lèvres, s'éloigna, rappelant ses hommes.

— C'est bizarre, ils n'ont fouillé personne, s'étonna Jimmy, le patron du bar.

— Ils savaient que Laura était là, ils voulaient la piéger, ragea Dylan, en proie à une soudaine colère.

— En tout cas, Manue a bien changé ! lança l'un de ses anciens amis sur un ton amer.

— Tu trouves ? murmura Vincent pensif. Oui, elle a changé sur un point : elle n'est plus stone, mais bel et bien consciente et lucide cette fois ! Manue, *notre Manue,* est de retour ! Mais elle n'utilise plus les mêmes armes... En tout cas, c'était bien vu, son irruption ici. On peut dire qu'elle a sauvé la situation in extremis... Tu vois, quand je te disais que Laura t'apporterait des emmerdes...

— S'il y a bien quelque chose que je ne supporte pas, c'est qu'on me donne des ordres, répliqua Dylan d'un ton claquant.

— Mais bon sang ! hurla Manue dans la voiture. T'es pas un peu folle, non ? Qu'est-ce qui te prend de traîner dans les bars ? Surtout celui-là ! Qu'est-ce que tu veux ? Qu'on t'enferme ?

— De quoi je me mêle ? J'en ai marre d'avoir tout le temps quelqu'un sur le dos ! hurla à son tour Laura. Laissez-moi tranquille !

— Oh ! Oh ! Du calme ! s'écria à son tour Paco, en s'arrêtant sur un parking.

— Putain, Laura ! Tu ne sais pas à quoi tu viens d'échapper ! Tu ne mesures pas toutes les conséquences de tes actes !

— Si ! Mais je n'ai pas le choix ! Je veux vivre, moi ! Je ne suis pas morte, moi ! Vous vous en êtes rendu compte ?

— Mais pourquoi tu ne fréquentes pas un gosse de riche, bordel !... Dylan, Dylan ! Mais putain ! hurla de nouveau Manue, jamais je n'aurais imaginé qu'il s'agissait de *celui-là* !... C'est pas vrai ! J'en reviens pas !

— Tu le connais ? sursauta Laura, les yeux écarquillés.

Manue, les yeux fermés, se frottait les paupières entre l'index et le pouce et secouait lentement la tête.

— J'en ai entendu parler et ça me suffit, murmura-t-elle.

— Il n'est pas comme tout le monde l'imagine...

— Mais bien sûr, ricana Manue. À l'époque où je fréquentais le Totem's, il avait la réputation d'être le diable en personne, un play-boy hors pair qui se tapait qui il voulait, quand il le voulait. Mais, après avoir sauté sa proie, elle pouvait faire une croix sur lui. Et toi, tu crois qu'il a changé juste parce qu'il est avec toi ? Il a changé sous ton coup de baguette magique et il est devenu un ange ?

— Manue, je te remercie de tout cœur, articula Laura, le visage fermé. Tu m'as vraiment sauvé la mise ce soir. Pour le reste, je ne suis plus une petite fille, laisse-moi prendre *mes* décisions et faire *mes* choix !... Comment tu as su où j'étais, au fait ?

— Je suis passée devant le Totem's en rentrant. J'ai repéré la Jaguar et ensuite j'ai croisé la voiture de police avec Luc dedans, à deux ronds-points d'ici. J'ai compris ce qui allait se passer. Et comme j'étais quasiment sûre qu'il ne m'avait pas vue, j'ai fait demi-tour. Ma caisse est garée à l'autre bout de la rue... Tu joues un jeu dangereux, Laura... Renonce à lui, ne serait-ce que quelques mois... quelques semaines seulement... On aura le temps de voir et...

— Jamais ! trancha Laura en tapotant sur son portable. Paco, emmène-moi chez Dylan.

— Non, Laura, pas ce soir. Luc va le surveiller... C'est plus raisonnable de rentrer, tu le reverras plus tard...

Alors qu'elle obtint la communication avec Dylan, elle sortit de la voiture et discuta avec lui un moment. Il se rangeait à l'avis de Manue. Ils avaient eu de la chance ce soir. Inutile donc de jouer avec le feu.

— Manue t'a parlé de moi, j'imagine ? Qu'est-ce qu'elle t'a dit ? s'enquit-il fiévreusement.

— Ben, elle dit ne te connaître que de réputation, c'est vrai ? Mais ce qu'elle pense de toi fait peur ! Qu'est-ce que tu as bien pu faire pour avoir une telle réputation ? Tout le monde s'attend à ce que tu ne fasses qu'une bouchée de moi...

— Ça, au moins, c'est vrai, se mit à rire Dylan. J'ai toujours faim de toi et si je t'avais à portée de main, je ne ferais qu'une bouchée de toi !

— Que des boniments, bouda-t-elle, un début de sourire aux lèvres. Tu es peut-être réellement un monstre !

— Un monstre, d'accord ! Mais un monstre fou de toi, poupée ! Si elle n'a fait qu'entendre parler de moi, j'ai droit au bénéfice du doute, n'est-ce pas ? plaisanta-t-il, réprimant un lourd soupir de soulagement... Rentre maintenant, reprit-il plus tendrement, et fais gaffe à toi. On se revoit lundi, d'accord ?

- 15 -

À la grande surprise de Laura, personne n'aborda le sujet de la veille. Elle aurait parié que Luc allait se précipiter pour tout raconter à son père, mais rien. Ce dernier d'ailleurs, se fit rare. Il ne la questionnait plus que sporadiquement, sortait beaucoup, rentrait tard... Sa belle-mère ne changeait pas, elle ! Comment l'aurait-elle pu ? Elle n'avait jamais été vraiment présente. Même Manue semblait s'évaporer dans l'atmosphère. Laura la soupçonna d'être elle aussi, amoureuse. Du coup, préoccupée par sa propre vie, elle lâchait un peu de lest quant à la surveillance de la vie privée de sa nièce.

Dès le lundi, Laura retrouva Dylan et leur idylle prit un nouvel élan. Laura vivait sur un petit nuage, ne supportait ses cours que parce qu'ils lui permettaient de revoir Dylan. Ses journées se résumaient au temps qu'elle passait avec lui, contre lui. Le soir, après « l'infusion obligatoire », elle s'endormait rapidement et rêvait de lui, de plus en plus fréquemment. Cela semblait même tourner à l'obsession chez elle. Dans ses rêves, elle se retrouvait au creux de ses bras, sentait ses mains sur elle, la caresser langoureusement, tendrement, faisant naître un désir si fort, qu'elle priait pour ne pas s'éveiller. C'était étrange : il lui semblait qu'elle était consciente de rêver... Le matin, au souvenir de ses rêves érotiques, elle rougissait tout en souriant, le cœur encore en émoi. Elle était heureuse.

Un soir, alors qu'ils en étaient au dessert, Hervé jeta son pavé dans la mare.

— Au fait, Laura, tu disais bien que tu n'avais pas de

petit ami, n'est-ce pas ?

Elle leva la tête brusquement, fixant son père sans répondre, le cœur s'affolant dans sa poitrine.

— Cessons ce jeu stupide, d'accord ? Je sais que tu as quelqu'un. Je sais que tu le vois quotidiennement... Et tu sais qu'il n'est pas le genre de fréquentation que je souhaite pour ma fille, n'est-ce pas ?

— Écoute, papa... commença Laura.

— Non ! C'est toi qui m'écoutes, trancha-t-il sèchement. Je comprends que tu m'aies menti parce que tu savais que je m'opposerais à cette liaison. J'ignore ce que tu as derrière la tête : il est probable que tu sois attirée par ce genre de milieu, inconsciemment, pour ressembler à ta sœur : bref, je ne veux pas le savoir ! J'ai mené ma petite enquête sur ce type : il est loin d'être fréquentable et je veux que tu mettes fin immédiatement à cette liaison !

Laura et Manue restèrent un instant muettes de surprise. Alors que Manue prit sur elle de se taire et de plonger le nez dans son assiette — ce n'était pas le moment de se faire remarquer —, Laura sentit une brusque colère la submerger.

— Il est hors de question que je le quitte ! Je l'aime et tu ne pourras rien faire contre ça ! Je ne suis pas Élisa, il est temps que tu t'en rendes compte ! grinça-t-elle, les dents serrées. Et il est également temps que tu te rendes compte que j'en ai ras le bol que tu m'empêches de vivre parce que ma sœur est morte...

Laura fut stoppée net par une gifle retentissante.

— Hervé ! s'écria alors Karen en s'interposant.

Laura releva la tête et le fixa, un petit sourire ironique au coin des lèvres.

— Tu es calmé ou tu as l'intention de taper plus fort ? Vas-y, envoie-moi de nouveau à l'hôpital, il y a longtemps que je n'y suis pas allée, le provoqua-t-elle.

La remarque de Laura fit mouche, l'aidant à reprendre ses esprits : il était pâle de rage, mais fit un effort surhumain pour se contenir. Si Karen avait relevé l'accusation, elle n'en montra rien. Par contre, le « *de nouveau* » de Laura n'avait pas échappé à Manue, la confortant dans ses soupçons.

— Je ne veux pas que nous ayons ce genre de rapport,

Laura : essaie de comprendre. Ton mec n'est qu'un play-boy sans le sou, un coureur de dote. Il se moque de toi ! Tout ce qu'il veut, c'est ta fortune. Je ne veux que ton bien, je veux t'éviter des larmes : tu es sous le charme, mais ça ne durera pas. Quand le masque tombera, tu verras...

— Je viendrai pleurer dans tes jupons à ce moment-là ! cracha Laura. Mais si ce moment n'arrive pas, je resterai avec lui et tu ne pourras rien faire pour m'en empêcher. Je n'ai pas besoin de ton fric, je n'en veux même pas, ni lui non plus. Tu seras bien obligé d'avouer que tu t'es trompé sur lui un jour... Et remercie pour moi ton cher ami Luc ! Il tient admirablement son rôle de sale flic !

— Parce que Luc est au courant ? s'étonna sincèrement Hervé.

— Arrête de jouer les hypocrites ! C'est bien lui qui t'a renseigné !

— Non ! Pour une fois, il n'y est pour rien...

Laura bouscula sa chaise et sortit de la pièce en ricanant pour montrer qu'elle ne le croyait pas.

— Je t'ai prévenue, Laura ! s'écria Hervé. Je ne veux pas que tu revoies ce type. Tant que tu es sous mon toit, c'est moi qui décide et moi seul ! D'ailleurs, Paco ne sera plus jamais ton chauffeur !

— Qu'est-ce que Paco vient faire là-dedans ? ragea-t-elle en faisant volte-face.

— Il est un peu trop jeune, un peu trop... copain avec ton petit ami et il te passe un peu trop facilement tous tes caprices. À partir de maintenant, il ne sera plus que *mon* chauffeur !

Laura, déjà dans l'escalier, ne lui répondit pas et haussa les épaules en signe d'indifférence. Au lieu de s'enfermer dans sa chambre, elle se fit couler un bain chaud, y vida une demi-bouteille de bain moussant et s'y plongea jusqu'au cou. D'habitude, quand quelque chose n'allait pas, elle arrivait à se détendre complètement dans un bain. Or, à présent, rien ne parvenait à calmer les battements désordonnés de son cœur. Elle était furieuse, non pire ! Ivre de rage. Rien ni personne ne la ferait renoncer à Dylan. La porte qui s'ouvrit à toute volée la sortit de ses pensées.

— Laura ! commença Hervé. Que les choses soient bien claires...

Instinctivement, elle s'immergea plus profondément, se servant de la nappe de mousse comme d'un paravent.

— Sors d'ici ! Au cas où tu ne l'aurais pas remarqué, je prends un bain, s'écria Laura.

— Et ça t'empêche de m'écouter ?

— Je suis nue et j'estime avoir droit à un peu d'intimité ! s'exaspéra-t-elle.

— Tu es ma fille quand même. Tu crois que je ne t'ai jamais vue nue ? Ta pudeur est mal placée : jusqu'à aujourd'hui, ça ne t'a jamais dérangée !

— Maintenant, ça me dérange : je n'ai plus quinze ans, je ne suis plus une petite fille. Respecte au moins ça ! Mieux vaut avoir une pudeur mal placée que de ne pas en avoir du tout. Sors de là !

Hervé s'immobilisa, la fixant d'un regard à la fois vindicatif et passionné. Il sembla vouloir dire quelque chose, mais s'en abstint. Puis il finit par sortir en fermant la porte derrière lui.

Luc Boisseau ne se fit pas non plus oublier. Laura remarqua plus que jamais qu'il la suivait régulièrement, qu'il était au courant de son emploi du temps, qu'il savait tout sur Dylan. Elle était persuadée qu'il faisait des rapports précis et réguliers à son père. Aussi, quand il cherchait à se rapprocher d'elle, à lui parler, il se heurtait à un mur de silence et de froideur. Il venait souvent lui rendre visite à la maison, sachant qu'elle y était seule. Il semblait vouloir tenter d'instaurer un dialogue sur le mode amical avec elle, mais ne parvenait qu'à accroître sa méfiance. Elle craignait de se trouver seule avec lui, sans vraiment savoir pourquoi. Il n'avait jamais eu le moindre geste ni la moindre parole équivoque. Pourtant, obstinément, elle ne manquait pas de lui signifier qu'elle refusait en bloc tout ce qui venait de lui et qu'il perdait son temps. Elle ne parlait plus de lui à Dylan, craignant les réactions de ce dernier. Elle savait qu'il était capable de provoquer un affrontement avec le policier afin de tirer les choses au clair, ce qui ne pourrait que lui causer des ennuis encore plus graves.

Dylan n'apparut pas au Totem's le mardi midi alors qu'il devait venir la chercher. Laura en fut surprise. Ils s'étaient vus la veille et il ne lui avait rien dit de particulier. Elle l'attendit jusqu'à la reprise de ses cours, en vain. Elle tenta de l'appeler, mais ne put que laisser un message sur son portable et sur le répondeur de son fixe. Elle espérait qu'il la rappellerait rapidement, ce qu'il ne fit pas. Elle renouvela ses appels le lendemain en vain. Elle alla jusqu'à l'appeler sur son lieu de travail, mais on lui apprit qu'il avait pris la fin de la semaine en congé. Elle finit par passer à son appartement en fin d'après-midi : elle en trouva la porte close. En désespoir de cause, elle passa au Totem's, mais il n'y était pas non plus. Elle allait en repartir quand elle y aperçut David. Il était le meilleur ami de Dylan, peut-être savait-il quelque chose. Il l'accueillit, courtoisement, mais sans plus, comme d'habitude.

— Je n'ai plus de nouvelles de Dylan depuis lundi : est-ce que tu sais quelque chose ? questionna-t-elle sans chercher à cacher son angoisse.

— Comment ça, plus de nouvelles ? fronça-t-il les sourcils.

— Je l'ai vu lundi à midi, comme d'habitude. Tout allait bien... puis mardi, il n'est pas venu, aujourd'hui non plus... Je n'arrive pas à le joindre par téléphone... Je suis passée chez lui, il n'y est pas !

— Moi, je ne l'ai pas revu depuis dimanche soir, mais ce n'est pas rare qu'on reste plusieurs jours sans nouvelles l'un de l'autre, réfléchit David à haute voix. Tu as essayé de le joindre au bureau ?

— Hum ! Mais il s'est mis en congé jusqu'à la fin de la semaine. Et c'est étonnant parce qu'en ce moment, ils ont du boulot par-dessus la tête. Je ne comprends pas...

Elle semblait tellement désemparée que David ne sut plus quoi dire pour la tranquilliser.

— Bon, je vais essayer de le voir, ne t'inquiète pas, sourit-il pour la rassurer. Donne-moi ton numéro et je te tiens au courant.

Quand Laura fut partie, David resta un long moment perplexe à réfléchir. Cela ne ressemblait pas à Dylan de disparaître comme ça. Surtout, cela ne correspondait pas à ses projets les plus immédiats. Il lui avait bien avoué que cette gamine le rendait fou et qu'il avait bien peur de s'en être amouraché... Peut-être était-ce pour ça qu'il avait préféré fuir ? Il avait peut-être fini par écouter ses conseils... Son premier réflexe fut justement de ne rien faire. C'était fini entre eux ? Tant mieux ! C'était comme ça que tout devait finir ! De plus, s'il lui était arrivé quelque chose, il le saurait...

Par acquit de conscience, il se rendit tout de même chez lui. Il eut beau sonner, frapper, personne ne répondit. Il allait repartir quand un bruit étrange lui fit penser que Dylan était bel et bien à l'intérieur. Il frappa de nouveau et l'interpella à travers la porte, en vain.

— Écoute ! Je sais que tu es là ! Si tu ne réponds pas, c'est que quelque chose ne va pas. Alors, soit j'appelle les pompiers, soit je défonce la porte...

Il y eut un moment de silence, puis David entendit le cliquetis des clés dans la serrure. La porte s'ouvrit enfin : il resta stupéfait dans l'entrebâillement de la porte en voyant dans quel état se trouvait son ami. Celui-ci était appuyé de l'épaule contre une cloison, mal rasé, les cheveux en bataille. Il portait un tee-shirt et un jean de plusieurs jours, il tenait à la main un fond de bouteille de whisky et semblait dans un état d'ébriété avancée.

— Qu'est-ce que c'est que ce foutoir ? Qu'est-ce qui t'arrive ? parvint enfin à articuler David, en entrant complètement et en claquant la porte derrière lui.

Dylan se rendit au salon, d'une démarche légèrement chancelante, se resservit un verre et leva la bouteille à l'attention de son ami.

— T'en veux ?

— Non, pose ça... mais qu'est-ce qui te prend ? Je viens de voir Laura et...

— Y'a plus de Laura ! jura Dylan en jetant la bouteille qui se brisa contre un mur. C'est fini ! O.K. ?

— C'est ça qui te met dans tous tes états ? Moi, je trouve que c'est plutôt une bonne nouvelle. C'est pas cool de ne pas le lui avoir fait savoir, mais je t'avouerais que je suis plutôt soulagé...

— Tant mieux ! Ça me fait plaisir de savoir qu'il y a au moins une personne ravie par cette situation, balbutia Dylan, d'autant plus que cette personne est soi-disant mon ami !

— Est-ce que tu vas te décider à me dire ce qui ne va pas ?

— Casse-toi !

— Pas avant de savoir ! Je ne partirai d'ici que quand tu m'auras expliqué, en attendant, tu ne boiras plus une goutte d'alcool : si ça doit durer deux ou trois jours, tant pis !

Après un long moment de silence, Dylan se résolut à s'expliquer.

— Oh merde ! Pourquoi ne suis-je pas étonné ? murmura David. Je le savais qu'elle te foutrait dans la merde ! Tu ne veux jamais m'écouter... Qu'est-ce que tu comptes faire ?

— Rien ! Il faut que je fasse une croix sur elle et je n'y arrive pas.

— Le pire, c'est qu'elle n'est au courant de rien, elle : il va falloir lui parler...

— Tu me vois en train de lui dire que je ne veux plus d'elle ? C'est moi qui dois me faire passer pour un salaud en plus ! Tu m'diras... j'en ai déjà la réputation, mais... j'ai pas le courage de lui faire face. J'peux pas faire ça !

— Pourtant, il va falloir le faire en attendant de trouver une solution...

— Y'a pas de solution ! s'écria Dylan.

— Ce n'en est pas une non plus de se laisser aller et de sombrer dans l'alcool ! Il ne manquerait plus que tu perdes ton boulot, en plus. Alors, en attendant, tu vas me faire le plaisir de te bouger l'cul, et plus vite que ça ! Je veux que tu sois au boulot demain matin. Ça t'aidera à moins penser à elle... Et on va réfléchir à tout ça posément, O.K. ?

— Je suis en congé jusqu'à la fin de la semaine. J'ai dit à Greg que j'avais perdu un cousin et vu la tête que j'ai, il n'a pas eu de mal à croire que j'étais bouleversé : je reprendrai lundi. En attendant, j'essaie de l'oublier, tu vois ? Je fais des efforts, expliqua Dylan en cherchant une autre bouteille dans le bar.

David l'en empêcha, ferma la porte et le poussa sur le

canapé.

— De toute façon, cette situation ne pouvait pas durer, s'opposa celui-ci. À la limite, c'est un moindre mal que ça finisse comme ça... pour toi... Elle, elle est jeune...

— Elle s'en r'mettra, elle va rencontrer un fils de fils de pute d'avocat... « *ils se marièrent et eurent beaucoup d'enfants* »... Je sais tout ça ! ragea Dylan. Si c'est pour me ressortir le même tapis de conneries que tout le monde, tu peux te casser, je connais le refrain par cœur !

— Et qu'est-ce que t'espérais ? s'énerva à son tour David... Elle est issue d'un milieu où tu n'as pas ta place : elle est née en pleine Jet Set ! Même si elle n'y peut rien, c'est quand même un obstacle pour toi, et pas des moindres. Mais le pire, c'est que c'est *cette famille-là* ! Pas n'importe laquelle, *celle-là* ! Appelle-la, dis-lui la vérité et basta, reprit David. En plus, y'a un truc qui me chiffonne : tu ne lui as pas tout dit sur ton passé, n'est-ce pas ?

— Évidemment que non !

— Ben t'as déjà eu du bol que personne ne le lui ait dit par inadvertance !

— Et pourtant, je te jure qu'à plusieurs reprises, c'est passé près, ronchonna Dylan.

— Je l'imagine mal tout supporter, même pour toi... Alors, dis-lui la vérité !

— C'est hors de question. Si elle l'apprend, elle fera une connerie : elle risque de tout aggraver, et je ne sais pas dans quelle mesure elle ne risque pas quelque chose, elle-même. Quoi qu'elle fasse, ça *me* retombera dessus, expliqua Dylan d'une voix résignée. De ce côté-là, le mal est déjà fait !

— Alors, dis-lui que tu ne sais plus où tu en es en ce moment, que tu as besoin de couper les ponts pour y voir plus clair...

— Tu n'as pas plus bateau comme excuse ? railla Dylan.

— O.K. alors, tu ressasses ta rage jusqu'à ce qu'elle soit en face de toi et tu la déverses sur elle. En étant agressif, ce sera peut-être plus facile : dis-lui que tu ne supportes plus de la voir en cachette, que tu as passé l'âge de jouer à cache-cache, que tu aspires à autre chose, que tu tiens plus que tout à ta liberté... Bref, dis-lui de prendre le large !... En attendant, prends une douche, bois une douzaine de cafés. Je passe chez moi et je reviens te chercher : on va dîner en ville.

— Non, j'ai pas envie.

— Si tu ne sors plus, elle ne te croira pas quand tu lui diras que t'en as assez d'elle.

Laura attendit un coup de fil toute la soirée, en vain. Elle ne fit qu'apparaître au dîner, ne grignotant qu'à peine puis se retira de nouveau dans sa chambre. Hervé semblait lui aussi préoccupé, mais Manue se garda bien de faire le moindre commentaire, jouant à celle qui ne voyait rien. Elle rejoignit Laura plus tard dans sa chambre où elle la trouva assise sur le rebord de sa fenêtre, une cigarette au bec.

— Tu ne te caches même plus pour fumer ? s'étonna Manue.

— Je m'en fous. De toute façon, ils sont au salon et je savais que c'était toi qui frappais.

— Qu'est-ce qui ne va pas, ma puce ? questionna Manue inquiète.

— Rien, des broutilles. Et toi ? Tu es bien lointaine en ce moment : ne verrais-tu pas quelqu'un ? tenta-t-elle de plaisanter.

— Si, avoua Manue, espérant qu'en parlant d'elle elle arriverait ensuite à faire parler Laura. J'ai fait la connaissance d'un mec qui m'a tapé dans l'œil !

— Raconte ! Il est comment ?

— Tu vois Mel Gibson dans Braveheart ? Eh bien, c'est son sosie, plaisanta-t-elle.

— Wouaouh ! Tu me le présentes quand ? se mit à rire Laura.

— Rappelle-moi à quel moment tu m'as présenté Dylan ? plaisanta Manue.

Le visage de Laura se ferma instantanément. Elle baissa les yeux et détourna son visage pour cacher les larmes qu'elle retenait à grand-peine.

— Je ne sais même pas s'il y a encore un Dylan !

— Vous vous êtes disputés ? Ce n'est pas grave, ça arrive…

— Non justement ! Tout allait bien et brusquement, silence radio : je n'ai plus eu de nouvelles, plus rien !

— Tu sais, les mecs, faut pas toujours chercher à les comprendre : il a un peu pris le large, il va revenir tout penaud, trouvera une excuse bidon, te demandera de lui pardonner, et voilà !

— Ce n'est pas son genre...

— Bof ! Ce n'est pas ce que j'ai entendu dire sur lui, mais bref ! Même s'il se casse, ça fait mal au début, puis un jour on oublie, on rencontre quelqu'un d'autre et... pour toi, ça ne serait pas plus mal...

— Arrête ! Je sais comment tout le monde le considère, je sais aussi qu'on me considère moi, encore comme une gamine, mais je n'ai plus quinze ans ! Je sais que pour moi, ce n'est pas une amourette de passage : je l'aime à la folie comme je n'aimerai plus jamais, tu comprends ? Ce mec, j'en ai rêvé pendant des mois : j'allais au café tous les jours, juste pour avoir le plaisir de le voir. Je n'en demandais pas plus et jamais je n'aurais espéré qu'il pose son regard sur moi une seule fois ! Et puis le miracle : un jour, c'est lui qui m'a adressé la parole. J'ai cru que le ciel me tombait sur la tête. J'en avais assez pour dix ans... J'ai vécu avec lui plus de choses en quelques semaines que durant toute ma vie ! Je connais des facettes de lui que personne ne soupçonnerait. Vous, vous ne voyez que ses mauvais côtés et encore, ceux que vous imaginez. Je ne peux pas me passer de lui, je ne veux pas vivre sans lui, tu peux comprendre ça ?

— Oui, je le peux, malheureusement ! Et c'est ce qui me terrorise, avoua Manue... Essaie de dormir et tu verras, demain tu auras peut-être des nouvelles...

— Et toi, ton Roméo ? Tu l'as rencontré comment ? reprit Laura en ravalant ses larmes.

— On avait des amis en commun, expliqua Manue en souriant. On s'est rencontré chez l'un d'eux et ça a été le coup de foudre : on s'est plu au premier regard. Je ne sais pas si ça va durer longtemps, mais, pour l'instant, il me fait craquer, lui aussi... Allez, la suite au prochain épisode : couche-toi, il est tard !

Laura ne ferma pas l'œil de la nuit. Son angoisse

grandissait avec le temps : Dylan aurait dû l'appeler, David aussi. Il s'était passé quelque chose, peut-être avait-il eu un accident... Elle ne voulait pas penser à cette éventualité. Ne pas savoir la rendait folle. Le lendemain matin, elle écourta ses cours à onze heures et fonça au Totem's. Elle y vit Nanou qui ne put la renseigner plus. Mais ni David ni Dylan ne firent leur apparition. À treize heures trente, Laura demanda à Nanou de la déposer chez Dylan. Qu'il soit là ou non, il finirait par rentrer. Elle l'attendrait, quitte à y passer la nuit.

Elle était adossée depuis presque une heure à la porte de son appartement, assise par terre, quand elle sut qu'il était entré dans l'immeuble. Elle avait reconnu son pas. D'un bond, elle fut sur pied.

Dylan montait les marches quatre à quatre, tête baissée. Il s'arrêta net quand il la vit, sembla hésiter, puis finit par approcher. Au premier coup d'œil, elle remarqua son visage fatigué, ses traits tirés, ses yeux cernés. Même ses vêtements paraissaient défraîchis, comme s'il n'était pas rentré de la nuit. Il ne fallait pas sortir de Saint-Cyr pour comprendre que quelque chose n'allait pas. Elle ne s'attendait pas à ce qu'il lui saute au cou, mais tout de même... Sa gorge lui faisait tellement mal qu'elle ne put prononcer la moindre parole.

— Je me doutais que tu finirais par passer, murmura-t-il en ouvrant sa porte.

— Tu préfères que je parte tout de suite ? répliqua-t-elle agressive.

— Non, entre, murmura-t-il.

Laura le suivit, la mort dans l'âme, sa gorge la faisait souffrir et l'angoisse lui oppressait la poitrine à tel point qu'il lui semblait avoir du mal à respirer. Jetant son blouson sur un fauteuil, il se dirigea droit vers le bar. Pas une fois, il l'avait regardée, il semblait fuir son regard.

— Tu veux boire quelque chose ? Whisky, cognac ?

— Rien, souffla-t-elle d'une voix à peine audible.

Adossée à la porte d'entrée, pâle comme un linge, elle attendait la sentence, les jambes en coton. Elle savait ce qu'il allait lui dire, elle redoutait ses paroles plus que tout au monde.

Il prit le temps de savourer un premier verre puis s'en resservit un autre et finit par lui faire face.

— Je suppose que je te dois une explication, hein ? murmura-t-il.

— Ce serait la moindre des choses, en effet, répondit-elle sur le même ton.

— J'ai bien réfléchi et je crois qu'on devrait faire un break tous les deux, lâcha-t-il.

— Pourquoi ? parvint-elle à articuler, en luttant pour retenir ses larmes.

— Je ne voulais pas que ça se passe comme ça, Laura... Je ne voulais pas te faire souffrir... Ça fait trois jours que je ressasse ça et que je ne sais pas comment te le dire... Ce n'est pas de ta faute, je n'ai pas vraiment d'excuse... C'est comme ça !

— C'est comme ça, répéta-t-elle d'une voix blanche... Tu me dis que tu m'aimes, que tu veux que je vienne m'installer chez toi... Tu me jures que tu ne peux plus vivre sans moi... Le lendemain déjà, tu as changé d'avis : tu ne veux plus me voir... et tu me dis simplement que *c'est comme ça* ?

— Laura...

— Tu crois que je vais fermer ma gueule, que je vais rentrer bien gentiment chez papa et maman, sans autre explication ? le coupa-t-elle, d'une voix aiguë alors que les larmes qu'elle ne pouvait plus retenir, coulaient sur ses joues. Tu me dragues, tu me sautes, tu me fous dehors, et tout ça sans que je rechigne, comme une petite fille bien sage ?

— Je suis désolé que tu le prennes comme ça, Laura... que ça se passe comme ça ! murmura-t-il, l'air mal à l'aise. Ne pleure pas, je t'en prie...

— Tu t'attendais à quoi ? À ce que je te saute au cou en riant aux éclats ? Je ne t'ai jamais menti sur mes sentiments, moi !... Tous les moments qu'on a passés ensemble, à faire l'amour... Tu m'as menti tout ce temps ? Au départ, je savais à quoi m'attendre avec toi. Je ne m'étais pas trompée : tu n'es vraiment qu'un play-boy de merde ! Mais tu m'as patiemment fait croire le contraire. Tu as réussi à me convaincre que tu n'étais pas tel que les autres te voient. T'es vraiment très doué pour mentir...

— Non, je ne t'ai pas menti, rétorqua-t-il. J'étais sincère sur le coup... Laura ! C'était foutu d'avance entre nous. On ne vient pas du même milieu. La petite fille riche avec le gosse des rues, ça ne marche que dans les films, faut pas rêver !... Je ne peux pas t'offrir tout ce que tu as l'habitude d'avoir automatiquement. Tu aurais continué combien de temps à te contenter d'une vieille bagnole, d'un petit studio de merde ? Tu aurais accepté combien de temps de bosser pour m'aider à gagner notre vie, à te passer de fringues, de bijoux, d'esthéticienne ou de coiffeur ? Tu aurais accepté facilement de regarder le prix d'un Jean et de t'en passer parce qu'on ne peut pas ce mois-ci ? lança-t-il sincère cette fois. Tu mérites mieux que ça : je ne suis pas à la hauteur... Je ne peux pas t'offrir la vie que tu pourrais mener avec un autre...

— Je me fous d'un autre, s'écria-t-elle. Le fric, tu ne parles que de fric, mais je m'en tape moi !

— Parce que tu es née dedans. Moi, j'en chie tous les jours pour vivre normalement et sans faire la moindre folie !

— La vérité, c'est que tu te cherches une excuse pour me virer, cracha-t-elle. Il ne t'a pas gêné mon fric pour me sauter, n'est-ce pas ?

— C'est vrai ! Mais je te ferai remarquer que je ne t'ai rien demandé...

— Parce que d'habitude, tu te fais payer ? se vengea-t-elle avec hargne. Combien tu veux ?

Il retint son souffle, les mâchoires crispées par la colère. Il prit le temps de se calmer, avant de répondre d'une voix à peine audible.

— Tu es injuste. Je préfère que tu sois heureuse ailleurs, plutôt que malheureuse avec moi, s'énerva-t-il.

— Et moi, je préfère être malheureuse avec toi que sans toi, avoua-t-elle, en essuyant sa joue trempée du revers de la main...

— Tu dis ça maintenant, mais un jour, tu me remercieras peut-être...

— Bien sûr ! Je t'offrirai même une médaille, celle du mec le plus fumier de la terre !

Le silence s'installa entre eux, long, lourd, pénible. Laura ne parvenait plus à retenir ses larmes, elle ne le cherchait pas vraiment, du reste. Elle avait tellement mal. Soudain, le doute s'empara d'elle.

— Il y a quelqu'un d'autre ? souffla-t-elle.

Dylan ferma les yeux un instant, tenta de réguler sa respiration et les battements désordonnés de son cœur. C'était beaucoup plus dur qu'il ne l'avait imaginé. Il fallait qu'elle s'en aille, sinon elle allait le faire craquer. Il s'accrocha désespérément à la perche qu'elle lui tendait.

— Oui, il y a quelqu'un d'autre !

Laura eut l'impression de prendre un coup de poignard en pleine poitrine. Chancelante, elle s'adossa au mur.

— Je la connais ? questionna-t-elle, la voix aussi blanche que son visage.

— Non, je ne pense pas...

— Et... tu tiens à elle ? (Elle évita volontairement le terme plus juste qui ne pouvait franchir le barrage de ses lèvres).

— Oui, mentit-il effrontément.

— Tu la connaissais déjà quand on s'est rencontrés ?

— En fait, j'étais avec elle avant de te connaître. Elle m'a quitté, mais je pensais toujours autant à elle. Aujourd'hui, elle est revenue, voilà ! improvisa-t-il avec talent.

— Et entre elle et moi, le choix est vite fait, conclut Laura, des larmes plein la voix.

— Je suis désolé, répéta-t-il en tentant de s'approcher d'elle. Je ne voulais pas tout ce qui arrive...

— Ne me touche pas ! le menaça-t-elle. Je vous souhaite tout le bonheur possible... Et plein de petits fumiers qui suivront le chemin de leur père... lança-t-elle en reculant vers la porte d'entrée.

Elle avait l'air si désespérée que l'angoisse s'empara de Dylan.

— Laura, où tu vas ? tenta-t-il de la retenir.

— Me taper le premier fils à papa qui me passera entre les pattes. Je vais me faire sauter autant de fois qu'il le faudra pour obtenir tout ce dont j'ai envie, tout ce que tu ne peux pas m'offrir, rétorqua-t-elle, volontairement blessante. Après tout, tu as peut-être raison ? Il me suffit de m'allonger pour obtenir ce que je veux d'un autre : je serais vraiment conne de m'en priver.

— Ne dis pas n'importe quoi ! ragea Dylan d'un coup en la prenant par le bras pour la forcer à le regarder.

— Tu as raison ! Je vais épouser un riche que mes parents auront choisi et collectionner les amants. C'est une solution comme une autre, n'est-ce pas ?

— Tu mérites mieux que ça ! rugit-il la mâchoire serrée.

— Au lit, tu veux dire ? se vengea-t-elle en se libérant de sa poigne.

Il tenta de la retenir, mais elle avait déjà ouvert la porte et bondissait dans le couloir. Il la rappela, mais elle ne se retourna que pour lui lancer un :

— Va te faire foutre avec ta pétasse des bas quartiers !

Elle s'enfuit plus qu'elle ne s'éloigna. Les larmes au goût salé l'aveuglaient, les sanglots l'étouffaient.

Le premier réflexe de Dylan fut de la rattraper, mais il se fit violence pour n'en rien faire, se forçant à rentrer. Il s'adossa à la porte, se laissa tomber sur le sol. Dix fois, il avait eu envie de la prendre dans ses bras, la serrer contre lui, embrasser son visage, la consoler, lui jurer qu'il mentait, qu'il l'aimait plus que tout au monde... il avait été au supplice. La tête posée sur ses genoux, il laissa à son tour couler ses larmes. La colère, la frustration et le désespoir hurlaient en lui, lui déchiraient les entrailles. C'était fini ! Il lui fallait tourner la page... Il s'était planté, comme on le lui avait tant prédit.

- 16 -

Elle avait mal comme jamais. Elle ne pouvait concevoir son avenir sans lui. L'imaginer avec une autre, lui susurrant les mots d'amour qu'il lui avait dits à elle, la caressant, l'embrassant... Elle ne s'en remettrait pas, elle allait devenir folle. Elle courait sur le trottoir pour s'éloigner le plus vite possible de lui. Sans vraiment s'en rendre compte, elle prit le bus qui la ramena à quelques dizaines de mètres de chez elle. À pied, elle dépassa la maison sans s'y arrêter. À deux cents mètres de là, c'était la campagne, les champs, les prés, la forêt. Laura gagna les abords d'une petite rivière. Elle n'était plus venue là depuis longtemps... Depuis plus de deux ans. C'était Élisa qui lui avait montré le coin. En suivant la rivière, elles arrivaient dans une grande prairie qui bordait la forêt. Une vieille grange dont les portes en bois ne fermaient pas complètement, toujours emplie de foin odorant, les accueillait. Elles y passaient des après-midis entiers, se racontant leurs histoires d'adolescentes, leurs petits secrets. Il arrivait même que Manue les y rejoigne. Laura n'y était pas venue souvent, surtout les derniers temps, parce qu'elle savait que sa sœur y retrouvait Tommy. Elle grimpa aux barreaux vermoulus de la vieille échelle et se laissa tomber dans la paille, laissant éclater son chagrin, le corps secoué par les sanglots.

Elle n'aurait pu dire combien de temps elle était restée là. Elle avait tant pleuré qu'elle avait l'impression de n'avoir plus de larmes. Quand son esprit embrumé sortit un peu du brouillard, elle se rendit compte que la nuit tombait. En hâte, elle dégringola l'échelle et prit le chemin du retour en courant. Elle prit le temps de reprendre son souffle dans la grande cour en gravier, devant le perron en pierre. À peine eut-elle passé la porte d'entrée que Karen s'écria hystérique.

— Tu étais où ? Tu te rends compte qu'on t'attend depuis des heures ? Qu'est-ce qui t'est arrivé ? ajouta-t-elle en découvrant son teint pâle, ses yeux gonflés et rougis par trop de larmes.

— Bonjour Karen, commença-t-elle par répondre avant de se rendre compte que les regards de Manue, Hervé et Luc étaient posés sur elle. J'avais besoin de prendre l'air, se contenta-t-elle de lancer.

— Prendre l'air ? hurla Karen. Mais on était tous fous d'inquiétude. Tu es inconsciente ou quoi ?

— Tu n'es pas obligée de hurler, cria Laura à son tour. J'avais besoin d'être seule !

— Seule, tu es sûre ? renchérit Hervé, l'air sévère.

— Oui seule ! ragea Laura. Ne vous faites plus de souci, je ne risque plus de me faire tuer par mon mec puisque j'en ai plus ! Vous êtes contents ? Vous allez pouvoir vaquer de nouveau à vos occupations ! Je vais redevenir bien sage, aller à l'école et rentrer à la maison à l'heure ! Plus besoin de surveillance ni de filature ! Vous êtes satisfaits ?

Sa dernière diatribe était évidemment adressée à Luc. Elle gagna sa chambre au pas de course et en claqua la porte si fort que les murs en tremblèrent.

— Mais qu'est-ce qui lui prend ? s'étonna Karen.

— Foutez-lui la paix, maugréa Manue. Elle vient de dire qu'elle vient de rompre avec son petit ami. Ce n'est peut-être pas le moment de l'emmerder.

Le beau-frère et la belle-sœur se défièrent un moment du regard. Puis Manue finit par baisser les yeux, signant ainsi sa reddition.

— Tu savais qu'elle avait un petit ami, pourquoi ne m'en as-tu pas parlé ? questionna Hervé à l'attention de Luc.

— Parce que je connais l'oiseau et je savais que ça ne durerait pas, se justifia Luc. C'était inutile de faire du foin pour ça. Et j'ai pensé que ça pouvait être instructif pour elle de vivre certaines expériences…

Il croisa le regard ironique et incrédule de Manue et en

ressentit une légère gêne.

— Expériences ? s'écria Hervé fou de rage. De quel droit est-ce que tu peux juger qui ma fille fréquente ? C'est un voyou ! Tu sais ce qui aurait pu arriver ?

— Hervé, qu'est-ce qui t'arrive en ce moment ? Tu es sur les nerfs ! s'interposa Karen. Toi qui t'énervais rarement, je ne te reconnais plus.

— Karen a raison, reprit calmement Luc, tu es un peu trop sur les nerfs. Je veux bien te rendre service et surveiller Laura pour sa sécurité, mais je ne suis pas non plus son gorille ni son objecteur de conscience. Si tu veux vraiment un compte rendu au jour le jour, engage un détective privé. Je ne veux pas du rôle que tu veux me faire jouer. Sur ce, bonne soirée.

Sur ces bonnes paroles, Luc claqua la porte, laissant ses trois congénères sans voix : Manue et Karen de surprise, et Hervé parce qu'il se sentait mal à l'aise.

— Je vais parler à Laura, décida ce dernier.

— Si je puis me permettre, le retint Manue, le moment est mal choisi. Elle doit avoir envie de rester seule. J'y vais. Si elle a envie de parler, elle se confiera peut-être à moi.

Comme Hervé acquiesçait silencieusement, Manue se hâta de rejoindre Laura. Quant à Karen, elle parut soulagée de voir sa nièce s'occuper *des affaires courantes* !

Laura s'était jetée sur son lit et avait enfoui son visage dans l'oreiller, comme pour s'étouffer. Elle n'arrivait même plus à pleurer. En elle, la colère livrait bataille au chagrin. Elle ne savait même plus ce qu'elle ressentait vraiment.

Manue frappa plusieurs fois à sa porte, mais sans réponse, elle finit par entrer.

— Laura ? Tu veux me raconter ce qui s'est passé ? Si tu veux que je m'en aille…

Laura se releva et lui fit signe de venir la rejoindre, et se mit à parler. Elle lui raconta tout, la voix cassée par le chagrin.

— C'est un beau fumier, conclut Manue, mais ça, je le savais déjà !

— Je n'arrive pas à comprendre, reprit Laura. Lundi, à midi, on a fait l'amour. Il était fou amoureux. Il m'a dit qu'il m'aimait. C'était la première fois qu'il le disait. Il voulait que je vienne vivre avec lui. Mardi, il disparaît. Aujourd'hui, il m'annonce que c'est fini, qu'il a quelqu'un d'autre dans sa vie. Ce n'est pas cohérent, c'est n'importe quoi !

— Il voulait peut-être se convaincre lui-même quand il te disait qu'il t'aimait, chercha à comprendre Manue. Il s'est rendu compte que ce n'était pas vrai… Ou bien, il était vraiment amoureux de cette fille, il a cru qu'il pourrait l'oublier dans tes bras, et paf ! elle revient ! Comme un imbécile, il lâche tout pour elle.

— D'une façon ou d'une autre, il ne m'aimait pas. Et moi, je me suis accrochée à lui comme une folle. Je ne m'en remettrai jamais.

— C'est dur, je sais ! Mais avec le temps, ça passera.

— Peut-être, mais je n'aimerai jamais plus quelqu'un comme je l'aime !… Assez parlé de moi. Toi, t'en es où avec Mel Gibson bis ?

— Je vais l'appeler pour lui dire que je reste là ce soir.

— À cause de moi ? Ça va pas non ? À quoi ça va servir ? l'interrompit Laura. Je vais me coucher de toute façon.

— C'est toi qui as la priorité, trancha Manue.

— C'est ridicule. Et puis, ça m'a fait du bien de t'en parler. Maintenant, j'ai envie de sommeil. Allez, va-t'en ! Je t'en prie.

Les deux semaines qui suivirent furent un cauchemar pour Laura. Elle s'était jetée à corps perdu dans ses études. Elle avait pris un peu de retard dans ses révisions ces derniers temps, mais celui-ci fut vite rattrapé. Cela ne suffisait cependant pas à adoucir sa peine. Elle avait perdu l'appétit, avait maigri. Ses traits étaient pâles et tirés. Elle ne rentrait chez elle que pour s'enfermer dans sa chambre. Hervé avait essayé de lui parler, en vain. Elle lui en voulait de s'être opposé à sa liaison avec Dylan. Il lui servait de bouc émissaire. Elle savait qu'il en était malheureux. Elle avait parfois envie de revenir vers lui, se faire consoler par son petit papa comme quand elle était petite. Mais cette complicité qui lui manquait tant avait disparu. Elle ressentait un blocage à son encontre, et elle en était malheureuse aussi. Elle ne déjeunait plus au Totem's de peur de tomber sur lui et surtout, *sur l'autre* : celle qui avait pris sa place. Elle ne cherchait plus à sortir le week-end. Même Marina ne savait plus quoi faire pour essayer de l'égayer.

Les premiers temps, plusieurs fois, elle avait rêvé de lui, de ses caresses, de la douceur de ses mains sur sa peau. Toutefois en s'éveillant, elle ne ressentait plus ce sentiment de bonheur qui la faisait rougir, mais une frustration croissante, un manque de plus en plus douloureux.

Une nuit, alors qu'elle était de nouveau plongée dans ce genre de rêve, frémissante de désir et de plaisir, un bruit, ou peut-être une sensation... quelque chose l'éveilla. Le temps que ses yeux s'habituent à l'obscurité, une silhouette se dessina à quelques pas. Sursautant, elle s'assit brusquement dans son lit, serrant plus fort son drap contre elle.

— C'est moi, Laura, murmura Hervé à voix basse. Qu'est-ce que tu as ?

— Qu'est-ce que tu fais là ? questionna-t-elle, encore essoufflée par les sensations divines de son rêve, presque autant que par la peur.

— J'ai entendu quelque chose, comme un gémissement, j'ai cru que tu pleurais...

— J'ai... j'ai fait un cauchemar, balbutia-t-elle, mais ça va maintenant, tu peux me laisser.

Il sembla hésiter un instant puis, lui souhaitant bonne nuit, il vint déposer un baiser sur sa joue et sortit.

Laura resta assise dans son lit un moment. Son cœur battait la chamade. Elle se sentait si mal à l'aise. Qu'avait-elle dit ? Avait-elle vraiment gémi ? Si oui, se pouvait-il que son père ait deviné à quoi elle rêvait ? La situation était on ne peut plus gênante. Il s'était inquiété pour elle, mais, ce faisant, il avait pénétré son intimité la plus profonde. Pour la première fois de sa vie, Laura regretta qu'il n'y ait pas de serrure ou de verrou à sa porte.

À la suite de cet incident, Laura prit l'habitude de jeter dans les toilettes « *l'infusion à la Brissac quasi obligatoire* » chaque soir. Il lui semblait qu'en la faisant dormir d'un sommeil de plomb, la boisson l'empêchait de se réveiller au moindre bruit. C'était certainement psychologique, mais, dès lors, elle ne refit plus jamais ce genre de rêve. Peut-être qu'inconsciemment, l'irruption de son père dans sa chambre avait provoqué un blocage ? En tout cas, elle l'espérait !

Dylan avait repris le travail, faisait des heures supplémentaires pour rattraper le retard. Au lieu de rentrer chez lui, il sortait, passait plus de temps que jamais auprès de ses amis. Mais aucun d'eux ne fut dupe. Il était malheureux à en crever et cela se lisait sur son visage. Or, personne n'osa lui poser de questions. Le week-end, il faisait la fête dans tous les sens du terme, filles, alcool, musique. Plus il rentrait chez lui tard et cassé, moins il pensait à elle.

Un soir, Laura eut la surprise de trouver Luc devant le lycée.

— Qu'est-ce que tu fais là ? questionna-t-elle méfiante. Tu me surveilles encore ? C'est toujours aussi passionnant ou tu commences à t'emmerder ?

— Je ne te surveille pas, je voudrais qu'on règle ensemble quelques malentendus. J'aimerais t'inviter à prendre un verre entre copains, c'est possible ?

Laura ne sut pas vraiment pourquoi elle avait accepté. Peut-être parce qu'elle se sentait terriblement seule ? Ils se rendirent au Totem's où il n'y avait plus d'élèves et pas encore de motards.

— Je veux que tu saches que je n'ai jamais rien dit à ton père à propos de lui, lança Luc.

— Comment a-t-il appris pour Dylan et moi alors ?

— J'en sais rien. Paco peut-être ? Je pense qu'il te surveillait, lui aussi...

— Non, j'ai confiance en Paco.

— À ce point ? Tu sais très bien qu'il risquait sa place tous les jours avec toi. Il connaissait bien Dylan. S'il l'a fait, ça partait d'un bon sentiment. Il a pu vouloir te protéger...

— C'est pourtant bien à toi que mon père avait demandé de me surveiller ?

— Il m'avait demandé de faire attention à toi, de veiller à ta sécurité, pas franchement te surveiller, expliqua-t-il, un peu hésitant. Si je l'ai fait, c'était pour le rassurer au départ, pour qu'il te laisse un peu plus de liberté. Quand je me suis rendu compte qu'il y avait quelqu'un dans ta vie, je t'ai surveillé pour mon propre compte, pour ta sécurité, mais je n'ai rien dit à Hervé. Il me l'a d'ailleurs vivement reproché.

— Sois franc, le questionna-t-elle. Qu'est-ce que tu attendais de notre liaison ? Tu pensais vraiment qu'il tenterait de me violer ou de me tuer ?

— Laura, je connais ce mec de réputation. Je savais que ça ne durerait pas entre vous. Je voulais te mettre en garde contre lui, mais je craignais que tu te braques contre moi. C'est un tombeur. Les nanas, il les collectionne à la pelle !

— Donc, tu penses qu'il est incapable d'entretenir une liaison sérieuse avec une fille ? Depuis combien de temps tu le connais ? questionna-t-elle soudain.

— Ça fait bien plusieurs années…

— Et avant qu'il soit avec moi, tu l'avais déjà vu souvent avec la même fille ? Pendant des semaines et des semaines ?

— Je peux t'assurer qu'il n'a jamais tenu plus de quinze jours avec une nana, murmura Luc. Il est trop volage. Je crois que tu as établi un record. J'ai bien cru qu'il allait se caser avec toi !

— Il paraît qu'il a fréquenté sérieusement une fille, juste avant moi, et ce serait elle qui l'aurait quitté.

— Ben, si c'est le cas, même le plus proche de ses potes n'est pas au courant, crois-moi Laura ! Il n'est pas foutu d'être fidèle. Au moins, il a eu l'honnêteté de te larguer…

— Non, le coupa Laura en réfléchissant, il n'a pas été honnête, il m'a menti sur les raisons de notre rupture. C'est lui qui m'a parlé de cette fille avec qui il était avant moi, qui l'aurait quitté et qui serait revenue…

— Je pense qu'il t'a menti pour te préserver. Dans le fond, ça part d'un bon sentiment, murmura Luc en posant sa main sur celle de Laura.

— Et toi ? Qu'est-ce que tu attends de moi ? le fixa-t-elle soudain, les yeux dans les yeux. Pourquoi essayer de me protéger des autres, mais aussi de mon père ? Pourquoi ton attitude a-t-elle changé envers moi ? Tu veux coucher avec moi, c'est ça ?

— Non ! se récria-t-il, offusqué. J'ai l'âge de ton père !

— Ça te gênerait la différence d'âge ? le provoqua-t-elle.

— Je t'arrête tout de suite ! Si tu veux te servir de moi pour te venger de Dylan ou de ton père, tu fais fausse route.

Je veux qu'on soit amis, j'aimerais que tu me considères comme... une sorte de grand frère, mais c'est tout ! J'ai beaucoup d'affection pour toi, mais ton père est l'un de mes meilleurs amis et je suis marié.

Il prit sa main dans la sienne et joua instinctivement avec ses doigts.

— Il paraît que ça ne t'a jamais gêné d'être marié, ironisa Laura. Mais ça ne me regarde pas ! Je suis rassurée à ton sujet. Ça m'aurait déçue que tu ne me détrompes pas !

Luc poussa un soupir d'exaspération, secoua la tête négativement et finit par sourire.

— Tu ne m'as pas répondu à propos de ton mariage, reprit Laura.

— J'estime n'avoir pas à me justifier devant toi, souffla-t-il en souriant... Il ne mérite pas que tu souffres comme ça pour lui. C'est un petit con ! Une gravure de mode qui se prend pour un dieu qui croit toutes les filles à sa disposition !

— Il n'est pas comme ça, tenta de le défendre Laura.

— Il est comment alors ? Réagis, bon sang !

Laura préféra couper court. Quand ils partirent, Luc la prit amicalement par la taille pour la diriger vers la porte. L'un des clients, accoudé au bar, qui connaissait Dylan, fit un clin d'œil significatif à Jimmy, qui se contenta de hausser les épaules.

Le soir même, lorsque David, Nanou et Dylan firent leur apparition, le même client était toujours au bar. En fin de soirée, alors que Dylan allait partir, l'autre le prit à partie.

— Eh ! J'ai vu ton ex aujourd'hui !

— Tant mieux, railla Dylan, dans une ironie agressive.

David s'était raidi et se tenait sur ses gardes.

— Elle avait l'air en pleine forme, continua l'autre, mais il y a un truc qui me tracasse.

Tout le monde faisait mine de rien alors que tous avaient une oreille aux aguets. Dylan, lui, serrait les dents et continuait à tourner le dos, luttant pour endiguer la vague de colère qu'il sentait monter en lui.

— Qu'elle se console vers un autre après s'être fait larguer, O.K. ! reprit le dénommé Stéphane, mais elle a passé un moment avec nous, elle nous connaît bien, alors qu'elle se farcisse un flic, ça fait peur !

Dylan fit demi-tour et se planta devant Stéphane,

— Elle ne se le tape pas, c'est un ami de la famille, grinça-t-il des dents, tentant encore de se maîtriser.

— Eh ben ! Ils ont de drôles de mœurs dans la famille, alors ! Demande à Jimmy, ils se baladent main dans la main, discutent les yeux dans les yeux. Il aurait pu lui rouler un patin, là au milieu, qu'il l'aurait fait…

Il eut à peine le temps de finir sa phrase que Dylan le projeta plus loin d'un coup d'épaule. Avant que l'autre ait pu réagir, il se trouva collé contre le mur, les pieds à quelques centimètres du sol, retenu uniquement par la main de Dylan enserrant sa gorge. Stéphane eut beau se débattre comme un diable, Dylan ne lâcha pas. Heureusement, David qui s'attendait à l'altercation s'interposa rapidement. Aidé de Nanou, il força Dylan à lâcher prise et l'entraîna au-dehors, ne le lâchant que sur la terrasse.

— Mais qu'est-ce qui te prend ? Tu deviens taré ou quoi ? l'engueula Nanou. Tu l'as larguée, elle n'a plus rien à voir avec toi ! Elle peut se taper qui elle veut sans que tu aies ton mot à dire. ! Si t'es jaloux, va la chercher, mais ne te venge pas sur les autres. Tu veux quoi ? Foutre la merde jusqu'à ce que les flics se pointent ?

— Tu peux nous laisser, s'il te plaît, Nanou ? le pria David avec un regard qui voulait dire « *Laisse-moi faire !* »

Dylan tournait en rond, le souffle court, la respiration haletante, les poings serrés. Son visage et son corps aux muscles tendus dénotaient un état de nerf avancé. D'un coup, il pivota sur lui-même et frappa d'un coup de poing, une poubelle accrochée sur un poteau. Le cylindre en plastique n'y résista pas.

— Ça t'a défoulé ? T'es content de toi ? Pète-toi la main en plus, ironisa David, sur un ton plutôt affectueux. C'est pas grave, elle ne te sert pas à grand-chose, ni pour la musique, ni pour le boulot, et encore moins pour la moto, et ça va certainement régler tous tes problèmes.

— J'arrive pas à me l'enlever de la tête. Je l'ai dans la peau, j'y peux rien… Boisseau ! Elle ne peut pas se taper Boisseau, il pourrait être son père !

— Dix ou vingt ans de différence, ça change quoi ? T'as une dizaine d'années de plus qu'elle, toi. Ça ne vous a pas dérangé !

— Non seulement c'est un flic, mais en plus, c'est *le seul flic* au monde qu'il ne fallait pas qu'elle approche. Je pourrais tout supporter sauf lui ! Ça me rend fou !

— Hum ! Et tu crois qu'elle ne le sait pas ? Si vraiment elle voulait te faire chier, à ton avis, elle se tournerait vers qui ? Et pourquoi tu lui as dit qu'il y avait une autre nana ? Tu es bien placé pour imaginer ce qu'elle peut ressentir, elle, en te croyant avec une autre gonzesse...

— Sauf que lui, il va *tout* lui dire.

— Ça change quoi pour vous deux maintenant ? De toute façon, si ce n'est pas lui, quelqu'un d'autre le lui dira, Manue, Paco... C'est déjà un miracle qu'elle n'ait rien su plus tôt !

Dylan ne répondit pas. Son visage s'était fermé, il serrait les dents. Sans un mot de plus, il récupéra son casque dans le café et se dirigea vers sa moto.

— Tu vas où, là ? s'enquit David.

— Chez moi ! Je bosse demain et j'ai plus envie de rester ici ! Ne fais pas cette tête ! Puisque je te dis que je rentre !

- 17 -

Manue ne frappa qu'un coup à la porte. Elle se savait attendue. L'homme qui lui ouvrit fit une moue ironique.

— Je sais, je suis en retard, sourit-elle, mais Laura ne va pas bien du tout ce soir et je suis restée plus longtemps que prévu avec elle.

Il la prit dans ses bras et l'embrassa longuement.

— Tu n'es pas sa mère, tu le savais ? ironisa-t-il.

— Heureusement ! On n'a que quatre ans de différence. Mais, comme celle qui lui sert accessoirement de mère est quasi inexistante...

— Mets-toi à l'aise, tu veux un verre ?

— Oui, tu as encore de la tequila ? sourit-elle.

Comme il lui préparait un verre au bar, elle musarda dans le salon. Chaque fois qu'elle était venue, elle avait passé plus de temps dans la chambre et la salle de bain que dans cette pièce. Aussi s'accorda-t-elle le plaisir d'observer les bibelots, les livres de la bibliothèque... L'appartement n'était pas très grand, mais meublé de façon pratique et totalement masculine. Ses yeux s'arrêtèrent sur une photo qui le représentait sur une moto, à côté d'un autre motard.

— Putain de merde, murmura Manue. Je n'aurais jamais imaginé qu'il puisse faire ça !

— Qui et faire quoi ? répondit David.

— Ben Dylan ! Pourquoi il s'est tapé Laura ? Pourquoi il a eu le culot de faire ça ?

— Il avait ses raisons, mais il s'est fait piéger. Je l'avais prévenu pourtant... Laura est au courant de son passé ?

— Non ! Et j'espère bien qu'elle ne le saura jamais !

— Comment veux-tu qu'elle ne le sache jamais ? Il y a trop de monde au courant. Comme je l'ai dit à Dylan, c'est déjà un miracle que personne ne lui ait encore rien dit. Et tu sais qu'elle voit Boisseau, maintenant ? Tu crois qu'il va se gêner, lui ?

— Luc ? Elle voit Luc ? C'est quoi cette plaisanterie, se mit à rire Manue.

— Je ne plaisante pas ! Steph les a vus au Totem's à la sortie du Lycée. Ils étaient mains dans la main.

— Et il l'a dit à Dylan ?

— Hum et il a manqué de se faire péter la gueule en beauté. Dylan était fou de rage !

— Fou de rage ? Connard, va ! C'est bien fait pour sa gueule ! Il la vire comme une malpropre et il est jaloux quand elle s'affiche avec quelqu'un d'autre ?

— C'est pas quelqu'un d'autre, c'est Boisseau, l'ennemi public numéro un. Elle ne pouvait pas taper plus fort ! Et pour nous, elle sait, Laura ?

— Elle sait qu'il y a quelqu'un dans ma vie, mais elle ne sait pas qu'elle le connaît, ni qui il est. Alors, dis-moi — après tout, c'est ton meilleur ami, Dylan — pourquoi s'est-il tapé ma nièce ? Pour se venger ? Pour prouver qu'il pouvait faire mieux que Tommy ?

— Peu importent ses raisons de départ, ce qu'il n'avait pas prévu, c'était de tomber amoureux. Il en est vraiment dingue.

— Donc il la largue ! Logique ! se mit à rire Manue. Remarque, tant mieux pour Laura, elle a eu chaud !

— Manue, il a été contraint et forcé de couper les ponts avec Laura.

Elle le dévisagea silencieusement. À son ton sérieux, elle comprit qu'il ne plaisantait pas et que quelque chose de grave s'était passé. Elle brûlait de poser une question dont elle craignait d'entendre la réponse.

— Contraint et forcé ? Par qui ?

— Tu veux vraiment que je réponde ? Belote et rebelote !

— Non, lâcha-t-elle dans un souffle, le cœur battant, fermant un instant les yeux.

— Ton beauf l'a rencontré et lui a demandé de ne plus

revoir sa fille. Dylan a refusé, le ton est monté et ça s'est terminé en chantage. Soit Dylan virait rapidement Laura, soit il se retrouvait en taule pour détournement de mineure, agression, viol et j'en passe. Dylan peut en prendre pour dix ans, minimum. Et comme ce fils de... craignait que ça ne suffise pas, il l'a menacé de faire tomber ses amis avec lui, moi le premier !

— Pour quels motifs ?

— Pour détention de drogue ou autre. Il n'est pas à un mensonge ou à un délit de corruption près, tu sais ? On peut tout se permettre quand on a un pote commandant des Stups et qu'on est un avocat renommé ! Des preuves, s'ils n'en ont pas, ils les fabriqueront. Et qui va croire un petit employé face à un flic, un avocat et l'assistant du procureur ? Il a menacé comme ça une bonne partie de nos potes. Dylan peut se foutre en l'air volontairement — quoique ce serait ridicule et ça ne servirait pas à grand-chose — mais il ne fera pas tomber ses copains avec lui. Du coup, rideau ! Mais je peux te jurer qu'il en bave autant, sinon plus, que Laura.

Manue était livide. Elle chancela légèrement et David inquiet, la rattrapa par le bras.

— Tu ne te sens pas bien ? Manue, qu'est-ce qui se passe ?

— Non ! Ça ne va pas bien, murmura-t-elle d'une voix blanche en s'asseyant sur le fauteuil le plus proche. Oh, mon Dieu, c'est un cauchemar !

— Le problème, c'est que Laura aurait dû avouer à Dylan qu'elle était mineure.

— Il ne le savait pas ?

— Et non ! Il est tombé de haut en l'apprenant ! En fait, à l'époque, on savait qu'Élisa avait une sœur plus jeune qu'elle, mais de trois, quatre ou cinq ans, on ne le savait pas et peu importait !

— Et qu'est-ce que tu as dit à propos du viol ou de je ne sais quoi ?

— En gros, quand Laura a été agressée, il y a trois ou quatre semaines, elle a subi plusieurs examens. Ils ont trouvé des traces de sperme. Le père de Laura sait qu'ils ont couché ensemble ce jour-là et il a accusé Dylan de l'avoir agressée.

Dylan a répondu qu'il avait un alibi. Alors l'autre lui a carrément dit qu'il savait qu'il était innocent, mais que ça ne comptait pas, qu'il pouvait corrompre tout le tribunal s'il le fallait. Bref, la parole de Dylan contre celle d'un avocat réputé... Sans compter qu'il a une preuve : l'analyse de sperme.

— Merde ! Ça recommence, murmura Manue d'une voix altérée par l'émotion.

Elle s'était mise à trembler, réellement bouleversée.

— Eh oui ! Rebelote ! Sauf qu'on sait comment ça risque de se terminer, donc on a un avantage par rapport à Tommy.

— Tu es conscient de ce que tu viens de dire ? Tu envisages sérieusement la mort de Laura ? s'alarma Manue, devenue blême.

— Non ! Je te parle de ce qui s'est passé entre Tommy, ton beauf et Élisa, leur conflit. Dylan risque la taule, même si Laura se porte comme un charme. Et ne t'inquiète pas, il a beaucoup de défauts, mais il ne tuera pas Laura, même sur un coup de colère.

— Ça, je le sais ! Tout comme Tommy n'a pas tué Élisa... Tu ne dis rien ? Tu en doutes, maintenant ?

— J'en sais rien, avoua David. Je ne crois pas qu'il l'ait tuée, mais je pense que tu avais tort, il y a deux ans d'accuser ton beauf.

— Toi aussi, tu doutes de moi, hein ? soupira Manue. Je sais qui a tué Élisa et je n'en démordrai pas. Je suis terrorisée à l'idée qu'il va faire la même chose à Laura. Le processus est déjà en route, mais je ne peux pas le prouver.

— Manue ! Tu déjantais déjà il y a deux ans, sauf qu'à cette époque, tu étais camée. Je pensais que tu étais revenue guérie et saine d'esprit.

— Vas-y, traite-moi de tarée, s'énerva Manue.

— Non ! Arrête ! Pas de ça avec moi ! Si je te croyais vraiment tarée, je ne t'aurais pas attendue tout ce temps, O.K. ?

— Je sais que ça paraît tordu, incroyable, mais c'est la vérité. J'ai essayé de l'expliquer aux flics et au juge pendant le procès de Tommy. Mais je n'ai pas eu le temps de prouver quoi que ce soi, ni le temps, ni les moyens. S'attaquer à ce sale type, c'est un suicide. Il a le fric, la notoriété et le pouvoir pour lui. Même si tu prouves par a plus b qu'il est un criminel, tout le monde le soutient et te rit au nez. Il n'a fait qu'une bouchée de moi, il m'a...

Elle s'était tue, la voix étouffée par les larmes.

— Je sais ! Il a tenté de te détruire. Mais là où il s'est planté, c'est que quelque part, il t'a rendu service...

— Service ? Deux ans d'internement ? Deux ans de ma vie qu'il m'a volés ? s'écria-t-elle au bord des larmes.

— Tu aurais fait quoi de ces deux ans, Manue ? Tu te serais détruite au crack et à l'héro ? Même moi, je ne savais plus quoi faire, je ne *pouvais* plus rien faire ! Bien sûr que tu as dû en chier pendant deux ans, mais moi, tu as pensé à moi, au moins une fois ? Tu crois que c'était facile pour moi de voir la gonzesse dont j'étais amoureux, se détruire à grand coup de drogues ? Tu crois que je ressentais quoi quand je te ramassais, complètement stone et que je te ramenais chez toi, que je passais la nuit à surveiller que tu ne fasses pas une overdose et à ramasser ta merde ? Tu veux que je t'avoue quelque chose ? Quand j'ai appris la mort d'Élisa et l'arrestation de Tommy pour meurtre, la première pensée que j'ai eue, c'est que c'était trop injuste, que ça aurait été plus logique que je sois à la place de Tommy et que tu sois morte, parce que pour toi ça n'aurait rien changé.

Manue était restée interdite pendant tout son laïus, le souffle coupé, percutée de plein fouet par ses paroles. De grosses larmes roulaient sur ses joues sans qu'elle tente de les essuyer. Elle resta longtemps silencieuse, alors il reprit, impitoyable.

— Et ce n'est pas vrai que je t'ai attendue, Manue ! Pour moi, tu étais morte le jour où ils t'ont enfermée. Jamais je n'aurais cru que tu survivrais. Tous les jours, j'attendais qu'on m'annonce que tu avais pris une dose de trop. Et si j'étais toujours seul quand tu es sortie, c'est parce que je n'avais pas encore trouvé la nana qui me ferait craquer comme tu l'avais fait trois ans auparavant, la nana qui me ferait oublier le cauchemar que je vivais avec toi, mais qui te ressemblerait quand même un peu... Ce que j'essaie de te dire, c'est que cette nana, celle que je cherchais, que j'attendais, c'est toi aujourd'hui ! Je n'aurais jamais osé l'espérer ! J'ai retrouvé la Manue de mes rêves, celle que j'ai connue il y a presque quatre ans, mais sans la drogue et l'alcool, et je n'ai pas envie de la perdre une seconde fois ! Quoi qu'il se soit passé, oublie ! Élisa est morte, on n'y peut plus rien ! Fous la paix à ton beauf, ne lui donne pas l'occasion de nous séparer de nouveau. Je suis prêt à te suivre, Manue, n'importe où ! Alors, laissons tout tomber et cassons-nous d'ici, loin !

— Pourquoi tu ne m'as jamais dit ça avant ? chuchota-t-elle, bouleversée.

— Tu m'aurais écouté ? Tu ne m'aurais même pas entendu. Alors, si on quittait tout et qu'on partait loin d'ici ?

— Je ne peux pas, David ! Je ne peux pas laisser Laura, pas maintenant !

— Je savais que tu répondrais ça, souffla-t-il, résigné.

— Je t'aime David, plus encore qu'il y a deux ou trois ans. Je n'ai jamais cessé de t'aimer et de penser à toi. Mais je sais des choses... Je sais, par exemple, que le fait que j'aie été junkie m'a enlevé toute crédibilité... mais j'aimais profondément Élisa. Elle était tout pour moi, plus qu'une sœur, plus qu'une amie...

— Je sais tout ça, souffla David.

— Et tout ce qu'elle subissait... Je la voyais s'enfoncer... et je ne pouvais rien faire ! Je sais que la drogue a été une fuite pour moi. Aujourd'hui, je refuse de fuir parce qu'il y a Laura et que je ne la laisserai pas tomber dans le même enfer que sa sœur. Que vous me croyiez ou non, je me battrai pour elle. Et quand je parle d'enfer, je crois que les portes ont commencé à s'ouvrir pour Laura...

— De quoi tu parles ?

— Élisa... a subi des relations sexuelles avec son père. Il ne se conduisait pas en père avec elle, mais en amant jaloux.

David regardait fixement Manue sans réagir. Elle voyait bien dans son regard qu'il avait du mal à la croire.

— Manue, je crois qu'il faut être très prudent dans ce domaine...

— Je sais que ça paraît incroyable, mais Élisa me l'a avoué deux jours avant sa disparition. Elle pleurait et se doutait qu'il allait se passer quelque chose. Elle m'a dit qu'elle avait tout mis par écrit dans son journal. Quand je lui ai demandé pourquoi elle n'en avait pas parlé avant, elle m'a expliqué qu'il lui faisait du chantage. Si elle essayait d'en parler à quelqu'un, il ferait la même chose à Laura, qui n'avait que quinze ans à l'époque. Si elle a fini par m'en parler, c'est parce qu'elle craignait qu'il ne s'en prenne à sa petite sœur, et elle avait peur de ne plus pouvoir la protéger ni maîtriser la situation...

— Oh! Nom de Dieu, murmura David en se passant la main sur le visage. Tu n'as jamais essayé de faire savoir tout ça ? Ton témoignage pouvait tout changer ! Tu avais des preuves écrites...

— Non ! Elle m'a dit qu'elle avait tout mis par écrit, répéta-t-elle, mais elle ne m'a jamais montré ni dit où elle le cachait ! Elle ne pensait certainement pas disparaître aussi vite. Je n'ai jamais réussi à mettre la main dessus. J'ai essayé de raconter ce qui se passait, mais personne ne m'a crue. C'était le pot de fer contre le pot de terre. Imagine, un père désespéré, qui plus est, avocat de talent, marié à l'assistante du procureur, contre une jeune fille perturbée, rebelle, délinquante et droguée. Je reconnais que je ne donnais pas une image de quelqu'un de fiable. Quelle chance j'avais contre Maître Brissac, franchement ? Il a facilement prouvé que j'avais été profondément traumatisée, que j'étais en état de choc, que j'avais besoin de soin. En beau-frère modèle, il m'a fait soigner dans l'hôpital psychiatrique le plus réputé et le plus cher, bien entendu ! Au début, j'ai cru que j'allais vraiment devenir folle. Puis, j'ai vite compris qu'il fallait que je leur fasse croire que je m'étais calmée, que j'avais fait mon mea-culpa pour pouvoir sortir. Depuis, je joue la comédie à longueur de journée, je leur fais croire que je suis devenue une femme raisonnable, mature, celle dont ils ont toujours rêvé pour servir de grande sœur à Laura. Il m'a trouvé du travail, je n'ai plus de mauvaises fréquentations... enfin, en apparence.

— Ah ! Parce que c'est moi la mauvaise fréquentation ? émit-il sur le ton de la plaisanterie, alors que son visage ne souriait plus du tout. Et Laura, qu'est-ce qu'elle en pense ?

Elle est au courant ?

— Non... Quand j'ai accusé son père, elle s'est élevée contre moi, elle aussi. Elle l'a toujours adoré. Elle a pensé comme tout le monde que j'étais profondément traumatisée. Elle était, elle aussi en état de choc. Elle adorait sa sœur, elle l'idolâtrait... Et puis, elle n'avait que quinze ans ! Même si elle m'avait crue, qu'est-ce qu'elle aurait pu faire ? Je crois qu'elle m'en a voulu, parce qu'elle a perdu ses deux sœurs en même temps, si je puis dire. On a été élevées ensemble et d'un seul coup, elle s'est retrouvée seule. Elle a vécu la situation comme un abandon de ma part. À présent, malgré nos retrouvailles, il y a une barrière entre nous. Elle a du mal à se confier. Elle est restée renfermée, indépendante, froide. Je n'arrive pas toujours à la cerner. Elle ne me croit pas folle, mais elle pense que j'ai été choquée, que je veux trouver un autre coupable, uniquement parce que j'aimais beaucoup Tommy... Et puis Hervé et moi, on s'est toujours disputé, dès ma plus tendre enfance, on s'est heurté, donc tout le monde trouve normal que je me révolte contre lui, le pauvre ! Laura ne me croira jamais. J'ai peur qu'elle ne se braque contre moi et que je perde le peu de contrôle que j'ai sur elle si j'insiste.

— Et tu crois que ça va recommencer avec Laura ? la questionna David, encore sceptique.

— Oui ! Je suis persuadée qu'il ne va pas tarder à s'en prendre à elle. Ça me terrorise parce qu'elle est beaucoup plus rebelle, plus dure qu'Élisa, beaucoup moins malléable. Il ne pourra pas exercer de chantage sur elle, tu comprends ? Ça le rend encore plus dangereux ! C'est pour ça qu'il s'est arrangé pour écarter définitivement Dylan. Laura est désespérée, donc affaiblie. Elle devient plus facilement manipulable...

— Qu'est-ce qui te fait dire qu'il ne va pas tarder ?

— Je ne pense pas qu'il ait déjà touché à Laura, sexuellement parlant. Je crois que je l'aurais décelé dans son attitude et ses paroles. Mais, après sa rupture avec Dylan, elle s'est disputée avec Hervé, elle lui fait la gueule. Il a du mal à le supporter, ça se voit. Il va tout faire pour se rapprocher d'elle, puis il ira plus loin...

— Tu sais qu'il veut la faire partir pour les États-Unis avant son anniversaire ? Il l'a dit à Dylan.

— C'est un excellent moyen de se la garder pour lui seul, de l'envoyer là-bas. À trois mille bornes d'ici, il aura le champ libre. Et qui viendra en aide à Laura, hein ? Il ne faut pas qu'elle parte !

— Pour l'instant, tu fais croire à Brissac que tu as changé, mais il n'est pas con, il doit se douter que tu te mettras en travers de son chemin…

— Pour l'instant, non ! Mais le jour où il touchera à Laura, je serai sur son chemin, et là… je deviendrai un obstacle qu'il faudra éliminer, voilà tout, répondit-elle le plus naturellement du monde.

— Tu me fais froid dans le dos, frissonna David. Tu te rends compte de ce que tu dis ? Et sa belle-mère ? Elle ne s'est jamais rendu compte de rien pour Élisa ? Elle ne se rendra pas compte de ce qui se passe pour Laura ? Tu plaisantes ou quoi ? la contredit David.

— Sa belle-mère s'en fout. Elle est trop absorbée par son ambition pour se rendre compte de ce qui se passe sous son toit. Et puis, ce ne sont pas ses filles ! Mais il y a des points noirs, des choses qui m'échappent…

— Quoi par exemple ?

— Le flic, Luc, il a joué un rôle dans leur couple, mais je ne sais pas lequel. Je trouve qu'ils ont tous une relation trouble entre eux. Il s'est passé quelque chose avant la naissance d'Élisa et peut-être même avant la mienne. Il y a des non-dits… Mais tout est lié, j'en suis persuadée…

— Et ça aurait un rapport avec les filles et leur belle-mère ?

— Oui, j'en suis sûre… Si Élisa avait vécu un peu plus longtemps, j'en aurais sûrement appris un peu plus. Par exemple, je sais qu'Élisa a eu une liaison avec Luc, mais je ne suis pas sûre que ce soit de son plein gré. Et si ça l'était, je ne comprends pas qu'Hervé n'y ait pas mis un terme, parce qu'il était au courant, ça, c'est sûr !

— Comment tu peux en être sûre ?

— Élisa passait des nuits entières chez Luc, et Hervé ne s'y est jamais opposé, Karen non plus. Elle semblait même soulagée quand Élisa ne rentrait pas.

— Mais Boisseau est marié. Sa femme non plus ne disait rien ?

— Elle n'était jamais là quand ça se passait. Elle a toujours été plus ou moins dépressive. Quand elle n'était pas en cure, elle s'offrait des vacances ou partait dans sa famille.

— C'est quoi cette histoire de fou ? ironisa David. Je n'arrive pas à croire que Laura ait vécu au milieu de ce cirque sans être au courant de rien !

— Ça s'est passé quand Laura avait entre dix et quinze ans, elle avait d'autres pôles d'intérêt à cet âge-là. Et tout le monde s'évertuait à la tenir à l'écart de tout, même et surtout Élisa !... Si tu dis que Dylan est vraiment amoureux de Laura, il faut qu'on se voie très vite, qu'on en discute. Lui, il m'aidera à la protéger.

— Tu plaisantes ou quoi ? Si tu lui parles de quoi que ce soit, il est capable de se procurer un flingue et d'aller abattre toute la clique. T'es dingue ?

— J'ai besoin de quelqu'un de très motivé pour m'aider à la sauver, qui peut l'être plus que lui ?

— Tu veux faire quoi au juste ? s'inquiéta David.

— Depuis que je suis sortie de l'hôpital, je suis retournée voir Tommy en prison. Personne n'est au courant. D'ailleurs, j'ai appris que vous le voyez tous régulièrement ?

— Tu pensais qu'on allait le laisser tomber ?

— Je ne sais pas. J'ai été totalement isolée moi, pendant deux ans.

— Toi, ce n'était pas possible de venir te voir, tu le sais bien ? se justifia David. Et je t'ai expliqué pourquoi de toute façon, je ne serais pas venu.

— Je sais, je sais, coupa-t-elle. Bref, j'ai trouvé Tommy... résigné. Il n'a plus foi en rien. Son avocat était un nul, peut-être même corrompu par Hervé. J'ai réussi à convaincre un jeune avocat de reprendre l'affaire depuis le début. On reprend l'enquête officieusement. Dès qu'on aura de nouveaux éléments, on fera rouvrir le dossier. Il a pu se procurer toutes les minutes du procès. On va faire appel et sortir Tommy de là. Si on réussit, Hervé sera enfermé à vie et Dylan récupérera Laura !

— Qui paie cet avocat ? s'enquit David.

— Ben moi ! s'étonna Manue. Tu te souviens que je suis riche ? Que je suis à la tête d'une petite fortune ?

— Avec tout ce qui s'est passé, tu n'es pas sous tutelle ? Tu peux toucher à ton argent ?

— Hervé a un droit de regard sur une partie de ma fortune, je profite de l'autre comme je veux et sans avoir de compte à rendre à personne. Alors, tu m'emmènes chez Dylan ?

— Manue, soupira David, même Dylan ne sait pas qu'on est de nouveau ensemble !

— Il heu... Il me déteste, n'est-ce pas ? sourit Manue. Je suppose qu'il ne va pas sauter de joie en sachant qu'on s'est retrouvé !

— Disons que vous vous êtes rentré dedans dès le départ, il y a quelques années. Vous n'avez jamais fait d'effort pour vous rapprocher par la suite. Et il voyait d'un mauvais œil notre relation. Il craignait que tu m'entraînes au fond du gouffre avec toi. Il n'a jamais cessé de me dire que je retrouverai quelqu'un d'autre, que je referai ma vie. Tant qu'il était avec Laura, il n'avait pas le temps de s'occuper de mon emploi du temps, mais, depuis que c'est fini avec elle, il sait que je vois quelqu'un et il est enchanté de me savoir de nouveau amoureux. Je pense qu'il va l'être moins quand il saura qui est l'heureuse élue. Ce sera à toi de lui prouver que tu as changé. Après tout, tu m'as convaincu, tu y arriveras peut-être aussi avec lui !

— Je pense que ce sera plus difficile, mais je m'en fous. Je me fous de ce qu'il pense de moi. Je veux qu'il m'aide à reprendre l'enquête, c'est tout !

— Il y a déjà eu une enquête et...

— Qui a été bâclée ! Des témoignages et des preuves ont disparu pendant le procès.

— Et Dylan et moi, on va te servir à quoi ?

— « *Dylan et moi* » ? Tu es prêt à te mouiller dans cette affaire ? s'étonna-t-elle en souriant.

— Je ne suis pas sûr de vraiment te croire... mais si dans le pire des cas tu dis vrai, tu es condamnée et Laura aussi. Je ne te parle même pas de Dylan... Quant à moi, que ça me plaise ou non, je suis déjà mouillé là-dedans.

— Non, si tu veux, je disparais de ta vie et personne ne saura qu'on s'est revu, proposa sincèrement Manue. Je ne veux pas qu'il t'arrive quoi que ce soit par ma faute et...

— Tu sais bien que je n'ai pas le choix ! Et même si je ne tenais plus à toi, maintenant que je suis au courant, je ne peux pas laisser tomber Laura et encore moins Dylan !

Manue, la gorge serrée, le fixait dans les yeux, incrédule. Elle se savait amoureuse de ce mec, mais ne pensait pas l'aimer aussi fort qu'à la minute présente. Elle se pendit à son cou et se serra contre son torse, enfouissant son visage au creux de son épaule. Il l'enlaça et la serra fort contre lui.

— Si tu te plantes, Manue, on est tous foutu, murmura-t-il à son oreille.

— Je sais, mais je n'ai pas le choix !... Tu crois que Dylan dort ? C'est peut-être un peu tard, mais...

David la repoussa doucement de son épaule et la dévisagea.

— Je ne pense pas qu'il dorme... et nous non plus, on ne dormira pas, n'est-ce pas ? se résigna-t-il. Quand tu as quelque chose dans la tête, toi !

- 18 -

Il était plus de minuit quand ils s'arrêtèrent devant la porte de Dylan. Ils pouvaient entendre le son de la télévision depuis le couloir. Cela les encouragea à frapper.

La porte mit du temps à s'entrouvrir, puis s'ouvrit en grand. Dylan resta dans l'ombre.

— On te dérange ? sous-entendit David avec un sourire.

— Bien sûr, répondit Dylan d'une voix lasse. Ça te prend souvent de rendre visite aux gens à cette heure-là ?

— Hum ! Chaque fois que je suis sûr qu'ils ne dorment pas. Je voulais te présenter ma nouvelle copine.

Il s'écarta et Dylan découvrit une Manue au petit sourire en coin, espiègle et ironique, attendant sa réaction.

— Putain ! J'aurais dû m'en douter. C'est la loi des séries, quand ça merde, ça merde jusqu'au bout !

— Bonjour Dylan ! sourit Manue. Moi aussi, je suis enchantée de te revoir. Je vais bien, merci, se moqua-t-elle.

Celui-ci échappa un petit sourire ironique et finit par les inviter à entrer. D'un coup d'œil rapide, Manue jugea son intérieur plutôt accueillant bien que moderne. La pièce avait quelque chose de chaud et d'agréable, on s'y sentait instantanément bien. Sur la table basse, face à eux, s'entassaient des magazines sur les motos, la musique, des feuilles griffonnées de textes en anglais…

Pendant que Dylan sortait des verres et des bouteilles du bar, Manue s'était relevée et musardait devant la baie vitrée, fixant intensément un point invisible dans la nuit. Dans son dos, David avait rejoint Dylan et l'arrêta d'un geste.

— Pas la peine de tout sortir, on n'est pas venu pour ça. Il faut qu'on parle de choses sérieuses, assieds-toi !

Le geste en suspens, Dylan dévisagea son ami, le regard curieux. Manue, mine de rien, observait son reflet dans la vitre. À son insu, elle pouvait lire instantanément ses sentiments sur son visage. Même si c'était mesquin, elle se réjouissait de constater qu'il avait perdu du poids, qu'il avait les yeux cernés et un aspect moins soigné que dans son souvenir. Le play-boy avait pris une claque. Bien fait ! Au moins, Laura n'était pas seule à souffrir. Et quelque part, elle ressentait une fierté presque vicieuse, que ce soit sa nièce, Laura, qui ait cloué le bec — devait-elle penser le cœur — à ce maudit Casanova.

— De choses sérieuses ? railla Dylan. Vous allez vous marier ? Vous attendez un enfant ?

— Toujours aussi amusant et spirituel, ironisa Manue. Tu n'as pas beaucoup changé.

— Toi si ! Au Totem's, j'ai failli ne pas te reconnaître. Tant de féminité et de classe, tu ne nous y avais pas habitués.

— Dylan, le rappela à l'ordre David, on n'est pas venu pour que vous régliez vos comptes. On doit parler de Laura.

— J'en ai pas envie, grogna-t-il.

— Ben tant pis ! Il va falloir pourtant !

Dylan poussa un soupir d'exaspération et s'apprêta à protester quand David l'arrêta d'un geste.

— Reste calme, d'accord ? Je veux que tu nous écoutes sans t'énerver, c'est possible ?

— Ce que *tu* as à me dire ne m'intéresse que dans la mesure où ce serait pour m'apprendre la mort de Brissac ou quelque chose du même genre, trancha-t-il avec ironie. Et si ce *qu'elle* a à me dire a un rapport avec ma liaison avec Laura, c'est même pas la peine d'essayer !

Il parlait de Manue à la troisième personne, et pourtant il lui faisait face et s'adressait à elle.

— Ce qu'*elle* a à dire n'a pas de rapport avec ça, ironisa-t-elle à son tour, soutenant son regard de glace. *Elle* a vachement envie de te dire ce qu'*elle* en pense, mais *elle* attendra un peu, ce n'est pas le plus important !

Tous les deux se faisaient face et se défiaient du regard. Mais si elle n'en montra rien, Manue fut ébranlée quand même par sa puissance latente, cette sorte de force qui émanait de sa personne. Elle ne se souvenait pas qu'il était si impressionnant quand il était en colère...

— Je crois sincèrement que Laura est en danger et j'ai besoin d'aide, reprit Manue sur un ton plus calme. C'est pour ça que je suis là !

— Je croyais que tu avais arrêté la drogue, mais tu repars dans tes délires, c'est ça ?

— Je sais que tu vas avoir du mal à me faire confiance et je sais que tu ne m'apprécies pas. Mais ce n'est pas moi qui suis en cause, à présent, s'énerva Manue. Alors puisqu'on en est là, on va vider notre sac, d'accord ? Et après on parlera sérieusement. Je trouve dégueulasse que tu t'en sois pris à Laura. Elle n'était pas au courant de tout ce qui s'est passé avant la mort d'Élisa. Se venger sur elle, c'était vraiment dégueu ! Se servir d'elle pour arriver à tes fins, c'est encore pire ! Pourquoi tu l'as séduite ? Pour prendre une revanche ? Pour prouver que tu pouvais faire mieux que Tommy ?

— Manue, Manue, arrête ! intervint David. On n'est pas venu pour ça !

— Je suppose que tu t'es régalée de tout raconter à Laura, hein ? Maintenant elle sait tout ? ragea Dylan.

— Non, je ne lui ai rien dit, *moi* ! J'ai trop d'affection pour elle, *moi* ! Je l'aime vraiment, *moi* ! rétorqua Manue. Et je ne veux pas en ajouter à son chagrin. Elle est assez malheureuse comme ça !

— Stop ! s'écria David. Dylan, elle est vraiment en danger !

— Quel danger ? questionna Dylan un peu plus calme.

Manue prit une profonde inspiration pour se calmer et, presque patiemment, répéta à Dylan, tout ce qu'elle avait confié à David un peu plus tôt. De temps en temps, David intervenait pour éclaircir un point ou le préciser. Peu à peu, les sentiments vindicatifs qui se lisaient sur le visage de Dylan disparurent, faisant place à de la surprise, de l'incrédulité et enfin de l'inquiétude. Enfin Manue se tut, attendant une réaction, un avis de sa part. Après un long silence, il se décida à parler.

— Qu'est-ce que je peux faire ? murmura-t-il. J'aurais

préféré ne pas savoir. Au lieu d'avoir simplement les boules, je vais crever d'inquiétude, maintenant. J'ai les mains liées. Il faut que tu continues à vivre là-bas et que tu restes avec elle un maximum de temps.

— C'est justement pour ça que j'ai besoin de gens à l'extérieur pour reprendre l'enquête, fouiner, retrouver des témoins, des preuves. Si je passe tout mon temps près de Laura, je ne pourrai pas avoir de contact régulier avec l'avocat de Tommy, sans compter que si Hervé se doute une seconde que je remue la merde, je suis foutue.

— Il va falloir dire la vérité à Laura, Manue. On ne peut pas la protéger à son insu, rétorqua David.

— Non, trancha Dylan. Si tout ça est vrai, le fait de savoir va lui faire courir un risque supplémentaire. Si elle sait que je l'ai quittée contraint et forcé, elle va chercher à me revoir, malgré les risques, et...

— Et ça va faire comme avec Tommy, termina Manue à sa place. Il va prendre les devants et vouloir en finir plus vite.

— On ne peut pas se permettre de lui faire courir ce danger, refusa Dylan. En tout cas, pas tant qu'on n'en sait pas un peu plus.

— Ouais, mais une personne avertie en vaut deux, interjeta David. Si elle savait quel danger pèse sur ses épaules, elle pourrait être plus prudente, se méfier...

— David, si tu émets seulement devant Laura le fait que son père risque de la violer, elle va commencer par rire, puis va se mettre en colère et t'envoyer chier parce que tu t'attaques à sa famille. Il est sa *seule* famille proche, c'est son père et elle l'aime ! Et, jusqu'à présent, il s'est toujours conduit avec elle en bon père. Elle n'a aucune raison de douter de lui, le contredit Manue. La seule chose qui me rassure, c'est qu'elle est très bonne comédienne, je l'ai vue à l'œuvre, c'est impressionnant ! Et elle est naturellement méfiante. C'est déjà pas si mal.

— Franchement, reprit Dylan, il faut être vachement prudent. On va foutre une famille en l'air sur des doutes.

— Tu mets en doute ce que je t'ai raconté, c'est ça ? s'alarma Manue, le cœur au bord des larmes.

— C'est une histoire à dormir debout, convint Dylan. Je doute que quelqu'un puisse y croire. Et même moi, si je ne l'avais pas rencontré ce fils de... Je n'en croirais pas un mot.

Manue avait sursauté à la fin de sa phrase.

— Mais tu l'as rencontré et du coup, tu me crois ? C'est ce que tu veux dire ?

— Oui, il s'est conduit plus en mari jaloux qu'en père. Plus j'y pense, et plus son attitude me donne des soupçons. D'un autre côté...

— Quoi ? questionna impatiemment Manue.

— Je me demande à quel point je suis influencé par mes sentiments pour elle. Je ne suis pas sûr de te croire, mais j'en crève d'envie parce que ça m'ouvre une porte pour la récupérer, tu comprends ?

— Alors t'es vraiment amoureux ? sourit Manue, un brin moqueuse. Le play-boy s'est fait prendre à son propre jeu ! Ça, ça me fait rigoler !

— Eh ben, ne te gêne pas, surtout ! Rigole un bon coup ! répondit Dylan, fair-play.

— Accuser un père d'inceste, ce n'est déjà pas rien, intervint de nouveau David, mais l'accuser du meurtre de sa propre fille... On n'a pas droit à l'erreur.

— Si encore c'était une famille *normale,* renchérit Dylan. Mais il faut se mettre dans la tête qu'on va accuser un avocat renommé et l'assistant du procureur, une des familles les plus friquées et les plus en vue de la nation, sans compter un commandant de police ! On a intérêt à assurer nos arrières, ça craint un max !

— Si ça vous fait peur, laissez tomber, s'énerva Manue, je me débrouillerai seule. J'espère seulement que le jour où vous vous rendrez compte que j'avais raison, ce ne sera pas à l'occasion de notre enterrement !

— Ne sois pas stupide, l'interrompit David.

— Admettons que Brissac soit innocent de tout ce dont on l'accuse, commença Dylan, il n'est quand même pas clair. Il est prêt à corrompre, à mentir, pour que je ne fréquente plus sa fille. Il a quand même bien une raison un peu plus valable que celle qu'il m'a donnée...

— Relate-moi exactement ton entrevue avec lui, avec ses

termes à lui, commanda soudain Manue.

— C'était un lundi, en fin d'après-midi. Mon patron m'a appelé. Un client voulait me parler. Je l'ai tout de suite reconnu, donc, je l'ai fait entrer dans une salle de réunion pour qu'on puisse être tranquilles, commença Dylan...

— *Installez-vous, lança Dylan. Café, thé ?*

— *Rien, merci, répondit l'homme en s'installant, posant un attaché-case à ses pieds.*

— *Que puis-je pour votre service ? questionna Dylan.*

— *Vous osez me poser la question ? ironisa Brissac.*

— *Tout comme vous osez vous présenter sur mon lieu de travail, attaqua Dylan.*

— *Bien, laissons tomber les masques de politesse et de courtoisie, ils sont inutiles, n'est-ce pas ? Je veux que vous sortiez de la vie de ma fille, expliqua-t-il posément.*

— *Est-ce que vous lui en avez parlé ? répondit Dylan sur un ton calme qui démentait le chaos et la tempête qui naissaient en lui.*

— *Un peu. J'ai demandé à Laura de mettre fin à votre liaison, mais ma fille est très butée, très amoureuse et surtout très jeune. Elle ne se rend pas compte des conséquences de sa liaison avec vous. Je doute même qu'elle sache vraiment qui vous êtes. Je ne veux pas la blesser outre mesure. Je veux que vous sortiez de sa vie, sans vague, sans bavure. Elle est jeune, elle s'en remettra vite... Vous n'êtes pas fait pour elle !*

— *Comme Thomas n'était pas fait pour Élisa ? ironisa Dylan. Vous nous connaissez donc si bien ? Vous ne voulez pas la blesser ? Mais elle est très attachée à moi. Si je la laisse tomber maintenant, je vais lui faire très mal, et ce n'est pas mon intention.*

— *Ce n'est pas la mienne non plus ! C'est pourquoi, dans son intérêt, je vous demande de disparaître de sa vie.*

— *Dans son intérêt ? commença à s'énerver Dylan.*

— *Laura est habituée à un certain train de vie. Vous ne faites pas le poids. Vous n'êtes pas le gendre rêvé, tout comme Thomas. Si ma fille m'avait écouté à l'époque, elle serait encore vivante. Combien de temps Laura va-t-elle être amoureuse de vous au point d'oublier le reste ? Vous ne*

pouvez pas lui offrir le train de vie qu'elle a aujourd'hui. Elle n'en est pas consciente pour l'instant, mais, si un jour, elle se met en tête de vivre avec vous, vous ne pourrez pas suivre financièrement, vous comprenez ? Et il est hors de question que vous profitiez de sa dote. Vous n'aurez pas un centime, même si vous l'épousez, alors laissez tomber.
— Je ne veux pas de votre fric, il pue, vous le savez, ça ? Vous préféreriez qu'elle s'amourache d'un fils à papa de votre connaissance, n'est-ce pas ? Le fils d'un banquier ou quelque chose dans le genre ? rétorqua Dylan. Il la ferait sortir en Ferrari, lui offrirait des diamants et une place de potiche dans son salon en marbre. Il lui demanderait d'être jolie, sexy et surtout de bien tenir son rôle de poupée Barbie. Elle mérite un peu plus de respect, mais vous n'en êtes même pas conscient ! Elle ne veut pas de cette vie-là. Vous pourriez la consulter, prendre en considération ses choix, ses souhaits, mais non ! Ce n'est qu'une gosse de riche, c'est à l'homme de la famille de décider. On se croirait au Moyen-âge ! Quant à votre opinion de moi, je m'en fous complètement.
— Je préférerais que ma fille joue à la poupée Barbie au milieu de fourrures, de bijoux et de belles voitures plutôt qu'elle s'esquinte à jouer les femmes de ménage, les cuisinières et qu'elle aille bosser pour pouvoir arrondir les fins de mois, tout amoureuse qu'elle puisse être ! Maintenant, soyez un peu sincère. Vous avez une réputation de play-boy, vous ne vous tapez que des femmes d'un certain âge. Et soudain, c'est le miracle, vous tombez amoureux d'une gamine qui a une dizaine d'années de moins que vous, ironisa Hervé, l'air mauvais, tout en sachant qu'elle est la sœur d'une jeune fille, assassinée et massacrée par l'un de vos amis ! Et vous voudriez que je ne m'oppose pas à votre liaison ? Arrêtez de jouer au con. Vengez-vous autrement. Votre liaison avec Laura ne fera pas sortir Morelli plus vite de prison, mais pourrait vous y conduire vous aussi, plus vite que vous ne le pensez !
Hervé Brissac dévisageait Dylan avec un léger rictus à la fois ironique et vindicatif. Pas le moindre sentiment ne se reflétait dans ses yeux ni sur son visage. Il parlait

calmement, mais son regard de glace avait quelque chose d'inhumain, de froid. Il paraissait à la fois indifférent et menaçant.

Dylan s'était levé lentement. Il était livide, sentait son cœur s'emballer de colère. Le souffle court, il prit une longue inspiration, tournant le dos à son adversaire. Se passant nerveusement la main dans les cheveux, il s'exhorta au calme. Il n'arriverait à rien en s'énervant, à part se porter lui-même préjudice.

— Écoutez, reprit-il en tentant de changer de stratégie, je comprends votre point de vue de père, mais Laura n'est pas Élisa et je ne suis pas Thomas, même s'il a été mon ami. Vous n'avez pas le droit de gâcher la vie de Laura parce que vous avez perdu Élisa. Faites-lui confiance et laissez-moi une chance de vous prouver que je peux la rendre heureuse. Je ne veux pas de votre argent, gardez-le et mettez-moi à l'épreuve.

— C'est hors de question. J'ai laissé faire Élisa, je lui ai fait confiance, pour quel résultat ?

— Je ne suis pas Thomas !

— Vous êtes de la même race ! claqua sa voix méprisante. Vous fréquentez les mêmes lieux, vous avez le même mode de vie, vous avez des amis en commun. J'avais pourtant prévenu Élisa et je déplore que Laura suive les traces de sa sœur. Je suppose que c'est une réponse au traumatisme qu'elle a subi. Je vous laisse trois jours pour mettre fin à cette histoire, trancha Hervé.

— Je ne renoncerai pas à Laura, répliqua Dylan sur le même ton. Je suis amoureux d'elle, et je suis prêt à me battre pour la garder.

— Vous iriez jusqu'où ? Jusqu'à la tuer pour la garder, vous aussi ?

— Vous êtes ridicule, rugit Dylan.

— La partie est perdue d'avance pour vous, lança laconiquement Hervé. Vous ne faites pas le poids.

— Ce n'est pas un jeu. Qu'est-ce que vous comptez faire pour m'empêcher de la voir ?

— Oh ! J'ai différentes solutions. La première serait de porter plainte. En fait, je suis plutôt bon prince de vous

prévenir. J'aurais pu agir plus vite et plus efficacement !

— Vraiment ? se moqua rageusement Dylan. Et porter plainte pour quoi ?

— Pour détournement de mineure, articula Hervé, attentat à la pudeur, agression et viol... j'arrête ou je continue ?

Dylan blême, s'assit de nouveau, le souffle coupé.

— Détournement de mineure ? murmura-t-il.

— Vous ne saviez peut-être pas que Laura était encore mineure ? se moqua Hervé.

Dylan, le regard perdu ne l'écoutait plus. Il tombait des nues. Il la savait jeune, oui ! Mais pas à ce point. Pourquoi lui avait-elle caché ce détail ?

— Rien que pour ça, vous pouvez en prendre pour cinq ans, jubila Hervé. Si j'ajoute les autres délits...

— Vous êtes cinglé, murmura de nouveau Dylan. Passe pour le détournement de mineure, mais le reste, vous allez le prouver comment ?

— Elle a été agressée, il y a environ trois semaines. Je sais que vous êtes au courant. Les différents examens qu'elle a subis ont révélé la présence, en infime quantité je vous l'accorde, de sperme qui pourrait identifier son agresseur.

— Vous savez que ce sont des conneries, que je ne l'ai pas agressée. J'ai un alibi en béton ! s'indigna Dylan.

— Je sais, je me suis renseigné, ne soyez pas si naïf ! Je sais que vous ne l'avez pas agressée ce soir-là, mais je pourrais prouver le contraire si je le voulais. Vous avez eu un rapport sexuel avec elle dans l'après-midi. Votre parole contre la mienne, vous n'avez aucune chance ! Tout s'achète, vous savez ? sous-entendit-il avec un sourire sardonique aux lèvres, même un Maire ! Alors, résumons-nous : détournement de mineure, attentat à la pudeur aggravé de violences à caractère sexuel, c'est dix ans, minimum. Faites-moi confiance, je sais de quoi je parle !

— Vous pouvez acheter un Maire, mais je doute que vous puissiez faire la même chose avec la quinzaine de personnes également présentes, se défendit Dylan. Vous intimidez peut-être vos clients, mais vous ne m'impressionnez pas.

— J'aime avoir un adversaire à ma taille, jubila Hervé.

Et vous, vous m'impressionnez. Vous ne vous laissez pas démonter facilement, et ça me plaît ! Si je ne peux acheter tous les participants à une réunion, je peux corrompre ou obtenir la complicité d'un médecin quant à l'heure de l'agression. Laura était dans le gaz, Manue ferait mieux de ne pas se faire remarquer si elle veut rester libre. Il reste le commandant Boisseau, ironisa Hervé. Et lui sait qu'elle était chez vous cet après-midi-là. Vous aurez voulu la rejoindre à la maison, le soir — peu importe l'heure — sachant qu'elle y était seule. Elle vous a demandé de partir, vous vous êtes disputés... Et même si vous voulez vous mesurer à moi lors d'un procès, ce serait un sacrifice inutile. Vous n'iriez pas jusqu'à faire tomber avec vous, vos amis les plus précieux, n'est-ce pas ? Ce serait d'un tel égoïsme, ça ne vous ressemblerait pas ! Vous avez un certain code de l'honneur dans la rue, il paraît !

— *En effet, un code que ceux qui ne vivent que pour le fric ne peuvent pas comprendre. Où voulez-vous en venir ? gronda Dylan.*

— *Je ne voudrais pas en arriver là, mais imaginez que vous fassiez la mauvaise tête ! Ça m'embêterait de faire tomber David Grimm pour détention de drogue — car personne ne croira qu'il n'est pour rien dans la descente aux enfers de ma belle-sœur, n'est-ce pas ? — Denis Leitz pour détention et vente d'héroïne. Et votre ami, vous savez ? Celui qui tient le petit magasin de vente et réparation de motos... Comment s'appelle-t-il déjà ? feignit de chercher Brissac. Enfin, bref ! Vous voyez de qui je parle ? Il paraît qu'il ne faudrait pas mettre le nez dans ses affaires. Ça ne lui est jamais arrivé de revendre des motos volées après les avoir maquillées ? Ou de ne pas déclarer toutes ses prestations ? Des exemples comme ça, j'en ai des dizaines. Je ne vous parle pas de votre famille, de votre sœur et de ses enfants, de votre frère et sa petite famille, de votre maman, qui prend de l'âge... Je peux vous rendre la vie impossible !*

— *Vous me dégoûtez, vous m'écœurez ! J'ai du mal à croire qu'une pourriture comme vous puisse être le géniteur de Laura, cracha Dylan, la rage au ventre. Je suppose que je peux remercier votre ami, le commandant Boisseau, pour toutes ces informations ?*

— *En effet, ça fait partie de son métier, et nous travaillons en étroite collaboration !*

— *C'est comme ça que vous avez agi avec Thomas ?*

— *Non ! Lui, j'ai fait l'erreur de le sous-estimer, erreur que je ne reproduirai pas avec vous !*

— *C'est trop d'honneur, ironisa Dylan.*

— *Quand je me suis rendu compte qu'il était plus coriace que je ne le pensais, j'ai agi sur Élisa, continua Hervé sans se soucier de sa remarque. Mais comme vous l'avez dit, Laura n'est pas Élisa. Elle a un caractère beaucoup plus fort, sait se montrer butée et rebelle. Je n'arriverai à rien avec elle. Mais je ne laisserai personne me l'enlever, vous comprenez ? menaça-t-il. Je ne ferai pas deux fois la même erreur. Aussi, je vous saurais gré de bien vouloir prendre les choses en main et mettre fin à votre relation. Bien entendu, il serait de bon ton que Laura ignore tout de ma visite et de notre conversation. Je sais qu'elle va souffrir de cette rupture. Si elle apprend que j'en suis l'instigateur, elle va se braquer contre moi. Et si je la perds, vous tombez, vous et vos proches ! Ai-je été assez clair ?*

Dylan s'était adossé au mur et le défiait du regard. Pas un instant, il ne baissa les yeux. Sa haine et sa rage étaient presque palpables.

— *Ah ! Autre chose, reprit Hervé, il est inutile d'espérer refaire surface quand elle sera majeure. Elle est du 28 août, puisque vous ne semblez pas le savoir ! Qu'elle obtienne ou non son bac, elle part fin juillet aux États-Unis, dans une institution où elle finira ses études. Vous ne la reverrez pas ! Vous avez trois jours ! Si vous l'aimez vraiment, faites ça pour elle, elle n'a aucun avenir avec vous !*

Hervé Brissac sortit et ferma la porte derrière lui.

— *Je n'arrive pas à croire que tu ne te sois pas douté un instant de l'âge de Laura, reprit Manue après avoir écouté Dylan avec attention.*

— *Elle m'a dit qu'elle passait son bac pour la deuxième fois, calcule ! Selon une scolarité normale, elle devrait être majeure, se défendit Dylan. Je savais qu'elle était jeune, mais elle ne ressemble pas aux gamines de son âge, elle est* drôlement plus mûre, plus... C'est vrai que j'aurais peut-être dû me méfier, mais je n'avais peut-être pas vraiment envie de savoir la vérité non plus, finit-il par avouer, à la grande surprise de David.

— Ce n'est pas ton genre de te taper des gamines, alors pourquoi elle ? Surtout si tu avais un doute.

— La première fois que je l'ai vue débarquer au Totem's, j'ai eu un choc, j'ai cru revoir Élisa. Ensuite seulement, je me suis rendu compte qu'il y avait des différences entre elles, physiques déjà, et morales ensuite. Laura a beaucoup plus de... de chien, de charme... Elle est naturellement sexy... C'est vrai qu'au départ, j'ai eu envie de me la taper juste par provocation, pour avoir la satisfaction de sauter la deuxième fille de ce fils de pute. Je voulais la séduire et faire en sorte qu'il le sache, pour faire chier Boisseau, Brissac. Et puis, ça me donnait une occasion de pénétrer dans cette putain de famille et d'essayer de trouver une faille, quelque chose qui aurait pu aider Thomas et aboutir à la réouverture de son dossier. Et, vu le physique de Laura, je joignais l'utile à l'agréable. Il n'y avait pas de mal à se faire du bien quelques jours. Mais j'ai vite compris à quel point elle était différente de sa sœur. Laura, à dix-sept ans, est plus mûre, plus adulte, plus raisonnable que ne l'a jamais été Élisa. Elle est à la fois plus forte, plus rebelle, plus douce, plus... Bref ! Plus on passait de temps ensemble, plus je l'appréciais et plus je repoussais le moment de la lâcher. Quand je me suis rendu compte à quel point je tenais à elle, c'était trop tard. Elle avait, tout au début de notre liaison, sous-entendu qu'elle passait le bac pour la seconde fois. On n'a plus jamais abordé le sujet.

— Apparemment, elle avait craqué sur toi des semaines avant que vous ne vous parliez, ajouta Manue. Ça n'a pas été difficile pour toi de l'emballer, hein ?

— Et comme ta réputation t'a toujours précédée, elle n'a pas voulu courir le risque de te dire la vérité sur son âge. Elle redoutait que ça te fasse fuir, termina David.

— Et elle pensait qu'elle pourrait faire traîner les choses jusqu'à son anniversaire, mais voilà ! Tout a été découvert trop tôt, reprit Manue. Et le pire, c'est qu'il a dit qu'il avait sous-estimé Tommy. Ça veut dire qu'il va être plus prudent et plus vigilant avec toi. En plus, il t'a avoué clairement qu'il était prêt à falsifier des preuves et des faits pour te mettre sur la touche, murmura Manue… Et je me demande d'ailleurs si elle n'est pas là, la faille !

— À quoi tu penses ? Lui faire répéter ce qu'il m'a dit pour l'enregistrer ? Je ne pense pas qu'on irait loin avec ça, commença Dylan.

— Non ! Luc a clairement dit à Laura qu'il *te* soupçonnait quand elle était à l'hôpital. Il lui a exposé, à propos de son agression, les mêmes hypothèses qu'Hervé t'a répétées. Elle a tenté de te protéger en le menaçant de foutre son couple en l'air et de raconter des conneries à son père s'il s'attaquait à toi, murmura Manue tout en réfléchissant.

Elle resta silencieuse un moment, comme si elle hésitait à livrer le fond de sa pensée.

— Je suis persuadée, reprit-elle, que Laura sait qui l'a agressée. Si elle protège son agresseur, c'est qu'elle craint les conséquences pour elle ou pour quelqu'un d'autre. Mais le fait que son père t'accuse vraiment la ferait sortir de ses gonds. Je suis certaine qu'elle sortirait de son silence si elle n'avait pas le choix, pour te disculper par exemple.

— Va jusqu'au bout, ordonna Dylan, les traits tendus. Qui l'a agressée ?

— … Je pense que c'est son père. Je me tais parce qu'on va encore dire que je déjante, que je lui en veux, mais l'alarme était branchée et tout était fermé. Même Luc ne connaît pas le code de l'alarme. Laura dit qu'elle a dû oublier de l'enclencher, mais c'est faux. Il y a une mémoire qui donne les heures exactes où les codes sont tapés dans le boîtier. J'ai juste eu le temps de vérifier avant qu'il y ait une petite coupure d'électricité, accidentelle bien sûr. La mémoire a été effacée. Mais je sais que le code de désactivation a été tapé environ dix minutes avant l'agression de Laura, à l'heure où Hervé est rentré !

— Qui d'autre sait que tu as vérifié ? s'alarma David.

— Personne ! Tu penses bien que j'ai fermé ma gueule.

— Tu n'en as même pas parlé à Laura ? souffla Dylan d'une voix rauque.

— Non, mais j'ai essayé de tâter le terrain. Elle refuse d'en parler. Je sais pourquoi elle protège son père, elle considère qu'il s'agit d'un accident qui ne se reproduira pas. Elle lui prête des circonstances atténuantes. Elle craint que j'apprenne la vérité, que je fasse de nouveau un scandale et que je me retrouve enfermée. Et là, je ne serai pas près de sortir. Elle m'a avoué qu'elle avait souffert de mon absence et que quoi qu'il arrive à l'avenir, je devais me taire pour rester libre... En plus, elle s'est engueulée avec son père juste avant votre rupture. Il lui a dit qu'il était au courant de sa liaison avec toi et qu'il voulait qu'elle te quitte. Elle l'a envoyé méchamment sur les roses en lui annonçant qu'elle renoncerait à tout, même à sa fortune plutôt qu'à toi, et surtout qu'elle n'était pas Élisa, et qu'elle ne le laisserait pas faire. Il l'a giflée devant Karen et moi...

— Et vous n'avez rien fait pour l'en empêcher ? s'indigna Dylan.

— D'abord, ça a été si soudain que personne n'a eu le temps de réagir. Karen a protesté pour la forme. Moi, je ne peux rien faire sans risquer de le monter de nouveau contre moi. Mais je suis restée dans la pièce au cas où, parce qu'il avait l'air fou de rage. Laura s'est plantée devant lui et l'a provoqué en lui disant : « *Vas-y, frappe-moi encore, envoie-moi de nouveau à l'hôpital !* » ou un truc comme ça. Hervé est devenu pâle et a quitté la pièce. Quand j'ai voulu qu'elle s'explique, elle s'est éclipsée aussi sans répondre. Je crois qu'elle a parlé sous le coup de la colère et qu'elle n'a pas fait attention à ma présence, mais c'est bien lui qui l'a frappée.

— Oh ! Putain de merde, murmura Dylan en se passant une main sur le visage. S'il l'a touchée une fois, il recommencera.

— Je lui avais dit qu'il avait déjà fait la même chose à Élisa le jour où il a su qu'elle... qu'elle avait perdu sa virginité, mais ce jour-là, Élisa a eu plus de chance, Karen était là et s'est interposée. C'est ce jour-là, n'est-ce pas, que vous... je veux dire Laura et toi, vous... enfin, la première fois... sous-entendit Manue, un peu gênée.

— Tu l'avais prévenue ? murmura Dylan. Et comment est-ce qu'il savait que c'était la première fois pour l'une comme pour l'autre ?

— Officiellement, il voit le changement qui s'opère chez ses filles, il le sent ! Officieusement, je pense qu'il les surveillait ou les avait fait surveiller. Quand j'ai parlé à Laura de l'épisode « Elisa », elle ne m'a pas cru. Elle n'avait jamais vu son père s'énerver ou avoir le moindre geste violent, c'était inconcevable pour elle.

— Autrement dit, il perd son sang-froid quand il se rend compte qu'un homme touche à ses filles ? s'étonna Dylan incrédule.

— Attends, ce ne sont que des hypothèses, interjeta David, ne nous emballons pas. C'est une réaction de père, presque normale. Ce n'est pas évident de se rendre compte que ses gamines sont devenues adultes...

— David, objecta Manue, j'espère que tous les pères de la terre ne réagissent pas *normalement*, alors !... Laura est rentrée à la maison à dix-huit heures quinze, comme d'habitude. J'ai vérifié l'heure à laquelle Hervé est sorti du bureau : dix-huit heures trente. Il lui faut environ un quart d'heure pour arriver à la maison. Ça fait dix-huit heures quarante-cinq. Moi, je suis arrivée à dix-neuf heures vingt. Je l'ai trouvée allongée par terre. Elle venait de reprendre connaissance et Hervé était au téléphone avec le médecin. Il lui disait : « *Viens vite, Laura est blessée, elle est inconsciente !* »

— Il n'est peut-être pas rentré directement du bureau ? la contra David. Il a pu aller faire une course.

— Imagine-toi à sa place, ironisa Manue. Tu rentres chez toi, ta fille est étendue par terre, mais toi, tu prends le temps d'enlever ton blouson, tes godasses. Tu prends le temps de te verser un whisky... Et seulement quand tu t'es mis à l'aise, tu appelles les secours ?

— Et il n'aurait pas pensé à ce genre de détail ? questionna David incrédule.

— Il a perdu son sang-froid, l'a frappée. Quand il s'est rendu compte de ce qu'il venait de faire, il a paniqué. Et moi, je suis arrivée sur ces entrefaites alors que je ne devais pas rentrer. Seulement, lui n'a rien dit, il était au téléphone. C'est elle qui l'a disculpé d'entrée. Et pendant un dixième de seconde, il a été surpris. Il ne s'attendait pas à ce qu'elle prenne sa défense, je l'ai vu !

— Et toi, tu n'as rien dit de tout ça à la police ? murmura Dylan effondré.

— Je ne sais pas vraiment pourquoi elle le protège, expliqua Manue. Je ne fais que des hypothèses. Mais si je ne sais pas tout et que je prouve qu'elle ment, est-ce que je ne la mets pas en danger ? Et j'aurais dû dire tout ça à qui ? À Boisseau ? Le principal complice d'Hervé ? C'est le seul flic à s'être déplacé !

Tous les trois se fixaient à tour de rôle, effondrés par les révélations de la jeune fille. Manue lut dans leurs regards qu'ils n'avaient plus aucun doute.

— Qu'est-ce qu'on fait alors ? reprit soudain Dylan, l'air effondré. Tu as un plan, une idée ?

— Il faut parvenir à disculper Tommy, trouver un détail qui aurait échappé à tout le monde au moment du drame, quelque chose dont on pourrait se servir. Il faudrait qu'un de vous rencontre Daniel Mérod, le jeune avocat que j'ai engagé pour reprendre l'enquête.

— Ça, je m'en charge, trancha Dylan.

— Je vais lui téléphoner pour le prévenir. Lui t'aiguillera sur ce que tu peux faire en attendant. Et moi, je vais coller aux basques de Laura et tenter de lui ouvrir les yeux en douceur. Si on pouvait mettre la main sur le journal d'Élisa…

- 19 -

Comme prévu, Dylan avait rendez-vous avec Daniel Mérod, en fin d'après-midi dans une brasserie du centre-ville. Il y arriva en avance, détaillant chaque homme qui entrait pour tenter de deviner lequel était celui qu'il attendait.

Quand Maître Mérod entra, Dylan le reconnut immédiatement. La petite trentaine, un Jean qui, s'il donnait une note sport et cool à sa tenue, ne parvenait pas à cacher le luxe de son blaser de bonne coupe et de ses chaussures certainement très coûteuses, il avait une tête bon enfant, avec ses cheveux courts et frisés, châtain clair, son front dégagé, son sourire engageant, et son air pas encore tout à fait sûr de lui. Ses yeux clairs en revanche, dénotaient une grande intelligence et une certaine vivacité d'esprit. Somme toute, il inspirait confiance. Aussi, Dylan l'accosta directement.

— Comment avez-vous su qui j'étais ? s'étonna l'avocat. Mademoiselle Descamps m'a-t-elle si bien décrit ?

— Mon instinct m'a guidé, dit Dylan, lui tendant la main.

Ils s'installèrent à une table retirée, devant une bière.

— Vous avez du nouveau ? questionna d'entrée Dylan.

— Pour l'instant, j'étudie, minute par minute, le déroulement du procès de Thomas. Je cherche un vice de forme, de procédure, une faille dans l'enquête, les témoignages, les pièces à conviction... Jusque-là, c'est le néant. Tout est bien ficelé.

— C'est-à-dire ? Rien qui aille à l'encontre du verdict ?

— Je suis étranger à ce procès. J'ai été engagé par Emmanuelle Descamps, mais j'appréhender l'affaire de façon objective. D'après les médias, la culpabilité de Thomas ne fait aucun doute. Selon Manue et l'un de ses amis que j'ai rencontré, Vincent Ferraz, il est innocent, mais personne n'a l'ombre d'un début de preuve. Je ne mets pas en cause l'intégrité d'Emmanuelle, mais j'avoue l'affaire est complexe, il y a tant de paramètres en jeu que je doute qu'elle-même les connaisse tous.

— Dans un premier temps, vous pensez quoi de cette affaire ? questionna Dylan impatiemment.

— À première vue, Hervé Brissac est un avocat réputé honnête et intègre, qui a sa place dans la bonne société. Il a épousé Delphine Descamps, l'héritière aînée des Cimenteries Descamps...

— L'une des plus grosses fortunes du pays, murmura Dylan, vous le saviez ?

— Bien sûr, sourit Daniel Mérod. Pourquoi croyez-vous que j'aie accepté de travailler sur cette affaire ? Elle semble perdue d'avance. Je n'aurais jamais suivi Emmanuelle si elle ne m'avait pas proposé une forte somme d'argent.

— Au moment du meurtre d'Élisa, jamais le nom de Descamps n'a été mentionné. Vous saviez que ça les concernait quand même ?

— Emmanuelle a commencé par là. Elle m'a dit que c'était le vœu d'Hervé Brissac qui détient cinquante et un pour cent des parts des Cimenteries Descamps. En résumé, ce jeune avocat plein d'avenir épouse la fille aînée d'un magnat du ciment, épousant en même temps sa fortune et sa place dans la haute société. De cette union naissent deux filles. Mais six mois après la naissance de la seconde, Delphine Descamps-Brissac disparaît dans un accident de la route, avec ses parents. Hervé Brissac se retrouve à la tête d'une belle fortune, père de deux petites orphelines et tuteur d'une troisième, la petite sœur de Delphine : Emmanuelle. Il se remarie à peine six mois plus tard avec une jeune avocate de talent, qui deviendra bientôt assistante du procureur. Après avoir gagné avec brio quelques procès retentissants, Hervé Brissac acquiert une renommée nationale. Il semble mener une vie familiale des plus normales jusqu'à la disparition de sa fille aînée. Après quoi, c'est en père brisé, désespéré, qu'il instruit lui-même l'affaire « Thomas Morelli » avec l'aide de son ami de toujours, Luc Boisseau, commandant de police. Quant à Thomas Morelli, c'est un jeune issu d'un milieu ouvrier, fils unique, orphelin d'un père décédé accidentellement alors qu'il n'avait que quatorze ans. Il a quitté l'école à dix-sept ans, en bref, c'est un « *cas social* ». Il fait partie d'une bande de motards, amateurs de joints et autres artifices. Il jouit d'une réputation de petite frappe, a été plusieurs fois raflé par les services de police au cours de rixes violentes. D'après ses amis, il est plutôt impulsif, agressif, jaloux et peut être facilement violent, y compris envers sa petite amie.

— Est-ce qu'il est fait mention quelque part, de violences sur Élisa ?

— Plusieurs témoignages parlent de gifles, de bousculades, des on-dit que dément Emmanuelle.

— Y a-t-il eu une autopsie pratiquée sur Élisa ?

— Oui, les médecins attestent qu'elle portait sur le corps des marques de coups et d'hématomes anciens qui dataient de bien avant sa mort.

— Autrement dit, tout va à l'encontre de ce que Manue raconte ?

— C'est ça ! À première vue, Élisa fréquentait un voyou qui l'a tuée dans un excès de jalousie.

— Personne n'a douté de l'intégrité du père ni de son objectivité quand il a fait enfermer Manue ?

— Il ne l'a pas fait enfermer seul, il a bénéficié de l'appui de plusieurs médecins spécialisés. Il faut dire qu'Emmanuelle Descamps aujourd'hui n'a rien à voir avec la *Manue* d'il y a un peu plus de deux ans. À l'époque, elle était le vilain petit canard chez les notables, ne manquant aucune occasion de mettre dans l'embarras sa richissime famille. On parlait d'elle comme d'une gamine gâtée qui ne savait plus quoi inventer pour se faire remarquer et faire du tort à son malheureux beau-frère et tuteur. Je passe les détails de ses tenues excentriques, de ses cheveux rouges ou verts, de ses fréquentations de Junkies, et j'en passe. Manue était une délinquante notoire, abusant de stupéfiants, accumulant les arrestations et séjours dans les locaux de la police. Si, à ce jour, elle n'a pas de casier, c'est qu'elle doit son salut à Luc Boisseau qui a passé son temps à étouffer toutes ses bêtises.

— Autant dire qu'ils n'ont fait qu'une bouchée de son témoignage au procès, sourit tristement Dylan.

— Pire ! C'était l'aubaine pour Hervé Brissac. Elle l'a accusé publiquement. Il a réagi en saint, arguant que la pauvre orpheline avait déjà trop souffert pour supporter la disparition de celle qu'elle considérait comme sa sœur, qu'il fallait l'aider plutôt que de la déjuger. Du coup, on a mis Maître Brissac sur un piédestal, et c'est son entourage qui s'est chargé de faire enfermer Emmanuelle. De nouveau, *Saint-Brissac* est intervenu afin qu'elle bénéficie d'une incarcération dans le meilleur établissement psychiatrique du pays. Elle a eu affaire aux professeurs les plus illustres et avait un statut privilégié par rapport aux autres patients.

— Une incarcération de luxe, en somme. Franchement, vous pensez quoi de cette histoire ?

— J'ai du mal à croire en la version d'Emmanuelle, avoua le jeune avocat. J'ai beau essayer, tout va à l'encontre de son récit. Quant à Thomas, je l'ai rencontré et l'ai trouvé désespéré, d'accord, mais également arrogant et agressif.

— Alors pourquoi acceptez-vous de travailler pour elle, de chercher à innocenter un mec coupable, de prendre le risque d'attaquer un avocat de renom le testa Dylan.

— Parce que je suis issu d'un milieu ouvrier, moi aussi, que j'ai été élevé dans l'idée que les riches vivent tous plus ou moins dans la luxure et la débauche. Mon père disait que les gens ne devenaient pas riches d'avoir été honnêtes. Dans le temps, il y a eu des rumeurs sur la famille Descamps, des bruits de corruption, de pots de vin. J'avais envie d'en savoir un peu plus sur eux. Et puis, dans ce que raconte Emmanuelle, il y a des accents de sincérité. En apparence, c'est une gosse de riche, mais quand on gratte le vernis... Elle a vraiment souffert, a des raisons de détester son beau-frère... Elle ne peut pas avoir tout inventé. Elle a peut-être exagéré certains aspects, mais... Elle s'inquiète vraiment pour Laura. Elle a réussi à me faire douter. Et puis, il y a cette histoire de journal intime d'Élisa, et elle m'a donné des détails tellement précis que j'ai du mal à croire qu'elle les a inventés. Je me suis donné comme excuse que si l'on parvenait à trouver une trace écrite de ce qu'avance Emmanuelle, la suite de ma carrière serait assurée. Mais dans le fond, je suis intrigué. Il y a quelque chose en moi, comme un instinct, qui me commande d'aller jusqu'au bout.

— Mais, si vous vous plantez, personne n'en saura rien, à part Manue. Vous ne travaillez pour elle qu'à couvert, n'est-ce pas ? Vous ne trouvez rien, vous arrêtez, ni vu ni connu !

— Exact ! Ça vous choque peut-être, mais je débute ma carrière. Si je peux avoir un coup de pouce avec cette affaire, tant mieux ! Mais je ne peux pas prendre le risque de me griller devant la moindre cour de justice. Mes parents se sont saignés pour payer mes études, je ne veux pas tout foutre en l'air pour les fantasmes d'une gosse de riche.

— Il n'y a aucun document officiel qui atteste qu'elle vous emploie ?

— Officiellement, je donne un coup de main bénévolement à une amie et elle me défraye de ce que me coûte cette enquête. Si je mets à jour des faits nouveaux et si je juge qu'ils sont suffisamment probants pour faire rouvrir le dossier, je n'hésiterai pas. Elle deviendra ma cliente officielle... Je vous ai exposé mon point de vue. À présent, j'aimerais avoir le vôtre. Emmanuelle m'a à peine parlé de vous. Elle m'a juste dit que vous pourriez m'apporter des informations, que vous êtes le petit ami de Laura...

— Je l'étais, souffla-t-il en passant ses doigts dans ses cheveux. C'est vrai que ce que raconte Manue paraît invraisemblable. Mais moi, je le vois sous un autre jour. Je connaissais bien Élisa et Tommy. Il n'a jamais été violent envers elle. Ils étaient vraiment très amoureux. Jaloux... oui, il l'était. Mais quand on a une petite amie comme l'une des filles Brissac, on ne peut pas ne pas l'être. Manue vous a-t-elle dit que Laura a été agressée chez elle ?

— Oui, et d'après la police, vous êtes le premier suspect !

— J'ai un bon alibi... enfin, pour l'instant. Brissac est venu me voir il y a quelques jours. Pourtant, il n'était pas censé être au courant de ma liaison avec sa fille.

Dylan relata de nouveau son entrevue avec Brissac, ne

cachant rien de l'impression que ce dernier lui avait faite.

— C'est pour ça que j'ai choisi de faire confiance à Manue. C'est lui qui a fait pencher la balance, termina Dylan.

— Merde ! Elle aurait raison ? murmura Daniel Mérod d'une voix à peine audible, comme pour lui seul. Bon, je vais élargir le champ de mes investigations.

— Et moi ? Qu'est-ce que je peux faire ?

— Fouinez, sourit Mérod. Vous faites partie du *bon milieu*. Enfin... N'en prenez pas ombrage, je veux dire...

— Je sais ce que vous voulez dire, sourit Dylan.

— Peut-être qu'en cherchant du côté des fréquentations de Morelli ou d'Emmanuelle...

— Je fais partie des fréquentations des deux, ironisa Dylan.

— D'accord, se mit à rire Mérod, je continue dans les gaffes... Il faudrait éplucher les journaux au moment de la disparition d'Élisa, mais aussi à partir de l'accident de Delphine Brissac, on ne sait jamais.

— Ça, c'est dans mes cordes, je m'en occupe !

Luc Boisseau fit son apparition chez Hervé Brissac un vendredi soir, alors que toute la famille attaquait le dessert.

— Les filles, vous avez prévu quelque chose ce soir ? lança-t-il avec le sourire. Je vous emmène au cinéma !

— Sans moi, répondit Manue du tac au tac, je dois retrouver des copines en ville.

— Et moi, j'ai des révisions, commença Laura.

— Karen et moi sortons ce soir, coupa Hervé. Je ne souhaite pas que tu restes seule ici. C'est une bonne idée le ciné, non ?

— Ah, c'était prémédité, ironisa Laura. Pourquoi ne pas me dire : « *Laura, va au cinéma avec Luc, c'est un ordre* » ? Au moins, les choses auraient le mérite d'être claires !

— Ce n'est pas un ordre Laura, soupira Hervé d'un air las. Tu vas me faire la gueule longtemps ?... Je ne savais pas comment faire ce soir et l'invitation de Luc tombe à pic.

— Et elle n'était pas préméditée, se défendit ce dernier. Je ne voulais pas semer la zizanie, alors on oublie, O.K. ?

— Pourquoi tu n'y vas pas avec Francine ? reprit Laura.

— Francine est partie dans le Sud, chez ses parents. Officiellement, sa mère est malade. Officieusement, notre couple bat de l'aile et nous avons éprouvé tous les deux le besoin de faire un break et de prendre du recul, ça te va ?

— Je ne voulais pas être indiscrète, murmura Laura, soudain mal à l'aise.

— N'ayez pas tous l'air si surpris, s'amusa Luc. Ça fait vingt ans que notre couple merde, ce n'est un secret pour personne, surtout pas pour vous !

— C'est vrai, répondit Hervé avec un petit sourire, mais c'est la première fois que tu en parles si ouvertement.

Le téléphone sonna, Manue décrocha et appela Laura.

— C'est pour toi : Marina !

— Salut chérie, comment tu vas ?... Dis, Nanou fête son anniversaire au Totem's samedi soir, tu es invitée et...

— C'est gentil, embrasse-le pour moi, mais tu sais bien que je ne viendrai pas. Dylan sera là, et je n'ai pas envie de me retrouver comme une tache au milieu de ses copains !

— Mais quelle tache ! plaisanta Marina. Et puis, je ne qu'il viendra tard, tu pourrais venir tôt et partir quand il arrive, juste pour lui montrer que tu n'en as plus rien à foutre. Tiens, viens accompagnée !

— Seulement je n'en ai pas « *rien à foutre* », je ne pourrai pas lui mentir longtemps. Non, merci, vraiment. Et puis la seule personne qui pourrait m'accompagner, c'est Luc, plaisanta Laura.

— Ce n'est pas une bonne idée, en fin de compte, se mit à rire Marina. On préférerait que les flics évitent l'endroit !

— Tu m'étonnes, rit à son tour Laura. Embrasse Nanou pour moi et amusez-vous bien ! Je t'embrasse.

— Moi aussi ! On se voit la semaine prochaine, d'acc ? Et ne rumine pas trop, va ! Allez, salut !

— Bon ! J'ai changé d'avis, lança Laura enjouée. Je suis d'accord pour le cinéma. Apparemment, je n'ai pas le droit de me faire un loubard, mais j'ai le droit de sortir avec un flic, autant en profiter !

Elle sortit rapidement pour aller se changer. Hervé faillit s'étrangler, Luc se mordit la joue pour ne pas sourire, Karen s'offusqua. Quant à Manue, elle lança à sa nièce un regard courroucé et désapprobateur avant de la suivre.

— Elle est volontairement provocatrice, la défendit Luc avant que la tension n'atteigne son apogée. Laissez-la faire, ce n'est pas bien méchant. Et puis si ça ne vous fait pas de bien, ça ne peut pas lui faire de mal !

— Laura, l'interpella Manue alors qu'elle la rejoignait dans sa chambre, ce n'est pas parce que tu es malheureuse à cause d'une rupture qu'il faut faire n'importe quoi. Tu ne comptes tout de même pas te faire Luc, n'est-ce pas ?

— Pourquoi pas ? Tu avais raison. Il est très séduisant en fin de compte. Et puis il a de l'expérience et je me sens en sécurité avec lui. Ça doit être grisant de se faire un mec qui pourrait être son père !

— Je t'en supplie, ne fais pas n'importe quoi. Ça va te donner quoi ? Tu n'as aucun avenir avec lui, il est marié...

— Séparé ! Attends, ce n'est pas toi qui m'as expliqué que son couple n'était qu'une façade ?

— Ça ne te donne pas le droit de le foutre en l'air. Laura, tu ne peux pas faire ça, paniqua Manue.

— Le foutre en l'air ? Tu as entendu ce qu'il a dit tout à l'heure ? Son couple est déjà foutu ! Pourquoi est-ce que je ne choperais pas l'opportunité au vol ? J'en ai marre d'être constamment enfermée, surveillée. Luc, c'est la clé de la liberté pour moi !

Laura lui fit face, un petit sourire ironique aux lèvres. Cela l'amusait au plus haut point de voir sa tante paniquer. Elle se sentait plus que jamais femme, à part entière. Ce nouveau pouvoir de séduction, de décision la grisait.

— T'es sur le point de faire une immense connerie, Laura, finit par lâcher Manue. Laisse-toi du temps. Dans une semaine ou deux, tu ne penseras plus comme ça. Et si Dylan revenait ? Tu hésiterais ?

— Trop tard, murmura Laura, déjà moins sûre d'elle.

Manue ne parvint pas à la raisonner. Et comme si elle craignait de céder ou de reconnaître que sa tante avait raison, Laura s'éclipsa sans l'écouter davantage, entraînant dans son sillage un Luc dérouté, mais souriant.

Elle se fit un malin plaisir de se montrer sous son

meilleur jour. Souriante, agréable, elle faisait une compagne charmante. Luc ne manqua pas de remarquer les regards des autres, autour d'eux, des regards envieux, d'autres désapprobateurs. Luc souriait, se pliait à ses caprices. Elle l'étonnait, pire encore, le stupéfiait. Il la considérait encore comme une enfant. Il la connaissait depuis toujours. Or, elle avait malheureusement mûri un peu trop vite. À la grande différence d'Élisa, elle avait très vite découvert son pouvoir de séduction et savait s'en servir judicieusement. Elle pouvait jouer les vamps, les femmes fatales jusqu'à mettre un homme à genoux, puis subitement, changeait de tactique, redevenait une adolescente, s'amusant de la mine décontenancée de son compagnon. Et quand elle le sentait sur le point de craquer, elle jouait les effarouchées, les saintes-nitouches. Elle était diaboliquement dangereuse, d'autant plus qu'elle était consciente de ce qu'elle faisait.

Le film fut quelconque, il n'arriva pas à détourner Laura de ses soucis. Elle avait bluffé devant Manue, mais n'y allait-elle pas un peu fort avec Luc ? Et s'il s'enhardissait ? S'il la forçait à reconnaître qu'elle l'allumait sans avoir l'intention d'aller plus loin ? Peut-être allait-elle lui faire du mal, uniquement parce qu'elle voulait se venger d'un autre ? Se prouver qu'elle n'avait pas besoin de Dylan ? Sa mise en scène aurait peut-être une utilité en sa présence, mais sans lui, son cinéma devenait inutile et dangereux.

— Tu veux rentrer ? Ou on va boire un verre quelque part ?... Laura ?

— Excuse-moi, j'étais perdue dans mes pensées.

— Je m'en suis rendu compte ! À quoi tu penses ?

— Je boirais bien un café, éluda-t-elle en souriant.

Dans le hall d'entrée du Cinéma s'ouvrait un glacier à la réputation plutôt chic. Le sol était recouvert de moquette feutrée rouge rubis, le bar en bois vernis brillait sous l'éclat de dizaines de petits spots. Les tables étaient disposées dans des petits box, séparés par des vitres fumées. Luc qui en avait repéré un de libre l'entraîna dans cette direction. La musique douce qui se diffusait par de petits émetteurs placés sur chaque table, la lumière tamisée, leur isolement factice, contribuaient à instaurer entre eux une ambiance propice au romantisme. Laura pensa même qu'il avait prémédité leur tête-à-tête en ce lieu.

Ils commandèrent chacun une glace et l'attaquèrent sans plus attendre, se moquant l'un de l'autre.

— Pourquoi ça ne va plus entre Francine et toi ? attaqua soudain Laura.

— Il y a des années que ça ne va plus, et je ne sais même plus vraiment pourquoi on s'est marié et ce qui a fait qu'on en soit arrivé là. De toute façon, le résultat est le même.

— Alors, pourquoi est-ce que vous ne divorcez pas, si plus rien ne va ? C'est ridicule de vous bousiller la vie à tous les deux alors que vous pourriez recommencer ailleurs, chacun de votre côté ?

— Parce que... c'est une question d'habitude, je crois. Au début, on se dit qu'avec le temps, ça s'arrangera, puis quand on se rend compte, à la longue, que ça ne s'arrange pas, on en prend son parti... C'est dur d'avoir le courage de tout casser, de partir, de tirer un trait. Il faut retrouver un logement, des meubles, se lancer dans la paperasse, réapprendre à vivre seul... Et puis, je ne peux pas faire ça à Francine, elle est dépressive, n'a jamais travaillé... Et toi ? Tu en es où ? Tu tiens tellement à ce mec ?

— C'est de l'histoire ancienne, sans commentaire, éluda-t-elle pour éviter une réponse qu'elle ne voulait pas entendre.

Soudain, Laura retint son souffle, Dylan entrait dans le glacier, accompagné de deux autres hommes et d'une femme qu'elle ne connaissait pas. Elle baissa vivement les yeux lorsque leurs regards se croisèrent. Son sang avait reflué de ses joues et son cœur battait à coups redoublés. Son trouble était visible, car d'un geste de la main, Luc, le visage soudain crispé, appela une serveuse et demanda l'addition.

— Il vaut mieux qu'on s'en aille, n'est-ce pas ?

— Pas du tout ! Je ne vais pas éviter tous les endroits où il est susceptible d'aller. Ça ne me fait ni chaud ni froid, feignit-elle l'indifférence.

— Mais bien sûr, se moqua Luc, un début de sourire ironique aux lèvres.

Quelques instants plus tard, ils se levaient et gagnaient l'entrée. Ils atteignaient la porte vitrée quand Laura fut brutalement retenue par le bras. Luc fit volte-face.

— Eh ! Tu te crois...

D'un geste de la main, Dylan le coupa.

— Je peux lui parler une minute en particulier sans me retrouver avec une section de CRS sur le dos ?

Luc sembla hésiter quelques secondes, mais Laura lui sourit de façon entendue.

— Je n'en ai que pour quelques minutes, s'il te plaît !

— O.K. ! Je t'attends dehors !

Dylan attendit que la porte claque avant d'attaquer.

— Qu'est-ce que tu fais là avec lui ? questionna-t-il sur un ton apparemment calme qui cachait une subite et violente colère. Il pourrait être ton père !

— Attends, lui sourit-elle ironiquement. Tu m'arrêtes si je me trompe : tu me fais une crise de jalousie ? Elle est où ta super-nana ? Tu ne la sors pas ou elle est déjà repartie ?

— Laura, ne fais pas n'importe quoi sous prétexte que c'est fini entre nous, gronda-t-il, ignorant volontairement sa diatribe. Tu vaux mieux que ça, ne va pas te jeter dans les bras du premier venu pour te venger ou je ne sais quoi ! Tu vas le regretter un jour.

— D'accord, se moqua-t-elle. Je viendrai te présenter mes prochains copains et tu me donneras ton avis, on fait comme ça ? Alors lui, manifestement, il ne te plaît pas !

Dylan resta silencieux, les yeux rivés aux siens, respirant profondément, luttant pour garder son sang-froid.

— Tu me vires et tu viens ensuite me dire que tu as un droit de regard sur ce que je fais ou qui je vois, c'est ça ? reprit-elle avec l'envie de le faire sortir de ses gonds.

— Non, ce n'est pas ça, gronda-t-il. Je reconnais que j'ai déjà fait pas mal de dégâts, je ne veux pas que ça continue. Laura, tu ne peux pas aller avec un mec tel que lui.

— Pourquoi ? Avec lui, je joue la sécurité. C'est un flic et mes parents lâchent du lest. Il a de l'expérience, il est galant, sympa, prévenant, que demander de plus ? Ah oui, il ne me raconte pas de conneries, lui ! Il ne se défile pas par des mensonges, lui ! Tu ne t'attendais tout de même pas à ce que je m'enferme chez moi à pleurer pendant des années, en attendant que mon prince charmant se soit tapé toutes les femelles de la région, et qu'il me revienne la queue basse me dire qu'en fin de compte il regrette ? S'il regrette un jour... J'ai combien de chances que tu reviennes vers moi, Dylan ?... C'est bien ce que je pensais, trancha-t-elle après un long silence de sa part. Alors, disparais de ma vie comme j'ai disparu de la tienne.

Le cœur battant, au bord des larmes, elle lui tourna le dos et passa précipitamment la porte. Comme s'il réagissait à retardement, Dylan se jeta à sa poursuite, mais Luc s'interposa brutalement entre eux, retenant Dylan d'une main sur son épaule.

— Ça suffit maintenant, elle ne tient pas à prolonger votre entretien, ça se voit, non ?

Dylan se libéra violemment, bousculant Luc. Ce fut Laura qui s'interposa vivement afin que la situation ne tourne pas au vinaigre.

— Monte dans la voiture, lui ordonna Luc.

— Arrête, Dylan, lança-t-elle, suppliante, ignorant la remarque de Luc. Ça ne sert à rien, tu ne vas faire qu'aggraver les choses.

— Ne fais pas l'imbécile, ne me force pas à prendre des mesures qui ne me plairaient pas.

— C'est une menace ? cracha Dylan.

— Non, c'est un conseil, continua Luc posément. Ne fais pas le con, tu ne peux pas gagner sur ce coup-là. Laisse tomber !

Luc s'éloigna, entraînant Laura avec lui. Dylan resta immobile, bien après que leur voiture eut tourné au coin de la rue, ivre de douleur, de rage et de frustration. Il allait la perdre d'une tout autre façon et il n'avait aucun moyen de se battre.

- 20 -

Laura resta silencieuse tout au long du trajet. Luc la ramena chez elle sans la consulter. Il sentait que c'était ce qu'elle souhaitait. Il respecta son silence et elle lui en fut reconnaissante.

Hervé ne dormait pas, il travaillait au salon sur un dossier important, des piles de papiers traînaient un peu partout.

— Tu as passé une bonne soirée ? s'enquit-il.

— Hum ! Le film était bien.

— Laura… Tu me dirais si… si Luc avait une attitude, des paroles… disons heu…

— C'est ton ami, murmura Laura, les yeux arrondis par la surprise. Tu n'as pas confiance en lui ?

— Si, bien sûr, mais c'est un homme avant tout et tu es… Enfin, j'ai beau être ton père, je ne peux pas ignorer à quel point tu as changé ces derniers temps. Tu n'es plus une enfant, ni moralement ni physiquement, termina-t-il avec un regard qui la mit mal à l'aise. Tu es capable de faire tourner n'importe quel homme en bourrique. Tu t'en rends compte ?

— Où veux-tu en venir ? Tu ne voulais pas que je fréquente Dylan, c'est fini ! Qu'est-ce que tu veux de plus ? Choisir avec qui je sors ? Que je ne sorte plus du tout ?

— Je veux te protéger. On vit dans un monde où l'on ne peut faire confiance à personne. À présent, tu es devenue une femme magnifique, et bien malgré toi, tu attires les regards. J'avoue que j'ai du mal à supporter qu'un autre homme te regarde, t'approche, te sourie, avoua-t-il la voix rauque.

Laura se sentit perplexe. Jamais il ne lui avait parlé ainsi ni dit de telles choses. Il lui semblait si différent ce soir. Elle ne savait plus quelle attitude adopter face à lui.

— On dirait que tu es jaloux, lâcha-t-elle.

— Oui, je suis jaloux, souffla-t-il. Je t'aime plus que tout au monde et j'ai peur de te perdre, plus que jamais.

— Depuis ma naissance, tu sais bien qu'un jour je partirai. Mais pour moi, tu resteras mon père, tu ne me perdras pas en tant que fille ! *Du moins, je l'espère !* eut-elle envie d'ajouter.

Il émit un petit soupir ironique, un vague sourire amer éclaira un instant son visage. Il ne la quittait pas des yeux. Il lui sembla, un fugace instant, qu'il ne la considérait plus comme *sa* fille. Déstabilisée, elle prétexta être fatiguée, lança un « bonsoir, à demain » et s'enfuit presque. Perturbée, elle faillit bousculer Karen, nimbée dans un peignoir de soie crème. Celle-ci la foudroya du regard.

— Décidément, personne ne dort dans cette maison, vous êtes tous insomniaques ou quoi ? lança Laura d'un ton volontairement enjoué, pour alléger l'atmosphère qu'elle sentit soudain tendue.

— J'attendais ton père, mais apparemment, il n'a pas envie de venir me rejoindre, rétorqua sèchement Karen en lançant un regard menaçant à l'encontre d'Hervé.

— J'allais monter quand j'ai entendu arriver la voiture de Luc, se justifia-t-il.

— Tu vas aller la border, maintenant ?

Hervé et Karen se défièrent du regard, leur silence devint lourd de sous-entendus. S'astreignant à faire comme si elle ne s'était rendu compte de rien, Laura monta rapidement et s'enferma dans sa chambre. Instinctivement, elle chercha une clé, un verrou. Elle ne savait pas ce qui la rendait le plus mal à l'aise, des paroles de son père ou de l'attitude revêche de Karen. Et puis, elle avait désespérément besoin de s'enfermer dans son intimité. Il fallait qu'elle trouve une solution pour y remédier. L'idée que les élucubrations de Manue déteignaient sur elle la fit sourire. Elle devenait idiote ! Son infusion l'attendait sur sa table de nuit. Elle entrouvrit la fenêtre et y jeta le contenu de la tasse. Elle le regretta un peu plus tard. Elle eut beau tourner et se retourner dans son lit, le sommeil ne vint pas la délivrer de ses tourments. Elle sentait que quelque chose ne tournait pas rond. Pourquoi Dylan l'aurait-il larguée pour ensuite lui faire une crise de jalousie ? Il y avait un message dans son regard qu'elle n'avait pas su décrypter. Il avait voulu lui faire comprendre quelque chose, à moins qu'elle ne transforme ses désirs en réalité ? Elle n'était peut-être pas objective.

Il faisait une chaleur torride dans la chambre, l'atmosphère était lourde, propice à l'orage. Elle sortit à pas de loup et se rendit à la salle de bain. Elle se fit couler un bain, n'alluma que l'applique au-dessus du lavabo pour créer une ambiance douce et feutrée, se glissa doucement dans la grande baignoire carrée, insérée dans le sol. Elle somnolait dans l'eau quand le premier coup de tonnerre la fit sursauter. Elle se rendit compte qu'elle s'était endormie dans l'eau. Un éclair violent illumina la pièce l'espace de quelques secondes. Laura poussa un cri d'effroi en apercevant Hervé Brissac, collé dans un coin de la pièce. Son regard noir et ténébreux la fixait avec une sorte de passion proche de la folie. S'emparant d'un drap de bain, elle s'en couvrit le corps, sortit rapidement de la baignoire et plongea sur l'interrupteur pour tout allumer. Personne, il n'y avait plus personne ! Seule, la porte était entrouverte, laissant passer un filet d'air frais. Laura était certaine qu'il était là, à l'observer. Le cœur battant à coups redoublés, les jambes en coton, la respiration haletante, elle s'était immobilisée au milieu de la pièce sans pouvoir en bouger. Elle sursauta lorsque Manue entra brusquement, retenant un nouveau cri. Son visage était d'une blancheur cadavérique.

— Laura ? Qu'est-ce qu'il y a ? s'alarma cette dernière.

— Tu… tu n'as croisé personne dans le couloir ? hoqueta-t-elle.

— Non… Qu'est-ce que tu fais ici à cette heure-là ?

— Il était là, à m'observer dans le noir… enfin, je crois… murmura Laura, soudain perdue.

— Qui ? Hervé ? questionna Manue sur le même ton.

— Oui, enfin il me semble… Je ne sais plus… J'ai dû m'endormir, faire un cauchemar… Je vais aller me coucher, bonne nuit Manue, tenta de se rattraper Laura en se rendant compte de la portée de ses paroles.

— Tu veux que je reste avec toi ? Tu n'as pas l'air bien…

Laura se dirigeait déjà vers sa chambre et ne répondit pas. Aussi, Manue la suivit.

— Laura, j'aimerais qu'on parle toutes les deux…

— Je sais ce que tu vas me dire, la coupa Laura agressivement. C'est toi qui vas m'écouter ! Tout allait bien avant que tu n'arrives. Tu me bourres la tête avec tes idées à la con et du coup j'interprète tout de travers, je vois des choses… Je… je chope la trouille face à mon propre père. Alors, à partir de maintenant, je ne veux plus t'écouter, je ne veux plus que tu me dises quoi que ce soit, je veux la paix !

— Ah ouais ? Tout est ma faute ? Dylan qui te largue, Luc qui se rapproche de toi et Karen qui te déteste de plus en plus ? Tout est *ma* faute ? Ton père te séquestre et, du jour au lendemain, il lâche du lest, et ça ne t'étonne pas ? Ça ne t'a pas étonnée non plus que ta rupture avec Dylan ne survienne que quand tu commences à obtenir de la liberté ? Ton fameux père ne te quitte pas des yeux, te surveille même dans ton bain, te questionne sur ta vie privée et tu trouves ça normal ? Et quand moi, j'essaie de tirer le signal d'alarme, tu m'accuses ? Ce n'est pas moi qui t'ai envoyée à l'hosto ! Ouvre les yeux !

— C'était un accident…

Laura s'était tue immédiatement, mais trop tard. Toutes les deux se dévisageaient en silence. Manue ayant fermé la porte, personne n'avait dû entendre leur querelle.

— Je sais que la situation n'est pas facile pour toi, murmura Manue, mais, pour Élisa aussi, c'était un accident. Tu es malheureuse à cause de Dylan. Je pourrais être heureuse avec mon ami, et pourtant ma vie est un enfer à cause de toi. Il n'y a pas une minute, une seconde où je ne pense pas à toi, à ce qui peut t'arriver. Tu ne sais pas à quel point je tiens à toi. Tu refuses de m'écouter parce que tu as peur de ce que tu vas apprendre. Le pire, j'en suis sûre, c'est qu'au fond de toi, tu sais que j'ai raison, mais tu ne veux pas l'admettre, tu crains la vérité… J'aurais des tonnes de choses à t'apprendre. Jusqu'à maintenant, tu n'étais pas prête. À présent, tu l'es, mais as-tu vraiment envie de la connaître, la vérité ? Pourquoi tu ne poses jamais de questions sur ta mère, sur sa vie, sur sa mort ? Tu lui en veux de t'avoir abandonnée ? Ou d'avoir laissé une Karen prendre sa place ? Que tu ne veuilles pas m'écouter, tant pis, mais j'en sais plus que tu ne le crois. Élisa n'a pas eu le temps ni la force de se battre. Toi, tu l'as et tu refuses le combat.

— Tu es vraiment folle...

— Pour ça, tu es comme ton père. C'est tellement plus facile de décider que les gens qui dérangent sont tarés, hein ? Ça évite de regarder la vérité en face ! Tu dis que je déteste ton père ? C'est vrai ! Delphine était malheureuse avec lui. Il ne s'est remarié que six mois après sa mort. Tu n'avais qu'un an à l'époque. Mais c'est vrai, ce n'est pas une raison suffisante pour moi. Si seulement on avait pu me prouver qu'il s'agissait bien d'un accident !

Laura s'assit sur le bord de son lit, toujours aussi pâle. Manue se tenait le dos à la porte, immobile, ne sachant plus si elle devait partir ou rester.

— Qu'est-ce que tu as voulu dire à propos de Dylan, pour commencer ? Et puis à propos de ma mère, pour continuer ?

— À toi de me répondre avant. Qu'est-ce qui s'est passé ce soir-là ? Tu parles d'accident...

Laura hésita longuement avant de se décider à parler. Elle choisit chacun de ses mots avec soin afin de tenter de convaincre Manue.

— Et tu appelles ça un accident ? murmura Manue en secouant la tête, l'air dépité.

— Il m'a mis une simple gifle. Ça arrive à tous les pères. C'est moi qui ai perdu l'équilibre, protesta Laura.

— Bien sûr ! D'ailleurs, il n'a pas tapé très fort, ironisa Manue. Les traces sur ton visage, c'est simplement parce que ta peau marque beaucoup ! Qu'un père gifle sa fille, ça *peut* arriver, en effet, mais ça ne finit pas à l'hôpital !

— Essaie de le comprendre, tenta Laura d'une voix lasse, il était fatigué, avait bu, il était déçu de savoir pour moi...

— Un père normal ne réagit pas comme un amant jaloux, insista Manue. Puisque tu comprends qu'il ait agi comme ça, tu peux aussi imaginer que le soir de la mort d'Élisa, il était peut-être dans cet état ?

— Élisa a été violée et étranglée, s'écria Laura. Elle n'a

pas pris une simple gifle !

— O.K., O.K., on arrête, coupa Manue, inquiète à l'idée qu'on put les entendre.

Laura s'énervait. Il était temps de calmer le jeu. Après tout, Manue avait progressé avec sa nièce. Elle était parvenue à semer le doute dans son esprit et à lui faire avouer que son agresseur était son père.

— Parle-moi de ma mère, reprit Laura plus calmement. Qu'est-ce que tu voulais dire à propos de son accident ?

— Delphine n'a jamais aimé Hervé, elle avait même un amant. Hervé, non plus, ne l'aimait pas. Il connaissait déjà Karen. Ils ont fait un mariage d'intérêt. Notre père a arrangé ce mariage, c'était un homme d'affaires ambitieux, égoïste, un vrai tyran, habitué à ce que tout le monde cède devant lui. L'amant de Delphine était un « roturier », il était hors de question qu'elle se lie à lui. Hervé n'a épousé ma sœur que pour la richesse et la situation sociale de sa famille. J'étais très jeune à l'époque, mais je sentais que ma grande sœur n'était pas aussi heureuse que tout le monde voulait bien le dire. Elle a eu, après ta naissance, l'intention de demander le divorce. Papa était absolument contre, mais Delphine l'a menacé de se servir des médias. Mon père a cédé pour éviter le scandale. Quant à Hervé, s'il avait divorcé, il perdait toute sa fortune. Et paf ! Le miracle se produit, les voilà qui se tuent tous les trois dans un accident de la route, sans compter le chauffeur !!! C'est pas d'bol, hein ?

— Mais, il y a bien eu une enquête ? Notre famille est trop célèbre pour que ça ne fasse pas de vague, murmura Laura, le cœur battant et le cerveau en ébullition.

— Bien sûr, enquête de police, des assurances, des notaires, personne n'a pu prouver qu'il s'agissait d'autre chose que d'un accident. Hervé s'en est tiré avec les honneurs, et en plus il est devenu un héros. Le pauvre veuf qui élève seul ses deux enfants et sa jeune belle-sœur, les trois en bas âge ! Et, quand il a épousé Karen, à peine six mois plus tard, ça n'a choqué personne. Le pauvre, si jeune, il ne pouvait pas élever trois gamines sans un coup de main !

— Tu es la seule à dire qu'il ne s'agit pas d'un accident !

— Forcément, les autres sont morts. Même Élisa avait

découvert des choses…

— Quoi ?

— Je ne sais pas exactement. Elle n'a pas eu le temps de me le dire, et c'est pour ça que je veux trouver son journal !

— Et pour Dylan, tu voulais dire quoi ?

Manue poussa un soupir de lassitude. Elle savait qu'elle n'aurait pas dû parler de lui. Si elle lui disait la vérité, Laura voudrait le revoir et se mettrait en danger. Dylan ne lui pardonnerait pas cette erreur. C'était trop tôt, elle le sentait. Laura n'était peut-être pas encore tout à fait prête pour entendre toute la vérité.

— Je trouve certaines coïncidences troublantes entre ta liaison avec Dylan et celle d'Élisa avec Tommy. On dirait que tout recommence et ça me terrorise. Ton père t'interdit de le voir comme il l'a fait avec ta sœur, il devine dès le premier soir que tu as couché avec lui, comme pour Élisa. Il te frappe comme il a frappé Élisa. Comme par hasard, Dylan coupe les ponts alors que la veille il semblait fou amoureux… Ça me semble un peu trop pour de simples coïncidences, mais tu t'obstines à tout trouver normal, alors… Allez, il est temps d'aller au lit…

Laura eut beau se coucher, elle ne parvint pas à trouver le sommeil. Ce n'était plus seulement un doute qui la taraudait, mais une multitude qui l'assaillait. Même si elle ne voulait pas encore tout à fait l'admettre, Manue ne pouvait avoir tort sur tout. Et puis, si elle avait raison, peut-être pourrait-elle retrouver Dylan un jour…

Le lendemain matin, dès qu'elle entendit la voiture de son père démarrer dans la cour, elle sauta sur ses pieds, s'habilla en toute hâte et entreprit de fouiller minutieusement sa chambre et toutes les affaires qu'elle avait récupérées d'Élisa. Elle éplucha ses livres, ses disques, ses cassettes vidéo, ses CD, en vain. Elle finit par se rendre dans la chambre d'amis qui avait été celle de sa sœur autrefois. Elle inspecta les lattes du plancher, les fonds des armoires. Dans les films au cinéma, les choses à cacher se trouvaient toujours dans le double fond d'une armoire ou sous une latte. Ses efforts restèrent vains. Bon sang ! Il fallait bien qu'elle l'ait caché quelque part ce journal !

Tôt le matin, Dylan s'installa sur son ordinateur. Connecté à Internet, il démarra ses recherches dans les archives des journaux. Il commença à éplucher les canards locaux à partir de la date du mariage d'Hervé Brissac et de Delphine Descamps. Il allait en avoir pour des mois, pensa-t-il, accablé devant l'ampleur de la tâche, et encore, si toutefois il parvenait à trouver quelque chose. Il ne manquait pas d'articles sur la famille, que ce soit dans les magazines mondains, les journaux d'actualité ou encore les magazines économiques. Les Descamps faisaient partie du gratin, apparaissaient à toutes les soirées huppées, les défilés de mode et autres galas de charité. Bien sûr, à l'époque, le mariage de la fille aînée d'une des familles les plus en vue du pays avec un jeune avocat connu ni d'Ève ni d'Adam avait fait les premières pages des journaux. Dylan s'était imaginé que les filles, blondes aux yeux bleus devaient ressembler à leur mère, puisqu'elles n'avaient pas grand-chose du père. Or, Delphine était châtain clair, et ses yeux semblaient plus verts que bleus. En fait, Manue lui ressemblait plus que ses propres filles. C'était étrange. Soudain, il eut un hoquet de surprise. Sur une photo de groupe prise devant la cathédrale dans laquelle fut célébré le mariage, en arrière-plan, il reconnut d'abord Luc Boisseau — en tant qu'ami du marié, il n'y avait là rien d'extraordinaire ! — et… Karen ! Elle couvait déjà Hervé d'un regard possessif, le jour de son mariage ! Il imprima la photo et poursuivit ses recherches. Il tomba ensuite sur les articles et photos de l'accident dans lequel la famille Descamps s'était éteinte. De prime abord, l'accident avait de quoi surprendre, car il avait eu lieu sur une route qui n'était pas particulièrement dangereuse. Aucun autre obstacle ou véhicule ne semblait être en cause. Le chauffeur, un homme relativement jeune et en bonne santé, avait tout simplement, et sans raison apparente, perdu le contrôle de son véhicule alors qu'il ne roulait ni vite ni en état d'ivresse. On finit par supputer qu'il avait dû être victime d'un malaise. La voiture avait alors percuté un arbre sur le bas-côté. Les époux Descamps, à l'arrière, ainsi que le chauffeur étaient morts sur le coup, mais Delphine Brissac, sur le siège passager à l'avant, resta plongée dans un coma profond plus de trois jours avant de succomber à ses blessures. Plus tard, la plupart des articles traitaient des frasques de la jeune héritière Emmanuelle Descamps. Dylan ne put s'empêcher de sourire en contemplant les photos de la jeune fille qu'il avait bien connue à cette époque et qu'il avait détestée. Elle lui avait pris son meilleur ami et l'avait rendu tellement malheureux ! Pendant cette période, elle ressemblait plus à une délinquante qu'à une héritière de la Jet-Set avec ses cheveux parfois rouges, parfois blond platine ou encore gris aux reflets violines, ainsi que ses piercings provocants, ses oreilles percées du haut en bas et ses vêtements de cuir ou de jeans, tous craqués… Elle n'avait plus grand-chose à voir aujourd'hui avec l'adolescente rebelle et droguée de l'époque. S'en suivirent plusieurs articles sur des procès gagnés par Brissac ou par Karen. Puis vint la catastrophe, le crime atroce qui avait déchiré la famille et fait pleurer les trois quarts du pays. Dylan sentit sa gorge se serrer. Il ressentait avec toujours autant de vivacité, les souffrances de la perte de l'une et l'arrestation de l'autre de ses amis. Les photos, bien qu'évocatrices du drame, ne montraient jamais le corps d'Élisa, mais la douleur qui se lisait sur les visages suffisait à donner la chair de poule. Sur aucune photo n'apparut Karen. Son prénom ne fut jamais cité, ainsi que le nom de Descamps. On ne parla que de la famille Brissac, y assimilant Emmanuelle et évitant soigneusement Laura. De toute évidence, la cadette avait été précautionneusement mise à l'écart de la pression médiatique. Le commandant Luc Boisseau et son adjoint Olivier Silva avaient été chargés de l'enquête qui fut bâclée à une vitesse astronomique. En quelques heures, sans avoir eu le temps d'avouer, de nier ou de protester, Thomas Morelli fut arrêté. Il était de toute façon, le coupable idéal ! Quant à l'accusation publique dont fut victime Hervé Brissac de la part de sa pupille de belle-sœur, elle fut ridiculement interprétée, et donc occultée. L'opinion publique n'en fit que peu de cas. Emmanuelle n'était qu'une délinquante toxicomane et traumatisée par le choc de la perte de celle qu'elle considérait comme sa sœur.

Point à la ligne ! Il en fut de même pour son incarcération dans un hôpital psychiatrique qui ne fit guère plus de bruit, quelques lignes par-ci, par-là, et tout fut vite oublié. Cependant, dans un canard local, celui qui avait fait paraître les tout premiers articles concernant le crime, Dylan releva des détails étranges : un témoin aurait aperçu deux autres voitures, à peu près à l'heure et sur les lieux du crime, à quelques minutes d'intervalle, mais le témoin en question n'avait que huit ans ! La voisine de palier d'Emmanuelle aurait témoigné de plusieurs *visites* dans l'appartement de Manue, à l'heure où Élisa avait été tuée. Elle aurait même suivi une altercation entre Élisa et un autre homme, son père, apparemment. Mais la femme en question, une mamie mythomane de soixante-dix-huit ans, appelait les gendarmes deux fois par semaine pour signaler des faits analogues ou inquiétants. Certains de ses voisins confirmèrent qu'elle passait son temps à raconter des histoires et qu'elle perdait la tête ! Un clochard qui traînait dans le coin aurait pratiquement tout vu, tout entendu du viol et du meurtre. Il aurait même vu de près les coupables : un homme et une femme. L'homme aurait violé puis poignardé Élisa alors qu'elle tentait de se défendre et la femme l'aurait finalement étranglée avec son foulard. Pris de panique, il s'était caché avant de s'enfuir. Il ne s'était décidé à apporter son témoignage que lorsqu'Hervé Brissac avait offert une récompense substantielle à qui lui apporterait de nouveaux éléments concernant la mort de sa fille. L'autopsie avait révélé qu'Élisa était morte par strangulation après avoir été violée et poignardée, vers vingt-trois heures au plus tard. Le clochard fut reconnu alcoolique. Il avait été hospitalisé plusieurs fois pour delirium tremens ! Son témoignage n'apparut même pas dans les rapports de police. Tous les articles relatant ces témoignages « non recevables » émanaient de la même journaliste, une débutante dans le métier. Toutes ces informations furent démenties et il n'y eut plus la moindre trace de la fameuse journaliste dans cet hebdomadaire-là ni dans d'autres, d'ailleurs. Dylan releva son nom et fit une rapide recherche sur internet. Il retrouva son adresse sans aucune difficulté. Il l'appela dans la foulée, parvint à la convaincre qu'il était un de ses collègues, qu'il travaillait sur les faits divers dans la région depuis dix ans et qu'il avait besoin qu'elle éclaire sa lanterne. Elle accepta un dîner au restaurant le lendemain soir. Seulement à cet instant, il se rendit compte qu'il était plus de quatorze heures et qu'il n'avait pas encore déjeuné. Il allait fermer son dossier quand une image brutale lui traversa l'esprit. Il revit l'espace d'une seconde, le titre de l'article du journal le jour du mariage d'Hervé et de Delphine. Ils s'étaient mariés un 12 juillet. Une coïncidence lui fit froid dans le dos. Le cadavre d'Élisa avait été découvert un 13 juillet. Elle était donc morte le 12. Ne s'agissait-il vraiment que d'une coïncidence ? Ou n'était-ce pas la preuve qu'Hervé Brissac — s'il était vraiment coupable — n'avait pas tué Élisa au hasard ? Une autre pensée vint le hanter et qu'il s'empressa de chasser de son esprit en sentant son cœur s'emballer. Ils étaient fin mai... Si Manue avait raison pour Laura ? S'il tentait de la tuer, il le ferait peut-être à la même date. Il ne lui resterait alors plus qu'environ un mois et demi à vivre ? C'était beaucoup et trop peu à la fois. Sentant la panique le gagner, il s'exhorta au calme, tentant de se convaincre qu'il ne s'agissait que de suppositions. Il se résolut à rejoindre le Totem's, sachant bien que Jimmy ne refuserait pas de lui préparer un steak-frites. Il tomba sur David et Manue qui avaient fini de déjeuner et s'apprêtaient à partir. Tous deux avaient l'air préoccupés.

— Vous vous montrez en public ensemble maintenant ?

— On n'est pas en public, il n'y a personne à part nous, ici. Et on a déjeuné dans l'arrière-salle, précisa David.

— Ça n'a pas l'air d'être la grande forme, s'inquiéta Dylan. Qu'est-ce qui se passe ?

— J'ai réussi à discuter sérieusement avec Laura, hier soir. Je crois qu'elle... elle est bientôt prête à me croire. Elle commence à avoir les boules !

— Pourquoi ? s'alarma Dylan. À cause du flic ?

— Le flic ? Luc ? Ah non, pas du tout ! Pourquoi ?

— Parce que je suis tombé sur eux hier soir, ils sortaient en amoureux !

Dylan leur fit le récit de leur confrontation.

— Je ne crois pas qu'il y ait quelque chose entre eux. Ce n'est que de la frime, tenta de le rassurer Manue, mais je suis persuadée qu'il faut qu'elle sache tout, d'une part pour éviter qu'elle ne se tape Luc par dépit ou vengeance, d'autre part parce qu'elle commence à douter de son père et que, par sécurité, elle risque de se rapprocher de Luc.

— Même si c'est le pote de son père ?

— Je ne sais plus quoi penser à son sujet. J'ai l'impression qu'être l'ami d'Hervé est une façade pour lui, le meilleur moyen de se rapprocher de Laura. Il semble lui aussi, se méfier des Brissac. Il n'a rien dit de ce qu'il savait sur Laura et toi à son père.

— Tu dis que tu as discuté avec elle ? De quoi ?

À son tour, Manue leur relata la scène de la veille où elle avait trouvé Laura terrorisée dans la salle de bain.

— Elle ne peut pas fermer sa porte, non ? s'énerva Dylan.

— Non ! Chez les Brissac, il n'y a de verrous qu'aux toilettes, et je me demande dans quelle mesure ils ne trouveraient pas une bonne excuse pour les enlever ! Elle m'a reproché de lui monter la tête et de lui faire peur. Alors je me suis énervée en lui disant qu'elle était naïve, qu'elle n'avait pas fait de rapprochement entre le fait qu'elle ait plus de liberté, que son père change d'attitude envers elle et que toi, tu la largues alors que tout allait bien entre vous...

— Bon sang ! Pourquoi tu lui as parlé de moi ?

— Parce que je veux qu'elle doute ! Je veux qu'elle réfléchisse à la situation. Bref ! En me fâchant, je lui ai dit qu'elle avait raison, tout était ma faute et j'ai glissé que par contre, moi, je ne l'avais pas envoyée à l'hosto. Alors elle s'est trahie en rétorquant qu'il ne s'agissait que d'un accident. Elle s'est tout de suite rendu compte de ce qu'elle avait dit, mais c'était trop tard.

— Putain ! Alors c'est vraiment lui ? gronda Dylan.

— Elle m'a dit qu'il était fatigué, qu'il avait bu. Il n'a frappé qu'une fois, mais elle a perdu l'équilibre et est mal tombée. C'est elle qui a pris l'initiative de mentir pour le protéger parce qu'elle avait peur que je fasse un nouveau scandale et qu'il me fasse de nouveau enfermer. Bref, aujourd'hui, elle a décidé de chercher le journal d'Élisa et ça, c'est positif. Elle veut en savoir plus ! Et toi ? Des nouvelles ?

— J'ai passé la matinée à éplucher les journaux, magazines, etc. J'ai trouvé quelques articles intéressants, des rumeurs sur des témoignages le soir du crime qui ont été jugés irrecevables et dont plus personne n'a parlé ensuite. J'ai pris contact avec la journaliste qui a écrit les articles à l'époque. Je déjeune avec elle demain soir.

— Annette Bercin ? Elle est revenue dans la région ? souffla Manue impatiente.

— Tu la connais ? Et pourquoi revenue ? Elle était partie ?

— Quand elle a sorti ses témoignages, je l'ai contactée, mais j'ai été mise sur la touche juste après. Tout ce que je sais, c'est qu'elle a laissé tomber et a quitté la région. Écoute Dylan, j'ai bien réfléchi. Je ne pense pas que Laura délire quand elle dit avoir vu son père dans la salle de bain hier. J'ai peur pour elle. J'ai pensé à un truc. On a un chalet en montagne. Ce serait bien qu'on aille y passer un week-end, Laura et moi, avec l'excuse de lui changer les idées et de l'aider à réviser. Vous deux, vous venez nous y rejoindre et, en route, j'explique la situation réelle à Laura.

— C'est hors de question...

— Dylan, elle est vraiment en danger. Elle doit savoir à quoi s'en tenir. Elle est prête à défendre son père sauf si toi, tu entres en jeu. C'est une comédienne accomplie, elle a du caractère. Elle pourra plus facilement parer au danger si elle est courant...

— Elle voudra me voir et...

— Elle te verra, mais personne ne le saura. Toi, tu ne risqueras rien...

— Si son père a su pour nous deux, c'est qu'il la surveillait, pourquoi ne le ferait-il pas de nouveau ?

— Parce qu'elle saura à quoi s'attendre et qu'elle brouillera les pistes. Je te jure qu'elle est balaise pour ça, je l'ai vue à l'œuvre, elle m'a bluffée à plusieurs reprises ! Et quand elle saura la vérité, en sachant que tu l'attends et ce que tu risques, elle aura la patience de ne plus te voir pendant quelque temps. Elle se battra pour te garder.

Réfléchis, reprit Manue passionnée, pour l'instant, rien ne la retient si son père décide de l'envoyer aux États-Unis. Si elle doit choisir entre être malheureuse ici, sous la coupe de son père, et malheureuse là-bas en pensant être libre, elle n'hésitera pas.

— Peut-être que la laisser partir aux États-Unis serait une façon de la protéger, de la mettre hors d'atteinte...

— De qui ? De Brissac ? Il partira avec elle ou la rejoindra, le contra Manue.

Dylan se passa nerveusement la main dans les cheveux. Bien sûr qu'il crevait d'envie de suivre Manue sur cette voie. Retrouver Laura, se faire pardonner, recommencer comme avant. Ça le rendait fou quand il la voyait avec Boisseau, à l'idée qu'elle puisse ne plus l'aimer un jour, rencontrer quelqu'un d'autre... Mais si tout était découvert, il allait en taule directement, sans passer par la case départ. Et ensuite Brissac aurait la voie libre. Il ne pouvait pas se permettre de prendre ce risque. D'un autre côté, Manue n'avait pas tout à fait tort... Et puis, qui saurait ce qui se passe à cinq cents kilomètres de là ?

— C'est d'accord, mais débrouille-toi pour que ça ait lieu le week-end prochain. Il y a une course de championnat du monde de 500 cm^3 samedi, dans le Nord. Avec David, on y va tous les ans. Personne ne trouvera bizarre qu'on parte en même temps que vous, pas même Boisseau !

— Pas de problème, jubila Manue. J'organise ça ! En attendant, tu vas parler à Mérod des articles de journaux ?

— Je vais d'abord attendre de voir cette journaliste, demain soir. T'es sûre d'avoir l'autorisation de partir avec Laura deux ou trois jours ?

— Si j'arrive à convaincre Laura d'y aller, c'est gagné ! Elle, elle sait s'y prendre pour obtenir ce qu'elle veut de son père... *Et de Luc*, eut-elle envie d'ajouter, mais elle se retint à temps.

— On se retrouve ici, ce soir ? Nanou offre un verre pour son anniversaire, lui rappela David.

- 21 -

Laura avait passé toute la matinée à fouiller la maison. Si ce foutu journal existait, il n'était pas ici. Elle ne cessa ses recherches que vers midi et quart, quand elle entendit la voiture de son père arriver dans la cour. Elle se précipita dans sa chambre, étala des livres par terre.

— Tu révises encore ? plaisanta Hervé. Eh bien, si tu n'as pas ton bac avec ça !... Heu, il m'a semblé entendre du bruit cette nuit, tu t'es relevée ?

— Oui, j'avais trop chaud, je suis allée prendre un bain. J'ai essayé de ne pas faire de bruit, répondit-elle nonchalante alors que son cœur battait la chamade.

— Tu n'as pas été bruyante, je ne dormais pas non plus. Mais il m'a semblé avoir entendu parler.

— Hum, c'est possible. Quand Manue est rentrée, elle est passée dans ma chambre, on a discuté.

— Elle sort beaucoup en ce moment, elle voit quelqu'un ?

— Oh, tu sais, elle ne parle pas de sa vie intime.

— Oui, ben elle ne sort pas seule !

— Je sais qu'elle a sympathisé avec la secrétaire qui la forme à ton cabinet. Elles s'entendent bien et sortent ensemble parfois.

— Eh bien tant mieux ! Tu descends déjeuner ?

Quand il ferma la porte de sa chambre, elle poussa un long soupir de soulagement. Une idée lui traversa l'esprit à propos du journal d'Élisa. Cette dernière allait souvent chez Luc, elle y passait des nuits, même. Peut-être qu'en le questionnant... Par bonheur, son père lui apprit au cours du repas qu'il devait s'absenter tout l'après-midi ainsi qu'une partie de la soirée.

— Ne t'inquiète pas, je vais encore réviser. Et ce soir, je vais au cinéma avec Manue. La suite de « Jurassic Park » vient de sortir.

— Très bien. Tu n'oublieras pas de brancher le système d'alarme après notre départ. Je veux que tu sois rentrée pour vingt-trois heures.

— Non, si le film commence avec un peu de retard, le temps de rentrer, j'aurais dépassé l'heure. Je rentre quand c'est fini !

— D'accord. Mais, tu restes ici cet après-midi, O.K. ?

Or, dès que la maison fut vide, Laura bondit vers la porte.

— Mademoiselle, votre papa ne veut pas que vous sortiez cet après-midi, la stoppa Alice, la gouvernante-cuisinière, mal à l'aise.

— Je vais chez les Boisseau. Si Luc n'y est pas, je reviens. Si mon père appelle, dites-lui où je suis. !

N'attendant pas son reste, elle déguerpit sans laisser le temps à Alice de protester. Luc fut surpris de la voir arriver.

— Tu as quand même passé une bonne nuit ? s'enquit-il légèrement ironique.

— Bien sûr, qu'est-ce que tu crois ? Tu m'offres un café ?... Luc, comment mon père a réagi quand ma mère est morte ? questionna-t-elle soudain.

La verseuse de la cafetière vola en éclat en touchant le carrelage.

— Merde ! Quel con, ronchonna-t-il en ramassant les morceaux. Tu ne préfères pas un coca à la place du café ?

— Va pour le coca... Il s'est écroulé ou a paniqué ?

— Les deux. Sur le coup, il ne voulait pas y croire, puis il a dû faire face, vous étiez toutes petites... Pourquoi tu me parles de ça ? murmura-t-il, un peu tendu.

— Et Karen ? Il la connaissait déjà avant la mort de maman, n'est-ce pas ?

— Je n'en sais rien... Où veux-tu en venir ? s'énerva Luc.

— Elle était comment, ma mère ? Elle était belle, gentille, douce, agressive ?

— Je n'ai pas envie d'en parler maintenant. Ce n'est pas important comment elle était...

— Si ! C'est important pour moi ! Pourquoi personne ne veut parler d'elle ? Qu'est-ce qu'elle a fait ? Hervé évite le sujet, Karen, je ne t'en cause même pas !

— Hervé ? Depuis quand tu appelles ton père par son prénom ? s'étonna Luc.

— Ça vous écorche la bouche de dire *Delphine* ? Pourquoi tout le monde dit *elle*, je ne veux pas parler *de ça, ta mère, sa première femme*.... *Delphine*, c'est simple à dire non ? Personne ne m'a jamais parlé de ma mère. On me dit que je ressemble à ma sœur, mais jamais à ma mère !

— C'est étrange comme j'ai l'impression qu'il y a de *la Manue* là-dessous, chuchota Luc

— Tu vas la faire interner parce qu'elle, elle ose en parler ? C'est la seule qui aborde le sujet ! Qu'est-ce qu'on peut faire pour qu'elle se taise ?

— Arrête, Laura, soupira Luc. Qu'est-ce qui se passe ? Ta maman se met à te manquer ?

— *se met à me manquer ?* s'indigna Laura, alors que je n'ai jamais eu de mère ? Qu'est-ce que tu peux savoir de ce que ressent un enfant, toi ? T'en as jamais eu ! J'ai eu une mère six mois. Ma belle-mère est une peste ambitieuse qui ne fait que me supporter...

— Ne parle pas comme ça...

— J'avais une grande sœur qui a été massacrée, une tante qu'on a fait interner... C'est vrai, je ne vois aucune raison pour laquelle ma mère pourrait me manquer, ironisa Laura méchamment.

— Qu'est-ce que tu veux savoir ? capitula Luc en déposant deux verres de coca sur le bar et en lui désignant du menton, un tabouret en face de lui.

— Je veux qu'on me parle de ma mère, de mon père quand elle est morte, bref, de tout ce que j'ignore encore.

— *Delphine* était une très belle femme, commença Luc, la voix légèrement enrouée. Elle vous adorait Élisa et toi. Elle aimait beaucoup ton père et il le lui rendait bien. Quand elle est morte, on a tous été très secoués... Dans un premier temps, j'ai offert mon aide à Hervé pour vous élever...

Karen était une de ses collègues. Il avait beau être malheureux, il n'en était pas moins un homme, un homme jeune. Il avait besoin d'aide, d'une aide féminine pour vous élever...

— Il aurait pu adopter un ours, il aurait eu le mérite d'être doux au moins, railla Laura.

— Tu es injuste...

— Tu l'aimais, ma mère ?... Je veux dire, tu l'appréciais, tu t'entendais bien avec elle ? se reprit très vite Laura en le voyant sursauter et pâlir.

— Oui, je l'appréciais beaucoup !

— En vérité, j'ai entendu dire qu'elle était malheureuse avec mon père, qu'elle avait un amant et qu'Hervé et Karen se connaissaient déjà avant le mariage, c'est vrai ?

Luc faillit s'étrangler avec une gorgée de coca. Profitant de la diversion, il se leva et lui tourna le dos.

— N'écoute pas les rumeurs. Manue a toujours détesté Hervé, elle a tendance à prendre ses délires pour la réalité. Ta mère était quelqu'un de bien, tu m'entends ? Ne laisse personne te dire le contraire. S'il y a eu quoi que ce soit, je ne suis pas au courant.

— C'est parce que tu appréciais ma mère que par la suite tu t'es rapproché d'Élisa ? continua Laura qui se savait sur la corde raide, mais qui tenait à aller jusqu'au bout.

— Laura, ne tourne pas autour du pot ! Qu'est-ce que tu veux savoir ? Si j'ai couché avec ta sœur ? Manue le croit, n'est-ce pas ?

— Elle passait des nuits ici en l'absence de Francine...

— Et même quand Francine était là, s'agaça Luc. À une période, il y avait des frictions entre elle et votre père. Karen m'a appelé au secours et pour calmer tout le monde, quand ça allait trop loin, Élisa venait ici deux ou trois jours. Je n'ai jamais couché avec ta sœur. Je sais que ça plairait à Manue de pouvoir détruire l'entourage d'Hervé en même temps que lui, mais elle se trompe. Tu as d'autres questions ?

— Non, murmura Laura, contrite, excuse-moi... Je ne voulais pas t'insulter... Je voudrais comprendre, savoir ce qui s'est passé... Plus je cherche, plus je découvre de choses et moins je comprends... J'ai l'impression de vivre au milieu d'étrangers... Tu sais, il ne faut pas en vouloir à Manue...

— Je sais que ce n'est pas facile pour toi, tout ce qui s'est passé depuis le décès d'Élisa, mais ça n'a été facile pour personne et tu n'es pas la seule à souffrir. Je n'en veux pas à Manue. Elle a peut-être été éprouvée plus que toi... Elle adorait Delphine, elle a reporté cet amour fraternel sur Élisa, et elle donnerait n'importe quoi pour détruire Hervé parce qu'elle a décidé que tout était de sa faute. Or, à l'époque du décès de Delphine, elle était trop jeune pour porter un jugement objectif sur son entourage. Les parents Descamps étaient des gens riches, mais... comment dire ? Ils avaient l'esprit étroit et des principes étriqués. Ils auraient voulu que leurs filles épousent des gens de leur milieu. Hervé était « *un moindre mal* ». C'est un orphelin, fils de bourgeois parvenus grâce à la politique, mais qui sont morts prématurément. Comme Delphine fréquentait des gens d'un milieu plus modeste encore, le père Descamps a décrété qu'Hervé était « *le moins pire* ». Mais il n'a jamais été vraiment accepté par le clan Descamps. C'est dans cet esprit-là que Manue a grandi. Elle a eu beau se rebeller contre le mode de vie de ses parents, virer dans l'excentricité, la délinquance, la drogue, la rébellion, elle n'en a pas moins conservé inconsciemment certaines séquelles, certains a priori.

— Tu as raison, je ne dois pas me laisser influencer par elle, mais c'est dur d'être objective alors que je ne suis au courant de rien... Élisa avait laissé des affaires chez toi ?

— Comme un journal intime par exemple ? sourit Luc. Je l'ai vu écrire dedans et je te jure que quand elle est morte, je l'ai cherché partout où il m'était possible de chercher. J'en suis arrivé à me demander si elle ne l'avait pas détruit.

— Mais il a bien existé, sourit Laura presque soulagée.

— Qu'est-ce que tu fais ce soir ? Tu sors ?

— J'ai dit à mon père que j'allais au ciné avec Manue, mais je crois qu'elle n'est pas disponible ce soir.

— Je ne travaille pas, je t'y emmène ? proposa Luc.

— Ça peut se faire. Je t'appelle tout à l'heure.

À la grande surprise de Laura, Manue proposa de les accompagner. Aussi à vingt heures trente, étaient-ils tous trois installés dans la salle panoramique du cinéma, avec chacun un paquet de bonbons à la main.

    Dylan avait rejoint ses amis au Totem's en tout début de soirée. Nanou y fêtait ses vingt-sept ans. Aussi, le bar était-il bondé et l'ambiance battait son plein. Même Dylan parvint à oublier Laura et ses problèmes pour se changer les idées durant quelques heures. Personne ne fit attention aux trois hommes qui pénétrèrent dans le café, un peu avant minuit. Ce ne fut que quand la porte d'entrée claqua que les plafonniers s'allumèrent tous d'un coup — en général, seules les lumières indirectes éclairaient la grande salle, contribuant à une atmosphère plus propice à la détente — que le silence se fit et que tout le monde se figea. Le premier intrus brandit une carte barrée de bleu-blanc-rouge. Dylan le reconnut immédiatement, il s'agissait d'Olivier Silva, lieutenant et bras droit du commandant Boisseau.

— Contrôle de police ! Restez tous où vous êtes, soyez sympas, ça ira plus vite !

— Et en quel honneur ? s'écria Jimmy. Je vous préviens que vous allez entendre parler de moi ! C'est une soirée privée.

— Si on trouve ce qu'on cherche, ça ne durera pas longtemps, et on fermera ton bar, rétorqua le lieutenant Silva qui avait l'air d'être le plus ancien, le plus arrogant et le plus agressif, et m'est avis que je ne suis pas venu pour rien.

    D'un rapide coup d'œil, Dylan discerna un fourgon à l'extérieur. Plusieurs hommes avaient fait le tour du bâtiment et surveillaient la porte à l'arrière. Un tel dispositif ne pouvait qu'être prémédité. Nombre d'entre eux avaient en leur possession de l'herbe et quelques grattons de shit, spécialement pour une fête telle que celle-ci. Rien n'avait été laissé au hasard. Les flics venaient le bon soir, au bon moment. Ce n'était pas une coïncidence !

— Heureusement que Manue n'est pas là, murmura David à l'oreille de Dylan, c'est les stups. Il ne manquerait plus qu'elle se fasse piquer avec nous ici.

— Hum ! C'est l'équipe de Boisseau, lança un jeune derrière Dylan. Tu pourras dire merci à ton ex. Elle nous fout tous dedans en même temps.

— Elle n'a rien à voir là-dedans, gronda Dylan à mi-voix. Elle n'était même pas au courant !

— Si ! Je l'ai appelée, murmura Marina, soudain plus pâle. Je n'arrive pas à croire qu'elle m'ait fait ça ! Qu'elle ait pu me faire ça, à moi...

— Faire quoi ? questionna Dylan soudain plus curieux.

— Je l'ai invitée ce soir. Elle m'a répondu qu'elle ne viendrait pas, qu'elle ne voulait pas tomber sur toi. Et elle a ajouté en rigolant qu'elle ne pourrait venir qu'accompagnée de Boisseau, le cas échéant. Je l'ai pris à la plaisanterie. Je n'arrive pas à croire qu'elle se venge de toi en nous mettant tous dedans.

— Tu crois vraiment que c'est elle qui nous a balancés ? tomba des nues Dylan.

— Qui d'autre ? Il y a bien quelqu'un qui l'a fait ? rétorqua Nanou. Si au moins elle savait que sa tante se tapait David, elle aurait peut-être hésité, mais... Et encore, c'est bizarre que justement ce soir, Manue ne soit pas là...

— Bon, arrête tout de suite avec tes accusations à la con ! coupa David. Manue a une excellente raison de ne pas être là, d'accord ? S'il y en a un seul qui prononce son nom, il risque de ne jamais l'oublier, on est bien d'accord ?

Les policiers avaient déjà trouvé deux ou trois petits paquets enroulés d'aluminium, des petits sachets d'herbe, bien avant d'arriver vers le groupuscule que formaient Nanou, Marina, David et Dylan. Silva se planta devant eux. Il s'adressa d'une voix forte à ses collègues tout en dardant son regard dans celui de Dylan.

— Bon ! Ça suffit, pas la peine d'aller plus loin ! On embarque tout le monde. On fera l'inventaire au commissariat. Et le bar est fermé jusqu'à nouvel ordre, ajouta-t-il à l'adresse de Jimmy. Tu peux nettoyer la machine à café, y'en a pour un moment ! (Puis, s'adressant à l'un de ses collègues) Tu laisses partir les clients réguliers qui ne font pas partie de la bande : les deux tables, là-bas... Et on embarque tout le reste sans exception !

Dylan sentait son sang battre à ses tempes. Bien sûr que ce n'était pas un hasard. Le regard du flic lui en avait dit long. C'était lui qu'ils voulaient, pas les autres ! Ses potes leur servaient de couverture. Son arrestation était signée Boisseau, voire Brissac. Par chance, il n'avait absolument rien sur lui. Il avait hésité, puis... un pressentiment ! Tout de même, ce n'était pas du genre de Laura d'agir comme ça. Bien que tout l'accusât, il ne parvenait pas à croire qu'elle ait pu faire ça, elle ne pouvait pas trahir Marina...

Ils furent une vingtaine à être emmenés dans les fourgons garés devant le bar.

Au commissariat, ils furent tous fouillés précautionneusement, surtout Dylan, puis eurent droit à la *cage* : cette sorte de salle d'attente grillagée.

— On ne va pas rester là à ne rien faire, murmura Marina à l'attention de Nanou.

— Qu'est-ce que tu veux qu'on fasse ? S'ils veulent nous emmerder, on est là pour deux jours !

— Pas tous, répliqua Dylan, sur un ton calme et posé. Ils vont libérer la plus grande partie d'entre nous demain matin, ou au cours de la nuit si des tiers interviennent. Mary, tu devrais demander à appeler tes parents. Ils n'ont rien contre toi, ça m'étonnerait qu'ils refusent.

— J'ai une autre idée, moi, murmura Marina avant de s'écrier : j'ai droit à un coup de fil, je veux prévenir mes parents !

— Ma cocotte, rien ne nous oblige à te laisser téléphoner tant que tu es en garde à vue, et ça peut durer quarante-huit heures, lui répondit un des policiers présents.

— Réponds qu'ils n'ont rien contre toi et que tes parents porteront plainte pour détention abusive s'ils ne te permettent pas de téléphoner, qu'ils feront un scandale, lui glissa discrètement Dylan.

— Si je n'ai pas le droit d'appeler mes parents, je pourrais peut-être appeler mon avocat, Maître Brissac, lança-t-elle ironiquement, n'en faisant qu'à sa tête.

Dylan sursauta et lui lança un regard meurtrier. Marina avait ainsi réussi à capter l'attention de Silva qui s'approcha en frimant.

— T'as les moyens d'avoir un avocat tel que Brissac, toi ? ironisa-t-il. Mais qui tu es pour ça ?

— La meilleure amie de sa fille, vous savez ? La seule

qui lui reste ! Votre chef, le commandant Boisseau, il ne sera pas content quand il saura que vous m'avez empêchée de téléphoner !

Le policier fit quelques pas, réfléchissant à la situation.

— Mais qu'est-ce que tu fais ? gronda doucement Dylan.

— Fais-moi confiance, rétorqua Marina, juste avant que le policier ne vienne lui ouvrir la porte.

— Un coup de fil ! précisa-t-il. Un seul, et prie pour que ton correspondant soit là.

Manue, Laura et Luc venaient à peine d'arriver quand le téléphone sonna, les faisant sursauter. Un coup de fil à une heure du matin, c'était plutôt inquiétant...

— Oui, allo ?

— Laura ? Contente de t'entendre, ragea Marina.

— Mary ? Qu'est-ce qui se passe ? s'inquiéta Laura.

— Tu me le demandes ? Je te remercie pour ta petite surprise, elle a bien foutu notre soirée en l'air. Que tu te venges de Dylan passe, mais de tous les autres, je trouve ça dégueulasse ! Alors, rends-moi un dernier petit service — tu me dois bien ça ! — appelle mes parents et demande-leur de venir me chercher au Commissariat, s'il te plaît. Après ça, tu n'entendras plus parler de moi, je ne te demanderai plus rien.

— Mais... Qu'est-ce que tu racontes ? balbutia Laura. Qu'est-ce que tu fais au Commissariat ?

Luc avait relevé la tête et fixait le dos de Laura.

— À ton avis ? On est tous là, Dylan aussi, ça te fait plaisir ? Ton coup est réussi, tu peux remercier *ton Luc*. Tu veux bien appeler mes parents ou pas ?

Laura venait de comprendre ce en quoi Marina l'accusait.

— Mary, je te jure que je n'y suis pour rien. Je n'ai parlé à personne de cette soirée. Je rentre du cinéma avec Manue et Luc justement. Je ne comprends pas...

— Ben, Luc a peut-être agi seul, mais tu en es quand même la cause. C'est bien joué de se débarrasser de son rival comme ça, surtout qu'il est bien placé pour le faire, mais de là à faire payer tout le monde, et de gâcher une soirée d'anniversaire, merci !

Marina raccrocha brutalement. Laura, pâle comme un

linge se tourna vers Luc.

— Pourquoi tu as fait ça ? T'es vraiment dégueulasse ! Tu savais qu'ils penseraient tous que ça venait de moi, hein ?

— De quoi tu parles ? protesta Luc. J'ai entendu mon prénom et tu as parlé du Commissariat...

— Tu as organisé une rafle au Totem's tout en te trouvant un alibi d'enfer, l'accusa Laura, ivre de rage. C'était l'anniversaire du copain de Marina. Tu savais qu'ils y seraient tous, hein ? Tu vas faire quoi, maintenant ? En faire mettre un ou deux en taule, au hasard ?

— Je ne suis pas à l'origine de ça ! Mais quels cons, ragea-t-il soudain. Ils vont foutre en l'air des mois de travail... Je vais voir ce qui se passe là-bas et je te promets de tout arranger, d'accord ? tenta-t-il de la calmer.

Il fit le geste de caresser sa joue, mais elle repoussa sa main avant qu'elle ne l'atteigne, le foudroyant du regard. Manue était restée en arrière, se mordillant nerveusement les lèvres. Elle savait que David faisait partie du lot. Elle avait eu une sacrée chance de ne pas être avec eux ce soir. Si Luc ou Hervé apprenaient qu'elle fréquentait de nouveau ce milieu, elle était foutue. Elle avait vraiment eu chaud...

— Laura, j'ai eu une idée, lança Manue un peu nerveuse, quand Luc fut parti. Tes épreuves commencent bien jeudi dans deux semaines ?... Qu'est-ce que tu dirais d'aller passer trois ou quatre jours en montagne, rien que nous deux. On part vendredi soir et on revient lundi soir, ça te dit ? Tu pourrais réviser au calme, te vider l'esprit avant le début des épreuves... Et je crois qu'on a besoin toutes les deux de prendre le large, tu ne trouves pas ?

— Pourquoi pas ? répondit Laura d'une voix dans laquelle vibrait encore la colère. Là-bas, peut-être que je penserai moins à lui... Et passer quelque temps loin de mon père, de Karen et de Luc, ça ne peut me faire que le plus grand bien. Reste à convaincre Hervé...

— J'en fais mon affaire, sourit Manue, quoiqu'un petit coup de main de ta part ne serait pas de trop quand même : après tout, il ne te refuse pas grand-chose en ce moment !

- 22 -

La porte du commissariat claqua violemment et le commandant Luc Boisseau fit une entrée fracassante. Marina retint son souffle. Tous les regards se tournèrent vers lui, principalement ceux, brillants d'ironie, de Dylan et de David.

— Est-ce que quelqu'un pourrait m'expliquer ce que c'est que ce bordel ? lança Luc sur un ton sec. Je veux tout le monde dans le bureau, immédiatement !

Tous obtempérèrent sans la moindre hésitation, pénétrant à la queue leu leu dans le bureau vitré dont les baies vibrèrent sous la violence avec laquelle la porte claqua. Luc et le lieutenant Silva s'agitaient, des éclats de voix parvenaient aux oreilles des prisonniers sans qu'ils puissent vraiment entendre ce qui se disait.

— Ça a l'air de chier, sourit Marina.

— Ben, tant mieux ! On n'a plus qu'à attendre. C'était peut-être pas une si mauvaise idée de se faire pistonner par Laura, sourit Nanou.

— Faut savoir ! Une fois c'est une salope et une heure après notre sauveuse ? C'était la plus mauvaise chose à faire, souffla Dylan mécontent. Tu n'aurais jamais dû l'appeler. Boisseau va jubiler. Soit il me fait une fleur et je devrais lui dire merci, soit il me fout en taule et…

— Je m'en tape, rétorqua Marina. Toi, tu ne penses qu'à ton règlement de compte avec Boisseau, mais tu n'avais rien sur toi. T'as pensé à tes potes qui en avaient plein les poches ? Et moi, Boisseau, je m'en balance, tout ce que je veux, c'est rentrer chez moi !

Dylan ne répondit pas, l'air méditatif. Elle n'avait pas tout à fait tort, mais il ne parvenait pas à accepter le fait d'être à la merci du flic, de sa clémence ou de sa fourberie. Il enrageait.

— On a raflé le Totem's, Chef. Voilà ce qu'on y a trouvé. Qu'est-ce que t'en dis ? lança hargneusement le lieutenant Silva, renversant le contenu d'un sac sur le bureau.

Sans même y jeter un coup d'œil, Luc remballa rageusement tout ce qui s'était éparpillé, se planta devant lui et lui cracha pratiquement au visage.

— Tout ça n'a jamais existé. Personne ici n'a rien vu. Tout ce qui s'est passé ce soir n'a été qu'une grossière erreur pour laquelle nous allons nous excuser. Vous allez libérer rapidement tout le monde et on n'en parle plus.

— Mais qu'est-ce qui te prend ? Depuis le temps qu'on est sur...

— Bordel de merde ! C'est un dealer que je veux, pas la clientèle d'un bar ! Et depuis quand vous agissez sans en avoir reçu l'ordre ? Vous vous prenez pour qui ? hurla Luc.

Le silence était d'or, on aurait pu entendre une mouche voler. La plupart des policiers présents se taisaient, baissant la tête ou regardant ailleurs. Les trois lieutenants responsables de l'opération étaient furieux, mais faisaient des efforts surhumains pour rester calmes. Quant aux clients de la cage, ils attendaient avec patience, cette fois, la suite des évènements. Dylan se tenait nonchalamment assis, les bras croisés, face à la porte grillagée, arborant un léger sourire narquois et provocant. Il se rendait compte que Luc évitait son regard, pourtant, il faudrait bien qu'ils se retrouvent face à face à un moment ou à un autre.

— Tu as dit en partant hier soir qu'on devait faire preuve d'initiative, n'est-ce pas ? articula le lieutenant.

— Pour l'affaire qui nous occupe en ce moment ! Pas pour n'importe quoi !

— Mais Brissac a parlé en ton nom. Vous travaillez ensemble, qu'est-ce qu'on pouvait savoir, nous ?

— Brissac ? s'écria Luc. Qu'est-ce qu'il vient faire là-dedans ?

— Il a téléphoné en début de soirée pour dire que tu étais

sur un coup, que tu lui avais demandé d'appeler à ta place, que tu pensais que c'était le bon moment pour le Totem's, que toute la clique était réunie… On n'a pas hésité !

Luc respira profondément, se passant nerveusement la main dans les cheveux. Hervé commençait à lui courir sur le haricot. De quel droit est-ce qu'il osait agir en son nom ?

— Je souhaite que tout ça reste entre nous. Brissac n'a jamais appelé, on est d'accord ? Je vais régler le problème avec lui, commença Luc. Et, à l'avenir, vous ne prenez vos ordres que de moi seul, quoi qu'on puisse vous dire ou vous faire. Un avocat n'a pas à faire la loi dans un commissariat, qu'il soit mon ami, mon frère, mon père ou le pape en personne ! Maintenant, on libère tout le monde. Vous reprenez deux fourgons et vous les ramenez au Totem's ou chez eux selon leur volonté.

— On va pas avoir l'air con, murmura l'un des policiers.

— Ça, c'est pas mon problème !

— Et tout ce qu'on a trouvé, on l'oublie ? Y'a au moins dix grammes de shit, sans parler de l'herbe….

— Et alors ? Qu'est-ce qu'on a à foutre de dix grammes alors qu'on court après des kilos de dope ? N'oubliez pas nos véritables objectifs !

— Et laissons à part nos problèmes ou sentiments personnels, ironisa l'inspecteur concerné.

— Ça veut dire quoi, cette remarque ? gronda Boisseau.

— Rien, sinon, qu'il y a là-bas une copine de la petite Brissac, mais je suppose que ton arrivée n'est qu'une coïncidence qui n'a rien à voir avec le coup de fil qu'elle a passé. Je suppose également que ça ne te fait pas plaisir de voir Duperrat derrière les barreaux.

— Je ne vois pas ce que tu veux dire par là, et je ne veux surtout pas le savoir. Je ne veux plus non plus entendre un mot de ces ragots de bas quartiers ! Je ne te demande pas où tu passes tes week-ends et encore moins avec qui, O.K. ?

Le lieutenant avait serré les dents et pâli, mais resta silencieux. Il savait que Boisseau avait appris qu'il voyait régulièrement une prostituée, soi-disant son indic. Après avoir foudroyé le commandant du regard, le lieutenant Silva sortit du bureau, en claqua fortement la porte, vint ouvrir celle de la *cage* et lança à la cantonade :

— Allez vous fumer comme des jambons et vous bourrer la gueule ailleurs ! C'est le commandant qui régale. Ça sert de se taper qui il faut quand il faut, n'est-ce pas ? ajouta-t-il à l'adresse unique de Dylan.

Ce dernier se leva, vint se planter face à lui, à quelques centimètres seulement de son visage et lui murmura :

— C'est pas avec ta gueule que tu y arriveras, toi ! Va te faire foutre !

Avant que le lieutenant n'ait eu le temps de réagir, Luc Boisseau intervenait, s'interposant entre les deux. Il renvoya brutalement son inspecteur à ses foyers et invita Dylan à s'en aller. Mais celui-ci s'effaça pour laisser passer ses amis, leur faisant signe de sortir et attendit de rester seul avec Boisseau.

— Vous remercierez Laura pour sa gentille intervention, ironisa-t-il.

— Elle n'a rien à voir avec ce qui s'est passé ce soir. Je suis sincèrement désolé !

— Son père non plus, je suppose ? C'est drôle, j'ai toujours cru que c'étaient certains avocats qui étaient à la solde de policiers et non l'inverse ! C'est bête, hein ?

— Tout ce qui s'est passé n'est qu'une grossière erreur et le fait que tu sois là, n'est que pure coïncidence !

— Mais bien sûr ! Je n'en doute pas un instant. Il a voulu que je coupe les ponts avec sa fille, c'est fait ! Il veut quoi maintenant ? Que je quitte la région ? Eh bien là, il peut toujours aller se faire enculer. Il va falloir qu'il me vire lui-même. Je l'attends avec impatience ! Vous lui direz, n'est-ce pas, commandant ? ne put se retenir Dylan, incapable de contenir sa haine plus longtemps.

— Attends, attends ! Qu'est-ce que tu as dit ? bondit Luc. *Il a voulu* ? Laura et toi, c'est fini à cause de lui ?

Dylan conscient d'en avoir déjà trop dit, le foudroya du regard et tourna les talons. Luc le rattrapa alors qu'il atteignait le trottoir.

— Je veux que tu m'expliques de quoi tu parles, s'énerva-t-il en l'accrochant par sa veste en jean, le forçant à se retourner.

Dylan se libéra violemment.

— Comment ? Vous n'êtes pas au courant, Commandant ? Vous m'étonnez ! Moi qui croyais que la situation vous avantageait !

— Je te répète que ce qui s'est passé ce soir est une erreur et ta présence ici, une coïncidence : la même que quand tu as fait la connaissance d'Élisa… de Laura, pardon, ironisa Luc.

— Une question, gronda Dylan, pâle de colère, un commandant de police n'est pas concerné par le détournement de mineure ? Ou se sent-il peut-être protégé par un bon avocat ? Et cessez de me tutoyer, Commandant, on n'a pas gardé les cochons ensemble. Jusqu'à présent, moi, je vous ai vouvoyé, même si ça risque de ne pas durer !

Luc resta estomaqué, il n'eut même pas le réflexe de répondre. Déjà, Dylan s'éloignait et montait dans le fourgon qui allait les ramener tous au Totem's. Le commandant n'avait pas besoin de dessin pour comprendre ce que Dylan avait voulu dire. Il aurait dû détester ce mec, jubiler qu'il se soit séparé de Laura… Mais il en était malade… Au fond de lui, il n'était pas sûr qu'elle soit plus en sécurité chez elle qu'avec lui. Il aurait dû applaudir Hervé des deux mains, ce mec n'était pas le gendre idéal et rêvé pour une jeune fille issue de la *crème* de la société. Alors pourquoi avait-il l'impression de revivre une certaine histoire quand il regardait Dylan ? Il eut la soudaine envie de sauter dans sa voiture et de le rejoindre, au Totem's ou chez lui. Il fallait qu'il sache la vraie raison de sa rupture avec Laura. Il haïssait le doute qui l'envahissait peu à peu. Il aurait préféré que Dylan n'ait jamais menti, qu'il soit vraiment un Casanova volage et instable, plutôt que de savoir qu'Hervé était à la base de leur rupture. Au moins, il saurait à quoi s'en tenir. Il ne savait plus… Depuis quelques mois, il ne dormait plus la nuit et la même question le taraudait sans arrêt. Et si Hervé rééditait l'histoire d'Élisa avec Laura. Qu'allait-il se passer s'il poussait Dylan à bout ? Parce qu'il était bien conscient que ce dernier n'était pas de la même trempe que Thomas. Il ne se laisserait pas faire… Quand il avait fini par oser regarder le visage d'Élisa morte, deux ans plus tôt, il s'était mis à pleurer. Il avait eu envie de tuer au hasard dans la rue. Il avait compris comment certaines personnes sous le coup de la douleur, pouvaient armer un fusil et tirer dans la foule, au hasard, juste par besoin de sang, mais il était un représentant de l'ordre, un simple ami de la famille. Il avait dû se taire, surmonter à la fois sa haine, sa rage et sa douleur. Il les avait enfouies en lui, bien profondément, sauf qu'elles étaient toujours là, bien vivaces, sous-jacentes, prêtes à exploser. Manue était revenue, Laura devenait adulte, Hervé était toujours aussi intraitable, Karen froide et distante. On prenait les mêmes et on recomm... Non ! Il ne fallait en aucun cas que ça recommence. Elle ressemblait tellement à sa sœur à présent. Et s'il s'était trompé ? Si on l'appelait en pleine nuit pour lui demander de venir identifier le cadavre de Laura ? Une violente nausée le submergea. Il sursauta lorsque l'un de ses hommes lui tapa sur l'épaule.

— Eh Commandant, vous allez bien ?

Il acquiesça sans vraiment avoir compris le sens de la question. Ce n'est qu'en retournant à sa voiture qu'il avait pris conscience de la pluie, de l'orage qui faisait rage autour de lui. Il était trempé. Il hésita entre rentrer chez lui pour essayer de prendre un peu de repos, ou s'arrêter chez Hervé et mettre les points sur les i, lui dire ses quatre vérités. Il opta pour rentrer. La vie lui avait appris à quel point l'impulsivité pouvait être néfaste. Ne pas agir sur un coup de colère, plus jamais !

Laura et Manue avaient attendu dans la chambre de cette dernière, dont la fenêtre donnait sur la cour devant la maison, que Luc revienne, en vain. Elles étaient inquiètes, chacune tentant de le cacher à l'autre. Quand la voiture d'Hervé et Karen avait fait son entrée, Laura s'était éclipsée dans sa chambre. Quelques minutes plus tard, elle perçut le léger bruissement de la porte qui s'ouvrait, les pas feutrés d'Hervé jusqu'à son lit. Tentant de maîtriser les battements désordonnés de son cœur, elle s'exhorta au calme et feignit de dormir à poings fermés. Elle sentit ses doigts effleurer sa joue, descendre sur le drap, le tirer à peine.

— Hervé, qu'est-ce que tu fais ? murmura la voix irritée

de Karen.

— Je vérifiais juste si ma fille était bien rentrée, rétorqua-t-il sur le même ton étouffé, mais irrité.

— Elle est bien là ? Tu es rassuré ? Tu avais promis...

— Ça suffit Karen, ferme-là ! Tu vas la réveiller, ronchonna-t-il en sortant et en fermant la porte derrière lui.

Laura put enfin respirer. Son cœur battait si fort en elle qu'elle en avait mal. Elle se sentait perdue. L'attitude de son père était-elle normale ou se laissait-elle influencer par les élucubrations de Manue ? Quelle était l'attitude normale d'un père ? Sur quoi se basait-on pour juger des barrières de l'inceste ? *Élisa, aide-moi, parle-moi,* murmura-t-elle inconsciemment.

Au petit déjeuner, elle évita soigneusement de croiser le regard d'Hervé et retint son souffle lorsque Manue lança d'un ton enjoué :

— Hervé, vous avez toujours votre chalet en montagne ? Laura passe le bac dans dix jours. J'ai pensé que ce serait une bonne idée qu'on s'éloigne toutes les deux, le dernier week-end. On partirait le vendredi et on rentrerait le lundi.

— Et la première épreuve se déroule le jeudi, c'est ça ? ronchonna Hervé, irrité.

— Justement, il paraît qu'il n'y a rien de tel qu'un dépaysement de dernière minute, renchérit Laura.

— Il n'y a rien de tel que de bonnes révisions et une bonne concentration le jour J !

— Ça veut dire que c'est non, comme d'habitude ? ragea soudain Laura. C'est génétique chez toi de toujours tout gâcher ?

— Sur quel ton oses-tu me parler ? s'écria alors Hervé.

— Je pensais que Karen et toi seriez contents de vous retrouver tous les deux un week-end, mais tu préfères me séquestrer n'est-ce pas ? Ben je ne l'aurai pas mon bac ! Après tout, j'ai toute la vie devant moi pour l'avoir, n'est-ce pas ? s'écria-t-elle en se levant de table brusquement.

— Laura, assieds-toi ! hurla-t-il en se levant à son tour.

Manue retint son souffle et se tint prête à intervenir. Le visage d'Hervé était livide, il semblait ivre de rage.

— Moi, je trouve que c'est une bonne idée, intervint

Karen. Je crois qu'on a vraiment besoin de se retrouver. Tu la laisses partir ou c'est moi qui vais passer le week-end là-bas, seule, trancha-t-elle alors qu'il s'apprêtait à répliquer.

— C'est du chantage de la part de l'une comme de l'autre !

— Tu ne nous laisses pas le choix, rétorqua Karen en le foudroyant du regard.

— Je suis désolée, lança alors Manue sur un ton contrit. Je ne voulais pas provoquer une révolution. Je pensais que c'était une bonne idée, excusez-moi !

— On en reparlera ce soir, trancha Hervé. J'ai besoin d'y réfléchir. Laura, je t'ai dit de venir t'asseoir, rugit-il de nouveau alors que, d'un air boudeur, elle quittait la salle à manger.

— Non ! claqua la voix de la jeune fille, d'un ton déterminé. Je n'ai plus faim !

Hervé se leva brutalement, renversant sa chaise. Son regard de braise ne la lâchait plus. Il semblait faire un effort surhumain pour se contrôler, mais Laura lui fit face et soutint son regard sans ciller.

Ce fut le carillon de la porte qui détourna leur attention. Alice, la femme à tout faire, fit entrer le nouveau venu. Du premier coup d'œil, Luc apprécia la situation conflictuelle entre le père et la fille.

— Bonjour, Luc ! Décidément, tu tombes toujours bien ces temps-ci, ironisa Hervé plutôt agressif.

— Salut ! Désolé de vous déranger en plein repas, mais je ne pouvais plus attendre, répondit Luc sur le même ton. Il fallait que je sache si tu étais content de ton coup d'hier soir. Je voulais également savoir si tu avais l'intention de t'immiscer davantage dans mon job ? Parce que, si c'était le cas, je me ferais un plaisir de te laisser ma place !

— Je ne comprends pas de quoi tu parles, rétorqua Hervé, mais assieds-toi ! Tu m'as l'air aussi calme que moi. Tu peux prendre la place de Laura, elle s'en allait !

— Je préférerais qu'elle reste pour qu'elle entende ce que j'ai à te dire et pour la convaincre que tout le merdier d'hier soir ne venait pas de moi, répliqua Luc en prenant une chaise. Depuis quand tu donnes des ordres à mes hommes ?

Je ne sais pas si tu t'en rends compte, mais tu m'as fait perdre six mois de boulot, de filatures, de recherches. Si je veux les putains de dealers qui fournissent le Totem's et la moitié de la ville, je suis obligé de tout reprendre à zéro. Tout ça pour une putain de petite vengeance personnelle, je trouve ça minable !

— Ça m'embête que tu le prennes comme ça, répondit Hervé dont le calme de la voix ne parvenait pas à adoucir le ton. Il s'agit d'un malentendu. Je suis passé devant le Totem's alors qu'il y avait une faune plutôt rare. Ils étaient tous là et la marchandise était étalée sur les tables. J'ai cru vous rendre service en appelant tes collègues !

— Ils étaient tous là ? Tu les connais donc suffisamment pour juger *qui* devait être là et *qui* ne le devait pas ? Tu dis que tu n'as fait que passer, mais tu as vu la marchandise sur les tables ? ragea Luc, avec une lumière tamisée ? Tu as les yeux d'un aigle, ma parole ! Je vais te dire, moi, ce qui s'est passé. Tu savais que Dylan Duperrat serait au Totem's et tu t'es dit que c'était le moment de foutre la merde, sachant que je n'étais pas là. Tu voudrais nous mettre la haine l'un contre l'autre, n'est-ce pas ? attaqua Luc.

— Ce n'est pas déjà le cas ? Vous êtes bien concurrents, n'est-ce pas ? sourit méchamment Hervé. Tu sors avec ma fille alors qu'il vient de la laisser tomber. Tu crains peut-être qu'il ne revienne ? Au fait, comment va Francine ?

— Je préfère croire que tu ne penses pas ce que tu dis. Tu veux que je te dise franchement ce que je pense de tout ça ? fulmina Luc. Tu...

— Stop, s'écria soudain Karen. Mais qu'est-ce que vous avez tous aujourd'hui ? Y'a une lune ou quoi ? Vous n'allez quand même pas vous battre, non ? Je crois que ce n'est pas le moment !

Pendant quelques secondes, tous les trois se dévisagèrent silencieusement. La tension était si forte dans la pièce qu'elle en était presque palpable. Il se passait quelque chose, des tonnes de non-dits passaient d'un regard à l'autre. Laura eut l'intime conviction qu'aucun des trois ne voulait parler en sa présence et pourtant, ils partageaient le même secret, elle en était certaine à présent. Luc tourna les talons et gagna la porte.

— Fais attention ! Ne va pas trop loin, Luc, laissa tomber Hervé.

— Toi ! Ne va pas trop loin ! Et ne te mêle plus jamais de mon boulot ou je risque d'aller fouiner dans le tien ! menaça à son tour Luc. Au week-end prochain Laura, ironisa-t-il en sortant.

Manue et Laura se lancèrent un regard étonné. Elles ne pensaient pas qu'ils étaient capables de s'engueuler à ce point, de façon si violente, alors qu'ils avaient toujours été les meilleurs amis du monde.

— En fin de compte, je crois que c'est une bonne idée que vous partiez toutes les deux en montagne, vendredi, réfléchit Hervé à haute voix. Luc s'intéresse un peu trop à toi, ces temps-ci Laura !

— C'est ton ami, je te rappelle. Tu sais ? « *Avec lui tu seras en sécurité* ! » ironisa-t-elle.

— C'est déjà ce que je disais pour Élisa, mais je commence à avoir des doutes.

Laura allait le questionner plus avant sur ce qu'il voulait dire, mais Manue, d'un coup de coude, l'en dissuada.

— Tu ne voulais pas que je t'emmène chez Marina ? questionna cette dernière pour faire diversion.

Laura sans hésitation, sauta sur l'occasion. Dès qu'elles furent en voiture, Manue sourit joyeusement.

— Merci beaucoup de ton aide, Luc ! Grâce à toi, on se barre vendredi !

Laura ne put retenir un sourire et lança à sa tante un regard complice.

- 23 -

D'abord réticente, Marina finit par les faire entrer. Elles s'isolèrent toutes les trois sur la terrasse ensoleillée.

— Mary, comment tu peux me croire capable de ça ? commença Laura. Que les autres le pensent, passe encore, mais toi ?!

— Tout le monde l'a cru ! C'était tellement évident, répliqua Marina. Tu savais qu'on était tous réunis et tu en veux à Dylan.

Ce disant, Marina lança un regard inquisiteur à Manue. Laura savait-elle que sa tante était la petite amie de David et qu'elle aurait dû faire partie du lot la veille ? D'un léger signe de tête négatif, Manue lui signifia de ne pas la trahir.

— C'est justement trop évident, tu ne trouves pas ? Si j'avais voulu me venger de Dylan, je n'aurais pas agi comme ça, reprit Laura qui ne s'était rendu compte de rien.

— Tu te serais tapé le flic ? Ou tu l'as déjà fait ? Le problème c'est que lui a le bras long, et c'est lui qui joue les trouble-fêtes !

— Non, Luc n'était au courant de rien. C'était un malentendu ! En fait, un coup de fil anonyme au commissariat a appris aux flics que toute la bande était réunie et qu'il y avait de la marchandise sur les tables. Les hommes de Luc ont voulu faire du zèle et ont agi sans son ordre, le défendit Laura.

— Qui aurait pu faire ça, et pourquoi ?

— Oh, tu sais, ça pourrait être n'importe qui, un voisin qui trouve le bar trop bruyant, quelqu'un de jaloux…

— Quelqu'un qui voulait que Boisseau et toi portiez le

chapeau, ironisa Marina, parce que je ne veux pas entendre parler de coïncidence. Il ne faut quand même pas se foutre de ma gueule.

— Bref, coupa Manue, c'est ennuyeux, rageant, tout ce qu'on veut, mais il n'y a pas eu de conséquence, n'est-ce pas ? Personne n'a eu à pâtir de cet incident ? Pas même Dylan ?

— Non, personne, la rassura Marina. De toute façon, il a été le seul à te défendre et à ne pas croire en ta culpabilité, sourit-elle enfin à l'adresse de Laura.

Celle-ci sentit son cœur s'emballer. Il était le principal intéressé et il lui avait fait confiance jusqu'au bout ? C'était merveilleux ! Il n'avait donc pas fait une croix totale et définitive sur tout ce qu'ils avaient vécu ensemble ? C'était plus qu'elle n'en demandait...

— Écoute, heu... excuse-moi de t'avoir accusée à tort et aussi rapidement, mais pour moi c'était tellement logique, reprit Marina, sur un ton contrit. Je t'en ai voulu d'autant plus que tu es ma meilleure amie et que ça m'a fait mal de penser que tu avais pu me faire un coup pareil !

— Bon, on n'en parle plus, d'accord ? Et tu as bien fait de m'appeler, se mit à rire Laura.

— Tu m'étonnes, ça a été plutôt rapide après le coup de fil. Boisseau était furax !

— Il s'est même engueulé avec mon père à ce sujet, c'est pour dire !

En fin d'après-midi, Manue et Laura quittèrent Marina pour se balader en ville jusqu'en début de soirée. Alors qu'elles tournaient à un coin de rue, Laura aperçut Dylan derrière la vitrine d'un restaurant, dans un coin de la salle. Il était seul à une table sur laquelle étaient déposés deux couverts. Sans réfléchir davantage, elle s'élança dans sa direction.

— Qu'est-ce que tu fais ? s'écria Manue, consciente que Dylan ne les avait pas encore vues.

— J'en ai pour une minute. Il faut que je lui parle, je veux qu'il sache que je n'y suis pour rien pour hier soir et...

— Ne sois pas stupide, puisque Marina t'a dit qu'il

t'avait défendue ! Laura, il ne va pas dîner seul, regarde la table, tu risques de…

— Je ne peux pas t'expliquer. J'ai besoin de lui parler en face. Je ne demande pas la lune, je veux juste lui dire deux mots, entendre sa voix.

— Même si c'est pour qu'il t'envoie chier ?

Ce fut peine perdue. Sans l'écouter, Laura s'était précipitée sur la porte du restaurant. Elle avait les jambes en coton et le cœur qui battait la chamade rien qu'à l'idée de se retrouver face à lui. Il y avait eu quelque chose dans son regard deux jours auparavant, quand ils s'étaient croisés au cinéma. Elle n'avait pas rêvé, elle voulait vérifier.

— Bonsoir, je te dérange ? murmura-t-elle en approchant de sa table.

Dylan eut d'abord un regard indifférent qui vira à la surprise quand il reconnut la personne à qui appartenait la voix qui le dérangeait dans ses pensées.

— Bonsoir ! Non… Enfin, disons que j'attendais quelqu'un et…

— Je ne resterai que deux minutes. Je t'ai vu par hasard en passant dans la rue… Je suis vraiment désolée pour hier soir, mais je n'y suis pour rien, je te le jure. Je sais que ce n'est pas facile à croire, mais…

— Je te fais confiance, j'étais certain que tu n'y étais pour rien. C'est Boisseau qui…

— Non, on était ensemble et il ne savait rien, vraiment !

Dylan sentit son estomac se nouer. Décidément, ils ne se quittaient plus !

— Bref, trancha-t-il. L'incident est clos. Ça va, toi ?

— Hum, ça va, je suis suffisamment occupée en ce moment… *pour ne pas trop penser à toi* ! faillit-elle ajouter, mais elle se retint à temps.

Elle en était encore à hésiter sur la suite de la conversation quand une voix enjouée retentit dans son dos.

— Bonsoir, je suis un peu en retard…

Laura se retourna brusquement et se retrouva face à face avec une ravissante jeune femme d'une trentaine d'années, à la chevelure rousse flamboyante, au petit nez retroussé, au visage plein de taches de rousseur qui lui allaient comme un charme. Elle était réellement très attirante et possédait — qui plus est — un sourire chaud et sympathique. Laura la détesta d'emblée, mais celle-ci eut un hoquet de surprise en découvrant le visage de Laura.

— Oh ! Excusez-moi, je ne voulais pas vous couper, tenta-t-elle de se reprendre. Je peux…

— C'est moi qui m'excuse, répondit Laura en lançant un regard lourd de reproches à Dylan qui s'était empressé de se lever pour accueillir d'un geste amical la jeune fille avec son plus beau sourire.

— Je me présente… commença la nouvelle arrivée.

— Je crois que ce n'est pas nécessaire, coupa Dylan avec un regard lourd de sous-entendus.

— Je ne voudrais pas vous déranger plus longtemps, je vous laisse. Bonne soirée ! répliqua Laura d'une voix qu'elle ne parvint pas à adoucir.

— Bonsoir, Laura, se força-t-il à répondre.

Elle tourna les talons et sortit rapidement du restaurant. Une boule dans sa gorge l'empêchait presque de respirer et elle luttait de toutes ses forces pour retenir ses larmes.

— Vous êtes Annette Bercin, n'est-ce pas ? Bonsoir, Dylan Duperrat.

— J'ai l'impression que je suis assez mal tombée, s'excusa Annette qui eut du mal à détacher son regard de Laura qui s'éloignait. Pourquoi ne m'avez-vous pas laissée me présenter ? Votre remarque peut porter à confusion et…

— Peu importe. Elle et moi sommes juste amis et je préfère qu'elle ne sache pas qui vous êtes. Asseyez-vous, l'encouragea-t-il chaleureusement.

— Merci ! Vous allez me trouver particulièrement indiscrète, mais… cette jeune fille ne serait pas de la famille Brissac ? Elle ressemble terriblement à… Elisa Brissac, vous savez ? Cette jeune fille qui a été sauvagement assassinée il y a deux ans ? On dirait son sosie, ça m'a stupéfiée !

— Je m'en suis rendu compte, sourit Dylan. Asseyez-vous, je vous en prie… Il s'agit de sa jeune sœur, Laura Brissac. Et si je vous ai fait venir, c'est surtout pour que vous me parliez de l'affaire *Elisa Brissac* !

Le sourire d'Annette Bercin disparut d'un coup. Elle sembla hésiter, réfléchir un moment. Ses doigts jouant avec ses couverts trahirent une certaine nervosité.

— Vous n'êtes pas journaliste, n'est-ce pas ? Vous m'avez menti ! Ça tombe mal parce que je n'ai plus entendu parler de cette affaire depuis deux ans et que je n'ai pas l'intention d'en reparler avec qui que ce soit. Le dossier est clos. Je vous souhaite une bonne soirée, Monsieur Duperrat, j'ai été ravie de vous rencontrer !

— Asseyez-vous, lança Dylan sur un ton qui n'admettait pas de refus. Pour moi, le dossier vient de se rouvrir et j'ai besoin de votre aide. J'ai besoin que vous m'éclairiez sur cette affaire, c'est de la plus haute importance.

— Vous êtes quoi ? Flic ? Détective privé ? En quoi cette affaire vous concerne-t-elle ? Et ne me racontez pas de bobards ou je m'en vais illico et vous ne me reverrez plus, c'est compris ? Cette affaire m'a fait beaucoup de tort et je ne voulais plus jamais en entendre parler. Vous avez intérêt à avoir de sérieux arguments, se fâcha-t-elle.

— D'accord ! D'abord puisque nous sommes là, profitons-en pour dîner, n'est-ce pas ? On a l'esprit plus clair et on est plus détendu, l'estomac plein, tenta de la calmer Dylan, d'un sourire sûr de lui.

— Dites-moi exactement ce que vous voulez, pourquoi vous le voulez et je ne veux pas de faux-fuyants !

— D'accord ! Je vous explique tout. Si ensuite, vous ne voulez toujours pas me parler, tant pis, je n'insisterai pas. Je vous laisse seule juge... En fait, j'étais le petit ami de Laura Brissac...

— *J'étais* ? Vous ne l'êtes plus ?

— Par la force des choses, non. J'y viens. J'ai de bonnes raisons de penser que d'une part, Thomas Morelli n'est pas coupable, que l'enquête a été bâclée et dirigée, et que d'autre part, Laura est en danger. Elle risque de subir le même sort que sa sœur. Aussi, me suis-je décidé à tout reprendre depuis le début. C'est ainsi que je suis tombé sur vos articles. Vous êtes la seule à avoir fait allusion à ces fameux témoignages...

— Qui ont failli mettre un terme à ma carrière et même à

ma vie. Qu'est-ce que vous appelez « *la force des choses* » ? Et si vous n'avez plus rien à voir ensemble, que faisait-elle là ? C'est peut-être indiscret, mais si vous jouez franc-jeu, j'en ferai de même !

— Son père a mis un terme à notre relation. En fait, je me trouve dans le rôle de Thomas Morelli, deux à trois ans auparavant. Seulement moi, je refuse de devenir victime d'une erreur judiciaire, et surtout, je ne veux pas qu'il arrive quoi que ce soit à Laura, même si on n'est plus ensemble. Si elle était là tout à l'heure, c'était une pure coïncidence. Elle m'a vu à travers la vitrine, elle est juste entrée pour me saluer et vous êtes arrivée !

— Il y a encore des sentiments entre vous, n'est-ce pas ? sourit-elle, un peu rassurée. Vous, vous voulez la protéger à tout prix et elle, elle a failli m'étriper parce qu'elle m'a prise pour votre rencart !

— C'est ce que vous êtes, non ? ironisa Dylan en riant.

— En quelque sorte, se mit-elle à rire. Si on commandait ?... Qu'est-ce que vous voulez savoir au juste ? reprit-elle quand le garçon se fut éloigné avec leur commande.

— Tout. Je veux savoir ce que vous saviez, ce que vous avez inventé, ce qui s'est passé quand les articles sont sortis et pourquoi vous avez laissé tomber aussi facilement que ça le paraît.

— Rien que ça ? Vous avez toute la nuit ? feignit-elle de plaisanter alors que ses yeux ne souriaient plus. D'abord, je n'ai rien inventé, O.K. ? En fait, je rôdais dans le coin du commissariat, à l'affût d'une phrase, d'une bribe de conversation, d'un indice... Et je suis tombée sur ces fameux témoins qui étaient furieux de la réaction de la police à la sortie du commissariat. J'ai juste eu à les aborder en me faisant passer pour une cousine de la victime. Ils étaient tellement furieux qu'on ne les ait même pas écoutés, qu'on les ait méprisés, qu'ils ont vidé leur sac auprès de moi. Ils ne savaient pas que j'étais journaliste, mais ils avaient besoin que quelqu'un écoute ce qu'ils avaient à dire. Ils disaient tous que la police ne tenait pas vraiment à connaître la vérité. Alors j'ai tenté le coup. J'ai fait paraître leurs récits et j'ai repris l'enquête à mon compte... Cette fille était magnifique et j'étais bouleversée par ce qui lui était arrivé... Je voulais faire éclater la vérité coûte que coûte. Pour moi qui démarrais, ça pouvait être le scoop du siècle, celui qui lancerait ma carrière d'un coup. En plus, la tante de la victime est venue me prêter main-forte. Emmanuelle Descamps, vous connaissez ? Bref, reprit-elle quand il eut acquiescé, ça n'a pas suffi. La pression s'est faite de plus en plus forte. J'ai reçu des menaces de mort, des coups de fil anonymes, puis je me suis fait virer. Sous le coup de la colère, j'ai crié que je continuerais ailleurs. Le soir même, ma voiture a été volontairement percutée par un autre véhicule. J'ai fait trois tonneaux et j'ai eu une chance incroyable de m'en sortir avec seulement quelques égratignures. C'est à l'hôpital qu'on m'a appris qu'Emmanuelle avait été internée. Sur ce, un policier est venu me voir et m'a demandé de tout stopper, me disant clairement que si je continuais, personne ne pourrait plus rien pour moi, que je ne me doutais pas d'à qui j'avais affaire, que personne ne publierait plus mes articles, que mourir à mon âge serait ridicule et ne changerait rien à la mort d'Élisa. Alors j'ai vraiment pris peur. J'ai tout laissé tomber et j'ai pris le large. Je suis partie un peu plus d'un an à l'étranger où j'ai relancé ma carrière. En revenant ici, j'ai appris que l'affaire était classée, que Morelli avait été jugé coupable.

— Le policier qui est venu vous voir, vous vous souvenez de son nom ? questionna Dylan.

— Hum, il s'appelait Boisseau, le capitaine Boisseau, celui-là même qui était chargé de l'enquête à *la Crime* !

— Non, Boisseau, c'est un commandant des stups, corrigea Dylan.

— Aujourd'hui peut-être ! Mais il y a deux ans, il était capitaine à la Crime, pas aux Stups.

— Je n'étais pas au courant, murmura Dylan les sourcils froncés. Donc officiellement, Boisseau mène l'enquête et officieusement, il élimine les obstacles : bonne stratégie ! soupira-t-il en se frottant le visage. Et comme l'enquête a été rapide et s'est couronnée de succès avec une arrestation nette et sans bavure, Boisseau a obtenu une promotion !

— On ne peut rien vous cacher, confirma Annette. Mais Boisseau semblait quand même totalement bouleversé, à la fois désespéré et haineux... Tout ça le touchait profondément. C'est pourquoi il a eu la possibilité, suite à cette enquête, de demander à changer de service. Il a été promu *aux Stups*, comme si on voulait à la fois le consoler et l'éloigner de la Criminelle. J'ai eu l'impression qu'il faisait de cette affaire, une affaire personnelle.

— Boisseau ? Juste parce qu'il était un ami de la famille ou pour une autre raison ?

— J'ai essayé d'en savoir plus, mais rien n'a filtré. On m'a répondu que c'était un ami proche, qu'il avait vu grandir Élisa. D'autres, comme Emmanuelle, sont même allés jusqu'à prétendre qu'il était son amant, ce qui ne m'a jamais été confirmé.

— Manue en savait beaucoup à l'époque, pourquoi ne pas s'être servi de ce qu'elle disait ?

— Parce qu'elle disjonctait vraiment ! Elle racontait des trucs à dormir debout. Elle accusait Hervé Brissac d'inceste, elle disait qu'il avait tué sa première femme. Elle était tellement emplie de haine qu'elle était prête à raconter n'importe quoi. Comment vous savez ça sur Emmanuelle ? reprit-elle soudain.

— Je la connais très bien. Et aujourd'hui, je crois qu'elle avait raison, peut-être pas sur tout, mais sur une bonne partie...

— Vous pensez sincèrement qu'elle disait vrai ? Qu'elle ne divaguait pas ?

— Hum ! J'ai eu du mal au début, mais à présent, je la crois. Est-ce que vous avez gardé des traces des témoignages ? J'aurais besoin des noms et adresses des témoins.

— Franchement, je ne suis pas sûre d'avoir gardé quelque chose. J'ai déménagé entre temps. Peut-être dans de vieux cartons, mais je ne peux rien vous promettre. Par contre, j'ai une bonne mémoire des noms et des adresses. Je peux vous les donner de tête, continua-t-elle en griffonnant quelques lignes sur un calepin qu'elle avait sorti de son sac à main. Voilà, vous en savez autant que moi. Je ne veux plus être mêlée à cette affaire, d'accord ? J'ai tracé un trait, j'ai refait ma vie, j'en ai trop bavé, vous comprenez ?

— Je comprends, mais au cas où vous retrouviez un indice quelconque, pourriez-vous le transmettre à l'avocat Daniel Mérod ? Je vous jure qu'il sera plus muet qu'une tombe à votre sujet, c'est tellement important pour moi…

— C'est d'accord, murmura-t-elle en prenant le bout de papier avec le nom et l'adresse de l'avocat que Dylan lui tendait, mais encore une fois, je ne vous promets rien !

— Vous avez déjà fait beaucoup, merci. Je ne vous importunerai plus, je ne citerai même jamais votre nom, ça vous va ? la rassura-t-il.

— Je vous en remercie d'avance et bonne chance. Je vous souhaite de réussir là où j'ai échoué. En revanche… si l'affaire venait à évoluer, que vous trouviez la vérité et que les vrais coupables tombent, quels qu'ils soient… J'aimerais avoir l'exclusivité de l'affaire, d'un point de vue médiatique, sourit-elle, ne serait-ce que pour avoir ma revanche.

— Je ferai mon possible, sourit-il à son tour, plus sûr cette fois de l'avoir gagnée à sa cause.

- 24 -

Quand Laura rejoignit Manue, sa gorge était si serrée qu'elle ne put dégoiser un mot. Ses yeux pleins de larmes et son regard fuyant, ses lèvres tremblantes qui luttaient contre les sanglots dissuadèrent Manue de poser la moindre question. Elle eut une moue désolée et attira Laura contre elle en la prenant par les épaules. Il n'en fallut pas plus à celle-ci pour éclater en sanglots. Arrivées à la voiture, elle put enfin murmurer.

— Vivement que je me casse d'ici, j'en peux plus !

— Fallait pas y aller, Laura. J'ai essayé de te prévenir.

— C'était plus fort que moi... Je n'arrive pas à me dire que c'est vraiment fini, que je ne le verrai plus, qu'il ne me prendra plus dans ses bras, que j'entendrai plus sa voix... J'ai essayé, mais j'y arrive pas. Je ne peux pas l'imaginer embrasser, caresser une autre fille. Je ne peux pas, tu comprends ? sanglotait Laura, au bord de la crise de nerfs. Il avait une façon de me sourire, de me parler tendrement... Quand il posait ses yeux sur moi, il y avait tellement de douceur, d'admiration, d'amour... C'était à moi tout ça, tu comprends ? Il n'a pas le droit de me l'enlever et de le donner à quelqu'un d'autre. J'arrive à comprendre qu'on puisse tuer par amour, pour ne pas partager...

— Allez, arrête tes conneries. Rien ne dit que tu ne le récupéreras pas un jour. Ne baisse pas les bras, bats-toi pour le reconquérir, pour...

Manue se raisonna à temps.

— Tu as raison, reprit-elle plus bas, vivement vendredi.

Dès qu'il fut rentré chez lui, Dylan prit le téléphone et appela Daniel Mérod. Plusieurs idées lui trottaient dans la tête, il voulait en parler avec lui.

— Bonjour. Je suis désolé de vous appeler si tard, mais il fallait que je vous parle au plus vite !

— Ce n'est pas grave, je suis en plein boulot, vous ne me réveillez pas. Vous avez du nouveau ?

Dylan lui fit alors part de ses découvertes et lui brossa un résumé de sa soirée avec la journaliste.

— Vous savez quoi ? finit par répondre Daniel Mérod, vous m'épatez ! Je me bats depuis des semaines et vous m'apportez des éléments en deux jours ! Je vais tenter de retrouver les témoins et….

— Si vous le permettez, le coupa Dylan, je voudrais m'en charger, au moins essayer. Je pourrai plus facilement aborder les gens en tant qu'ami de Tommy ou d'Élisa, qu'un avocat. D'autre part, je voudrais… Enfin, j'aimerais que vous fouiniez dans le passé de Hervé Brissac, de Luc Boisseau, de Karen Clément, et enfin de Delphine Descamps-Brissac. Ils se connaissaient déjà tous avant le mariage d'Hervé et de Delphine. Je suis sûr qu'on n'a pas cherché assez loin. Il faut remonter dans le temps.

— Qu'est-ce qui vous fait dire ça ?

— Juste une intuition ! Je suis persuadé que le meurtre d'Élisa est lié à la mort de sa mère. J'ai trouvé une photo du mariage où ils figurent tous, elle est assez intéressante. Et puis Delphine et Hervé se sont mariés un 12 juillet, Delphine et Élisa sont mortes toutes les deux un douze juillet. C'est certainement une coïncidence, mais…

— Vous pouvez me faire parvenir les photos et les documents que vous avez récupérés ? J'aurais peut-être dû commencer par là…

Dès le lundi, en fin d'après-midi, Dylan se mit à la recherche du jeune garçon qui avait vu une voiture le soir sur les lieux et à l'heure du crime. Il se gara en face de chez ses parents et attendit que le gamin rentre de l'école. Il n'avait pas beaucoup d'espoir. L'enfant avait huit ans lors du drame. Il devait en avoir plus de dix aujourd'hui. De quoi se souviendrait-il après deux ans ?

Le gamin ne tarda pas à arriver avec sa mère. Dylan les interpella juste devant la porte d'entrée.

— Madame Pirez ? Excusez-moi de vous déranger, je peux vous parler un instant ?

— *Qu'est-ce qué vous mé voulez* ? riposta-t-elle avec un fort accent portugais, mi-agressive, mi-inquiète, face à un jeune homme en jean et blouson de cuir, aux cheveux longs, qui chevauchait une grosse moto, le casque à la main.

— En fait, j'aurais voulu parler à Pedro. C'est toi, hein, Pedro ? reprit-il en souriant, s'approchant du gamin qui se redressa fièrement devant sa mère, comme pour la protéger.

— Qu'est-ce que j'ai fait ? cracha-t-il presque.

— Rien, je voudrais juste que...

— *Né l'approchez pas*, s'écria la mère, tirant son rejeton en arrière. *Qu'est-ce qué vous loui voulez* ?

— Je veux juste lui parler, tenta de la rassurer Dylan. Je voudrais qu'il me répète ce qu'il a vu il y a deux ans...

— *C'est pas questione* ! *Il a déjà tout dit à la police et personne n'a voulou l'écouter. Laissez-lé tranquille avec ça ! Ça fait deux ans qué je loui ai défendu d'en parler. Et qui vous êtes, vous, d'abord ? Oune voyou qui traînait avec l'assassin ?*

— Non, répondit Dylan après une légère hésitation. La victime avait une petite sœur. Je suis son... petit ami. Depuis quelque temps elle est menacée. J'ai peur qu'elle ne subisse le même sort que sa sœur. Je me fous des flics, de ce qu'ils ont pu vous dire ou vous faire. Je sais aussi que le vrai coupable est toujours en liberté. Aujourd'hui, je crains qu'il ne s'attaque à une personne à laquelle je tiens énormément. Alors, je veux arrêter ça. Et moi, ce que le petit a vu m'intéresse au plus haut point, tenta-t-il en optant pour la sincérité. C'est juste pour moi, pour m'éclairer un peu. Je n'en parlerai à personne et surtout pas aux flics, vous pouvez me croire... Tu veux bien m'aider et essayer de te souvenir de tout ce que tu as vu ce soir-là ? s'adressa-t-il ensuite directement au gamin.

La mère dut être touchée par son laïus, car elle sembla se détendre et laissa Pedro répondre.

— Ouais, j'veux bien t'aider, *passque* t'es pas un flic, toi ! Mais tu me croiras ?

— Bien sûr, mais c'est très loin tout ça. Tu es sûr que tu te souviens bien de ce soir-là ?

— Hum ! Passque y faisait chaud et je pouvais pas dormir, alors j'ai ouvert tout doucement les volets et j'ai regardé dehors. J'aime bien regarder les étoiles la nuit quand je dors là, passque on voit bien le ciel chez Tatie…

— *Jé m'occoupais d'oune dame qu'elle habitait dans l'immeuble en face dé celui où on a rétrouvé la jéne fille. Mon mari, il est routier et jé pas dé voitoure, alors jé dormais sour place des fois avec lé pétit. Et comme ça, la dame, elle était pas toute seule, elle était très âgée,* expliqua Madame Pirez.

— Donc j'ai regardé vers l'immeuble en face, passque des fois, y avait une belle fille qui venait et j'aimais bien la regarder, avoua le gamin avec une petite grimace amusante.

— Et cette nuit-là, qu'est-ce que tu as vu ?

— Y'avait une voiture garée juste devant la porte et je le sais passqu'on n'a pas l'droit de se garer-là, hein maman qu'c'est vrai ? C'était une voiture rouge !

— Elle avait les phares allumés ? questionna Dylan.

— Non ! Y z'étaient éteints, mais j'voyais bien passqu'elle était juste sous le lampadaire. C'était une voiture rouge, une petite comm'il avait mon tonton.

— *Oune Clio*, précisa la mère.

— Tu es sûre que c'était la même ?

— Ah, ça oui ! Même qu'y me l'avait fait conduire sa voiture mon tonton !

— Et tu as vu quelqu'un ?

— J'ai attendu un moment et après, y'a deux personnes qui sont montées dans la voiture et y sont partis et même que y z'ont même pas allumé les phares et que c'est vachement dangereux ! Hein c'est vrai ?

— Ils étaient deux ? Tu es sûr d'avoir vu deux personnes ?

— Juré ! Je sais passque au début, j'croyais que c'était mon tonton avec une fille alors je voulais l'espionner, sourit Pedro. Mais après j'ai vu que c'était pas mon tonton. Il était plus grand, celui qui conduisait.

— Et l'autre, c'était une femme ?

— Ça, j'sais pas. J'étais trop loin, mais y z'étaient deux, ça, c'est sûr !

— Et bien sûr, tu ne sais pas quelle heure il était, marmonna pour lui-même Dylan.

— Si ! Passque quand j'ai fermé la fenêtre, j'ai regardé le radio-réveil passque c'est le seul truc qui fait de la lumière quand y fait tout noir dans la chambre. Ben y'avait que des « un » et ça m'a fait rire. Maint'nant, j'suis plus grand et je sais que ça veut dire qu'il était onze heures onze ! annonça fièrement Pedro.

— T'es un sacré malin, toi, sourit Dylan en lui ébouriffant les cheveux. Si un jour j'ai besoin d'un détective privé, je viendrai te chercher !

— Vrai ? Et tu m'donn'ras un pistolet ? s'enthousiasma l'enfant.

— Ben, en attendant, tu t'en achèteras un en plastique, d'accord ? lui lança Dylan en lui glissant un billet dans la main.

Le gamin sauta de joie en montrant son précieux gain à sa mère.

— *Dis merci au Messieur* ! s'écria sa mère... *Dites*, reprit-elle. *Jé né veux pas qué vous réparliez dé ça à la police. D'oune part ils s'en moquent, et d'autre part, Pedro a été souffisamment perturbé à cette époque.*

— Ça, je vous le promets, sourit Dylan. Vous croyez que j'ai une tête à aller flirter avec des flics ?

— *Jé vous avouerai qué non*, se mit à rire la femme. *C'est vrai qué vous fréquentez la p'tite Brissac ou c'est oune prétexte ?*

— Pourquoi vous me demandez ça ?

— *Vous n'avez pas oune tête à flirter avec les flics, mais vous n'avez pas non plous la tête à fréquenter cé genre dé famille : chez nous, les p'tites gens né fréquentent pas lé « beau linge » comm'oune dit !*

— C'est ce qu'ils m'ont dit aussi, se mit à rire Dylan, mais je m'accroche !

— *Ben, bonne chance et faites attention à la pé'tite, hé ?*

Cé sérait triste qu'il loui arrive la mêm'chosse...

L'image du corps ensanglanté et sans vie, aux vêtements déchirés, de Laura vint frapper son esprit. Un violent frisson lui secoua l'échine. Il balaya rapidement de son esprit cette vision de cauchemar. Ça n'arriverait pas, il se le jurait.

De retour chez lui, il appela la grand-mère cette fois. Quand elle répondit, il fut surpris par son timbre de voix clair et ferme, trop peut-être pour une femme d'environ quatre-vingts ans.

— Madame Dubois-Mestri ?

— En personne, Monsieur ! C'est pourquoi ?

Dylan se présenta et lui expliqua la raison de son appel. Tout comme madame Pirez, madame Dubois-Mestri commença par le rabrouer.

— Je ne fais pas partie de la police, Madame. Votre témoignage a été effacé de l'enquête, nous n'en avons aucune trace. Et moi, j'ai besoin de savoir ce que vous avez vu ce soir-là, car j'ai de bonnes raisons de croire que la petite sœur de la victime va subir le même sort. Je sais que vous vous êtes sentie humiliée d'être ainsi rejetée. Mais je reste persuadé que si la police avait pris en compte votre témoignage, l'enquête aurait pris une tout autre tournure. Je ne veux pas vous rencontrer pour me moquer de vous ou vous jouer le même tour qu'il y a deux ans. J'ai vraiment besoin de savoir ce que vous savez. S'il vous plaît !

— Vous avez vraiment du temps pour écouter les radotages d'une vieille folle ? Vous êtes sûr ?

— J'ai tout mon temps, je ne travaille pas aujourd'hui.

— Je vous attends dans une heure !

Le ton n'admettait pas de réplique, ce qui fit sourire Dylan. Si la mamie avait un certain tempérament et un tel dynamisme, elle n'avait peut-être pas moins de mémoire. Il se fit un devoir d'être ponctuel.

— Puis-je vous offrir un café et une part de tarte aux pommes ? lança-t-elle en guise d'accueil.

— Mais avec plaisir, la remercia-t-il d'un sourire, n'ayant pas envie de se la mettre à dos d'entrée. Ce soir-là, donc, vous étiez dehors ?

— Oui, je promenais mon chien et j'ai du mal à

m'endormir la nuit, c'est pourquoi je le sors si tard. Il faut dire qu'avec ma voisine, à cette époque, ce n'était pas facile. Elle recevait souvent et une grande partie de la nuit. Il y avait de la musique forte, des cris, c'était une horreur ! Tout le monde s'en plaignait d'ailleurs. Bref, je vous ennuie avec mon bavardage. Donc, je promenais Noisette quand je suis passée devant la fenêtre du fameux appartement. J'ai distingué la victime dans la semi-obscurité. Je la connaissais de vue parce qu'elle venait souvent. Il n'y avait qu'une légère lueur, une lampe, je suppose. Elle se tenait légèrement reculée et semblait attendre quelqu'un. Puis, une première voiture s'est arrêtée presque devant la porte. Un homme en est sorti, il est entré dans l'appartement. Il n'y est resté que quelques minutes. Il est ressorti de l'appartement alors que je rentrais. J'étais sur le palier, devant ma porte, quand il est sorti l'air furieux. Je suis sûre qu'ils se connaissaient bien parce qu'elle avait l'air contrariée de le voir et ils se tutoyaient. Apparemment, il voulait qu'elle parte avec lui et elle ne voulait pas. Le ton est monté des deux côtés et j'étais sur le point d'intervenir quand il s'est énervé et lui a lancé, mot pour mot : « *Tu te conduis vraiment comme une conne ! Tu es sur le point de faire la plus grosse connerie de ta vie. Je suis désolé, mais je ne te laisserai pas faire. Tu ne partiras pas avec lui ! Je t'aurai prévenue !* »

— Vous pourriez me décrire cet homme ?

— Bien sûr, il était assez grand, plutôt bel homme, je dirais… la quarantaine sportive, les cheveux blonds ou plutôt châtains clairs, coupés très courts. Il avait les yeux clairs, mais je ne pourrais vous en dire la couleur. Si vous voulez mon avis, il aurait pu être son père. Il était beaucoup trop âgé pour elle. Mais ça ne me regarde pas. Les jeunes d'aujourd'hui…

— Vous avez été interrogée par la police, n'est-ce pas ? Vous rappelez-vous de la personne qui vous a posé les questions ?

— Tout à fait ! Non seulement j'ai bonne mémoire, mais en plus, il était si désagréable que je ne pourrais pas l'oublier. C'était un homme brun, pas très grand et trapu. Il avait un nom à consonance hispanique, voyons… Costa ou

Vidal…

— Silva ? Le lieutenant Silva ?

— Oui, voilà, c'est ça ! Un homme grossier. Il s'est moqué de moi quand je lui ai relaté ce que j'avais vu. Il m'a même traitée de vieille folle !

— Et pour cause, lui expliqua Dylan, l'homme que vous venez de me décrire, n'était autre que son supérieur hiérarchique sur l'affaire, le capitaine Boisseau !

— Eh bien ! Il m'a fallu deux ans pour découvrir ça ! s'exclama madame Dubois-Mestri.

— Donc ce soir-là, quand il est parti, elle était encore vivante ?

— Bien sûr. Elle a même claqué la porte. Mais c'est étrange, j'avais comme un mauvais pressentiment, alors j'ai laissé ma porte entr'ouverte au cas où. À peine deux minutes plus tard, une autre voiture s'est arrêtée au même endroit que la première, mais une grosse, celle-ci, une grosse voiture noire. Depuis derrière ma porte, j'ai entendu la jeune fille tourner la clé dans la serrure. Le deuxième homme a frappé plusieurs fois, mais elle ne répondait pas. Il lui a crié qu'il savait qu'elle était là, qu'elle avait tout intérêt à lui ouvrir. La jeune fille lui a crié de ne pas insister, de s'en aller, qu'elle ne voulait plus le revoir, qu'il fallait qu'il la laisse tranquille. L'homme en question, son père en l'occurrence…

— Comment savez-vous qu'il s'agissait de son père ? la coupa Dylan sur le qui-vive.

— Parce que j'ai suivi les informations le lendemain, vous pensez bien. Et je l'ai reconnu. Le pauvre homme ! Il a dû utiliser sa propre clé pour entrer. Il a voulu claquer la porte, mais elle a rebondi et est restée entr'ouverte. C'est comme ça que j'ai entendu des cris, une dispute très violente, des bruits de meubles ou de bibelots qui tombaient, puis plus rien ! J'attendais derrière ma porte, je ne savais pas quoi faire. L'homme a crié que si elle ne rentrait pas à la maison avec lui, elle le regretterait toute sa vie, que ce ne serait plus jamais la peine de se présenter devant lui, et il a fini par dire qu'elles allaient le payer très cher, elle et sa sœur.

— Elle et sa sœur ? C'est ce qu'il a dit, vous êtes sûre ?

s'alarma Dylan.

— Tout à fait sûre, Monsieur. Et la jeune fille lui a répondu en hurlant qu'elle ne le laisserait pas faire, qu'elle mettrait tout le monde au courant — de quoi ? Je ne sais pas — qu'elle alerterait même la presse et qu'elle ruinerait sa carrière et celle d'une... Karen, je crois. L'homme n'a pas répondu, mais il est parti l'air furieux. Il a claqué la porte si fort que j'ai cru que l'immeuble entier allait s'écrouler. Il est monté dans sa voiture... J'ai fini par fermer ma porte. Je me suis dit que tout cela ne me regardait plus. La grosse voiture noire démarrait, la jeune fille semblait s'être calmée. Il n'y avait plus de risque... enfin, je le pensais.

— La jeune fille, elle s'est calmée après son départ ou avant ?

— Je vous l'ai dit, il y a eu des cris, des bruits de disputes, de... choses cassées, le dialogue que je viens de vous répéter, puis il est parti.

— Vous allez dire que j'insiste, mais c'est très important. Qui a parlé en dernier, lui ou la jeune fille ?

— Lui !

— Et à partir du moment où il est apparu sur le palier, vous n'avez plus entendu la jeune fille, n'est-ce pas ? Vous ne l'avez pas revue non plus après les bruits de disputes ?

— Non, je ne l'ai pas revue ni entendue. Est-ce que vous sous-entendez que son père l'aurait tuée au cours de la dispute ? s'offusqua la vieille dame.

— C'est une hypothèse qui tiendrait la route, non ? Elle est morte, il continue de hurler dans le couloir pour que les voisins l'entendent, il claque la porte et il s'en va.

— Oui, en effet, si vous ne tenez pas compte du fait qu'elle ait été violée et poignardée ! Je n'ai jamais assisté à ce genre de scène, mais quand le monsieur est parti, il ne portait aucune trace de sang. Et étant donné la brièveté de l'altercation, je serais étonnée qu'il ait eu le temps d'attenter à sa pudeur. Et il s'agit de son père, tout de même ! Et puis, j'ai entendu des bruits de verre ensuite, comme si elle balayait les dégâts.

— Quelle heure était-il, à peu près ? reprit Dylan.

— Le père est parti exactement à vingt-trois heures, mon

horloge les sonnait ! Et c'est justement là que je me suis rendu compte qu'il était très tard et qu'il était temps que je me couche... Vous savez, si cette petite bécasse était partie avec l'un ou l'autre de ces hommes, elle serait peut-être encore en vie aujourd'hui. Vous voulez que je vous dise ? Les filles d'aujourd'hui sont trop libres et trop délurées. Et après, on s'étonne qu'il arrive des drames comme celui-là !

— À aucun moment, vous n'avez remarqué une petite voiture rouge qui arrivait ou qui était garée devant la porte ?

— Une fois chez moi, vous savez, j'ai fermé les volets, j'ai pris mon cachet et je me suis couchée. Ce n'est que le lendemain que j'ai appris par la télé que cette pauvre petite était morte. Paix à son âme ! Mais je me répète, elle n'aurait jamais dû attendre ce voyou. Elle serait rentrée avec son père...

— Vous l'avez vu le voyou ?

— Non, c'est ce qu'ils ont dit à la télé, le lendemain !

Dylan prit rapidement, mais poliment congé et rentra directement chez lui. Il était sceptique. Élisa avait vu tour à tour Boisseau et Brissac, plus deux autres inconnus (qui pouvaient également être Boisseau ou Brissac, revenus la chercher), et l'un d'eux l'avait violée et tuée. Dylan reprit ses recherches pour tenter de joindre le troisième témoin. Il retrouva sa trace dans un refuge de sans-abri de la Croix-Rouge, on se souvenait bien de lui, un vieux fou qui inventait des histoires à dormir debout. Il était mort de froid l'hiver suivant la disparition d'Élisa. Si l'article d'Annette Bercin était véridique, il était le seul à avoir *vu* « les assassins » d'Élisa. Mais voilà ! Il était mort...

Laura avait passé la semaine enfermée chez elle. Elle s'était jetée corps et âme dans ses révisions, histoire de s'occuper l'esprit. Elle en était venue à redouter de sortir en ville et de tomber sur Dylan. Si elle avait tenu le coup jusque-là, c'était parce qu'elle avait toujours nourri un espoir de le voir revenir. Cette fois, c'en était fini et elle subissait à présent, le contrecoup de la rupture. Elle était plus malheureuse que jamais. Manue passait beaucoup de temps près d'elle, négligeant David. Marina était venue la voir deux fois dans la semaine, et l'état dépressif dans lequel elle trouva son amie lui fit souci. Même Luc passait chaque jour et ne pouvait cacher son inquiétude.

— Hervé, lança-t-il un soir, il faut faire quelque chose pour Laura, cette gamine va se rendre malade !

— Elle va passer le week-end à Chatel avec Manue. Elles partent demain matin. Et dans une semaine, c'est le bac. Ce sera un bon dérivatif pour elle, tu verras. Mi-juillet, nous partirons en vacances dans le New Jersey, histoire qu'elle fasse connaissance avec la région et son nouvel établissement scolaire, expliqua Hervé. J'espère bien qu'au mois d'août elle aura passé le cap.

— De toute façon, on ne meurt pas d'amour, s'exclama Karen, pas à son âge. Il faut arrêter de dramatiser. Elle connaît son premier chagrin d'amour, ça passera !

— *Comme le tien* ? faillit lancer Luc qui se mordit les lèvres pour se taire. En l'envoyant si loin, reprit-il plus bas, uniquement à l'attention d'Hervé, tu l'éloignes de moi volontairement. Ce n'était pas dans nos accords.

— J'ai bien réfléchi, Luc. C'est la seule solution, tu le sais bien. Ça devait arriver un jour. J'aurais dû faire la même chose pour Élisa, mais je n'en ai pas eu le courage. Il faut que Laura parte loin et vite. C'est pour son bien, crois-moi !

Luc préféra ne pas donner son avis. Restant silencieux, il salua tout le monde et sortit rapidement. Une fois seul chez lui, il se servit un verre de whisky et prit sa décision. Il allait démissionner et partir la rejoindre. Il n'avait pas d'autre choix ! Il ne pouvait pas la laisser partir loin de lui. Non, il ne laisserait rien ni personne le séparer de Laura.

- 25 -

Laura prépara son sac de voyage sans enthousiasme. Elle se sentait vidée, fatiguée. Elle était à la fois contente de partir et désabusée. C'était ce poids sur sa poitrine qui l'empêchait de respirer, de vivre. Elle ouvrit son armoire, y prit des vêtements au hasard sans vraiment y prêter attention. Quand tout fut prêt, elle s'assit sur le rebord de la fenêtre et alluma une cigarette. Elle avait le pressentiment que son père allait monter. Pire, elle le savait. Elle l'attendait avec à la fois appréhension et résignation. Elle ne s'était pas trompée. Moins de dix minutes s'étaient écoulées quand il fit son apparition.

— Écoute Laura, pendant quatre jours, tu vas être seule avec Manue. J'ai choisi de te faire confiance, alors, je t'en prie, soit prudente et raisonnable.

— Papa, je vais me ressourcer et me reposer, pas faire la bringue non-stop, d'accord ?

— Je sais, je sais… Tu vas me manquer, tu sais, ma chérie. On était si proches tous les deux, avant. J'aimerais tellement qu'on se rapproche de nouveau, murmura-t-il.

Pourquoi eut-elle l'impression que le ton et le timbre de sa voix avaient changé ? Un frisson lui secoua l'échine ; il était si près maintenant qu'elle pouvait sentir son souffle dans son cou. Elle retint sa respiration quand ses lèvres se posèrent sur son épaule. Assise sur le bord de la fenêtre, elle tenta d'en descendre pour se soustraire à sa proximité oppressante, mais il ne bougea pas d'un pouce. Elle n'avait pas d'échappatoire. La main d'Hervé effleura son épaule, descendit sur son bras, caressa la courbe de sa hanche, s'égara le long de sa cuisse. Dans un sursaut, elle tenta de changer de position.

— Qu'est-ce qui se passe Laura ? On dirait que tu as peur de ton propre père ? Manue aurait-elle une si mauvaise influence sur toi ? murmura-t-il d'une voix rauque en voyant sa poitrine se soulever trop rapidement.

— Je ne suis pas Élisa, tu t'en souviens ? murmura-t-elle. Laisse-moi passer, s'il te plaît ! ne put-elle que prononcer.

— Pour aller où ? lâcha-t-il en lui prenant le menton pour la forcer à le regarder en face. Tu es dans ta chambre, tu es ici chez toi et surtout, tu es à moi !... C'est moi qui déciderai de ce qu'il adviendra de toi, que ça te plaise ou non. Tu as tout à gagner avec moi, Laura. Élisa l'avait compris ! Dès la fin de tes examens, les choses vont changer, on ne se quittera plus, tu verras !

— Hervé ? Tu es là ? résonna la voix stridente de Karen alors que la porte s'ouvrait à toute volée. Évidemment, où pouvais-tu être ailleurs qu'ici ? l'accusa-t-elle soudain.

Hervé s'était vivement reculé. C'était la seconde fois que Karen intervenait à point nommé. Était-ce une coïncidence ou le surveillait-elle ?

— Je donnais mes dernières consignes, se justifia-t-il.

— Je pense qu'elle a compris, ironisa Karen. Maintenant, il serait raisonnable qu'elle dorme un peu avant de partir, tu ne crois pas ?

— Mais bien sûr, Karen, rétorqua-t-il sur le même ton. Bonne nuit, ma chérie.

— Bonne nuit à tous les deux, murmura Laura en essayant d'empêcher sa voix de trembler.

Karen sortit derrière Hervé et ferma la porte. Laura demeura de longues secondes, prostrée dans la même position, le cœur cognant très fort dans sa poitrine, dans son ventre. Qu'est-ce qui avait bien pu se passer pour qu'elle soit terrorisée par son père, pour qu'il agisse de la sorte, alors que seulement quelques semaines plus tôt, tout allait bien dans le meilleur des mondes ? Reprenant soudain ses esprits, elle bloqua la porte à l'aide d'une chaise. Il fallait à présent qu'elle se calme, qu'elle dorme, elle en avait un urgent besoin. Elle ne trouva le sommeil que sur le matin, mais il fut des plus agités, peuplé de cauchemars.

Elles avaient décidé de partir à six heures du matin pour arriver à la résidence vers les dix heures, mais à cinq heures, Laura tournait déjà en rond.

Pendant la première moitié du trajet, les deux filles restèrent silencieuses, chacune profondément absorbée dans ses pensées. Manue ne savait comment aborder le sujet qui la préoccupait. Laura, peu causante ces derniers temps, ne lui était d'aucune aide.

— Laura, ça va ? Tu n'as pas l'air bien ? Finis par lancer Manue.

— J'ai l'impression de vivre un cauchemar, avoua Laura à mi-voix. Tu vois ? J'ai le sentiment de m'être trop battue et de ne plus avoir de force. Je ne sais pas comment t'expliquer... J'avais une petite vie morne, mais tranquille. En l'espace d'une semaine, j'ai fait la connaissance de Dylan, tu as refait surface et tout a basculé ! J'étais furieuse contre toi à cause des accusations que tu portais contre mon père, parce que ça me semblait tellement irrationnel ! Et comme pour te donner raison, il se met à avoir un comportement bizarre et change d'attitude envers moi, il me frappe, il...

Elle s'arrêta net, craignant d'en avoir trop dit. Elle sembla réfléchir, hésita quelques secondes, avant d'ajouter :

— Et, pour couronner le tout, Luc a changé aussi, Dylan me vire...

— Et tu ne vois aucun rapport entre tout ça ? A part ma mauvaise influence, bien sûr, ironisa Manue, saisissant au vol la perche que Laura lui tendait.

— Non, quel rapport ? s'étonna Laura. Où veux-tu en venir ?

— Si je souhaitais tellement qu'on parte toutes les deux ce week-end, c'était surtout parce que j'avais l'intention d'aborder certains sujets avec toi, en étant sûre que tu ne risquais pas de nous trahir en rentrant bouleversée à la maison. Là, tu vas avoir quatre jours pour te remettre de ce que je vais t'apprendre !

Laura tourna vers elle un visage tourmenté.

— Tu me fais peur, tu sais ? murmura-t-elle oppressée.
— Je t'ai déjà parlé de mon petit ami ? Tu sais, Mel Gibson bis ? Eh bien, tu le connais ! Il s'appelle David... David Grimm !
— Tu plaisantes ? Tu n'es pas sérieuse, n'est-ce pas ? murmura Laura, le souffle coupé. C'est le meilleur ami de Dylan !
— J'étais déjà avec David avant la mort d'Élisa. On s'est retrouvé tout naturellement quand j'ai recouvré ma liberté.
Laura dévisagea Manue, les yeux écarquillés.
— Attends, tu es en train de me dire... que David connaissait Élisa ?
— Pourquoi tu crois qu'il était si distant avec toi, qu'il désapprouvait ce qui se passait entre Dylan et toi ?
— Ça... ça veut dire... que Dylan... il connaissait aussi Tommy et Élisa ?
— Eh oui. Il ne voulait pas que tu le saches parce que...
— Parce que c'est un fumier, s'écria Laura. Il m'a menti, il a fait comme s'il ne me connaissait pas, alors que depuis le début, il sait qui je suis !
— Il ne voulait pas que tu le saches pour éviter justement cette réaction de ta part. Il a craqué pour toi, mentit partiellement Manue. Tu l'imagines venir t'interpeller en te demandant si tu étais bien la sœur de... d'Élisa ?
Laura resta muette de stupeur. Elle ne savait plus que penser.
— Je continue ? questionna Manue, qui reprit dès que Laura eut hoché la tête. Voilà ! quand j'ai revu David, on a gardé notre liaison secrète parce que Dylan ne pouvait pas me blairer avant et parce que je voulais que personne ne devine que je revoyais mes anciens amis. Le soir où je t'ai sauvé la mise au Totem's, j'étais furieuse contre ton mec. D'abord, je n'aurais jamais imaginé que c'était celui-là, *ton* Dylan. J'ai cru qu'il ne t'avait séduite que par pure mesquinerie, pour m'emmerder, pour faire chier la famille ou pour prouver que, lui aussi, comme Tommy, pouvait se taper une gosse de riche. J'étais folle de rage ! Aussi, quand ça a cassé entre vous, je suis allée chez Dylan avec David, pour lui dire ce que je pensais de lui. On a commencé par

s'engueuler, puis on a parlé plus calmement. Dylan était fou de rage contre ton père.

— Mon père ? s'étonna Laura.

— Hum ! Du coup, on a mis cartes sur table. Il m'a expliqué la vraie raison de votre rupture, et ça m'a confortée dans ma thèse... thèse que je me suis permis de lui exposer.

— La vraie raison de notre rupture ? s'énerva Laura. Qu'est-ce qu'il a inventé cette fois ? Et ta thèse ? Tu veux sûrement parler de tes élucubrations concernant...

— Laura, la coupa Manue, Dylan est aussi malheureux que toi, sinon plus. C'est ton père qui a tout foutu en l'air entre vous.

— C'est encore une de tes inventions ou...

— Tais-toi et écoute-moi sans m'interrompre, d'accord ? À moins que tu ne veuilles pas savoir de quoi il s'agit, ordonna Manue. Quand Hervé t'a demandé de ne plus fréquenter Dylan, tu t'es rebellée. Alors, pour ne pas que tu te braques contre lui, surtout après ce qui venait de se passer, il a changé de stratégie. Il a rencontré Dylan et lui a demandé de mettre fin à votre liaison. Dylan a tenté d'être patient et compréhensif, il a essayé d'expliquer à Hervé qu'il tenait vraiment à toi, qu'il était sincère et qu'il fallait qu'il lui donne une chance de prouver qu'il pouvait te rendre heureuse. À son tour, Hervé lui a expliqué — je résume — que tu n'étais qu'une gamine de riche et que financièrement, il ne pourrait pas suivre, qu'il ne pourrait jamais t'offrir la vie que tu méritais...

— C'était un argument de mon père ? Je croyais que Dylan le pensait vraiment quand il m'a laissée, sembla tomber des nues Laura.

— Attends, Dylan a rétorqué que tu ne faisais pas partie de ce genre de filles, qu'il pallierait autrement ce manque. Bref, quand il a vu que rien ne le ferait changer d'avis, Hervé est passé à la vitesse supérieure. Il a menacé Dylan de porter plainte contre lui pour détournement de mineure, attentat à la pudeur, coups et blessures et viol. Parce qu'à l'hôpital, quand tu as été agressée, tu as subi un examen gynécologique. Évidemment, il y avait des traces de sperme qui permettent de remonter jusqu'à Dylan. Et même si celui-ci avait un alibi pour ce soir-là, Hervé s'est vanté de pouvoir le faire tomber comme il le voulait. Il lui a expliqué qu'un témoignage, ça s'achète, et que des preuves, ça se fabrique. Autrement dit, Dylan a dû choisir entre te laisser tomber et prendre dix ans de taule minimum. Ça ne te rappelle rien ni personne ?... Et au cas où Dylan n'aurait pas compris ou serait taré, reprit Manue, alors que Laura restait sans voix, pâle comme un linge, il a menacé de faire tomber en même temps ses proches : David pour détention de drogue, Alain pour fraude fiscale et fausses factures avec son magasin de motos... Il a même menacé la sœur de Dylan et ses gosses, sa mère... Tu vois le genre ?... Évidemment, comme Hervé voulait surtout éviter que tu te braques contre lui, il a demandé à Dylan de ne rien te dévoiler de cet entretien, que tu avais déjà été suffisamment traumatisée comme ça, et qu'au moindre faux pas, de toute façon, il tomberait. Il lui a également demandé de ne pas espérer te récupérer plus tard quand tu serais majeure, parce qu'il compte te faire partir aux États-Unis dès la mi-juillet !

— Aux États-Unis ? Pour quoi faire ?

— Pour terminer tes études dans une pension là-bas.

— C'est pas possible ! murmura Laura, stupéfiée. J'arrive pas à croire qu'il ait fait ça !

Elle était devenue livide. Elle appuya sa main tremblante sur ses lèvres pour endiguer la vague de nausée qui la submergea soudain.

— Si Dylan ne t'a pas donné de nouvelles pendant trois jours, c'est qu'il n'en avait pas le courage. En allant à sa rencontre, tu l'as forcé à passer le pas. Il ne pensait pas un mot de tout ce qu'il te disait et ça lui arrachait les tripes de te faire tant de mal, de te voir pleurer, mais il n'avait pas le choix. Et puis, c'est toi qui lui as tendu la perche en lui demandant s'il y avait quelqu'un d'autre dans sa vie. Il a sauté sur l'occasion parce que tout ce qu'il voulait, c'était que tu t'en ailles, que tu disparaisses avant qu'il ne craque. Ça ne l'a pas empêché de le faire dès que tu es sortie de chez lui. Il s'est enfermé, s'est saoulé la gueule, s'est fumé comme un jambon et s'est laissé complètement aller.

Cette fois, les larmes coulaient sur le visage de Laura

sans qu'elle ne fasse rien ni pour les cacher ni pour les arrêter. Elle restait immobile, silencieuse, les yeux dans le vague. Manue hésita à continuer puis s'y résolut. Il fallait battre le fer pendant qu'il était encore chaud.

— Le soir où on est allé chez Dylan, je ne te fais pas de dessin sur l'accueil chaleureux qu'il m'a réservé ! Je lui ai répété tout ce que j'avais dit à David, sur mes soupçons, mes certitudes à propos de Tommy et Élisa. Et eux, ils ont choisi de me croire. De toute façon, Dylan n'a pas le choix. La seule façon qu'il a de te récupérer, c'est d'éliminer Hervé, au sens figuré, bien sûr ! Donc il n'a rien à perdre en m'appuyant. Il n'a pas l'intention de se faire baiser la gueule comme Tommy. En plus, il est terrorisé à l'idée que j'aie raison et qu'il risque de t'arriver... quelque chose. Depuis quelque temps, je suis en contact avec un avocat qui est d'accord pour reprendre l'enquête depuis le début et essayer d'innocenter Tommy. Donc j'ai provoqué une rencontre entre Dylan et lui, ils coopèrent et cherchent de nouveaux éléments, des vices de forme dans l'enquête et dans le procès.

— Pourquoi ne pas m'en avoir parlé plus tôt ? lui reprocha Laura.

— J'ai essayé, mais c'était trop tôt. Tu n'étais pas prête à entendre la vérité. Tu te braquais contre moi dès que j'abordais le sujet. Et puis Dylan ne voulait pas que je t'en parle, moi j'étais plutôt pour. Il avait trop peur que tu ne cherches à le revoir et que, du même coup, tu te mettes en danger.

— C'est lui qui aurait été en danger, pas moi, objecta Laura. Et pour ne pas lui causer plus d'ennuis, j'aurais tenu le coup !

— Toi, sûrement, mais lui, pas forcément. Et tu as beau dire ce que tu veux, tu es en danger, Laura !

— Mon père a beaucoup de défauts, mais il n'a pas tué Élisa, la contredit Laura.

— Il a des réactions imprévisibles, il peut devenir très violent sans aucun signe avant-coureur, tu en sais quelque chose. Ne me dis pas que tu ne commences pas à me croire ? Il est loin d'être un père irréprochable. Et tu sais très bien qu'il est en train de reproduire avec vous deux, le même scénario qu'avec Thomas et Élisa. Tu t'en rends compte quand même ?

Manue s'attendait à une rebuffade de la part de sa nièce, mais elle fut surprise par le silence de celle-ci, qui ressemblait à une reddition. Laura renifla, s'essuya rageusement les yeux et se tourna vers Manue.

— Dylan est malheureux, mais qu'est-ce qu'il joue bien la comédie, parce que dimanche, quand je l'ai vu...

— J'ai essayé de t'en empêcher, Laura. Je savais que ce soir-là, il avait rendez-vous avec une journaliste que j'ai rencontrée après la disparition d'Élisa. L'enquête a été bâclée. Dylan, en fouinant un peu partout, est tombé sur une série d'articles de journaux de cette journaliste justement, qui parlait de trois témoignages dont la police n'a jamais tenu compte. Mais cette journaliste s'est fait virer et a reçu des menaces de mort. Elle a même failli y passer, alors elle a laissé tomber. En plus, c'est arrivé au moment où je me suis fait interner. Elle s'est retrouvée seule, a baissé les bras et a quitté le pays. Dylan a retrouvé sa trace et a pris contact avec elle sous un prétexte. Et toi, tu débarques ! Il a été pris au dépourvu. Il ne voulait pas qu'elle croise l'une de nous deux : moi, elle me connaît, et toi, tu ressembles trop à Élisa... et il s'est peut-être un peu vengé, aussi !

— Vengé de quoi ? renifla Laura.

— Il t'a vue un peu trop souvent avec Luc ces derniers temps. Et puis, ils se sont retrouvés face à face le soir où tout le monde a été arrêté.

— Maintenant que j'y pense, tu as eu chaud, toi, ce soir-là, tu aurais pu être avec eux !

— Tu m'étonnes ! *J'aurais dû* être avec eux ! Mais Dylan voulait que je passe un maximum de temps avec toi, pour que tu te retrouves le moins souvent possible seule avec Hervé ou Luc. Surtout Luc d'ailleurs. Dylan le considère comme un concurrent potentiel, si tu vois ce que je veux dire. Et puis c'est encore Luc qui était responsable de l'enquête et qui doit donc être au courant pour ces témoignages... Dylan est vraiment amoureux, Laura ! Et il devient dingue à l'idée de te perdre, de te voir avec un autre.

Pendant un instant, Laura se remémora sa rencontre avec lui, lors de sa première sortie avec Luc. Il avait essayé de lui dire qu'elle faisait une bêtise. Il lui avait semblé que ses yeux lui lançaient un message, elle ne s'était pas trompée, mais elle n'avait pas su l'interpréter. Son cœur s'emballa soudain, un bonheur intense l'envahit. Il l'aimait, elle ne l'avait pas perdu ! C'était plus qu'elle n'aurait osé espérer !

— Laura ? Pourquoi lui avoir caché la vérité sur ton âge ? Ça n'a peut-être pas beaucoup d'importance pour vous deux, mais, vis-à-vis de la loi, c'est grave, tu sais ?

— Au départ, ça s'est fait tout seul. La première fois qu'il m'a adressé la parole au café, je n'ai pas réfléchi. Je rêvais de ce mec depuis des mois. J'ai dit que je passais le bac pour la deuxième fois, c'est tout ! Je n'espérais même pas le revoir, donc ça n'avait pas d'importance. Tout ce que je voulais, c'est qu'il continue à me parler. Il a presque dix ans de plus que moi et il a la réputation d'aimer les femmes mûres, pas les gamines... Puis on n'en a jamais reparlé, on n'a plus jamais abordé le sujet. Ça m'est sorti de l'esprit. Je ne pouvais pas me douter qu'il y aurait de telles conséquences ! Manue, il faut que je retourne là-bas, que je le voie en cachette. Il faut que je lui parle, je t'en prie !

— Ne te fais pas de souci pour ça, tu ne vas pas tarder à le revoir, sourit Manue. Il vient nous rejoindre à Chatel avec David. J'ai un peu négligé mon chéri ces derniers temps. Tu ne croyais pas que j'allais m'en éloigner comme ça pendant plusieurs jours sans choper au vol l'occase de passer quatre jours avec lui sans me cacher ?

— Mais... je croyais que Dylan... il ne voulait pas...

— Prendre le risque de te revoir ? Je l'ai convaincu que s'il traînait trop, il te perdrait au profit de Luc, qu'il y avait d'autres solutions comme te revoir en cachette. Et puis la situation est en train d'évoluer. Depuis qu'il sait que c'est ton père qui t'a frappée, il ne dort plus. Il a fini par penser que David et moi avions peut-être raison en disant qu'une personne avertie en vaut deux. Et à l'idée de passer quatre jours et trois nuits avec toi en toute liberté, il a craqué !

— Et ils vont arriver quand ? souffla Laura trop heureuse pour y croire encore vraiment.

— Dans la journée, je pense !

— Et tu crois que Luc ou papa ne vont se douter de rien s'ils s'aperçoivent que Dylan est parti pour le week-end en même temps que nous, comme par hasard ?

— Justement ! Ce week-end, c'est la fameuse course de motos dans le Nord, tu sais ? Ils en parlaient tous. Du coup, toute la bande y est allée. Officiellement, David et Dylan font partie du lot !

— J'avoue que c'est bien joué. Je comprends pourquoi tu tenais tant à partir *ce* week-end !

- 26 -

— Tiens, on arrive, lança Manue à l'entrée de Châtel, et il est à peine dix heures !

— Ça, c'est de la ponctualité, plaisanta Laura tout sourire.

— Ça t'embêterait de monter les bagages et de tout ouvrir pendant que je range la voiture au garage ?

— Non, pas du tout, au contraire, prends ton temps !

En sortant de la voiture, elle s'étira voluptueusement, retrouvant avec délice l'air frais de la montagne, l'odeur des champs juste avant l'été. Des tonnes de souvenirs se bousculèrent dans sa tête. Elle aimait tant venir ici avant. La porte du chalet s'ouvrit sur un grand hall obscur. Elle y posa les bagages et chercha des doigts l'interrupteur. Évidemment, le courant était coupé et elle ne se souvenait plus où se trouvait le disjoncteur. Elle traversa le salon, ouvrit une des grandes baies vitrées et laissa la lumière et la chaleur inonder la pièce. Une femme de ménage entretenait le chalet régulièrement, mais les meubles restaient tous recouverts d'un drap blanc. *Ils sont encore en deuil*, pensa tristement Laura. Aucun membre de la famille n'était revenu ici depuis la mort d'Élisa. Laura les fit tous voler, les entassant par terre au milieu de la pièce, comme si cela pouvait suffire à chasser ses idées noires. Soudain, se tournant vers la porte, elle sursauta en poussant un cri. La silhouette d'un homme se détachait dans l'encadrement de la porte, nonchalamment appuyé contre le chambranle. Il ne lui fallut qu'une seconde pour reconnaître Dylan.

— Excuse-moi, je ne voulais pas te faire peur, murmura-t-il de sa voix profonde.

Laura ne put détacher son regard du sien, elle le fixait béatement, comme si c'était la première fois, ne sachant que dire. Malgré son trouble, elle nota qu'il ne souriait pas ironiquement comme d'habitude, il avait perdu de son flegme, de son arrogance, semblait hésitant, nerveux. Il avait maigri, ses traits étaient tirés. Il semblait plus fragile, plus humain. Il ne restait pas grand-chose du Superman, qu'un Dylan éperdu.

— Je croyais que... tu devais arriver plus tard, parvint-elle à articuler.

— J'en pouvais plus d'attendre.

Ils restèrent encore quelques instants face à face, immobiles, les yeux dans les yeux... puis soudain, se retrouvèrent enlacés avec force. Aucun des deux n'aurait pu dire lequel avait bougé le premier. Elle était pendue, agrippée à son cou, il la serrait contre lui de toutes ses forces, enfouissant son visage dans sa chevelure. Elle s'enivrait de l'odeur, de la douceur de sa peau. Elle pouvait sentir ses mains trembler dans son dos, son cœur battre la chamade, sa respiration saccadée. Ils partageaient tous les deux la même émotion, le même sentiment de bonheur douloureux. Plus rien ne comptait qu'eux deux. Elle eut la sensation que personne ne pourrait jamais leur enlever cette force qui les unissait. Les larmes coulaient de nouveau sur son visage, mais c'étaient des larmes de bonheur intense, une émotion trop forte pour qu'elle puisse l'endiguer.

— Pardon, murmura-t-il à son oreille, d'une voix rauque et éraillée par l'émotion. Je ne voulais pas te faire tant de mal... Je t'aime tellement... Se faire aimer, ce n'est déjà pas facile, mais se faire détester par la personne qu'on aime le plus au monde, c'est l'enfer !

— Je ne t'ai jamais détesté, renifla-t-elle en le serrant plus fort contre elle... Je ne pouvais pas, je ne pourrai jamais... Moi aussi je te demande pardon... je n'aurais jamais dû te mentir sur mon âge... mais j'avais tellement peur que tu t'enfuies, que tu te détournes de moi !

— Je savais, Laura. Je crois qu'au fond de moi j'ai toujours su. Je ne voulais pas y penser. Ça m'arrangeait que tu n'en parles pas... Que je me détourne de toi, souffla-t-il, alors que je n'arrive plus à vivre normalement dès que tu n'es plus à portée de vue !

Elle se recula pour pouvoir le regarder dans les yeux, et prit son visage à deux mains. Ses yeux humides semblaient ne plus pouvoir se détacher d'elle. Sa respiration trop rapide, ses mains qui pressaient convulsivement son dos, qui tremblaient, trahissaient la force de ses sentiments. Du bout des lèvres, elle vint cueillir une larme sur sa joue. Frémissant, une main sous sa nuque, il prit ses lèvres avec passion, l'investissant totalement. Sa langue se fit exigeante, possessive. Sa main descendit sous ses fesses et pressa son corps plus fort contre lui. Laura s'embrasa d'un coup. Un feu était né en elle, brûlant chaque centimètre de son corps. Ses lèvres brûlaient son cou, son épaule, descendaient vers le décolleté de son cardigan. Il fit sauter les boutons plus qu'il ne les détacha, libérant ses jeunes seins, s'en emparant avidement, de la bouche, des mains. Elle glissa ses doigts dans son épaisse chevelure, l'attirant plus fort contre elle en frémissant.

— Manue ne va... pas tarder... à arriver, objecta-t-elle sans grande conviction.

— Non... David ne va pas... la laisser partir comme ça, répondit-il haletant, éperdu de désir... Ne t'en fais pas pour eux... On les retrouvera... pour déjeuner... J'ai envie de toi, Laura, maintenant !

Ce disant, sa main se glissa entre ses cuisses, maltraitant le jean gênant, lui arrachant un gémissement de plaisir. Elle s'agrippa plus fort à lui, se cambrant de toutes ses forces contre ses hanches. Avec l'impression de se liquéfier, elle s'ouvrit, encourageant ses doigts prometteurs. La soulevant de terre, Dylan effectua un quart de tour et l'adossa au mur, à cheval sur sa cuisse, juste le temps de trouver la ceinture du jean, d'éliminer l'obstacle qui le séparait d'elle. Puis ses lèvres lui arrachèrent un baiser passionné avant de partir de nouveau à la découverte de son jeune corps, comme s'il la découvrait pour la première fois, mouchetant ses épaules, ses seins, son ventre, de baisers brûlants alors que ses doigts s'enfonçaient en elle, lui coupant le souffle. Il jaugeait l'intensité de ses caresses à ses soupirs, ses tressaillements, ses gémissements. Lorsque ses lèvres atteignirent la source de son être, elle enfouit ses doigts dans ses cheveux, les emmêlant dans ses longues mèches en gémissant. Rejetant la tête en arrière, les yeux clos, elle cherchait son souffle. Le plaisir la renversa sans crier gare. Dans un cri, elle se donna totalement, corps et âme. Si Dylan ne l'avait pas retenue, elle se serait écroulée. Ses jambes ne la tenaient plus. Haletant, il la souleva dans ses bras, la porta jusqu'au lit de la première chambre, le débarrassa grossièrement de la housse qui le protégeait. Il finit de la déshabiller à la hâte avant de se débarrasser de ses propres vêtements. Elle cherchait encore à reprendre son souffle, en sueur, quand elle l'accueillit dans ses bras. Le temps de se protéger, il prit possession de son corps, faisant renaître des vagues de plaisir brûlant dans son ventre. Frémissante, elle se cambrait contre lui, enroulant ses longues jambes autour de sa taille, provoquant ses gémissements. Il s'enfonçait en elle, chaque fois plus fort, plus vite, plus profond. Il l'amena au bord d'un abîme de plaisir quand il s'immobilisa. Les nerfs à fleur de peau, à bout de souffle, elle le supplia. Prenant son visage à deux mains, il la força à le regarder dans les yeux :

— Tu es à moi, Laura, gronda-t-il d'une voix rauque, altérée par le désir, à moi seul, tu le sais ? Dis-le-moi, Laura ! Dis-moi qu'il n'y a que moi dans ta vie !

— Il n'y a que toi, tu le sais !... Je t'aime. Je n'aime que toi, Dylan, je t'en supplie ! quémanda-t-elle le souffle court.

Seulement alors, il s'enfonça en elle, lui offrant la jouissance qu'elle réclamait, explosant en elle au même moment dans un cri rauque.

Ils restèrent longtemps le visage enfoui dans le creux du cou de l'autre, cherchant à reprendre leur souffle, assommés par la force du plaisir qui, tel un raz de marée, les avait laissés échoués, sans force. Ils se serraient l'un contre l'autre comme s'ils ne voulaient pas que quiconque puisse les séparer. Puis Dylan roula sur le dos, sans pour autant la lâcher. Allongée sur lui, elle fermait les yeux, dans un état de béatitude totale. Il la recouvrit à l'aide de l'épaisse couette du lit quand il la sentit frissonner. Au chaud, en sécurité, elle se pelotonna plus encore dans ses bras, priant pour que cet instant magique ne s'arrête jamais. Il caressait doucement sa nuque, jouait avec ses cheveux, pailletait son visage de petits baisers légers. C'était à peine si elle sentait ses lèvres l'effleurer. Elle sentait le sommeil la gagner. Elle avait si peu dormi ces derniers temps. Elle eut beau lutter, elle sombra dans les bras de Morphée en entendant Dylan murmurer à son oreille :

— Tu m'as manqué, tu m'as tellement manqué !

— Moi aussi, tu m'as tellement manqué, s'entendit-elle murmurer avant de sombrer dans un profond sommeil.

Il était près de midi quand il la secoua doucement.

— Manue et David vont nous attendre, murmura-t-il à son oreille.

— Quelle heure il est ? ronchonna-t-elle en ouvrant les yeux avec difficulté… Oh merde ! rétorqua-t-elle quand il lui eut répondu, j'ai dormi tout ce temps ?

— Je t'ai épuisée, se moqua-t-il tendrement.

— C'est vrai, mais pas comme tu le penses, répliqua-t-elle. J'ai l'impression que je n'ai pas vraiment dormi depuis des semaines, à cause de toi, en effet. Dylan, quand tu m'as dit qu'il y avait quelqu'un dans ta vie, c'était vraiment faux ?

— Bien sûr ! Tu en doutes encore ? Je voulais que tu t'en ailles, que tu sortes de mon appartement avant de me faire craquer. J'étais à bout d'arguments et c'est toi qui m'as tendu la perche.

— Et la journaliste ? Tu as passé toute la soirée avec elle ?

— Tout le repas, oui ! Et on est parti ensuite chacun de son côté. À mon tour, maintenant, reprit-il alors qu'elle se levait et se dirigeait, nue, vers la porte. Qu'est-ce qu'il y a vraiment eu entre Boisseau et toi ?

Laura qui avait atteint la porte de la salle de bain se retourna pour le dévisager. Parlait-il sérieusement ? Avait-il vraiment eu un doute à leur propos ? Apparemment oui. Il ne souriait pas ironiquement comme elle s'y attendait.

— Il ne s'est rien passé. On est sorti une ou deux fois ensemble, c'est tout !

— Il n'a jamais essayé d'aller plus loin avec toi ? Ou

c'est toi qui t'es défilée ?

— Tu veux la vérité ?... Je l'ai allumé et j'ai eu l'intention de me le taper. Je pensais que ça pouvait être une expérience intéressante, et surtout un bon dérivatif pour ne plus penser à toi. C'est lui qui a freiné des deux pieds. Il a avancé qu'il avait l'âge de mon père, qu'il ne voulait pas que je me serve de lui pour me venger, qu'il voulait juste mon amitié et ma confiance, c'est tout. Il est vraiment intègre ! C'est un homme marié...

— Qui ne vit pratiquement plus avec sa femme, qui ne l'a jamais aimée... et qui veut tout de toi, pas seulement une aventure, ironisa Dylan.

— Non, il n'est pas comme ça. Il est devenu un véritable ami pour moi, il ne cherche rien d'autre...

— Laura ! Il s'est tapé ta sœur, il te veut, toi. Maintenant, tout ce qu'il a à faire, c'est de te convaincre de sa bonne foi. Il se conduit en parfait quadragénaire, bien clean. Quand tu t'y attendras le moins, tu te retrouveras dans son lit ! En tout cas, c'est ce qu'il espère.

— Non, c'est faux ! D'abord, il ne s'est pas tapé ma sœur. Ce ne sont que des rumeurs. Il me l'a dit. Dylan, Manue a raison sur bien des points, mais pas sur tout. Elle se trompe, quoi qu'elle en dise, sur Luc, sur mon père...

— Tu les crois uniquement parce *qu'ils t'ont dit* ce que *tu voulais entendre* ? C'est facile pour un mec séduisant comme Boisseau, d'emballer une gamine comme il le veut...

— Tu en sais quelque chose ! C'est comme ça que tu me vois, alors ? Simplement comme une gamine facile à embobiner ? s'emporta Laura. Mais toi, ça ne t'a pas dérangé de t'en taper une, de gamine ! Avec ton physique et ton expérience, ça t'a été certainement très difficile, n'est-ce pas ? Surtout en sachant qu'elle craquait sur toi depuis des mois ? Pourquoi est-ce que j'aurais plus confiance en toi qu'en lui ? Vous êtes les mêmes, adversaires dans la vie, le voyou contre le flic ! Et maintenant que je suis au milieu, je suis devenue un enjeu, c'est ça ?

— T'as fini de jouer les gamines égoïstes et capricieuses ? s'énerva-t-il à son tour. *Je, je* ! Il n'y a que toi qui comptes ! Et moi ? Tu as pensé une seconde à te mettre à ma place ? Je dois être à tes pieds, supporter les frasques perverses de ton père et les coups de drague de son pote en fermant ma gueule ? J'accours quand tu veux, je disparais quand je gêne ? Si c'est ce que tu attends de moi, tu peux partir tout de suite, s'écria-t-il.

— Je suis chez moi ! hurla-t-elle.

Sans un mot, Dylan récupéra ses vêtements disséminés sur le sol, les enfila rapidement et se dirigea vers la porte d'entrée. Laura sentit son cœur s'affoler. Elle le connaissait suffisamment pour savoir qu'il ne céderait pas. Il allait s'en aller si elle ne le retenait pas. Sans même en prendre conscience, elle oublia son amour-propre.

— Dylan, qu'est-ce que tu fais ? Tu ne vas quand même pas partir ? On vient à peine de se retrouver, lui lança-t-elle la gorge serrée. Dylan, je t'en supplie… j'ai besoin de toi, ne me laisse pas, murmura-t-elle, pas deux fois !

Il s'immobilisa à quelques pas de la porte. À quoi bon de toute façon ? Il savait qu'il n'aurait pas le courage de partir vraiment. Elle le rejoignit, le corps nu enveloppé dans un drap de bain. Presque timidement, elle se glissa dans ses bras, se hissant sur la pointe des pieds, elle murmura à son oreille.

— Je suis désolée. Je ne pensais pas ce que j'ai dit.

— Moi aussi, je suis désolé !… Je t'aime, mais je ne les laisserai pas faire ni lui ni ton père, ça, je te le jure ! Même si je dois agir pour ça contre toi !

— Je voudrais tellement te convaincre que je ne me trompe pas, murmura-t-elle en se serrant plus fort contre lui. Ils ont des torts, des défauts, mais ils ne vont pas aussi loin, ni l'un ni l'autre, que vous le croyez !

— Prouve-le !

— Je ne peux pas. Ce sont des choses que je ressens. Je les connais mieux que vous !

— Tu es tellement jeune, Laura ! Tu as l'impression que tu ne te trompes jamais, que les gens sont tels que tu les vois, que ce que tu vois est la réalité. Tu n'as encore jamais été déçue par des personnes en lesquelles tu avais totalement confiance, sur qui tu croyais pouvoir compter… Plus tu vieilliras, plus t'en prendras plein la gueule, plus tu seras méfiante et réservée. Si un jour, on arrive à faire la lumière sur ce qui est arrivé à ta sœur, tu risques de tomber de haut. Tes beaux principes vont voler en éclat. Tu risques de découvrir des choses très désagréables sur ta famille, tes proches, même ceux qui te paraissent irréprochables.

— Comme qui par exemple ? murmura-t-elle.

— Tes parents, Luc... Manue peut-être, sembla-t-il hésiter. Laura... le soir de la disparition d'Élisa, elle a été vue successivement avec Luc, avec ton père, puis avec deux autres personnes que je cherche à identifier. La seule certitude, c'est que chacun d'entre eux peut l'avoir tuée, Luc, ton père, Thomas, les deux inconnus... et tant que nous n'en saurons pas plus, tu ne dois faire confiance à personne.

— Tu veux dire que les seules personnes sur qui je peux compter, c'est toi et Manue ?

— Si on veut être critique jusqu'au bout, Manue... insinua Dylan en grimaçant. Tu as dit toi-même qu'elle pouvait se tromper. Elle a été internée, abusivement d'accord, mais internée quand même. Elle a été toxico et s'est montrée particulièrement agressive et impulsive quand Morelli a été arrêté.

— Où veux-tu en venir ? questionna Laura, le cœur battant.

— Elle n'a jamais cessé de dire qu'elle adorait Élisa, qu'elle en était très proche. Elle a trop insisté là-dessus. Alors j'essaie de me mettre à sa place. La personne qui t'es la plus proche et la plus chère disparaît de mort violente. Tu souffres énormément, tu te sens frustrée, tu es emplie de haine, ivre de vengeance... Et tu parviens à surmonter tout ça pour défendre celui que tout accuse, envers et contre tous ?... Moi, je ne vois que deux raisons de faire ça. La première, c'est que tu sais qui est le meurtrier. Alors *sans vouloir le dénoncer*, tu défends l'accusé toutes griffes dehors, par peur, par affection, par intérêt... ou encore parce que tu es la meurtrière !

— Dylan, s'écria Laura, comment tu peux dire ça ? Ce n'est quand même pas elle qui l'a violée, non ? Et elle n'aurait aucun mobile, c'est ridicule !

— J'y viens, la coupa Dylan. La deuxième raison, c'est

que tu es amoureuse de l'accusé. Dans ce cas, tu ne connais pas le meurtrier, mais tu refuses la réalité parce qu'elle te fait trop mal, et tu es prête à aller jusqu'au bout par amour.

— Manue ? Avec Tommy ? s'esclaffa Laura. C'est... c'est... enfin, je veux dire... ce n'est même pas imaginable...

— Pourquoi ?

— Ben... parce qu'il était fou d'Élisa, que Manue le savait, qu'elle était trop proche d'Élisa... Elle n'aurait jamais essayé de lui piquer son mec... Pas Manue... Et il y avait déjà David dans sa vie, non ?

— Laura, tu avais quatorze, quinze ans à cette époque. Es-tu sûre d'avoir tout capté entre eux ? Tu étais tellement proche de ta sœur ou de Manue pour te porter garante de ce qui se passait entre elles ? Et comment tu expliques la réaction si vive de Manue à l'arrestation de Morelli, alors ? Laquelle de mes versions tu préfères ?

— Aucune, c'est débile ! se mit-elle en colère. Manue est persuadée que ce n'est pas Tommy, ça ne veut pas dire qu'elle sait qui c'est. Elle pense savoir ! Et le fait d'émettre seulement l'idée qu'elle puisse être mêlée de près ou de loin au meurtre de ma sœur me dégoûte !

— Non seulement ce n'est pas débile, mais c'est très plausible. Ça te dépasse parce que ce sont tes sentiments qui parlent, pas ta raison. Ce que je veux te prouver, Laura, c'est qu'une même situation peut être étudiée sous différentes facettes. Rien n'est simple et tout est possible. Tu n'avais jamais envisagé l'affaire de cette façon, mais avoue que quelqu'un d'extérieur peut accréditer cette thèse sans qu'elle paraisse débile face à l'opinion publique. Et Morelli, c'est plus l'opinion publique qui l'a foutu dedans que le procès. On ne met pas en doute la parole d'un avocat millionnaire face à un gosse de la rue sans le sou, t'es d'accord ? Même Manue a été desservie par sa réputation ! Et sans vouloir accuser qui que ce soit — je ne fais que des hypothèses — les dernières personnes avec qui Élisa a été vue juste avant sa mort sont un homme et une femme. Ça pourrait être Manue et Tommy, je dis bien, ça pourrait être !

— Et pourquoi pas moi ? s'énerva encore Laura. Ça

pourrait être Tommy et moi ! J'étais jalouse que tout le monde ne se préoccupe que d'Élisa, alors je l'ai tuée ou mieux, je l'ai fait tuer !

— À quinze ans, c'est difficile à croire, mais tu as peut-être toujours été plus mûre que ton âge ? Ça peut être une autre thèse, pourquoi pas ? sourit Dylan.

— Tu es sérieux ? demanda-t-elle soudain stupéfaite.

— Pour toi, non ! Mais je veux que tu comprennes que personne n'est tout blanc ni tout noir. Tu dis que ton père a bien des défauts, mais que ce n'est pas un meurtrier ? Tu as peut-être raison. Tiens, je vais te suggérer une autre hypothèse. Il sait que Manue a tué — ou fait tuer — Élisa, mais sa famille a déjà tellement été éclaboussée par les scandales que, pour y mettre fin, il fait arrêter Tommy, interner Manue. Du même coup, il te protège et la met hors d'état de nuire !

— Alors pourquoi est-ce qu'il la laisse sortir seulement deux ans après, alors que la gamine, en l'occurrence moi, va atteindre sa majorité ? ironisa-t-elle. Et si c'était Manue, pourquoi serais-je en danger ?

— Questions très pertinentes, sourit-il à son sarcasme. En fait, on n'en sait rien. Moi non plus je ne crois pas Manue coupable, mais avoue que cette version tient la route.

Laura frissonna, lui tournant le dos. Elle commençait à comprendre où il voulait en venir. Elle devait se méfier de tout le monde. Or elle détestait cette idée, refusant d'en arriver là. Pourtant elle était obligée de reconnaître qu'il n'avait pas tout à fait tort.

— Tu me fais peur, tu me fais douter de tout et de tout le monde !

— Tant mieux, sourit-il. Je veux que tu aies peur et que tu te méfies de tout le monde, y compris de moi. Tu seras plus prudente et tu deviendras une proie plus difficile à piéger. Tu sais, dans les bons films à suspense, le coupable, c'est toujours celui auquel tu t'attends le moins. La victime vient tout naturellement se jeter dans ses bras sous prétexte qu'elle se méfie de tous les autres.

— Donc ça pourrait être toi ? plaisanta-t-elle. Tu m'as déjà menti à propos de ton passé !

— Pardon ? lança-t-il, le souffle court.

— Pourquoi tu ne m'as jamais dit que tu connaissais ma sœur et Tommy ? se décida-t-elle enfin à demander, le cœur battant.

—… Je ne savais pas comment aborder le sujet avec toi. Je t'ai demandé si tu étais fille unique et tu m'as répondu que oui. J'en ai conclu que tu ne voulais pas en parler.

— Tu m'as draguée en sachant que j'étais la sœur d'Élisa. C'était uniquement parce que je lui ressemble ? Ce qui voudrait dire…

— Laura, Laura ! la coupa-t-il tout de suite. Je suis peut-être le seul à le penser, mais je ne trouve pas que tu ressembles tant que ça à Élisa. Physiquement, un peu c'est vrai, mais ça s'arrête là ! Et avant que tu ne me le demandes, sache que je n'ai jamais été attiré par ta sœur, O.K. ?

— Tu étais proche d'eux ? Tu l'as bien connue, Élisa ? murmura Laura.

— Oui ! Tommy est l'un de mes meilleurs amis, avec David… Élisa est devenue, du coup, l'une de mes meilleures amies aussi… Je n'ai pas trop envie d'en parler. Si on allait retrouver David et Manue ?

— Pourquoi tu n'aimais pas Manue ?

— C'est elle qui t'a dit ça ?

— Elle m'a dit que tu ne pouvais pas la blairer !

— Elle… elle était complètement camée à cette époque. David en bavait, il était amoureux et j'avais peur qu'elle ne l'entraîne avec elle. Il souffrait de la voir se détruire et il avait beau faire tout son possible, il n'arrivait pas à la sortir de cet enfer. Plusieurs fois, on a ramassé Manue complètement stone, on l'a ramenée chez elle et on l'a veillée pour ne pas qu'elle fasse une overdose ou qu'elle s'étouffe dans… David en devenait fou !

— J'en reviens à ce que tu disais, tout à l'heure. Tu sais ? À propos de tes hypothèses. En voilà une, murmura Laura sur le ton de la plaisanterie, pour alléger l'atmosphère. Tu étais amoureux d'Élisa, mais elle ne voyait que Tommy. Dans une crise de jalousie, tu l'as tuée et tu as fait accuser son mec !

— Mon meilleur ami, sourit Dylan. Mais deux ans après,

v'là-t'y pas que sa petite sœur fait surface, et elle lui ressemble tellement que je replonge en plein cauchemar. Ça devient une obsession. Il faut qu'elle disparaisse aussi. Alors je la séduis, je le fais savoir à son père qui me pourchasse, et qui, du coup, m'offre un alibi d'enfer : je deviens une victime ! Quand je t'assassinerai, tout le monde dira que c'est une malédiction familiale. Non seulement, je serai la grande victime, avec ton père bien sûr. Tout le monde nous plaindra sans penser à nous accuser.

— Si ! Manue et Luc ne laisseront pas tomber, rétorqua Laura, piquée au vif.

— Tiens, Luc ! Il y a longtemps qu'on n'en avait pas parlé ! Tu veux qu'on échafaude une version dans laquelle il tient le premier rôle ? Il est mal marié, n'a pas d'enfant, se fait chier chez lui. C'est la crise de la quarantaine, il craque pour la fille de son meilleur pote, mais voilà, elle lui préfère un petit voyou. C'est du pain béni pour un flic ! Il veut la séduire, elle résiste. Il la viole, la tue et fait arrêter son adversaire ! Bien joué, non ? Qui va aller à l'encontre d'un capitaine de la Crime, d'un avocat et de l'assistant du procureur ?

— C'est aussi une version qui peut tenir la route, convint Laura en souriant. La leçon est comprise, Professeur ! Maintenant, plus sérieusement, est-ce que tu me crois vraiment en danger ?

— Oui ! Et chaque jour un peu plus... Il me tarde de me réveiller un matin en te sachant vivante et en sachant le meurtrier sous les verrous... Si ça arrive un jour !

— Quel danger je cours d'après toi ?

— Tu suis les traces de ta sœur. À un moment ou à un autre, soit tu vas savoir, soit tu vas devenir aussi gênante.

— Gênante pour qui ? Ça ne tient la route que parce que vous considérez mon père coupable !

— Laura, le danger pour toi ce n'est pas forcément le meurtre.

Laura sentit un vent de panique la gagner. Jusqu'à présent, elle n'avait jamais pris les dires de Manue au sérieux. Et s'ils avaient raison ? Si demain elle se retrouvait seule, par un concours de circonstances, avec le meurtrier ou le violeur ?

— Allez, oublie tout ça pour le moment, murmura-t-il en la prenant dans ses bras. Pour l'instant, va prendre ta douche, on va être en retard. Et quoi qu'il arrive, je ne laisserai personne te faire le moindre mal, ça, je te le jure ! Dès ta majorité, si tout ça n'est pas fini, je te ferai disparaître à ma façon, plaisanta-t-il.

— Dylan, j'aurai les résultats du bac début juillet et je ne serai majeure que fin août. Si j'ai mon bac, je partirai aussitôt pour les États-Unis, tu le sais ?

— Que tu aies ton bac ou pas, il a déjà décidé de t'emmener, mais je ne le laisserai pas faire. Tu auras fugué bien avant...

— Non, rétorqua Laura, parce que si je fugue, c'est le meilleur moyen pour te faire immédiatement arrêter. Tu sais que c'est toi qui vas prendre et...

— Tu ne crois pas qu'il vaut mieux que ce soit moi qui « *prenne* » comme tu dis, et que tu sois hors d'atteinte, plutôt qu'on retrouve ton cadavre dans un terrain vague ou un appartement quelconque ?

Laura ne répondit pas, réprimant un nouveau frisson.

— Et puis, pour que « *je prenne* », il faudrait déjà m'attraper. On disparaîtra tous les deux, tenta-t-il de la rassurer.

— C'est ce qu'ils ont essayé de faire, Thomas et Élisa, n'est-ce pas ? murmura Laura, ébranlée.

— Ils se sont décidés trop tard et ont fait pas mal d'erreurs, à mon avis. Ta douche ! coupa-t-il soudain.

— Quelles erreurs ?

— Ta douche, j'ai dit ! Et plus vite que ça !

— Oh, ne me parle pas sur ce ton ! T'es pas mon père, le provoqua-t-elle en souriant.

— Et je m'en félicite franchement ! Si tu n'es pas sous la douche dans dix secondes, je te viole !

— Chiche ! le provoqua-t-elle encore.

Elle se précipita vers la salle de bain en riant et en criant alors qu'il se levait du lit d'un bond pour fondre sur elle. Elle n'eut que le temps de lui fermer la porte au nez.

- 27 -

Comme prévu, Dylan et Laura rejoignirent David et Manue dans un restaurant proche de la résidence. Au sourire d'accueil de Manue, Laura l'accusa :

— Tu savais qu'ils seraient déjà là ! Pourquoi ne pas me l'avoir dit ?

— Ce n'était pas mieux, la surprise ? Et tu aurais été trop nerveuse en arrivant. Il voulait te surprendre ! s'amusa-t-elle en lançant un clin d'œil à Dylan. Ça va ? Vous avez eu le temps de discuter ? insinua-t-elle, moqueuse.

— C'était juste, ironisa Dylan à son tour, mais on a fait avec ! On commande ? Je meurs de faim !

— C'est sûr, les émotions, ça creuse ! lança David à son tour ironique.

Les plaisanteries continuèrent à fuser, faisant sourire Dylan et rougir Laura. Cette dernière fut agréablement surprise par le changement d'attitude de David envers elle, et le lui fit remarquer.

— Franchement, la première fois que je t'ai vue débarquer au Totem's, j'ai eu envie de changer de planète, lui expliqua David, mais bon... tu ne me connaissais pas. Alors, quand Dylan s'est intéressé à toi, je l'aurais massacré !

Ils attendirent d'être servis avant d'aborder le sujet qui leur tenait à cœur. Dylan relata en détail ce que lui avaient confié les deux seuls témoins qui restaient.

— Est-ce que tu vois quelqu'un qui aurait eu à l'époque une Clio rouge, ou quelque chose qui y ressemble ? s'adressa Dylan à Manue.

— ... Je ne vois pas ! Un couple en plus ?

— Attends, je ne suis pas sûr qu'il s'agisse d'un homme et d'une femme. Ça, c'étaient les dires d'un clochard alcoolo qui n'est plus là pour les confirmer. Le seul qui ait vu deux personnes dans cette Clio rouge c'est le gosse et il n'a pas pu affirmer qu'il y avait une femme sur les deux, ça aurait pu être deux mecs, précisa Dylan. Manue, quand as-tu vu Élisa pour la dernière fois ?

— C'était la veille. Ce qui m'étonne, c'est que Luc l'ait vue, lui, à ce moment-là ! Je n'en ai jamais entendu parler !

Le léger soupir d'exaspération de Laura n'échappa pas à Dylan.

— Il y en avait un qui avait une petite voiture rouge, si je me souviens bien, reprit soudain Manue. Je ne sais plus quelle marque c'était, mais... c'était un des flics de l'équipe de Luc. J'ai vu cette voiture à plusieurs reprises chez lui.

— Un de ses gars ? Tu veux dire qu'il aurait pu la lui emprunter ? murmura Dylan d'un air songeur.

— Comme par hasard, ironisa Laura, et comme il avait peur de ne pas y arriver tout seul, il a demandé de l'aide à un pote !

— D'abord, on n'est pas sûrs que ce soit les passagers de cette voiture qui l'aient tuée, rappela David.

— D'après le clochard, si ! En tout cas, ce sont les derniers à l'avoir vue vivante, le contredit Dylan.

— Si ça se trouve, c'est Francine qui a demandé de l'aide à son mari pour tuer la maîtresse de ce dernier. Entre deux dépressions, elle lui a promis qu'elle allait changer s'ils éliminaient la briseuse de couple, plaisanta Manue.

— Élisa n'était pas la maîtresse de Luc, rétorqua Laura qui ne put réprimer un sourire à l'idée de voir la belle Francine en plein meurtre « *entre deux dépressions* ». Et ça ne peut pas être Francine, elle est trop fragile. Si jamais un peu de sang avait giclé sur ses vêtements, elle serait morte d'une crise cardiaque. Elle préférerait mourir plutôt que de se casser un ongle !

— T'as une charmante opinion d'elle, se mit à rire Dylan.

— Tu dis qu'Élisa n'était pas la maîtresse de Luc ? Moi, je sais que... commença Manue.

— Tu ne sais rien du tout à ce sujet, objecta Laura. Tu ne te fies qu'aux apparences ! Il me l'a juré et je le crois !

— Alors, explique-moi pourquoi, le jour où j'ai posé la question à la principale intéressée, elle n'a pas nié ! Élisa me disait tout...

— Sauf que là, elle n'a pas nié, elle n'a pas confirmé non plus, pas vrai ? Elle t'a laissé croire ce que *tu voulais*, peut-être pour te cacher autre chose ! la contrecarra Laura.

— Quoi par exemple ? releva Manue soudain curieuse.

— Je ne sais pas encore. En fait, j'ai l'impression que Luc nous cache quelque chose. J'ai cru, un soir, qu'il allait m'en parler, mais on a été interrompus et il n'est pas revenu sur le sujet. Je ne voulais pas qu'il sache à quel point ça m'intéressait, alors j'ai laissé tomber. Elle allait passer la nuit chez lui quand c'était trop tendu à la maison. Luc s'interposait entre papa et elle.

— En fait, elle allait passer la nuit chez Luc quand elle se doutait qu'Hervé viendrait la rejoindre et quand elle savait que tu étais en sécurité. Maintenant, qu'il n'y ait jamais rien eu entre eux... admettons, reprit Manue, mais permets-moi d'en douter fortement.

— Moi en sécurité ? Et mon père allait la rejoindre où ? Explique-toi ! s'étonna Laura.

Il y eut un long silence. Manue parut regretter ses paroles, mais elle ne pouvait plus faire marche arrière. Elle n'était pourtant pas sûre que ce fût bien le moment, voire le lieu, pour une telle explication.

— Bon, on en parlera plus tard, coupa soudain Dylan venant au secours de Manue. Si on choisissait un dessert ?

Ils n'abordèrent plus le sujet de l'après-midi. Si Laura avait été perturbée par les propos de sa tante, cela ne dura que quelques minutes. Très vite, l'intense excitation que provoquait chez elle la présence de Dylan, l'idée qu'ils ne se quitteraient plus pendant trois jours, balaya toutes ses hésitations, ses questions, ses doutes et ses espoirs : il était là, c'était tout ce qui comptait. Ils passèrent l'après-midi à faire de la luge sur herbe, ce qui leur valut, malgré les fous rires, quelques contusions et hématomes. Ils finirent la soirée dans un bowling où Dylan et David tentèrent désespérément de faire faire des progrès à leurs comparses.

Ce ne fut que lorsqu'ils rentrèrent tard au chalet, que Dylan se rendit compte qu'il y avait oublié son portable. Il consulta machinalement sa messagerie et prit connaissance de deux messages, tous deux émanant de Daniel Mérod. Le premier disait qu'ils devaient se parler rapidement et qu'il rappellerait plus tard. Le second était un peu plus pressant et le ton de l'avocat laissait percevoir une note d'inquiétude. Dylan appela Manue et ils écoutèrent de nouveau, le dernier message :

« *Dylan, je n'arrive pas à joindre Emmanuelle. Je voudrais que l'un de vous deux me contacte rapidement. J'ai trouvé quelque chose... aussi intéressant que dangereux. Depuis ce matin, je reçois des menaces. Je ne peux pas vous dire de quoi il s'agit par téléphone, mais, au cas où... j'envoie ce que j'ai à Châtel, au nom de David par sécurité. Vous pourrez récupérer l'enveloppe en poste restante, Manue saura comment s'y prendre, et faites gaffe à vous ! Surtout, ne laissez plus Laura seule ! Salut !* »

Laura avait pâli en entendant sa dernière remarque. Elle jeta un coup d'œil inquiet en direction de Dylan, mais celui-ci, le visage fermé, évitait son regard. Il n'était pas loin de minuit, mais il tenta quand même de joindre l'avocat, en vain. À défaut de lui parler, il lui laissa à son tour le message suivant :

— Désolé, je n'avais pas mon portable sur moi, je le laisse allumé. Rappelez-moi à n'importe quelle heure du jour ou de la nuit... Manue, reprit-il dès qu'il eut raccroché, c'est toi qui lui as dit qu'on serait tous là ?

— Oui, avoua celle-ci, profondément préoccupée. On voulait pouvoir se joindre à tout moment, au cas où. Je ne crois pas avoir pris beaucoup de risques, si ?

— Non, si on ne peut pas lui faire confiance, on est vraiment mal, remarqua David. Tu sais comment tout récupérer ?

— Ben non, il ne m'a rien précisé, grogna-t-elle.

— On verra bien à la poste, ce n'est pas un problème, trancha Dylan. Au départ, il m'a avoué qu'il avait du mal à te croire, mais dans le doute, il t'a quand même fait confiance, à tel point qu'il s'est ménagé une porte de sortie en cas de danger. Bien joué!... Bon, on verra bien s'il rappelle dans la nuit... Sinon, je l'appellerai demain matin. Si on allait se reposer?

— Ah bon? Tu appelles ça comme ça, toi? plaisanta David, faisant rougir Laura et sourire Manue.

Arrivée dans leur chambre, Laura s'assit sur le bord du lit, les yeux dans le vague, elle se rongeait inconsciemment les ongles. Qu'est-ce que l'avocat avait pu découvrir de si important? C'était étrange comme chaque fois qu'elle se sentait préoccupée, atterrée, apeurée et même parfois heureuse, la même chanson lui martelait la tête : *Hole in my soul*. Dylan, s'approchant d'elle, lui fit baisser la main.

— C'est pas beau des ongles rongés, murmura-t-il mi-souriant, mi-inquiet. Je comprends que tu te fasses du souci, mais ici tu ne risques rien, d'accord?

— Mais il va falloir que je rentre !

Dylan s'agenouilla devant elle, prit son visage entre ses mains et se mit à pailleter son visage de légers baisers.

— Et j'ai peur de ce qu'il a découvert, murmura Laura, la conscience déjà altérée par l'émotion qui s'emparait d'elle. Jusqu'à maintenant, je n'ai jamais pensé que je pouvais être en danger.

— Et pourtant, grogna Dylan d'une voix rauque, depuis qu'on se connaît, tu cours le pire des dangers. Mon objectif inavoué est de te faire mourir de plaisir !

La renversant sur le lit, il prit ses poignets qu'il immobilisa au-dessus de sa tête, fit glisser son tee-shirt, découvrant son torse lisse et bronzé, libérant ses jeunes seins tendus. La respiration saccadée, elle ne pouvait détacher ses yeux des siens, brûlants de désir. Il prit le temps de savourer du regard, son anatomie parfaite, sur laquelle le temps n'avait pas encore eu le loisir de s'acharner. Cambrée, tendue à l'extrême, elle ressemblait à un jeune fruit qui ne demandait qu'à s'attendrir, qu'à se faire cueillir, croquer. Les lèvres de Dylan se posèrent sur son épaule, au creux de son cou. Sa langue commença la lente exploration de sa poitrine qui se soulevait de plus en plus vite sous l'assaut du désir, descendant lentement sur son ventre, trop lentement, effleurant à peine sa peau sucrée, aiguisant ses sens, ses nerfs. Le souffle haché par le plaisir, frémissante, elle tenta de libérer ses poignets pour le toucher, l'attirer contre elle. Mais l'étau de ses mains se resserra, l'emprisonnant plus fermement. Ses lèvres remontèrent lentement jusqu'à ses seins, puis investirent sa bouche avec une violence et une passion à peine contenues, lui arrachant un gémissement. Il l'embrassa à l'étouffer, pressant son corps sur le sien, glissant ses hanches entre ses cuisses encore protégées par le maigre rempart que représentait son Jean. À bout de souffle, elle se cambra plus fort contre lui. Son cœur semblait être descendu entre ses jambes, elle en ressentait les battements dans son sexe. Elle se débattit avec plus de conviction, elle avait besoin de le toucher, de le sentir en elle maintenant. Il consentit enfin à lâcher ses poignets. Elle s'attaqua immédiatement à son tee-shirt, le lui arrachant presque. Puis ce fut le tour de la ceinture de son jean. Enfin, ses doigts trouvèrent l'objet de ses convoitises. À son tour, elle lui fit subir la même torture que celle qu'il venait de lui imposer, l'effleurant à peine, le caressant plus intensément, puis l'effleurant de nouveau. À son tour, il perdait pied, frémissant, le souffle court. Elle pouvait sentir ses muscles se contracter, devenir durs comme du bois. Ses mains agrippèrent ses hanches, les serrant à les écraser. Chacun arracha les vêtements restants de l'autre, sans les ménager. Leurs lèvres se cherchaient, se repoussaient, se meurtrissaient, s'investissaient. Leurs souffles se mêlaient, leurs corps frémissants se joignirent. Plus rien ne comptait que le plaisir reçu, donné, le souffle de l'autre, son odeur, sa voix altérée par le plaisir, le désir sans cesse exacerbé. Pas une once de leur corps ne tressaillait sous les caresses. Galvanisée par l'attente, d'un coup de reins elle le déséquilibra, le fit rouler sur le dos. Dans un même mouvement, il souleva ses hanches, elle s'empala sur lui, étouffant un cri. Se redressant, elle lui imposa son rythme prenant l'initiative et la situation en main. Plus elle le sentait perdre la maîtrise de lui-même, plus l'excitation prenait le dessus. Elle voulait le surprendre, le rendre fou d'elle. D'un geste langoureux, elle prit sa chevelure à deux mains pour la rejeter en arrière, tout en ondulant lentement. Elle se cambra jusqu'à ce que sa longue chevelure balaye ses fesses. Puis elle se redressa, les lèvres entrouvertes où jouait sensuellement sa langue. Elle se délectait du visage de Dylan, de ses yeux brûlants qui trahissaient l'effet qu'elle avait sur lui. Elle ondulait toujours lentement sur lui, se balançant à son rythme. Le plaisir irradiait son corps, ses membres. Frémissante, elle vint de plus en plus fort sur lui. À bout de résistance, elle se rejeta en arrière. Agrippé à ses hanches, il se redressa et jouit violemment au fond de son ventre, dans un cri, alors que la jouissance la terrassait.

Encore essoufflé, il l'attrapa par la taille, la souleva telle une poupée de chiffon, pour l'allonger sur lui, la prendre dans ses bras, la serrer contre son torse. Enfouissant son visage dans ses cheveux, y emmêlant ses doigts, il embrassait tendrement son cou, sa gorge, caressant en douceur, son corps encore tressaillant de plaisir. Elle cherchait son souffle en se pelotonnant au creux de ses bras, se calant entre ses jambes.

— Oh merde, Laura, murmura-t-il soudain. J'ai oublié les préservatifs. Tu n'as toujours pas de contraception, si ?

— Non, se mit-elle à rire en plongeant un regard amusé dans le sien. Imagine ! Si je tombe enceinte, on ne pourra plus nous séparer, il faudra que tu élèves ton gosse, non ?

— Oh, ne déconne pas, la sermonna-t-il sérieusement. On a déjà assez de problèmes comme ça, tu ne trouves pas ? Il ne manquerait plus que ça ! Tu es trop jeune pour être enceinte… Laura, tu n'as jamais eu d'autres partenaires que moi, n'est-ce pas ? Dis-moi la vérité !

Elle eut envie de plaisanter, mais ne le fit pas. Il parlait sérieusement et elle comprit à quoi il faisait allusion.

— Non, je n'ai jamais été transfusée, je ne me suis jamais piquée, je n'ai jamais eu d'autres partenaires… Et toi ?

— Je n'ai jamais été transfusé, je ne me suis encore jamais piqué, mais ça peut venir, avec tout ce que tu m'en fais voir, plaisanta-t-il.

— Mais tu as eu des tas d'autres partenaires, termina-t-elle pour lui.

— Jamais de façon risquée. C'est la première fois... que je perds la tête au point d'oublier ça !

— Tant mieux, sourit-elle en embrassant son torse. Je suis contente que ce soit avec moi ! Et tant pis si on attrape le Sida. On mourra peut-être ensemble.

— Arrête d'être bête, s'il te plaît, murmura-t-il en l'embrassant. Demain matin, on ira chercher une pilule du lendemain dans une pharmacie...

— Et si je voulais être enceinte ? plaisanta-t-elle.

— Ce serait une catastrophe ! Je ne déconne pas Laura, il ne faut pas que ça arrive, tu m'entends ?

— Je plaisante ! Pour une fois, je ne pense pas qu'il y ait beaucoup de risques.

— Justement, c'est à ton âge qu'il y en a le plus ! Il suffit d'une fois. Quel con ! continua-t-il plus bas, pour lui seul.

— Tu t'en veux à ce point ? remarqua-t-elle surprise. On est aussi coupables l'un que l'autre.

— Non, je devrais avoir assez d'expérience pour éviter ce genre de connerie ! En tout cas, jusqu'à maintenant, j'en ai eu assez ! Toi, tu es excusable...

— Parce que je suis inexpérimentée ?

— Je ne pense pas que le terme soit vraiment approprié après tes prouesses de ce soir, la charria-t-il tendrement.

- 28 -

La situation était étrange... Laura était consciente de dormir et de rêver. Pourtant, les caresses qu'on lui prodiguait, le plaisir qu'elle en ressentait semblaient tellement réels ! Dans un état de somnolence, elle eut conscience que ce n'était pas la première fois qu'elle faisait ce genre de rêve érotique, mais il y avait un moment que ça ne lui était plus arrivé. S'étirant comme une chatte, elle tendit son corps contre un autre si proche d'elle, si chaud, se délectant de ses baisers qui brûlaient son cou, ses épaules. Elle sentait son torse contre son dos, elle pouvait sentir son cœur battre contre son omoplate. Elle se cambra, offrant à la fois sa gorge à des lèvres gourmandes, ses fesses à des mains expertes. Elle était à la fois tentée de se réveiller en espérant qu'il ne s'agissait pas que d'un rêve et en même temps, ne souhaitait pas ouvrir les yeux pour prolonger cet instant divin.
— Tu es tellement belle, ma chérie !
La voix résonna bizarrement à ses oreilles. Un malaise s'empara soudain d'elle, sans qu'elle en discerne la provenance. Une peur sournoise lui vrilla l'estomac. Il fallait qu'elle ouvre les yeux, qu'elle se réveille. Faisant un effort surhumain, elle se tourna et fit face... à Hervé, son propre père. Pas celui tendre et doux qu'elle connaissait, un Hervé au regard lubrique, assombri par un désir pervers. Dans un cri, elle tenta de bondir, d'échapper à son étreinte, de s'extirper de ce lit, mais plus elle se débattait, plus l'étau se resserrait. Elle eut beau lutter de toutes ses forces, il finit par l'immobiliser sur le dos, maintenant ses poignets au-dessus

de sa tête. Dans un sursaut de lucidité, elle pensa que Manue avait raison, il allait la violer et elle n'avait pas la force de se défendre. Elle n'avait plus aucun moyen de lui échapper. Sanglotant, suffoquant, elle tenta une dernière fois de hurler. Peut-être que Karen l'entendrait. Mais de sa main libre, il la bâillonna. Un frisson de sueur froide lui secoua l'échine, elle n'avait plus aucune échappatoire. Plus la voix lui commandait d'ouvrir les yeux, plus elle serrait les paupières. Surtout, ne pas le regarder, elle refusait de croiser son regard. Soudain, il la secoua sans ménagement.

— Laura, réveille-toi, bon sang !

À l'instant où elle reconnut la voix de Dylan, elle ouvrit les yeux. Ne sachant si elle se sentait plus soulagée que terrorisée, elle laissa éclater ses sanglots. Il la lâcha immédiatement. Elle se réfugia dans ses bras, se serrant convulsivement contre lui, quémandant sa protection. Elle tremblait de tous ses membres, paraissait inconsolable, terrorisée. Elle pleura longtemps, à tel point qu'elle eut du mal à reprendre son souffle. Dylan, ne sachant plus comment faire pour la calmer, se contenta de la serrer contre lui, lui caressant le dos, la nuque, lui murmurant qu'elle ne risquait rien dans ses bras, qu'il ne laisserait personne la toucher, qu'elle avait fait un cauchemar, que c'était terminé.

Peu à peu, les sanglots s'espacèrent, seuls quelques spasmes nerveux la secouaient encore. Avec une immense tendresse, il prit son visage dans ses mains, la forçant à le regarder.

— Tu veux en parler, Laura ?

Elle secoua négativement la tête. L'évidence qui lui vint à l'esprit la terrorisait. La dernière fois qu'elle avait fait un rêve aussi érotique, elle s'était réveillée en sursaut et il était là, dans sa chambre ! Elle avait toujours chassé l'idée qu'il ait pu vraiment la toucher. Elle avait préféré croire qu'il s'agissait d'un rêve. Mais si ça ne l'était pas ? S'il l'avait vraiment touchée ? Jusqu'où avait-il pu aller sans qu'elle s'en rende compte ? C'était à la fois absurde et effrayant. La pensée que, s'il l'avait vraiment touchée, elle se serait réveillée ne parvenait pas à la rassurer. Elle n'en avait jamais été moins sûre, et par-dessus tout, elle refusait de laisser planer le moindre doute pour Dylan.

— Tu m'as pris pour ton père, n'est-ce pas ? murmura Dylan à son oreille.

— Non, j'ai fait un cauchemar, c'est tout ! se révolta-t-elle en évitant son regard. Tu ne voudrais pas aller me chercher un verre d'eau, s'il te plaît ? Je ne me sens pas bien.

Il enfila un Jean et sortit silencieusement. À la cuisine, alors qu'il cherchait les verres, Manue le rejoignit.

— J'ai cru entendre quelque chose, commença-t-elle un peu gênée. C'était Laura, n'est-ce pas ?

— Hum ! Elle a fait un cauchemar, ça va mieux maintenant, répondit Dylan, l'air préoccupé. Est-ce qu'elle en fait souvent ?

— ... Je ne sais pas ! Je serais tentée de te dire non, mais ces derniers temps... c'est arrivé une ou deux fois.

— À cause de son père ?

— Je pense... mais elle ne l'a jamais dit ouvertement. La dernière fois qu'elle en a fait un, c'était la nuit où il l'a surprise dans son bain. Tu sais ? Je t'en ai parlé.

— Tu penses qu'il l'a déjà... touchée ? murmura-t-il la haine au ventre.

— Non ! Sincèrement, je ne pense pas. Il essaie de se rapprocher d'elle, il a peut-être déjà tenté quelque chose, mais je ne pense pas qu'il l'ait déjà touchée.

— Si jamais j'apprends le contraire, je le tue de mes propres mains, je l'étrangle, je le crève !

Il sortit de la cuisine sans plus de cérémonie et Manue resta là quelques instants, surprise par la violence du propos comme du ton. Elle avait eu raison de compter sur son aide. Il ne laisserait personne faire de mal à Laura. Il faudrait d'abord lui passer sur le corps.

Quand il revint dans la chambre, Laura s'était calmée. Elle paraissait avoir repris la maîtrise d'elle-même.

— Je suis désolée, ça m'arrive rarement et...

— Tu sais, raconter ses cauchemars, c'est une façon de les exorciser.

— Non, c'était stupide et ça n'a plus aucune importance.

— Pour moi si !... Laura, tu me le dirais si ton père avait... euh, comment dire ?

— S'il abusait de moi ? S'il m'avait violée ? Tu crois que tu ne t'en serais pas rendu compte dans mon comportement ? Mets des bémols à ce que te dit Manue, d'accord ?

— Il n'a peut-être pas encore eu le temps ni trouvé l'occasion de le faire, mais tu sais qu'il en est capable, n'est-ce pas ? Et c'est ça qui te fait peur. Je sais ce que tu vas me dire, Laura ! la coupa-t-il alors qu'elle ouvrait la bouche pour répliquer, mais tu n'es pas obligée de *le* défendre. Tu n'as pas à essayer de justifier ta peur, fais-lui face plutôt ! Si tu veux que je t'aide, tu sais que tu peux compter sur moi. Si tu ne me fais pas suffisamment confiance, tant pis ! Ce qui est important c'est que toi, tu saches où tu en es et que tu gardes la tête froide, que tu restes objective. C'est la seule chose qui puisse te sauver, tu comprends ça ?

Elle ne répondit pas immédiatement, attendit qu'il se recouche, s'allongea contre lui.

— Ça devient un enfer de vivre à la maison, commença-t-elle dans un murmure. Il n'y a aucune porte qui ferme à clé. Quand Karen est là, ça va parce qu'elle le surveille. Mais dès qu'elle tourne le dos ou qu'il est seul, il essaie de m'approcher, de me toucher... Pour l'instant, j'ai toujours réussi à m'en sortir sans dommage... enfin, je pense !

— Qu'est-ce que tu entends par « *je pense* » ?

Elle sembla hésiter un moment. Dylan crut même qu'elle s'était endormie quand elle reprit. Alors qu'elle parlait, il la sentit tressaillir contre lui.

— Tout à l'heure, avant que je ne fasse mon cauchemar, tu me caressais, n'est-ce pas ?

— Hum ! Et tu avais l'air d'apprécier.

— Ça m'est déjà arrivé de rêver que j'étais dans tes bras, que tu me caressais, que... je sentais tes mains, tes lèvres sur moi... C'était tellement réel ! Le matin, je me réveillais... bien, je me sentais heureuse comme si j'avais passé la nuit avec toi... Mais une fois, je me suis réveillée en plein rêve, sans savoir pourquoi, et il était là, dans ma chambre. Jusqu'à maintenant, je ne voulais pas y penser... mais à présent... je ne sais pas si c'était vraiment un rêve, ou si je somnolais...

Dylan ne répondit pas, la serrant plus fortement contre lui. Lui non plus préférait ne pas y penser. Il avait trop peur de la réponse.

— Tu sais, si ton père venait vraiment te toucher la nuit, tu te serais réveillée, à moins d'être droguée... Et si les portes ne ferment pas à clé, tu n'as qu'à trouver un tabouret que tu poses derrière la porte. Dessus, tu places une boîte en fer avec des vis, des clous ou des haricots secs. Si quelqu'un essaie d'entrer, ça fera tellement de bruit que tout le quartier sera réveillé, tenta-t-il de plaisanter, avec succès.

Laura ne put réprimer un éclat de rire enfantin, avouant que l'idée n'était pas si mauvaise.

— Si j'étais droguée à mon insu le soir, tu crois qu'il pourrait me toucher et que je reste dans un état de semi-conscience, comme si je rêvais ? murmura-t-elle.

— Oui, c'est possible. Il existe de telles drogues, mais je pense que tu t'en serais rendu compte... Tu disais que Karen le surveille ?

— Ça fait deux fois qu'elle intervient au bon moment, à la seconde près !

— Et si elle n'était pas intervenue, qu'est-ce qui se serait passé ? gronda-t-il, la voix vibrante de colère.

— Franchement, je ne sais pas, répondit-elle dans un murmure à peine audible.

Dylan se releva brusquement sur un coude.

— Qu'est-ce que tu veux dire ? Qu'il avait l'intention d'abuser de toi ? Que tu étais prête à fuir ?

— Je n'avais pas la possibilité de fuir ! S'il avait eu cette intention et si Karen n'était pas intervenue, je crois que je n'aurais pas eu le choix... Je ne sais pas s'il l'aurait fait, mais j'ai de moins en moins confiance en lui. Je suis mal à l'aise quand je me retrouve face à lui ; j'ai de plus en plus peur de me retrouver seule avec lui à la maison. Et cette histoire de drogue... Tu sais, depuis des années, je ne me souviens plus quand ça a débuté, il est de tradition qu'on prenne une infusion avant d'aller au lit, tous les soirs. Mon père y tient absolument. Quand j'étais petite, ça me permettait de gagner un bon quart d'heure avant d'aller au lit. Plus grande, ça m'ennuyait plus qu'autre chose, mais pour ne pas faire d'histoire... S'il droguait mon infusion, je ne m'en rendrais pas forcément compte. Qu'est-ce que je vais faire en rentrant ?

— Tu te débrouilleras pour éviter de la boire, tu trouveras bien un moyen, feignit de plaisanter Dylan. Mais je crois que ton imagination va un peu loin. Si vraiment tu as un doute, on en fera analyser une petite quantité. Ça aura au moins le mérite de te rassurer. Pour le reste, on va trouver une solution, ne t'inquiète pas, murmura-t-il à son oreille.

Sa promesse sonnait faux. Il savait, en effet, qu'il n'y aurait pas de solution tant qu'elle serait mineure, qu'il lui faudrait ruser et rester vigilante, mais comment le lui dire ? Et puis, cette histoire de drogue qu'il avait tournée en dérision... Il lui faudrait en avoir le cœur net en rentrant.

Quand Laura s'éveilla, il faisait grand jour. Dylan était déjà debout. Elle bondit sur ses pieds et fonça dans la petite salle de bain attenante à leur chambre. Elle devait profiter à fond de ce séjour et ne pas perdre une minute du répit qui lui était donné avec Dylan. Elle le trouva à la cuisine, assis dos à la porte, attablée devant un café, une cigarette à la main, le dos voûté.

— Quelque chose ne va pas ? questionna-t-elle.

Il sursauta, ne l'ayant pas entendue arriver.

— Café, croissants ou pains au chocolat ? Tu aurais dû rester au lit, je t'aurais servie à domicile, sourit-il.

— Zut, alors, j'ai loupé une sacrée occasion ! Où sont Manue et David ? Encore au lit ?

— Non, ils sont allés à la poste. Ils vont essayer de récupérer le dossier dont parlait Mérod.

— Pourquoi si tôt ? s'alarma-t-elle.

— Parce que j'ai réussi à joindre le cabinet de Daniel Mérod, tout à l'heure... Il a eu un accident de la route, cette nuit, juste après m'avoir laissé le deuxième message. Étrange coïncidence, non ? Et pas de bol, surtout. Éclater un pneu sur une route escarpée avec une voiture neuve...

— Il est mort ? souffla Laura, le cœur battant.

— Non, mais assez grièvement blessé apparemment. J'ai appelé l'hôpital. On ne me laissera pas lui parler avant plusieurs jours.

Sur ces entrefaites, Manue et David arrivèrent avec une enveloppe de papier kraft, tout ce qu'il y avait de plus banal.

Ils saluèrent Laura et s'installèrent à table. Manue ouvrit l'enveloppe impatiemment et en sortit les documents qu'elle contenait : une copie du dossier qu'Annette Bercin avait monté. Mérod l'avait contactée à son tour et avait fini par la convaincre de lui confier ce qu'elle avait gardé. Il y avait des photocopies des témoignages de la grand-mère et du petit garçon, mais en plus, il y avait une cassette audio sur laquelle étaient marqués le nom du Clochard ainsi que la date de l'enregistrement. Ils s'empressèrent de mettre la cassette dans la chaîne Hi-Fi du salon.

« — *Vous savez qu'à partir de maintenant vous êtes enregistré, n'est-ce pas ? disait la voix d'Annette.*

— *Oui, je l'sais, confirma Pierre Descot, le clochard.*

— *Bien ! Alors, racontez-moi ce que vous avez vu ce soir-là, le 12 juillet !*

— *Ben, j'étais en train de fouiller dans les poubelles derrière l'immeuble, c'est que des gens à pognon qu'habitent là. Vous verriez ce qu'y jettent ! Bref, j'étais là derrière et j'ai remarqué qu'y avait à peine un peu d'lumière chez les filles.*

— *Vous dites « les filles », vous les connaissiez ? le coupa Annette.*

— *C'est comme ça qu'j'app'lais ss't'appartement. Z'étaient sympas les deux, è'm'donnaient toujours quequ'chose.*

— *C'est pour ça que ce soir-là, vous surveilliez leurs fenêtres ?*

— *J'surveillais pas. D'habitude y'avait toujours beaucoup d'lumière, du bruit, d'la musique chez elles. Mais ce soir-là, rien ! C'est pour ça qu'j'ai r'marqué qu'y f'zait sombre dedans. J'ai vu l'ombre d'la blonde, l'était là toute seule. La fenêtre était entrouverte et pas un bruit. Bon, j'ai pas fait trop attention... Pis j'ai entendu une voiture qui s'garait d'vant. Ça a sonné chez elle, l'est allée voir, elle voulait pas ouvrir, pis elle a fini par le laisser entrer.*

— *Si vous étiez derrière, comment vous savez qu'elle ne voulait pas ouvrir ?*

— *Ben, c'est un quartier calme, et j'vous dis qu'la f'nêtre l'était entrouverte. Sans bruit, sans musique, quand on* écoute, on entend bien de dehors. Et c'est vrai qu'j'suis un peu curieux. Mais j'ai qu'ça à foutre aussi, moi ! Comprenez ?

— Je comprends ! L'homme qui est entré, vous l'avez vu ? Il ressemblait à quoi ?

— Ben, un mec quoi ! J'dirais... une bonne quarantaine, grand, les cheveux courts... De dehors, j'ai pas bien vu... Mais j'sais qu'y s'connaissaient passqu'y s'tutoyaient ! L'gars, y voulait pas qu'elle parte, y disait qu'c'était la conn'rie d'sa vie. Qu'y fallait qu'y restent tous les deux. Elle, elle voulait pas, elle voulait partir avec quelqu'un d'autre, l'a pas dit son nom. Elle disait qu'elle avait pas d'aut'solution. Le mec, y s'est énervé, elle aussi, y s'disputaient, alors j'me suis caché. Y'a eu plein de bruit pis il est parti l'gars. Un moment après, y'a une aut'voiture qu'est arrivée...

— Et entre-temps, vous l'avez revue ou entendue, la jeune fille ?

— J'l'ai r'entendue quand l'aut'gars est arrivé. Y frappait fort cont'la porte et elle voulait pas ouvrir. Ben il est rentré quand même, j'sais pas comment ! Et là, y'a eu vraiment une grosse dispute. J'restais là sans bouger, j'savais pas quoi faire, cause qu'elle a dit, la fille, « t'es plus mon père, fous le camp ! » Alors moi, les histoires de famille... J'pense qu'il a essayé de la frapper pass'qu'y a eu des bruits de meubles ou de bibelots qui tombaient, des cris, pis plus rien, et l'bonhomme a crié que si elle rentrait pas, elles le regretteraient elle et sa sœur. Pis il est r'parti dans sa grosse voiture. Y s'est passé cinq ou six minutes...

— Après ça, vous l'avez vue ou entendue de nouveau ? Pensez-vous qu'elle était encore vivante ?

— Oui M'dame. J'l'ai entendue pleurer. J'ai eu envie de v'nir la consoler, mais y'a de nouveau c'te voiture qu'est rev'nue...

— Comment ça, de nouveau ?

— La première voiture, reprit Pierre Descot. C'était une p'tite voiture, une vieille, ça s'entend au moteur, même si j'l'ai pas vue. La deuxième, c'était une grosse voiture de riche ! Celle qu'est rev'nue, c'était la vieille ! Le même bruit que j'vous dis et j'm'y connais... Là, y z'ont pas sonné, y sont rentrés tout seuls !

— Pourquoi vous dites « ils sont », ils étaient plusieurs ?

— Oui, m'dame, un homme et une femme. Mais la femme, j'l'ai pas vue tout de suite. Quand l'homme est entré dans l'appartement, la jeune fille, elle a eu peur. Elle lui a crié de s'en aller, elle a dû lui j'ter plusieurs trucs à la figure pass'que j'entendais les bruits de casse. Elle a essayé de se barrer par le balcon, mais il l'a chopée et j'tée par terre. Alors j'me suis approché... J'voulais faire quequ'chose, mais quoi ? J'suis vieux, pas en bonne santé... Et j'dois avouer qu'j'ai eu peur.

— Donc vous vous êtes approché, l'encouragea Annette.

— J'croyais qu'y s'battaient... mais c'était pire, murmura Pierre Descot, dont le timbre de voix changea sous le coup de l'émotion. Il était en train d'la violer. Elle criait, se débattait... Pis elle a plus bougé. Y'avait du sang, ses habits tous déchirés, et l'mec qui s'rhabillait... J'ai cru qu'elle était dans les pommes. Mais soudain, elle a sorti un couteau de j'sais pas où, elle a essayé de l'toucher, mais il l'a désarmée et il l'a... poignardée... deux fois...

Laura émit une sorte de sanglot qui ressemblait plus à un râle qu'à une plainte. Elle était blême et tremblait de tous ses membres. Elle se leva d'un bond et sortit de la pièce. Dylan, dans un réflexe, arrêta l'enregistrement. Manue se rongeait les ongles tout en essuyant furtivement et presque rageusement les larmes qui lui échappaient.

— Tu devrais aller voir Laura, murmura Dylan. Ce n'est pas une bonne idée que vous écoutiez ça !

— Non, j'veux aller jusqu'au bout, souffla Manue d'une voix tremblante qu'elle tentait de maîtriser. Toi, tu devrais y aller, c'est de toi qu'elle a besoin.

Dylan rejoignit Laura à la cuisine. Elle s'était servi un café et tenait à deux mains sa tasse, comme pour les empêcher de trembler. Elle avait beau lutter, les larmes coulaient sur ses joues sans qu'elle puisse les arrêter. Dylan lui enleva la tasse des mains, la posa sur la table. Elle se jeta alors dans ses bras, se pendant à son cou en laissant couler son chagrin. Il la serrait contre lui sans rien dire, embrassant ses cheveux, jusqu'à ce qu'elle se recule.

— Ça va aller ? murmura-t-il. Tu devrais aller faire un tour ou...

— Non, ça va ! Je veux écouter jusqu'au bout !

— Je ne pense pas que...

— J'ai le droit de savoir, trancha-t-elle. Je veux écouter ce témoignage jusqu'au bout ! Ça va aller, je te le promets !

Sans attendre davantage, elle repartit au salon et relança l'enregistrement elle-même.

« Alors là, j'ai couru pour faire le tour, pour faire quequ'chose, mais quand j'suis arrivé dans l'entrée de l'immeuble, y'avait cette femme qui entrait dans l'appartement. J'me suis dit "super ! Quelqu'un qui va app'ler les s'cours !" J'l'ai suivie tout doucement et là... depuis la porte, j'l'ai vue la salope ! La jeune fille était toujours vivante et elle se débattait de plus belle. Le mec, il arrivait plus à la t'nir pass'qu'y pissait l'sang aussi, et l'autre, elle a enlevé son foulard, s'est j'tée sur la jeune fille et l'a étranglée avec... Moi j'étais là, paralysé, horrifié et terrorisé. J'me suis caché, je crois que j'pleurais... J'ai attendu qu'ils s'en aillent, racontait le vieil homme, la voix cassée par les larmes. *J'voulais m'sauver, mais à peine la voiture est partie qu'une moto est arrivée.*

— *Est-ce que vous pourriez reconnaître l'homme ou la femme, et la voiture ?* demanda doucement Annette.

— *La voiture, j'pourrais pas vous dire la marque, mais c'était une p'tite voiture rouge. L'homme, oui, j'l'ai bien vu, j'l'ai r'connu ! Mais la femme, j'l'ai vue de dos, dans la pénombre, à contre-jour... Non, j'pourrais pas la r'connaître.*

— *L'homme, vous dites que vous l'avez "reconnu" ? Vous le connaissiez donc ?*

— *J'le connaissais pas, mais quand j'suis allé à la police, le lendemain... Passque sur le coup, ben j'ai bu comme un trou ! C'est le lendemain que j'me suis dit "Pierre, fais c'qui faut pour qu'on r'trouve ce fils de pute !", je me suis décidé à aller à la police. À la télé, y z'avaient dit que c'était le capitaine Boisseau qui s'occupait de l'affaire, alors je l'ai demandé au commissariat. Mais* quand j'l'ai r'connu, j'ai dit une conn'rie, qu'on m'avait volé mon portefeuille, j'ai fait un scandale, il m'a fait j'ter dehors. Je savais plus quoi faire, sauf quand j'vous ai vu parler à la p'tite vieille et au gosse...

— Vous êtes sûr de ce que vous dites ? s'érailla la voix d'Annette, dénotant sa surprise. Quand Boisseau est arrivé, vous l'avez identifié comme l'agresseur d'Élisa ?

— Ben oui, M'dame ! Et j'ai bien eu l'air con. Pour une surprise, c'était une surprise !

— Ensuite donc, une moto est arrivée, c'est cela ? reprit Annette abasourdie.

— Oui, c'était un jeune des banlieues, ça s'voit tout d'suite. Il est entré dans l'appartement, l'a appelée... Moi, pendant c'temps, j'suis r'parti derrière en courant, pour m'enfuir, mais j'ai pas pu m'empêcher de r'garder c'qu'il allait faire. Y s'est approché et il l'a vue... Il est tombé à g'noux près d'elle, y pleurait, il a pris l'couteau, c'con là et il l'a jeté plus loin. C'est pour ça qu'y avait ses empreintes dessus ! Il a r'gardé son pouls, pis y s'est r'mis debout, et il a crié "Sale fils de pute !" : ça j'men rappelle bien ! L'est resté là un bout de temps, à tourner en rond, y semblait perdu, y savait plus quoi faire... Pis il a pris son portable, il a appelé quelqu'un. P't-être dix minutes plus tard, y'a un aut'mec qu'est arrivé aussi en moto. Quand il a vu la fille par terre, y s'est arrêté, il est devenu tout blanc. Le premier, il avait pris la fille dans ses bras et il la berçait, comme si elle dormait. C'ui qu'est arrivé, l'a dit à l'autre "Qu'est-ce que t'as fait ? C'est pas toi, hein ?" et le premier, y pleurait, assis par terre, il a répondu "Ils me l'ont tués les fils de pute, elle est morte, Dylan, elle est morte !"

— Vous êtes sûr du prénom que vous avez entendu ? l'interrompit Annette Bercin. Comment était-il physiquement, ce Dylan ?

— Ben... à peu près l'même âge que l'autre, mais les cheveux plus clairs et plus longs, les yeux clairs, je crois, assez grand... Il a dit au premier : "Allez, faut pas rester là, on peut plus rien faire ! Tu sais bien que c'est toi qu'on va accuser, il faut se barrer de là... Putain, je savais que ça finirait mal !" Alors y sont remontés chacun sur leur bécane *et y ont disparu... Vous voulez que j'vous dise ? Ces jeunes, c'étaient des gosses des banlieues, ça vaut pas grand'chose. Pendant qu'il est en prison, l'aut', y f'ra pas d'aut'conn'ries qu'y s'disent les flics ! L'a tout faux ! C'est une gosse de riche qu'a été tuée... L'avait rien à foutre avec elle !*

Pendant un centième de seconde, le cœur de Laura avait cessé de battre. Des armées de fourmis avaient pris le contrôle de ses mains, de ses pieds. Cherchant son souffle, elle n'eut pas le courage de croiser tout de suite le regard de Dylan. Quand elle le fit, ce fut pour se rendre compte qu'il venait d'échanger un regard inquiet avec Manue.

— Tu... c'est toi qui... tu étais là-bas ?... Tu l'as vue... morte ? murmura-t-elle d'une voix blanche.

— Tommy était complètement bouleversé et c'est moi qu'il a appelé... Il ne savait même plus qui il était, où il se trouvait ni quoi faire, se justifia Dylan.

— Mais... mais pourquoi toi ?... Pourquoi ne pas avoir appelé une ambulance ? Peut-être que...

— Elle était morte Laura, tenta d'expliquer Dylan. Il n'y avait plus rien à faire. On était tous les deux tellement choqués qu'on n'a pas réfléchi, on ne pouvait pas. On avait l'esprit vide.

— Tu n'as rien dit ? Tu aurais pu le disculper !

— Tommy n'a pas voulu. Il souhaitait que personne ne sache que je m'étais trouvé là, à ce moment-là. Il savait que c'était perdu d'avance. Il voulait qu'un des deux reste libre pour aider l'autre à s'en sortir.

— Et vous aussi, vous saviez, hein ? accusa Laura en s'adressant à David et à Manue, puis à elle seule : et tu ne m'as rien dit !

— Laura, je ne vois pas en quoi c'est important. On continue ?

— En quoi c'est important ? se rebella Laura. C'est important dans le sens où *il* savait, expliqua-t-elle en parlant de Dylan à la troisième personne, qui j'étais dès le début ! Je suis quoi, moi ? Un pion qui *lui* a permis de mettre un pied dans la famille et de faire sa propre enquête ?

— Laura, *il* est là, rétorqua sèchement Dylan. Pourquoi

ne pas *lui* poser la question, à *lui* ? D'autant plus qu'on a déjà abordé le sujet !

— Putain de merde ! ragea-t-elle. Qu'est-ce que vous savez encore que je ne sais pas ?

— Eh poupée, t'énerver ne sert à rien, reprit plus doucement Dylan. Tu crois que c'était facile pour moi de t'expliquer que tu me faisais craquer alors que j'ai été plus ou moins mêlé au meurtre de ta sœur ? Mets-toi à ma place ! Je repoussais sans cesse le moment de t'en parler. J'avais peur de te perdre... Et plus encore maintenant !

Il l'attira dans ses bras, lui déposant un baiser dans le cou. Elle fit mine d'esquiver, mais suffisamment mollement pour qu'il y parvienne sans peine. La colère en elle s'atténuait de seconde en seconde. Elle était incapable de lui en vouloir longtemps.

— Laura, si tu veux, on va prendre l'air, on continuera ça plus tard, tenta Manue.

— Non ! On continue tout de suite, trancha-t-elle d'une voix dure. Si je dois encore en prendre plein la gueule, autant que ce soit tout d'un coup !

Manue avait immédiatement arrêté la bande quand Laura était intervenue. Elle relança donc l'enregistrement.

— *Si j'arrive à me faire entendre, à faire accepter votre témoignage, vous viendrez témoigner au tribunal ?*

— *... Qu'est-ce que j'y gagne, moi ? Qui c'est qui va écouter un déchet d'la civilisation ? C'est comme ça qu'on m'appelle moi, M'dame. J'suis qu'un clochard ! Qui va m'écouter ? Pis d'toute façon, y z'ont d'jà décidé d'la sentence. Faut qu'y en ait un qui paye ! Y veulent leur dose de vengeance, qui c'est qui va prendre, y s'en foutent !... Moi j'veux bien v'nir dire c'que j'ai vu, mais y voudront pas m'écouter, vous verrez ! Un flic, que j'vous dis !* »

Cette fois ce fut David qui arrêta le magnétophone. La bande était arrivée au bout.

— J'étais tellement persuadée que c'était Hervé, murmura Manue... Mais Luc... je n'aurais jamais pensé...

— C'est faux, souffla Laura. Ça ne peut pas être Luc...

— C'est certainement dur à admettre pour toi, commença doucement David, mais il a été reconnu...

— Ce n'est peut-être pas lui qui est venu à la rencontre de ce mec au commissariat. Quand un capitaine est trop occupé, comme ça a dû être le cas le lendemain du meurtre et que quelqu'un demande à lui parler, il peut très bien envoyer un de ses hommes à sa place. Ce clochard, il n'a pas dit que le flic s'est présenté, contrecarra Laura. Il a juste dit qu'il a fait demander le capitaine Boisseau et qu'il a reconnu l'assassin en voyant un homme s'approcher. Mais rien n'indique que c'est Luc en personne qui est venu à sa rencontre. D'ailleurs, je doute que le lendemain du meurtre, il soit allé travailler !

Dylan secoua la tête négativement, signifiant à Laura qu'il pensait qu'elle avait tort, sans vraiment le lui dire. Cette manœuvre lui permettait de rester neutre. Ainsi, Laura ne pourrait-elle pas lui reprocher de s'opposer à elle, bien que ce fût le cas.

- 29 -

Dylan reprit l'enveloppe. En plus de la cassette, elle contenait des notes écrites de la main même de l'avocat, des commentaires, des réflexions. Ils se penchèrent tous sur la liasse.

« Luc et Francine Boisseau, Delphine, Hervé et Karen Brissac se connaissaient tous avant le mariage de Delphine avec Hervé => ils fréquentaient tous la même école !!!

Luc et Francine sortaient déjà ensemble, Hervé et Karen aussi. Delphine avait un petit ami : Florent Pichetti, qui n'est autre que le <u>chauffeur personnel de Jules Descamps</u>. Ils étaient amoureux, c'était de notoriété publique. Leur liaison a duré officiellement jusqu'à ce que le père Descamps y mette un terme. Elle s'est ensuite tournée vers Hervé qui l'a épousée.

• <u>Étrange</u> : Jules Descamps paie ses études à Boisseau et lui offre sa maison. Simultanément, Boisseau épouse Francine => Mariage arrangé ? Chantage ? Pourquoi Descamps a dépensé une fortune pour Boisseau ???

• Hervé Brissac se sépare de Karen et épouse Delphine. Après le mariage, Karen est devenue la *maîtresse d'Hervé : version officielle et connue de tous leurs proches ! Ils ne se sont jamais quittés. Delphine savait !!!*

Delphine retrouve Florent Pichetti après le mariage : ils redeviennent amants, leur relation a duré jusqu'à leur mort. Le soir de l'accident, Florent Pichetti, toujours chauffeur de Descamps, conduisait !

Vingt ans après, Luc devient l'amant de la fille de ses amis alors que son couple bat de l'aile => Francine = dépression !!!

<u>Les mobiles possibles</u> :

<u>Hervé Brissac</u> : il sait que sa femme a un amant, son ex petit ami : « un roturier ». Dix-huit ans plus tard, il ne supporte pas que sa fille ainée suive le même chemin que sa mère => fréquente un roturier aussi. Il la tue par dépit ou par jalousie ? Si inceste vrai = possible, sinon, ne tient pas debout ! À un alibi solide le soir du crime : réunion avec 2 autres avocats !

— Attends ! Qu'est-ce que ça veut dire « *inceste* » ? À qui et à quoi fait-il allusion ? questionna Laura, l'estomac soudain noué par la pénible impression que la réponse ne l'étonnerait pas. Manue avait déjà fait allusion au fait qu'Hervé « *rejoignait* » Élisa.

Dylan et Manue se concertèrent du regard et le premier finit par détourner la tête, laissant le champ libre à Manue.

— Je sais que tu risques de ne pas me croire, de te braquer encore contre moi, mais tant pis ! Il est temps que tu saches. Hervé entretenait des rapports incestueux avec Élisa, contre son plein gré à elle, et…

— Et tu vas me faire croire qu'elle n'aurait jamais rien dit ? Elle se serait laissée faire ? se révolta Laura d'une voix aiguë, le cœur battant trop fort en elle.

— Il... il se servait de toi pour lui faire du chantage. Il menaçait de faire pareil avec toi. Élisa a tout fait pour te préserver de lui et de la vérité.

— Et personne n'a rien fait pour elle ? murmura Laura, la voix tremblante. Personne n'a essayé de l'aider ?

— Moi, je n'étais pas en état de m'en rendre compte. Je ne vivais plus avec eux et j'abusais un peu de tout... Elle s'est confiée à moi deux ou trois jours avant de décéder. Elle craignait que, s'il lui arrive quelque chose, tu te retrouves seule avec eux et que tu subisses... Elle m'a demandé de veiller sur toi si elle disparaissait. À l'époque, elle songeait à se barrer. Apparemment, Karen ne s'était rendu compte de rien ou elle faisait comme si. Par contre, Luc savait !

— C'est pour ça qu'elle se réfugiait chez lui ? questionna Laura.

— ... Avec du recul, je ne suis pas sûre qu'il s'agissait vraiment d'un refuge. Ils jouaient le même jeu : Hervé savait pour Luc, Luc savait pour Hervé.

— Non, c'est pas possible, murmura Laura au bord des larmes. J'aurais vu quelque chose, je m'en serais rendu compte... Ils n'ont pas pu faire ça... Et Tommy n'aurait jamais accepté...

— Il n'a pas accepté, l'interrompit Manue. Il n'a jamais cessé de se battre contre eux pour essayer de la sortir de là. Elle ne voulait pas partir sans s'assurer que tu ne risquais rien. Quand elle est arrivée au bout du rouleau, qu'elle s'est décidée à partir, ils l'ont tuée et ont fait enfermer Thomas... et moi. On était les seuls à savoir.

— Alors, pourquoi t'avoir laissée sortir ? s'étonna Laura.

— La vérité, c'est qu'ils n'ont pas eu le choix. Le directeur de la clinique qu'Hervé avait corrompu est mort prématurément, d'un infarctus. Il a été remplacé par une jeune recrue. Intègre et honnête, il s'est très vite rendu compte que j'étais internée abusivement. Il a décidé de ma sortie immédiate. Il a juste prévenu Hervé, mais ne lui a pas laissé le choix. Sans lui, je serais toujours enfermée. Moi dehors, Dylan qui entre en scène... Ils se rendent compte qu'ils sont sur la sellette. Ils font mine de rien, mais nous surveillent constamment. Pourquoi crois-tu qu'Hervé m'a proposé un job dans son cabinet si ce n'est pour me garder sous la main ? En plus, ils ont dû savoir pour Daniel Mérod. Je ne l'ai pas engagé officiellement donc personne, à part nous, n'était au courant. Pourtant, ils l'ont mis sur la touche très vite.

— Et c'est pour ça qu'il faut qu'on avance le plus rapidement possible, reprit Dylan, préoccupé, en replongeant dans les notes de Mérod.

Karen Brissac : Elle veut Hervé pour elle toute seule. Après la mort de Delphine, elle obtient ce qu'elle veut = le mariage avec Hervé, mais ses deux filles sont un obstacle, surtout depuis les 16 ans d'Élisa => elle la tue => version valable uniquement si elle bénéficie de l'aide d'un complice pour le viol. Qui ? Pourquoi laisser Laura en vie ? Pour l'héritage des Descamps ? => grosse fortune, mais comment se l'attribuer ? => Peu probable. À un alibi d'enfer : dînait avec le procureur.

Luc Boisseau : Il est louche depuis le début, magouille avec le père Descamps. Il n'a jamais aimé sa femme (pourquoi l'a-t-il épousée ?). Il a une aventure avec Élisa, mais Morelli se met au milieu. Il tue Élisa par jalousie et se débarrasse du même coup de Morelli ! => il est à la bonne place pour le faire ! Et c'est lui qui mène l'enquête. Si cette piste est la bonne => attention à Laura qui ressemble beaucoup à Élisa et qui est proche de lui.

Alibi : était de service, patrouillait avec deux collègues, sauf ½ heure où il est allé acheter des clopes (vers 23 h), c'est pas de bol !

Francine Boisseau : C'est la grande perdante. Elle aime un homme qui ne l'aime pas, qui l'a épousée, mais n'a cessé de la tromper. Elle sombre dans une profonde dépression. Elle tue sa rivale, d'une part pour s'en débarrasser, de l'autre pour se venger de la mère de celle-ci => possible entre deux dépressions, mais doit, elle aussi bénéficier de complice pour le viol !!! => Son mari ? Avec l'espoir de reprendre ensemble une vraie vie de couple ? Possible. Elle ne peut avoir d'enfant, mais a fait une demande d'adoption juste après la mort d'Élisa. Dans ce cas, impossible d'épargner Laura ! => à surveiller de près ! Nota : n'a pas été interrogée et n'a pas d'alibi le soir du crime.

Emmanuelle Descamps : Droguée, délinquante, anarchiste et rebelle. Elle se tape Thomas Morelli, fait disparaître sa nièce. H. Brissac au courant, mais famille tant éclaboussée par les scandales => il la fait enfermer et sauve les apparences ? Difficile à croire quand on sait qu'Élisa était au courant de la liaison brève que sa tante avait eu avec Tommy ! Et pourquoi se ruinerait-elle pour rouvrir l'enquête ? => peu crédible.

— Merci, Maître, ironisa Manue, vous êtes trop aimable !
— Tu as eu une liaison avec Tommy ? murmura Laura incrédule, se remémorant sa conversation avec Dylan la veille, et comprenant seulement pourquoi il avait évoqué cette éventualité. Il savait ! Bien sûr qu'il savait, puisqu'ils se connaissaient tous…
— En fait, c'est moi qui ai fait connaissance avec Thomas. Entre nous, ça n'a pas marché. Je lui ai présenté Élisa, mais un soir de bringue, on était tous… pas très clairs, j'ai couché de nouveau avec lui. C'était un accident, une erreur ! J'en ai très vite parlé à Élisa et à David. Je ne voulais pas que mes conneries aient plus de conséquences qu'elles n'en méritaient.

— Elle t'en a voulu ? Pourquoi tu n'en as jamais parlé ?

— Elle m'en a voulu un moment, mais elle a fini par me pardonner. Elle a fait de même avec Tommy. Quant à en parler, après la mort d'Élisa, j'avais tout intérêt à ce que ça ne se sache pas, surtout après l'arrestation de Tommy… Laura, tu ne vas quand même pas douter de moi, n'est-ce pas ? Tu m'imagines en train de tuer celle que je considérais comme ma sœur, ma meilleure amie, franchement ?

— Et toi ? Tu as réagi comment ? demanda Laura à David.

— Un peu comme Élisa. Je lui en ai voulu, mais… c'est un peu compliqué ! C'était un peu de ma faute aussi. Tommy et Manue ont su s'expliquer et me convaincre.

— Vous voulez tous que je me mette à votre place, mais y en a-t-il un seul de vous qui se mette à la mienne ? murmura Laura, sur un ton suffisamment bas et rauque, pour inquiéter Dylan. Comment voulez-vous que je fasse confiance à l'un de vous alors que vous me cachez des tas de choses ? Tu aurais dû me le dire, comme tout le reste d'ailleurs ! Chaque fois, vous m'affirmez que vous m'avez tout dit et, l'instant d'après, j'en apprends d'autres.

— Je pense qu'on a fait le tour, là, coupa Manue en évitant les regards de Dylan et de Laura. Tu veux continuer ?

— Et comment ! … murmura Laura.

Laura Brissac : tue sa sœur par jalousie ? Quinze ans lors du crime ! Peu crédible à moins qu'elle n'ait été influencée et manipulée. Malgré tout, s'entendait bien avec Morelli, était la petite protégée du trio Elisa-Manue-Tommy, suit les traces de sa sœur dans ses goûts et dans ses fréquentations => phénomène d'identification ? D'après témoignages, elle a du caractère et n'est pas influençable, donc cette version ne tient pas debout !

— Encore heureux, murmura Laura.

— Il s'astreint à envisager toutes les éventualités, le défendit Dylan, et pour l'instant, je le trouve assez objectif !

Thomas Morelli : fou amoureux d'Élisa, mais repoussé par la famille. Est reconnu comme impulsif, agressif, violent, fait partie d'une bande de motards, est considéré comme une mauvaise fréquentation. Il finit par la perdre au profit de Boisseau => meurtre passionnel plausible. Il était sur place au moment du crime, l'arme porte ses empreintes, il n'a pas d'alibi => il est le suspect parfait ! Culpabilité trop parfaite. S'il était le tueur, il aurait fui et ne serait pas rentré chez lui ce soir-là => à moins qu'il ne protège quelqu'un ? Une seconde personne l'a rejoint auprès d'Élisa : Dylan ! Possibilité d'une dispute entre Tommy, Dylan et Élisa. Chacun des deux a pu la tuer. Pourquoi Thomas protègerait Dylan dans ce cas ? De toute façon, le tueur a bénéficié de l'aide d'une femme si l'on s'en tient aux témoignages. Dylan connu comme play-boy : les filles à ses pieds ne manquent pas. À suivre.

Thomas = certainement innocent – Dylan ? Manque un mobile !

— Qu'est-ce que vous pensez de tout ça ? murmura Laura sans pouvoir regarder Dylan.

— Ça me paraît une bonne analyse, et il n'y a pas beaucoup de place pour le doute, répondit Manue moqueuse.

— Tu te trouves drôle ? gronda Dylan. Pourquoi Tommy se serait-il sacrifié pour moi alors qu'il était fou d'elle, hein ?

— Ben... On ne sait peut-être pas tout ? plaisanta Manue.

Laura les scruta l'un après l'autre. Elle ne savait pas encore toute la vérité, ils lui cachaient encore quelque chose.

— Y aurait-il quelques détails que j'ignore encore ? questionna-t-elle d'une voix blanche, en fixant sa tante.

— Je sais que ce n'est pas le moment, mais je ne faisais que plaisanter, Laura. Je m'excuse, c'est parti tout seul.

Elle ne put voir à cet instant à quel point Dylan fusilla Manue du regard. David se sentit obligé de détourner l'attention.

— Arrêtez de vous comporter comme des gamins, tous

les deux. Tous les témoignages accusent Boisseau. Après tout, il est le mieux placé pour la tuer, mener l'enquête et mettre son concurrent en taule, lança-t-il.

— Je n'arrive pas à croire Luc coupable, reprit Laura. Francine, j'ai du mal à l'imaginer s'intéresser à autre chose qu'à se petite personne...

— Et attends ! Il y a une page de bloc-notes au fond de l'enveloppe. Il n'a pas dû avoir le temps de mettre ça au propre !

Dossiers Assurances pour accident Famille Descamps
⇒ *bâclés : manque pages*
accident non expliqué = possibilité pot de vin !
=> *en tout cas, 4 morts, pas de témoins !*

J.P.J. (veut rester anonyme)
⇒ *confirme par téléphone =* **Meurtre**, *pas Accident.*
Meurtrier(s) même que pour Élisa ???

— Mon Dieu ! Qu'est-ce que ça veut dire ? murmura Laura.

— Que mes parents et ma sœur ont été assassinés il y a quinze ans, répondit Manue, chose que je m'évertue à clamer depuis un moment déjà, mais que je n'ai jamais pu prouver, et comme personne ne m'a jamais écouté.

— Qui peut être ce J.P.J ? Tu le connais ? interrogea David.

— Jamais entendu parler, réfléchit Manue à haute voix. C'est peut-être un flic ou un agent d'assurance qui était sur l'affaire à cette époque !

— Ta famille était l'une des plus riches du pays, n'est-ce pas ? Qui a touché le pactole ? questionna David.

— Attends ! C'est un peu plus compliqué qu'un héritage normal. Il y a les sociétés, les investissements, l'immobilier et le fric, d'accord ? Tout a été partagé selon la loi. Je vais essayer de schématiser et de faire simple. En résumé, j'ai touché la moitié des parts, actions, de tout ce qui était immobilier et la moitié des liquidités. L'autre moitié *de tout* a été divisé entre Élisa et Laura.

— Brissac n'a rien touché ? s'étonna Dylan.

— Non, mon père se méfiait. Delphine et lui étaient mariés sous contrat. Par contre, Hervé est légalement tuteur des biens de ses filles jusqu'à leur majorité. Tu me suis ? Après la mort d'Élisa, quand j'ai été internée, il est également devenu le tuteur de *ma* fortune. En fait, pour des sommes qui dépassent sept mille euros, par exemple, je suis obligée d'avoir sa signature.

— Mon Dieu ! Comment fais-tu pour vivre avec ça ? ironisa David époustouflé.

— Par rapport à ce qui m'appartient, c'est de l'argent de poche. En plus, s'il prouve qu'il agit pour mon bien, il peut utiliser mon héritage. N'oublie pas qu'il est avocat et qu'il connaît les lois mieux que quiconque. Ce qui veut dire qu'entre la fortune de ses filles et la mienne, il n'a pas de souci à se faire pour l'avenir, tu comprends ?

— Depuis la mort d'Élisa, qu'est-ce que sa part est devenue ? questionna Dylan.

— Elle a rejoint la part de Laura. Mais, encore une fois, Laura n'y aura accès qu'à sa majorité. Et encore, elle restera sous tutelle jusqu'à ses vingt et un ans. Tu vois, pour la principale société de mon père par exemple, Laura et moi détenons quatre-vingts pour cent des parts. Aucune décision importante ne peut se faire sans nous. Or, comme nous sommes sous tutelle, c'est Hervé qui prend les décisions. La seule chose qui nous rassure, c'est que pour les sociétés concernées, nous sommes à la fois sous la tutelle d'Hervé et d'un groupe d'actionnaires qui forment un directoire — encore heureux, d'ailleurs — parce qu'ainsi, Hervé est obligé de rendre des comptes à ces gens.

— Bien ! Ça veut dire que dans quelques semaines, bien qu'elle reste sous tutelle, Laura pourra quand même toucher un petit pactole ? demanda David.

— Attends ! S'il arrive quelque chose à Laura, à qui reviendra sa part ? le coupa Dylan.

— Ce sont d'abord les liens directs qui priment. Son père touchera tout, répondit Manue.

— Tu connais le notaire de famille, n'est-ce pas ? questionna encore Dylan. Appelle-le et demande-lui des informations sur la tutelle de Laura. Je ne pense pas qu'il soit possible qu'une telle fortune, hormis les sociétés, soit gérée par un seul tuteur. Tu le fais tout de suite ?

— On est dimanche, chéri, ironisa Manue. L'office est fermé… Heureusement que j'ai son numéro perso, hein ? ajouta-t-elle en riant, en voyant son visage se fermer sous le coup de la déception.

— Quelquefois, tu parviens à m'impressionner positivement, ironisa-t-il à son tour. Ah, autre chose. Si l'accident de Mérod a été provoqué, celui qui en est responsable est au courant de l'enquête et se sent menacé. À votre avis, ça peut être Boisseau ? Essaie de te renseigner au commissariat, il doit y avoir une permanence. Nous, on a une course à faire, termina-t-il en lançant un clin d'œil malicieux à Laura.

— Où veux-tu en venir ? Et quelle course ? lui demanda Laura quand ils se retrouvèrent seuls.

— Le tuteur d'Élisa, s'il y en a eu un autre, avait tout intérêt à ne pas être inquiété par une accusation de meurtre, sous risque de perdre ses droits. Et si toi aussi, tu as deux tuteurs, le second doit commencer à se faire du souci, genre un flic ! Tu vois ce que je veux dire ?

— Bon sang, tu es tellement persuadé que c'est Luc, n'est-ce pas ? s'énerva Laura.

— Bordel ! Tout ce que tu as vu, entendu et lu ne t'a pas suffi ? Prouve-moi qu'il est innocent et je te suivrai ! Laura, ouvre les yeux ! Tu vis dans un quartier résidentiel, tu habites un manoir qui coûte une fortune et j'en passe. Alors, explique-moi comment un fils d'ouvrier a pu se faire payer ses études et obtenir la baraque qu'il a, comme ça ! Juste parce que ça faisait plaisir à ton grand-père qui, entre nous, avait une réputation de vieux dur à cuir ? Il a un train de vie d'enfer et ça m'étonnerait qu'il puisse l'entretenir juste avec sa paie de commandant ! Et il n'a pas hérité ni lui ni sa femme, j'ai vérifié ! On parie qu'il est également ton tuteur, comme il l'était pour Élisa ? Pourquoi ton grand-père lui aurait-il offert une baraque comme ça et ses études, si ce n'était pas suite à une magouille ou à un chantage ? Ça veut dire que tu viens à mourir, il se partage avec Hervé une fortune colossale.

— Dylan, un père ne tuerait pas ses enfants pour du fric ! Tu délires !

— C'est pas du fric, c'est des millions et des millions, Laura ! Bon sang, neuf personnes sur dix tueraient père et mère pour un dixième de ton héritage. Tu ne te rends pas compte de ce que ça représente !

— Je ne peux pas t'expliquer ce que je ressens, mais j'ai un pressentiment, c'est presque une certitude, un instinct. Je sens, je sais que Luc est innocent.

— Mais bien sûr, maugréa Dylan. Luc par-ci, Luc par-là ! Et après ça, tu t'étonnes que je sois jaloux ? Ce serait tellement facile que tu conviennes…

— Oui, tout à fait d'accord, rétorqua-t-elle. Tu lui en veux personnellement, tu es jaloux de lui et ça t'arrangerait bien que ce soit lui. Donne-moi une raison, une seule pour que je fasse plus confiance à toi qui n'a jamais cessé de me mentir, qu'à lui ?

— Ben… Tu es amoureuse de moi, non ?… Bref, reprit-il quand il eut réussi à lui arracher un début de sourire, maintenant, on va trouver une pharmacie, d'accord ? Et puis tu as besoin de te changer les idées et moi aussi !

— Dylan, soupira-t-elle. C'est dimanche !

— Il y a partout des pharmacies de garde et je doute qu'il n'y en ait pas une ici, reste plus qu'à la trouver !

- 30 -

— J'ai les renseignements que tu voulais, lança Manue à Dylan qui rentrait, suivi de Laura, inquiète.

— Élisa et Laura ont en effet deux tuteurs, enfin, avait pour l'une. Hervé Brissac et... Luc Boisseau !

Dylan laissa échapper un soupir ironique alors que Laura s'immobilisa, stupéfiée. Ce n'était pas possible, il devait y avoir une autre explication. Sa tête se mit à tourner.

— Mais il y a pire, continua Manue. J'ai aussi appelé le commissariat en me faisant passer pour Francine. Luc est en congé depuis hier matin. Il n'a pas d'alibi pour cette nuit, il a donc pu provoquer l'accident de Mérod. J'ai également confirmation qu'il l'avait rencontré deux jours plus tôt.

— Mérod et Boisseau se sont rencontrés ?

— Oui ! Boisseau lui aurait reproché devant témoin d'un peu trop « *remuer la merde* » et lui aurait demandé d'arrêter sa petite enquête au noir sous la menace de le dénoncer. Et mieux encore, asseyez-vous ! Luc a donné sa démission de la police et a engagé une procédure de divorce. Sa démission prendra effet au 13 juillet ! Après cette date, il aurait confié à ses collègues qu'il comptait partir vivre aux États-Unis.

— Attends ! Répète un peu ça ? l'interrompit Dylan.

— Quoi ? Que Boisseau divorce ? Démissionne ? Ou part aux États-Unis fin juillet ? ironisa Manue. Je vais même te dire mieux. J'ai appelé l'agence de voyages dans laquelle Hervé a réservé ses billets. Tiens-toi bien ! Hervé a réservé *deux* billets d'avion pour la Californie et pour le 12 juillet : deux et pas trois. Il a bien précisé qu'il partait avec sa fille !

— Donc Karen ne fera pas partie du voyage, sous-entendit David.

Laura, blême, s'assit sur le fauteuil le plus proche.

— Le douze juillet, murmura-t-elle. Ce sera l'anniversaire de la mort de ma mère et de ma sœur... et je ne serai toujours pas majeure !

— En plus, si Boisseau divorce, ça innocente sa femme. Un couple coupable de meurtre ne s'amuserait pas à se séparer au moment où l'affaire qui les concerne refait surface. Ce serait trop dangereux pour chacun d'eux. Tout ce qu'il veut, c'est avoir la voie libre pour te rejoindre là-bas. Il ne tentera rien en France. Il ne faut pas que tu partes, Laura, à aucun prix ! expliqua Dylan.

— Sans compter qu'Hervé n'est peut-être pas le meurtrier, mais il est quand même coupable d'inceste sur Élisa. Avec Laura à la maison, Karen et moi sommes un obstacle. Il veut donc partir loin et emmener Laura sous prétexte de la protéger, ajouta Manue.

Quand le téléphone de l'appartement se mit à sonner, ils sursautèrent tous. Laura sentit de nouveau son cœur s'emballer. Il n'y avait pas foule parmi ceux qui connaissaient ce numéro. Ce fut Manue qui répondit. Ses yeux s'arrondirent de surprise, elle eut le réflexe de mettre en marche le haut-parleur.

— Pardon ? feignit-elle d'avoir mal compris.

— C'est Francine, tu ne me reconnais pas ? J'ai... enfin, j'ai peut-être une drôle de voix parce que je ne suis pas très en forme... Vous allez bien toutes les deux ? s'enquit-elle d'une voix légèrement tremblotante.

— Ça va. Je suis un peu étonnée que tu nous appelles ici.

— Je sais, mais j'ai besoin de parler à Laura. Elle est ici ?

Manue quémanda à Laura son approbation du regard avant de répondre et de lui passer sa nièce. En attendant, tout le monde resta à l'écoute avec attention.

— Francine ? Bonjour, qu'est-ce qui t'arrive ?

— Salut ! Je peux te parler sans risque ?... Voilà, reprit-elle quand Laura eut acquiescé, il faut que je te voie le plus vite possible. J'ai des révélations très importantes à te faire. Il y a trop longtemps que je me tais, et j'ai peur... autant pour toi que pour moi... Je peux venir te rejoindre ?

— Je... je préférerais que tu ne viennes pas. Je reviens demain dans la soirée, ça ne peut pas attendre ? Ou dis-le-moi par téléphone.

— Non, sûrement pas par téléphone, je ne peux pas parler comme je veux. Si tu ne peux pas faire autrement, j'attendrai que tu rentres... Tu sais que Luc et moi divorçons ?

— Non ! Vous divorcez ? eut le réflexe de mentir Laura. Qu'est-ce qui se passe ?

— Il y a longtemps que notre couple ne sauve même plus les apparences. Je pensais que tu avais appris certaines choses à propos de ta sœur, entre autres. Manue est sûrement plus au courant que toi, demande-lui des explications. En attendant que je te révèle certaines choses, j'aimerais que... tu évites de voir Luc. Non pas que je sois jalouse, mais... Pour ton bien, évite-le, s'il te plaît... Laura ? Si on n'avait pas l'occasion de se voir demain ou après-demain... sembla hésiter Francine. J'ai... j'ai laissé une enveloppe comprenant quelques papiers au-dessus de mon armoire. N'en parle à personne, mais débrouille-toi pour la récupérer, d'accord ? ... Oui, merci Madame Desprez, reprit-elle plus fort. Je vous rappellerai dès que j'aurai les dates. Merci d'avoir appelé, au revoir et bonne journée !

Francine avait raccroché depuis plusieurs secondes, mais Laura tenait toujours le téléphone serré entre ses doigts. La situation la dépassait, elle se sentait perdue.

— Mon Dieu, qu'est-ce qu'il faut que je fasse ? murmura-t-elle en regardant Dylan. La raison voudrait que je rentre tout de suite pour savoir ce qu'elle veut me dire, mais j'ai peur de rentrer et je ne veux pas gaspiller le temps que je peux passer ici avec toi.

— Je crois qu'il est urgent de ne rien faire. Rentrer précipitamment ne changera rien, au contraire. Il vaut mieux laisser les choses se tasser. Je trouve qu'elles se sont assez précipitées comme ça en vingt-quatre heures.

— Vous savez quoi ? soupira David, on a tous besoin de s'aérer l'esprit. Laissons tomber toute cette histoire pour l'instant. Si on partait pique-niquer en hauteur ? Après tout, on est venu à la montagne pour s'emplir les poumons, non ?

Le pique-nique et la randonnée firent le plus grand bien à tous. Ils avaient terriblement besoin de se changer les idées. Laura surtout, en profita sans cesser de se dire qu'il s'agissait peut-être de la dernière fois qu'elle était libre et vivante. Dylan la sentait tendue, préoccupée et parfois même, légèrement distante avec lui. Rien de ce qu'il fit ne parvint à la dérider. Ils dînèrent au restaurant, firent un tour en boîte de nuit et ne rentrèrent que tard dans la nuit. Cela ne les empêcha pas de veiller et de ne s'endormir qu'au petit jour, épuisés, mais plus sereins. Ils déjeunèrent sur la terrasse de l'appartement alors qu'il était plus de quatorze heures. Laura se sentait de plus en plus angoissée à l'idée de rentrer le lendemain. Chaque fois que son esprit envisageait le départ, elle tentait de refouler la peur qui lui tordait les entrailles. Elle voulait savourer chaque seconde passée avec Dylan. Ensuite, elle savait qu'elle devrait rester éloignée de lui un moment et cette épreuve lui semblait insurmontable dans les conditions actuelles.

Quand le téléphone retentit de nouveau, Laura et Manue sursautèrent. Une vague d'angoisse les étreignit. D'un seul regard, elles comprirent que chacune d'elles ressentait le même mauvais pressentiment. Aucune ne bougeait. Manue, enfin, se décida à décrocher.

— Manue ? Je suis content que vous soyez là, j'avais peur que vous soyez sorties, retentit la voix tendue d'Hervé.

Manue lança un regard soucieux à Laura qui la rejoignit et mit d'elle-même le haut-parleur. Hervé semblait bouleversé.

— Hervé ? Qu'est-ce qui se passe ?

Dylan sursauta en entendant de qui il s'agissait. Instinctivement, il rejoignit Laura comme pour la rassurer de sa présence, se calant dans son dos et croisant ses bras devant elle.

— J'ai une mauvaise nouvelle... Laura est près de toi ?

— Elle n'est pas loin, mais, s'il s'agit vraiment d'une mauvaise nouvelle, je préférerais que tu me la dises et je lui annoncerai en douceur.

— Francine s'est suicidée cette nuit.

Laura se sentit envahie par un froid glacial.

Instinctivement, elle s'agrippa au bras de Dylan. La sentant chanceler, il resserra son étreinte et la soutint jusqu'au canapé. Elle était devenue livide et ses yeux semblaient ne plus rien voir.

— Laura, tu ne te sens pas bien ? s'alarma-t-il.

— Elle devait me dire quelque chose, murmura-t-elle en respirant avec difficulté, elle voulait venir et j'ai refusé.

— Comment ça, elle s'est suicidée ? questionnait Manue, le cœur battant.

— Francine est revenue chez elle le jour où vous êtes parties. Comme ils semblaient ne plus pouvoir se supporter, Luc ne rentrait plus la nuit. Son adjoint Silva, est passé pour le voir chez lui à midi. C'est lui qui a retrouvé le corps de Francine. Elle s'est tiré une balle en pleine poitrine avec l'une des armes de Luc.

— Oh, mon Dieu, c'est pas vrai, murmura Manue dont l'esprit fonctionnait à toute vitesse. Et Luc ? Comment a-t-il réagi ?

— Il est bouleversé. Il savait qu'elle n'allait pas bien ces derniers temps, mais comme elle a toujours été plus ou moins dépressive et qu'en plus ils étaient en plein divorce.

— En plein divorce, t'es sûr ? fit mine de s'étonner Manue.

— Eh oui ! Ils n'en avaient parlé à personne, ni lui ni elle. C'est fou, hein ? On est amis depuis plus de vingt ans et il n'en a pas parlé ! Enfin… il s'en veut terriblement de n'avoir pas été là. L'enterrement aura lieu très vite, après-demain après-midi. Je pense qu'il serait convenable que vous soyez là toutes les deux dès demain.

— Je ne sais pas si c'est un bien que Laura assiste à cet enterrement juste avant ses examens, tenta Manue.

— Je veux qu'elle soit là ! articula Hervé dont la voix s'était subitement durcie. Je veux qu'elle soit là dès aujourd'hui. Il m'a semblé qu'elle était suffisamment proche de Luc pour être près de lui dans ces moments-là. C'est la moindre des choses, je pense !

— Bien, souffla Manue. Je vais lui en parler, mais on partira demain matin. On devrait être à la maison pour midi.

— Manue ! s'écria-t-il.

— C'est sans appel, Hervé ! Il est hors de question qu'on parte comme ça, sur les chapeaux de roue, ce n'est pas prudent ! Et qu'est-ce que tu veux que Laura fasse pour Luc ce soir ?

— O.K., mais demain sans faute, Manue ! Embrasse-la pour moi, et à demain !

— Elle savait quand elle a téléphoné, murmura Laura, toujours aussi blême. Elle savait déjà qu'elle allait se suicider puisqu'elle m'a dit que si on ne parvenait pas à se voir, elle me laisserait une enveloppe chez elle. Et je n'ai pas compris…

— Calme-toi, je t'en prie. Tu ne pouvais pas savoir, Laura ! chuchota Dylan à son oreille, la serrant dans ses bras.

Elle se mit soudain à sangloter, se cramponnant à lui, se pendant à son cou.

— Je ne veux pas rentrer, Dylan… Je ne veux pas te quitter… J'ai peur… j'ai tellement peur d'eux…

Il la serra contre lui de toutes ses forces, longuement, le visage enfoui dans son cou, dans ses cheveux.

— Laura, je t'en supplie, il faut que tu m'aides, souffla-t-il la voix enrouée par l'émotion. Je ne tiendrai pas le coup si je te sais dans cet état. Je ne les laisserai pas faire, je te le jure, mais il faut que je puisse compter sur toi. C'est pas le moment de craquer, poupée ! Il faut qu'on soit forts et solidaires, tous les deux. On va s'en sortir, à condition qu'on se batte ensemble, que tu sois forte, et je sais à quel point tu peux l'être !

— Luc est en train de faire le ménage, murmura Manue à l'attention unique de David. Il a mis Mérod sur la touche, maintenant, c'est Francine…

— Écoute, Laura a peut-être raison. Elle avait déjà décidé de se suicider avant de téléphoner, la contredit David.

— Ou elle se sentait menacée. On ne se suicide pas quand on a décidé de faire certaines révélations. On se *fait* suicider ! Et tu sais quoi ? La prochaine victime… ça va être moi. Je suis la seule qui représente un danger pour lui.

Pour la première fois, David se sentit pâlir. Lui qui était réputé ne jamais paniquer, ne jamais perdre son sang-froid, ne se sentait plus maître de la situation.

— Tu déposes Laura chez elle et tu viens me rejoindre. Tu disparais de la circulation quelque temps, tu t'installes chez moi, lui intima-t-il.

— C'est hors de question ! Tu sais que je ne peux pas laisser Laura seule, maintenant plus que jamais. S'il lui arrivait quoi que ce soit, je ne me le pardonnerais pas.

— Mais on ne pourra pas vous protéger correctement et efficacement si vous restez là-bas. Il faut trouver une solution pour que vous ne rentriez pas ! Manue, ce n'est pas une plaisanterie. Tu es vraiment en danger ! Après l'enterrement, vous disparaissez toutes les deux. On vous planque quelque part, le temps que la situation se décante.

— Hervé et Luc vont vous mettre tous les deux sur la touche très vite ! Mérod est à l'hosto, Tommy toujours en taule. On va compter sur qui ? Laura est mineure. Les menaces d'Hervé tiennent toujours, ne l'oublie pas. Si vous vous faites arrêter, ou même seulement si on vous met en garde à vue, ils auront au moins quarante-huit heures pour nous retrouver. Je leur fais confiance pour réussir. Ensuite, ils pourront nous faire disparaître tranquillement puisque ni toi ni Dylan ne pourrez intervenir. Ce n'est pas la bonne solution… Il faut qu'on se calme pour l'instant et qu'on envisage la situation avec sérénité. On va s'organiser et tout ira bien, d'accord ? articula-t-elle plus pour étouffer sa propre peur que pour rassurer David.

Laura se calmait peu à peu. Une sourde douleur était née au creux de son estomac et elle se doutait que celle-ci ne la lâcherait plus avant longtemps. Elle se sentait à la fois terrorisée et désespérée. D'ici quelques heures, ils se diraient au revoir. Pour combien de temps ? Et si elle mourait sans le revoir ? Elle se força à chasser ses idées noires et à reprendre le dessus. Par égard pour lui, il fallait qu'elle fasse l'effort de se battre. Il en avait déjà tellement fait pour elle, elle lui devait bien ça !

— Bon, se reprit-elle en respirant profondément et en essuyant ses larmes du revers de la main. On ne va pas s'enfermer ici pour le dernier après-midi. Si on allait faire un tour à la station en bas, se balader n'importe où…

Pour la dernière fois à Châtel, ils dînèrent au restaurant. Ils ne rentrèrent pas tard, car chaque couple nourrissait l'envie de passer la dernière nuit dans l'intimité.

A peine la porte de leur chambre fermée, Laura se réfugia dans les bras de Dylan et chercha ses lèvres. Leur baiser fut plus passionné que jamais. Ils s'embrassaient à en perdre le souffle, agrippés l'un à l'autre comme si leur séparation devait devenir définitive. Dylan l'adossa à la porte et se pressa contre elle à l'étouffer. Ils mouraient d'envie l'un de l'autre. Leur sang bouillonnant, leurs sens en ébullition, ils ne se lassaient pas de se caresser. Laura ne l'avait jamais désiré à ce point. Le brasier qu'il avait su allumer en elle s'était ravivé subitement, comme chaque fois que son corps se rapprochait du sien. Dylan savait la faire brûler et avait, seul, le pouvoir de l'apaiser. À bout de souffle, elle s'arracha à son baiser pour s'attaquer à la ceinture de son jean, maltraitant son tee-shirt. Gémissant sous les caresses de ses mains, Dylan l'imita, enfonçant ses doigts en elle. Elle se mordit les lèvres pour retenir un cri sous le plaisir violent de son geste presque agressif. Haletante, elle se cambra contre lui, s'offrant totalement en gémissant.

— Prends-moi, murmura-t-elle le souffle rauque, fais-moi l'amour comme si c'était la dernière fois…

Il s'agrippa brutalement à ses cheveux, la forçant à relever la tête. Ses yeux brûlants à quelques centimètres des siens, il gronda plutôt qu'il ne répondit :

— Ce n'est pas la dernière fois, tu m'entends ? Ce n'est pas la dernière fois !

Retirant sa main, il l'empala sur son sexe presque brutalement, but à ses lèvres son cri de plaisir mêlé de surprise. Il l'embrassa avec passion, ravageant ses lèvres. Ses mains glissèrent sous ses fesses, la soulevant. Son corps lui imposa un rythme violent. Cramponnée à lui, elle ceignit sa taille de ses cuisses, cherchant son souffle entre deux gémissements, se cambrant de toutes ses forces. Le plaisir l'assaillait de toute part. Inconsciemment, elle le supplia encore et encore, jusqu'à ce que le plaisir explose dans leurs corps endoloris, dans un cri rauque. Hors d'haleine, Laura serait tombée s'il ne l'avait retenue contre lui. Il la souleva dans ses bras et l'allongea sur le lit, se laissant tomber sur elle. Elle noua ses bras derrière sa nuque et l'attira contre elle, mêlant son souffle au sien, se délectant de son odeur, de la douceur ferme de sa peau, de la dureté de ses muscles qui la ceignaient. Elle pouvait sentir son cœur battre à tout rompre contre elle, sa respiration saccadée et haletante, son souffle chaud dans son cou. Elle resserra son étreinte autant que son cœur se serrait à l'idée de perdre tout ça. Une larme roula sur sa joue, atteignit la peau de Dylan qui se souleva pour l'observer, prit son visage à deux mains.

— Qu'est-ce que tu as ? Je t'ai fait mal ? murmura-t-il inquiet.

— Non, pouffa-t-elle au milieu de ses larmes tant l'idée qu'il puisse la faire souffrir semblait cocasse... J'ai peur de ne plus te revoir, de ne plus vivre ça. J'ai le pressentiment que c'est la dernière fois, que je ne te reverrai plus. J'ai tellement peur, Dylan, je suis terrorisée. Je voudrais m'endormir et me réveiller avec dix ans de plus.

— Je sais, bébé, chuchota-t-il tendrement en lui mordillant le lobe de l'oreille. Je ferai tout mon possible pour te protéger, je donnerai ma vie s'il le faut, mais je ne peux rien faire tout seul.

— Est-ce que ça t'arrive... de m'imaginer... à la place d'Élisa... ?

— Non, tais-toi Laura, gronda-t-il en posant sa main sur sa bouche tant ses paroles lui firent mal. J'ai besoin de toi, de te sentir forte, de pouvoir compter sur toi. Il va falloir te battre pour nous garder en vie.

Sa voix rauque, vibrante d'émotion accentuait encore la gravité de la situation et la tension de l'atmosphère. Comme s'il venait seulement de s'en rendre compte, il continua d'un ton plus léger.

— Montre-moi comment tu t'y prends. Bats-toi, allez !

Un instant hésitante, elle se demanda s'il plaisantait. Puis, d'un coup de reins, elle le fit basculer sur le dos — consciente quand même qu'il s'était laissé faire — le chevaucha, s'assit sur son ventre et lui emprisonna les poignets.

— Joue le jeu, d'accord ? Ne cherche pas à te libérer. Je

n'aurais pas la force de te retenir, sourit-elle.

— Ça dépend de la suite, qu'est-ce que tu vas faire? ironisa-t-il.

— Il y a plusieurs façons de se battre et je ne suis pas la plus forte physiquement. Alors je vais m'y prendre autrement... Mais si tu veux que j'aille jusqu'au bout, laisse-moi faire et joue le jeu. Imagine que tes poignets sont solidement liés et que tu ne puisses pas te détacher.

Ce disant, l'œil brillant de malice, le sourire au coin des lèvres, elle résolut de lui faire perdre son air suffisant, arrogant, trop sûr de lui. Elle voulait le voir perdre pied. Ses doigts effleurèrent sa poitrine, son ventre puis accédèrent à la partie la plus sensible de son anatomie. Avec subtilité, elle l'effleura, le caressa plus fort, l'effleura de nouveau. Avec satisfaction, elle nota sa respiration plus rapide, le léger frémissement de ses lèvres. Un instant, il ferma les yeux. Quand il les rouvrit, ils s'étaient obscurcis et brûlaient de désir. Avec une lenteur calculée, ses lèvres prirent le relais de ses doigts. Laissant échapper un frémissement, il prononça son prénom.

— Tu m'as promis, souffla-t-elle. Joue le jeu...

Ils firent l'amour encore et encore, comme s'il leur était impossible de se rassasier l'un de l'autre.

- 31 -

Quand le réveil sonna, Laura et Dylan dormaient depuis peu. Le cœur lourd, ils se levèrent et se préparèrent, silencieusement. Vers huit heures, ils se séparèrent, non sans difficulté. David tenta une dernière fois de convaincre Manue de partir avec lui. Dylan serra très fort Laura contre lui en promettant de trouver une solution pour la revoir très vite. Pour la énième fois, il lui recommanda de garder son portable sur elle, toujours chargé et allumé.

À midi et demi, la voiture de Manue pénétrait dans la cour de la maison Brissac. Laura sentit son cœur se serrer, avec la sensation de pénétrer dans le couloir de la mort. Elle s'attendait à ce que Luc fût là, elle se trompait.

— Luc est chez lui pour accueillir la famille, expliqua Karen nerveusement, un mouchoir froissé entre les mains, les yeux rougis. Je n'arrive toujours pas à croire que Francine ait fait ça, se tourmenta-t-elle alors que Laura venait de l'embrasser pour la saluer.

— Bonjour les filles, je suis content que vous soyez là, lança Hervé à leur arrivée. Luc souhaite te voir le plus rapidement possible, Laura, reprit-il.

Celle-ci s'immobilisa, le cœur battant, fuyant le regard de son père, questionnant Manue sur la conduite à tenir.

— On va d'abord déjeuner. Manue et moi irons le voir ensuite, décida-t-elle enfin. À quelle heure a lieu l'enterrement demain ?

— À quinze heures. Mon Dieu, comment peux-tu te comporter avec autant d'indifférence ? s'exclama Karen. Luc est en deuil et tu parles de l'enterrement comme d'aller faire des courses, de manger avant d'aller le réconforter ?

— Excuse-moi Karen, mais pour ce qui est de l'indifférence, je te laisse l'exclusivité ! rétorqua Laura, agressive.

Ce qui eut pour but d'attirer l'attention d'Hervé sur elle.

— Au fait, lança celui-ci, Francine ne t'aurait pas appelée à Châtel ?

— Non ! répondit précipitamment Laura, prise au dépourvu. Pourquoi m'aurait-elle appelé, moi ?

— Luc s'est procuré la liste des numéros appelés depuis chez lui ces dernières heures. Le dernier qu'elle a fait est celui du chalet, la communication a duré deux minutes. Quelqu'un a donc bien décroché ? la piégea Hervé.

— Oui, c'est moi, intervint Manue. Laura était sous la douche. J'ai oublié de lui en parler parce que ça ne me paraissait pas important. Quand j'ai su qu'elle était morte, je n'ai plus osé le lui dire, un peu par culpabilité !

— T'es sérieuse ? feignit de s'offusquer Laura.

— Qu'est-ce qu'elle voulait ? la coupa Hervé. Luc va vous poser la même question. Il essaie de comprendre...

— Comprendre quoi ? fit mine de s'énerver Laura, histoire que Manue ait le temps de trouver une parade. Ça fait vingt ans qu'elle fait de la dépression, Francine ! Elle n'a jamais tourné rond, et le jour où elle se suicide, tout le monde tombe des nues ?

— Laura ! s'écria Karen outrée, tu n'es vraiment qu'une petite peste !

— Et toi ? Une faux-cul de première, hypocrite...

— Oh ! C'est pas bientôt fini ? s'écria alors Hervé. Qu'est-ce qui vous prend ?

— Je ne la supporte plus, je veux qu'elle quitte ma maison...

— C'est ma maison ! rétorqua Laura, celle de mes parents. Si tu n'es pas contente, tu peux toujours te casser !

— Laura, ça suffit maintenant ! Je ne veux plus entendre un mot, vous vous disputerez plus tard. Il y a plus grave pour l'instant, non ? claqua la voix d'Hervé.

Laura et Karen se défièrent du regard avec haine. Manue, qui craignait que la situation dégénère, posa sa main sur le bras de sa nièce, pour la calmer, puis s'évertua à changer le cours de la conversation.

— Pour répondre à ta question, Hervé, quand Francine a téléphoné, elle semblait dans un état second, improvisa Manue. Elle a fait une crise de jalousie parce qu'elle soupçonnait une liaison entre Laura et Luc. J'ai trouvé ça tellement ridicule ! Puis elle a accusé Élisa d'avoir été sa maîtresse, arguant que Laura prenait le relais. Je me suis fâchée et j'ai raccroché. C'est pour ça que la communication n'a pas duré longtemps.

L'explication parut satisfaire Hervé, qui tourna les talons et quitta le hall d'entrée. Laura et Manue se jetèrent un coup d'œil complice. Finalement, elles formaient une bonne équipe, toutes les deux. Le repas fut plutôt silencieux et ne s'étira pas en longueur. Karen n'ouvrit plus la bouche que pour manger, et encore ! Elle toucha à peine à son assiette…

Comme il était de leur devoir de le faire, Manue et Laura se changèrent et se rendirent ensemble chez Luc. Ce dernier parut soulagé de les voir. La maison sombre était pleine de monde. Les gens chuchotaient, se déplaçaient en silence… Laura reconnut plusieurs membres de la famille de Francine. Les traits tirés, les yeux cernés, l'air hagard, Luc vint les accueillir. Laura, malgré tout ce qu'elle avait appris, ne put s'empêcher d'éprouver un élan de compassion pour lui. Elle n'en ressentit que plus de culpabilité. Elle ne devait oublier à aucun prix qu'il était certainement l'assassin de sa sœur et peut-être le sien…

Le cercueil de Francine était déjà clos, il trônait au milieu de la salle à manger où seules des bougies et une lampe brillaient. Le coup de feu avait fait tant de dégâts que le corps de Francine n'était pas visible. Laura sentit un malaise l'envahir. Elle était soulagée que le cercueil soit fermé, mais paradoxalement, mal à l'aise face à cette boîte en bois, comme si celle-ci contenait quelque chose de malsain. Luc fut accaparé par de nouveaux arrivants. Laura en profita pour s'esquiver vers la chambre à coucher. Elle y entra en hâte, posa une chaise la grande armoire et grimpa dessus précipitamment. Elle cherchait une enveloppe à tâtons quand une voix résonna derrière elle, la faisant sursauter, manquant de provoquer sa chute.

— C'est ça que tu cherches ? lança Luc sur un ton mi-ironique, mi-résigné.

— Comment tu sais ? murmura-t-elle la gorge sèche, le cœur battant trop vite, sentant la panique la gagner.

— J'ai enregistré ses derniers coups de fil. Tiens, c'est pour toi !

Avec mille précautions, Laura descendit de la chaise. D'une main tremblante, elle attrapa l'enveloppe qu'il lui tendait puis recula sans le quitter du regard. Il semblait indifférent, comme absent...

— Tu ne l'as pas ouverte ? s'étonna-t-elle. Tu sais ce qu'elle contient ?

— Je m'en doute, mais ça n'a plus vraiment d'importance, murmura-t-il d'une voix calme, sans timbre. Ça ne m'intéresse pas... J'ai tout loupé, Laura, tout perdu. Tout m'accuse... Je n'ai plus que toi, tu comprends ça ? Mais tu ne me laisseras plus t'approcher, n'est-ce pas ? Tu as peur de moi, je le sens. Beaucoup me pensent coupable, mais personne ne vient m'arrêter. Il faudra bien, pourtant...

— Est-ce que tu l'es ? souffla-t-elle, soudain blême.

— Ce n'est pas important. Ce qui l'est, c'est ce que tu penses, toi ! Tu crois que c'est moi, n'est-ce pas ? Tu me crois sincèrement coupable d'avoir violé et tué ta sœur ?

— Je ne sais plus quoi penser. Je ne sais plus à qui faire confiance, avoua-t-elle dans un souffle.

— Tu as raison, murmura-t-il. À qui peux-tu faire confiance ? Si tu as eu des contacts avec Mérod, tu sais qu'Hervé est à éviter, Karen te déteste, Manue n'est pas crédible, et pas toute blanche dans l'histoire. Moi, je suis censé être un assassin. Il y a bien Dylan, mais comment faire confiance à quelqu'un qui était sur place cette nuit-là et qui avait un sacré mobile ?

— De quoi tu parles ? murmura Laura d'une voix à peine audible, des sueurs froides coulant dans le dos. Qu'a fait Manue ? Et quel mobile avait Dylan ?

— Manue ? Elle s'est quand même tapé Tommy ! Et, comme par hasard, elle n'était pas chez elle ce soir-là ! Tu crois qu'Élisa serait morte si Manue avait été là ?... Le mobile de Dylan... Sacré Dylan ! murmura-t-il dans une tentative de sourire. Un as dans son genre. Il a réussi le tour de force de se taper les trois ! Il a commencé par Manue, puis il a dépucelé ta sœur, et toi pour finir ! Son mobile ? Son fameux pote David lui tape Manue, Tommy lui souffle Élisa... Et soudain, elle est tuée, Tommy arrêté, Manue internée ! Sacré coup de balai. Il a le champ libre pour s'offrir une deuxième chance de devenir riche tout en retrouvant un peu de son amour perdu. Il n'a plus qu'à attendre que la petite Laura grandisse... Le top du top — et c'est là qu'il est génial — si tu meurs, il aura un sacré alibi : il n'a pas le droit de t'approcher ! C'est drôle comme je sens que tout va me retomber dessus encore une fois...

— Tu mens ! Il n'a toujours été qu'un ami pour Élisa et l'ami de David, pas de Manue. Ils se supportent à peine, souffla Laura, la gorge sèche et les yeux humides.

— Tu ne t'es jamais posé la question de savoir pourquoi ils ne peuvent pas, ou plus... se voir ? questionna Luc doucement, le regard soudain humide aussi. Je ne te dis pas tout ça pour te faire du mal, Laura, mais pour que tu sois prudente, pour te protéger. Tu ne me laisses plus la possibilité de veiller sur toi, maintenant.

— Dylan reprochait à Manue de se droguer. Il craignait qu'elle n'entraîne David avec elle !

— Mensonge ! Manue a commencé à se droguer quand elle était avec Dylan, puis David est intervenu. Il les a séparés, s'est barré avec Manue et s'est même battu pour essayer de la sortir de son enfer. Dylan s'est donc tourné vers Élisa !

— Tu mens ! se rebiffa Laura, les tripes tordues au creux de son ventre. Tu mens pour m'éloigner de lui, mais tu n'y arriveras pas comme ça. Et, même si c'était la vérité, il n'avait pas de mobile pour tuer Élisa. Justement, pourquoi l'aurait-il violée en plus, s'il l'avait eue auparavant ?

— Un mobile ? L'avarice ou la jalousie, Laura, choisit ! Il aimait Élisa, c'est certainement la seule nana pour qui il ait éprouvé des sentiments sincères. Et il aimait son fric aussi ! Il est décidé coûte que coûte à devenir riche. Mais Élisa l'a quitté pour Thomas.

— C'est faux, s'écria Laura. Sinon, il aurait tué Tommy, pas Élisa...

— Tuer Tommy ? Son propre frère ? murmura Luc... Tu ne savais pas, hein ? continua-t-il en voyant le sang refluer du visage de Laura.

Un instant, elle crut qu'elle allait s'écrouler. Elle recula en tremblant, s'assit sur le lit, le souffle coupé.

— Je m'en doutais ! Je me doutais qu'il avait omis de te dire qui il était vraiment. Ils sont demi-frères, ce qui explique qu'ils ne se ressemblent pas et qu'ils n'ont pas le même nom. Tu comprends pourquoi j'ai tellement essayé de te protéger de lui ? Tu es le reflet d'Élisa, sa deuxième chance. Mais il sait très bien que tu ne lui pardonneras pas la mort de ta sœur. S'il arrive à te convaincre que c'est moi qui l'ai tuée, ou même Thomas, il pourra te garder. Mais admettons que tu découvres que c'est lui qui a tué Élisa... alors il devra te tuer, toi aussi !

— Pourtant, commença Laura d'une voix blanche, tout t'accuse, toi ! Si tu es coupable, tu vas me tuer et lui faire porter le chapeau ? C'est ça la vérité ? Tu l'accuses pour te protéger !

— Réfléchis, Laura, c'est le demi-frère de Thomas...

— Ça ne fait pas de lui un tueur ! Un menteur, un coureur de dote peut-être, je veux bien, mais pas un tueur...

— Tu l'aimes tant que ça, ce p'tit con ? Au point de lui faire aveuglément confiance ?

— Et ça te rend fou, ça, hein, Luc ? intervint soudain Manue, arrivée dans son dos. Tu vas tenter de la tuer ici ? Tu ne trouves pas que c'est un peu risqué, avec le monde qu'il y a dans la maison ? À moins que tu ne nous tues toutes les deux ? ... Viens Laura, on s'en va !

Haletante, tentant de garder son sang-froid, Laura s'avança doucement vers la porte d'entrée. À sa stupéfaction, il recula pour la laisser passer, se laissant tomber sur son lit. Alors qu'elle s'éloignait rapidement dans le corridor, il resta immobile, comme s'il cherchait à mesurer la situation.

— Tu veux qu'on l'ouvre à la maison ? questionna Manue alors qu'elles traversaient la cour.

— Non, je veux un endroit tranquille. Je veux me retrouver seule, murmura Laura qui pleurait en silence.
— Laura, qu'est-ce que t'a dit Luc ? s'inquiéta Manue. Si on allait à la grange ? Hervé et Karen nous croient toujours chez lui.
— Manue, dis-moi que c'est pas vrai ! Dis-moi que ni toi ni Élisa n'avez couché avec Dylan ! Dis-moi qu'il n'est pas le frère de Thomas !

Manue s'arrêta net pour regarder sa nièce, le souffle coupé.
— C'est Luc qui t'a dit ça ?
— Réponds-moi ! Ne cherche pas à gagner du temps !

Manue poussa un long soupir d'exaspération. Elle baissait les yeux, évitait le regard de Laura et resta longtemps silencieuse.
— Ben putain ! Je ne pensais pas que Luc savait tout ça. Et Dylan ne t'a parlé de rien, n'est-ce pas ?... Écoute, continua Manue alors que Laura secouait la tête négativement. De la façon dont Luc a dû te dire ça, je comprends que ça te choque, mais je vais t'expliquer tout ce qui s'est passé et dans quel contexte ça s'est déroulé. Ce qu'il t'a dit n'est sûrement pas tout à fait la vérité...

En un centième de seconde, Laura venait de comprendre pourquoi Manue et Dylan ne s'appréciaient pas, tous les non-dits et les mauvaises plaisanteries que Manue avait faits quant au mobile que Dylan, à Châtel.
— Putain de merde ! Vous avez continué à me mentir ! Luc a raison ! Après avoir perdu ses deux gonzesses successivement, il a attendu que je grandisse ? C'est Élisa qu'il aime, c'est avec elle qu'il a l'impression de coucher de nouveau. Et cette fois, il est sûr que Tommy ne m'enlèvera pas à lui. Il ne m'a séduite que pour retrouver ma sœur !...
— Non ! Loin de là, détrompe-toi. Il n'a jamais aimé Élisa ! Laura, calme-toi ! tenta Manue.
— À moins que ce soit pour le fric ? *« C'est pas du fric, c'est des millions et des millions, Laura ! »* le cita-t-elle. *« Bon sang, neuf personnes sur dix tueraient père et mère pour un dixième de ton héritage... Tu ne te rends pas compte de ce que ça représente ! »* C'est ça qu'il veut ? Mon

héritage ? Lui qui a toujours dû se serrer la ceinture en ne vivant qu'avec sa mère ?

— Laura, écoute-moi ! haussa le ton Manue alors qu'elle s'éloignait à grands pas. Attends que je t'explique, tenta-t-elle en l'attrapant par le bras pour la retenir.

— Tous les deux, lui et toi, vous m'avez appris à ne plus être naïve, se défendit-elle violemment lui faisant lâcher prise et se postant face à elle. Vous m'avez prouvé qu'il ne fallait pas croire naïvement ce qu'on me raconte, n'est-ce pas ? Alors, je ne veux plus rien savoir sur lui. Je vous hais, tous autant que vous êtes. Fous le camp !

Laura partit en courant en direction de la vieille grange, sans écouter les récriminations de sa tante. Manue, inquiète, hésita sur la marche à suivre. Laura ne l'écouterait pas. Elle appela Dylan, lui expliqua brièvement la situation.

— Putain de merde, je savais bien que ça arriverait, gronda ce dernier.

— Mais c'est de ta faute aussi ! Bordel ! Tu voulais qu'on ne lui dise rien avant que tu ne lui aies parlé et tu ne l'as jamais fait !

— Bon ! Elle est où ?

Laura s'était réfugiée dans la paille à l'étage du vieux bâtiment, comme la première fois où Dylan l'avait mise dans cet état. Seulement cette fois, ses larmes ne trahissaient pas seulement du chagrin, mais de la haine aussi, la sensation d'être trahie par tous, la peur de ne plus pouvoir se tourner vers quiconque. La panique traçait un sillon insidieux en elle. Dylan lui avait dit de se méfier de tout le monde, même de lui ! Elle l'entendait encore dire que, dans les meilleurs thrillers, la victime se jetait souvent dans les bras du tueur. N'était-ce pas ce qu'elle était sur le point de faire ?

Elle ne l'entendit pas entrer et sursauta quand il l'appela doucement, à quelques pas d'elle.

— Va-t'en ! cracha-t-elle en se jetant en arrière, loin de lui, le visage ravagé par les larmes. Tu me dégoûtes, je te déteste. Tu n'as jamais fait que me mentir ! Va compléter ton tableau de chasse ailleurs !

— Tu as fini ? Tu vas te calmer ou j'attends encore !

— Je veux que tu t'en ailles !

— Arrête tes caprices ou je vais sévir ! Moi, je veux que tu m'écoutes !

— Sinon tu vas faire quoi ? Me tuer ? Après tout, tu avais un vrai mobile ! Tu étais amoureux d'elle et tu l'as tuée par jalousie parce qu'elle allait partir avec Tommy !

— Exactement, émit-il avec un début de sourire. Alors maintenant, calme-toi ou je te viole... Et là, je ne déconne pas, Laura.

— Moi non plus, je ne déconne pas Dylan. Je veux que tu t'en ailles vraiment. Tu t'es foutu de moi, tu t'es servi de moi, t'as piétiné mes sentiments, tout ça par vengeance personnelle.

— Quelle vengeance ? murmura-t-il, l'air sérieux cette fois. Tout le monde s'accorde à dire que tu es le sosie d'Élisa. Moi, je sais à quel point c'est faux. Elle était très jolie, mais elle avait un côté puéril que tu n'as plus depuis longtemps...

— Tais-toi ! hurla Laura en se bouchant les oreilles. Je ne veux plus t'écouter, je ne veux plus rien savoir ! Je veux que tu t'en ailles !

— Laura, je t'en supplie, ne fais pas ça ! Ne te détourne pas de moi maintenant. Quand tout sera fini, tu te barreras si tu veux ! Mais si tu t'éloignes de moi maintenant, ils vont en profiter...

— Qui ? En profiter pour quoi ? Me sauver ? Va-t'en ! Si tu restes loin de moi, je ne risque plus grand-chose.

— Laura, il faut que tu nous écoutes, maintenant ! intervint Manue qui, une fois de plus, arrivait à point nommé. Tu ne veux pas écouter Dylan ? O.K. ! Tu n'as pas tort dans le principe et je comprends que tu n'aies plus confiance en lui, mais pas en moi, Laura !

Le coup d'œil meurtrier que Dylan lança à Manue n'échappa pas à Laura. Gagnée par la panique, celle-ci ne savait plus où elle en était. Elle regrettait d'être venue dans cette grange isolée. Elle voulait retrouver la chaleur et la sécurité de sa chambre. Et puis, elle avait toujours cette enveloppe dans la main dont elle ignorait le contenu.

— Laura, ouvre cette enveloppe, d'accord ? Dylan ne bougera pas d'ici, lui promit Manue, en lançant un regard éloquent à ce dernier, resté silencieux.

Il acquiesça d'un signe de tête, bon gré, mal gré. Il semblait évaluer la situation, et réfléchir à une stratégie pour s'en sortir, une fois encore.

Laura hésita longuement, son regard allant de l'un à l'autre. Elle évalua la hauteur de l'étage sur lequel elle se trouvait. En cas de danger, elle ne pouvait s'enfuir. Dylan restait près de l'échelle. Une fois qu'elle eut décidé qu'elle pouvait sauter sans se rompre les os et atteindre assez rapidement la porte d'entrée, elle se sentit rassérénée. Elle prit sur elle pour se rassurer. Ce n'était pas le moment de s'écrouler ni de se laisser aller. Elle finit par ouvrir l'enveloppe, dans un silence religieux. Elle en sortit une photo de Delphine, sa mère, tendrement enlacée par un homme jeune, qu'elle ne connaissait pas. Ils se souriaient avec bonheur et émerveillement ! Elle la tendit à Manue qui elle, s'était approchée.

— C'est Florent Pichetti, le chauffeur de mon père, murmura Manue. Je savais qu'ils avaient été amants. Mais cette photo date d'avant son mariage. Bon sang, ils semblaient tellement s'aimer...

Le deuxième document était une photocopie d'une analyse médicale. Laura la relut à deux fois avant de la tendre à Manue, bouleversée.

— Tu comprends bien comme moi, n'est-ce pas ?

Manue en resta muette d'étonnement, de longues secondes. Elle regardait Laura, puis l'analyse, puis Laura, sans savoir que dire. D'après le document, Hervé Brissac était... stérile.

— Il n'est pas mon père, Manue... Il n'est pas *notre* père, répéta-t-elle d'un air absent. Mon Dieu, ça change tout ! Il n'y a plus d'inceste...

— Putain de merde... Si tu es la fille de Pichetti, tu es totalement orpheline, souffla Manue.

Ce fut elle qui sortit le troisième et dernier document de l'enveloppe. Il s'agissait d'une lettre destinée à Laura, signée de la main de Francine.

- 32 -

Laura, d'un signe, demanda à Manue de la lire, elle ne s'en sentait pas le courage. Dylan voulut s'approcher, mais elle recula instinctivement. Il s'arrêta net, s'apprêta à parler puis sembla se résigner. Il s'assit dans la paille, le dos calé contre une poutre. Manue lut à haute voix :

Laura,
Nous n'avons jamais été très amies toutes les deux. À vrai dire, je ne t'ai jamais aimée, je n'ai jamais aimé ta mère, encore moins ta sœur : le plus grand amour dans la vie de mon Luc ! Si Delphine a épousé Hervé Brissac, c'est qu'elle était enceinte d'Élisa. Hervé voulait la célébrité et la fortune, Delphine, un père et un mari convenable. Faire une bâtarde ne lui a pas suffi ! Elle en a fait une deuxième : toi ! Avec le même amant (quand même !). Sache une chose : <u>tout est lié</u>. Luc l'a tuée parce qu'il l'aimait trop, qu'il ne lui a jamais pardonné... Eh oui ! Luc ne m'a épousée que parce qu'il n'a pas pu avoir Delphine !!! Il a fait « d'une pierre trois coups » : il s'est débarrassé de Jules Descamps qu'il détestait, de Delphine qui l'a humilié et de son fameux amant ! Quant à Élisa, Hervé qui l'a pourtant élevée, en est tombé fou amoureux... Quand Luc s'est rendu compte de leur liaison, il a reporté sa haine sur elle aussi : elle était bien comme sa mère, cette salope ! Il a fait payer à Élisa sa ressemblance avec Delphine. Même dans la haine, il a continué à l'aimer.
Aujourd'hui, il n'a plus le choix. Il doit t'éliminer. Deux tuteurs gèrent ta fortune : Hervé et Luc. Si Manue et toi disparaissez, qui hérite ? Hervé ne sera pas un gros

obstacle : Luc peut prouver d'une part, qu'Hervé n'est pas ton père génétique, d'autre part qu'il a réellement abusé d'Élisa. Il a ces fameuses preuves qui vous manquent... Il a déjà donné sa démission de la police, pris un billet d'avion pour les États-Unis. Il ne lui manque plus que l'argent !

Je laisse cette lettre sur l'armoire, car je pars cette nuit, très loin. Il me fait peur... Un jour, il me tuera, moi aussi, parce que je ne suis pas Delphine, parce qu'il sait maintenant que je sais tout et que j'ai toujours tout su. Je l'ai trop aimé pour le dénoncer. Aujourd'hui, j'ai enfin compris que c'est peine perdue pour moi et que le divorce ne me sauvera pas ! C'est un leurre. Ta seule chance de te sauver, c'est de faire lire cette lettre à qui de droit ! Si tu arrives à faire arrêter Luc, tu auras une chance de survivre... Un temps, au moins, celui où il sera en prison, car après... Tu peux toujours essayer de fuir, il te retrouvera un jour ou l'autre, alors « bonne chance » !

Il faut que tu saches qu'il n'y a pas que Luc que tu déranges. Dans de nombreuses familles, il y a des liaisons illégitimes, des enfants non reconnus, qui paient pour les autres... Plus il y a de fric en jeu, plus les gens deviennent fourbes, traîtres et sont capables de n'importe quoi. Ton grand-père en a semé trois, des gosses illégitimes, tu le savais ? (et peut-être d'autres d'ailleurs). C'est surtout de ces trois-là que tu dois te méfier. Luc n'a pas agi seul pour Élisa. Il n'a pas obtenu tant d'argent de Descamps, comme ça, par enchantement ! Les bâtards de ton grand-père n'ont jamais pardonné à Delphine et à Manue d'être nées dans le luxe alors qu'ils ont été pondus dans un caniveau... bien qu'ils aient eu le même père ! Tiens, à propos d'enfants illégitimes, sais-tu quel lien a tellement rapproché Dylan et Tommy ? Leur père... leur père commun... Comprends-tu maintenant pourquoi Élisa est morte ? On prend les mêmes (enfin, ceux qui restent !) et on recommence ! Qui sera la prochaine « Elisa », à ton avis ? Manue ou toi ?

On dit souvent que l'argent ne fait pas le bonheur, hein, Laura ? Pauvre petite fille riche...

Adieu,
Francine.

Dylan baissait la tête et la secouait lentement. Laura ne pleurait plus, mais sa poitrine se soulevait un peu trop rapidement. La peur, perfide, refaisait son apparition au creux de son ventre. Quant à Manue, elle ne savait quelle attitude adopter.

— Qui sont ces putains de trois bâtards ? ragea Laura en s'essuyant les yeux nerveusement. Tu as une idée ?

— Non, avoua Manue d'une voix mal assurée.

— Et quels rapports ils ont avec Luc ? reprit Laura. Tu crois que les trois ont été ses complices ? Qu'ils l'aident à éliminer la famille ?... Un après-midi, j'étais chez Luc et je lui ai demandé comment il avait réagi à la mort de ma mère, et s'il l'avait appréciée de son vivant... Il était en train de me faire un café et il a lâché la verseuse en entendant ça !

— C'est drôle, reprit à son tour Manue, ça ne m'étonne pas que Luc ait aimé Delphine. À une époque, ils étaient souvent ensemble et j'ai même cru qu'ils avaient été amants. Apparemment, Luc aimait ma sœur, mais ce n'était pas réciproque... Quant aux trois bâtards... à moins que... non ! C'est trop tiré par les cheveux, réfléchit Manue à haute voix.

— Dis toujours, l'encouragea Dylan, au point où on en est !

— Ben... Si Luc faisait partie des « trois », ça expliquerait que mon père lui ait payé ses études, sa baraque... Et il n'a jamais pu aimer ouvertement sa demi-sœur. Fou amoureux d'elle, il souffre de savoir qu'elle a des enfants d'un autre... Et quand il apprend qu'elle va demander le divorce pour rejoindre le père de ses enfants, il pète les plombs et la tue alors qu'elle se trouve avec ses parents et son amant : il se venge en même temps de tout le mal que mon père lui a fait... Quant aux deux autres bâtards, il peut y avoir une femme...

— Qui l'aurait aidé, plus tard, à tuer Élisa, continua pour elle Dylan.

— C'est pas un peu, c'est beaucoup tiré par les cheveux, reprit doucement Laura, et donc mon père serait ce Florent Pichetti ?... Mais si Luc ne fait pas partie des trois bâtards... il peut être innocent... Les trois se sont arrangés pour qu'il prenne tout sur la tronche...

— Ça t'arrangerait, hein ? soupira Dylan. Sacré Luc ! Tu ne peux pas t'empêcher de prendre sa défense, hein ? Et sa femme se serait *vraiment* suicidée ? Mérod a *vraiment* éclaté un pneu ?... Bref, s'il est un des bâtards de Descamps, en vous tuant, il récupère un héritage qu'il considère lui revenir de plein droit !

— Et si on faisait fausse route ? Tout accuse Luc ! Tu dis que dans les bons polars, la victime se trompe de coupable et va se jeter dans la gueule du loup ? se défendit Laura. C'est trop évident que ce soit Luc...

— Ça pourrait être moi ? C'est à ça que tu veux en venir ? s'agaça Dylan.

— Admets que, vu de l'extérieur, vous êtes tous les deux des suspects en puissance. Si l'un peut être innocent, pourquoi pas l'autre ? Pourquoi ne se tromperait-on pas sur toute la ligne ? Après tout, Francine était peut-être à moitié folle...

— Si les trois bâtards sont des enfants illégitimes, on n'a pas beaucoup de chances de découvrir de qui il s'agit. Je savais que mon père était un fumier, mais à ce point-là... Peut-être qu'à la Mairie ou à l'hôpital, on peut trouver une trace de leur naissance ? Ils ne doivent pas avoir beaucoup de différence d'âge avec Delphine...

— Bien sûr ! ironisa Dylan. Tu vas éplucher tous les actes de naissance de la région sur cinq ans avant et après la naissance de ta sœur ?

— Moi, ce qui m'intéresse, c'est d'être sûre de l'identité de ton père, Laura. Hervé vous a peut-être adoptées, mais votre vrai père est peut-être mentionné dans un dossier médical ou quelque part ailleurs, continua Manue en ignorant volontairement la remarque de Dylan. Écoute ! On rentre à la maison, sans quoi Hervé et Karen vont nous chercher. Ils doivent déjà nous attendre pour dîner. Dès demain, j'irai à l'hôpital. Je vais essayer de fouiner dans les dossiers de tout le monde. La mère de Tommy y est infirmière, je devrais avoir quelque accès aux dossiers médicaux. Toi, Dylan, tu devrais aller faire un tour à la mairie, consulter les registres d'État civil, et même chercher sur Internet !

— Manue, ce Pichetti a certainement déjà été blessé ou hospitalisé. Demande son dossier médical à la mère de Tommy, reprit Laura. Avec une analyse de sang, on doit pouvoir faire une comparaison génétique entre Élisa et lui, non ? Et cherche aussi avec Luc, pour prouver qu'il n'est pas un des bâtards...

— Ça va prendre du temps... commença Dylan.

— Tu ne veux pas essayer, hein ? Luc coupable, ça te va à toi ! s'énerva Laura.

— Putain, s'énerva-t-il à son tour, il te faut quoi pour y croire ? Tu vas attendre qu'il tente de te tuer ?

— C'est ma vie qui est en jeu, pas la tienne !

— Bon, il faut rentrer Laura ! les coupa Manue.

Laura se contenta de hocher la tête, en se levant.

— Laura, il faut que tu m'écoutes avant de partir, gronda Dylan en s'approchant d'elle, la faisant automatiquement reculer. Je veux juste que tu m'écoutes...

— Et moi, je ne veux pas ! Tu mens comme un arracheur de dents. Tu sais que tu vas réussir à me convaincre, tu sais quels sentiments j'ai envers toi et tu vas encore en profiter. Je ne veux pas te laisser faire. Va-t'en... Quand tout sera fini, si je suis toujours en vie, on verra si tu as toujours besoin de moi...

— Ce n'est pas une question de besoin, vociféra-t-il. Je ne veux pas arriver en catastrophe, peu importe où, après un coup de fil, et découvrir ton corps déchiqueté. Putain de merde, tu vas m'écouter ! Tu me jugeras plus tard ! On te prouve que Boisseau a décimé ta famille et tu continues à le défendre alors qu'à moi, tu ne me laisses même pas le droit de me défendre !

— Sur ce point, il a raison, Laura, tu devrais l'écouter, intervint Manue. Je t'attends dehors, mais je laisse la porte ouverte, au cas où !

— Merci Manue, ironisa Dylan, c'est gentil de ta part !

Il attendit que Manue soit au bas de l'échelle. Laura restait prostrée dans son coin, l'air buté. Elle n'avait pas protesté, mais ne lâchait pas de lest pour autant.

— Voilà, commença-t-il doucement. Un soir, en boîte de

nuit, je suis sorti avec Manue. On se connaissait depuis très peu de temps. Elle avait dix-sept ans. On a couché ensemble dans la foulée, puis deux ou trois fois... Mais on s'est très vite rendu compte qu'on n'avait pas grand-chose en commun... Et puis on avait plutôt envie de s'amuser à ce moment-là. Elle m'a présenté sa nièce, Élisa. C'est vrai que physiquement elle me plaisait beaucoup. Elle s'est mise à m'allumer... Et chaque fois que j'étais sur le point de l'avoir elle s'échappait puis elle revenait... Elle semblait ne rien prendre au sérieux. On aurait dit qu'elle ne pensait qu'à s'amuser, comme une gamine. Elle a joué à ce jeu-là un moment et je m'en suis lassé. Alors, pour que je ne me barre pas vraiment, elle m'a cédé. Ça a été un fiasco. Aujourd'hui, je pense que ton père... enfin Brissac, abusait déjà d'elle parce que j'ai rarement connu de fille aussi... froide : un véritable glaçon. Au départ, je me suis dit que c'était la première fois, donc presque normal, mais les fois suivantes, j'en ai déduit que soit elle avait un grave problème, soit c'est moi qui n'étais pas à la hauteur. Et puis, j'ai remarqué que chaque fois qu'on se retrouvait tous ensemble, avec les copains, elle semblait craquer sur Tommy. Lui m'avait avoué qu'elle le rendait fou. Il en était tombé follement amoureux, alors je la lui ai présentée et je me suis éclipsé. Apparemment, il était le mec qu'il lui fallait... Tu vois, je n'ai jamais eu envie ni besoin de vengeance. Je n'ai jamais eu de sentiments amoureux ni pour Manue ni pour Élisa. Quoi qu'on t'en ait dit, je te jure que je n'ai jamais été amoureux de ta sœur.

— Ce n'était pas un hasard qu'on se rencontre, n'est-ce pas ?... Tu t'es servi de moi, renifla Laura en tentant de retenir ses larmes. Tout ce que tu voulais, c'était te venger ! Peut-être pas d'Élisa, mais de celui ou de ceux qui ont fait mettre ton frère en taule. Tu as voulu faire d'une pierre deux coups. Tu te tapais l'autre fille de ce pourri et en même temps, tu récupérais du fric pour sortir ton frère de taule !

— Oui, c'est vrai, avoua-t-il tout simplement. C'est ce que j'avais prévu !... C'est vrai qu'au départ, je voulais me servir de toi pour essayer d'en savoir plus sur « *l'après-Élisa* », sur tout ce qui s'était passé, ce qui s'était dit chez toi. Je la haïssais déjà, ta famille, alors j'ai eu envie de les provoquer, oui ! De me taper la dernière de leurs filles, pour que la deuxième aussi soit déflorée par quelqu'un «*de la même race que Thomas*», comme l'a dit ton p... Brissac, se reprit Dylan. David et Vincent ont tout fait pour m'en empêcher, ils trouvaient que c'était de la folie. Même Tommy, que je vois régulièrement en prison, m'a supplié de ne pas le faire, de ne pas t'approcher, que le jeu n'en valait pas la chandelle... Mais je ne les ai pas écoutés... Et rien n'a fonctionné comme j'avais prévu justement. Je pensais m'attaquer à une sorte de clone d'Élisa, mais tu n'as rien à voir avec elle. Je me suis fait prendre à mon propre piège. Tu as tout ce qui manquait à ta sœur, tout ce que j'aurais voulu trouver chez elle : tu étais timide, réservée, mystérieuse, un peu trop mature pour ton âge, alors qu'elle paraissait extravertie, arrogante, allumeuse, puérile... J'ai découvert en toi quelqu'un de passionné, complètement à l'opposé du glaçon qu'a pu être Élisa. Je n'avais jamais eu envie d'une fille comme j'ai eu envie de toi... Et plus je passais de temps près de toi, plus tu me plaisais, tu me rendais fou... Tu faisais, tu disais exactement ce que j'attendais d'une nana... Alors je repoussais sans cesse le moment de te laisser... Un jour, continua-t-il le regard dans le vague, un léger sourire sur les lèvres, Tommy m'a dit, alors que j'étais en train de lui parler de toi, que c'était trop tard, que j'étais amoureux, que je ne pourrai plus jamais te quitter, que la façon dont j'évoquais les moments passés avec toi était sans équivoque. Sur le coup, je me suis moqué de lui, j'en ai ri... mais je me suis très vite rendu compte qu'il avait raison. Quand ton père nous a séparés, j'ai cru que j'allais en crever... Je t'aime comme je n'ai jamais aimé, Laura. Et sincèrement, sexuellement, tu ne peux pas nier qu'il y ait quelque chose d'exceptionnel entre nous. Je n'ai jamais vécu une liaison aussi torride... Je n'avais pas prévu que ça se passerait comme ça. Je n'avais pas prévu de me mettre à t'aimer comme un fou. Je n'avais pas prévu que tu puisses être si différente d'Élisa. Et voilà...

Leurs regards s'accrochèrent et, pendant un instant, aucun des deux ne parla. Laura tentait de résister au magnétisme qui l'attirait irrémédiablement vers lui, tentait de rester objective. C'était la seule façon pour elle de rester en vie. Elle ne voulait pas le laisser jouer avec elle et piétiner ses sentiments. Et si c'était lui qui avait tué Élisa ? Si, en craquant pour lui, elle se jetait dans la gueule du loup ? D'un autre côté, il semblait tellement sincère. Et ce qu'ils avaient vécu à Châtel : il n'avait pas pu lui mentir tout le temps sur ses sentiments !... Dylan attendait sa réaction, anxieux, l'air malheureux. Elle avait beau se dire que le plus raisonnable était de le fuir, qu'il lui avait toujours menti, qu'il était un beau parleur, que cette fois encore, il la menait en bateau, elle ne pouvait nier son amour pour lui. Elle crevait d'envie de le croire, encore une fois...

— Tant pis si tu ne me crois pas, reprit-il doucement. Je ne laisserai jamais tomber, jamais ! Tu as le droit de m'en vouloir, de me détester, mais même si je mets une vie à me faire pardonner, à te convaincre, je ne baisserai pas les bras.

— J'ai peur de te faire confiance, avoua-t-elle. Tous les jours, je découvre que tu m'as menti encore une fois et une fois de plus... Pourquoi je devrais te faire plus confiance qu'à Luc ? Parce que tu me dis que tu m'aimes ?

— Chaque fois que je t'ai menti, c'était par peur de te perdre. T'as un sacré caractère, tu sais ? T'es tellement impulsive ! Tu n'as pas le droit de me virer pour des aventures que j'ai vécues quand tu avais onze ou douze ans ! Quant à me comparer avec celui que je considère comme un assassin... J'ai certainement beaucoup de défauts, mais je n'aurais jamais pu tuer ma future belle-sœur et faire mettre mon propre frère en taule... et puis la violer... alors qu'on avait déjà couché ensemble, que ça s'était révélé une catastrophe... Dis-moi que tu me crois, Laura, je t'en supplie !

— Comment... enfin, comment Tommy peut être ton frère ? Je... je ne comprends pas...

— Je t'explique. Je t'ai dit, quand je t'ai parlé de ma famille, que j'avais une sœur et un frère bien plus âgés que moi, que j'étais une sorte d'accident... En fait, leur père est mort presque cinq ans avant ma naissance. Ma mère a fini de les élever toute seule. Puis elle a rencontré un mec avec qui elle a eu une liaison. Elle était déjà sa maîtresse depuis quelque temps quand elle est tombée enceinte. C'est seulement à ce moment-là qu'elle a appris qu'il était marié... Et parfois, le destin... La femme de ce mec n'arrivait pas à avoir d'enfant, or elle y est parvenue pratiquement à la même époque. Tommy et moi, on a été conçus presque en même temps. Pendant mes quatre premières années, *il*, enfin notre père, faisait la navette entre sa famille légitime et sa famille illégitime. Sa femme était au courant, mais pour ne pas le perdre, elle acceptait cette situation en se disant qu'un jour elle le récupérerait à part entière. Ma mère ne voulait pas qu'il me reconnaisse tant qu'il n'aurait pas divorcé. Quand j'ai eu quatre ans, elle a compris qu'il ne divorcerait jamais et elle a mis fin à leur histoire. Sa femme a gagné, elle l'a récupéré totalement. Le couple a tenu. Nos mères ont eu, l'une et l'autre, une certaine intelligence... Elles ont accepté que Tommy et moi soyons de temps en temps ensemble. J'allais parfois en vacances chez mon père et, de temps en temps, Tommy venait à la maison. On s'est retrouvé dans les mêmes écoles... Et le fait qu'on n'ait pas le même nom nous a permis de garder ce secret pour nous, pour sauver ce qui restait de l'honneur de nos mères respectives... Notre père a été tué dans un accident de voiture alors que j'allais avoir quinze ans, Tommy en avait quatorze... Sa mort nous a encore rapprochés. J'ai toujours été plus proche de Thomas que de ma sœur et de mon frère aînés. C'est étrange, hein ? Et tu vois, il n'y a jamais eu la moindre animosité entre nous à cause d'Élisa. Il l'aimait à la folie, pas moi... Peu importe ce qu'on va découvrir au cours de cette enquête, Laura. Je sais que mon frère n'a pas tué ta sœur, il est innocent et je me battrai jusqu'au bout pour l'innocenter, même si je dois y passer ma vie, tout comme je me battrai pour te garder, envers et contre toi, s'il le faut !

Laura le dévisagea longuement comme si elle voulait s'assurer qu'il ne mentait pas, cette fois. Mais dans quel but l'aurait-il fait ? Il avait perdu son sourire ironique, son air suffisant et sûr de lui. Il la fixait lui aussi, avec de l'angoisse dans le regard. Elle pouvait voir, dans son cou, une petite veine qui tressautait. Son attente douloureuse était presque palpable. Elle eut envie de lui faire du mal, autant qu'il lui en avait fait. C'était trop facile de mentir puis de venir s'excuser, la gueule enfarinée, en disant « *je t'aime* ».

— J'ai besoin de temps, Dylan... Je ne peux pas tomber dans tes bras, comme ça, après tout ce que j'ai appris aujourd'hui... Je veux garder l'esprit clair et rester objective... Et je ne peux pas l'être quand je suis avec toi.

— Bon, murmura Dylan dans un soupir douloureux, la voix éraillée. Je comprends... Quelque part, tu as raison... Tout ce que je te demande pour l'instant c'est de rester prudente. Manue et toi, vous ne vous séparerez pas demain, O.K. ? Vous allez partout à deux. Garde ton portable allumé et chargé en permanence. Et surtout, n'hésite pas à m'appeler au cas où... même pour rien, d'accord ?

— D'accord. S'il y a bien un jour où je ne risquerai rien, ce sera demain, avec l'enterrement. L'idée de retourner dans cette maudite baraque me répugne, murmura-t-elle.

— Peut-être, mais maintenant, il faut y aller, lança Manue, de retour dans la grange.

Perturbée comme elle l'était, elle s'engagea un peu trop vite sur l'échelle de meunier. Son pied glissa, elle perdit l'équilibre. Poussant un cri, elle se rattrapa de justesse à la poutre de la charpente la plus proche, s'y égratignant les doigts, alors que Dylan la retenait par un bras. Manue retint son souffle. Laura reprit rapidement pied sur les barreaux de l'échelle et termina sa descente. Les filles s'éloignèrent rapidement. Dylan fit démarrer sa moto et s'éloigna à son tour. C'est alors que Laura s'écria :

— Merde, j'ai dû perdre mon portable dans la grange ! Attends-moi là, j'en ai pour une minute.

Elle partit en courant, se précipita sur l'échelle. Lorsqu'elle s'était rattrapée à la poutre, elle en avait fait tomber une petite planche qui semblait fermer un orifice : la poutre était creuse. Depuis le bas, il lui avait semblé apercevoir quelque chose et elle voulait en avoir le cœur net sans témoin. Passant la main avec précaution dans l'orifice, maintenant grand ouvert, elle en sortit une sorte de boîte en fer peinte. Elle l'ouvrit. À l'intérieur se trouvait un livre à la couverture de cuir poussiéreuse. Elle l'ouvrit impatiemment, parcourut la page de garde et laissa échapper un sourire vainqueur : le journal d'Élisa... Quelles connes ! Ni l'une ni l'autre n'avait pensé à chercher ici ! Laura cacha le livre dans son dos, dans la ceinture de son jean. Par chance, elle portait un blouson relativement large. Puis elle remit la boîte en place. Elle ne dit rien à Manue lorsqu'elle la rejoignit. Elle voulait la primauté de la découverte.

Les deux filles comprirent qu'Hervé et Karen étaient déjà rentrés, car le système d'alarme était désactivé. Arrivées au salon, elles se trouvèrent nez à nez avec Hervé et... Luc qui fixait intensément Laura et ne la quitta plus des yeux.

— On se faisait du souci, lança Hervé. Où étiez-vous passées ?

— J'avais besoin de prendre l'air, se justifia Laura. On dîne bientôt ? Je suis un peu fatiguée... Karen n'est pas là ?

— Elle est chez moi, répondit Luc. Elle y est avec Alice et d'autres femmes. Elle a bien voulu superviser le nettoyage et le tri des affaires de Francine.

— Le dîner est prêt, intervint Hervé sur un ton qui n'acceptait aucune réplique. Nous allons manger rapidement. Je crois qu'on est tous plus ou moins fatigué et sur les nerfs. Luc va passer la nuit ici. Il n'a pas le courage de se retrouver seul chez lui et cela se comprend.

Instinctivement, Laura fixa son regard réprobateur sur ce dernier. Elle ne voulait pas qu'il dorme sous le même toit qu'elle. Il dut comprendre le message, car il détourna la tête. Prétextant un brin de toilette, elle monta rapidement dans sa chambre, dissimula le journal d'Élisa sous son matelas puis redescendit sans attendre. Immédiatement, ils passèrent à table. Le dîner fut des plus lugubres. Laura s'évertuait à éviter le regard de Luc qu'elle sentait continuellement posé sur elle. L'ambiance était tellement électrique qu'à peine le repas terminé, les deux filles prétextèrent être fatiguées et s'enfuirent du salon pour se rejoindre à l'étage. Manue voulut accompagner Laura dans sa chambre, mais celle-ci l'en dissuada :

— J'ai besoin de me retrouver seule, je voudrais dormir.

— Laura, tu m'en veux ?... Pour Dylan ?

— Écoute, j'ai du mal à avaler la pilule. Tout ce que j'ai appris ce soir... Je crois que c'est surtout à lui que j'en veux. J'ai tellement de choses dans la tête ! J'ai vraiment besoin de rester seule.

— Je comprends, pas de problème. Laisse ton portable allumé et à portée de main.

Dans sa chambre, Laura bloqua le loquet de la porte avec le dossier d'une chaise.

Elle tenta de réfléchir clairement à la situation. Si tout le monde cherchait ce journal, c'est bien qu'il contenait des preuves. Il fallait les mettre en sécurité. Comment devait-elle s'y prendre ? La solution lui vint immédiatement à l'esprit. Elle possédait un scanner, un ordinateur connecté sur Internet. Il lui suffisait de tout scanner et de l'envoyer à quelqu'un de confiance et qui saurait quoi en faire : Daniel Mérod, l'avocat, et Annette Bercin, la fameuse journaliste. Elle se mit immédiatement au travail. Le journal étant relativement épais, elle ne prit pas le temps de le lire. Elle travailla d'arrache-pied jusque tard dans la nuit, puis se résolut à se coucher. Une bonne heure plus tard, elle ne dormait toujours pas. Le noir et la solitude l'angoissaient. Luc était dans la maison... Elle gratta doucement à la porte de Manue, qui apparut à moitié endormie, mais déjà angoissée :

— Qu'est-ce qui se passe ? s'alarma-t-elle.

— Je n'arrive pas à dormir... Ça t'embête si je dors avec toi ? murmura-t-elle d'une toute petite voix, un peu honteuse. Luc est dans la maison et... juste pour ce soir, je serais plus tranquille.

Manue se contenta de lui sourire. Laura ne lui en voulait peut-être pas tant que ça...

- 33 -

Les deux filles se réveillèrent tard, ce qui leur permit de déjeuner seules. La maison était déserte, tout le monde se trouvait chez Luc. Aussi Manue voulut-elle partir pour l'hôpital avec Laura.

— Non Manue. S'ils apprennent qu'on est parties toutes les deux, ils vont vouloir savoir où on est allées, pour quoi faire, ils vont se méfier !

— Mais je ne peux pas te laisser seule ici !

— Paco est dans la cour, dis-lui de jeter un coup d'œil de temps en temps. Et je te l'ai dit, je ne risque rien aujourd'hui, pas avant l'enterrement.

Pas tranquille, après avoir fait moult recommandations à sa nièce et avoir touché deux mots à Paco, Manue s'en alla.

Une fois seule, Laura s'installa confortablement sur son lit avec le journal d'Élisa, la porte toujours bloquée par le dossier d'une chaise et son portable à portée de main. Elle dévora les premiers chapitres du journal. Elle sautait les paragraphes qui ne l'intéressaient que peu : ses activités, ses remarques sur ses amis, ses petits problèmes quotidiens... Par contre, en larmes, elle relut plusieurs fois certains passages, comme si elle n'arrivait pas à y croire.

[Je supporte tout parce qu'il ne faut pas que Laura connaisse ça, jamais ! Elle est la seule au monde que j'aime à ce point, avec Manue... Mais c'est différent. Laura c'est une partie de moi. Je crois que l'amour que j'ai pour ma petite sœur est comparable à celui d'une mère. C'est peut-être parce qu'on n'en a plus, que je l'aime comme ça, que

j'essaie de compenser le manque. Et c'est pas avec le tas de merde qui nous sert de père que le vide va être comblé ! J'arrive à ne plus supporter son odeur, son souffle dans mon cou quand il me prend, quand il me déchire le ventre, ses gémissements de bête quand il me souille, sa sueur qui pue et qui me colle à la peau. Je prie pour entendre la voix de Karen qui rentre. Mais nous savons tous les deux que cette salope ne rentrera pas tant qu'il n'aura pas terminé. Je la hais, je les hais tous les deux tellement qu'ils crèveraient les tripes à l'air, sous mes yeux, je leur cracherais encore dessus... Un jour, ils crèveront comme des chiens, je le sais. J'arrive à supporter la douleur parce qu'elle n'est que physique. Je m'imagine chez le médecin, je me fais opérer du vagin sans anesthésie. Ça doit ressembler à ça. Ce qui me gêne le plus, c'est que je me doute que ça n'a rien à voir avec une relation sexuelle normale, avec un partenaire dont on a envie. J'ai déjà désiré un mec, mais je n'ai jamais eu le courage d'aller jusqu'au bout. Je veux croire que ça peut être bien, mais je crains de découvrir le contraire. Alors, pour ne pas être déçue, je ne vais pas plus loin. Qu'est-ce qui se passera le jour où je rencontrerai l'homme de ma vie ? Celui que j'aimerai et avec qui j'aurai envie de vivre. Parce que malgré tout, je sais... enfin, j'espère que tous les mecs ne sont pas des sales brutes perverses et dégueulasses. Il y en a qui valent le coup... Enfin j'espère. Pour l'instant, tout ce qui compte, c'est qu'il ne touche pas à ma petite sœur, sinon je le tuerai de mes propres mains, je le jure !]

    Laura n'arrivait pas à suivre les lignes tant les larmes l'aveuglaient. De violentes nausées lui tordaient l'estomac. Il lui semblait suffoquer tant la lecture la bouleversait. Élisa avait seize ans quand elle avait écrit ça. S'exhortant au calme, elle se força à aspirer de grandes bouffées d'air, s'essuya les yeux et se força à reprendre sa lecture. Elle survolait de nombreux passages sur lesquels elle se promit de revenir plus tard. Elle voulait aller à l'essentiel, aux derniers temps de sa vie. Les prénoms de Dylan et de Tommy attirèrent son attention. Elle sentit son cœur s'emballer dans sa poitrine en ayant l'impression de lire sa propre histoire.

[*J'ai revu les trois mecs de mes rêves. Ils semblent inséparables. Je sais maintenant quel bar ils fréquentent, qui sont leurs amis... Je crois que je suis un peu jeune par rapport à leurs fréquentations, mais je m'en fous. Il faut que je trouve un moyen d'attirer l'attention de l'un d'entre eux. Je ne vais pas attendre qu'ils me remarquent parce que j'attendrais peut-être toute ma vie...*]

[*J'ai fait une découverte. Manue les connaît ! Elle a déjà eu une aventure avec le blond : Dylan. Je dois avouer qu'il me plaît bien. L'autre qui me plaît aussi beaucoup s'appelle Thomas, il a une moto, la même que j'ai vue sur les magazines de Luc, celle que je veux ! Après tout, mon père est riche, il peut bien me payer une moto pour me dédommager de ce qu'il me fait subir. Mais je ne pourrai passer le permis que dans six mois. Je ne peux pas attendre. Je veux mon motard tout de suite. Ah ! Au fait, le troisième s'appelle David, mais lui, je laisse tomber. Manue est avec lui depuis peu. C'est cool, je vais me servir de ça pour leur être présentée.*]

[*Ça y est ! J'ai fait leur connaissance ce soir ! C'est le pied ! Thomas ne me quitte pas des yeux, mais il semble plus... loubard, plus violent que Dylan qui, d'après Manue, est un « bon coup au lit ». Peut-être que lui m'apprendra ce qu'est un « vrai » rapport sexuel. Tant pis pour Thomas, je tente Dylan. Je dîne avec lui demain soir. Manue pense qu'il faut que je le cache à Hervé et à Luc. Elle trouve que Luc s'intéresse de plus en plus à moi. Eh bien, tant mieux, parce que je l'aime bien, je n'aime pas sa pétasse de femme qui, entre deux crises de nerfs, se prend pour une déesse. Tu parles d'une gourde. Elle a un mari génial et elle passe son temps à chialer et à se plaindre. Il y a vraiment des jours où il doit péter les plombs, Luc ! Au lieu de lui passer tous ses caprices, il ferait mieux de lui en mettre une, ça ne lui ferait pas de mal...*]

[*Cette nuit, j'ai eu mon premier « vrai » rapport sexuel avec Dylan. Ce n'est pas ce que j'attendais. Il me déçoit un peu, il est trop... sûr de lui, arrogant. Je ne pense pas qu'il ait été vraiment satisfait. J'ai la désagréable impression qu'il a fait « ce qu'il avait à faire » sans plus. Thomas me regarde de plus en plus et il s'est engueulé avec Dylan. On dirait qu'il est jaloux.]*

[J'ai couché avec Dylan encore deux fois et tout est fini entre nous. Je préfère qu'on s'arrête là, ça ne sert à rien. De toute façon, je ne veux pas m'attacher, bref! Thomas m'attire beaucoup plus. Au fait, tous ses potes l'appellent Tommy...]

[Je suis sortie avec Tommy la semaine dernière. Je le vois tous les jours et je l'adore! Je n'ai même pas eu le temps d'écrire depuis, mais hier soir, on a fait l'amour pour la première fois, et... c'était le pied! Je me sens soulagée et libérée pour la première fois de ma vie. En fait, Hervé ne m'a pas totalement bousillée, je fonctionne encore!!! Par contre, la chute a été plus dure. Ce matin, mon cher papa a soi-disant « senti » que je m'étais « fait sauter ». En fait, il me surveillait, j'en suis sûre. Il m'a mis une de ces baffes! J'ai encore la joue et la tempe toutes bleues. Heureusement que Manue et Karen étaient là pour s'interposer. Il était tellement fou de rage qu'il aurait pu me tuer. Je ne l'avais jamais vu dans cet état. S'il n'y avait pas Laura, je me barrerais tout de suite. Mais, moi partie, il va s'en prendre à elle. Je ne peux pas laisser ma puce comme ça, d'autant plus qu'elle le met sur un piédestal et qu'elle ne se doute de rien. Parfois, j'ai envie de la mettre en garde, mais je pense qu'elle est encore trop jeune. Psychologiquement, elle a besoin de son papa. Moi, je n'en ai jamais eu de vrai, alors je sais quel manque ça peut engendrer. C'est comme le père Noël, plus longtemps on y croit, mieux c'est. Plus tard elle saura, plus elle aura les moyens de se défendre...]

Laura dut stopper sa lecture quand Manue rentra.
— Tu as trouvé quelque chose? la questionna-t-elle

d'emblée, restant à contre-jour, à l'entrée de sa chambre.

— Non, pas pour l'instant, mais Marie-Rose, la mère de Thomas, continue à chercher. J'y retourne en fin d'après-midi, après l'enterrement. Et si elle découvre un détail avant, elle m'appelle... Qu'est-ce qui se passe Laura ? On dirait que tu as passé la matinée à pleurer, s'enquit soudain Manue, voyant son visage en pleine lumière cette fois.

— Je n'ai pas trop le moral. J'ai peur, je ne suis pas bien, mais ça va passer !

Sa voix se coinça dans sa gorge. Il lui sembla que Manue n'était pas dupe. Pourtant, celle-ci s'approcha et la prit dans ses bras en murmurant :

— Il faut que tu restes calme, Laura, que tu sois plus forte que ton angoisse. Laisse faire les choses, laisse passer un peu de temps, réfléchis bien. Et quand tu te sentiras prête, appelle Dylan. Il doit devenir fou de te savoir si lointaine. Et puis ils vont tous arriver pour le déjeuner. Vu la montagne de bouffe qui a été livrée par le traiteur, on risque d'être nombreux. Tu dois être meilleure comédienne que jamais, chérie.

— Je ne pourrai pas... Je ne pourrai pas les regarder en face, tous les deux.

— Si ! Tu peux le faire ! Et je te rassure, j'ai bien réfléchi et pris une décision. Cette nuit, on se barre toutes les deux, on disparait de la circulation.

— Ils vont s'en prendre à Dylan et à David.

— Peut-être, mais ils ne sauront rien. Quand on sera parties, on les préviendra sans leur dire où on va, juste pour qu'ils ne se fassent pas de souci. Même s'ils sont mis sous surveillance, personne ne nous trouvera et ils seront bien obligés de convenir que David et Dylan n'y sont pour rien. D'ici quelque temps, Daniel Mérod ira mieux et on y verra peut-être un peu plus clair.

Laura resta silencieuse. Rien ne l'attirait plus que l'idée de cette fuite. Pourquoi ressentait-elle alors ce pincement au cœur, cette angoisse qui lui vrillait les tripes ?

Comme Manue l'avait annoncé, tout le monde fit son apparition pour le déjeuner : Luc, Hervé, Karen et une dizaine de personnes de la famille de Luc et de Francine qui étaient venus de loin. Laura subit le repas comme une torture. Lever les yeux sur celui qu'elle considérait comme son père depuis presque dix-huit ans lui paraissait une épreuve quasi insurmontable. Elle ne s'en sortit pourtant pas trop mal. Par chance, le repas ne s'étira pas en longueur. Il y avait encore à faire avant le début de l'enterrement et Laura ne donna pas son reste pour s'éclipser, prétextant devoir prendre une douche. Elle craignait par-dessus tout une confrontation avec Hervé, mais celui-ci ne parut pas.

À l'enterrement, elle ne quitta pas Manue, l'esprit ailleurs. En sortant de l'église, Luc l'attrapa par le bras, la faisant sursauter. Elle s'arracha à sa poigne presque agressivement.

— Ne t'inquiète pas mon chou, je ne vais ni t'étrangler ni te violer ici, il y a trop de monde, ironisa-t-il avec une certaine tristesse dans la voix. Je voulais juste te dire que c'est inutile que tu viennes au cimetière. Tu as une mine de mort-vivant, tu as l'air épuisée. Je préférerais que tu rentres chez toi et que tu t'enfermes dans ta chambre. Pense à l'alarme cette fois. Manue, tu veux bien l'accompagner, s'il te plaît ?

Ni Karen ni Hervé n'osèrent protester, étant donné que l'ordre venait de Luc. Laura eut envie, malgré tout, de lui sauter au cou. Elles n'hésitèrent pas une seconde et s'enfuirent presque. Elles venaient de s'enfermer dans la chambre de Laura quand le téléphone sonna. Manue sortit décrocher dans le corridor. Elle parla peu et termina juste par : « *O.K. ! J'arrive !* » Se tournant vers Laura, elle hésita :

— C'était une collègue de la mère de Thomas, Rose-Marie. Elle a eu un accrochage en voiture, à midi. Ce n'est pas grave, mais elle est hospitalisée. Elle veut me voir d'urgence, elle a des choses à me dire. Tu ne veux pas m'accompagner, je suppose ?

— Je voudrais rester ici, au calme. Je vais appeler Paco, lui demander de ne pas s'éloigner, et toi tu y vas, d'accord ?

Manue partit lorsque Paco fit son apparition.

— Laura, j'ai une bricole à faire sur la Jag, je suis dans le garage, ça ira ?

— Bien sûr ! Ma fenêtre est ouverte de toute façon. Si je

crie, tu m'entendras, non ?

Paco se contenta de sourire malgré le malaise qu'il ressentait. Depuis quelques jours, maître Brissac avait changé d'attitude, Manue lui demandait sans arrêt de veiller sur Laura, madame Boisseau se suicidait, l'atmosphère était des plus tendues, mais sans raison apparente. Il n'aimait pas ça ! Laura se jeta sur son lit et reprit sa lecture, allant directement à l'essentiel : les dernières semaines d'Élisa.

[C'est l'horreur ! Je n'avais pas revu Dylan depuis des semaines, et voilà qu'il refait surface. Il n'accepte pas ma liaison avec Tommy. Je n'en reviens pas. Il est agressif, violent, il m'a même menacée. Jamais je ne l'aurais cru comme ça ! Il fait tout pour me séparer de Tommy. Ils se sont violemment engueulés hier soir, et en sont pratiquement venus aux mains. C'est David qui s'est mis au milieu. Dylan avait l'air fou de rage. Aujourd'hui, j'ai vu plusieurs fois sa bagnole dans la rue, près de la maison, près du lycée, près de chez Tommy. Et qu'on ne me parle pas d'une coïncidence, parce qu'une Clio rouge, je n'en connais qu'une dans le coin. Il me surveille...]

Le sang de Laura se glaça dans ses veines. Elle relut précautionneusement ce passage trois fois pour être sûre. Mon Dieu, tout allait à l'encontre de ce qu'il lui avait dit. Elle sentit ses tripes se nouer. La gorge serrée, elle reprit sa lecture, sans se rendre compte qu'elle se meurtrissait la paume de sa main avec ses ongles, tant son poing était serré. « *Une Clio rouge* »... comme la voiture qui avait été vue le soir de la mort d'Élisa, devant chez Manue ! Et pourquoi cette dernière n'avait-elle pas fait le rapprochement ? Bon sang, c'était le genre de détails qu'on ne pouvait « *oublier* », à moins que ce ne fût pas la sienne ? Une voiture de prêt ou de location ? Elle se força à reprendre sa lecture.

[... Et pour couronner le tout, Hervé me surveille, me pique des crises de jalousie. Il est au courant pour Tommy et moi. Il le traite de sale voyou, de prolétaire, de merde des bas quartiers. Il veut que je casse. Luc aussi est au courant.

Devant Hervé, il se contente d'essayer d'arrondir les angles, mais quand je me retrouve seule avec lui, il me soutient. Il n'est pas au courant de ce que me fait subir Hervé. J'ai envie de lui en parler, mais j'attends que Miss Pétasse fasse une dépression pour qu'elle se casse. Elle ne me supporte pas. J'ai peur qu'Hervé s'en prenne à Tommy. Je ne sais plus quoi faire, je l'aime tellement ! Je crois que je vais couper les ponts en apparence, le temps que ça se tasse. Mais je supporte de moins en moins qu'Hervé me touche. Maintenant, je le menace de tout dire à Karen, à Luc. Alors, pour la première fois, il a évoqué Laura : « Tu parles de ce qui se passe entre nous à qui que ce soit et je ne te toucherai plus jamais. Je me tournerai vers Laura. Elle commence à avoir un corps magnifique, tu ne trouves pas ? » Je voudrais le tuer...]

[Tommy est au courant de tout. Hervé est allé le voir et l'a menacé. J'étais tellement folle de rage que je lui ai tout dit. Maintenant, Tommy veut tuer Hervé. Pour l'instant, j'ai réussi à le calmer, mais je ne sais plus comment faire. Il faut que je m'en aille. J'aurais voulu pouvoir compter sur Manue pour qu'elle s'occupe de Laura, mais elle est tombée en pleine déjante. Elle est plus souvent stone que lucide depuis qu'elle se pique. Elle avait commencé la coke avec Dylan, ils fumaient beaucoup aussi tous les deux, mais je ne pensais pas qu'elle en arriverait là. J'ai déjà du mal à garder la tête hors de l'eau alors, comment faire quelque chose pour elle ? Elle s'enfonce, elle disjoncte et je la regarde faire sans savoir comment arrêter tout ça. Et ma Laura, là-dedans ? Karen la déteste, Hervé veut se la faire. À qui puis-je demander de l'aide ? Qui croira deux quasi délinquantes contre deux avocats célèbres ? Luc sent quelque chose. Je lui ai dit une semi-vérité : qu'Hervé me faisait subir des mauvais traitements. Je ne lui ai pas dit lesquels. Il veut que je vienne passer la nuit chez lui le plus souvent possible. J'ai dormi là-bas la nuit dernière. Comme Francine est partie en cure à Pétaouchnok et que Luc travaillait de nuit, j'étais seule. J'ai fouillé un peu. Je sais que c'est mal, mais j'en avais envie et quelques pressentiments m'y ont poussée. J'ai

trouvé des photos de maman. Luc en a une quantité... impressionnante, comme un homme amoureux. Je ne vois pas d'autres raisons pour lesquelles il en aurait tant, et cachées en plus. J'ai questionné Manue. Elle dit que maman n'a épousé Hervé que parce que son père (notre grand-père) l'y a poussée, mais qu'elle a toujours eu des amants. Par contre, elle ne pense pas que Luc en ait fait partie. Bien fait, sale connard d'Hervé, t'as été cocu jusqu'à sa mort !!!...].

Laura, reniflant, s'essuyant les yeux du revers de la manche, jeta un coup d'œil à sa montre. L'après-midi touchait à sa fin, il fallait faire plus vite. Manue n'allait sûrement pas tarder. Elle sauta des pages jusqu'à la dernière manuscrite, les derniers mots écrits par Élisa.

[J'ai fait une découverte époustouflante, tragique et quelque part horrible. Je hais ma famille, je crois que je hais le monde entier, sauf Tommy. La seule chose positive de ma découverte, c'est qu'Hervé n'est pas notre père, à Laura et à moi : il est stérile ! Je ne sais pas encore qui est notre père. J'ai bien une petite idée, mais je dois vérifier avant. Ce que j'ai découvert me terrorise à tel point que je n'ai osé en parler à personne, pas même à Tommy. Je me sens comme dans une souricière, un complot. Le piège se referme sur moi et les issues sont de plus en plus rares. Tout le monde est mouillé, je ne sais plus à qui faire confiance, à qui parler. Ils savent tout depuis le début. Il y a trop d'intérêts et de fric en jeu, je ne fais pas le poids, je suis totalement dépassée. Je n'ai aucun moyen de tout prouver. Je suis coincée. Je dois disparaitre corps et âme, très vite. Ma décision est prise, je pars cette nuit. Ce soir, Tommy passera me prendre chez Manue. Je prie pour que Dylan ne nous arrête pas. Il m'a encore menacée. Il dit qu'il est prêt à me tuer plutôt que de me laisser gâcher la vie de Tommy. C'est à croire qu'il tient plus à son ami qu'à une nana. Je prie également pour que Laura ait de la force là où je n'en ai pas eu. Elle a du caractère, beaucoup plus que moi ! Plus elle vieillit, plus je la sens forte. Elle s'en sortira, j'en suis persuadée. Je vais cacher ce journal, Laura finira bien par le trouver en

réfléchissant, je le sais !

Si tu trouves ce journal Laura, et que tu n'as plus jamais entendu parler de moi, c'est que j'aurais réussi. Dans ce cas, sache que je vais bien, que je suis heureuse et que je reviendrai un de ces quatre. Si tu trouves ce journal et qu'il m'est arrivé quelque chose... cache-le, ne fais confiance à personne ! Tout le monde est mouillé et veut sa part du gâteau. Voilà ce que j'ai découvert : Hervé et Luc sont tes tuteurs (tant que tu es mineure). Moi, en disparaissant, je te laisse ma part de fortune, mais ce n'est pas un cadeau. Manue et toi, vous possédez une fortune. Manue se détruit à la drogue et je comprends maintenant pourquoi personne ne fait rien. Une overdose serait tellement bienvenue. Il ne restera que toi, Laura ! Sais-tu combien de millions tu vaux ? Si tu disparais à ton tour, Hervé et Luc seront riches !!! Ni l'un ni l'autre ne sont vraiment dangereux à eux seuls, mais ils sont manipulés par leurs femmes. Tiens-toi bien, ma Laura. Karen et Francine sont sœurs et sont aussi les filles illégitimes de notre grand-père. Elles veulent leur part et elles sont prêtes à tout ! Il y a un troisième bâtard, dans l'histoire : Olivier Silva, leur petit frère !!! Qui travaille avec Luc. Luc et Dylan se connaissent (problème de drogue). Si Dylan est toujours libre aujourd'hui, c'est pour une très bonne raison. Il a la mission d'éloigner Tommy de moi pour que Luc ait le champ libre. En échange, Luc ne l'arrête pas !

Si je suis morte quand tu liras ça, il faut que tu saches que j'ai été tuée par l'un d'entre eux : Dylan, Hervé, Luc, Olivier, Karen, Francine... les meurtriers en puissance ne manquent pas ! Je sais aussi que maman, papy et mamie ont aussi été tués par l'un d'eux (et pour ce crime-là, j'élimine Dylan !). Je pencherais pour Karen, c'est un as du volant et elle hait maman qui a épousé son mec. Je crois qu'on ne peut plus rien pour Manue, mais toi, dépêche-toi de fuir ! Trouve-toi une arme et tue sans hésiter qui voudra t'arrêter, ce sera la seule solution pour sauver ce qui reste de notre famille : toi ! Laura, méfie-toi des femmes, surtout !

Et sache que s'il y a une personne sur terre que j'aime et

que j'ai aimée plus que tout au monde, c'est bien toi et toi seule ! Bonne chance ma puce, je t'aime.
Élisa, 12 juillet...

Laura tremblait de tous ses membres. Le journal lui avait échappé et était tombé sur le sol : elle sentait une armée de fourmis prendre possession de ses mains, de ses pieds, de son cœur, de sa tête aussi peut-être. Dans un ultime moment de lucidité, elle tenta de se secouer. Il lui fallait réagir et fuir, fuir à tout prix, très vite ! Il fallait qu'elle soit forte, Élisa le voulait et elle lui devait bien ça. Elle tenta de respirer lentement, profondément afin de reprendre ses esprits. De nouveaux sentiments l'assaillaient, comme la haine contre tous ceux qui avaient fait tant de mal à Élisa, comme la panique cette fois : ce n'était plus de la peur, mais une terreur quasi incontrôlable. Des sueurs froides lui couraient le long de l'échine. Élisa avait tout découvert. C'était pour leur échapper qu'elle était partie. Ils l'avaient rattrapée et Tommy avait été pris au piège. Manue ! Où était-elle en ce moment même ? N'était-elle pas en danger ?... Elle bondit sur son portable et composa son numéro sans quitter la porte de sa chambre des yeux comme si elle s'attendait à ce que des fantômes la traversent. Son sang battait à ses tempes. La peur était sur le point de la terrasser, elle montait en elle, insidieusement, prenait possession de tout son être. Elle se sentait au bord de la panique. Il ne fallait pas... Être forte... Être intelligente... Il fallait réfléchir ! Le portable de Manue passa directement sur la messagerie. Laura enragea. Elle attendit impatiemment la fin du message du répondeur :

— Manue, on se donne rendez-vous... derrière chez Marina, dans le square. Viens vite me chercher. J'ai trouvé le journal d'Élisa, je sais presque tout. Méfie-toi de tous : Dylan, Luc, Hervé, et surtout Karen. Ils sont tous complices, ils vont nous tuer... Je garde mon portable sur moi.

Elle entendit soudain Hervé l'appeler depuis le hall, en bas. Elle passa rapidement à la salle de bain, s'aspergea le visage d'eau glacée, tentant d'endiguer la panique qui la submergeait. Il fallait qu'elle continue à jouer la comédie, comme elle le faisait si bien jusqu'à maintenant, trouver une excuse pour sortir et fuir ensuite, loin. Elle prit l'argent liquide qu'elle avait dans son sac à main : pas grand-chose, mais ça pouvait servir, ainsi que sa carte bancaire qu'elle glissa simplement dans les poches de son Jean. Elle accrocha son portable à sa ceinture. Prenant son courage à deux mains, elle descendit.

— Est-ce que tu sais où est Manue ? questionna Hervé l'air inquiet.

— Non, elle a juste dit qu'elle avait une course à faire, murmura Laura, surprise par la question et par le regard angoissé de Luc derrière l'épaule d'Hervé. Pourquoi ?

— Karen a reçu un coup de fil chez Luc. Manue lui demandait de se rendre au bureau d'urgence, qu'elle devait lui montrer quelque chose. Karen vient d'appeler. Non seulement Manue n'est pas au bureau, mais elle n'y a pas mis les pieds. Karen semble très inquiète à son sujet.

Il y eut un silence long, trop long, pendant lequel tous les trois s'observaient mutuellement. Laura venait de comprendre qu'elle se retrouvait seule, à la merci des deux hommes qui semblaient tendus à l'extrême. Surtout ne pas paniquer, pensa-t-elle, ne pas montrer sa peur. Elle tentait de réguler sa respiration, inspirant profondément.

— Qu'est-ce qui se passe Laura ? murmura Hervé d'une voix basse et rauque, on dirait que tu n'as cessé de pleurer depuis des heures. Je ne t'ai jamais sentie tendue à ce point ! Ne me dis pas que tu ne sais pas ! Où est allée Manue ?

— Sincèrement, je ne sais pas où elle est. Moi non plus, je ne sais pas ce qui se passe, mais je ne resterai pas là ce soir. Je vais chez Marina.

— C'est hors de question ! Je ne sais pas ce qui se passe, mais une chose est sûre, tu ne bouges pas d'ici ce soir !

La sonnerie du téléphone la fit sursauter. Sans savoir pourquoi, elle pressentit un malheur. D'habitude, c'était elle qui sautait sur le téléphone. Or elle resta paralysée. Pas un instant, Luc n'avait baissé les yeux. Il restait immobile, à quelques pas derrière Hervé, à l'observer, la fixer. Il la mettait mal à l'aise. Sans avoir quitté des yeux sa « soi-disant » fille, Hervé finit par décrocher.

— Oui, Brissac ! … En effet, il est là. Je vous le passe !…

Luc, c'est pour toi, le lieutenant Silva.

— Olivier ! Je suis en congé, tu es au courant ? lança sèchement Luc… Comment ça ? reprit-il d'une voix éraillée après un long silence. Tu es sûr ? Ça s'est passé où ?… Ne touchez à rien, je suis là dans dix minutes !

Quand il se tourna vers Laura, son visage était livide. Il semblait éprouver du mal à respirer. Laura sentit son sang se glacer dans ses veines, la tête commençait à lui tourner.

— Manue a eu un accident de voiture, lâcha-t-il d'une voix blanche.

Laura sentit ses jambes se dérober sous elle. Elle se laissa tomber sur les premières marches de l'escalier derrière elle. Luc s'était précipité pour la rattraper. La tenant par les épaules, il la secouait doucement. Reprenant ses esprits, elle leva les yeux sur lui, et le repoussa brutalement.

— Ne me touche pas, hurla-t-elle d'une voix hystérique. Recule, va-t'en !

— Viens avec moi, Laura. On va sur place ! Ne reste pas là, viens avec moi, la supplia-t-il doucement.

— Non ! Elle reste là ! s'écria Hervé. Je ne te laisserai pas l'emmener ! Ici, elle est en sécurité. Vas-y et reviens nous donner des nouvelles. Pendant ce temps, je m'enferme ici avec elle. Elle ne sera pas en sécurité sur la route !

— Parce que tu crois qu'elle l'est plus ici ? Avec toi ? s'énerva à son tour Luc.

— Tu étais avec Élisa le soir de sa mort et tu ne l'as pas sauvée, attaqua Hervé. Laura reste ici avec moi !

— Toi aussi, tu l'as vue ce soir-là, tu refusais qu'elle parte, mais t'as pas été foutu de la ramener à la maison !

Les deux hommes se fixaient avec animosité, chacun jaugeant la volonté de l'autre.

— Et si vous y alliez tous les deux ? murmura enfin Laura. Je m'enferme ici, avec l'alarme je ne risque rien !

— Bien sûr ! Et s'il t'arrive quelque chose, tu seras totalement seule ! Qui te viendra en aide ? Alice est en congés, Karen ne rentrera pas…

— Paco est là pour me protéger. Mon petit ami a mis les voiles depuis des semaines, et comme vous deux êtes irréprochables, n'est-ce pas ?… Je ne risque pas grand-chose, les piégea-t-elle.

— Je n'aime pas du tout ce que tu insinues, gronda Hervé dont le ton et le visage s'étaient assombris.

— Je n'ai plus confiance en vous deux, tenta-t-elle le tout pour le tout. Je n'ai plus confiance en personne. Soit je reste seule ici, soit je m'en vais ! Ce n'est pas une question, c'est un ultimatum.

Il y eut un nouveau silence, trop long. Enfin, Luc se décida le premier.

— D'accord ! Elle a peut-être raison. Moi, je vais sur les lieux de l'accident, je me casse, fais-en de même ! lança Luc à Hervé. Quand on sera partis, reprit-il pour Laura, change le code de l'alarme.

— O.K. ! Je vais en ville chercher Karen et nous revenons tous les deux ici, finit par acquiescer Hervé, un petit sourire ironique aux lèvres, fixant Luc. Toi, tu t'enfermes, tu ne bouges pas de là. Je suppose que la présence de ta belle-mère te rassurera ?

Laura préféra ne pas répondre. Elle attendit que les deux hommes aient quitté les lieux pour s'enfermer soigneusement. Elle enclencha l'alarme, en changea le code comme le lui avait suggéré Luc. C'était étrange, d'ailleurs, qu'il lui suggère ça s'il était vraiment coupable. Était-ce une feinte pour regagner sa confiance ? Dès qu'elle vit les deux voitures sortir de la cour, elle se jeta dans les escaliers. Le cœur battant la chamade, les tripes et la gorge nouées par la douleur de la perte de Manue — car elle ne se faisait aucune illusion sur l'issue de l'accident — elle jeta pêle-mêle deux rechanges dans son sac de sport, y ajouta le journal d'Élisa, quelques photos et objets précieux qu'elle tenait de sa mère et de sa sœur. Elle ouvrit la fenêtre de sa chambre et appela Paco, une fois d'abord, puis une deuxième. Elle hurla la troisième fois en vain. Des sueurs froides dégoulinèrent dans son dos. Où était-il cet abruti, maintenant qu'elle avait besoin de lui ? Tant pis, elle ferait autrement. Elle dégringola les escaliers au risque de se rompre le cou, courut jusqu'à la porte de liaison entre la maison et le garage, tenta de l'ouvrir, mais quelque chose la bloquait. Poussant de toutes ses forces, elle parvint à s'y glisser, buta sur quelque chose de mou, alluma la lumière et laissa échapper un cri. Paco gisait là, juste derrière la porte, un filet de sang coulait de son oreille, jusque dans son cou. Sous le coup de la panique, elle se jeta sur la porte de garage... fermée à clé. Elle n'avait pas son trousseau sur elle. Elle se rua de nouveau dans la maison. Son cœur battait si fort à présent, qu'elle en avait mal. Elle se précipita sur la porte d'entrée. Essoufflée, elle arrêta l'alarme, ouvrit le battant. Poussant un cri, elle tenta de la refermer, mais n'en eut pas la force. Un coup d'épaule la fit s'ouvrir à toute volée, la projetant au sol, dans le hall. Elle se releva d'un bond, se jeta de nouveau dans les escaliers, tenta d'atteindre la salle de bain. C'était la seule pièce dont la fenêtre n'était pas très haute et d'où elle pouvait sauter sans risquer de se rompre le cou. Elle avait presque réussi à bloquer la porte quand, de nouveau, elle fut projetée par terre par le battant qui s'ouvrit à toute volée.

- 34 -

— Tu sais, hein ? Tu sais tout maintenant, gronda Hervé, le visage défiguré par la haine. Je ne sais pas comment tu as fait, mais je sais que tu sais !

Elle ne l'avait jamais vu comme ça, il n'était plus le même homme. Il n'avait plus rien à voir avec celui qui avait été son père. Il se tenait immobile, les poings serrés, la fixant d'un air pervers. Instinctivement, elle rampa sur le dos jusqu'au mur, bougeant doucement, comme si le moindre geste brusque pouvait lui être fatal. Son cœur battait si fort dans sa poitrine, qu'elle en suffoquait. Elle était si terrorisée qu'il lui semblait que son corps entier était transi et ne répondait plus. Elle n'arrivait même plus à réfléchir.

— Au lieu de fouiller comme une imbécile, tu m'aurais laissé faire ! On partait tous les deux, juste toi et moi. Mais cette pouffiasse de Manue a refait surface. Elle est morte maintenant ! Ça aussi tu le sais, non ? Il n'y a plus que toi… Je l'aimais, Élisa, je l'aimais vraiment, plus que tout au monde, plus encore que toi, même !

— C'est pour ça que tu l'as tuée ? murmura Laura, reprenant un peu ses esprits.

— Ce n'est pas moi qui l'ai tuée ! Je ne l'ai pas tuée ! rugit-il en s'approchant d'elle, menaçant. Si elle était restée avec moi, si elle m'avait écouté, elle serait encore vivante. On devait partir tous les deux pour les États-Unis, reprit-il plus doucement, les yeux dans le vague, comme s'il revivait cette période. Personne n'était au courant, tout était prêt ! Elle était d'accord.

Il avait l'air tellement lointain qu'en une fraction de

seconde, elle décida d'en profiter. D'un bond, elle se releva et fonça sur lui. Surpris par sa rapidité et la force avec laquelle elle le bouscula, il perdit l'équilibre, se rattrapa au chambranle de la porte et tenta de l'attraper au vol, mais elle lui échappa et se jeta vers l'escalier. Il s'élança à sa suite avec une seconde de retard. Elle n'eut pas le temps d'atteindre la première marche. Il l'attrapa par la taille et l'entraîna de force dans sa chambre.

— Maintenant, tu vas me suivre, tu m'entends ? gronda-t-il alors qu'elle tentait de se débattre. De gré ou de force, tu vas me suivre. J'ai assez attendu. Tu vas céder et m'obéir, n'est-ce pas ? Tu vas le faire si tu veux rester en vie.

Il la balança sans ménagement sur le lit. Pleurant, gémissant, elle se débattit comme un diable, griffant, mordant. Il étouffa un juron alors qu'une marque de griffure barra sa joue, laissant couler un filet de sang. Il se mit à la gifler à toute volée, lui coupant le souffle. Un goût de sang envahit sa bouche. Momentanément engourdie, elle cessa de se débattre. La sentant plus docile, il relâcha un peu la pression, se souleva pour pouvoir déboutonner son cardigan. Le souffle court, il semblait avoir perdu la raison, il marmonnait, grognait sourdement. Alors qu'il arrachait quasiment le dernier bouton, elle parvint à lui décocher un brusque coup de genou dans le bas ventre. Dans un gémissement, il tomba du lit, mais se releva aussi vite. Elle bondit par-dessus lui, passa la porte. Courant à sa suite, il lui barra le passage des escaliers. Elle n'eut d'autre choix que de se replier dans la salle de bain. La première chose qu'il lui tomba sous la main, fut une bouteille de parfum appartenant à Karen. Sans réfléchir, elle se retourna et lui pulvérisa le parfum en pleine figure avant qu'il n'ait eu le temps d'esquiver. Dans un hurlement, il recula, aveuglé, les mains sur ses yeux douloureux, lui libérant le passage involontairement. Elle saisit sa chance au vol, se rua vers les escaliers. Mais de nouveau, il l'agrippa par un bras, lui faisant faire volte-face. La douleur le rendait fou de rage, il tapait à l'aveuglette, sans vraiment parvenir à l'atteindre. Elle se débattit de plus belle, criant, pleurant, mordant ses doigts pour le faire lâcher. Leur rixe les mena au ras des escaliers. Dans un ultime effort, elle le poussa de toutes ses forces. Il trébucha sur le tapis, se retint de justesse à elle, en total déséquilibre au-dessus de l'escalier. Elle se cramponna à la rampe pour ne pas basculer à sa suite. Ses yeux se portèrent sur la statue de bronze qui dominait, du haut de son pied en marbre, la mezzanine. Elle parvint à la saisir et dans la foulée, en frappa Hervé en pleine tête. Il y eut comme un temps d'arrêt. Les yeux écarquillés, il la fixa, hébété. Un filet de sang coula sur son visage, puis au ralenti, il lâcha prise et partit en arrière. Son corps massif heurta la première marche, se recroquevilla, dévala l'escalier tel un pantin désarticulé, pour finir, face contre terre sur le marbre blanc du corridor. Peu à peu, une flaque de sang s'étendit autour de sa tête.

Laura se laissa tomber à genoux et fondit en sanglots convulsifs, hystériques. Elle tremblait de la tête aux pieds, ses jambes ne la portaient plus. Elle ne pouvait plus détacher ses yeux du corps inanimé, quelques mètres plus bas. Elle l'avait aimé comme on aime un père, il *avait été* son père. Elle venait de le tuer, elle venait d'ôter la vie à un être vivant... et puis Manue était morte. Il savait déjà quand on avait appelé Luc à propos de l'accident. Luc savait-il aussi ?

— Ce n'était pas un accident, murmura-t-elle pour elle-même. Ils l'ont tuée, comme Élisa. Maintenant, ça va être mon tour, il n'y a plus que moi...

Cette idée agit sur elle comme une gifle. Dans son journal, Élisa lui avait recommandé *de tuer qui voudrait l'arrêter dans sa fuite*. C'était ce qu'elle venait de faire !

— Calme-toi, Laura, s'exhorta-t-elle, et réfléchis à ce que tu dois faire : il faut leur échapper.

Reniflant bruyamment, elle s'essuya le visage du revers de la manche de son cardigan déchiré. Brusquement, elle se releva, courut dans sa chambre, enfila un tee-shirt. Fébrilement, arracha son portable de la ceinture de son jean en priant pour qu'il ne soit pas cassé. Elle appuya sur la touche « code » de son portable, puis sur la touche « 3" : mémoire dans laquelle se trouvait le numéro de Marina.

— Réponds Mary, je t'en supplie, réponds-moi !

Presque par miracle, Marina décrocha.

— Mary, je sais qui a tué Élisa, sanglota-t-elle. Ils essaient de me tuer...

— Laura ? s'étonna Marina qui eut du mal à reconnaître sa voix tant la panique et l'angoisse la déformaient. Attends, calme-toi...

— J'ai pas le temps ! Écoute-moi ! s'écria Laura, à la limite de l'hystérie. J'ai trouvé le journal d'Élisa. Ils essaient de me tuer. Ils ont déjà eu Manue. Ils l'ont tuée. Je vais essayer de venir chez toi. Préviens la police, mais pas Boisseau, ni Silva, surtout pas. Ne dis rien à Dylan non plus...

— Mais Laura, je suis avec Dylan...

— Non ! hurla Laura. Il a entendu ce que j'ai dit ?

— Oui, j'avais mis l'ampli... Laura ? Laura ne raccroche pas ! s'écria à son tour Marina, en vain.

Marina blême leva les yeux vers Dylan. Lui aussi avait pâli. Il se passa nerveusement la main dans les cheveux.

— Putain de merde, murmura-t-il. Si elle ne se réfugie pas chez toi, où peut-elle aller ?

— Un jour, elle m'a parlé d'une grange où...

— Mais oui, la grange ! s'écria Dylan en sortant précipitamment du Totem's, le casque déjà à la main.

— Je viens avec toi...

— Non, sûrement pas ! Essaie de savoir ce qui est arrivé à Manue et préviens David. Laisse ton portable allumé, au cas où !

Le cœur de Laura battait de plus en plus fort. Elle ne pouvait plus se rendre chez Marina, Dylan l'y rejoindrait. Il fallait qu'elle se calme, qu'elle réfléchisse. Il y avait la grange, mais elle pariait qu'il irait directement là-bas, s'il n'était pas déjà en route. Le téléphone sonna de nouveau, la faisant sursauter. Le numéro affiché était inconnu.

— Laura Brissac ?

— Oui, qui est à l'appareil ?

— Annette Bercin, vous savez ? La journaliste...

— Oui, je sais qui vous êtes...

— Emmanuelle m'a appelée tout à l'heure. Elle m'a dit que si elle ne me rappelait pas d'ici une heure, il fallait que je vienne vous chercher. L'heure est passée...

— Elle est morte, ils l'ont tuée, murmura Laura en pleurant.

— Écoutez-moi ! Je sais où est Luc Boisseau. Il n'est pas près de rentrer chez lui. La maison est vide. Je sais où il habite. Allez-y et attendez-moi là-bas, j'y serai dans dix minutes. Faites-moi confiance, allez-y vite !

— D'accord, merci, renifla-t-elle, essuyant déjà ses larmes.

Se sentant un peu revigorée par ce sauvetage inattendu, elle accrocha son portable à la ceinture de son jean, camouflé sous son tee-shirt, après en avoir coupé la sonnerie, seul le vibreur signalerait un appel, au cas où. Il fallait qu'elle puisse s'en servir rapidement et discrètement, le cas échéant. Elle hésita à prendre son sac de sport. Si elle devait fuir, il la gênerait. Il serait toujours temps de revenir le chercher plus tard. Elle l'abandonna à l'entrée de sa chambre. Il fallait qu'elle descende l'escalier, qu'elle passe par-dessus son corps, qu'elle affronte ses yeux vides et accusateurs. Elle n'y arriverait pas... Inspirant profondément, elle se força à faire le vide dans sa tête.

— Allez, ma grande ! se dit-elle à voix haute, c'est la dernière ligne droite. La porte d'entrée est à peine à cinq mètres. Un peu de courage !

Lentement, sans le quitter des yeux comme si elle craignait qu'il ne se relève, elle amorça la descente. Arrivée près de lui, sans réfléchir, elle sauta par-dessus son corps et se mit à courir vers la porte. Enfin elle fut dehors ! Elle prit quelques secondes pour reprendre son souffle et gonfler ses poumons d'air frais, puis elle courut pour traverser la cour. Le chemin jusqu'à la rue ne lui avait jamais semblé aussi long. Arrivée sur le trottoir, elle accéléra encore sa course comme si elle avait le diable aux trousses.

Le fait que la porte d'entrée ne soit pas fermée à clé n'attira pas son attention. Elle entra, la claqua et s'y adossa, reprenant peu à peu son souffle. Elle avança en direction de la cuisine, un grand verre d'eau lui ferait le plus grand bien. Ce ne fut que quand elle entendit une clé tourner dans la serrure que ses sens se remirent en alerte. Elle fit volte-face et se trouva nez à nez avec... Olivier Silva. Dans un cri de panique, elle s'élança vers le salon.

Elle s'arrêta net à l'entrée de la pièce. Son sang s'était glacé dans ses veines. Elle resta clouée sur place, pétrifiée.

Manue avait démarré sur les chapeaux de roue, elle avait pris la direction du centre-ville, c'était la route la plus rapide pour gagner l'hôpital. Elle devait faire vite. Perdue dans ses pensées, elle dut freiner brutalement dans la rue principale. La seule qui menait directement à l'hôpital était barrée par des policiers et des pompiers : un accident ou un incendie ?

— Putain ! jura-t-elle, quand la malchance s'y met ! C'est pas vrai, ils l'on fait exprès !

Elle fit demi-tour rageusement et lança sa voiture dans la direction opposée. Elle allait sortir de la ville, la contourner par le nord et atteindre l'hôpital par le côté opposé. Alors qu'elle roulait en rase campagne, elle remarqua une voiture dans son rétro, loin derrière. Plus la voiture s'approchait, plus il lui semblait la reconnaître. Elle ralentit pour s'assurer qu'elle ne se trompait pas. La Mercedes qui la suivait était si proche à présent que Manue put en reconnaître le chauffeur. Un frisson glacé lui secoua l'échine quand elle se rendit compte qu'elle circulait sur une petite route et qu'elle n'avait croisé encore aucune autre voiture. Elle savait que la Mercedes ne la suivait pas par hasard. D'une main, elle attrapa son portable et tenta d'appeler David, elle dut s'y reprendre à trois fois avant qu'il ne réponde.

— Qu'est-ce que tu foutais, nom de Dieu ! hurla-t-elle. J'ai pas le temps de t'expliquer ce qui se passe, reprit-elle sans attendre sa réponse. Je suis sur la route du moulin, en direction de l'hôpital, mais je suis suivie. Je crois qu'ils vont essayer de me tuer. S'il m'arrive quoi que ce soit, fonce chercher Laura !

À peine eut-elle raccroché que la Mercedes heurta l'arrière de sa voiture, projetant le portable au sol. Comment pouvait-elle deviner que, pendant qu'elle appelait David, Laura tentait de la joindre, elle aussi ? Dans le rétro, Manue vit briller un bout de métal : une arme à feu.

— Bordel, murmura-t-elle au bord de la panique, ils vont me flinguer. Si je m'en sors sur ce coup-là, je me considérerai comme géniale.

Un premier coup de feu fit voler sa vitre arrière en éclat. Dans un cri, elle se baissa vivement pour ramasser son portable tout en appuyant sur l'accélérateur. La route était à présent bordée d'un talus profond et couvert de buissons. Elle était foutue, elle le savait ! Elle venait de comprendre...

— Morte pour morte, au moins, j'aurais essayé, jura-t-elle, les dents serrées.

Elle tira brutalement sur son frein à main tout en détachant sa ceinture de sécurité. La voiture se mit en travers de la route dans un bruit effrayant et dans une odeur pestilentielle de gomme brûlée. La Mercedes ne put l'éviter. Le choc fut violent, mais si cette dernière resta sur la route, la voiture de Manue fut projetée dans le talus et s'arrêta au fond, sur le toit, dans un taillis touffu. Immédiatement, la conductrice de la Mercedes, saine et sauve, descendit le long du talus. Le buisson l'empêcha de voir l'intérieur de l'habitacle, mais la forte odeur d'essence ne la trompa pas. Sortant une boîte d'allumettes de sa poche, elle jeta un rapide coup d'œil autour d'elle, craqua une allumette, s'élança dans le talus et la jeta allumée vers la voiture. Elle n'avait pas encore atteint la route que le véhicule accidenté s'embrasa. Elle sauta dans la Mercedes à l'avant enfoncé, un petit sourire aux lèvres. Une explosion la fit sursauter, faisant jaillir étincelles et fumée noire.

— Bye bye, Manue, sourit la conductrice. Décidément, vous n'avez pas de chance avec les accidents de la route, chez les Descamps !

Alors qu'elle passait le premier virage, elle vit dans son rétro, un véhicule surgir au loin et s'arrêter au niveau de l'accident. Il allait donner l'alarme... Trop tard ! pensa la conductrice avec un sourire.

Dès la fin du coup de fil, David s'était précipité sur sa voiture, déjà dehors – pas le temps de sortir sa moto, même si celle-ci lui aurait permis d'être plus rapide – et avait pris la direction que Manue lui avait indiquée. Plus il avançait, plus son estomac se tordait. Il aurait dû la croiser. Quand il prit la fameuse route du moulin, il aperçut une fumée noire et épaisse au loin. L'angoisse lui fit appuyer sur l'accélérateur. Il avait beau refuser l'évidence, il savait qu'il s'agissait de Manue. Quand il arriva sur les lieux de l'accident, une voiture était déjà sur place et un homme tournait en rond près du talus, l'air hagard. Au loin, les sirènes des voitures de pompiers et de la police se firent entendre. Il bondit de sa voiture sans même couper le contact et se précipita dans le talus. L'homme s'interposa alors, tentant de le retenir, de le repousser.

— J'ai appelé les secours, ils arrivent. Vous ne pouvez plus rien faire.

Mais David, fou de douleur, se débattit, tentant de passer de force. L'homme, relativement costaud, parvint, sinon à l'immobiliser, au moins à le maintenir à l'écart.

— Arrêtez ! Vous ne pouvez plus rien pour les passagers, vous les connaissiez ? Les pompiers arrivent.

— C'était mon amie qui conduisait, murmura David, qui inconsciemment parlait déjà au passé.

Il ne luttait plus que contre le désespoir et les larmes, se laissant repousser par l'inconnu. Pendant quelques instants, il fut transformé en pierre, ne ressentant plus rien, ne parvenant plus à penser. Il regardait la carcasse de ferraille brûler.

— Je suis désolé, lui murmurait l'homme. Elle était seule dans la voiture ?... Quand je suis arrivé, il venait de se produire une explosion.

La poitrine serrée comme dans un étau, il n'écoutait pas ce qu'on lui disait. Il ne cessait de se répéter que ce n'était pas possible, qu'elle aurait dû passer au travers. Elle ne pouvait pas mourir, pas maintenant, elle savait trop à quoi s'attendre, elle ne pouvait pas s'être fait avoir comme ça, c'était trop bête. Les pompiers, en arrivant, lui posèrent la même question. Il répondit comme un automate qu'elle était seule, enfin, il l'espérait. Il les laissa faire leur travail un moment, puis interpella l'un des pompiers qui remontaient le talus, le visage fermé.

— Est-ce que vous avez pu voir quelqu'un dans la voiture ? l'interpella David,

— Non, soupira le pompier, l'air grave. S'il y avait quelqu'un à l'intérieur, il n'y a aucun espoir. La voiture s'est enflammée et a explosé... Vous êtes de la famille ?

— Oui, c'est mon amie qui conduisait, murmura-t-il d'une voix rauque, luttant contre l'émotion qui lui nouait la gorge. Vous n'avez pas retrouvé trace du corps, alors ?

— Je suis vraiment désolé, reprit le pompier, sincèrement peiné, mais avec l'explosion, le corps a dû être... Je ne pense pas qu'on retrouve grand-chose dans les flammes.

Dans un état second, il rejoignit sa voiture. Il n'arrivait pas à savoir s'il ressentait plus de douleur ou de haine. Il s'assit au volant, sans démarrer, tentant de remettre ses idées en place, il n'arrivait plus à réfléchir de façon cohérente. Une seule pensée l'obsédait. Elle était sur le qui-vive plus que quiconque. Comment avait-elle pu se laisser piéger si facilement ? Soudain, il réalisa que Manue ne serait pas la seule victime : Laura ! Il fallait la retrouver. C'est ce que lui avait demandé Manue. Il tenta d'appeler Dylan sur son portable, en vain. Il lui laissa un message, puis, hésitant, se résolut à prendre le chemin du Totem's. Peut-être quelqu'un pourrait-il lui dire où se trouvait son ami, ou même Laura ?

Pendant ce temps, Dylan arrivait à la grange. Par sécurité, il coupa le moteur de sa machine bien avant la fin du chemin, terminant le trajet en roue libre, la gara à l'abri, derrière le vieux hangar. Il y entra discrètement et silencieusement, la gorge serrée et les tripes nouées. L'angoisse de tomber sur le cadavre de Laura grandissait en lui. Le silence était total. Il fit le tour intérieur du bâtiment qui restait désespérément vide. Il s'apprêtait à ressortir, réfléchissant à l'endroit où elle aurait bien pu se rendre quand la porte s'ouvrit devant lui. Surpris, il fit un pas en arrière en faisant face à... Luc. Ce dernier, aussi surpris que lui, s'arrêta net. Il y eut un court silence, puis :

— Qu'est-ce que vous faites là ? lança agressivement Dylan. Vous cherchez Laura ? À moins que...

— Où est-elle ? le coupa Boisseau pâle, les traits tendus. S'il lui arrive quoi que ce soit par ta faute, je te jure que je te bute, toi et toute ta famille. Y'aura pas de prison cette fois !

— Quoi ? s'écria Dylan rageur. Je croyais que c'était toi qui avais intérêt financièrement, à ce qu'elle disparaisse ! Tu t'es débrouillé pour qu'elle me croie coupable, pour qu'elle ait peur de moi, et tu oses me demander où elle est ? T'as déjà tué Manue, n'est-ce pas ? Alors quoi ? Tu as tué aussi Laura ou tu la cherches vraiment ?

— Écoute-moi, reprit Luc qui semblait faire un effort titanesque pour rester calme. On va faire un marché. Tu me rends Laura vivante, je fais sortir Thomas de prison. Je vous donne le fric que vous voulez, un, deux millions d'euros… Vous disparaissez tous les deux de la circulation et plus personne n'entendra parler de cette affaire, O.K. ?

— Et je te laisse tuer Laura en toute impunité ? J'en ai rien à foutre de ton fric de merde. Si Laura meurt, c'est moi qui vais faire un massacre !

Un silence incrédule régna quelques instants entre les deux hommes, chacun fixant et jaugeant l'autre.

— Je tiens à ce que Laura reste en vie autant que toi, connard ! Pas pour les mêmes raisons, mais je tiens à sa vie peut-être plus que toi !

Dylan haussa un sourcil, affichant une attitude provocatrice et arrogante, tout en restant silencieux. Il écouta néanmoins Luc avec une attention accrue.

— Si elle disparaît, je n'aurai plus rien à perdre, murmura ce dernier d'une voix basse, chargée de haine. Je sais que Tommy n'a pas tué Élisa, mais j'étais tellement effondré que je ne me suis pas vraiment penché sur l'enquête. C'est Silva qui s'en est chargé. Quand j'ai compris que ton frère était innocent, j'ai également compris que j'étais le second suspect, juste avant toi, en fait. Si j'innocentais Thomas, je me faisais arrêter. Je sais que tout m'accuse ! Mais il y avait Laura. J'ai délibérément sacrifié ton frère pour rester libre et pouvoir veiller sur elle.

— Thomas n'a pas tué Élisa, toi non plus et moi non plus. Qui alors… ?

— Tu la menaçais.

— Oui ! Mais je ne l'ai pas tuée… On veut tous les deux que Laura reste en vie, n'est-ce pas ? Si on faisait une trêve ? Juste le temps de la retrouver, de la mettre en sécurité, y compris de nous deux ! Après on règle nos comptes, proposa Dylan.

— O.K., se contenta de répondre Luc. Où peut-on la

chercher ? T'as une idée ?

Au lieu de répondre, Dylan prit son portable et composa le numéro de Laura. Celle-ci décrocha instantanément. Il allait parler lorsqu'il s'interrompit, devenant subitement blême. Il leva les yeux sur Luc et eut le réflexe de mettre son portable en main libre pour que ce dernier entende.

— La voix, tu la reconnais ? chuchota Dylan. Où est-ce qu'elle est, là ?

Luc écouta encore quelques secondes puis devint blême.

— Elle est chez moi. C'est le bruit de mon horloge...

Dans un même élan, tous les deux s'élancèrent vers la sortie. Ils bondirent dans la voiture de Luc qui démarra sur les chapeaux de roue, faisant crisser les pneus. Arrivés sur la route principale, ils heurtèrent, sans même s'arrêter, une voiture qui arrivait en sens inverse, brûlèrent feux rouges, stops, grillant les priorités, insensibles aux chocs qui découlaient de leur partie de stock-car. Luc décrocha sa radio et parvint à joindre le commissariat.

— Ici Boisseau ! Demande renforts au 22 rue de Crimée, appel urgent, envoyez ambulance, faites vite ! Ouvre la boîte à gants ! ordonna-t-il à Dylan, prends le flingue et le chargeur supplémentaire. Tu sais t'en servir ?

Dylan acquiesça d'un simple signe de tête et s'exécuta tout en s'étonnant. Boisseau tenait vraiment à garder Laura en vie ? Ou tenterait-il de le tuer après avoir tué Laura ? Il prétexterait avoir agi en état de légitime défense après l'avoir découvert près de son cadavre ? Les jeux allaient être serrés. Lequel des deux s'en sortirait ? Ils avaient apparemment le même but...

– 35 –

Laura resta tétanisée sur le pas de la porte. Dans le fauteuil face à elle se trouvait une femme de profil... sa mère ! Elle devait rêver, ce n'était pas possible !

— Rentre, ma chérie, viens dans mes bras ! Je suis tellement contente de te revoir !

Ce disant, la femme quitta sa position de profil pour se lever et faire face à Laura. Dans un gémissement, celle-ci porta sa main à sa bouche et recula en murmurant « Oh, mon Dieu ! »

— La ressemblance est saisissante, tu ne trouves pas ?

Francine, logiquement morte et enterrée, se trouvait là, debout. Maquillée, portant une perruque, elle ressemblait vraiment à Delphine, ainsi.

— C'est pas possible, bégaya Laura qui crut vivre un mauvais rêve, tu es morte...

— Quel alibi, tu ne trouves pas ? éclata-t-elle de rire. Qui accuserait une morte ? Il y a tellement de coupables potentiels : Luc, Dylan... Cela n'étonnera personne puisque tout le monde les soupçonne et que tout les accuse. Tu commences à comprendre ?... Non, toujours pas, n'est-ce pas ? Comment le pourrais-tu ? Je ne suis même pas sûre qu'Élisa ait vraiment compris avant de mourir, tu sais ?

Instinctivement, Laura se retourna pour fuir, mais se retrouva face à face avec Olivier Silva, un sourire lubrique aux lèvres. Il tenait son arme de service à la main. La porte d'entrée était fermée à clé. Elle n'avait plus aucune chance de leur échapper. Elle sentait la terreur la gagner. Il fallait qu'elle se calme, qu'elle se concentre sur le présent. Il y avait une solution quelque part, forcément. Elle ne pourrait survivre qu'en restant calme.

— Sois sage, Laura, grogna-t-il entre ses dents, ne t'inquiète pas, personne ne songera à venir te chercher ici. Si on veut venir à ton secours, on ira directement chez toi...

Laura sentit son portable vibrer. Discrètement, elle appuya sur la touche la plus à droite, pour décrocher, en espérant que son interlocuteur, quel qu'il soit, comprendrait qu'elle avait besoin d'aide.

— On a eu de la chance que tu ne connaisses pas la vraie voix d'Annette Bercin. Dire que tu allais réussir à nous échapper. Il ne nous reste plus qu'à attendre les retardataires pour commencer notre petite fête !

— Hervé ne viendra pas, si c'est lui que vous attendez. Je l'ai tué ! tenta Laura qui, glacée de terreur, cherchait une échappatoire.

— Tu l'as tué ? s'écria Francine, l'air perturbé. Pauvre Laura ! reprit-elle après avoir réfléchi quelques instants. Dire que tu as tué le seul qui voulait vraiment te sauver ! Il aurait profité de toi, c'est sûr, mais il t'aurait maintenue en vie. Il t'aime vraiment, tu sais ? Comme il aimait aussi Élisa. Il n'était pas d'accord avec nous. Il a essayé de la sauver. D'ailleurs, quand elle est morte, il a voulu nous dénoncer, mais il était complice du meurtre de Delphine et des vieux Descamps. Et puis, il a quand même toujours aimé Karen, alors...

— Je ne veux pas mourir sans savoir la vérité, tenta Laura d'une voix tremblante pour gagner du temps.

— Si tu veux, mais on n'a pas toute la nuit. Je veux bien éclairer ta lanterne, ma chérie, avant que tu ne finisses comme ta sœur. Il y a des choses que je veux que tu saches. Ça fait partie de notre vengeance... Cela remonte à loin, songea-t-elle. Ma mère était *boniche* chez les Descamps, elle faisait un peu tout, gouvernante, cuisinière, femme de ménage, et maîtresse à l'occasion. Ton grand-père était un chaud lapin et le pire des fumiers que la terre ait porté. Quand ta grand-mère est tombée enceinte de Delphine, il s'est jeté sur ma mère. À son tour, cette niaise est tombée enceinte, mais bien entendu, ton grand-père n'a pas reconnu ses enfants, des jumelles, des jumelles dizygotes, tu sais ? Ce qu'on appelle de fausses jumelles ! Il avait pourtant promis à ma mère de divorcer et de refaire sa vie avec sa nouvelle famille, mais quand elle est retombée enceinte à son retour de couche et que le troisième est né, elle a compris qu'elle n'aurait rien à en tirer. Elle l'a menacé et a tenté de lui faire du chantage, alors le père Descamps l'a foutue dehors. Mère célibataire avec trois gosses sur les bras, tu ne peux imaginer les dégâts ! Les jumelles s'appellent... Francine et Karen ! Le troisième s'appelle Olivier Silva, qui est notre vrai nom ! Et voilà, ma chérie, le mystère des trois bâtards, se mit à rire Francine de façon hystérique.

Laura sentait la sueur lui couler le long du dos. Elle tentait de réfléchir à un moyen de s'enfuir, mais son cerveau, comme ses jambes, semblait empli de coton.

— Tu veux t'asseoir Laura ? Tu veux boire quelque chose ? Tu n'as pas l'air de te sentir bien ? ironisa le lieutenant Olivier Silva en la poussant brutalement vers le fauteuil le plus proche. Elle y tomba plutôt qu'elle ne s'assit. Elle eut le réflexe de se tourner légèrement pour ne pas que le micro du téléphone soit étouffé par le tissu du fauteuil.

— Nous avons été élevés dans la rue, comme des va-nu-pieds, rugit Francine avec un regard de folle, alors que notre demi-sœur, Delphine pétait dans la soie ! Delphine a eu droit aux études, Delphine était belle, Delphine était intelligente, Delphine portait de beaux vêtements et avait droit aux parfums et aux bijoux les plus chers. Elle chiait une liasse de billets de cinq cents balles tous les matins... Mais ce n'était pas sa faute, la pauvre ! reprit-elle d'un air soudain innocent et compatissant.

— *Mon Dieu ! Elle est complètement folle,* pensa Laura.

— Et en plus cette abrutie était gentille et généreuse. Elle a tenu à aller à l'école publique, comme tout le monde ! Faut dire qu'elle s'ennuyait toute seule dans son univers de millionnaire, la pauvre petite fille riche ! C'est là qu'on s'est tous connu : Luc, le fils d'ouvrier beau comme un Dieu, Delphine la riche héritière, Hervé le surdoué orphelin de bourges que personne ne connaissait, Karen et moi. Olivier était à part, un peu plus jeune. Et tout le monde ne voyait que par Delphine. Je suis tombée amoureuse de Luc, Karen d'Hervé, mais ta pouffiasse de mère les a eus tous les deux. Et comme ta saloperie de grand-père ne voulait pas d'un roturier dans la famille, elle a épousé Hervé tout en gardant les autres comme amants !

— Luc ? L'amant de ma mère ? Je croyais que c'était Florent Pichetti...

— Pichetti aussi, sûrement. Elle n'était pas à ça près ! Quant à Hervé, il aimait Karen, mais avait besoin du fric et de la renommée des Descamps. C'était un arrangement avec le vieux. Luc m'a épousée parce qu'il savait tout et menaçait Descamps de tout dévoiler — en fait, toute la fortune Descamps appartenait à madame Joséphine Descamps. Or elle n'était pas au courant des liaisons adultères de son mari. Elle l'aurait foutu dehors. Jules Descamps a donc offert à Luc ses études et une splendide villa, à condition qu'il se taise, m'épouse et disparaisse de la vie de Delphine. Quel vieux fumier ! Ses filles illégitimes *relativement* casées et à l'abri du besoin, il a cru que ça effacerait le mal qu'il nous a fait. Donc, il s'est offert le luxe d'avoir une deuxième héritière légitime pour prouver à sa femme à quel point il l'aimait : Emmanuelle Descamps ! Ça sonne bien, non ? Alors avec Karen, on a commencé à jouer... Un jeu très très long qui nous a demandé beaucoup de patience... Je suis devenue la voisine et l'amie de Delphine, mais comme j'étais dépressive, je devais souvent partir et laisser la place aux amoureux adultères. Quand on a su, Karen et moi, qu'Hervé était stérile et que Delphine se trouvait enceinte, je dois avouer qu'on a jubilé. Et trois ans après, v'là la deuxième : deux moyens de s'amuser, deux objets de vengeance ! On a commencé à détruire la famille. On a été logiques, on a commencé par les plus vieux. Delphine allait à des soirées mondaines, seule avec ses parents et l'un de ses amants, le chauffeur Florent Pichetti. Hervé trouvait toujours des excuses pour y échapper. Il n'aimait pas sortir, disait-il. Piéger la voiture et provoquer un accident a été un jeu d'enfant, surtout pour Karen, elle est tellement douée au volant ! Elle s'amuse comme une petite folle... D'ailleurs elle ne devrait plus tarder à nous rejoindre puisque Manue est morte. Oh ! Je ne t'ai pas choquée au moins ? Tu es déjà au courant, non ? fit mine de s'affoler Francine.

— Vous êtes tous tarés ! hoqueta Laura. Je suis entourée de débiles bâtards...

La gifle qu'elle prit en pleine figure lui fit éclater la lèvre et la projeta sur l'accoudoir du fauteuil. Le souffle coupé, elle s'efforça de rester calme. Il lui fallait gagner du temps.

— Luc sait que tu n'es pas morte ? tenta Laura.

— Luc a beaucoup de choses à se reprocher. Il veut sa part du gâteau. Il voulait se débarrasser de moi pour garder l'héritage pour lui tout seul. Je lui ai facilité la tâche ! Je l'ai toujours aimé sans équivoque et sans réciproque. Il est tout à fait normal qu'aujourd'hui, je le trahisse et que je me débarrasse de lui à mon tour. Mais pour ça, je vais attendre la fin de cette histoire. Je veux me débarrasser de lui sans me salir les mains. Il va faire exactement ce que je veux qu'il fasse ! C'est pas génial, ça ? Je vais laisser mon propre mari se mettre hors-jeu lui-même !

— Tu n'y arriveras jamais. Il n'est pas né de la dernière pluie, tenta Laura qui voulait la contrer, mais surtout gagner du temps, gagner du temps...

— La ferme ! hurla Francine, laisse-moi le plaisir de t'expliquer tout dans l'ordre, reprit-elle plus doucement. Tu loupes des étapes... J'en étais où ? Ah oui ! Plus de Delphine. Hervé éploré, obligé d'élever seul ses deux filles et sa belle-sœur, situation dramatique ! Heureusement que Karen était là pour vous récupérer ! Elle a eu une sacrée patience de vous élever en attendant de pouvoir se venger. À quinze ans, Élisa était magnifique. Karen savait qu'Hervé avait des penchants pour les très jeunes filles et qu'il craquait complètement pour l'aînée des siennes. Elle lui a fait comprendre qu'il ne fallait pas refouler ses pulsions, puisqu'après tout, il n'était pas vraiment son père. Du coup, elle s'absentait toujours à bon escient. Et voir Élisa dépérir, souffrir, en baver était devenu sa vraie libido. Par contre, on ne savait pas bien comment la tuer. On y a réfléchi, et paf ! V'là-t'y pas que notre pigeon nous tombe du ciel ? Un gosse des rues, une mauvaise fréquentation. Personne ne s'en étonnerait. Thomas n'était que de la mauvaise graine.

— Ça veut dire que Luc est innocent ?

Francine éclata d'un rire méchant.

— Pas forcément ! Il a toujours adoré ta mère, elle l'avait envoûté, il était obsédé par elle. Quand elle est morte, il a pété les plombs. Il avait son image constamment sous les yeux, sous les traits de ses propres filles, mais il n'arrive pas à en garder une en vie, c'est terrible, non ? Et le pire dans tout ça, c'est que tout l'accuse. Il est toujours au mauvais endroit au mauvais moment. Qui sait ? Il y a tellement de richesse en jeu que c'est peut-être lui. Élisa ressemblait beaucoup à Delphine et, quand tu es fou d'amour, tu peux perdre la raison et vouloir te taper le sosie en plus jeune, de ton grand amour, non ?

— Alors il n'a pas pu la tuer s'il l'aimait tellement.

— Tu n'as pas encore compris ? L'amour est si proche de la haine et l'appât du gain peut faire pencher la balance. N'importe qui sacrifierait un grand amour pour quelques millions, non ? Hervé devait hériter, mais puisque tu l'as tué, c'est Karen et Luc qui vont toucher le pactole. Dans le fond, t'as bien fait : un de moins. Il y avait bien Manue, mais, après nous avoir fait chier pendant des années celle-là, on s'en est enfin débarrassé ! Dire qu'on pensait, à une époque, qu'elle allait se détruire seule à grand coup de drogue. Mais non ! Il a fallu qu'elle tombe sur cette bande de sales gosses, Dylan, Thomas, et son ex-là ! David, c'est ça ? Bref ! Plus de Manue. Quant à Élisa, je te fais grâce des détails sur sa mort, le moment où elle a été étranglée, violée et poignardée. Je n'ai qu'un regret : ne pas avoir filmé.

— Espèce de sale pouffiasse de merde, lui cracha au visage Laura en bondissant du fauteuil, le visage ravagé par les larmes et la haine.

Telle une furie, elle sauta sur Francine, la gifla, lui lacérant le visage avec l'un de ses ongles cassés en lui crachant :

— Mon grand-père ne pouvait pas reconnaître des chiards débiles et dégénérés nés d'une chienne...

Francine hurla. L'attaque de Laura fut si vive qu'Olivier fut pris de court. Il attrapa Laura par la taille alors qu'elle s'attaquait à la gorge de Francine. La jetant au sol, il calma son accès de rage par un coup de pied dans les côtes. Laura gémit en se recroquevillant. Le coup lui avait coupé le souffle. À demi inconsciente, elle gisait au sol, incapable de respirer, les deux bras croisés sur son ventre. Dans un râle, elle tenta désespérément de reprendre haleine. Silva allait taper de nouveau quand il fut arrêté par sa sœur.

— Ne l'abîme pas trop. Il faut qu'elle se sente mourir, qu'elle soit consciente jusqu'au bout. C'est vrai que t'as plus de caractère que ta sœur, mais ça ne te sauveras pas ma p'tite ! ajouta-t-elle essoufflée.

Laura était parvenue à reprendre sa respiration lentement. La douleur lui tordait l'estomac. Encore au sol, elle songea aux dernières paroles de Luc chez elle. Il voulait l'emmener avec lui, il craignait le pire. S'était-elle trompée ? Aurait-elle dû lui faire confiance, suivre son propre instinct ? Elle avait eu du mal à croire en sa culpabilité. Et Dylan ? Où était-il en ce moment même ? Était-il leur complice, lui aussi ? Mon Dieu, Tommy était donc bien innocent. Elle l'avait détesté. Comme il avait dû souffrir ! Ça avait dû être terrible de découvrir le corps ensanglanté et sans vie de celle qu'il aimait, puis de payer pour un crime qu'il n'avait pas commis.

— Tu vas te tenir tranquille maintenant ? haleta Silva en la relevant brutalement et en la rejetant sur le fauteuil.

— Donc, j'en étais où ? Ah oui, Karen ! Il faut que je l'appelle, je trouve qu'elle met du temps à arriver...

— Et Dylan ? questionna Laura, d'une voix rauque. Quel rôle a-t-il joué là-dedans ?

— Dylan est un emmerdeur, un peu trop intelligent, un peu trop séduisant, un peu trop encombrant, pas facilement influençable. On l'a prévenu à l'époque, que si Thomas continuait à fréquenter Élisa, on l'éliminerait. Alors il a tout fait pour les séparer, pour protéger son frère. Il est très famille, en fait. Il est venu ce fameux soir, pour empêcher Thomas de partir avec Élisa. Ils ont tous été présents à un moment ou à un autre. Ils sont tous des tueurs potentiels, du coup ! Et Dylan aussi est un gosse illégitime dont la mère avait peu de moyens. En donnant un petit coup de main au bon moment, il peut innocenter son frère et s'emplir les poches. Que demande le peuple ? Tu veux savoir la vérité ? On va jouer aux devinettes, s'amusa Francine. À ton avis, qui a tué ta sœur ? Allez, joue le jeu, réponds ! Ça peut être rigolo.

Laura regardait Francine comme si elle dévisageait un monstre. Elle se demandait si elle ne se trouvait pas en plein cauchemar. La situation avait quelque chose d'irréel. Elle se trouvait dans une pièce avec une fausse morte complètement folle et son frère qui donnait l'impression de se moquer totalement de la situation. Il se curait les ongles près de la fenêtre et ne semblait plus intéressé par ce qui se passait. Laura combattait la panique qui la paralysait. Malgré la peur, son cerveau fonctionnait à toute vitesse. Il lui fallait gagner du temps. Il y avait bien la baie vitrée dont les volets étaient tirés. Ils n'étaient pas vraiment fermés. Elle pourrait peut-être essayer de se jeter à travers la vitre, mais il lui faudrait traverser la pièce et passer à côté de Silva. Elle doutait qu'il la laisse faire. Réfléchir ! Il fallait réfléchir avant que Karen n'arrive. Elle connaissait bien la maison, elle pourrait essayer de monter à l'étage, gagner la grande terrasse sur laquelle s'ouvrait la chambre de Luc. De là, elle sauterait dans le jardin. Elle était souple, jeune... Il y avait de grosses pierres au sol, mais si elle parvenait à sauter dans les buissons d'hibiscus, peut-être avait-elle une chance de ne pas se rompre les os...

— Tu vas répondre ? hurla soudain Olivier, en lui sautant dessus et en la giflant à toute volée.

Laura se débattit en hurlant, avec la force du désespoir. Elle lui lacéra le visage à coup de griffes, mordant, frappant. Elle tenta d'atteindre ses yeux, mais, dans un rugissement de rage et de douleur, il attrapa sa main au vol et se mit à la frapper. Elle se débattit de plus belle, tentant de rester insensible aux coups. Elle parvint à lui planter les ongles dans le cou et ne le lâchait plus. Elle faillit prendre le dessus, mais Francine vint à l'aide de son frère. Au moyen d'un torchon, elle étrangla Laura, la forçant à lâcher Olivier. Fou de rage, celui-ci se jeta sur elle, déchira son tee-shirt, tenta de s'attaquer à la ceinture de son jean. Laura suffoquait. Le tissu entamait sa gorge. Elle cherchait désespérément à respirer. La douleur dans ses poumons devint intolérable. Dans un sursaut de lucidité, elle cessa de se débattre. Silva en profita pour ouvrir son jean. Francine, la sentant moins résistante, voire passive, relâcha un peu la pression sur sa gorge. Dans un gémissement, Laura réussit à aspirer une bouffée d'air, puis une autre. Alors que Silva s'énervait sur sa propre ceinture et profitant de ce qu'ils la croyaient presque inconsciente, elle plia doucement une jambe et la détendit d'un coup, administrant un coup de pied violent dans l'entre-jambes de Silva. Celui-ci poussa un cri rauque, perdit l'équilibre et tomba en arrière, sur la table du salon, faisant éclater le plateau en verre en mille morceaux. Profitant de la surprise, Laura plongea en avant dans le verre, faisant tomber à sa suite Francine. Celle-ci, dans un réflexe pour se retenir, lâcha le torchon alors qu'elle tombait lourdement dans les débris coupants. Elle se mit à hurler. Laura gémissante toussa violemment tout en essayant de reprendre son souffle. Ses poumons la brûlaient, son cœur battait trop fort en elle. Elle crut un instant qu'elle allait perdre connaissance, mais la vue de Silva qui se relevait en grondant, les deux mains enserrant son sexe, lui donna la force de se redresser et de se mettre à courir. Elle parvint à atteindre les escaliers, mais il l'attrapa par une cheville, la faisant trébucher. De nouveau, elle tapa de son pied libre plusieurs fois, ignorant ses jurons et ses menaces. Dès qu'il l'eut lâchée, elle se précipita, d'abord à genou puis en courant, dans les escaliers, pleurant, gémissant, soufflant. Sans regarder derrière elle, elle courut jusqu'à la chambre de Luc, claqua la porte et, miracle ! Il y avait une clé. Ses doigts tremblaient tellement qu'elle eut du mal à la faire tourner dans la serrure. Enfin, elle se laissa tomber par terre, sanglotant, gémissant. Ses mains étaient ensanglantées, ses lèvres aussi, son cou portait les stigmates de la strangulation et la faisait souffrir. Elle avait du mal à respirer, à reprendre son souffle, mais elle était vivante. Il fallait absolument qu'elle sorte de là. Un brouhaha monta vers elle, des bruits de lutte, des cris, comme s'ils se battaient entre eux, puis quelqu'un monta les escaliers en courant. On l'appelait. Terrorisée, elle ne parvenait plus à réfléchir, encore moins à comprendre ce qu'on lui disait, qui criait son prénom. Elle referma la ceinture de son jean en tremblant. Des coups contre la porte lui firent comprendre qu'on essayait de la défoncer, une partie cédait déjà. En gémissant, elle se précipita vers la baie vitrée, lutta en tremblant contre la poignée qui refusait de s'ouvrir. Elle traversa enfin la terrasse et atteignit le mur qui la ceignait. Elle allait l'enjamber malgré la hauteur quand elle entendit une voix différente, une voix si familière :

— Laura arrête ! Viens vers moi !

- 36 -

David, le cerveau empli de coton, prit la direction du Totem's automatiquement, guidé par son instinct et l'habitude... À peine sa voiture fut-elle garée, que Marina, Vincent et Nanou se précipitaient à sa rencontre. Ils parlaient tous en même temps, mais se turent simultanément en découvrant son visage ravagé par les larmes et la haine.

— Alors c'est vrai ? murmura Marina dans un souffle, Manue est morte ?... Et Laura ?

— Je ne sais pas où elle est, Dylan non plus, répondit David d'une voix lasse et résignée.

Marina lui rapporta alors sa conversation avec Laura au téléphone, la présence de Dylan, son départ précipité.

— Il voulait que je vérifie pour Manue et que je te joigne, mais j'ai appelé partout et tu ne réponds pas à ton portable.

— Il a dit qu'il allait à la grange ? réagit enfin David.

— On vient avec toi, décida Vincent.

— Surtout pas ! Je ne sais pas ce qui se passe, mais quoi qu'il arrive, moins il y aura de monde sur place, moins il y aura de dégâts. Et surtout, s'il arrive quelque chose à Dylan ou à moi, il faut que quelqu'un continue ou nous donne un coup de main de l'extérieur, O.K. ? On aura peut-être besoin de vous plus tard !

Il démarra sur les chapeaux de roue et fonça d'abord à la vieille grange. Comme il la découvrit vide, que la moto de Dylan était garée derrière et que des traces de pneus dans la terre semblaient bien fraîches, il repartit en direction de chez Brissac. Il arriva dans la propriété par le côté opposé à la maison de Boisseau qui était, du coup, totalement masquée.

Prudent, il avait laissé sa voiture dans la rue. La porte était entrouverte, il la poussa prudemment, entra sans bruit, fit quelques pas dans le corridor avant d'apercevoir la forme sombre allongée au bas de l'escalier. Le cœur battant plus vite, il s'en approcha, chercha en vain le pouls de l'homme qu'il venait de reconnaître. Un frisson d'appréhension le parcourut. Où pouvait être Laura ? Était-elle seulement en vie ? Plus rapidement, il fit le tour des pièces du bas en l'appelant. Tout restait silencieux. Il grimpa les escaliers quatre à quatre, repéra le sac de sport abandonné, l'ouvrit, et reconnut les affaires de Laura. Elle avait voulu partir, mais n'en avait vraisemblablement pas eu le temps. En fouillant, il sentit la couverture rigide d'un livre qu'il sortit. Il ne mit pas longtemps à comprendre de quoi il s'agissait. Par curiosité, il chercha la dernière feuille écrite, celle qui datait du 12 juillet, et qui comportait le message à sa sœur. Il poussa un soupir de désespoir et de colère en le fermant brutalement.

— Putain, elle n'a rien compris. Elle a entraîné Laura sur une fausse piste, murmura-t-il pour lui-même.

Il ferma le sac, gardant avec lui le journal d'Élisa. La gorge nouée, il commença l'inspection des chambres, puis de la salle de bain, sans cesser de prier pour ne pas tomber sur son cadavre, mais elle n'était nulle part. Il resta sceptique quant à la démarche à suivre. Soudain, des détonations retentirent : des coups de feu ! Il se précipita sur la fenêtre de la salle de bain pour tenter de déterminer d'où ils provenaient.

Alors que la voiture de Luc bondissait et slalomait dans la circulation, les deux hommes suivaient la conversation grâce au portable de Laura, avec attention.

— Vite, Bon Dieu ! Il est en train de la tuer, gronda Dylan, les poings serrés.

— On arrive, ragea Luc en amorçant un virage pratiquement sur deux roues pour rentrer dans sa cour.

La voiture n'était pas encore arrêtée que Dylan en avait déjà sauté et se jetait sur la porte d'entrée fermée à clé. Trop impatient pour tenter quoi que ce soit, il fit le tour de la maison en courant. Les volets protégeant la baie vitrée n'étaient pas totalement fermés. D'un violent coup de pied, Dylan en fit voler un. À travers les vitres, il eut la brève vision du mobilier renversé, de la table basse brisée, du verre qui jonchait le sol, mais également de Francine qui, les mains en sang, tentait d'en enlever des bouts de verre. Dans un accès de rage, il se jeta à travers la vitre, la faisant voler en éclat. Francine se précipita en hurlant dans le corridor qui ouvrait sur plusieurs autres pièces. Dylan ne perdit pas de temps avec elle. Il appelait Laura, de plus en plus fort. Entendant du bruit à l'étage, il s'y précipita. Arrivé sur le palier désert, il devina grâce aux traces de sang, derrière quelle porte Laura avait dû se réfugier. En proie à une angoisse grandissante, il se jeta sur la porte, la défonçant à coups de pieds. Quand il parvint à entrer, ce fut pour la voir traverser la terrasse et s'apprêter à sauter la balustrade, à plus de cinq mètres de haut. Il hurla son prénom pour qu'elle s'arrête. Lorsqu'elle se tourna vers lui, le visage tuméfié, en sang, ravagé par la terreur et les larmes, ses vêtements déchirés, il sentit son sang se glacer dans ses veines. Son regard empli d'épouvante et de désespoir lui fit craindre le pire.

— Laura ! s'écria-t-il, arrête ! Viens vers moi !

Laura, en total état de choc, était incapable de réagir, de penser avec cohérence. Elle tremblait de tous ses membres, le souffle saccadé. La vue de Dylan la soulagea intensément tout en la terrorisant. Une partie d'elle ne souhaitait que se réfugier dans ses bras, retrouver le havre de sécurité et de tendresse qu'il lui avait offert jusque-là. L'autre partie de son cerveau ne voyait que les quelques lignes écrites par Élisa. La Clio rouge le soir du meurtre, garée devant l'appartement, les menaces de mort qu'il avait proférées contre elle. Il était peut-être son assassin. Des larmes silencieuses traçaient des sillons sur ses joues. D'un geste tremblant de la main, elle essuya un filet de sang qui coulait de sa bouche. Des spasmes nerveux secouaient sa poitrine.

— Va-t'en, je t'en prie, ânonna-t-elle d'une voix sourde.

— Laura, je t'en supplie, murmura-t-il, fais-moi confiance, viens vers moi... Je vais te sortir de là !

Tout en parlant, il s'approchait doucement d'elle. Quand elle s'en rendit compte, elle sauta légèrement en arrière pour s'asseoir sur le mur, le dos dans le vide.

— Non ! s'écria-t-il en s'arrêtant net, les deux mains en avant comme pour la retenir. Laura, si j'avais voulu te tuer, j'aurais pu le faire des dizaines de fois. Même à Châtel, j'aurais jeté ton corps dans un précipice, ni vu, ni connu. Pourquoi je te tuerais aujourd'hui, hein ?... Viens vers moi, je vais te sortir de là... Je t'aime, Laura... Ne les laisse pas te tuer... Pas sous mes yeux... S'il te plaît !

Les larmes de Laura s'étaient muées en sanglots. Lentement, elle pivota d'un quart de tour, se trouvant à cheval sur le mur. Dylan retint son souffle :

— Tu... avais une... voiture rouge... Tu la menaçais... Tu l'as tuée...

— La voiture, c'était celle de ma mère, Laura. Je l'ai menacée pour tenter de l'éloigner de Thomas. Je savais ce qui allait arriver... Ils se sont mis tous les deux en danger en restant ensemble. Je voulais les séparer pour les sauver, bordel !... Viens, Laura ! Pense aux nuits d'amour qu'on a passées ensemble. Tu me crois capable de te faire l'amour comme je l'ai fait et de te tuer après ? Sincèrement ? Oublie les autres et suis ton instinct, Laura ! Ton instinct...

De nouveau, il avançait tout doucement, presque imperceptiblement. Maintenant qu'elle était de profil, il apercevait dans son cou des traces de strangulation. La haine commençait à lui tordre les tripes, presque autant que la peur, à présent. Son laïus avait semblé la toucher. Elle ne bougeait plus, semblant lutter contre elle-même. Elle ne savait plus... La peur de lui le disputait à son amour pour le Dylan de ses rêves, celui qu'elle avait tant adulé. Elle brûlait d'envie de céder, de courir se réfugier dans ses bras, mais ce serait peut-être sa fin.

— J'ai trouvé son journal. Elle t'accuse, tenta-t-elle une dernière fois.

— Je sais. Elle est morte avant d'avoir su la vérité, Laura ! J'ai rien pu faire pour elle, ne me fais pas vivre ça deux fois, mon cœur, je t'en supplie !

— Elle dit aussi que Manue a commencé à se droguer

avec toi, que tu es de mèche avec Luc. C'est pour ça qu'il ne t'a jamais arrêté !

— Manue s'est mise à fumer quand on était ensemble, mais j'ai passé très peu de temps avec elle. Quant à Boisseau, tu me vois être de mèche avec le mec qui a mis mon frère en taule et qui te veut, toi ? Élisa paniquait les derniers temps. Sois lucide, Laura, comme tu l'as toujours été. Qu'est-ce que tu crois, toi, au fond de ton cœur ?

Presque vaincue, elle baissa les yeux une seconde, juste le temps pour lui, de bondir sur elle pour l'agripper et l'éloigner du vide. Dans un accès de terreur qui tourna à l'hystérie, elle se débattit telle une lionne pour lui échapper. La voix de Dylan durcit en même temps que ses gestes.

— Ça suffit maintenant ! Calme-toi ? jura-t-il.

Il l'immobilisa contre lui, sans ménagement pour son corps déjà endolori, avec une violence dont elle l'aurait cru incapable. Il la maintint dos contre son torse. D'une main, il enserra ses deux poignets, alors que de l'autre avant-bras, passé sous son menton, il immobilisait sa tête, l'étranglant à moitié. Terrorisée par la probabilité d'une seconde séance de strangulation, elle se débattit de plus belle, gémissante. Il accentua la pression, l'immobilisant totalement.

— Tu te calmes maintenant, c'est compris ? Arrête ! Ne me force pas à te faire mal !

Suffocante, des larmes de douleur coulant sur ses joues, à bout de force, elle cessa de se battre, priant pour qu'il la tue vite, que tout se termine rapidement, à présent. Elle n'en pouvait plus. Mais la pression diminua doucement. Elle put reprendre son souffle avidement, de façon saccadée, entrecoupée de gémissements et de spasmes nerveux.

— Doucement, murmura-t-il à son oreille. C'est fini, mon cœur, calme-toi... Je vais te sortir de là, je te le jure...

Il la fit pivoter doucement et l'accueillit dans ses bras. Elle s'écroula contre son torse, baissant les armes. Elle sanglotait frénétiquement, le corps secoué par de lourds spasmes nerveux. Elle était à bout de résistance physique. Il la serrait contre lui, une main enfouie dans ses cheveux, caressant son dos, lui murmurant doucement des phrases rassurantes, mouchetant ses cheveux de petits baisers. Elle

était sur le point de se calmer lorsque les hurlements de Francine ponctués par trois coups de feu espacés de quelques secondes retentirent, faisant tressauter et gémir Laura à chaque fois. Dylan la serra plus fort contre lui, tentant de lui boucher les oreilles pour la calmer, la rassurer. Ensuite le silence envahit la maison. Dylan repoussa légèrement Laura pour inspecter ses blessures et en définir la gravité quand une voix claqua dans son dos :
— Lâche-la !

Luc qui s'était acharné à ouvrir la porte avec ses clés jaillit dans l'entrée, juste à temps pour voir s'enfuir Francine. Puisque Dylan montait à l'étage, il prit en chasse sa femme ressuscitée, ouvrant les portes à coups de pied, il finit par la trouver, l'air terrorisé, dans une chambre d'amis, alors qu'elle tentait d'ouvrir la fenêtre pour fuir. Elle lui fit face quand il hurla son prénom.
— Luc, ne sois pas fâché, je vais t'expliquer, lança-t-elle précipitamment, les yeux exorbités en le voyant sortir son arme de service.
Calmement, il l'arma, leva la main et les yeux sur elle, le visage déformé par la haine.
— Espèce de vieille pouffiasse dégénérée, vieille salope !
— Luc, essaie de comprendre, elles t'ont volé à moi, je t'aime tellement, j'ai tellement souffert...
— Eh bien, ça ne fait que commencer. La première, c'est pour Delphine, gronda-t-il en appuyant sur la détente.
La première balle l'atteignit au genou droit. Elle s'écroula dans un cri, se tenant le genou ensanglanté. Elle pleurait, criait, tentait encore de l'amadouer, mais calmement, froidement, Luc leva son arme une deuxième fois. Jamais il n'avait ressenti autant de haine, de rage pour quelqu'un. Il se faisait l'effet d'une machine dénuée de sentiments, il n'était plus lui-même. Il n'était plus qu'un paquet de nerfs dévasté par la colère et la douleur. Il avait, grâce au portable de Dylan, suivi en grande partie son récit.
Elle continuait à le supplier de façon hachée, presque incohérente, gémissant, criant par moment. Mais pas un seul instant, il eut la moindre compassion pour cette femme qu'il

exécrait à présent. Elle vit avec terreur, son arme se pointer de nouveau sur elle.

— Celle-ci, c'est pour Élisa !

Il lui perfora le genou gauche. Francine ne cessait plus de hurler, se roulant par terre de douleur, gémissant, bavant.

— Tu n'as pas l'droit de faire ça, t'es un flic ! hurla-t-elle.

— Ben, je viens tout juste de démissionner !

La troisième détonation retentit, lui perforant la poitrine sous l'épaule gauche cette fois. Ses cris s'étaient mués en geignements, en gémissements insupportables.

— Et celle-là, c'était pour Manue. Prie pour que Laura reste en vie, salope ! Parce que si elle meurt, je te découpe en morceau à l'aide d'une petite cuillère. Pour l'instant, je vais te laisser te vider de ton sang comme ça ! Et arrête de te plaindre, ça ne souffre pas, un mort, n'est-ce pas ? Sale enflure ! finit-il par cracher.

Sans le moindre remords, sans la moindre pitié, il tourna les talons et reprit prudemment l'escalier. Il ne savait pas où se trouvait son fameux collègue, Olivier Silva. Il était bien placé pour savoir à quel point ce dernier était doué dans les planques, les attaques-surprises et le maniement des armes à feu. Il pénétra dans sa chambre dont le chambranle était taché de sang. Il reçut un violent coup au cœur en découvrant Dylan à genoux, de dos, tenant contre lui le corps immobile de Laura. Des sueurs froides lui glacèrent le dos. Ce n'était pas possible... Pas possible qu'il arrive deux fois trop tard, pas deux fois. Sa voix vibrante de haine claqua tel un fouet dans le silence :

— Lâche-la !

Il se tenait dans l'entrée, solidement campé sur ses jambes légèrement écartées, les bras tendus en avant, les deux mains crispées sur son arme de service. Dylan se retourna brusquement, serrant plus fort Laura contre lui, dévisageant silencieusement son adversaire, comme s'il voulait discerner s'il était sérieux et quelles étaient vraiment ses intentions. Laura avait sursauté aussi et s'était agrippée à Dylan, plus fortement.

— Tu ne m'as pas entendu ? gronda-t-il, soulagé de la

voir bouger. Lâche-la !... Laura, dégage de là, vite !

— Oh non, je ne la lâche pas ! rétorqua Dylan, les mâchoires serrées, la cramponnant plus fort. On a dit qu'on la mettait en sécurité d'abord !

— Justement, elle ne l'est pas avec toi. Laura, ordonna-t-il, éloigne-toi de lui.

Tremblante, elle se blottit plus fortement contre Dylan, mais quand le cliquetis de l'arme résonna dans la pièce, elle se détacha vivement de lui, affolée à l'idée que Luc lui tire dessus. Ce dernier pâlit brusquement en découvrant son visage tuméfié et ensanglanté.

— Ne fais pas ça, je t'en prie, murmura-t-elle d'une voix faible, comme si elle n'avait même plus la force de protester, j'ai confiance en lui...

— Et pas en moi, je sais ! claqua la voix de Luc, mais je m'en fous, je veux que tu t'éloignes...

— Si... j'ai confiance en toi aussi... maintenant... Je suis désolée d'avoir douté de toi, tenta-t-elle dans un reste de sang-froid.

Hésitant, Luc finit par baisser son arme. Dylan poussa un léger soupir de soulagement.

— On reste tous les trois, O.K. ? murmura Luc. Si jamais j'ai le moindre doute sur tes gestes, je te bute ! Il faut qu'on se barre de là. Je ne sais pas où est Silva.

Sans protester, Dylan se leva, aida Laura à en faire de même. Elle semblait si fragile, si faible sur ses jambes, qu'il voulut la prendre dans ses bras, mais elle l'en dissuada.

— Ça va, je peux marcher...

Dylan enleva sa veste en jean et la lui enfila pour cacher son corps à moitié dénudé par son tee-shirt en lambeau. Il prit les escaliers le premier, sous l'ordre et la menace du policier. Laura, pas très rassurée d'avoir Luc dans son dos, ne put que se résoudre à le suivre. Alors que Dylan arrivait sur la dernière marche, il fut surpris par Silva qui bondit sur lui. Dans un réflexe, il attrapa Laura d'une main pour la rejeter en arrière et balança un violent coup de pied à Silva qu'il atteignit en pleine figure. Le coup lui éclata le nez et brisa sa mâchoire. Il tomba à la renverse, inconscient, s'écroulant lourdement sur le dos. Sa tête fit un bruit mat sur le carrelage.

— Je suppose que je dois te dire bravo ? grogna Luc.

— Ne te force pas, surtout ! Ça va te gercer les lèvres, répondit Dylan sur le même ton.

Après tant d'émotions, de coups reçus, de tension nerveuse, Laura se sentit soudain très bizarre. Les murs se mirent à tourner autour d'elle, une lumière blanche l'éblouit d'un coup. Elle vit les lèvres de Dylan bouger, sans comprendre ce qu'il disait puis ce fut le trou noir.

Une sensation de fraîcheur sur son front, son visage, l'aida à ouvrir les yeux. Elle était allongée sur le canapé et Dylan lui tamponnait le visage avec un linge mouillé. Derrière lui, Luc arrivait avec un verre d'eau. Il lui souleva la tête et l'aida à boire un peu. Des fourmillements dans les membres la ramenèrent à une conscience totale. Les deux hommes, penchés sur elle, semblaient tellement inquiets.

— C'est bon, murmura-t-elle, ça va, on peut y aller...

— Elle a raison, il faut se casser de là, vite fait, lança Dylan de plus en plus angoissé.

Luc acquiesça en se retournant. Comme au ralenti, il vit Silva se relever, son arme de service à la main, et viser dans la direction de Laura. Dylan lui tournait le dos. Luc eut juste le temps de hurler. Dylan tourna la tête un quart de seconde puis, dans un réflexe inconscient, propulsa Laura à terre et se jeta sur elle. La première détonation retentit, assourdissante. Dylan se releva d'un bond, souleva Laura, la projeta d'un bras derrière le canapé et plongea de nouveau sur elle, au moment de la deuxième détonation, suivie par quatre autres presque simultanées. Luc qui s'était réfugié dans les escaliers tirait aussi. Dylan serrait contre lui, le corps de Laura secoué par des sanglots qui se muaient en spasmes nerveux, la protégeant du sien, du mieux qu'il pouvait. Elle semblait en état de choc, tétanisée par la peur.

— Ça va aller, on va s'en sortir, calme-toi ! ... Laura, reprit-il un peu essoufflé, tu peux courir ?... Je vais te couvrir, tu vas sortir en courant et t'enfermer dans la voiture de Luc, lui ordonna-t-il soudain, la voix rauque et haletante.

— Non ! Non, je ne peux pas, suffoqua-t-elle, ne me lâche pas, je t'en prie... je veux rester avec toi...

— Quand je te le dis, tu te lèves et tu cours, ne te retourne pas !

— Non, non, je t'en supplie, sanglota-t-elle de plus belle.

— C'est la seule solution, Laura. Il faut qu'on sorte de là.

Dylan ressentait une violente brûlure dans les côtes. Peut-être ne s'était-il que cogné en plongeant. Pour l'instant, il n'avait ni le temps ni le courage de diagnostiquer sa blessure. Il se sentait de plus en plus essoufflé. Il ne savait pas où se trouvait Luc, s'il était blessé. La fusillade s'était arrêtée, mais il avait eu le temps de voir Silva se réfugier derrière la cloison de la cuisine. S'il ne s'était pas planté, Luc n'avait plus de balle, mais il devait en rester au moins deux à Silva. Il sortit l'arme que lui avait donnée Boisseau, l'arma tout doucement, s'apprêtant à tirer. C'est lui qui avait le chargeur supplémentaire, pas Luc. Il n'avait pas le choix. Il prit le visage de Laura à deux mains et lui chuchota.

— Il faut que tu sortes ! Je te rejoins dans la minute qui suit, avec Luc. Fais-le pour moi ! la supplia-t-il sans lui laisser le temps de protester. Tu es prête ?

— Je ne peux pas, je ne tiens pas debout...

— Fais un effort, s'il te plait, un dernier effort, pour moi !

Alors qu'elle allait de nouveau refuser, elle aperçut au-dessus de sa hanche une tache de sang qui grandissait. Blême, elle leva un regard paniqué vers lui. Il était blessé. Suivant son regard, il s'empressa de la rassurer.

— C'est une égratignure, ce n'est pas grave, je te suis, mentit-il, mais je ne pourrai pas te porter pour qu'on sorte ensemble. Si tu pars devant, on y arrivera, fais-le !

Comme galvanisée par la vue de sa blessure, elle tenta de se calmer et de prendre sur elle. D'un regard, il s'assura qu'elle était prête. Il se leva soudain et vida son chargeur sur la porte de la cuisine en lui criant : « Cours ! »

Alors qu'elle se croyait incapable de bouger, Laura bondit vers le corridor, puis la porte, l'esprit vide, sans réfléchir, elle courait, courbée en avant, alors que les coups de feu, tels des coups de tonnerre, pleuvaient autour d'elle. Elle fut surprise d'atteindre la voiture sans la moindre douleur. Elle était passée, c'était un miracle. Elle se jeta sur le siège passager, à l'avant, tremblant de tous ses membres, le visage en larmes, attendant de voir apparaître Dylan. Elle ferma la portière de l'intérieur, comme pour se rassurer.

— Sors, je t'en supplie, sors, murmurait-elle en pleurant doucement.

Les coups de feu avaient cessé. Instinctivement, elle jeta un regard dans le rétroviseur. Son sang se glaça quand le visage de Karen, défiguré par le désespoir et la folie, y apparut. Laura se jeta sur la poignée de la porte qu'elle tenta d'ouvrir, mais Karen bondit sur le siège, lui enserrant la gorge dans son foulard puis, la rabattant contre l'appuie-tête, elle prit appui des genoux contre le dossier du siège et tira. Laura tenta désespérément de desserrer l'étoffe qui lui entamait la peau du cou, l'étranglant inexorablement.

— Tu l'as tué, sale petite pute ! Tu vas crever aussi ! cracha-t-elle. Dix-huit ans que j'attends ça ! Tu vas crever !

Suffocante, Laura se débattit de plus belle, donnant des coups de genoux dans le tableau de bord. Ses doigts tentèrent d'ouvrir la portière en vain, puis revinrent à sa gorge, tentèrent d'attraper derrière sa tête, les mains de Karen. Ses gestes devenaient incohérents, la douleur intolérable. Elle suffoquait, il fallait qu'elle respire... Dans un dernier sursaut, son genou heurta le klaxon qu'elle maintint appuyé. Lorsqu'un voile rouge passa devant ses yeux, elle comprit que c'était fini. Ce fut le trou noir.

Dès que Dylan fut sûr que Laura était hors de danger, il se laissa retomber par terre, cherchant son souffle. Le silence était inquiétant. Il se pencha prudemment pour tenter d'apercevoir Silva. Une flaque de sang apparut sur le seuil de la porte de la cuisine. Par sécurité, il changea le chargeur de son arme et se leva, se dirigeant prudemment vers la porte de la cuisine. Silva gisait sur le sol, le corps criblé de trois balles. Dylan repoussa son arme du pied puis poussa le corps inanimé, toujours du bout du pied. Silva était mort.

— Luc ? Ça va ? questionna enfin Dylan.
— J'suis pas mort si c'est ce que tu veux dire ! Silva ?
— Je l'ai eu !
— Bien joué ! commenta-t-il simplement.

Il descendit lentement les marches, sur un pied,

s'appuyant sur la rampe. Dylan repéra sa jambe ensanglantée. Il voulut l'aider quand Luc le retint.

— Moi ça va, occupe-toi de Laura.

Sans se faire prier, il prit la direction de la porte quand le klaxon de la voiture retentit. Dylan s'élança, pris d'un mauvais pressentiment. Affolé, il comprit soudain ce qui se passait dans la voiture. Oubliant la douleur, il se précipita en criant « non ! non ! », tenta d'ouvrir la portière avant. N'y parvenant pas, il arracha pratiquement la portière arrière et bondit sur Karen en hurlant. Il lui mit un tel coup de poing dans la figure qu'il lui brisa la nuque. Ouvrant la portière de l'intérieur, il dégagea vivement Laura du siège, lui arrachant le foulard du cou. Les yeux grands ouverts et fixes, les lèvres bleues, de larges marques rouges dans son cou, elle ne respirait plus. Il la laissa tomber au sol, renversa sa tête en arrière, posa sa bouche sur la sienne, lui pinça les narines et insuffla de l'air dans ses poumons, une fois, encore une fois….

Luc aussi avait senti le danger et accéléra le pas, s'appuyant malgré tout sur sa jambe blessée. Les dents serrées, il rejoignit Dylan le plus vite possible. Ce dernier lui tournait le dos, mais il comprit ce qu'il était en train de faire. Se précipitant, il murmurait inconsciemment : « Non, non, pas elle ! Pas ELLE ! » Il se laissa tomber à côté du corps inanimé. Comme ses yeux restaient ouverts et immobiles, Luc commença à lui faire un massage cardiaque.

— Respire, je t'en prie, Laura ! Ne fais pas ça, ne te laisse pas aller… Respire, poupée, je t'en prie….

Au loin, les sirènes des ambulances et des voitures de police hurlaient à qui mieux mieux, de plus en plus fort.

— Laura, respire ! l'exhorta Dylan, fébrile. Son cœur battant dix fois trop fort, il sentait ses forces l'abandonner. Il fallait qu'elle vive, elle n'avait pas le droit de lui faire ça.

Il lui sembla soudain qu'elle avait bougé. Se couchant sur son visage, il sentit un léger souffle. Une petite veine bleue battait dans son cou, son pouls avait repris, faiblement, mais il battait… Un long gémissement ponctué d'une toux rauque sortit de ses lèvres. Ses yeux bougèrent lentement avant de se fermer. Elle se remit à tousser plus faiblement, tenta d'ouvrir de nouveau les yeux. Tellement concentrés sur leur sauvetage, les deux hommes n'avaient pas entendu arriver les ambulances et les voitures de police qui venaient en renfort. Un médecin posa sa main sur l'épaule de Dylan pour se faire de la place.

— Laissez-moi passer !

Dylan se laissa tomber dos contre la voiture, laissant Laura au soin des médecins. Haletant, tremblant d'émotion, il ferma les yeux un instant. Quand il les ouvrit de nouveau, il ne put cette fois faire l'impasse sur sa blessure. Il ne pouvait plus ignorer qu'il s'était pris une balle. À présent, la douleur devenait intolérable et il sentait ses forces l'abandonner. Il avait perdu tellement de sang. Ce fut à ce moment-là, seulement, que Luc se rendit compte que Dylan aussi était blessé. Il se traîna vers lui.

— Eh ! Ne te laisse pas aller, hein ? Elle va avoir besoin de toi… Dylan, tu m'entends ? s'inquiéta-t-il en scrutant son visage blême et ses yeux clos.

— J'suis pas encore mort si c'est ce que tu veux dire, répondit doucement Dylan en le plagiant volontairement.

Autour d'eux, les policiers, arme au poing, s'agitaient en tous sens. Certains étaient entrés dans la maison, d'autres accouraient dans leur direction. L'un d'eux appela des infirmiers à la rescousse.

— Par ici ! Il y a deux blessés là ! Commandant, ça va aller ?

— Moi oui, mais lui a besoin de soins immédiats !… Dans la maison, reprit-il, il doit y avoir un cadavre dans la cuisine, celui de Silva. Et dans une chambre du rez-de-chaussée, vous devriez trouver ma femme. Elle est blessée, achevez-là, finit-il avec un brin d'humour involontaire…

— Pardon ? reprit le jeune policier qui avait assisté à l'enterrement de Francine et qui pensa que son chef pétait les plombs.

— Ben oui, elle est ressuscitée…

— Désolé, Commandant, mais cette fois… je crains qu'elle ne soit vraiment morte ! intervint un autre policier qui sortait de la maison.

— Vous êtes sûr ? murmura Luc. Décapitez-là pour

vérifier. Avec elle, on ne sait jamais... eut-il la force de plaisanter.

Les deux policiers prirent sa remarque au premier degré et se jetèrent des regards mi-surpris, mi-inquiets. Boisseau était-il devenu fou ?

Quelques minutes plus tôt, chez les Brissac, David, penché à la fenêtre de salle de bain tentait de définir la provenance des coups de feu. La maison voisine, celle du commandant Boisseau. Pourquoi n'y avait-il pas pensé plus tôt ? ragea-t-il. Son premier réflexe fut de s'y précipiter, mais un bruit de pas dans l'entrée le stoppa net. Silencieusement, il se dirigea vers la montée d'escalier. En bas, une femme tomba à genoux devant le cadavre, prit son pouls. Elle ne pleura pas, n'émit aucun son, mais son visage fut soudain tordu par la haine et la folie. Elle se redressa et hurla « *Tu vas me le payer !* », puis elle se précipita dehors. David resta encore quelques instants immobile et indécis puis, doucement, amorça la descente des escaliers. Arrivé en bas, il rejoignit la porte d'entrée, toujours aussi silencieusement. Il avait l'intention de suivre la femme quand un bruit de sirène se fit entendre. Son sang ne fit qu'un tour. Si on le trouvait ici avec un cadavre portant ses empreintes puisqu'il avait tâté son pouls... Sans réfléchir davantage, il fit marche arrière et ouvrit une porte au hasard, cherchant une issue par-derrière. Apparemment, la porte donnait sur le garage, mais ne s'ouvrait que très peu. Il força un peu, entendit une sorte de gémissement. Il se faufila prudemment, alluma le plafonnier. Paco bougea légèrement. David se précipita pour lui donner les premiers soins. À demi-inconscient, Paco ne lui fut d'aucune aide. Il fallait trouver du secours, et vite. Il roula son blouson en boule sous la tête de son ami :

— Paco, Paco, tu m'entends ? Eh ! regarde-moi ! Je vais chercher du secours, murmura-t-il finalement.

David revint dans la maison après s'être rendu compte que la porte du garage était verrouillée. Il revint dans le hall principal et allait passer la porte d'entrée quand il vit plusieurs gyrophares dans la rue. Sa situation tendancieuse lui revint à l'esprit. Il remonta en hâte dans la salle de bain, se pencha par la fenêtre. Après tout, ce n'était pas si haut que ça. Il enjamba le rebord et sauta sur la pelouse puis s'immobilisa derrière un buisson. Il se rendit vite compte que les voitures passaient devant chez Brissac sans s'arrêter. Elles se rendaient à la villa d'à côté. Entendant un brouhaha de cris, de crissements de pneus et autres, il sortit de la propriété et, nonchalamment, emprunta le trottoir. Il prit le temps de cacher le journal d'Élisa sous le siège passager de sa voiture puis, suivant la provenance des bruits, il s'aventura dans la cour de la maison de Luc, le cœur battant à la vue des ambulances, du SAMU. L'agitation était telle que personne n'eut le réflexe de lui en interdire l'accès. De plus en plus inquiet, il se précipita vers la porte de la maison d'où l'on sortait deux longs sacs en plastique noir.

— Qui est là-dedans ? demanda-t-il précipitamment.

— Le lieutenant Silva là, et la femme du commandant Boisseau là-bas, répondit un policier.

— Quelqu'un a vu Boisseau, ou Laura ?

À cet instant, il aperçut Dylan, assis par terre, appuyé contre la voiture de Luc, de laquelle deux policiers sortaient un autre cadavre. Un médecin l'aida à s'allonger à même le sol et se pencha sur lui. David se précipita.

— Dylan, c'est grave ? Qu'est-ce qui s'est passé ?... Laura ? Elle est vivante ?

— Oui, je crois, murmura Dylan d'une voix déjà faible, elle est partie à l'hosto... et Manue ?

Les yeux pleins de larmes de David le dispensèrent de répondre. Dylan laissa tomber sa tête contre la carrosserie en fermant les yeux.

— David, l'interpella Luc. On ne sait pas où est Brissac, il faudrait le trouver...

— C'est fait, le coupa David, il est mort, chez lui. J'en viens, je l'ai trouvé allongé dans un bain de sang, en bas de l'escalier, une plaie béante à la tête. Et il faut envoyer un médecin là-bas. Paco est blessé, à l'entrée du garage, dans la maison.

Les regards de Luc et de Dylan se croisèrent. Ils avaient pensé à la même chose. Laura s'était retrouvée seule à la maison avec Hervé. Pourvu qu'il n'ait pas eu le temps de l'avoir violée... Ni l'un ni l'autre n'eut le courage d'exprimer sa pensée à voix haute.

Deux infirmiers partirent en courant, pourvus de leur matériel, dans la direction de la maison Brissac. David dut reculer pour laisser passer le brancard qui emmenait Dylan. Il eut juste le temps de lui lancer qu'il le rejoignait à l'hôpital. Un policier dont le visage ne lui était pas inconnu l'interpella :

— Dites, vous et votre pote, vous connaissiez bien les filles Brissac, Boisseau et Silva, non ? Vous pouvez m'expliquer ce qui s'est passé ?

— Non, j'étais pas là, murmura-t-il d'une voix à peine audible, il faudra demander à Boisseau !

- 37 -

David repartit à sa voiture, le cœur gros, la gorge serrée, il se sentait si mal. Manue était morte, Dylan et Laura blessés plus ou moins grièvement — il n'était pas sûr que Laura survive —. S'il s'était rendu directement chez Luc au lieu de passer chez les Brissac, peut-être aurait-il réussi à éviter le massacre, peut-être que Laura serait saine et sauve... Tout était allé de travers. Et pourquoi Dylan n'avait-il pas essayé de l'appeler pour lui demander de l'aide ? Peut-être n'en avait-il pas eu le temps ? En s'asseyant sur le siège, il sentit un objet sous lui. Se soulevant, il retira de sous son postérieur... son portable. Eh bien même si Dylan avait essayé... pensa-t-il, oscillant entre l'ironie et la colère. Par acquit de conscience, il consulta sa messagerie. Le dernier message enregistré datait de trois quarts d'heure. Il l'écouta avec curiosité. Soudain, il devint livide. Lâchant son appareil, il démarra comme un fou, pied au plancher, mais ne prit pas la direction de l'hôpital.

L'espoir faisait battre son cœur si fort qu'il en avait mal. Il s'agissait de la voix de Manue, faible d'accord, mais c'était bien sa voix qui disait :

— *David, aide-moi... J'ai sauté de la voiture avant... Je me suis traînée à l'abri, sous des buissons... Je ne sais pas exactement où je suis... J'ai dû perdre connaissance pendant un moment... J'ai plus la force de bouger... J'espère que tu vas allumer ton portable... Je ne crois pas que je pourrai rappeler...*

Il reprit la direction de l'accident. Le lieu était à présent désert. Seules les traces de pneus sur le bitume et la carcasse calcinée de la voiture de Manue témoignaient de ce qui s'était passé. À pied, il revint en courant sur les cent mètres précédant l'accident, tentant de repérer des buissons sous lesquels elle aurait pu se cacher. Il tenta de réfléchir. À sa place, à quel moment aurait-il sauté pour ne pas être vu de la voiture qui suivait ? En plein virage, bien sûr ! Le bois était plutôt dense à cet endroit. Il ne cessait de l'appeler en vain. Il reprit son portable, composa le numéro de celui de Manue et s'arrêta pour écouter. Il pria pour que la sonnerie soit activée et que la batterie ne soit pas à plat. Soudain, il l'entendit assez loin. Il se précipita dans cette direction. Au bout de quatre sonneries, la communication bascula sur la messagerie. Il raccrocha et l'appela de nouveau. Il était tout proche. Enfin, se jetant sous un buisson bas, il repéra le portable au sol. Se penchant plus bas, il aperçut la masse sombre de son corps. Il devait y avoir un endroit plus accessible. Contournant le buisson, il trouva une ouverture entre deux troncs, qui lui permit de passer facilement debout. Manue gisait là, inconsciente. Des marques de sang tachaient son visage et son tee-shirt. Sa jambe gauche reposait dans une position pas naturelle, fracturée, certainement, mais elle respirait, même si c'était faiblement. Avant toute chose, il appela les secours, précisant sa position. Il n'osa la bouger, de peur d'aggraver ses blessures, se contentant de surveiller son pouls et sa respiration. Il regretta presque d'avoir laissé son blouson sous la tête de Paco. Il souleva délicatement la sienne pour glisser son bras dessous. Elle ouvrit alors les yeux, le fixa un instant. Sa voix ne fut qu'un murmure :

— J'avais peur que tu ne me trouves pas...
— Pardon, j'ai mis du temps... mais ça va aller maintenant, l'ambulance va arriver, murmura-t-il à son tour, la gorge si serrée qu'il en avait du mal à parler, lui caressant doucement les cheveux. Tu es vivante, Manue ! J'arrive pas à y croire.

Comme s'il mesurait seulement à présent ce qu'aurait été sa douleur et le vide qu'aurait laissé Manue, comme s'il n'avait attendu que ce moment pour craquer, il se laissa enfin aller. Posant son front sur sa poitrine, il laissa couler ses larmes. Il ne cessait de répéter comme pour s'en convaincre : « Tu es vivante, Manue, tu es vivante ! ». Lentement, elle leva sa main et la glissa dans les cheveux de David pour le retenir contre elle, le rassurer.

— Tu ne croyais quand même pas que… j'allais les laisser… me tuer… sans me battre, n'est-ce pas ?… Ça va aller, David, chuchota-t-elle, je vais m'en sortir… je te le jure !

Il ne put retenir un léger sourire au milieu de ses larmes. Dans son état pitoyable, c'était elle qui tentait de lui remonter le moral.

— Bien sûr que tu vas t'en sortir, chérie. Tu ne crois pas que je vais te perdre deux fois sans rien faire, non ?

Manue avait cherché sa main qu'elle serra faiblement avant de fermer les yeux. Elle semblait respirer avec difficulté. Puis soudain, les ouvrant de nouveau, elle s'agita.

— Laura… Il faut aller chercher Laura…

— Elle va bien, mentit David pour la calmer, tout en l'empêchant de bouger. Tout est fini, elle est hors de danger, Dylan est près d'elle… Est-ce que tu souffres beaucoup ? Où as-tu mal ?

— Ma jambe, je crois qu'elle est cassée… J'ai mal aux côtes et à la tête aussi.

Il voulut tenter de l'installer mieux, mais au loin, il perçut la sirène d'une ambulance.

— Manue, je te laisse deux minutes, je vais à la rencontre des secours. Ils ne te trouveront jamais ici.

En effet, l'ambulance avait ralenti et roulait au pas quand David apparut sur le bord de la route pour leur faire signe.

Un quart d'heure plus tard, Manue était prise en charge. David suivit l'ambulance avec sa voiture, se laissa tomber sur une chaise dans la salle d'attente, vanné. Manue allait s'en sortir, mais qu'en était-il pour les autres ? Quelles conséquences ce drame allait-il avoir sur leur avenir à tous ? Une longue attente commençait pour lui. Il n'avait pu obtenir que très peu de nouvelles des blessés. Les jours de Boisseau n'étaient pas en danger, il avait perdu beaucoup de sang, mais l'artère et les muscles n'avaient pas été endommagés. Dylan était sur la table d'opération et on ne pouvait se prononcer sur son cas tant que le chirurgien ne rendrait pas son verdict. Laura était dans un « état critique ». Quant à Manue, ses blessures ne semblaient pas mettre sa vie en péril, mais David n'avait pas encore vu le moindre médecin. On lui conseilla de rentrer chez lui pour ne revenir que le lendemain.

Assis au volant de sa voiture, il hésita. Rentrer et se retrouver seul chez lui ne lui disait rien. Il était tard, il se voyait mal se rendre chez l'un de ses amis à cette heure-là. Machinalement, il alluma son portable qu'il avait éteint en entrant dans le centre hospitalier. Sa messagerie regorgeait d'appels. Il les écouta tous, ils provenaient de Marina, Vincent et Nanou. Dans le feu de l'action, il les avait oubliés. Ils le suppliaient de donner des nouvelles, ils attendraient jusqu'à la fermeture, au Totem's puis chez Vincent... Après tout pourquoi pas, un alcool fort ne lui ferait pas de mal.

Dès le lendemain, l'annonce de la mort d'un lieutenant de police, d'un avocat et de l'adjointe du procureur — parents d'Élisa Brissac — héritière de la fortune Descamps assassinée deux ans plus tôt, avait déjà fait le tour du pays. La culpabilité de Thomas Morelli était déjà remise en cause alors que personne ne savait encore ce qui s'était passé !

Quand Laura ouvrit les yeux, elle resta quelques instants sans réaction, dans un état semi-comateux, ne sachant si elle était morte ou vivante. Peu à peu, la réalité de la chambre d'hôpital s'imprima dans son esprit embrumé. Les douleurs qu'elle ressentait au niveau des côtes, de la gorge et même du visage, lui firent rapidement comprendre qu'elle était toujours en vie. Elle dut faire un effort pour recouvrer la mémoire. D'abord par bribes, puis dans sa globalité, l'horreur des dernières heures lui revint de plein fouet. Manue et Hervé étaient morts. Dylan avait été blessé en voulant la protéger. Des larmes se mirent à rouler sur ses joues. Peut-être était-il mort ? Depuis combien de temps était-elle là ? Des images sous forme de flashs lui revinrent à l'esprit. Dylan penché sur elle, le visage ravagé par le désespoir, qui l'exhortait à respirer, Dylan qui se laissait tomber à terre alors qu'on l'emmenait loin de lui, le tee-shirt et le jean tachés de sang, le visage livide, Luc également blessé, sur lequel des hommes en blouse blanche se penchaient. S'en était-il sorti, lui aussi ? Mon Dieu, quel carnage en si peu de temps. Tous les repères de sa vie s'étaient écroulés comme un château de cartes. Combien de fois avait-elle essayé de se représenter ce qu'avait subi sa sœur ? Et voilà que maintenant, la réalité s'imposait à elle, au-delà de tout ce qu'elle avait pu imaginer. Elle avait vécu pendant plus de dix-sept ans avec des monstres sans jamais en avoir eu conscience et cette seule idée lui ravageait les tripes. Les larmes s'étaient muées en sanglots. Une infirmière s'approcha et tenta de la calmer.

— Doucement, vous êtes en sécurité, murmura-t-elle en vérifiant sa perfusion, je vais chercher le médecin.

— S'il vous plaît, tenta-t-elle de la rappeler.

Mais le son qui sortit de sa gorge ressembla à un râle. Le simple fait d'essayer de parler lui brûla la gorge. Immédiatement, l'infirmière se pencha sur elle.

— N'essayez pas de parler, lui commanda-t-elle en adoucissant ses propos d'un sourire rassurant. Votre larynx et vos cordes vocales ont été abîmés, il faut leur laisser le temps de se remettre.

Sans lui laisser l'occasion d'une nouvelle tentative, l'infirmière sortit, laissant Laura plus dépitée que jamais. Les larmes brûlaient ses joues et chaque sanglot soulevant sa poitrine faisait naître de nouvelles douleurs. Le médecin ne tarda pas à arriver ; comme l'infirmière, il lui parla doucement, tentant de la calmer, lui expliquant qu'elle souffrait de plusieurs côtes cassées, d'hématomes assez importants sur tout le corps, y compris au visage et surtout, de contusions au niveau du cou, de la gorge, du larynx, qu'elle avait eu beaucoup de chance que son asphyxie ait été de courte durée et qu'on ait pu la réanimer.

— Il va vous falloir du repos et de la patience. Je vais vous donner des médicaments qui vont vous aider à vous détendre.

— Dylan et Luc, parvint-elle à articuler, juste avec ses

lèvres.

— Ils sont ici, mais leurs jours ne sont pas en danger. Leurs blessures sont bénignes. Ils vont mieux que vous, croyez-moi, lui sourit-il.

— Les autres ? Tenta-t-elle encore.

— N'essayez pas de parler pour l'instant, contentez-vous de vous reposer. Vous n'allez faire qu'aggraver vos contusions, se contenta-t-il de lui répondre, évitant ainsi de la perturber.

Sans doute fut-ce sous l'effet des médicaments, elle sombra dans un profond sommeil réparateur, le cœur un peu plus léger. Dylan s'en était sorti.

Le médecin gagna la chambre de Dylan pour lui donner des nouvelles comme il le lui avait promis.

— Elle a repris connaissance, mais elle est en état de choc. Elle a besoin de calme et de repos.

— Je peux la voir ? s'enquit Dylan impatiemment.

— Pas maintenant. Elle est sous tranquillisants, et je vous déconseille de vous lever pour l'instant.

— Si vous croyez que je vais rester allongé là pendant des heures, vous risquez d'être déçu. Je ne vais pas prendre racine ! Vous avez dit que ma blessure est bénigne ? Donc, je n'ai pas besoin de rester plus longtemps ici.

— Vous avez perdu beaucoup de sang. Si vous gigotez, la blessure va s'ouvrir de nouveau. Vous êtes encore faible. Profitez de votre séjour ici pour vous reposer. Je ne vous laisse pas partir avant demain ! Sans compter qu'à l'extérieur, vous aurez moins de facilité pour voir Laura !

Dylan ne protesta pas, le médecin n'avait pas tort sur ce dernier point. Rester hospitalisé, d'accord, mais pas alité. Dès le début d'après-midi, il se lèverait et irait voir Laura, coûte que coûte.

Luc Boisseau, lui, signa une décharge pour sortir en fin de matinée. Il fut surpris par le comité d'accueil à l'extérieur. Il eut toutes les peines du monde, clopin-clopant sur des béquilles, à se frayer un chemin jusqu'à la voiture de police venue le chercher, se refusant au moindre commentaire aux journalistes qui étaient légion. Il se fit conduire directement au commissariat. Après quelques coups de fil au juge, aux avocats, et à sa hiérarchie, il fut satisfait que les procédures administratives de libération de Thomas Morelli soient enclenchées. Il dut également accepter de donner une conférence de presse le soir même, histoire de calmer un peu la curiosité agressive, malsaine et omniprésente des journalistes. Donner une partie des informations calmerait, il l'espérait, les ardeurs des médias et permettrait à Laura et Manue de se remettre au calme, du drame qu'elles venaient de vivre. Il s'accorda une rapide pause déjeuner avant de se faire accompagner de nouveau à l'hôpital. Il lui fallait, avant tout, voir Laura. Il ne put passer que quelques instants près d'elle. Elle était toujours sous tranquillisants et dormait profondément. Alors qu'il sortait de sa chambre, il fit face à Dylan.

— Je croyais que tu ne devais pas te lever tout de suite, lança Luc. Elle dort, il faut la laisser se reposer, tu devras attendre encore un peu avant de la voir...

— Comment elle va ? Tu lui as parlé ?

— Non. Elle est toujours sous sédatif. Toi, ça va ?

— Hum, éluda simplement Dylan. Si elle dort, on a quelques minutes ? Je voudrais quelques éclaircissements.

— Qu'est-ce que tu veux savoir, au juste ? sourit Luc qui devinait où Dylan voulait en venir.

— Quel rapport y a-t-il exactement entre Laura et toi ?

Luc Boisseau resta volontairement silencieux, un demi-sourire aux lèvres, se contentant d'observer le visage tendu et anxieux de Dylan. Le play-boy était vraiment amoureux ! Elle était bien bonne, celle-là !

— Je tiens à Laura plus qu'à la prunelle de mes yeux ! Elle est tout pour moi, tout ce qu'il me reste...

Il se tut un instant, savourant la tension soudaine des traits du visage de Dylan. La jalousie taraudait ce dernier et quelque part, cela flattait l'ego du quarantenaire.

— Elle est... ma raison de vivre, la dernière... ma fille !

— Ta fille ? répéta Dylan hébété. Tu veux dire que...

— Je suis son vrai père, oui ! Celui d'Élisa aussi... Tu veux un café ? s'enquit-il plus pour proposer à Dylan un endroit tranquille où discuter, que par réelle envie de caféine.

— Tu as vraiment cru que je pouvais avoir tué Élisa et que je pouvais assassiner aussi Laura ? s'enquit Dylan, une fois qu'ils furent installés.

— Oui... sincèrement. Tu menaçais Élisa, elle te craignait. Je te croyais amoureux d'elle. Quant à Laura... j'avais tellement peur de la perdre de la même façon que je ne me posais même plus de questions. Je voulais la garder près de moi uniquement, et la protéger de tout le monde. Mais ça ne s'est pas passé comme je l'aurais voulu. Plus je tentais de me rapprocher d'elle, plus tu la montais contre moi et plus les autres fils de... me piégeaient. Et puis, tu as une solide réputation de petit con, de play-boy, bref ! Pas tout à fait le gendre idéal. Tu avais tellement de raisons de séduire Laura, pour la faire taire, pour venger Thomas... comment voulais-tu que je te fasse confiance ? Au fait, ton frère va être libéré sous peu ! Ce n'est pas une bonne nouvelle, ça ? Tu devrais aller te reposer en attendant...

— Non, je vais rester près d'elle, même si elle dort.

Quand Laura ouvrit de nouveau les yeux, elle prit plus rapidement conscience de sa situation que la première fois. Après une rapide observation de la chambre, son regard se figea sur le fauteuil près d'elle. Un intense soulagement l'envahit. Il somnolait, à moitié allongé d'une façon certainement inconfortable dans un fauteuil qui semblait trop petit pour lui, ses traits étaient tirés, il était pâle. Il dut sentir qu'elle l'observait, car il se redressa soudain et se pencha sur elle, le visage fatigué, rongé par l'inquiétude.

— Bonjour Princesse, murmura-t-il. Comment tu te sens, ça a l'air d'aller ?

— Pas toi, susurra-t-elle. Tu as une sale tête.

— Merci, sourit-il en lisant sur ses lèvres

— Ta blessure ?

— Une égratignure, je te l'avais dit ! Tu m'as fait une sacrée peur, tu sais ?... Enfin, tout va bien maintenant.

Elle fit un effort pour se redresser, mais il se pencha sur elle pour l'en empêcher et la prit dans ses bras, la serrant contre lui. Instinctivement, elle se réfugia au creux de son épaule.

— Je te demande pardon… d'avoir douté de toi… d'avoir pu te croire coupable… souffla-t-elle à son oreille. Je ne savais plus en qui avoir confiance.

— Je n'ai rien à te pardonner et tu as eu raison d'être aussi méfiante, même envers moi. Après tout, je faisais partie des suspects… et c'est peut-être pour ça que tu es encore en vie !

— J'arrive pas à croire à ce qui s'est passé, c'est un cauchemar. Pendant deux ans, j'ai vécu avec les meurtriers de ma sœur… Maintenant, je sais ce qu'a dû ressentir Élisa au moment de sa mort.

Sa voix n'était qu'un souffle, saccadé par les larmes. Ses nerfs lâchaient malgré les calmants qu'on lui administrait. Dylan eut beau la serrer dans ses bras, l'exhorter au calme, elle ne pouvait taire ses pensées.

— Le journal d'Élisa… ce qu'elle a vécu… dire que j'étais là sans rien voir !… Elle s'est sacrifiée pour moi… J'mérite pas de vivre alors qu'elle est morte… Elle ne s'est pas sauvée à cause de moi…

— Ça suffit, Laura ! Calme-toi ! C'est fini maintenant ! Pense à moi, pense à nous deux. On va recommencer à zéro, tu veux bien essayer ? C'est ce que ta sœur voudrait. Fais-le pour qu'elle ne soit pas morte pour rien !

— Elle avait peur de toi… Elle a écrit que tu la menaçais…

La voix de Laura n'était qu'un murmure et Dylan pouvait imaginer à quel point il lui était difficile de communiquer. Submergé par l'émotion plus qu'il ne voulait bien se l'avouer, il sécha une larme sur sa joue, avant de reprendre.

— Ne parle plus, lui conseilla-t-il alors qu'elle ouvrait de nouveau la bouche. Pour l'instant, il faut que tu te reposes. Je t'expliquerai tout ça plus tard, il faut que tu dormes…

— Et Luc ?… Quel rôle il a joué… dans tout ça ?… Comment vous avez su… où me trouver ?

— On en parlera plus tard. Il a beaucoup de choses à t'expliquer. Tu n'as plus rien à craindre de lui, maintenant je le sais ! Et dire que tu l'as toujours défendu, presque jusqu'à la fin. Tu avais raison, ça te fait plaisir ? sourit-il.

Elle allait s'endormir de nouveau quand elle ouvrit les

yeux brusquement.

— Est-ce que Paco est mort ? Et David... il sait pour Manue ? s'enquit-elle.

— Oh, mon Dieu, sourit Dylan. J'ai oublié de t'en parler ! Manue est vivante, elle s'en est sortie, Paco aussi. Il a juste quelques points de suture et une bonne migraine.

Laura le fixa d'abord sans paraître comprendre. Son cœur s'était mis à battre très fort. Elle avait dû mal comprendre, ce n'était pas possible ? Elle avait peur d'y croire, peur d'avoir mal entendu. Mais peu à peu, les paroles de Dylan prenaient tournure dans son esprit. Une vague de bonheur la submergea, provoquant son premier sourire. Les yeux pleins de larmes, inconsciemment, elle remercia le Bon Dieu auquel elle ne croyait pas. Dylan serra plus fort sa main dans la sienne.

— Tu connais ta tante ? C'est pas le genre de nana à se laisser enterrer sans se battre ! ironisa-t-il, on ne se débarrasse pas comme ça de la mauvaise graine !

- 38 -

Luc avait donné des informations erronées aux médias, mais aussi à la famille et aux amis de Thomas Morelli — mis à part à Dylan, bien sûr — afin qu'aucune fuite ne vienne perturber sa sortie de prison. Thomas en avait lui-même exprimé le souhait. Lui qui n'avait cessé d'espérer ce jour, n'y croyait presque plus. À la fois fou de joie à l'idée de recouvrer la liberté, mais aussi fou de rage pour les deux ans qu'on lui avait volés, il prépara son maigre bagage tout en se posant mille questions angoissantes. Le commandant Boisseau lui avait seulement dit que tout était fini. À ses questions concernant les protagonistes de l'affaire, il avait simplement répondu qu'il ne pouvait lui en dire plus au téléphone, mais qu'il y avait eu d'importants dégâts. Thomas ne pouvait s'empêcher de s'inquiéter pour Dylan d'abord, dont il n'avait plus de nouvelles depuis plus d'une semaine, mais aussi pour Manue et Laura. Étaient-elles concernées par *les dégâts* ? Étaient-elles au moins vivantes ? Aucune information n'avait filtré sur leur état de santé. La radio ne parlait que du drame, voire de la malédiction qui touchait la famille Descamps depuis quinze ans, de la mort brutale de l'adjointe du procureur et de son époux, avocat célèbre, ainsi que de celle d'un lieutenant de police. Cette affaire faisait suite à l'assassinat d'Élisa Brissac deux ans auparavant, point à la ligne. Personne ne disait s'ils étaient bourreaux ou victimes. Une enquête judiciaire était en cours et *on aurait* plus d'informations dans les heures à venir.

Aussi Luc, accompagné de Dylan, fut-il le seul comité d'accueil que trouva Tommy quand une porte dérobée de la maison d'arrêt le laissa sortir. Les deux demi-frères tombèrent dans les bras l'un de l'autre, puis se tapèrent dans la main avant de se la serrer chaleureusement.

— On a mis le temps, mais on a fini par y arriver, lança Dylan, ému. Alors, première impression ?

— J'arrive pas à y croire, j'ai pas encore réalisé, sourit ce dernier. Ma mère est au courant quand même ?

— Elle t'attend en fin de soirée, les journalistes et tes potes aussi. D'ailleurs, il vaut mieux ne pas trop traîner là. Les paparazzi les plus pressés ne vont pas tarder à venir se planter là pour ta sortie officielle, mais ne te fais pas trop d'illusions, tu vas quand même y avoir droit. Quand ils sauront que tu es déjà sorti, ils vont assiéger l'appart de ta mère et le Totem's. Il faudra que tu y passes à un moment ou à un autre.

— Je sais, ouais, mais là, j'ai besoin de respirer un peu. Et j'ai surtout besoin de savoir ce qui s'est passé. Où sont Manue et Laura ? Comment vont-elles ?

— Monte dans la voiture, je vais t'expliquer.

Pendant le trajet, Dylan lui relata les derniers évènements. Luc n'intervenait que de temps à autre, pour des précisions que Dylan ignorait. Le visage de Tommy se ferma quand son frère aborda le sujet délicat de la santé de Manue et de Laura.

— Laura… Il l'a violée aussi ? murmura Tommy, la voix pleine de rancœur.

— J'en sais rien, répondit Luc, la gorge serrée. J'espère que non… Elle est en état de choc. Aucun de nous n'a osé aborder le sujet avec elle. Je pense qu'il n'y a qu'à Dylan qu'elle finira par parler.

— Emmenez-moi plutôt à l'hôpital, je veux voir Manue.

— Hors de question ! Je ne t'ai pas fait éviter la horde de journalistes pour te propulser en plein dedans. Ils assiègent l'hosto depuis hier. Je te ramène d'abord à la maison. Ce soir, Luc donne une conférence de presse. Demain, tu devras les affronter. Ensuite, tu pourras aller voir Manue. Pas avant, d'accord ?

Tommy n'insista pas. Il tenait à la revoir, bien sûr, mais il avait encore plus envie de retrouver sa mère qui, depuis deux ans, n'était pas à la fête et qui avait été choquée par son accident deux jours plus tôt. Et puis ses copains lui manquaient, eux aussi.

— Tu viens avec moi ? questionna Tommy à Dylan.

— Non, c'est pas l'envie qui me manque de passer un moment avec toi, mais je préfère repartir à l'hosto...

À dix-neuf heures précises, la conférence de presse du commandant Luc Boisseau démarra. À la fin de celle-ci, Luc, qui était resté très évasif et qui n'avait pas appris grand-chose au public, venait de quitter la scène quand une femme l'intercepta :

— Monsieur Boisseau ? Je peux vous parler un instant ?

— Plus tard, je suis pressé, coupa-t-il, l'identifiant comme une journaliste.

— Je suis en possession d'un journal intime qui pourrait vous intéresser.

Annette Bercin, un léger sourire ironique aux lèvres, fit face au regard surpris et inquisiteur de Luc qui s'était immédiatement arrêté de marcher.

— Suivez-moi, ordonna-t-il afin de l'éloigner de la foule médiatique. Expliquez-moi de quoi vous parlez, intima-t-il d'une voix à la fois sèche et curieuse, dès qu'ils furent isolés dans une salle de réunion.

— La veille du drame qui vient de se produire, j'ai reçu un e-mail plutôt... imposant : le journal d'Élisa scanné, page par page.

— Qui vous a envoyé ça ? s'écria Luc sur le qui-vive.

— Laura !

Luc crut qu'il allait défaillir.

— Laura avait ce putain de journal ? rugit-il.

— Apparemment pas depuis bien longtemps, répondit la journaliste. Voici le petit mot qui accompagnait son envoi. Elle tendit une page blanche comportant seulement quelques lignes imprimées :

« *Mademoiselle Bercin,*
Je suis Laura Brissac, la sœur d'Élisa Brissac. Nous nous sommes brièvement rencontrées il y a quelques jours.

D'après Emmanuelle Descamps, ma tante, vous êtes au courant de beaucoup de choses sur cette affaire. Je viens de découvrir le journal intime de ma sœur ? Je n'ai pas encore eu le temps de le lire, mais il est peut-être très révélateur. Je crains pour ma vie, ils vont sûrement tenter de me tuer. Je ne sais pas à qui confier ce nid d'informations et je n'ai pas le temps d'y réfléchir. Je vous demande de le garder précieusement, de ne pas vous en servir à mauvais escient.

Si vous apprenez ma mort, confiez-le à la police, mais évitez surtout qu'il ne tombe entre les mains des personnes suivantes : Hervé et Karen Brissac, Olivier Silva, Luc Boisseau et Dylan Duperrat. L'un d'entre eux (ou peut-être plusieurs) est l'assassin de ma mère, de mes grands-parents et d'Élisa... et certainement le mien.

J'envoie le même message à l'avocat Daniel Mérod. Mettez-vous en contact avec lui, il saura quoi faire.

Merci d'avance. »

Luc resta un long moment silencieux et songeur.

— Elle se méfiait de vous, commença Annette.

— De Dylan aussi, vous avez remarqué ? Il a réussi un truc fantastique, c'est de la faire douter de tout le monde ! Je veux ce journal ! Je veux dire, je veux le récupérer intégralement et avoir la certitude que vous n'en garderez pas de copie. Vous l'avez lu ?

— Oui, et j'en ai une copie dans la voiture. Une fois que je vous l'aurai remise, je détruirai mon original, mais à une seule condition !

— Laquelle ? se méfia Luc.

— Je veux l'exclusivité de l'affaire au niveau médiatique. J'estime la mériter !

— Ce n'est pas faux, bien qu'à l'époque j'ai tenté de vous prévenir. Je veux bien vous assurer l'exclusivité. Vous aurez tout, mais j'ai besoin de temps. Et surtout, vous ne publierez que ce que je vous permets de relater, on est d'accord ?

— À vos ordres, Commandant, sourit Annette.

— Rejoignez-moi au commissariat avec le journal. Personne d'autre ne doit être au courant. Je me charge d'appeler Mérod.

Dès leur sortie de la salle des fêtes, l'ensemble des journalistes s'était précipité au pied de l'immeuble de la maman de Thomas Morelli, interviewant les malheureux voisins qui tentaient d'entrer ou de sortir de chez eux. Mais ils restèrent sur leur faim. Après des retrouvailles plus que chaleureuses avec sa mère, Thomas s'était rapidement éclipsé et réfugié chez son demi-frère afin justement, d'éviter la foule. Sa maman, elle-même, sur les conseils de Luc Boisseau, s'était fait inviter dans la famille, à quelques kilomètres de chez elle. Jimmy, le patron du Totem's, avait fermé provisoirement son bar pour les mêmes raisons. Mais tous les copains se retrouvèrent chez Vincent, l'un des meilleurs amis du trio Thomas-David-Dylan. Les grands absents furent évidemment Dylan et Manue. Pourtant David la représenta en les rejoignant.

— Comment vont-elles ?
— Manue va bien. Elle n'a jamais eu autant le moral depuis qu'elle sait que tu es sorti et que Laura est vivante. Elle a promis d'aller boire du champagne sur la tombe des autres fumiers.
— Ça ne m'étonne pas d'elle, se mit à rire Thomas.
— Quant à Laura... elle est profondément choquée. Ses blessures physiques vont guérir assez rapidement, mais moralement... en quelques heures, elle en a pris plus dans la gueule que la plupart d'entre nous en toute une vie... Je pense qu'elle va en baver pour remonter la pente !
— Est-ce que je pourrai la voir ? questionna Thomas.
— Je ne sais pas si c'est une bonne idée. Laisse-la en décider. Il faut peut-être lui laisser le temps de se remettre les idées en place, répondit David.

Dès le lendemain, Thomas se rendit au chevet de Manue. Après avoir réussi à passer la muraille de journalistes qui l'attendait devant la grille de l'hôpital, il parvint à y entrer, non sans avoir dû répondre à quelques questions.

— *Oui, il était heureux de l'issue de cette malheureuse affaire, même s'il aurait préféré que Manue et Laura s'en sortent saines et sauves. Non, il ne pardonnerait pas d'avoir perdu l'amour de sa vie et deux ans de liberté. Il ne savait pas encore ce qu'il allait faire à l'avenir. Il voulait d'abord prendre le temps de goûter à sa liberté retrouvée...*

Bref, des questions et des réponses classiques, redondantes et sans vraiment de sens.

Quand il parvint à la chambre de Manue, ils tombèrent littéralement dans les bras l'un de l'autre, chacun y allant de sa petite larme.

— T'es une sacrée tête de mule, Manue, mais je n'en ai jamais été aussi heureux. Sans Dylan et toi, j'y serais encore !

— Je regrette presque qu'ils soient tous morts. J'aurais voulu qu'ils vivent avec le regard des gens et notre haine. Tous les jours, je serais allée les voir pour les narguer. Et à leur sortie de prison, là, je les aurais tués. Je n'ai pas eu mon compte de vengeance.

— Même si tu les avais torturés, ça ne t'aurait pas soulagée. Ça n'aurait pas effacé la souffrance de la perte de tes parents, de ta sœur et de ta nièce. La douleur, elle sera toujours là, murmura-t-il en se frappant le cœur. Pas même un bain de sang ne l'apaisera. Il faut apprendre à vivre avec, c'est tout ! Ils ne méritaient pas que tu gâches ta vie à pourrir la leur. Tu as eu des nouvelles de Laura ?

— Je ne l'ai pas encore vue. Elle est constamment sous tranquillisants. Il n'y a que Dylan qui reste près d'elle. Elle a du mal à accepter tout ce qui s'est passé. Elle n'arrêtait pas de pleurer. Elle est aussi marquée par ce qu'elle a lu dans le journal d'Élisa. Elle ne se pardonne pas d'avoir vécu avec ses bourreaux sans s'être rendu compte de rien.

— Le journal d'Élisa, qui l'a ? Je voudrais le récupérer.

— Je préférerais que tu attendes un peu. Tu l'auras, je te le jure, mais je voudrais le lire avant et je pense que Laura a son avis à donner. C'est elle qui l'a trouvé.

Au même moment, Luc se rendait auprès de Laura, y rejoignant Dylan. Elle venait tout juste de se réveiller. Son visage tuméfié et blafard, ses traits tirés, ses yeux cernés, l'air hagard, le regard perdu au-delà des vitres, lui pincèrent le cœur. La vue de sa gorge qui portait encore les stigmates de la strangulation lui arracha un frisson. Elle sursauta légèrement en sentant une présence à ses côtés, autre que celle de Dylan. Ils restèrent un instant à se regarder, comme s'ils se découvraient pour la première fois. L'émotion qui les étreignait les empêchait de prononcer la moindre parole. Luc se contenta de soulever une mèche de ses cheveux qui tombait sur son front, avec tendresse, puis effleura sa joue. Dylan, pudiquement, se recula, cédant sa place à son ancien adversaire, tout en restant dans la chambre. Luc la trouva relativement calme et détendue, il le lui fit remarquer.

— Ils m'ont donné des tranquillisants, je crois. Je suis désolée de t'avoir cru coupable, parvint-elle à murmurer la gorge serrée par l'émotion. J'aurais dû te suivre, te faire confiance...

— Je sais que c'était impossible dans ta situation... J'ai fait trop d'erreurs... Je ne t'en veux pas, Laura. J'ai tellement eu peur de te perdre... C'est moi qui te demande pardon pour tout ce temps perdu, pour les risques que tu as encourus... J'espère que tu pourras me pardonner un jour, chuchota-t-il à son oreille, la voix enrouée.

— Manue va bien, n'est-ce pas ?

— Elle va même mieux que toi, sourit-il. Et Thomas est sorti de prison, il est près d'elle en ce moment même.

— Chez... (elle hésita un instant puis reprit) chez Hervé, j'avais préparé un sac avec des fringues... Dedans, j'y avais caché le journal d'Élisa. Est-ce que tu pourrais essayer de me le récupérer ?

— Le journal, c'est David qui l'a. Maintenant, si tu as besoin de fringues ou d'autre chose chez toi, je vais m'en charger. La maison est sous scellés.

— Je ne veux plus jamais mettre les pieds là-bas... Je voudrais savoir... pourquoi tu es arrivé avec Dylan. Je voudrais comprendre... tout ce qui s'est passé... savoir qui est mon père...

Leurs regards s'accrochèrent soudain et ce fut tout un dialogue muet qui passa entre les deux. Elle comprit avant qu'il parle... ou plutôt, elle souhaita avoir bien compris... Elle voulait l'entendre de sa bouche...

— Je ne sais pas si c'est une bonne nouvelle pour toi...

commença-t-il les yeux baissés et la voix enrouée, mais c'est moi, ton père... un piètre père, je sais, mais un père quand même...

Laura ferma les yeux, murmurant juste :
— J'espérais que tu dirais ça, que tu es mon père !
— Ta mère... *Delphine*, appuya-t-il pour lui rappeler une certaine discussion qu'ils avaient eue ensemble, et moi avons été amoureux l'un de l'autre depuis notre rencontre au lycée. Mais son père était un vieux fumier de la haute, dévoré par l'ambition et le snobisme. Il ne voulait même pas entendre parler de moi. En revanche, il supportait l'un de nos copains, Florent Pichetti, parce que le père de ce mec-là était artisan et lui avait rendu pas mal de services. Comme Florent était un bon pote et qu'il avait toujours besoin de fric, je le payais pour qu'il se fasse passer pour le mec de Delphine. Il nous servait d'alibi pour que nous puissions nous voir. Au lycée, on a connu Hervé qui sortait déjà avec Karen, Francine et Olivier Silva... Mais la situation est devenue très tendue quand on a été plus âgés, en fac... Delphine est tombée enceinte... Mais elle a eu peur que son père ne la force à avorter quand il saurait qui était le père. Hervé lui a alors proposé de l'épouser afin de bénéficier du fric et du charisme de la famille Descamps. Pour démarrer une carrière d'avocat, il n'y avait pas mieux. Avec le fric, il a financé les études de Karen. Nous formions deux couples en fait. En apparence, nous nous entendions bien et nous nous couvrions mutuellement. Parallèlement, j'étais harcelé par Francine, amoureuse de moi, depuis le lycée. Un jour, Descamps m'a fait une proposition. J'épousais Francine et il m'offrait mes études et une baraque de rêve, à condition que j'abandonne Delphine. À l'époque, je me disais que, dès que le vieux tournerait le dos... Quand Élisa est née s'est posé le souci de la reconnaissance de paternité. J'ai laissé Hervé la reconnaître parce que je pensais donner toutes les chances financières à ma fille, après tout, c'était une Descamps ! J'étais sûr qu'elle ne manquerait jamais de rien... Et puis, il était prévu que Delphine et lui divorcent quand le vieux serait moins vigilant, voire mort, que j'épouse Delphine et que je reconnaisse enfin ma fille, plus tard. Mais le temps

passait... et on t'a eue de la même façon... Ce que j'ignorais, c'était que Francine, Karen et Olivier étaient frères et sœurs et les enfants illégitimes de Descamps... Olivier est lui aussi entré dans la police, je l'y ai même aidé. Il a donc été normal pour tous les deux que je l'aie sous mes ordres... Et le piège s'est mis en place tout doucement... Je n'y ai vu que du feu, soupira Luc. Quand tu es née, Delphine et moi avons décidé que la situation avait assez duré. Elle allait demander le divorce. Hervé était d'accord... Et boom ! Accident de voiture mortel, Delphine, ses parents, et Florent — que Descamps avait embauché comme chauffeur — ont été tués... Ce que les autres n'avaient pas prévu, c'est que le père Descamps n'était pas né de la dernière pluie, qu'il savait qui était le véritable père de ses petites filles. Il avait fait un testament et me désignait comme premier tuteur pour mes deux gamines, avant Hervé, et second tuteur pour Manue, après Hervé. Autrement dit, rien ne pouvait se décider sans moi. Ils ne pouvaient pas toucher le fric par l'intermédiaire d'Hervé. Donc, il fallait éliminer les gamines. Sans mes filles, je n'étais plus un danger pour eux... Le mieux, c'était de me faire passer pour le coupable. Afin que tout se fasse discrètement et qu'ils ne soient pas inquiétés, il fallait que l'élimination se fasse en douceur dans le temps. Ils ont donc commencé par Élisa... Tommy s'est trouvé là au mauvais moment, en fait. Il est tombé à pic pour leur servir de bouc émissaire, tout en laissant planer un gros doute sur moi. Imagine un peu que quelqu'un disculpe Thomas, j'étais le suivant sur la liste. Tout m'accusait ! Ils n'avaient juste pas prévu que Dylan et Manue sèment la zizanie. La seule solution était que Manue et toi disparaissiez, que Dylan et moi, on s'entretue et que le survivant soit accusé de meurtre ! Hervé touchait le pactole et redistribuait une part d'héritage conséquente à son beau-frère Olivier et à sa belle-sœur Francine qui, ressuscitée sous un autre nom, devait aller couler des jours heureux à l'étranger. Tout était déjà prévu !

— Élisa n'a jamais su que tu étais son père, n'est-ce pas ?

— Je crois qu'elle s'en doutait, mais je n'ai pas eu le temps de le lui confirmer... C'était une gamine très perturbée. Je ne savais pas comment lui expliquer... J'ai su trop tard ce qui se passait chez les Brissac... Si j'avais su... Et c'est pour ça que j'ai tenté de veiller deux fois plus sur toi. Quand tu m'as posé des questions sur Delphine, j'ai cru que tu avais compris... Plusieurs fois, j'ai failli t'en parler...

— Tu aurais dû le faire, souffla Laura.

— Non, Dylan serait parvenu à te convaincre que je ne te mentais que pour pouvoir t'atteindre mieux !

— Et pourquoi es-tu allé voir Élisa ce soir-là, chez Manue ? questionna Dylan, resté jusque-là silencieux.

— Parce qu'Hervé était fou de rage et de jalousie, que Thomas était introuvable... j'ai pressenti ce qu'ils allaient faire tous les deux. Hervé n'attendait que ça, leur tomber dessus, pour... Je ne sais pas ce qu'il aurait fait, mais j'ai sincèrement eu peur qu'il ne les tue tous les deux... Seulement Élisa était trop terrorisée et trop butée pour m'écouter... Toi aussi, d'ailleurs, tu t'es trouvé sur place, en même temps que Thomas !

— Tu aurais pu me faire arrêter quand tu voulais.

— Je sais. J'ai longtemps hésité, mais je ne parvenais pas à décider si tu étais plus un risque ou une protection pour Laura. Dans les deux cas, je me mettais hors-jeu tout seul. Je te faisais mettre en taule, Hervé n'avait plus qu'à m'accuser de profiter de Laura comme j'avais profité d'Élisa, en éliminant leur petit ami. Je te laissais en liberté alors que tu étais coupable, tu tuais Laura et ils n'avaient plus qu'à m'accuser de complicité. Un flic qui n'avait pas arrêté un coupable qui avait déjà agressé Laura... Parce que tu étais fortement suspecté, tu le sais ? Silva ne m'aurait pas loupé !

— Élisa a cru... que vous étiez complices... tous les deux, confirma Laura. Elle pensait que vous étiez tous liés par l'appât du gain...

— Elle a simplement cru ce qu'on lui a fait croire... J'ai eu peur de tout lui dire, peur qu'on s'en prenne à elle pour m'atteindre... Quelle erreur ! J'ai fait exactement ce qu'ils voulaient que je fasse !

— Quand j'ai compris dans quel bourbier s'était mis Thomas, continua Dylan, j'ai essayé de lui en parler, mais il était trop amoureux d'Élisa pour prendre du recul. C'est pour ça que j'ai essayé d'effrayer Élisa. Je voulais qu'ils se séparent, juste quelque temps, sauf qu'Élisa était persuadée que j'agissais par jalousie !

— La voiture rouge... le soir du meurtre... elle était à qui ? questionna encore Laura.

— Silva me prêtait souvent sa voiture quand je n'avais pas la mienne, ou quand c'était plus pratique... En fait, il fallait que les gens me voient souvent avec. Le soir du drame, il était garé devant le commissariat et moi au fond du parking. Il a insisté pour que je prenne la sienne, c'était bien joué !

— Le souci, c'est que ma mère avait la même, soupira Dylan, et à l'époque, je n'avais pas les moyens d'avoir une moto et une voiture. Donc quand j'en avais besoin, je prenais la Clio rouge de ma mère.

— Et ça aussi, c'est tombé à pic pour eux, confirma Luc. Ils se sont servis de ça pour faire peur à Élisa.

— Tu as parlé de Francine aux médias ? s'enquit soudain Laura.

— J'y ai réfléchi... Je me suis dit que le mieux, c'était de s'en tenir à son suicide. Je préfère que mon nom ne soit pas cité. Je ne sais pas ce que l'avenir nous réserve, tenta de s'expliquer Luc.

— Au cas où tu me reconnaîtrais ? avança Laura, le regard plein d'interrogations.

— Tu... tu voudrais ?

— Je veux surtout ne plus jamais, ni entendre ni porter le nom de Brissac et je ne veux pas porter celui de Descamps non plus, alors... oui, j'aimerais bien !

Luc prit la main de sa fille dans la sienne et lui murmura, les yeux pleins de larmes :

— C'est le plus beau cadeau que tu pouvais me faire, murmura-t-il, des larmes dans la voix... Autre chose, se rengorgea-t-il soudain, comme s'il voulait cacher son émotion, s'adressant cette fois à Dylan, tu n'as jamais eu de flingue dans les mains et tu n'as jamais tiré, d'accord ? Pour Karen, c'est un accident survenu dans la bagarre.

— Merci pour tout, Commandant ! Ou devrais-je dire beau-papa ? ironisa Dylan.

— Ce n'est pas vraiment le moment de m'emmerder, feignit de se fâcher Luc. N'oublie pas que je peux encore te faire arrêter pour détournement de mineure, sourit-il.

— Pas pour longtemps, et je croyais que tu avais démissionné ? ironisa Dylan, pour pouvoir partir aux States !

— Vous étiez au courant de ça ? Vous êtes allés beaucoup plus loin que je ne le pensais ! Si je n'avais pu empêcher Hervé d'emmener ma fille là-bas, j'y serais allé aussi et j'avais bien l'intention de la lui enlever et de lui dire toute la vérité ! Hervé aurait pu avoir un accident. J'ai accumulé trop de haine après la mort d'Élisa. Ça m'aurait arrangé de la vider sur lui, loin d'ici. Mais Laura m'a vengé à sa façon...

Il s'arrêta net, conscient de s'engager sur un sujet brûlant.

— Je ne voulais pas le tuer... quand j'ai frappé, se justifia-t-elle, des larmes dans la voix. Je voulais juste... qu'il me lâche... On s'était battu... j'essayais de fuir... Il m'a rattrapée vers les escaliers... Je l'ai poussé, il s'est retenu à moi... Il était en déséquilibre dans le vide et il m'entraînait avec lui...

Laura ferma les yeux au souvenir de ce moment terrible, mais ne parvint pas malgré ça, à retenir ses larmes. Luc, la gorge serrée, ne savait plus quoi lui dire ni comment la calmer. Dylan, loin de pouvoir l'aider, tourna le dos à Laura, la gorge serrée. Les deux hommes ne savaient toujours pas ce qui s'était passé et l'idée seule de ce qui avait pu se produire *avant* les terrorisait.

— Tu as fait ce qu'il fallait. Il ne faut pas te sentir coupable. Tu as même eu un sacré courage et de très bons réflexes. C'est toi la victime, et pas le contraire. Laura, regarde-moi ! Tu comprends ce que je te dis ? tenta Luc qui se sentait frustré et furieux de se sentir si désarmé.

— Dans les dernières pages du journal d'Élisa... elle m'avait laissé un message... elle me disait de tuer quiconque se mettrait en travers de ma route... qu'il fallait fuir... hoqueta Laura.

— Laura, reprit Luc plus doucement, en lui caressant la joue, tout ce qui compte, c'est que tu sois vivante et que tout soit terminé. C'est fini. On va commencer une nouvelle vie tous. C'est la seule chose qui compte, crois-moi !

— Je voudrais récupérer le journal. Je n'ai pas eu le temps de tout lire, chuchota-t-elle en laissant échapper une larme... En fait, j'ai surtout lu les dernières pages... Tu ne peux pas imaginer... s'étrangla-t-elle.

— Non, je ne peux pas imaginer, en effet, murmura Dylan en lui prenant la main.

— Moi, je ne veux pas que tu lises le reste, confirma Luc. Il faut que tu acceptes qu'Élisa fasse partie du passé. Tu dois aller de l'avant, maintenant. C'est ce que je m'efforce de faire, moi !

— Non ! Si je veux vraiment... exorciser le passé, il faut... que je lise ce journal du début à la fin... J'ai besoin de savoir pour pouvoir tirer un trait définitif... Si je ne le lis pas, je n'aurai peut-être jamais... de réponses à des questions que je... me poserai toute ma vie... Je veux le lire. Ensuite, tout sera fini... vraiment fini...

Elle se tut quelques instants tant sa gorge la faisait souffrir, puis parvint à murmurer de nouveau :

— Dernière chose : comment vous avez su où j'étais ?

Luc sourit, et ce fut Dylan qui lui relata l'épisode de la grange.

— Vous n'aviez pas confiance l'un en l'autre ? sourit Laura.

— C'est toujours d'actualité, se mit à rire Luc. Je persiste à dire que ce play-boy n'est pas fait pour toi, Laura, mais le cas échéant, je m'en contenterai !

- 39 -

Il faisait une chaleur torride dans l'aéroport, c'en était étouffant. Dylan prit Laura par le coude et la dirigea vers le chauffeur de l'hôtel, qui les attendait à la porte. Ce dernier s'empara de leurs bagages à main, qu'il rangea dans le coffre de la voiture, puis s'empressa d'ouvrir la portière à Laura. Dylan la rejoignit et l'aida à s'installer. En quelques minutes, ils arrivèrent à l'hôtel où une foule de grooms vint à leur rencontre. Dans le hall en marbre de l'hôtel plus que luxueux, le directeur lui-même les accueillit en personne !
— Mademoiselle Boisseau, Monsieur Duperrat, nous vous remercions d'avoir choisi notre hôtel. Nous vous souhaitons un agréable séjour et sommes à votre entière disposition. N'hésitez pas à faire appel à notre personnel à la moindre occasion. Vous avez à votre disposition la piscine, les saunas, jacuzzis, salles de sport, cours de tennis, notre plage privée, nos bars et, bien entendu, nos restaurants et boutiques. Enrique que voilà sera votre dévoué serviteur et guide pendant toute la durée de votre séjour. Il va maintenant, si vous le voulez bien, vous conduire à votre suite.
Dylan ne tenta même pas de comptabiliser les billets qu'ils distribuaient en pourboire de-ci, de-là, ça lui aurait donné le tournis. Leur suite était composée d'un boudoir dans lequel il aurait fait la moitié d'un appartement, d'une salle de bain composée d'un immense jacuzzi incrusté dans le sol, de deux vasques et d'un gigantesque miroir qui faisait le tour de la pièce, et enfin d'une vaste chambre spacieuse, totalement vitrée, dont la terrasse surplombait une immense

plage de sable blanc, parsemée de quelques parasols et chaises longues. Une grande hutte, sur la droite, abritait un bar à cocktails. Des douches, adroitement dissimulées sous des cocotiers, rafraîchissaient occasionnellement quelques créatures de rêves. Au loin, deux magnifiques yachts, entièrement illuminés, mouillaient dans la baie. Sur la gauche, une piscine dont l'architecture à elle seule faisait rêver, agrémentée elle aussi d'un bar et entourée d'autres chaises longues dont une bonne moitié non occupée, semblait les appeler. Ils attendirent patiemment que le personnel se retire avant de pouvoir se parler.

— Je crois qu'il va nous falloir encore plus de cirage de pompe, sourit Dylan en reprenant la phrase prononcée par Richard Gere dans « Pretty Woman ».

— Même ça, je crois que ça ne sera pas suffisant, sourit tristement Laura.

Dylan approcha dans son dos, l'enlaça, la serrant contre lui, embrassant sa nuque.

— Combien de temps faudra-t-il avant que je retrouve mon adolescente préférée telle que je l'ai connue, il y a quelques mois ? chuchota-t-il sérieusement.

— Physiquement, il te faudra un peu de patience...

— Je ne parlais pas de physique !

— J'ai l'impression que je n'ai jamais vraiment été une adolescente...

— C'est pour ça que je t'aime... et aussi parce que tu es très riche et que je compte profiter de tout ton argent !

Laura sourit sans répondre. Elle savait à quel point Dylan espérait que ces vacances lui redonnent le goût de vivre. Depuis sa sortie d'hôpital, elle se sentait fatiguée, vidée. Élisa ne quittait plus ses pensées. Quoi qu'elle fasse, qu'elle pense ou qu'elle dise, elle se demandait ce qu'aurait fait, pensé ou dit Élisa si elle avait survécu. Elle se savait en proie à une profonde dépression, n'avait goût à rien, n'avait pas envie de sortir ni de voir du monde, pas envie de parler. Elle se forçait à tout ça pour Dylan, elle lui devait bien ça. Mais son attitude sonnait faux et ne parvenait pas à le duper. Elle pleurait facilement, pour un rien, et en être consciente ne lui était d'aucun secours. Ses nuits étaient peuplées de cauchemars. De ce fait, soit elle tentait de rester éveillée, soit elle prenait des somnifères. Les médecins pensaient que seule la patience viendrait à bout de ce qu'ils appelaient son état de choc. C'est alors que Dylan, conseillé par Luc, lui avait proposé de partir en vacances. Peu lui importait où, pourvu qu'ils s'éloignent de tout et de tous. Laura avait accepté sans grand enthousiasme et Manue s'était chargée de la destination. Elle avait choisi le lieu le plus éloigné, le plus idyllique, mais aussi le plus luxueux qu'elle eût pu trouver. Quand Dylan avait protesté, Manue lui avait opposé que la guérison de Laura n'avait pas de prix et qu'il serait vraiment trop bête de ne pas en profiter.

Dylan pensait à tout ça, en serrant Laura dans ses bras. Il savait qu'elle souffrait à chaque instant et il ne parvenait pas à faire disparaître de son regard cette expression douloureuse. Ce qui lui faisait le plus mal, c'était ces cauchemars qui la terrorisaient, la laissaient en transe, tremblante de la tête aux pieds, terrassée par les sanglots, chaque nuit. Son esprit en ébullition ne lui laissait pas le moindre repos. Parfois, elle lui en parlait, les lui racontait. Cela semblait un peu la soulager. Parfois, elle refusait même la moindre question à ce sujet tant cela l'horrifiait.

— Qu'est-ce que tu préfères ? murmura Dylan à son oreille, la plage, la piscine ou te reposer avant ?

— Comme tu veux…

— Non, Laura, gronda-t-il cette fois, en la forçant à se retourner, à lui faire face. Je te demande de décider !

Elle poussa un soupir de lassitude. Le cadre avait beau être paradisiaque, elle se sentait épuisée et aurait bien fait une sieste, mais elle ne voulait pas *bousiller* le séjour de Dylan. Or, elle sentait que, justement, c'était ce qu'elle s'apprêtait à faire. Il scruta ses yeux cernés, ses traits tirés et, comme s'il avait deviné ses pensées, lui proposa une stratégie.

— Écoute, tu te reposes un moment, parce qu'il fait un peu trop chaud à cette heure-ci, et moi, je vais faire un tour dans le coin en reconnaissance, d'accord ?

— Tu vas draguer les bimbos ? Ou te faire draguer, d'ailleurs ! C'est pour ça que tu te débarrasses de moi ?

— Exactement ! Je vais chercher une riche héritière, plus riche que toi, et surtout plus âgée, histoire d'éviter le détournement de mineure, plaisanta-t-il à son tour.

— Alors excellente idée, lui sourit-elle enfin. Je vais prendre une douche et me mettre sur une chaise longue sur la terrasse. Je te promets d'être en forme ce soir !

— Ne promets pas, souffla-t-il à son oreille en l'embrassant dans le cou, fais-le ! Allume ton portable, au cas où tu aurais besoin de moi, je ne serai pas loin !

Laura sortit sur la terrasse quand il eut quitté la chambre, mais la chaleur était vraiment trop suffocante. Elle s'accorda une douche fraîche et se lova dans un gros sofa, tout moelleux, laissant son esprit divaguer.

Il y eut un léger courant d'air frais et soudain, Élisa fut là, devant elle. Laura se secoua légèrement. Était-elle endormie ? Elle n'en avait pas l'impression. Loin d'être effrayée par cette vision, une sensation de bonheur intense et de bien-être l'envahit soudain. Elle était incapable de bouger, de parler, pétrifiée par la vision de sa sœur, vêtue d'une robe diaphane.

— Bonjour, ma puce. Je suis contente de te voir seule à seule, on a tant à se dire !

— Je dors, n'est-ce pas ? murmura Laura en reconnaissant bien la voix d'Élisa. Je suis en train de rêver ?

— En quelque sorte, mais ce n'est pas important. Tu m'appelles tellement depuis quelque temps... Je ne peux pas venir quand je veux, tu sais ? D'ailleurs, je ne viendrai plus... Je voulais juste te dire merci. Maintenant, je suis en paix. J'ai rejoint maman et je ne reviendrais pour rien au monde. Tu n'as plus besoin de moi, je n'ai plus besoin de toi. Tu vas pouvoir vivre tranquille et heureuse. Tu verras, tout va aller beaucoup mieux. Je suis venue t'apaiser.

Laura se sentait dans un état étrange. Elle tentait de se raisonner. Elle secouait la tête comme pour se réveiller, tout en n'ayant pas l'impression de dormir. Elle aurait dû avoir peur, être sceptique, et pourtant, elle ne s'était jamais sentie aussi bien, aussi calme qu'à l'instant présent. Elle nageait dans une sorte de béatitude, bien que son esprit refusât ce qu'il lui semblait voir.

— Je rêve, c'est ça ! sourit-elle, mais ça fait tellement de bien de te voir !

— Comme preuve de ma bonne foi, je vais te confier quelques secrets... Tu vas passer ta vie avec Dylan, et vous serez heureux jusqu'au bout. Vous aurez deux filles et un garçon. Manue et David vont faire un bout de route ensemble, mais ils se sépareront un jour. Ils resteront bons amis et se marieront chacun de leur côté. Manue se mariera trois fois, se mit à rire Élisa, de son beau rire cristallin et doux. Tu la connais, elle ne changera jamais... Notre père va vivre plein d'aventures amoureuses, mais un jour, il se fixera avec quelqu'un qui ressemble à maman... Que te dire, encore ? Thomas ne m'oubliera jamais, mais il sera heureux avec une autre. Ils auront plusieurs enfants et leur premier sera une fille, elle s'appellera Élisa et tu en seras la marraine... Mais ne parle de ça à personne, c'est notre secret ! Personne ne te croirait de toute façon... Maintenant, il faut que tu oublies le mal, Laura. Ne garde que le bon... Vis ta vie pour toi et pour lui, ça en vaut la peine ! Tiens, je te laisse ça en souvenir de moi.

Elle tenait entre ses doigts ce qui ressemblait à un anneau d'or incrusté de minuscules diamants. Mais, alors qu'elle semblait spectrale, l'anneau, lui, avait un aspect très réel.

— Papa l'avait offert à maman quand elle lui avait annoncé qu'elle demandait le divorce. Elle est morte peu de temps après. Il l'avait récupéré et me l'a offert à mon tour, quelques jours avant ma mort. Ne crois pas que ce bijou est maudit, venant d'une morte, il te portera chance. Ne le quitte jamais, Laura. Porte-le toujours à l'annulaire de la main droite... Maman et moi t'aimons, Laura. Ne nous oublie pas, mais pense à nous de façon joyeuse et sois heureuse autant que nous le sommes, tu me le promets ?

— Lisa, ne t'en va pas ! s'écria Laura. Reste encore, s'il te plaît !

Élisa se retourna, lui souriant avec une immense tendresse, avant de lui murmurer :

— Tu n'as plus besoin de moi, Laura ! C'est fini...

Il y eut un souffle d'air, comme pour son arrivée et elle

disparut. Laura resta longtemps immobile, stupéfiée. Ce fut le bruit de la porte qui s'ouvrait, qui la sortit de la léthargie dans laquelle elle était plongée. Elle sauta sur ses pieds et se précipita dans les bras de Dylan dans un flot de paroles. Il la repoussa vivement, n'en croyant pas ses yeux, scrutant le changement sur son visage, ses joues roses, son sourire enfantin...

— Ben dis donc ! Si j'avais su qu'il suffisait de deux heures de sommeil dans un palais pour obtenir un tel miracle...

— Je n'ai pas dormi, mais... Deux heures, tu dis ? J'ai l'impression que tu n'es parti que depuis dix minutes.

— Ça prouve au moins que tu as bien dormi ! En tout cas, je ne t'ai pas vue aussi en forme depuis des semaines !

— Je n'ai pas dormi, mais j'ai vu Élisa, elle m'a parlé...

— Pardon ? s'étonna-t-il soudain.

— Écoute, je sais que ça paraît fou, mais j'ai vu Élisa. Elle était là, juste où tu es, et elle m'a parlé... Elle m'a même fait des prédictions sur notre vie, sur Manue, David, Tommy, Luc... Elle m'a dit qu'elle se sentait bien, que...

— Tu as rêvé, Laura. Tu as rêvé de ce que tu voulais entendre. Mais peu importe ! L'essentiel, c'est l'effet que ce rêve a eu sur toi !

— Je sais que tu ne peux pas me croire, mais ce n'était pas un rêve... C'était différent... C'était comme une apparition... Et puis tout ce qu'elle m'a dit... C'est pas forcément ce que je voulais entendre, tenta-t-elle de le convaincre en pensant, en particulier à David et Manue... Elle m'a dit aussi qu'elle venait m'apaiser et je me sens vraiment mieux, vraiment différente... C'est comme si elle m'avait enlevé toutes mes angoisses... Elle... elle m'a même donné un anneau en or qui appartenait...

Elle se rendit alors compte que l'anneau aussi avait disparu. Secouant la tête, elle se rendit à l'évidence. Dylan avait raison, elle s'était endormie et avait rêvé. Mais elle choisit quand même de croire qu'il s'agissait d'un signe, d'un signe d'Élisa...

— Tu as raison, je suis stupide, se mit-elle à rire. Mais vraiment, ça m'a fait du bien de la voir... Et même si personne ne me croit, je choisis de croire, moi, que c'était réel ! Je vais me changer et on va dîner, d'accord ?

— On fait ce que tu veux, où tu veux, quand tu veux, comme tu le veux, pourvu que tu ne changes plus d'attitude et que je retrouve ma Laura d'avant, sourit-il en déposant un baiser sur ses lèvres.

Elle disparut en riant dans la chambre. Il ne quitta pas la porte du regard, complètement pétrifié. Il n'osait y croire. Elle avait dû rêver en effet, mais son rêve tenait du miracle. Le cœur soudain plus léger, souriant, il se sentit revigoré. Il ouvrit le frigo, intégré dans le bar, en sortit une bouteille de champagne, chercha et trouva deux coupes. Il fallait fêter la renaissance miraculeuse de Laura ! Le bouchon fit un bruit mat en sautant. Se baissant pour le ramasser, Dylan s'immobilisa soudain. Au pied du sofa, à quelques centimètres du bouchon, quelque chose brillait. Il ramassa alors un petit anneau d'or incrusté de diamants. Il ne l'avait jamais vu. Il le tourna, le retourna dans ses doigts.

— Laura ! s'écria-t-il, qu'est-ce que tu as dit à propos de l'anneau ?

...

Lorsqu'elle reprend connaissance à l'hôpital, victime d'un accident de la route, elle ne se souvient de rien : ni son nom ni son prénom ni d'où elle vient. Elle est totalement amnésique. Apparaît alors son mari qui lui apprend qu'elle se trouve très loin du domicile conjugal et qu'elle l'a quitté juste avant l'accident. Pourtant, il incarne le mari idéal, charmant, séduisant, amoureux, tendre et attentionné. Alors que fait-elle si loin de chez elle ? Pourquoi l'a-t-elle quitté ? Peu à peu la mémoire revient sous forme de flashs effrayants. Et si leur vie commune n'était pas si parfaite qu'il le prétend ? Que lui cache-t-il ? Et pourquoi se découvre-t-elle hautement protégée par la police lorsqu'elle quitte l'hôpital ? Plus elle redécouvre son passé, plus sa vie bascule dans le cauchemar...

ISBN : 978-2-322-50420-6   400 pages   18 €

MIXTE
Papier issu de sources responsables
Paper from responsible sources
FSC® C105338